BASTEI
LÜBBE

Über den Autor

Michael Peinkofer, Jahrgang 1969, studierte in München Germanistik, Geschichte und Kommunikationswissenschaft. Seit 1995 arbeitet er als freier Autor, Filmjournalist und Übersetzer. Unter diversen Pseudonymen hat er bereits zahlreiche Romane verschiedener Genres verfasst. Bekannt wurde er durch die Bestseller DIE BRUDERSCHAFT DER RUNEN (Bd. 15249) und DIE ERBEN DER SCHWARZEN FLAGGE (Bd. 15417). Michael Peinkofer lebt mit seiner Familie im Allgäu.

MICHAEL PEINKOFER

DER SCHATTEN VON THOT

HISTORISCHER ROMAN

Nach den Aufzeichnungen
von Lady Kincaid

BASTEI LÜBBE

BASTEI LÜBBE TASCHENBUCH
Band 15 648

1. Auflage: April 2007

Vollständige Taschenbuchausgabe

Bastei Lübbe Taschenbücher in der Verlagsgruppe Lübbe

Originalausgabe

Die Veröffentlichung dieses Werkes erfolgt auf Vermittlung der
Autoren- und Verlagsagentur Peter Molden, Köln
Lektorat: Stefan Bauer
Zeichnungen: Daniel Ernle
Titelillustration: Hisham F. Ibrahim/getty-images
Umschlaggestaltung: Bianca Sebastian
Satz: SatzKonzept, Düsseldorf
Druck und Verarbeitung: GGP Media, Pößneck
Printed in Germany
ISBN: 978-3-404-15648-1

Sie finden uns im Internet unter
www.luebbe.de

Der Preis dieses Bandes versteht sich einschließlich
der gesetzlichen Mehrwertsteuer.

Meinen Eltern gewidmet
für ihre Liebe und dafür,
dass sie stets an mich geglaubt haben.

PROLOG

Alte Sternwarte, Kairo
September 1883

Ein Firmament funkelnder Sterne spannte sich über den Häusern und Gassen der Stadt, die sich von den Ufern des Nils bis hinauf zu den Hängen des Djebel Mokattam erstreckten. Blaues Licht erhellte die Kuppeln der Moscheen und die Minarette der Stadt, beschien die trutzigen Mauern der Festung und ließ das breite Band des Flusses leuchten.

Auf der alten Sternwarte, die einst von den Kalifen errichtet worden war, um die Vorgänge am Himmel zu beobachten und zu deuten, stand Ammon el-Hakim, und obgleich seine Augen hinaufstarrten zum glitzernden Himmel, sahen sie den Glanz der Sterne nicht mehr.

Den Weisen von Mokattam, so pflegten sie jenen Alten zu nennen, der die Sternwarte zu seinem Domizil erkoren hatte; hier lebte und arbeitete er, und in den unzähligen Winkeln und Kammern des baufälligen Turmes häufte sich das Wissen vergangener Tage. Bücher und Schriftrollen, alte Pergamente und mancher Gegenstand, dem magische Bedeutung beigemessen wurde, hatten sich hier angesammelt. Sein ganzes Leben hatte el-Hakim der Erforschung der letzten Geheimnisse gewidmet, der letzten Rätsel, die es noch zu erforschen gab in einer Zeit, in der der Mensch die letzten Grenzen überschritt.

Die Fremden aus dem Norden …

Der Weise von Mokattam verachtete sie.

Ohne Demut und Respekt betraten sie das geweihte Land, besaßen keine Ehrfurcht vor dem jahrtausendealten Vermächtnis. Die Pyramiden, die Tempel, die Grabmäler und der Sphinx –

für sie waren es leblose Bauwerke, Ansammlungen von Stein, begraben von Sand und dem Staub der Zeit.

Die Römer waren die Ersten gewesen, die den Ruhm Ägyptens mit Füßen getreten hatten.

Dann die Griechen.

Die Türken.

Die Franzosen.

Und nun die Engländer.

Nur wenige waren unter ihnen, die Verstand genug besaßen, um zu begreifen, dass Ägypten mehr als tote Vergangenheit war, dass der Sand der Wüste den Schlüssel zur Zukunft bergen mochte. Und diejenigen, die es begriffen, waren längst nicht alle Diener des Lichts.

Ammon el-Hakim lebte in Finsternis, und das nicht nur, weil sein Augenlicht verloschen war. Dunkelheit hatte sich über das Gemüt des Weisen gebreitet, eine Dunkelheit, die finsterer war als jede Nacht und undurchdringlicher als jeder Sandsturm. Als seine Augen das Licht der Sterne noch erblickten, hatte el-Hakim es ein letztes Mal gedeutet. Und was er gesehen hatte, hatte ihn mit Grauen und Furcht erfüllt.

Eine alte Macht war aus den Untiefen der Geschichte wieder aufgetaucht und griff nach Geheimnissen, die nicht für sie bestimmt waren. Dinge, die verborgen bleiben sollten, wurden den Schatten der Zeit entrissen. Die Welt geriet aus dem Gleichgewicht, Chaos und Zerstörung würden die Folge sein.

Leise sprach der Weise von Mokattam die Worte, die in eine steinerne Tafel gemeißelt waren. Das Original lag tief unter dem Sand von Memphis vergraben, eine Abschrift jedoch befand sich im Besitz der Sterndeuter von Mokattam, seit Generationen gehütet von den Weisen.

Ägypten, o Ägypten!

Eine Zeit wird kommen, in der die Götter die Erde verlassen. Von deiner Religion werden nur ferne Legenden bleiben und Worte in Stein gehauen, denen die Nachwelt keinen Glauben schenken wird. Die Frommen werden verstummen und die Finsternis dem Licht vorgezogen werden, und keines Menschen Blick wird sich zum Himmel heben. Die Reinen werden als Narren verlacht, die Unreinen als Weise verehrt. Der Rasende wird für mutig gehalten und der Verruchte für rechtschaffen, das Wissen um die unsterbliche Seele wird man leugnen.

Aus diesem Grund habe ich, Thot, die Geheimnisse der Götter aufgeschrieben und sie an einem geheimen Ort bewahrt. Bis die Menschen reif für unser Wissen sind. Den Pfad der Nacht beschreite, wer des Mondes Geheimnis sucht. Doch hüte sich, der nach Wissen trachtet, vor dem, was in Dunkelheit lauert …

I. Buch

LONDON

1

London, East End
14. Oktober 1883

Mitternacht.

Der Glockenturm von Westminster, der das Parlamentsgebäude und die Westminster Bridge weit überragte, meldete das Ende des alten und den Beginn des neuen Tages. Aber der Klang der großen Glocke, der die Einwohner Londons den Namen »Big Ben« gegeben hatten und die einer ganzen Nation als Symbol der Größe und Überlegenheit galt, drang nicht in die verwinkelten Straßen des Londoner East End.

Zu eng waren die mit Unrat und Schmutz übersäten Gassen, zu hoch die tristen Backsteinmauern der Mietskasernen und Hinterhöfe, zu laut der Lärm, der auch um diese späte Stunde noch aus den Spelunken drang. Zum schrägen Klimpern verstimmter Klaviere gesellte sich der scheppernde Klang einer Ziehharmonika, begleitet vom geistlosen Gegröle der Betrunkenen und vom kreischenden Gelächter der Huren.

Das schmutzig gelbe Licht, das durch die Fenster der Bars und Tavernen fiel, schimmerte matt und verschwommen im dichten Nebel, der zäh und klamm durch die Gassen kroch, vermischt mit dem beißenden Rauch aus Kaminfeuern und Kohleöfen.

Nur vereinzelt riss der flackernde Schein der Gaslaternen Löcher in die Dunkelheit und warf spärliches Licht auf die zerlumpten, verzweifelten Gestalten, die sich in Nischen und Hauseingängen drängten. Waisen zumeist, die nicht wussten wohin, aber auch Bettler und Betrunkene, von denen es in Whitechapel mehr gab als in jedem anderen Bezirk der Stadt. Verzweiflung und Hunger waren allgegenwärtig, und um mit ihren Familien nicht in einem der berüchtigten staatlichen Arbeitshäuser zu enden, wandten sich nicht wenige Männer der anderen Seite des Gesetzes zu. Skrupellose Verbrecherbanden trieben im East End ihr Unwesen, und in den engen, finsteren Gassen, in denen es nach Fäulnis und Exkrementen stank, tummelten sich nicht nur vierbeinige Ratten, sondern auch solche, die bereit waren, für ein paar Shillings oder ein Stück Brot zu morden.

Unter den Frauen waren die Arbeitshäuser nicht minder gefürchtet als unter den Männern, und auch sie unternahmen alles, um nicht dorthin verfrachtet zu werden – selbst wenn es bedeutete, im Kampf um das tägliche Überleben den eigenen Körper zu Markte tragen zu müssen. Wer von Natur aus mit einem attraktiven Aussehen gesegnet war und sich ein hübsches Kleid leisten konnte, ging am Covent Garden und im Theaterdistrikt auf Kundenfang, wo die Aussicht bestand, dass ein Gentleman für eine Nacht einen Florin oder gar mehr bezahlte. Die Prostituierten von Whitechapel, häufig krank und entstellt an Körper und Seele, verrichteten für einige Pence ihre Dienste, und das oft genug in dunklen Hinterhöfen und auf schmutzigem Pflaster.

Grace Brown verfluchte den Tag, an dem sie in die große Stadt gekommen war. Drei Jahre lag dies nun zurück. Bevor ihr Ehemann beim Diebstahl dreier Orangen erwischt und in die Tretmühle geschickt worden war; bevor sie als Frau eines Zuchthäuslers ihre Stellung in der Fabrik verloren hatte; bevor sie auf die Straße gejagt worden war, weil sie die Miete für das schäbige Zimmer nicht mehr hatte bezahlen können; bevor sie aus Furcht vor dem Arbeitshaus damit begonnen hatte, ihren Körper zu Markte zu tragen; und bevor der Messerschnitt eines zahlungsunwilligen Kunden ihre linke Gesichtshälfte mit einer Narbe verunstaltet hatte. Nur eines hatte Grace Brown ihrer Konkurrenz voraus, die rings um die Fournier Street die Straßen säumte und die Röcke hochzog, um keinen Zweifel an der Natur des angebotenen Dienstes aufkommen zu lassen: Sie hatte rotes Haar, das wie ein

Leuchtsignal aus der grauen Ödnis stach und die Aufmerksamkeit der Freier auf sich zog. In anderen Nächten hatte diese Laune der Natur Grace davor bewahrt, in der Gosse nächtigen zu müssen – in dieser Nacht wurde sie ihr zum Verhängnis ...

Das regennasse Pflaster der Hopetown Street schimmerte im Licht der Laternen. Nur hin und wieder kam eine Kutsche oder ein Fuhrwerk die Brick Lane herab – meist waren es nur schäbige Karren, die von abgemagerten Eseln gezogen wurden und deren Besitzer hohlwangige Männer mit bleichen, ausgemergelten Gesichtern waren; Marktschreier, die ihren Lebensunterhalt damit verdienten, Obst und Gemüse auf den Märkten von Covent Garden oder Billingsgate zu kaufen und andernorts einige Pence teurer feilzubieten; Kohlehändler und ihre schmutzigen Cousins, die Staubmänner, die die Aschebehälter der Stadthäuser leerten; und schließlich die Rattenfänger, für die es in allen Teilen der Stadt mehr als genug zu tun gab.

Grace Brown sprach diesen und jenen an, erntete jedoch nichts als Spott und derbes Gelächter. Niemand wollte sich mit ihr einlassen, und ihre Verzweiflung wurde immer größer – als sich plötzlich, zugleich schön und unheimlich anzusehen, die Formen einer großen, vornehmen Kutsche aus Rauch und Nebel schälten.

Es war ein Vierspänner, wie nur noble Herrschaften ihn sich leisten konnten, gezogen von vier schwarzen Rossen, das Geschirr silberbeschlagen. Zu Grace Browns maßloser Verblüffung verlangsamten die Tiere ihren Tritt, gerade als die Kutsche sie passierte, und das vornehme Gefährt hielt an.

»He, du.«

Der Kutscher, ein breitschultriger Mann, der ein wollenes Cape trug und den Hut tief ins Gesicht gezogen hatte, um sich vor der klammen Kälte der Nacht zu schützen, zog die Bremse an.

»Sprichst du mit mir?« Erstaunt blickte Grace sich um – aber außer ihr war niemand da.

»Mit wem denn sonst?« Der Kutscher beugte sich zu ihr herab. »Bist du auf der Suche nach Arbeit?«

»J-ja.«

»Mein Herr dort«, er deutete über die Schulter zur Kutsche, in deren dunklem Fensterglas sich Straße und Häuser spiegelten, »ist auf der Suche nach etwas Zerstreuung. Und ich denke, dass du genau das bist, wonach er sucht.«

»Meinst du?« Grace zupfte verlegen ihr Haar und den schäbigen Schal zurecht, den sie trug, während sie in Gedanken schon auszurechnen begann, wie viel der hohe Herr wohl springen lassen würde. Zehn Pence vielleicht oder gar einen Shilling ...

»Ganz sicher.« Die Augen des Kutschers waren im Schatten der Hutkrempe nicht zu sehen, aber der Mund und das bärtige Kinn verzogen sich zu einem ermunternden Grinsen. »Bist du mit einem Florin als Bezahlung einverstanden?«

»E-ein Florin?«, stammelte Grace – das war mehr, als sie je von einem Freier bekommen hatte. »Natürlich bin ich einverstanden.«

»Dann geh nur hinein. Mein Herr erwartet dich schon.«

»Hab tausend Dank«, hauchte Grace, die sich nicht erklären konnte, woher diese günstige Wendung des Schicksals kam, und den Kutscher am liebsten umarmt hätte. Mit pochendem Herzen trat sie auf die Kutsche zu, deren Inneres in undurchdringlicher Schwärze lag und in deren dunklen Fenstern sie sich selbst sehen konnte. Kaum hatte sie sich dem Gefährt genähert, öffnete sich die Tür und schwang mit leisem Knarren auf. Die Schwärze im Inneren jedoch blieb, als weigerte sich der spärliche Laternenschein, hineinzudringen.

»Sir?«, fragte Grace zaghaft, während sie sich vorsichtig näherte und einen Blick in die Kutsche warf.

Für einen Augenblick schlug ihr eine eisige Kälte entgegen, und die Gewissheit, dass jemand dort in der Kutsche saß und sie mit durchdringendem Blick anstarrte, erfüllte sie. Der jähe Drang, sich abzuwenden und rasch die Flucht zu ergreifen, überkam sie, aber der Gedanke an den Florin, der für die nächsten Tage einen vollen Magen und ein Dach über dem Kopf versprach, hielt sie an Ort und Stelle.

»Soll ich reinkommen, Sir?«, fragte sie flüsternd, doch wie zuvor drang aus dem Dunkel keine Antwort. Dafür schien sich in der Kutsche etwas zu regen. Das leise Rascheln von Stoff war zu hören und ein heller, metallischer Klang, fast wie das Läuten eines Glöckchens. Aber es war kein Glöckchen – es war der Klang rasiermesserscharfen Stahls.

Grace Brown blieb keine Zeit, entsetzt zu sein, als die blitzend weiße Klinge aus der Dunkelheit stach und ihr mit einem einzigen Streich die Kehle durchtrennte.

Ein Schwall von Blut ertränkte ihre Träume und Ängste, ihre Hoffnungen und Befürchtungen, noch ehe im fernen Westminster der Glockenschlag von Big Ben ganz verklungen war.

2

PERSÖNLICHER TAGEBUCHEINTRAG
SARAH KINCAID

Ich hatte ihn wieder, diesen seltsamen Traum, von dem ich gerne annehmen möchte, dass er nicht mehr ist als ein wüster Nachtmahr, der mich von Zeit zu Zeit verfolgt. Aber die Bilder, die ich darin sehe, jene Schatten und Eindrücke, sind zu wirklich, als dass ich sie als bloße Folge eines schwer verdaulichen Nachtmahls sehen könnte. Sie sind mir auf eine Weise vertraut, die mir fast Angst macht, und dennoch kann ich mich nicht entsinnen, dergleichen je erlebt zu haben.

Warum?

Ist der Traum eine Folge dessen, was mir widerfahren ist? Oder entstammt er jenen im Dunkel der Vergangenheit verborgenen Tagen, die mein Vater als ›tempora atra‹, als ›Dunkelzeit‹ zu bezeichnen pflegte? Beides ängstigt mich mehr, als mir lieb sein kann, denn nach allem, was geschehen ist, will ich die Vergangenheit endlich hinter mir lassen. Selbst nach all den Monaten, die verstrichen sind, stehen mir die Geschehnisse von Alexandrien noch deutlich vor Augen, und noch immer quält mich die Frage, ob ich meinen Vater hätte retten können. Und je mehr ich darüber nachsinne, desto deutlicher fühle ich, dass der Tag kommen wird, an dem mich die Vergangenheit einholt …

KINCAID MANOR, YORKSHIRE
1. NOVEMBER 1883

Die Sonne war hinter dem Horizont versunken und tauchte die Wolken in blassroten Schein, als die Kutsche der königlich wissenschaftlichen Gesellschaft vor dem Haupthaus des Gehöfts vorfuhr. Das raue, hügelige Marschland war in ein sanftes Licht getaucht, das der Landschaft einen geradezu unwirklichen Anstrich verlieh.

Schnaubend kamen die Pferde, die der Kutscher unnachgiebig zur Eile angetrieben hatte, zum Stehen, und zwei Stallknechte eilten heran, deren Bewegungen deutlich erkennen ließen, dass sie dem derben, ein wenig unbeholfenen Menschenschlag angehörten, den das Marschland von Yorkshire hervorgebracht hatte.

Dr. Mortimer Laydon hatte nie einen Hehl daraus gemacht, dass er die Leidenschaft seines alten Freundes Kincaid für das Landleben nie geteilt hatte; er hatte nie verstanden, was Gardiner daran gefunden hatte, im fernen Yorkshire zu leben, fernab von allen Segnungen der Technik und der Zivilisation, von Annehmlichkeiten wie einer täglichen Zeitung und regelmäßigen Besuchen im Club ganz zu schweigen. Aber Gardiner Kincaid hatte sich hier nach Jahren ausgedehnter Reisen im Auftrag der Wissenschaft ein Heim eingerichtet, ein »Domizil«, wie er es zu nennen pflegte, in dem er ungestört seinen Studien nachgehen konnte. Als Romantiker, der er nun einmal gewesen war, hatte er seine Gedanken stets mehr auf die Vergangenheit gerichtet als auf die Gegenwart. Nicht von ungefähr hatte er den Landsitz, mit dem die Königin ihn aus Dank für seine Verdienste um die Archäologie bedacht hatte, »Kincaid Manor« genannt, gemäß den Ländereien, mit denen die normannischen Ritter einst von ihren Herren belehnt worden waren. Und diese Liebe zur Vergangenheit hatte den alten Gardiner Kincaid am Ende das Leben gekostet.

Längst war das Anwesen, das aus einem zweiflügeligen Gebäude und einer angrenzenden Stallung bestand, kein Farmhaus mehr; zwar verpachtete die Familie Kincaid ihren Landbesitz an die Bauern, von denen es in dieser öden, nur zur Schafzucht geeigneten Gegend ohnehin recht wenige gab. Der wahre Reichtum von Kincaid Manor lag jedoch nicht im Besitz von Grund und

Boden, sondern in dem Wissen, das hier gesammelt wurde. Kein unbedarfter Besucher, der sich durch das Moor und die felsigen Hügel näherte, hätte vermutet, dass die ehrwürdigen Mauern des Anwesens nicht nur eine ansehnliche Bibliothek bargen, sondern auch eine höchst außergewöhnliche Sammlung antiker Artefakte.

Gardiner Kincaid hatte sein Leben der Erforschung vergangener Mysterien gewidmet; er hatte Expeditionen in die entlegensten Winkel des Empire angeführt, und er war dafür von Ihrer Majestät geadelt worden. Und obwohl sein alter Freund tot war, was Mortimer Laydon mit Trauer erfüllte, war Kincaid Manor auch jetzt noch ein Hort des Wissens und profunder Kenntnis. Denn Gardiner Kincaid hatte eine gelehrige Schülerin gehabt ...

Da es weit und breit keine Siedlung gab, geschweige denn eine brauchbare Gaststätte, in der man hätte nächtigen können, hatte der Doktor Gepäck für die Nacht mitgebracht, das von den Bediensteten jetzt ins Haus getragen wurde. Vor zwei Tagen hatte er seinen Besuch durch einen Kurier angekündigt, wie die Formen gepflegten Umgangs es erforderten. Laydon wusste zwar, dass man es hier im Norden mit der Etikette nicht so genau nahm und dass Gardiners Tochter die Abneigung ihres Vaters gegen gesellschaftliche Zwänge teilte, aber er wollte dennoch nicht so unzivilisiert erscheinen, sein Kommen erst anzukündigen, indem er lautstark an die Tür des Hauses klopfte.

Die Pforte wurde ihm vom Diener des Hauses geöffnet, der ihn mit gravitätischer Miene begrüßte. Seine Livrierung war nicht nach der neuesten Londoner Mode geschnitten, sondern so altertümlich wie alles in diesem Haus. Im Licht der Kerzenleuchter, die die Eingangshalle säumten (die Versorgung mit Gas war noch nicht bis Kincaid Manor vorgedrungen), sah Laydon alte Statuen und Gemälde, dazu Waffen aus verschiedenen Epochen, schartige Schwerter und rostige Helme, Hinterlassenschaften aus weit weniger zivilisierten Tagen.

»Sir«, sagte der Diener mit deutlichem Yorkshire-Akzent, nachdem er dem Besucher Hut und Mantel abgenommen hatte. »Wenn Sie gestatten, werde ich Sie zum Kaminzimmer geleiten. Lady Kincaid erwartet Sie bereits.«

»Ich bitte darum«, erwiderte Laydon.

In einem von vergoldeten Schnitzereien gesäumten Spiegel prüfte der kleinwüchsige Mann mit dem schlohweißen Haar und dem Backenbart sein Äußeres. Was er sah, erfüllte ihn nur sehr bedingt mit Zufriedenheit. In guten Londoner Kreisen wäre sein von der langen Fahrt zerknitterter Gehrock wohl kaum mehr dazu angetan gewesen, einer Dame die Aufwartung zu machen; hier im Norden jedoch, wo es weniger auf Formalitäten ankam, mochte es durchaus noch genügen. Zudem war Laydon mit einer dringlichen Mission betraut, die weder Aufschub noch Eitelkeiten zuließ.

Gemessenen Schrittes führte der Hausdiener ihn durch die Eingangshalle in den Gang, der sich daran anschloss. Warmer, flackernder Feuerschein drang vom Ende des Korridors herauf und hieß den Besucher willkommen. Kurz darauf stand Mortimer Laydon im Kaminzimmer. Die niedrige Decke war mit dunklem Holz getäfelt, die Balken dazwischen mit reichen Schnitzereien verziert. Soweit Laydon wusste, stammten sie aus einer alten Abtei, die von den Mönchen aufgegeben und dem Verfall preisgegeben worden war; Gardiner hatte sie aufgekauft und mühevoll restauriert. Die Wände des niedrigen Raumes wurden von Regalen eingenommen, die bis hinauf zur Decke mit Büchern gefüllt waren. Diese stellten jedoch nur einen Bruchteil der Wissensschätze dar, die Kincaid Manor barg. Der weitaus größere Teil davon befand sich in der Bibliothek, die im Ostflügel des Gebäudes untergebracht war und die der alte Gardiner wie seinen Augapfel gehütet hatte.

Vor dem Kamin, auf dessen Rost ein züngelndes Feuer wohlige Wärme verbreitete, stand ein großer, mit dunklem Leder beschlagener Sessel, dessen Rückseite Laydon zugewandt war.

»Ihr Besuch, Madam«, sagte der Diener, und aus dem Sessel erhob sich eine junge Frau, deren Schönheit geradezu überwältigend war – und das, obwohl sie sich in mancherlei Hinsicht von den Damen des vornehmen London unterschied.

Die ebenmäßigen Gesichtszüge hatte sie von ihrem Vater geerbt. Auch die Augen, deren tiefes Blau ein keltisches Erbe erkennen ließ, schrieb Dr. Laydon der Blutlinie des alten Gardiner zu, ebenso wie den schmalen Mund und das entschlossen wirkende Kinn. Zu behaupten, dass Lady Kincaid deshalb streng und unnahbar aussah, wäre allerdings falsch gewesen, denn die Grübchen um ihre Mundwinkel und die kleine, keck hervorspringende Nase ließen ein gewitztes, schalkhaftes Wesen erahnen.

Ihr Teint war dunkler, als es bei einer Dame ihres Standes üblich war, und um die Nase und über den Wangen waren leichte Sommersprossen zu erkennen, was auf lange Aufenthalte unter heißer Sonne schließen ließ. Das schwarze Haar fiel ihr in ungezähmten Locken auf die Schultern herab, nur mühsam im Zaum gehalten von einem samtenen Band. Das schlichte Kleid, das sie trug und das die Damen in London wohl als hoffnungslos altmodisch bezeichnet hätten, verzichtete auf die bauschenden Formen einer Krinoline und fiel glatt und sanft an ihr herab. Der blaue Samt glänzte im flackernden Licht des Feuers. Sarah Kincaid trug weder Federn noch Schmuck – die Abneigung gegen jede Form von künstlichem Putz war eine weitere Eigenschaft, die sie mit ihrem verstorbenen Vater teilte.

»Onkel Mortimer! Welch eine Freude!«

Ohne darauf zu warten, dass ihr Pate ihr seine Aufwartung machte, kam Sarah hinter ihrem Sessel hervor, und noch ehe Laydon auch nur dazu kam, sich zu verbeugen, hatte sie ihn schon herzlich umarmt. Im fernen London wäre jeder Besucher von solch bäuerlicher Vertraulichkeit peinlich berührt gewesen – in der Einsamkeit des rauen Nordens entbehrte sie nicht eines gewissen Charmes.

»Sarah, mein Kind.« Laydon wartete, bis sie sich von ihm gelöst hatte, dann bedachte er sie mit einem milden Lächeln. »Wie lange ist es her? Wie lange haben wir uns nicht gesehen?«

»Seit Vaters Beerdigung«, erwiderte sie, und die Wiedersehensfreude in ihren Zügen verschwand hinter einem dunklen Schatten.

»Wie ist es dir seither ergangen? Verzeih, Sarah, dass ich nicht eher dazu kam, dich zu besuchen, aber meine Anwesenheit in London und am königlichen Hof war dringend erforderlich.«

»Das kann ich mir vorstellen.« Sarah lächelte wieder, nicht ohne Stolz. »Schließlich will Ihre Majestät die Königin nicht auf ihren besten Leibarzt verzichten.«

»Sarah.« Laydon errötete. »Es schmeichelt mir, dass du so von mir denkst. Aber zum einen hat die königliche Familie viele Leibärzte, und zum anderen maße ich mir nicht an, der beste zu sein.«

»Bescheiden wie immer. Du hast dich nicht verändert, Onkel.«

»Du ebenso wenig, wie es den Anschein hat.« Der Doktor machte eine ausgreifende Handbewegung. »Und Kincaid Manor hat sich offenbar ebenfalls nicht verändert.«

»Der Eindruck täuscht«, entgegnete Sarah. »Es ist nicht mehr dasselbe seit Vaters Tod. Sein Wissensdurst und sein unermüdlicher Forscherdrang haben dieses Haus mit Leben erfüllt. Ich versuche, seine Arbeit fortzusetzen, so gut ich kann, aber ...«

»Ich bin sicher, du gibst dein Bestes. Und ich bin ebenso sicher, dass dein Vater sehr stolz auf dich wäre, Sarah.«

»Glaubst du?«

»Ich bin überzeugt davon. Man kann viel über den alten Gardiner Kincaid behaupten, aber nicht, dass er aus seinem Herzen eine Mördergrube gemacht hätte. Abgesehen von seiner Arbeit, warst du der Mittelpunkt seines Lebens, Sarah – und es hätte ihn sehr gefreut zu sehen, dass du seine Forschungen weiterführst.«

»Ich versuche es«, erwiderte sie und zwang sich zu einem Lächeln, um dann rasch das Thema zu wechseln. »Wie lange wirst du bleiben, Onkel Mortimer? Es gibt so viel zu erzählen ...«

»In der Tat.« Laydon nickte. »Es gibt dringliche Angelegenheiten zu besprechen, deshalb bin ich hier.«

»Dringliche Angelegenheiten?« Sarahs Miene verfinsterte sich erneut. »Von was für Angelegenheiten sprichst du? Ich dachte, du wärst gekommen, um mich zu besuchen ...«

»Das bin ich«, versicherte er. »Aber das ändert nichts daran, dass ich wichtige Nachrichten im Gepäck habe, Sarah.«

»Nachrichten? Was für Nachrichten?«

»Gute Nachrichten. Nachrichten vom königlichen Hof.«

»Das sollte mich wundern«, entgegnete sie sarkastisch. »Vom königlichen Hof sind noch selten gute Nachrichten gekommen, zumal, wenn sie meine Familie betreffen. Ich erinnere mich noch gut an die Depesche, die Alexandrien betraf ...«

»Alexandrien hat damit nichts zu tun«, stellte Laydon klar. »Du tätest gut daran, die Vergangenheit ruhen zu lassen, Sarah.«

»Ich soll die Vergangenheit ruhen lassen?« Sie lächelte dünn. »Du vergisst, dass ich Archäologin bin, Onkel. Es ist meine Profession, im Boden zu graben und ihm die Geheimnisse der Vergangenheit zu entreißen.«

»Vielleicht«, gab der Doktor zu. »Aber sicher ist es nicht deine Berufung, *dich selbst* zu vergraben und in der Vergangenheit zu leben. Das hätte dein Vater nicht gewollt. Bitte, Sarah. Hör dir zumindest an, was ich zu berichten habe.«

Lady Kincaid schaute lange und prüfend in die von weißem Haar umrahmten, aber noch straff und jugendlich wirkenden Züge ihres Paten. Die letzten Monate hatte sie damit zugebracht, über Büchern und alten Folianten zu brüten, und dabei mehr über ihre eigene Vergangenheit nachgedacht als über die versunkener Völker und Kulturen. Möglicherweise hatte ihr Onkel Recht. In den vergangenen Monaten hatte Sarah gehofft, vergessen zu können, was in Ägypten geschehen war, und es war ihr nicht gelungen. Vielleicht konnte ihr väterlicher Freund und Pate ihr dabei helfen. Schließlich hatte er schon ihrem Vater stets mit Rat und Tat zur Seite gestanden.

»Einverstanden, Onkel Mortimer«, erklärte sie sich deshalb vorsichtig bereit. »Unter einer Bedingung.«

»Nämlich?«

»Da du deinen Besuch rechtzeitig angekündigt hast, habe ich die Küche angewiesen, ein spätes Dinner zu bereiten. Wenn es dir recht ist, werden wir zunächst zu Abend essen und danach bei einem guten Glas Claret über alles reden.«

»Bei einem guten Glas Claret?« Laydon schürzte anerkennend die Lippen. »Warum hast du das nicht gleich gesagt? Es freut mich zu hören, dass die Segnungen der Zivilisation nicht völlig spurlos an Kincaid Manor vorbeigegangen sind.«

»Also abgemacht?«, fragte Sarah.

Laydon nickte.

»Abgemacht.«

Die Köchin von Kincaid Manor – eine betagte Frau aus den Midlands, die schon für Sarahs Vater gearbeitet und für ihn gekocht hatte, als dieser noch in Oxford weilte – hatte ein Mahl aufgetragen, das selbst dem verwöhnten Gaumen Mortimer Laydons Anerkennung abverlangte. Auf eine delikate Hühnersuppe folgten zwei Gänge mit Lammkoteletts und Truthahn, zu denen Gemüse und Salat sowie französischer und englischer Senf gereicht wurden. Den Abschluss des Mahls bildeten Schokoladencreme und Walnüsse.

»Vorzüglich, mein Kind«, lobte der Doktor und verabschiedete den bittersüßen Geschmack der Schokolade mit einem Schluck Wein. »Wer hätte gedacht, dass man im fernen Yorkshire solche Genüsse kennt? Auf Gardiner Kincaid, den besten Freund, den sich ein Mann wünschen kann – und den besten aller Väter. Möge er in Frieden ruhen.«

»Auf Vater«, stimmte Sarah zu, und beide tranken.

»Ein guter Tropfen«, stellte Laydon mit Blick auf den rubinroten Inhalt seines Glases fest. »Mild und würzig zugleich. Das erklärt, weshalb dieser Franzose zu den bevorzugten Weinen der guten Londoner Gesellschaft gehört.«

»Tut er das?«, fragte Sarah.

»Allerdings. Und dass du etwas davon in deinem Weinkeller hast, beweist mir, dass du den Genüssen des Lebens weniger abgeneigt bist als dein Vater – und darüber bin ich sehr erfreut, Sarah.«

»Täusche dich nicht, Onkel«, erwiderte sie. »Ich bin der Vergangenheit ebenso verfallen, wie mein Vater es war, und ich würde das hier« – sie deutete auf den Dekantierer, in dessen breitem Bauch der Claret geheimnisvoll schimmerte – »jederzeit gegen das Privileg eintauschen, eines der Rätsel der Menschheitsgeschichte zu lösen.«

»Du sprichst tatsächlich wie dein Vater.« Laydon lächelte.

»Warum auch nicht? Er war mein Lehrer, und es ist seine Arbeit, die ich fortsetze. Seine Studien.«

»Ich verstehe. Dann hat die Akademie der Wissenschaften dir also einen Forschungsauftrag erteilt und dich mit Geldern und Mitteln ausgestattet?«

»Natürlich nicht.« Sarah schüttelte den Kopf über diese seltsame Frage. »Du weißt genau, dass die Mitgliedschaft in der Akademie ausschließlich Männern vorbehalten ist. Diese selbstgefälligen Idioten würden sich lieber sämtlichen wissenschaftlichen Erkenntnissen verschließen, als eine Frau in ihre Mitte aufzunehmen.«

»Auch dann, wenn sie so brillant wäre wie du?«

Wieder verzog Sarah das Gesicht. »Ich danke dir für das Kompliment, Onkel, aber ich fürchte, deine Geschlechtsgenossen sind noch um einiges bornierter, als du es dir vorzustellen vermagst.«

»Schwer vorstellbar, in der Tat.« Laydon nahm noch einen Schluck. »Wir leben in modernen Zeiten, Sarah. Es spielt keine Rolle, welches Geschlecht jemand hat, wenn er nur ...«

»Glaubst du das wirklich, Onkel?«

»Allerdings.«

»Dann hebe ich als Gastgeberin und Herrin von Kincaid Manor die Tafel hiermit auf und gestatte dir zu rauchen. Wirst du es tun?«

»Natürlich nicht.«

»Weshalb nicht?«

»Nun – weil es einem Gentleman aufrechter Gesinnung niemals in den Sinn kommen würde, in Gegenwart einer Lady zu rau ...« Der Doktor unterbrach sich, als er merkte, dass Sarah ihn überlistet hatte, und blickte schuldbewusst in sein Weinglas.

»Die Wahrheit, Onkel«, erklärte Sarah nicht ohne Bitterkeit, »ist, dass Frauen in dieser Gesellschaft nicht wirklich respektiert werden. Auch mein Vater hat das gewusst, dennoch hat er mir sowohl Kincaid Manor als auch seine Bibliothek und seine Sammlung vermacht.«

»Weil er wusste, dass du nicht aufgeben würdest«, meinte Laydon voller Überzeugung. »Dass du dich mit gesellschaftlichen Beschränkungen nicht einfach abfinden würdest.«

»Dann hat er sich geirrt«, erwiderte Sarah. »Ich bin keine Revolutionärin, Onkel Mortimer. Alles, was ich möchte, ist in Ruhe die Studien meines Vaters fortsetzen. Eingebildete Hohlköpfe aus Oxford oder Cambridge brauche ich dazu nicht.«

»Vielleicht nicht. Aber du wirst die Ergebnisse deiner Forschungen auch niemals veröffentlichen können. Wirst niemals die Früchte deiner Arbeit ernten.«

»Und?« Sarah zuckte mit den Schultern. »Mein Vater hat die Früchte seiner Arbeit geerntet. Er war ein anerkannter Wissenschaftler und wurde für seine herausragenden Leistungen geadelt. Und was hat es ihm am Ende gebracht? Er starb fern von seiner Heimat in einem fremden Land.«

»Dein Vater ist für seine Überzeugung gestorben«, verbesserte Laydon, »für das, was ihm wichtig war. Ich erinnere mich, dass er nie darüber hinweggekommen ist, dass dieser Deutsche vor ihm

Troja entdeckt hat. Gardiner wollte stets der Erste sein, wollte die Geheimnisse der Vergangenheit ans Licht bringen, bevor es ein anderer tat, und dafür war er auch bereit, sein Leben zu geben. Und du, Sarah, hast dieselbe Leidenschaft in dir.«

»Keineswegs.«

»Willst du mir das wirklich erzählen? Schon als junges Mädchen hast du ferne Länder bereist und den Odem des Abenteuers geatmet. Du kennst nichts anderes als das, Sarah, und willst mir dennoch weismachen, dass du damit zufrieden bist, in der Abgeschiedenheit eines alten Gemäuers zu sitzen und in alten Büchern zu stöbern?«

»Du vergisst, dass ich auch eine gute englische Erziehung genossen habe, Onkel Mortimer. Irgendwann beschloss mein Vater, dass ich genug Abenteuer erlebt hätte, und schickte mich zurück nach London, auf Kingsleys Schule für höhere Töchter.«

»Du bist nicht lange dort geblieben«, wandte Laydon ein.

»Lange genug, um zu wissen, wo mein Platz in dieser Gesellschaft ist«, gab Sarah bissig zurück. »Das letzte Mal, als ich diesen Platz verließ, hat mein Vater dafür mit dem Leben bezahlt.«

»Jetzt verstehe ich«, stellte der Doktor mit einigem Unglauben fest. »Du machst dir Vorwürfe. Du gibst dir die Schuld an dem, was in Alexandrien geschehen ist.«

»Ich habe viel darüber nachgedacht«, gab Sarah zu. »Und ich frage mich, ob ich es nicht hätte verhindern können ...«

»Nein, Sarah. Es war ein feiges Komplott, und das weißt du. Es lag nicht in deiner Macht, es zu verhindern.«

»Wie auch immer – seit Vater in meinen Armen starb, habe ich nach Antworten gesucht. All das muss einen Sinn haben. Es darf nicht sein, dass Vater nur deshalb sein Leben ließ, weil eine Laune des Schicksals es so wollte. Es muss einen tieferen Grund dafür geben, eine Verbindung zur Vergangenheit. Verstehst du, was ich meine? In der Geschichtswissenschaft gibt es immer eine Verbindung zur Vergangenheit, nichts geschieht aus purem Zufall ...«

»Vielleicht doch«, warf Laydon ein. »Manchmal geschehen Dinge, ohne dass sie einen Sinn ergeben, Sarah.«

»Nicht solche Dinge.« Sie schüttelte den Kopf.

»Was macht dich so sicher?«

Sie griff erneut nach dem Weinglas und leerte es, mit weit größeren Schlucken, als es sich für eine Dame geziemte. Eine Antwort blieb sie schuldig, aber Laydon gab nicht auf.

»Was macht dich so sicher, Sarah?«, fragte er noch einmal. »Du scheinst etwas zu wissen, das außer dir niemand weiß. Was ist es, Sarah? Willst du es mir nicht verraten?«

Sie schüttelte den Kopf.

»Ich bin dein Pate«, erinnerte Laydon sie. »Wenn du dich mir nicht anvertrauen willst, wem dann? Nach dem Tod deines Vaters bin ich wohl derjenige, dem du am meisten vertrauen kannst.«

Sarah besann sich. Es stimmte – Mortimer Laydon war der beste Freund ihres Vaters gewesen und hatte fast zur Familie gehört. Und obendrein war er Arzt – vielleicht konnte er ihr tatsächlich helfen.

Entschlossen stellte sie ihr Glas beiseite und erhob sich. Unter Missachtung jeder Etikette nahm sie ihren Stuhl und umrundete damit die Tafel, um sich direkt neben den Doktor zu setzen.

»Ich habe einen Traum«, eröffnete sie ihm kurzerhand.

»Einen Traum?«

Sie nickte. »Einen Traum, der immer wiederkehrt. Es sind stets dieselben Bilder, die ich sehe, aber ich weiß nicht, was sie zu bedeuten haben.«

»Interessant«, sagte Laydon und reckte wissbegierig das Kinn vor. »Und seit wann hast du diesen Traum?«

»Seit Vaters Tod.«

»Ich verstehe.« Der Doktor nickte verständnisvoll, und ein undeutbarer Ausdruck huschte über sein Gesicht. »Und was sind das für Bilder, die du siehst?«, fragte er vorsichtig.

»Ich weiß es nicht. Es sind keine konkreten Bilder, sondern nur verschwommene Eindrücke. Farben und Geräusche. Und manchmal auch Gerüche.«

»Aber du kannst sie nicht einordnen, oder?«

»Nein.« Erneut schüttelte sie den Kopf. »Dennoch ängstigen sie mich, denn sie haben mit der Vergangenheit zu tun.«

»Sarah.« Der Doktor schürzte die Lippen. »Nicht alles, was wir träumen, hat zwangsläufig mit der Vergangenheit zu tun. Vieles hat seinen Ursprung in uns selbst, und ich weiß nicht, ob ...«

»Mit *meiner* Vergangenheit«, schränkte Sarah ein, und plötzlich wusste Laydon, worauf sie anspielte.

»*Tempora atra*«, flüsterte er. »Die Dunkelzeit.«

Sarah nickte. »So nannte mein Vater das Phänomen. Aber auch er konnte sich nicht erklären, was es damit auf sich hat.«

»Und du glaubst, dass die verlorenen Jahre deiner Kindheit mit diesen Träumen in Verbindung stehen?«

»Es wäre möglich, oder nicht?«

»Natürlich.« Laydon rieb sich nachdenklich die Schläfe. »Ich nehme an, dass ein so furchtbares Erlebnis wie der Tod des Vaters durchaus dazu angetan sein könnte, verschüttete Erinnerungen wieder zutage zu befördern. Andererseits sagst du selbst, dass die Bilder, die du siehst, undeutlich und verschwommen sind, also könnten sie alles Mögliche bedeuten, nicht wahr?«

»Das stimmt.« Sarah nickte, und am feuchten Glanz ihrer Augen konnte der Doktor erkennen, dass die Angelegenheit sie weit mehr mitnahm, als sie zugeben wollte. »Aber ein Gefühl sagt mir, dass es einen Zusammenhang zwischen meinen Träumen und Vaters Tod gibt. Du magst an Zufälle dieser Art glauben, Onkel Mortimer – ich tue es nicht. Ich glaube an das Schicksal und bin davon überzeugt, dass nichts auf dieser Welt aus purem Zufall geschieht. Deshalb werde ich weiter nach Antworten suchen.«

»In deinen Büchern?«

»Warum nicht? Kennst du einen besseren Ort?«

»Vielleicht ja«, bestätigte der Arzt und legte eine Kunstpause ein, in der er nach seinem Taschentuch griff und es Sarah reichte, damit sie ihre Tränen trocknen konnte. »Was, wenn es für dich eine Möglichkeit gäbe, weiter an den Fragen zu forschen, die dich beschäftigen? Mehr Licht ins Dunkel der Geschichte zu bringen, ohne dass deine Arbeit verlacht oder missachtet würde?«

»Das wäre schön«, gestand Sarah, »aber das wird nicht geschehen.«

»Vielleicht doch«, widersprach Laydon mit triumphierendem Lächeln. »Denn du musst wissen, mein Kind, dass ich gekommen bin, um dir genau dies anzubieten – und noch ungleich mehr.«

»Du beliebst zu scherzen, Onkel.«

»Durchaus nicht. Denn nur aus diesem Grund bin ich hier. Ich soll dich auf oberstes Geheiß nach London bringen, wo deine Kenntnisse und deine Fähigkeiten dringend gebraucht werden.«

»Meine Kenntnisse?« Sarah hob ihre schmalen Brauen. »Meine Fähigkeiten? Was soll das heißen?«

»Das soll heißen, dass die Geschehnisse in Ägypten nicht verborgen geblieben sind. Die Königin kennt deinen Namen und weiß, was das Empire dir verdankt – und sie hat mich gebeten, dich in ihrem Namen um Hilfe zu bitten.«

»Um Hilfe? Wobei?«

»Das werde ich dir erst verraten, wenn du zugesagt hast, mich nach London zu begleiten.«

»London.« Sarah kaute den Namen der Hauptstadt wie alten Wein, während ein wahrer Wust an Erinnerungen in ihr Bewusstsein flutete, gerade so, als wäre ein Schleusentor geöffnet worden. Und nicht jede dieser Erinnerungen war angenehm ...

»Ich bedaure, Onkel Mortimer«, entgegnete sie deshalb. »Aber ich fürchte, ich kann dein großzügiges Angebot nicht annehmen.«

»Weshalb nicht?«

»Weil ich Kincaid Manor nicht den Rücken kehren werde, weder für London noch für sonst einen Ort auf der Welt.«

»Und warum nicht?«

»Weil ich es Vater schuldig bin, deshalb.«

»Unsinn, Sarah«, widersprach Laydon entschieden und lauter, als es einem Gentleman zukam – mochte es nun am Alkohol liegen oder daran, dass die bäuerischen Sitten Yorkshires bereits auf ihn übergegriffen hatten. »Du schuldest deinem Vater nicht das Geringste.«

»Nein?«, fragte sie trotzig. »Verzeih, Onkel Mortimer, aber ich denke nicht, dass du darüber urteilen solltest. Die letzten Worte, die mein Vater auf dieser Welt sprach, galten mir. Er bat mich, seine Mission fortzuführen und nach der Wahrheit zu suchen.«

»Dann verstehe ich erst recht nicht, weshalb du Kincaid Manor nicht verlassen willst. Gardiners Sammlung in allen Ehren, aber in London sind die Voraussetzungen für ernsthafte wissenschaftliche Arbeit ungleich besser – ich möchte nur an die königliche Bibliothek und das Britische Museum erinnern. Aber in Wirklichkeit geht es nicht darum, oder?«

»Was meinst du?«

»In Wirklichkeit«, fuhr Laydon fort, »willst du Kincaid Manor nur aus einem einzigen Grund nicht verlassen – weil du dich fürchtest. Du fürchtest dich vor der Welt da draußen, die dir den Menschen genommen hat, den du mehr geliebt hast als jeden anderen, und du hast dich hier in diese einsame Gegend verkrochen, um zu trauern. Eine Zeitlang mag dies angebracht gewesen sein, aber die Zeit der Trauer und des Versteckspielens ist zu Ende. Du musst dich dem Leben wieder stellen, Kind. Auch dein Vater hätte es so gewollt.«

»Was du nicht sagst«, konterte Sarah wenig diplomatisch. »Und das alles fällt dir ein, nachdem ich dir über Monate hinweg völlig gleichgültig gewesen bin? Bei Gott, Onkel Mortimer, ich hätte in all der Zeit einen Freund sehr gut gebrauchen können.«

Laydon hielt ihrem empörten Blick stand. »Das glaube ich dir gerne, mein Kind«, sagte er mit ruhiger Stimme, »und ich kann verstehen, dass du wütend auf mich bist. Es stimmt, ich war in den dunklen Tagen, die hinter dir liegen, nicht bei dir, und dafür bitte ich dich um Verzeihung. Könnte ich ungeschehen machen, was geschehen ist, so glaube mir, ich würde es tun. Und könnte ich meinen alten Freund ins Leben zurückholen, indem ich meines dafür gebe, so würde ich auch das ohne Zögern tun. Willst du mir das glauben?«

Sarah ließ sich mit der Antwort Zeit. Laydon hatte nicht Unrecht. Sie fürchtete sich tatsächlich davor, Kincaid Manor zu verlassen, befürchtete, dass die Geschichte sich wiederholen könnte.

Aber das Wort, das ihren Seelenzustand mit Abstand am treffendsten kennzeichnete, war nicht Furcht oder Trauer. Es war Wut.

Blanke, hilflose Wut, die sich auf niemand Bestimmten richtete, sondern auf alles und jeden. Auf Mortimer Laydon, der ungebeten in ihr Leben platzte und es auf den Kopf stellen wollte; auf jene Traumbilder, die sie seit dem Tod ihres Vaters verfolgten und ihr Geheimnis nicht preisgeben wollten; auf ihre eigene Feigheit und Tatenlosigkeit; und schließlich auch auf ihren Vater, weil er seinen Forschungen den Vorzug gegeben und seine Tochter auf dieser Welt allein gelassen hatte . . .

Sarahs Brust bebte vor Zorn. Ihre Fäuste ballten sich, dass die Knöchel weiß hervortraten – aber schließlich nickte sie.

»Gardiner war mein Freund, Sarah, der beste, den ich je hatte«, fuhr Mortimer Laydon tröstend fort. »Aber er war auch ein Mensch, und Menschen machen Fehler. Gardiner hat sein Leben damit zugebracht, die Vergangenheit zu erforschen, und dabei oft die Gegenwart vergessen. Als dein Pate und väterlicher Freund bitte ich dich, nicht denselben Fehler zu begehen. Die dunklen Tage liegen hinter dir, Sarah. Du musst jetzt nach vorn blicken, ungeachtet aller Dämonen, die dich verfolgen. Und das gelingt dir am besten, indem du Kincaid Manor verlässt. Ihre Majestät die Königin persönlich wünscht deine Anwesenheit in London – muss ich dich erst daran erinnern, dass dein Vater stets ein treuer Gefolgsmann der Krone gewesen ist?«

»Nein«, erwiderte Sarah nachdenklich und schüttelte den Kopf. »Das musst du nicht, Onkel.«

»Dann wirst du mich nach London begleiten? Königin Victoria selbst wird dafür sorgen, dass es dir an nichts mangelt und dir jede erdenkliche Unterstützung zuteil wird.«

»Warum?«, fragte Sarah. »Was steckt hinter alldem?«

Der Doktor blickte sich argwöhnisch um, als fürchte er, belauscht zu werden. Erst als er sich vergewissert hatte, dass keiner der Diener im Speisesaal weilte, begann er leise zu flüstern.

»Ich kann und darf dir nicht mehr darüber sagen, Sarah – aber Ihre Majestät braucht deine Hilfe. Das britische Königshaus, so fürchte ich, wird bedroht von einer Affäre, die den Fortbestand des gesamten Empire gefährden könnte.«

»Eine Affäre? Was für eine Affäre? Du sprichst in Rätseln.«

»Aus gutem Grund.«

»Und weshalb werden dabei Kenntnisse auf dem Gebiet antiker Geschichte benötigt?«

»Warte es ab«, erwiderte Laydon geheimnisvoll und brachte Sarahs Blut damit nur noch mehr in Wallung.

Mit manchem hatte sie gerechnet, aber sicher nicht damit, dass das Gespräch mit ihrem Paten eine solche Wendung nehmen würde – und obwohl Sarah sich geschworen hatte, dem Abenteuer den Rücken zu kehren und sich künftig mit theoretischen Studien zu beschäftigen, spürte sie, wie ihre angeborene Neugier sich regte. Natürlich schmeichelte es ihr, dass die Königin nach ihr persönlich verlangte. Noch stärker jedoch war der Forscherdrang, der in ihr erwachte. Er hatte so lange Zeit geschlafen – seit jenem Tag, an dem sie ihren Vater zur letzten Ruhe gebettet hatte …

»Also?«, fragte Laydon herausfordernd. »Wirst du mich nach London begleiten und Ihrer Majestät helfen?«

»Vielleicht«, erwiderte Sarah ausweichend. »Verrate mir nur noch eines.«

»Nun?«

»Warum ausgerechnet ich?«, wollte Sarah wissen. »In London gibt es viele Kapazitäten auf dem Gebiet der alten Geschichte, die sich sicher um die Ehre schlagen würden, der Königin zu Diensten zu sein.«

»Weil du all diesen Kapazitäten etwas voraushast, mein Kind – etwas, das die Königin sehr zu schätzen weiß.«

»Und was sollte das sein?«

»Sehr einfach«, antwortete Laydon mit weisem Lächeln. »Du bist eine Frau ...«

In einem fensterlosen Raum im Herzen Londons, dessen Wände mit Holz getäfelt und dessen Tür gepolstert und mit Leder beschlagen war, sodass kein Laut aus dem Inneren nach außen drang, öffneten bebende Hände ein Kuvert.

Nervöse Augen überflogen im Licht der Gaslampe den Wortlaut der telegraphischen Nachricht, die soeben aus Manchester eingetroffen war. Die Stille im Raum war dumpf und schwer. Nur das Ticken der großen Standuhr, das unbarmherzig darauf hinwies, wie die Zeit zerrann, war zu hören – und schließlich ein erleichtertes Aufatmen.

Das Zittern der Hände, die das Telegramm hielten, legte sich, und die Gestalt, die zuvor ruhelos im Raum auf und ab geschritten war, nahm auf einem der zahlreichen Stühle Platz.

Die Mission war erfolgreich gewesen.

Sarah Kincaid war auf dem Weg nach London.

3

Reisetagebuch Sarah Kincaid
Nachtrag

Es fiel mir nicht leicht, Kincaid Manor zu verlassen, das mir während der letzten Monate nicht nur zum Heim, sondern auch zur Zuflucht geworden war. Dennoch spürte ich, als die Kutsche die Hauptstraße erreichte und die vertrauten Gebäude hinter den Hügeln des Hochmoors verschwanden, tief in meinem Inneren eine Freiheit, die ich lange nicht mehr empfunden hatte.

Die Kutsche der Royal Science Academy brachte uns nach Manchester, wo wir den Zug nach London bestiegen. Die Tatsache, dass Mortimer Laydon bereits ein Abteil hatte reservieren lassen, machte mir klar, dass er zu keinem Zeitpunkt daran gezweifelt hatte, dass ich einwilligen und ihn nach London begleiten würde. In mancher Hinsicht scheint mein väterlicher Freund mich besser zu kennen als ich.

Zwei Tage dauerte die Fahrt, und je weiter wir nach Süden kamen, desto unruhiger wurde ich. Nach dem Tod meines Vaters hatte ich mir geschworen, nie mehr nach London zurückzukehren, in diese Steinwüste an der Themse, diesen Moloch, der seine eigenen Kinder verschlingt. Ich habe jedoch mit meinem Vorsatz gebrochen, und nun harre ich ungeduldig auf das, was mich in London erwarten mag...

London
5. November 1883

Es war noch früh am Morgen, als ein Hansom Cab Sarah Kincaid und Mortimer Laydon vom Bahnhof King's Cross nach Westminster fuhr. Ihr Gepäck hatten sie am Bahnhof zurückgelassen und einen Gepäckdienst damit beauftragt, es zu Laydons Haus im noblen Stadtteil Mayfair zu transportieren. Im Verkehrsgewühl, das bereits am frühen Morgen auf den Einfallstraßen herrschte, bot der leichte Hansom wesentlich bessere Aussichten, rasch voranzukommen, als ein Mehrspänner.

Geschickt lenkte der Kutscher das schnittige Gefährt an Karren und Fuhrwerken vorbei, die auf der Gray's Inn Lane stadteinwärts rollten. Die despektierlichen Häuserzeilen von St. Pancras und Clerkenwell huschten an der offenen Kabine vorbei, und Sarah bedachte Dr. Laydon mit einem vieldeutigen Blick.

»Wie es scheint, hat sich in London nicht sehr viel verändert, seit ich das letzte Mal hier war. Die Armen sind noch immer arm und die Reichen noch immer reich.«

»Nun – es wäre auch äußerst verwunderlich, wenn sich dies so rasch geändert hätte, nicht wahr, mein Kind?« Der Doktor lächelte wohlwollend. »Wenn du dich so sehr um das Wohl der Bedürftigen sorgst, solltest du dich vielleicht William Booth vorstellen – ich vermute, er wäre ein Mann nach deinem Herzen.«

»Booth? Wer ist das?«

»Er nennt sich selbst ›General‹ und hat eine Armee von Predigern gegründet, die in Whitechapel und anderen Vierteln Betrunkenen und Taugenichtsen die frohe Botschaft verkünden.«

»Ein Mann mit Idealen«, stellte Sarah anerkennend fest.

»Ein Phantast«, korrigierte Laydon kopfschüttelnd. »Das einzige Evangelium, das diese Leute verstehen, wird in den Arbeitshäusern gepredigt. Sie allein sind dazu angetan, das Elend in den Straßen des East Ends zu beseitigen.«

»Arbeitshäuser«, stieß Sarah hervor. »Es gibt sie also noch?«

»Natürlich.« Laydon lächelte erneut. »Es sollte mich wundern, wenn diese der Gesellschaft so nützliche Einrichtungen verschwinden würden.«

»Nützlich sind die Arbeitshäuser allenfalls denen, die sie unterhalten«, widersprach Sarah. »Schon der Name ist blanker Hohn –

in Wahrheit handelt es sich um Gefängnisse, in denen Menschen, die nichts anderes verbrochen haben, als arm zu sein, unter den unwürdigsten Bedingungen hausen müssen. Familien werden ohne Rücksicht auseinander gerissen, und es gibt gerade genügend Nahrung, um niemanden sterben zu lassen – satt ist dort noch niemand geworden.«

»Du hast zu viel Dockins gelesen, mein Kind, diesen elenden Weltverbesserer, der den lieben langen Tag nichts anderes zu tun hatte, als an unserer stolzen Nation herumzumäkeln«, konterte der Doktor säuerlich.

»Er hieß Dickens, Onkel«, verbesserte Sarah. »Und ich denke nicht, dass es sich bei ihm um einen elenden Weltverbesserer gehandelt hat. Vielmehr um einen Mann mit weiser Voraussicht.«

»Wie auch immer. Sieh dich nur einmal um! Dies ist London, die Metropole der Welt und strahlender Mittelpunkt eines Reiches, das selbst die römischen Cäsaren vor Neid hätte erblassen lassen.«

»Strahlend, in der Tat«, gab Sarah widerstrebend zu. »Doch wo viel Licht ist, ist auch viel Schatten ...«

Das Hansom Cab hatte inzwischen Charing Cross erreicht, den pulsierenden Mittelpunkt Londons. Mit dem Glockenschlag von St. Martin in the Fields war die Stadt vollends zu morgendlichem Leben erwacht, und aus den noblen Vierteln im Westen drängten die vornehmen Kutschen, die wohlhabende Gentlemen in ihre Clubs entlang der Pall Mall brachten, ins Regierungsviertel oder zum Temple Bar, wo die Anwälte ihre Kanzleien unterhielten. Prunkvolle Stadthäuser, mit den düsteren Backsteinbauten Clerkenwells nicht zu vergleichen, umrahmten den Trafalgar Square; gewichtig aussehende Männer waren auf dem Weg zum Royal Stock Exchange, und allenthalben tauchten fliegende Händler mit ihren Karren auf – Schuhputzer, Staubmänner und Kuchenverkäufer –, die darauf warteten, dass auch für sie etwas vom Reichtum der pulsierenden Stadt abfiel.

London schien ein perfekt organisierter Mechanismus zu sein, eine geölte Maschinerie, innerhalb derer nichts verloren geht. Was die einen wegwarfen, das diente den anderen zum Überleben, und plötzlich wusste Sarah wieder, weshalb sie diese Stadt mit ihrem tief verwurzelten Pragmatismus so hasste. Auch ihr Vater hatte London nicht gemocht und sich nicht von ungefähr in die Einsamkeit Yorkshires zurückgezogen. Für einen Augenblick wünschte sich Sarah, den Bitten ihres Paten nicht nachgegeben zu haben. Die große Stadt erschlug sie mit ihrem Treiben und ihrem Lärm, mit den verschiedensten Gerüchen und mit dem Rauch, der aus unzähligen Kaminen quoll. Warum nur hatte sie ihrer Neugier nachgegeben? Was, in aller Welt, hatte sie hier verloren?

Es war zu spät, um sich noch anders zu besinnen – soeben bog das Cab in die Whitehall ein und passierte das Gebäude der Admiralität. Am Whitehall Place No. 4 verlangsamte die Kutsche ihre Fahrt. Sie fuhr durch ein hohes Tor auf den Hof eines schmalen Backsteingebäudes, dessen hohe Giebel und weiß gestrichene Fenster Autorität ausstrahlten. Noch nie zuvor war Sarah Kincaid hier gewesen, aber natürlich kannte sie die Adresse.

Dies war der Sitz von Scotland Yard.

»Überrascht?«, erkundigte sich Laydon, als die Kutsche endlich zum Stehen kam.

»Ein wenig«, gab Sarah zu, während der Kutscher ihr beim Aussteigen half. »Ich hatte angenommen, dass die Fahrt in die St. James Street führen würde, wo die Königin ihre Gäste zu empfangen pflegt.«

»Ihre Majestät ist mit wichtigen Aufgaben befasst, mein Kind. Sie wird keine Zeit haben, dich zu empfangen.«

»Nein? Aber sagtest du nicht, sie hätte um meine Hilfe ersucht?«

»Allerdings – durch ihren persönlichen Q. C.* Sir Jeffrey Hull. Er erwartet uns in diesem Gebäude.«

* Queen's counsel – königlicher Berater; Ehrentitel für verdiente Anwälte des Temple Bar

»Wir werden bereits erwartet?«

»Allerdings, mein Kind. Das sollte dir Aufschluss darüber geben, wie dringlich die Mission ist, auf der du dich befindest.«

»Welche Mission denn?« Sarah lachte freudlos. »Du beliebst zu scherzen, Onkel – ich weiß ja noch nicht einmal, weshalb ich eigentlich hier bin.«

»Nur noch einen Augenblick Geduld, du wirst es gleich erfahren.« Erneut setzte der Doktor sein freundliches, aber undeutbares Lächeln auf.

Ein Polizist in dunkelblauem Uniformmantel trat ihnen entgegen, als sie sich dem Eingang näherten, und nachdem Laydon in seinen Gehrock gegriffen und dem Constable ein Schreiben ausgehändigt hatte, deutete dieser eine Verbeugung an und bat sie, ihm ins Gebäude zu folgen.

Durch eine weite Galerie und eine Anzahl endlos scheinender Korridore, in denen der strenge Geruch von frischem Bohnerwachs hing und deren dunkle Eichentüren allesamt verschlossen waren, führte der Polizist Sarah und Laydon in eine der oberen Etagen des Gebäudes. Vor einer Tür, die sich in nichts von den anderen unterschied, machte er Halt und klopfte an. Für einen kurzen Moment verschwand er im Inneren, um dann sofort wieder zurückzukehren.

»Die Herren lassen bitten«, murmelte er wie ein beflissener Hausdiener und zog sich dann zurück, während die Besucher den Raum betraten. Es war ein nüchtern eingerichtetes Büro, dessen einziges Fenster auf jenen Hof blickte, der dem Gebäude seinen Namen gegeben hatte. Auf dem großen Eichenholzschreibtisch davor stapelten sich Aktenmappen, Unterlagen und Photographien. Die Wände des Zimmers waren in stumpfem Grün gehalten; auf der einen Seite des Raumes stand eine Vitrine mit Büchern und allerlei Gegenständen darin. An der Wand gegenüber hing ein großer Stadtplan.

Im rückwärtigen Teil des Zimmers hielten sich zwei Männer

auf, die auf die Besucher gewartet zu haben schienen. Der eine mochte in Laydons Alter sein – wie der Doktor trug auch er einen schwarzen Gehrock, der ihm bis zu den Knien reichte, sein Haar war grau und spärlich. Der Blick seiner Augen jedoch war wach und aufmerksam und von einer gewissen Jugendlichkeit, wie Sarah bemerkte. Der andere Mann war ungleich jünger, dabei von untersetzter Statur. Sein Rock war kurz geschnitten, ebenso wie sein schwarzes Haar, das vor Pomade glänzte. Schmale Augen, eine hervorspringende Nase und der streng gestutzte Oberlippenbart verliehen ihm eine soldatische Strenge, die Sarah auf den ersten Blick missfiel.

»Endlich sind Sie hier, Dr. Laydon«, begrüßte der ältere die beiden Besucher mit offenkundiger Erleichterung. »Seit wir das Telegramm erhalten haben, das Sie von Manchester aus geschickt haben, erwarten wir mit Ungeduld Ihre Ankunft. Seien Sie uns herzlich willkommen.«

»Ich danke Ihnen, Sir Jeffrey«, entgegnete Laydon beflissen. »Darf ich vorstellen? Dies ist Lady Kincaid, die Tochter unseres geschätzten Freundes Gardiner. Sarah – dies ist Sir Jeffrey Hull, seines Zeichens Berater der Königin, und er trägt diese Bezeichnung nicht nur als Ehrentitel, wie ich hinzufügen darf.«

»Es ist mir eine Ehre, Lady Kincaid«, sagte der ältliche Mann mit dem jugendlichen Blick und verbeugte sich.

»Auch mir ist es eine Ehre, Sir Jeffrey.« Sarah nickte, wie die Etikette es für eine Dame ihres Standes vorsah. »Sie kannten meinen Vater, wie ich höre?«

»Das will ich meinen – der gute Gardiner, Dr. Laydon und ich haben zusammen in Oxford studiert und dort einige wilde Jahre verbracht, wenn Sie mir diese Indiskretion gestatten.«

»Ich gestatte sie durchaus«, erwiderte Sarah und lächelte. »Mir ist bekannt, dass mein Vater verborgene Seiten hatte.«

»Vielleicht. Aber er war auch ein guter Freund und ein herausragender Wissenschaftler. Sein Tod ist ein unersetzbarer Verlust für das Empire.«

»Nicht nur für das Empire«, sagte Sarah leise.

»Gestatte, dass ich dir auch noch den zweiten Gentlemen vorstelle«, schaltete sich Dr. Laydon ein, ehe das Gespräch einen unvorteilhaften Verlauf nehmen konnte. »Dies ist Inspector Desmond Quayle vom Scotland Yard.«

»Inspector.« Sarah nickte auch dem Polizisten zu, von dem allerdings keine Antwort kam. Mit einer Mischung aus Unglauben und Entrüstung starrte er die Besucherin an. Seine Gesichtszüge hatten sich dunkel verfärbt, seine Oberlippe bebte.

»Doktor«, wandte er sich an Mortimer Laydon, die Tatsache, dass Sarah im Raum war, schlechterdings ignorierend. »Kann ich Sie für einen Augenblick sprechen?«

»Natürlich, Inspector«, erwiderte der Arzt und trat auf den Polizisten zu. »Was kann ich für Sie tun?«

Vermutlich gab sich Quayle alle Mühe, möglichst leise und diskret zu antworten. Aber zum einen sprachen seine Blicke in Sarahs Richtung Bände, zum anderen tat er sich in seiner Erregung schwer, die Stimme zu dämpfen.

»Hören Sie, Doktor, was soll das?«, hörte man ihn zischen. »Als verantwortlichem Leiter der Ermittlungen wird mir ein hochkarätiger Spezialist versprochen, und was bringen Sie mir? Eine Frau! Seit fünfzehn Jahren arbeite ich nun für den Yard, aber so etwas ist mir noch nie untergekommen. Das kann unmöglich die Kapazität sein, die mir zur Unterstützung in Aussicht gestellt wurde – und ich arbeite nicht mit Amateuren zusammen, wie Sie sehr wohl wissen!«

»Lassen Sie sich von meinem Äußeren nicht täuschen, werter Inspector«, sagte Sarah laut, noch ehe ihr Pate diplomatisch antworten konnte. »Ich mag wie eine Frau aussehen, aber in erster Linie gehöre ich der menschlichen Rasse an. Und was meine Qualifikation angeht, so darf ich Ihnen versichern, dass auch ich gemeinhin nicht mit Amateuren arbeite, jedoch bereit bin, in Ihrem Fall eine Ausnahme zu machen. Es wäre also in höchstem

Maße erfreulich, wenn Sie denselben Willen zur Kooperation an den Tag legen würden.«

Ihren Worten ließ sie ein entwaffnendes Lächeln folgen, das dafür sorgte, dass der Inspector keinen ganzen Satz mehr über die Lippen brachte. Unzusammenhängende Worte stammelnd, blickte er zuerst Laydon, dann Sir Jeffrey Hilfe suchend an, aber die beiden Gentlemen verweigerten ihm nicht nur die Sekundantschaft, sondern konnten sich noch dazu ein Grinsen nicht verkneifen.

»Nachdem dies geklärt wäre, können wir nun vielleicht zum eigentlichen Grund unseres Treffens kommen«, sagte Sir Jeffrey schließlich. »Ich wäre Ihnen also sehr verbunden, Inspector, wenn Sie Lady Kincaid mit dem Fall vertraut machen würden.«

»Nun – gut«, erwiderte Quayle pikiert und straffte sich, bemüht, einen letzten Rest von Würde zu bewahren. »Was Sie hier sehen können«, erklärte er überflüssigerweise und wandte sich zu dem Stadtplan um, der an der getäfelten Wand angebracht war, »ist eine Karte des Londoner East Ends mit den Stadtteilen Spitalfields, Whitechapel und Bethnal Green.«

»Das Armenhaus der Stadt«, stellte Sarah fest. »Die Anzahl der Obdachlosen, Straffälligen, Waisen, Alkoholverfallenen und Prostituierten ist dort höher als in jedem anderen Viertel, nicht wahr?«

Quayle und auch Sir Jeffrey schauten zuerst Sarah, dann Mortimer Laydon fragend an, der nur die Schultern zuckte.

»Es gibt keine Prostitution in London«, erklärte der Inspector schließlich kategorisch. »Alles andere mag wohl zutreffen – ja. Whitechapel und Spitalfields sind in der Tat die Problemzonen dieser Stadt, was allerdings nicht den Autoritäten anzulasten ist.«

»Kaum.« Sarah schüttelte den Kopf. »Denn jeder tut ja nur seine Pflicht für Königin und Vaterland. Richtig, Inspector?«

»Richtig«, stimmte Quayle zu. Wenn er den Sarkasmus in ihren Worten bemerkt hatte, so zeigte er es nicht, sondern wandte sich erneut der Karte zu, auf der zwei Stellen mit roter Farbe markiert waren. »Bedauerlicherweise sind Trunkenbolde und Bettler nicht die einzigen, die Whitechapel zu einer wenig erbaulichen Gegend machen – seit einigen Wochen treibt dort auch ein sehr gerissener Mörder sein Unwesen.«

»Ein Mörder?« Sarah hob die Brauen.

»Allerdings. Am 14. Oktober schlug er zum ersten Mal zu, hier in der Davenant Street, östlich des Spitalfields Market. Bereits sechs Tage später suchte er sich ein neues Opfer, nur wenige Straßenzüge entfernt in der Hopetown Street. Die Opfer waren in beiden Fällen Frauen, die einer – wie soll ich es nennen? – verbotenen Tätigkeit nachgingen.«

»Natürlich.« Sarah nickte. »Wie gut, dass es in London keine Prostituierten gibt, nicht wahr, Inspector?«

Quayle erwiderte nichts darauf – er schien für sich zu dem Schluss gekommen zu sein, dass es im Augenblick am besten war, peinliche Situationen mit unbewegt stoischer Miene durchzustehen. »Die Art der Morde«, fuhr er stattdessen mit betont sachlicher Stimme fort, »lässt keinen Zweifel daran, dass es sich in beiden Fällen um denselben Täter gehandelt hat. Leider ist es uns jedoch trotz aller Bemühungen bislang nicht gelungen, ihn zu fassen.«

»Ich verstehe«, erwiderte Sarah, »und das alles ist wirklich sehr bedauerlich. Nur verstehe ich nicht, was das mit mir zu tun haben soll. Wie Dr. Laydon Ihnen sicher gesagt hat, bin ich Archäologin und in der Kriminalistik in keiner Weise bewandert.«

Quayle schnaubte und sandte den beiden älteren Männern einen Blick, der wohl bedeuten sollte, dass er sich in seinen Einwänden bestätigt sah. Sir Jeffrey jedoch ließ sich nicht beeindrucken.

»Zeigen Sie ihr das Bild, Inspector«, verlangte er.

Ein wenig widerwillig zog Quayle eine der Schubladen seines Schreibtischs auf und beförderte eine Mappe zutage, der er eine Photographie entnahm. »Diese Aufnahme«, sagte er, während er

Sarah das Bild aushändigte, »wurde am Tatort des ersten Opfers gemacht.«

Sarah nahm die Photographie entgegen. Es war die reichlich verschwommene Aufnahme eines Zeichens, das mit ungelenker Hand an eine Backsteinmauer geschmiert worden war und mit etwas Phantasie einen stilisierten Vogel mit gekrümmtem Hals erkennen ließ. Die verwendete Farbe war dünnflüssig gewesen, sodass sie an vielen Stellen zerlaufen war. Dennoch war deutlich zu erkennen, was der Urheber der Abbildung hatte darstellen wollen.

»Dies ist eine ägyptische Hieroglyphe, das Ibis-Zeichen«, stellte Sarah verwundert fest. »Das Zeichen für die altägyptische Gottheit Thot.«

»Dieses Zeichen«, erwiderte Sir Jeffrey, »wurde vom Täter selbst an die Wand geschmiert. Verstehen Sie jetzt, weshalb wir Ihre Hilfe brauchen, Lady Kincaid?«

»Nun – offensichtlich haben Sie einen Mörder in der Stadt, der in altägyptischer Schriftkunst bewandert ist. Das ist zumindest sehr bemerkenswert – ob es allerdings den Einsatz einer Archäologin rechtfertigt, möchte ich bezweifeln. Außerdem sagte Dr. Laydon, es ginge bei dieser Sache um ungleich mehr, um den Fortbestand des britischen Empire, wenn ich ihn recht verstanden habe …«

Quayle stöhnte erneut, aber auch Hull schien in diesem Fall nicht sehr erbaut darüber zu sein, dass derart delikate Dinge so offen ausgesprochen wurden. Er sandte Laydon einen strafenden Blick, behielt jedoch die Fassung. »Das stimmt«, sagte er dazu. »Doktor Laydon hat nicht übertrieben.«

»Inwiefern?«, wollte Sarah wissen, und ihr entging nicht, dass Quayle sich neben ihr verkrampfte und warnende Blicke verschickte – der königliche Berater jedoch schien entschlossen, das Geheimnis zu offenbaren.

»Dieses Zeichen«, erklärte er, auf die Photographie deutend, die Sarah noch immer in der Hand hielt, »wurde nicht nur am ersten, sondern auch am zweiten Tatort gefunden, was den Verdacht erhärtet, dass es sich um denselben Täter handelt. Und lassen Sie sich von der schwarzen Farbe auf der Photographie nicht täuschen – in Wirklichkeit prangte das Symbol in schmutzigem Rot an der Wand, denn der Täter hatte dazu das Blut seiner Opfer benutzt.«

»Blut«, wiederholte Sarah leise und betrachtete die Aufnahme mit ungleich größerem Unbehagen als zuvor.

»Natürlich«, fuhr Hull fort, »blieb eine so auffällige Markierung nicht lange unbemerkt. Zahllose Passanten haben sie gesehen, und seit irgendjemand erkannt hat, um was für ein Zeichen es sich handelt, geht in Whitechapel und Spitalfields die Furcht vor einem Mörder um, den sie das ›Ägyptische Phantom‹ nennen. Einige dieser armen Einfaltspinsel behaupten, es handle sich um den Geist einer jener Mumien, die im Britischen Museum ausgestellt sind, ein Geist, der nun auf der Suche nach Opfern wäre. Andere hingegen, und diese Fraktion ist weit gefährlicher einzustufen, sieht einen Zusammenhang zu einer Organisation, die sich *Egyptian League* nennt.«

»Die *Egyptian League*?«, fragte Sarah. »Was ist das?«

»Ein Zusammenschluss höchst ehrenwerter und um das Empire verdienter Gentlemen, die es sich zur Aufgabe gemacht haben, die ägyptischen Kunstschätze der Nachwelt zu erhalten und ihre Geheimnisse zu erforschen«, erklärte Mortimer Laydon. »Die Liga verfügt über einen weit geringeren Bekanntheitsgrad als der *Egypt Exploration Fund*, aber sie leistet herausragende Arbeit, und ich darf mit einigem Stolz behaupten, ihr selbst anzugehören.«

»Ich verstehe – ist das der Grund, weshalb du dich so engagiert in dieser Sache einsetzt, Onkel?«

»Keineswegs«, wehrte Sir Jeffrey ab, noch ehe der Doktor antworten konnte. »Der Grund, weshalb unser guter Doktor sich in dieser Sache so engagiert, ist der, dass ein Mitglied der königlichen Familie vom gemeinen Volk verdächtigt wird, mit der grausamen Mordserie in Whitechapel in Verbindung zu stehen.«

»Was?«, fragte Sarah verdutzt. »Wer?«

»Wie ich schon erwähnte, gibt es einige, die den Mörder in den Reihen der Ägyptischen Liga vermuten – und deren Vorsitzender ist kein Geringerer als der Duke of Clarence, seines Zeichens Enkel Ihrer Majestät der Königin und möglicher Erbe des Throns von England. Anfangs haben wir nichts auf die Gerüchte gegeben, aber seit einige berüchtigte Aufrührer und Rädelsführer nach Whitechapel gekommen sind und die Furcht der Leute nutzen, um Stimmung gegen die Königin zu machen, müssen wir die Sache ernst nehmen. Gelingt es uns nicht, binnen kürzester Zeit den wahren Täter zu entlarven, könnte es in Whitechapel zu einer gewaltsamen Erhebung kommen, die rasch auf andere Stadtteile übergreifen könnte – und ich brauche Ihnen wohl nicht zu sagen, was das bedeuten würde.«

»Bürgerkrieg und Anarchie.« Sarah sprach ungeniert aus, wovor die Herren im Raum sich zu drücken schienen. »Die Armut, in der viele Londoner leben, würde sich dann bitter rächen, nicht wahr?«

»Allerdings«, gab der königliche Berater unumwunden zu, »nicht zuletzt in Anbetracht der Krisenherde, die sich überall auf der Welt entwickeln. Die Untergrundbewegung der Fenians ist in den letzten Jahren zu einer ernst zu nehmenden Bedrohung in Irland geworden, und die Buren verlangen nach Unabhängigkeit, von der indischen Widerstandsbewegung ganz zu schweigen. Eine Schwächung des Empire aus dem Inneren heraus wäre ein fatales Signal an unsere Feinde.«

»Du siehst also«, fügte Dr. Laydon hinzu, »dass ich keinesfalls übertrieben habe, mein Kind. Es steht bei dieser Sache tatsächlich weit mehr auf dem Spiel, als auf den ersten Blick zu erkennen ist – und wir haben allen Grund zu der Annahme, dass deine Kenntnisse, die ägyptische Mythologie betreffend, bei der Aufklärung des Falles von großem Wert sein könnten.«

»Von großem Wert?« Sarah lachte freudlos. »Ihr habt hier einen wahnsinnigen Mörder, der mit dem Blut seiner Opfer altägyptische Schriftzeichen an die Wände schmiert – ich wüsste nicht, wie ich da helfen könnte. Jeder der ehrenwerten und um das Empire so verdienten Gentlemen der *Egyptian League* könnte vermutlich dasselbe tun.«

»Anzunehmen«, erwiderte Quayle spitz. »Die Mitglieder der Liga als Berater hinzuzuziehen, verbietet sich jedoch aus einem gewichtigen Grund: Noch ist es auf Betreiben höchster Stellen gelungen, die Presse zum Stillschweigen zu bewegen. Aber sobald diese Schmierfinken einen nationalen Skandal wittern, werden sie sich auch von der Staatsräson nicht länger zurückhalten lassen. Versuchen Sie sich vorzustellen, was geschieht, wenn die *Times* die Morde in Whitechapel mit der *Egyptian League* in Verbindung bringt. Der Aufschrei der Bevölkerung würde bis zum Buckingham Palast dringen, und natürlich würde es nicht lange dauern, bis der Name des Duke of Clarence fallen würde.«

»Das wäre unerfreulich, in der Tat.«

»Ihre Nichte, Doktor«, raunte Quayle schnaubend an Laydon gewandt, »hat eine ausgeprägte Neigung zur Untertreibung.«

»Ich weiß.« Laydon nickte gelassen. »Die hat sie von ihrem Vater geerbt.«

»Lady Kincaid«, wandte Sir Jeffrey sich an Sarah, und seine Stimme nahm dabei in einen fast flehenden Tonfall an. »Sie dürfen mir glauben, wenn ich Ihnen versichere, dass wir Sie nicht nach London gebeten hätten, wenn wir nicht absolut überzeugt davon wären, dass Ihre Kenntnisse hier von großer Wichtigkeit sind. Ihr aufopferungsvoller Dienst in Alexandrien hat die Königin tief beeindruckt. Queen Victoria sorgt sich sowohl um das Wohl ihres Enkelsohnes als auch um das des Empire – und sie erhofft, nein, sie erwartet Ihre Hilfe.«

Sarah brauchte nicht lange nachzudenken. Sie mochte nicht mit allem übereinstimmen, was in Westminster beschlossen wurde, aber sie war Patriotin genug, um ihre Hilfe nicht zu verweigern, wenn ihr Land danach verlangte. Doch es gab Bedingungen ...

»Nun gut«, erklärte sie sich einverstanden, zu Sir Jeffreys sichtlicher Erleichterung und zu Inspector Quayles unverhohlenem Verdruss. »Allerdings müssen einige Voraussetzungen erfüllt sein, ohne die ich nicht arbeiten kann.«

»Nennen Sie Ihre Wünsche«, erwiderte der königliche Berater. »Sie sind bereits gewährt.«

»Ich möchte bei den Untersuchungen freie Hand haben«, verlangte Sarah mit Blick auf Quayle.

»Das sollte kein Problem darstellen.«

»Außerdem verlange ich Zugang zu allen zur Verfügung stehenden Beweismitteln und Informationen.«

»Das ist in meinen Augen selbstverständlich.«

»Und ich werde nicht zulassen, dass meine Arbeit dazu missbraucht wird, die Wahrheit zu vertuschen. Sollte es mir gelingen, eine Spur zu finden, und sollte diese Spur tatsächlich in den Buckingham Palace führen ...«

»Das wird sie nicht«, sagte Mortimer Laydon rasch – ein wenig zu rasch für Sarahs Geschmack. »Mach dir darüber keine Gedanken, Kind.«

»Der Duke of Clarence ist unschuldig«, stellte Sir Jeffrey klar. »Wer immer hinter den Morden steckt, benutzt sie nur, um einen falschen Verdacht auf das Königshaus zu lenken, und er bedient sich dieses archäologischen Hokuspokus, um beim gemeinen Volk Angst zu erzeugen. Je eher dieser Scharlatan gefasst wird, desto besser.«

»Ich werde mein Bestes geben«, versicherte Sarah. »Gibt es noch mehr von diesen Photographien? Noch mehr Aufnahmen vom Tatort?«

»Natürlich«, erwiderte Quayle hochnäsig. »Jeder der beiden Tatorte wurde nach neuesten kriminologischen Erkenntnissen dokumentiert. Aber ich bezweifle sehr, dass die Natur der Aufnahmen dazu angetan ist, von einer Frau ...«

»Ich möchte diese Aufnahmen sehen«, stellte Sarah klar. »Und vergessen Sie bitte nicht, dass Sir Jeffrey mir uneingeschränkten Zugang zu allen Beweismitteln gewährt hat.«

Der Inspector sandte Hull einen unsicheren Blick zu und erntete ein Nicken. Daraufhin entnahm er der Mappe noch einige Bilder, die er vor Sarah auf dem Schreibtisch ausbreitete.

Es war grauenvoll.

Obwohl die Bilder in Schwarzweiß gehalten waren, hatte Sarah das Gefühl, dass das Blut darauf sie wie ein Raubtier ansprang. Und es gab viel Blut zu sehen auf diesen Bildern ...

»Beide Opfer wurden durch gezielte Schnitte zur Kehle getötet«, stellte Quayle betont sachlich fest. »Danach hat der Täter sie regelrecht ausgeweidet, was nach unseren Erkenntnissen darauf schließen lässt, dass es sich bei dem Mörder um einen Mann mit fundierten anatomischen Kenntnissen gehandelt haben muss.«

»Wer sagt, dass es ein Mann gewesen ist?«, fragte Sarah, die Mühe hatte, angesichts des schrecklichen Anblicks die Fassung zu wahren und sich vor Quayle keine Blöße zu geben.

»In diesem Fall der gesunde Menschenverstand«, konterte der Inspector kühl. »Wie diverse Sachverständige – darunter übrigens auch Ihr Onkel – mir versichert haben, ist einige Körperkraft nötig, um ein Opfer auf diese Weise zu töten und auszunehmen. Zudem muss der Täter, wie ich bereits erwähnte, gute Kenntnisse der Anatomie besessen haben, was auf einen Fleischer oder Veterinär schließen lässt – beides keine Berufe, die von Frauen ausgeübt werden.«

»Oder um einen Arzt«, wandte Sarah ein. »Ein Chirurg besitzt diese Kenntnisse ebenfalls, oder nicht?«

»Bitte, Lady Kincaid«, wandte Sir Jeffrey ein. »Sie werden doch nicht allen Ernstes in Erwägung ziehen, dass ein Arzt, ein gebildeter und kultivierter Mann demnach, hinter diesen abscheulichen Verbrechen stehen könnte? Das würde ja im Widerspruch zu allem stehen, was der Eid des Hippokrates bedeutet.«

»Ich bitte um Verzeihung, Sir«, erwiderte Sarah, »aber Sie haben mir gestattet, Überlegungen in alle Richtungen anzustellen.« Sie griff nach einigen der Photographien und nahm sie näher in Augenschein. Den Kopf hielt sie dabei so, dass die breite Krempe ihres Hutes ihr Gesicht verdeckte – sie wollte Quayle den Triumph nicht gönnen, zu sehen, wie blass sie dabei wurde.

Die Bilder stammten sowohl vom Tatort als auch von der anschließenden Untersuchung der Leichen. Nachdem das Blut abgewaschen worden war, hatte man deutlich sehen können, wie der Täter seine Schnitte geführt hatte, und obwohl Sarah weder in der Chirurgie noch in der Anatomie sehr bewandert war, war auch für sie erkennbar, dass der Mörder mit einigem Sachverstand am Werk gewesen sein musste.

»Sie sagten, die Opfer wären ausgeweidet worden?«, erkundigte sie sich bei Quayle.

»Das stimmt. In beiden Fällen wurden innere Organe entnommen.«

»Welche Organe?«

»Nun ...« Ein wenig verblüfft darüber, dass Sarah nach solchen Details fragte, durchblätterte der Inspector die Akte. »Im Fall von Nell McCrae, dem ersten Opfer, war es die Leber, die herausgeschnitten wurde. Bei Grace Brown, Opfer Nummer zwei, ist es die Lunge gewesen. In beiden Fällen hat der Täter die entnommenen Organe entwendet.«

»In der Tat«, sagte Sarah.

»Haben Sie etwa schon einen Verdacht?«, erkundigte sich Sir Jeffrey hoffnungsvoll. »Sehen Sie einen Zusammenhang zwischen der Natur der Tat und dem unseligen Geschmiere an der Wand?«

»Noch nicht.« Sarah schüttelte den Kopf. »Aber ich werde darüber nachdenken, das verspreche ich Ihnen. Und ich wünsche baldmöglichst mit dem Duke of Clarence zu sprechen.«

»Sie wollen mit dem Herzog sprechen?«, fragte Sir Jeffrey verblüfft, und auch Mortimer Laydon schien dies, seinem Gesichtsausdruck nach zu schließen, für keine gute Idee zu halten.

»Natürlich – schließlich ist er derjenige, gegen den sich der Verdacht richtet, und ich würde ihm gerne einige Fragen bezüglich seiner Tätigkeit im Rahmen der Ägyptischen Liga stellen.«

»Sarah, das ist nicht ...«, begann Laydon, aber Sir Jeffrey hielt ihn zurück.

»Lassen Sie es gut sein, mein lieber Mortimer – Lady Kincaid hat Recht. Wenn sie uns wirklich helfen soll, dann sollte sie auch alles erfahren ...«

WHITECHAPEL
5. NOVEMBER 1883

Die Dunkelheit war noch nicht ganz über dem Londoner East End hereingebrochen, als die Klinge sich erneut auf die Suche begab – auf die Suche nach Blut.

In einem schwarz lackierten Holzkoffer, dessen Inneres mit rotem Samt ausgeschlagen war, lag sie, zusammen mit anderen Werkzeugen, derer ein Chirurg sich in Ausübung seiner Tätigkeit zu bedienen pflegte, und wartete nur darauf, dass der Koffer geöffnet wurde und sie erneut ihr blutiges Handwerk verrichten durfte.

Die Klinge musste jedoch warten, denn ihr Besitzer wurde lange Zeit nicht fündig in dieser Nacht. Erneut kroch dichter Nebel durch die Gassen von Whitechapel und dämpfte sowohl den Hufschlag der Pferde als auch das Gegröle, das aus den Spelunken drang. Die feuchte Kälte setzte dem Kutscher zu, der sich den Hut tief ins Gesicht gezogen und den Schal so um seine Mundpartie geschlungen hatte, dass man ihn nicht erkennen konnte.

So wartete er, genau wie die Klinge im roten Samt, und lauerte darauf, dass ein Opfer sich nähern und in die tödliche Falle tappen würde. Als sich kurz nach Mitternacht eine schäbige Spelunkentür öffnete, um eine junge Frau auszuspucken, die albern kicherte und offenbar zu viel getrunken hatte, sah der Kutscher seine Chance.

Genau wie die beiden Male zuvor, dirigierte er sein wuchtiges Gefährt an den Straßenrand und hielt an. Die Hure hob langsam den Kopf und starrte ihn mit stierem Blick an.

»Allein heute Nacht?«, fragte der Kutscher.

»Aber ja«, lallte sie, die Zunge schwer vom Gin. »Suchst du Gesellschaft?«

»Ich nicht, aber mein Herr dort in der Kutsche.«

»Tatsächlich? Was lässt er denn springen, dein feiner Herr?«

»Einen Shilling.«

»Einen Shilling? Du machst Witze, oder?«

»Keineswegs.«

»Dein feiner Herr will wirklich 'nen Hog springen lassen?«

»Durchaus. Aber es muss rasch gehen, mein Herr ist sehr ungeduldig, wenn du verstehst.«

»Was du nicht sagst.« Sie kicherte erneut. »Dann wollen wir rasch Abhilfe schaffen, nicht wahr?«

Wankend trat sie auf die Kutsche zu und öffnete die Tür – es war der Moment, in dem die Klinge aus dem Koffer genommen wurde und unbarmherzig zustieß.

Flackernder Stahl aus tiefer Schwärze.

Entsetzt geweitete Augen.

Ein erstickter Schrei.

Roter Lebenssaft, der ein rostiges Straßenschild besudelte.

Wentworth Street …

4

PERSÖNLICHES TAGEBUCH
NACHTRAG

Der Palast von St. James.

Wieder hier zu sein, weckt Erinnerungen.

Erinnerungen an ein junges Mädchen, das sich hier einst einfinden durfte, um der Königin vorgestellt und in den Kreis der guten Londoner Gesellschaft aufgenommen zu werden.

Ein Mädchen, das lange Zeit außerhalb Englands gelebt hatte und nur wenig wusste von den vornehmen Sitten bei Hof, das dem Ereignis entgegenfieberte und schlaflose Nächte damit verbrachte, sich auszumalen, wie es beim Empfang im königlichen Audienzsaal wohl sein würde.

Würde es Gefallen finden in den Augen der Majestät? Würde es dann endlich als Mitglied der Gesellschaft akzeptiert werden?

Der Tag der Vorstellung rückt näher, und das Mädchen betritt aufgeregt und mit pochendem Herzen die Galerie. Endlich darf es der Königin gegenübertreten, die die Macht eines Weltreichs symbolisiert, eines Weltreichs, das sich über fünf Kontinente erstreckt. Die Spannung steigt ins Unermessliche – doch als das Mädchen endlich den Audienzsaal betritt, ist es maßlos enttäuscht. Denn die Majestät, vor der jeder sein Haupt und sein Knie beugt und von der die halbe Welt mit Ehrfurcht spricht, erweist sich als ältliche Dame, die etwas von den steinernen Denkmälern hat, die das Mädchen bereits vielerorts gesehen hat.

Wo sind die Visionen, wo die sprühende Energie, die der Monarchin nachgesagt werden?

Wie in Trance nähert das Mädchen sich dem Thron und verneigt sich tief, hört kaum, wie der Zeremonienmeister der Königin seinen

Namen vorträgt. Die Potentatin reicht dem Mädchen die königliche Hand, und das Mädchen küsst sie, zieht sich dann wieder zurück, ohne der Majestät den Rücken zuzuwenden, wie das Protokoll es verlangt.

Zurück bleibt ein schaler Nachgeschmack.

Wie so oft in seinem Leben gibt letztendlich die Geschichte dem Mädchen Trost – denn weder war noch bin ich die Erste, die sich von ihrem politischen Oberhaupt enttäuscht sieht ...

St. James Palace, London
6. November 1883

Als die Kutsche der Metropolitan Police im Hof des königlichen Audienzpalastes anhielt, wurde Sarah Kincaid von einer ganzen Welle von Erinnerungen erfasst.

Seit jenem Tag, als sie im Alter von sechzehn Jahren der Königin vorgestellt worden war, war sie nicht mehr hier gewesen, und sie war überrascht, wie viele Details des eindrucksvollen Ziegelbaus mit dem von Türmen gesäumten Tor ihr noch gegenwärtig waren. Bis zu ihrem Umzug in den Buckingham Palace in den 30er Jahren war St. James der offizielle Sitz der Monarchin gewesen – heute diente er nur noch formellen Anlässen wie der Vorstellung junger Damen, die in die gute Gesellschaft aufgenommen zu werden wünschten. Nach all den Jahren, die Sarah wie ein ganzes Leben erschienen, war es ein eigenartiges Gefühl, wieder hier zu sein.

Auf Sarahs Wunsch hin hatte Jeffrey Hull schon am folgenden Tag für eine Audienz beim Duke of Clarence gesorgt. Dabei ging es Sarah gar nicht so sehr darum, neue Erkenntnisse bezüglich der mysteriösen Mordfälle zu gewinnen. Sie wollte vielmehr wissen, was für eine Art Mensch der königliche Enkel war – und ob er die Opfer zu schätzen wusste, die seinetwegen gebracht wurden.

Zusammen mit Inspector Quayle, der sie begleitete, stieg Sarah aus der Kutsche. Einer der zahllosen Bediensteten, die um den Palast schwärmten wie Bienen um ihren Stock, eilte herbei. Nachdem Quayle seinen Passierschein vorgezeigt hatte, wurden sie sofort in das eindrucksvolle Gebäude hineingeführt – der Herzog erwartete sie bereits. Auch im Inneren des Palastes lauerten Erinnerungen, mit denen Sarah nicht gerechnet hatte. Der eigenartige Geruch, die hohen Fenster, der harte Klang von Schritten auf dem steinernen Boden der Galerie – all das hatte sie vergessen und es kam ihr jetzt wieder zu Bewusstsein. Fast fühlte sie sich wieder wie das Mädchen, das vor langen Jahren mit pochendem Herzen die Gänge durchschritten hatte, auch wenn diesmal keine Audienz bei der Königin anstand und Sarah deswegen keine schlaflose Nacht durchlitten hatte …

Über eine breite Treppe gelangten sie in den ersten Stock. Von den Fenstern aus eröffneten sich Blicke auf die Innenhöfe und die angrenzenden Gebäudeflügel, sodass die Besucher einen ungefähren Eindruck von der Größe und Weitläufigkeit des Palastes bekamen. Der Duke of Clarence residierte in einem der St. James Street und der Pall Mall abgewandten Teil des Gebäudes. Die vor den Türen postierten Wachen ließen erkennen, dass der königliche Enkelsohn Wert auf seine Privatsphäre legte und nicht gestört zu werden wünschte.

Für die beiden Besucher von Scotland Yard jedoch machte er eine Ausnahme. Nachdem sie mehrere Vorzimmer passiert hatten, wurden Sarah und Quayle endlich in das Empfangszimmer des Herzogs eingelassen. Und einmal mehr war sie enttäuscht von dem, was sie sah.

Mehr noch – sie war entsetzt.

Das Erste, was sie erblickte, als sie das herrschaftliche Empfangszimmer betrat, waren die Artefakte – großartige, bis ins Detail erhaltene Hinterlassenschaften des alten Ägypten, die ihren Weg nach London und in den Besitz des Herzogs gefunden hatten: Ein aus Stein gehauener Sarkophag sowie mehrere mit Hieroglyphen versehene Stelen säumten die Wände, dazu ein vergoldeter Mumiensarg und ein Standbild der Schlangengöttin Meresger. Eine Unzahl kleinerer, tönerner Gefäße und Figuren stand umher, Darstellungen von Göttern und Tieren, sowie kunstvoll verzierte Kanopen, goldene Gefäße und Vasen, die einst zweifellos Grabbeigaben gewesen waren; und in einer Ecke des Raumes ragte ein kleiner Obelisk auf.

Das Eigentümlichste aller Artefakte, die wohl nur aus dem einen Grund im herzoglichen Empfangszimmer angehäuft worden waren, um den Besucher zu beeindrucken, war jedoch ihr Besitzer.

Bislang hatte Sarah den Duke of Clarence nur von Gemälden und Photographien gekannt, die ihr den Eindruck eines stattlichen jungen Mannes von geradezu blendendem Aussehen vermittelt hatten; persönlich trat sie ihm erst in diesem Augenblick zum ersten Male gegenüber – und musste feststellen, dass die Bilder gelogen hatten.

Der Enkel Ihrer Majestät der Königin war eigentlich jung an Jahren. Offiziellen Angaben zufolge hatte er eben erst seine Kadettenzeit auf einem Schiff der königlichen Marine beendet und sollte demnächst sein Studium in Cambridge beginnen. Die zusammengesunkene Gestalt jedoch, die auf dem mit Damast bezogenen Sofa kauerte, wirkte auf den ersten Blick wie ein alter Mann. Die Haut des Herzogs war blass und fleckig wie Pergament, sein Haar stumpf und angegraut. Der Blick seiner Augen schien Bedauern auszudrücken, wenngleich Sarah sich nicht ganz sicher war, worauf sich dieses Bedauern bezog.

»Lady Kincaid, wie ich annehme?«, fragte der königliche Enkel. Seine Stimme bebte dabei, und Sarahs ausgeprägter Beobachtungsgabe entging nicht, dass die Hände des Dukes zitterten. Auf dem Beistelltisch vor dem Sofa standen einige jener kleinen Fläschchen, in die Apotheker Tropfen und Tinkturen abzufüllen pflegten, was darauf schließen ließ, dass der Herzog an einer Krankheit litt. Allerdings war Sarah sicher, dass ihr Onkel es ihr gegenüber erwähnt hätte, wenn der Enkelsohn der Königin ernsthaft erkrankt wäre ...

Sarah beugte die Knie, wie das Zeremoniell es vorsah. Obwohl ihr Onkel ihr nahegelegt hatte, in formeller Kleidung bei Hof zu erscheinen, trug sie eines ihrer schmal geschnittenen altmodischen Kleider.

Der Duke und Quayle schienen sich von früheren Begegnungen zu kennen, jedoch blieb Sarah nicht verborgen, dass eine gewisse Distanz die beiden Männer trennte – und das nicht nur, weil der Herzog dem Hochadel angehörte. Man wies den Besuchern Plätze in den Ledersesseln an, die dem Sofa gegenüberstanden, und sowohl Sarah als auch der Inspector nahmen Platz. Als Sarah sich dabei dem kleinen Tisch näherte, stieg ihr ein leicht bitterer Geruch in die Nase, der von einem der Fläschchen ausging und der sie an etwas erinnerte, das lange zurücklag ...

»Ich kann Ihnen nicht sagen, Lady Kincaid«, begann der Duke, »wie sehr ich Ihre Anwesenheit in London schätze. Ich weiß, dass Sie viel auf sich genommen haben, um aus dem fernen Yorkshire hierherzukommen, und ich darf Ihnen versichern, dass sowohl Ihre Majestät als auch ich diesen Dienst wohl zu schätzen wissen.«

»Sie sind sehr freundlich, Euer Hoheit«, erwiderte Sarah. »Mein Vater hat es stets als Privileg betrachtet, dem Königshaus dienen zu dürfen, und er hat diesem viel zu verdanken. Betrachten Sie meine Anwesenheit in London also als eine Frage der Familienehre.«

Der Duke lächelte dünn, was seine Kräfte fast zu überfordern schien. »Wissen Sie, dass ich Ihren Vater kannte?«, fragte er dann.

»Tatsächlich?«

»Allerdings. Er war es, der meine Liebe zur Archäologie und insbesondere zu den Geheimnissen des alten Ägypten entfachte.

Eine Leidenschaft, die mir – wie Sie sehen können – bis heute erhalten geblieben ist.«

»In der Tat.« Sarah nickte. »Sie haben hier einige sehr schöne Stücke, Euer Hoheit.«

»Was Sie hier sehen, ist nur ein kleiner Teil der Sammlung, die sich in meinem Besitz befindet. Es wäre mir eine Freude, Sie herumführen und Ihnen alles zeigen zu dürfen.«

»Es wäre Lady Kincaid sicher eine Ehre, Euer Hoheit«, schaltete Quayle sich ungefragt in das Gespräch ein, »aber bitte vergessen Sie nicht, dass es dringlichere Angelegenheiten zu besprechen gibt.«

Erneut brachte der Herzog ein schwaches Lächeln zustande. »Dieser Mann«, meinte er, »ist wie ein schlechtes Gewissen. Immer dann, wenn ich gerade anfange, an etwas anderes zu denken, meldet er sich zu Wort. Ich kann nicht ...« Er unterbrach sich, als sein hagerer Körper von einem Krampf geschüttelt wurde. Die Hände des Dukes begannen noch mehr zu zittern, und Sarah fiel der Ring auf, den der Herzog an seiner linken Hand trug – ein goldener Siegelring, der einen Obelisken zeigte ...

Einer der Diener, die sich dezent im Hintergrund hielten, trat vor und verbeugte sich. »Euer Hoheit«, sagte er leise, »verzeihen Sie die Störung, aber es ist Zeit.«

»Natürlich«, flüsterte der Herzog mit verklingender Stimme. »Zeit für meine Medizin ...«

Der Diener trat vor und griff nach einem der Fläschchen, träufelte etwas davon auf einen Würfel Zucker und verabreichte es seinem Herrn. Der königliche Enkel schluckte die Substanz und schloss die Augen – und schon im nächsten Moment verbesserte sich sein Befinden sichtlich. Das Zittern seiner Hände ließ nach, und auch sein Allgemeinzustand schien sich zu stabilisieren.

Sarah war keine Medizinerin, dennoch wusste sie, dass es kein Medikament gab, das bei Patienten eine solch rasche Wirkung hervorrief – es sei denn, die Krankheitssymptome wurden ebenfalls durch ein Medikament hervorgerufen. Plötzlich erinnerte sich Sarah auch, woher sie den Geruch kannte, den sie für einen kurzen Moment wahrgenommen hatte: Es war der bittersüße Geruch von Laudanum.

Albert Victor, der Duke of Clarence und Avondale und Enkelsohn ihrer Majestät der Königin, war süchtig nach Opiaten ...

Sarah nahm einen tiefen Atemzug und setzte alles daran, sich ihre Bestürzung nicht anmerken zu lassen. Dies war in der Tat eine Enthüllung, mit der sie nicht gerechnet hatte, und sie fragte sich, ob Mortimer Laydon als königlicher Leibarzt davon gewusst hatte.

Sie warf Quayle einen Blick zu, der jedoch so tat, als würde er sich brennend für ein altägyptisches Relief interessieren, das an der Wand hing und den Krokodilgott Suchos darstellte. Die Schwäche des Herzogs schien ein offenes Geheimnis zu sein, das man höflich ignorierte, also nahm Sarah sich vor, es damit ebenso zu halten.

»Besser«, sagte der Herzog nur und nickte, worauf der Diener sich verbeugte und zurückzog. Als der Duke of Clarence die Augen wieder öffnete, lag darin jener glasige Ausdruck, den Sarah Kincaid auch in den Augen von Seeleuten in Shanghai und Singapur gesehen hatte.

»Wo waren wir stehen geblieben?«, erkundigte sich der Duke zerstreut – dass es beim Fall des Whitechapel-Mörders um seine Reputation und Ehre ging, wenn nicht gar um das Wohl des gesamten Landes, schien ihn kaum zu kümmern. Möglicherweise, dachte Sarah, hat er den Ernst der Lage noch nicht einmal begriffen.

»Der Ring, den Sie da tragen, Hoheit«, sagte sie, auf die linke Hand des Herzogs deutend. »Das ist ein sehr schönes Stück ...«

»Nicht wahr?« Der Duke hielt das Kleinod hoch. »Ich bin sehr stolz darauf, denn dieser Ring wurde mir von der Ägyptischen Liga verliehen, deren Mitglied und Ehrenvorsitzender ich bin – eine Versammlung herausragender Gentlemen, die sich der Enthüllung vergangener Mysterien verschrieben haben und gewissermaßen auch dafür Verantwortung tragen, dass Sie hier sind, Lady Kincaid. Der Ring stellt Kleopatras Nadel dar, die das Emblem und Wahrzeichen unserer Vereinigung ist. Kennen Sie Kleopatras Nadel, Lady Kincaid?«

»Natürlich«, erwiderte Sarah prompt, »obgleich jenes Bauwerk, das auf halber Strecke zwischen der Waterloo Bridge und dem Bahnhof von Charing Cross steht, weder etwas mit einer Nadel noch mit Königin Kleopatra zu tun hat. Es ist vielmehr ein ägyptischer Obelisk, der aus der antiken Stadt Junu stammt und dessen Entstehung auf das Jahr 1500 vor Christi Geburt datiert wird. Der Obelisk war ein Geschenk von Muhammed Ali Pascha an Ihre Majestät die Königin.«

»Das ist richtig.« Der Duke of Clarence nickte wohlwollend. »Sie sind außerordentlich gut informiert, Lady Kincaid. Aber wussten Sie auch, dass auf der Passage, die den Obelisken von Ägypten nach England brachte, sechs Matrosen ihr Leben ließen?«

»Nein«, gab Sarah zu, »das wusste ich nicht.«

»Es ist so«, bestätigte der Herzog. »Nicht wenige behaupten deshalb, ein Fluch laste auf dem Obelisken, und es gibt manche, die der Ansicht sind, er hätte den Sand der Wüste niemals verlassen dürfen.«

»Derlei Aberglaube ist selbst in unseren modernen Zeiten weit verbreitet«, räumte Sarah ein. »Wie denken Sie darüber, Euer Hoheit?«

»Wie ich darüber denke?« Der Herzog lächelte. »Ich denke, dass Wissenschaft und Fortschritt dazu da sind, Unwissen und finsteren Aberglauben ein für alle Mal vom Angesicht dieser Erde zu tilgen.«

»Eine großartige Vision, in der Tat.« Sarah nickte. »Allerdings sieht die Realität oftmals anders aus. Nehmen Sie nur die Armenviertel dieser Stadt. Das Elend der Leute dort ist erdrückend, und noch immer gibt es viele, die weder lesen noch schreiben können.

Finsterer Aberglaube und dunkle Gerüchte finden dort einen fruchtbaren Nährboden, besonders dann, wenn sich grausame Verbrechen ereignen und die Menschen in Angst und Schrecken leben ...«

»Lady Kincaid spielt auf die Morde in Whitechapel an«, fügte Inspector Quayle in weniger herausforderndem Tonfall hinzu. »Hoheit werden sich erinnern, dass sich zwischenzeitlich ein zweiter Mord im East End ereignet hat. Und leider werden die Stimmen derer, die hinter den Morden eine Verschwörung wittern, immer lauter.«

»Eine Verschwörung.« Der Duke schnaubte. »Ist das alles, was diese armen Narren interessiert?«

»Mit Verlaub, Euer Hoheit – die Lage ist ernst. Die Zahl derer, die in den Straßen des East End Hasstiraden auf das Königshaus schmettern, wird immer größer. Der Mörder muss umgehend gefunden werden.«

»Dessen bin ich mir bewusst, Mr. Quayle. Aus diesem Grund haben wir ja nach Lady Kincaid schicken lassen – sie wird möglich machen, was den Beamten des Scotland Yard bislang nicht gelungen ist.«

»Ich werde mein Möglichstes tun, Euer Hoheit«, versprach Sarah, »dennoch möchte ich anmerken, dass ich keine Kriminologin bin. Die Archäologie ist das Feld, auf dem ich normalerweise arbeite ...«

»... und sie ist es auch, die den Schlüssel zur Lösung dieses Falles birgt«, fiel der Duke ihr barsch ins Wort. »Sehen Sie denn nicht, wie alles zusammenhängt?«

»Wie alles zusammenhängt? Wovon sprechen Sie?«

»Ich spreche hiervon.« Der königliche Enkel hob seine beringte Hand. »Von der Nadel der Kleopatra und von den sechs Männern, die damals ihr Leben ließen. Die Geschichte wiederholt sich, Sarah, können Sie das nicht erkennen?«

»Die Geschichte wiederholt sich?«, hakte Sarah nach, nur am

Rande registrierend, dass der Duke in die vertraute Anrede verfallen war. »Was genau meinen Sie damit, Euer Hoheit?«

»Was ich damit meine?« Der Herzog lachte freudlos. »Verstehen Sie mich denn nicht? Muss ich alles erklären? Ich dachte, Sie wären eine Spezialistin auf Ihrem Gebiet!«

»Andere haben das von mir behauptet, nicht ich selbst, Euer Hoheit«, stellte Sarah klar. »Ich darf von mir behaupten, dass ich auf dem Gebiet der angewandten Archäologie einen herausragenden Lehrmeister hatte – dennoch kann ich nicht von mir behaupten, dass ich verstehe, was Sie mir zu sagen versuchen.«

Einmal mehr zuckte Quayle neben ihr zusammen. Sarahs Art, die Dinge direkt auszusprechen, setzte dem Inspector zu. Der Duke hingegen schien es gar nicht zu bemerken. Seine Augen hatten einen seltsamen Glanz angenommen, seine Züge wirkten verklärt. Das Opium war dabei, seine volle Wirkung zu entfalten ...

»Dann will ich es Ihnen erklären, Sarah«, murmelte er. »Exakt fünfzehn Jahre ist es her, dass Kleopatras Nadel nach London gebracht wurde. Fünfzehn Jahre! Schon damals war die Warnung deutlich, aber wir haben sie überhört. Wir haben die Zeit ungenutzt verstreichen lassen, und nun ereilt uns erneut sein Zorn.«

»Sein Zorn?« Sarah legte die Stirn in Falten. »Von wem sprechen Sie, Euer Hoheit?«

»Von der Gottheit«, gab der Herzog unverblümt zurück, »die einst aus ihrer Heimat verbannt wurde und deren Macht ausreicht, um Könige zu stürzen und ganze Reiche zu vernichten. Ihr Zorn ist es, den wir zu spüren bekommen, und es ist kein Zufall, dass er sich auf mich richtet, denn ich bin der Enkel der Königin! Verstehen Sie jetzt den Zusammenhang, Sarah? Es gibt keine Verschwörung, sondern nur Rache, schreckliche Rache. Unser aller Untergang droht, begreifen Sie das denn nicht? Sie müssen uns helfen, Sarah! Sie müssen uns allen helfen ...«

Noch während er die Worte sprach, sprang der Duke of Clarence unerwartet von seinem Lager auf und machte ein, zwei unsichere Schritte in Sarahs Richtung. Dabei gaben seine Beine nach, und er fiel nach vorn, geradewegs in Sarahs Arme.

»Helfen Sie mir«, hauchte er, während sein Gesicht dicht vor ihrem schwebte und sie seinen Schweiß und die bittere Süße des Derivats riechen konnte. Seine Augen waren dabei weit aufgerissen, und einen kurzen, schrecklichen Moment lang hatte sie das Gefühl, dass er auf den Grund ihrer Seele blicken konnte – und umgekehrt.

Sarah erschrak vor dem, was sie sah. Eine kurze Zeit lang glaubte sie, in einen dunklen, bodenlosen Abgrund zu blicken, aus dem vernichtende Leere zurückstarrte – aber schon im nächsten Moment war der Eindruck verschwunden, und die Diener eilten heran, um den Duke wieder auf sein Lager zu betten.

Auch Sarah erhob sich, ebenso peinlich berührt wie schockiert, und ihr wurde schmerzlich bewusst, dass ihr Onkel ihr nicht alles über diesen Fall gesagt hatte ...

»Bitte«, wandte sich der Butler an die Gäste, »wie Sie sehen können, ist Seine Hoheit im Augenblick unpässlich. Wenn Sie jetzt bitte gehen würden, Seine Hoheit der Herzog braucht jetzt Ruhe.«

»Das ist offensichtlich«, erwiderte Sarah und wandte sich zum Gehen. Sie wartete erst gar nicht darauf, dass Quayle ihr folgte. Beim Verlassen des Zimmers warf sie einen letzten Blick auf die Artefakte, die hier angesammelt waren, und auf ihren Besitzer, der in Lethargie verfallen und nicht mehr ansprechbar war.

Einmal mehr war Sarah Kincaid enttäuscht von dem, was sie im Palast von St. James vorgefunden hatte.

MAYFAIR, LONDON
EINE STUNDE SPÄTER

»Was hat das zu bedeuten?«

Ohne ein Wort des Grußes und mit zorngeröteten Wangen

platzte Sarah Kincaid in den Frühstücksraum des geräumigen Hauses, das Mortimer Laydon in Mayfair bewohnte, einer der besten und teuersten Gegenden der Stadt in unmittelbarer Nähe des Buckingham Palace. Mancher Emporkömmling aus den unteren Adelsständen hätte ein Vermögen dafür bezahlt, hier zu residieren – für Laydon war es eines der Privilegien, die ihm als königlichem Leibarzt zustanden ...

Der Doktor saß am Frühstückstisch bei Eiern, Toast und Schinken und blickte erstaunt auf, als er sein Patenkind in solcher Erregung erblickte. Den guten Umgangsformen gehorchend, legte er die Serviette beiseite und erhob sich.

»Sarah«, sagte er überrascht, »auch dir einen schönen guten Morgen. Verzeih, ich hatte dich nicht so früh zurück erwartet, andernfalls hätte ich ein Gedeck für dich auftragen lassen ...«

»Zumindest das will ich dir gerne glauben, Onkel«, entgegnete Sarah barsch. »Bei allem anderen hingegen werde ich in Zukunft äußerste Vorsicht walten lassen.«

Sie holte tief Luft, während sie versuchte, ihre Wut in den Griff zu bekommen.

»Du bist aufgebracht«, stellte der Doktor wenig geistreich fest. Dem Butler bedeutete er, sich zurückzuziehen und die Tür hinter sich zu schließen. »Darf ich erfahren, was diesen Gefühlsausbruch verursacht hat?«

»Unaufrichtigkeit«, antwortete Sarah schlicht. »Bei allem, was du mir über diese Mordfälle mitgeteilt hast, hast du vergessen zu erwähnen, dass der Duke of Clarence ein menschliches Wrack und von Opium abhängig ist. Kein Wunder, wenn alle Welt ihn für verdächtig hält ...«

»Schweig!«, rief Laydon und hob beschwörend die Hände. »Bei allem, was dir heilig ist, Sarah – du darfst dies nie wieder aussprechen. Nicht einmal denken darfst du es. Was du im Palast von St. James gesehen hast, darf niemals nach außen dringen, hörst du? Schon jetzt machen aberwitzige Gerüchte die Runde. Sollten die

Feinde des Königshauses die Wahrheit erfahren, so könnte dies das Ende von allem bedeuten.«

»Also geht es in Wirklichkeit nicht darum, den Mörder von Whitechapel zu finden, sondern den Namen des Herzogs reinzuwaschen, unabhängig davon, ob er nun schuldig ist oder nicht. Und das macht mich wütend, Onkel.«

»Der Name des Herzogs braucht nicht reingewaschen zu werden, weil der Duke of Clarence sich nichts hat zuschulden kommen lassen. Es scheint nur so zu sein, dass der Mörder – wer immer er sein mag – es darauf anlegt, den Verdacht auf den königlichen Enkel zu lenken, daher auch die Verbindung zur Ägyptischen Liga.«

»Du denkst also, dass die Hieroglyphen, die am Tatort gefunden wurden, nur ein Ablenkungsmanöver sind?«

»Es wäre möglich.«

»Dann verstehe ich nicht, weshalb man mich hinzugezogen hat«, wandte Sarah ein.

»Weil wir in dieser Sache völlig sichergehen müssen und uns keine Fehler erlauben können«, erwiderte Laydon mit eindringlichem Tonfall. »Wenn der Allmächtige Ihre Majestät die Königin irgendwann zu sich beruft, so ist der Duke of Clarence ein möglicher Thronfolger, und England kann sich keinen von Skandalen geschwächten Monarchen leisten.«

»Das verstehe ich«, sagte Sarah nur. »Ich bin nur enttäuscht, dass du mir nicht die ganze Wahrheit gesagt hast, Onkel. Wie soll ich in dieser Sache helfen, wenn ich nicht alle Fakten kenne?«

»Dieses spezielle Faktum war für dich erst einmal ohne Belang. Du solltest dem Herzog völlig unvoreingenommen entgegentreten. Es stehen zu viele Interessen auf dem Spiel – zumal sich die Lage in der vergangenen Nacht noch einmal zugespitzt hat.«

»Inwiefern?«, wollte Sarah wissen, die Züge noch immer gerötet.

»Es hat einen weiteren Mord gegeben«, antwortete der Doktor – und hatte die Überraschung auf seiner Seite.

»Einen weiteren Mord in Whitechapel?«, fragte Sarah, und ihr Zorn wich der Bestürzung.

»In der Tat – und wieder ist das Opfer eine junge Frau, die einem höchst zweifelhaften Gewerbe nachging. Du wirst zugeben, dass der Duke of Clarence in seinem Zustand unmöglich der Täter gewesen sein kann.«

»Das ist wahr.« Sarah nickte nachdenklich. »Aber würde sein Alibi publik gemacht werden, könnte das das Ende der Monarchie bedeuten ...«

»Ich sehe, du beginnst das ganze Ausmaß dieser unerfreulichen Angelegenheit zu begreifen.« Laydon nickte. »Verstehst du, Sarah? Es geht hier nicht um mich oder um dich. Wer immer diese Morde verübt, scheint es darauf anzulegen, den Duke öffentlich zu brüskieren, und unsere einzige Hoffnung, den Täter zu fassen und zu entlarven, besteht darin, den Hinweisen zu folgen, die er hinterlässt – und das ist deine Aufgabe, Sarah.«

»Schön und gut, Onkel. Aber dazu will ich die ganze Wahrheit wissen. Ich brauche mehr Informationen. Und ich benötige alle Details.«

»Die wirst du bekommen, mein Kind. Der Kurier von Scotland Yard hat mich erst vor wenigen Minuten über die Angelegenheit in Kenntnis gesetzt. Ich nehme an, ich soll bei der Untersuchung der Leiche zugegen sein.«

»Gut – auf diese Weise wird wenigstens ein Gentleman mit Verstand dabei sein.«

Trotz der angespannten Lage konnte sich Laydon ein Lächeln nicht verkneifen. »Darf ich diesem für meine Kollegen so unschmeichelhaften Kompliment entnehmen, dass du weiter an dem Fall arbeiten wirst?«, erkundigte er sich.

»Ja«, erklärte Sarah nicht ohne Zögern. »Unter einer Bedingung.«

»Nämlich?«

»Ich will einen anderen Mitarbeiter. Dieser Inspector Quayle ist ein eingebildeter Holzkopf.«

»Nun, er ist sicher kein Ausbund an Eloquenz, aber ich halte ihn dennoch für einen engagierten und durchaus fähigen ...«

»Er ist ein Hohlkopf«, beharrte Sarah. »Ich will jemand anderen. Jemanden, dem ich vertrauen kann.«

»Wen?«

»Maurice du Gard.«

»Du Gard? Diesen verrückten Franzosen? Ausgerechnet diesem Scharlatan willst du ein Staatsgeheimnis anvertrauen?« Laydon lachte freudlos. »Bei allem Verständnis, Sarah, ich glaube nicht, dass das Königshaus und der Yard sich darauf einlassen werden. Immerhin ist du Gard nicht einmal ein britischer Landsmann, und man wird nicht wollen, dass ...«

»Er und kein anderer«, stellte Sarah klar. »Wenn ich herausfinden soll, was hinter alldem steckt, brauche ich du Gards Fähigkeiten.«

»Fähigkeiten?« Laydon schüttelte den Kopf. »Mir graut, wenn ich an diesen Bonvivant nur denke. Du Gard ist ein Lebemann und obendrein abhängig von Alkohol und Opium ...«

»Ich weiß«, erwiderte Sarah, »und damit befindet er sich in bester Gesellschaft, wie wir wissen.«

Sie blickte ihren Patenonkel und Mentor so durchdringend an, dass dieser schließlich nicht anders konnte, als ihr nachzugeben. Der Doktor nickte zögernd und erklärte sich bereit, sich bei Sir Jeffrey in der Sache einzusetzen – versprechen, so fügte er ausdrücklich hinzu, könne er allerdings nichts.

Sarah war damit zufrieden. Sie war sicher, dass Hull ihrem Ersuchen nachgeben würde. Die Zeit arbeitete für sie, denn die Mordserie in Whitechapel dauerte an, und mit jeder Stunde, die verstrich und in der die Polizei länger im Dunkeln tappte, konnte das Feuer der Revolte, das bereits jetzt an einigen Stellen im East End loderte, sich zu einem Flächenbrand ausweiten ...

5

Persönlicher Tagebucheintrag

Warum mache ich weiter?

Haben mir die Ereignisse von St. James nicht deutlich gezeigt, dass sich nichts geändert hat? Dass die Unredlichkeit, die meinen Vater einst ins ferne Yorkshire trieb, noch immer in London zu Hause ist? Ich kann nur Vermutungen anstellen.

Vielleicht ist es die Zuneigung zu meinem Patenonkel, die mich an diesem rätselhaften Fall weiterforschen lässt, obwohl eine innere Stimme mir zur Vorsicht rät. Vielleicht auch das Pflichtbewusstsein, zu dem mein Vater mich trotz allem erzogen hat. Vielleicht hat mich auch die große Stadt mit all ihrem Lärm und ihrer Sucht nach dem Modernen schon korrumpiert, so wie sie es mit allen tut, die sich ihrem Reiz ergeben. Vielleicht aber haben Onkel Mortimer und seine Freunde es einfach nur geschafft, in mir wieder jene Neugier zu entfachen, die einst meine hevorstechendste Eigenschaft war und die ich mit Vaters Tod verloren glaubte.

Fest steht, dass ich Unterstützung brauche. Obwohl ich mich nicht gerne an unser letztes Treffen erinnere und ich die Bedenken meines Onkels in mancher Hinsicht teile, glaube ich, dass Maurice du Gard die beste Hilfe ist, die ich bekommen kann – vielleicht auch nur deshalb, weil er ein Teil jener Vergangenheit ist, die ich seit Vaters Tod so schmerzlich vermisse.

Seit unsere Wege sich damals getrennt haben, habe ich nichts von ihm gehört. Ich ahne, dass es alles andere als leicht sein wird, ihn zu finden …

Spitalfields, London
10. November 1883

Von außen betrachtet, unterschied sich das Haus in der Princelet Street in nichts von den anderen Gebäuden, die die enge Straße säumten: ein schmaler, schmutziger Backsteinbau mit hohen Fenstern, in dessen winzigen Kammern ganze Familien hausten. Auf Leinen, die quer über die Straße gespannt waren, hing Wäsche zum Trocknen, die schwerlich als sauber bezeichnet werden konnte, und auf den Stufen des Eingangs kauerten elende Gestalten, die Gesichter aufgedunsen und rot vom Gin.

Im Paterre des Gebäudes war ein Laden untergebracht, der mit Gebrauchsgegenständen aus zweiter und dritter Hand handelte – neue Dinge konnte sich niemand leisten, der in Spitalfields oder im angrenzenden Whitechapel lebte. Das eigentliche Geschäft jedoch wurde nicht im, sondern unter dem Laden gemacht. Eine hölzerne Falltür öffnete den Zugang zu einer steilen Treppe, die bei jedem Tritt bedenklich knarrte. Wer das Wagnis auf sich nahm, sie zu begehen, der fand sich in einer von Kerzen beleuchteten Anderswelt wieder, die von Rauchschwaden durchzogen war, Rauch, der sich süß und schwer auf die Lungen legte und die Sinne betäubte. Im schwachen Kerzenschein waren hier und dort schemenhafte Gestalten zu erkennen, die lethargisch am Boden kauerten und aus langen Pfeifen rauchten. Die Augen der Männer waren glasig und blicklos – und inmitten dieser entrückten Geister, die den chinesischen Drachen jagten, fand Sarah Kincaid ein bekanntes Gesicht.

»Du Gard?«

Der Angesprochene kauerte auf dem Boden, eine schlanke, mit kunstvollen Schnitzereien verzierte Pfeife in der Hand. Sein Gesicht war blass und ausgezehrt, sein schulterlanges, angegrautes Haar im Scheitel bereits gelichtet. Der lilafarbene Rock mit dem altmodischen, rüschenbesetzten Hemd darunter verlieh seiner

Erscheinung etwas Geckenhaftes. Sein Alter zu schätzen, war unmöglich – hätte Sarah nicht gewusst, dass Maurice du Gard nur wenig älter war als sie, hätte sie ihn für einen Greis gehalten. Das Leben, das er führte, hatte Spuren hinterlassen …

»Du Gard, ich bin es. Sarah Kincaid.«

Noch immer erfolgte keine Reaktion. Sie ließ sich zu ihm nieder und blickte in seine Augen, die geradewegs durch sie hindurch zu starren schienen. Daraufhin berührte sie ihn an der Schulter und rüttelte ihn leicht, aber du Gard zeigte auch weiterhin keine Regung. Sarah räusperte sich peinlich berührt und blickte sich um, aber keine der lethargischen Gestalten in der Opiumhöhle schien von ihr Notiz zu nehmen. Daraufhin entledigte sie sich des Handschuhs, den sie an ihrer Rechten trug – und versetzte du Gard eine schallende Ohrfeige, die den Franzosen prompt zu Bewusstsein brachte. Er blinzelte, und in seine wässrig blauen Augen kam plötzlich wieder Leben. Als er Sarah erkannte, weiteten sie sich vor Erstaunen.

»*Chérie?*«, fragte er mit jener samtig weichen, akzentbeladenen Stimme, deren Klang Sarah fast vergessen hatte.

»Sarah«, verbesserte sie. »Wir hatten beschlossen, es dabei zu belassen.«

»*Oui*, ich weiß.« Er nickte. »*Très malade* – wirklich schade. Was, in aller Welt tust du hier?«

»Dasselbe könnte ich dich fragen, du Gard. Hattest du die Jagd nach dem Drachen nicht aufgeben wollen?«

»*Oui, c'est vrai* … Aber du weißt, wie das ist – der Flügelschlag des Drachen holt dich immer wieder ein.« Er lächelte entschuldigend, und Sarah gestand sich widerstrebend ein, dass sein Lächeln nichts von seinem Charme eingebüßt hatte. Leider …

»Es war nicht einfach, dich zu finden«, stellte sie fest.

»Kann ich mir denken.« Er lächelte wieder. »Aber du hast es dennoch geschafft, *n'est pas?*«

»Ich hatte Hilfe.«

»Von wem?«

»Scotland Yard«, sagte sie nur, was genügte, um einen Schatten auf seine fahlen Züge zu werfen.

»Was deine Freunde betrifft, warst du noch nie sehr wählerisch, Kincaid«, stellte du Gard missbilligend fest. »Ist es erlaubt zu fragen, weshalb du die Unterstützung dieser unerfreulichen *messieurs* gesucht hast?«

»Weil ich dich unbedingt finden musste«, gestand Sarah offen.

»Du musstest mich finden?« Er machte große Augen. »Was ist geschehen? Hat dich die Sehnsucht so weit getrieben?«

»Wohl kaum«, widersprach sie verlegen, während sie sich eine Närrin schalt. Was hatte sie erwartet? Dass du Gard sie mit offenen Armen empfangen würde...? »Ich brauche deine Hilfe, Maurice.«

»Ach so ist das?« Er hob die Brauen. »Nachdem du mich damals einfach hast sitzen lassen, stehst du nun plötzlich vor mir und brauchst meine Hilfe.«

»Es tut mir leid«, erwiderte sie ohne erkennbares Bedauern. »Falls es dich tröstet – ich wäre nicht zu dir gekommen, wenn es sich nicht um einen äußersten Notfall handeln würde.«

»Davon gehe ich aus«, konterte der Franzose selbstbewusst und raffte sich auf seine dünnen Beine. »*Et non* – es tröstet mich in keiner Weise. Der Abschied bei unserem letzten Treffen verlief nicht nach meinem Geschmack.«

»Das ging mir ebenso, du Gard.«

»*Ma chère* – ich bin es nicht gewesen, der sich bei Nacht und Nebel aus dem Staub gemacht hat.«

»Ich hatte meine Gründe«, erklärte sie.

»Natürlich.« Er nickte. »Und nun tauchst du nach all der Zeit plötzlich auf und bittest mich um Hilfe? Das ist eigenartig, Kincaid, findest du nicht?«

»Ich weiß.«

»Nenne mir einen guten Grund, weshalb ich dir helfen sollte. Etwa um der guten alten Zeiten willen?«

»Nein.« Sie senkte beschämt den Blick. »Sondern um meines Vaters willen. Er hat stets auf deine Fähigkeiten vertraut, wie du weißt, und du stehst noch in seiner Schuld – oder muss ich dich an Paris erinnern?«

»*Non*, das musst du nicht«, verneinte der Franzose. »Aber bitte sage mir, wie ich in jemandes Schuld stehen kann, der nicht mehr am Leben ist.«

»Sehr einfach, mein Freund – Gardiner Kincaid hatte eine Tochter, und du genießt das Privileg, deine Schulden bei ihr abzutragen.«

»Ist das wahr?« Du Gard schnaubte wie ein Stier. »Ich wusste gar nicht, was ich für ein Glückspilz bin.«

»Jetzt weißt du es. Also, wie steht es? Wirst du mir helfen?«

»Wobei?«

»Es geht um die Klärung eines Rätsels.«

»Eines Rätsels? Klingt sehr geheimnisvoll in meinen Ohren. Wie es aussieht, hast du dich nicht verändert, Kincaid.«

»Täusche dich nicht – ich bin nicht mehr das naive Ding, das ich einst gewesen bin, und was immer einmal zwischen uns gewesen ist, gehört endgültig der Vergangenheit an. Was ich dir anbiete, ist ein gut bezahlter Auftrag, der dich aus all dem hier« – sie machte eine Handbewegung, die die Kellerspelunke, die Princelet Street und das ganze Londoner East End einzuschließen schien – »herausholen könnte.«

»Wer sagt, dass ich herausgeholt werden will? Ich für meinen Teil fühle mich ausgesprochen wohl hier. Die Gegend ist wie geschaffen für die Drachenjagd, wenn du verstehst.«

»Ich verstehe durchaus«, versicherte Sarah bitter. »Sieh nur, was aus dir geworden ist! Weshalb hast du dich hier verkrochen? Warum hast du alles aufgegeben, was du ...«

»Ich bin nicht der Einzige, der sich verkrochen hat, Kincaid«, fiel du Gard ihr barsch ins Wort. »Oder wie würdest du das nennen, was du nach dem Tod deines Vaters getan hast?«

»Ich habe mich zurückgezogen, um mich in Ruhe meinen Forschungen widmen zu können.«

»*Nonsens!* Du bist davongelaufen, weil du nicht ertragen konntest, was geschehen war, ist es nicht so?« Er blickte sie herausfordernd an. »Wie es aussieht, haben wir wohl doch noch einige Dinge gemeinsam, *n'est pas*?«

»Wie auch immer, du Gard«, konterte sie leise, sich mühsam zur Ruhe zwingend. »Ich bin zurückgekehrt, um mich dem Leben zu stellen. Und was ist mit dir?«

Eine ganze Weile lang entgegnete der Franzose nichts, und Sarah und er schienen sich mit Blicken niederringen zu wollen. Dann, ganz unerwartet, gab du Gard den Kampf auf, und ein Lächeln huschte über seine schalkhaften Züge.

»*D'accord*, Kincaid«, meinte er, während er in die Innentasche seines bunten Rocks griff und einen Stapel Tarot-Karten zutage förderte. »Du hast mal wieder gewonnen. Maurice du Gard steht zu deinen Diensten.«

»Danke«, entgegnete Sarah und gab sich Mühe, ihre Erleichterung zu verbergen, »aber die Karten werden wir nicht brauchen.«

»*Non?*« Er schien verwundert. »Womit kann ich dann dienen?«

»Mit der Wahrheit, Maurice. Mit der Wahrheit ...«

Der Name des Pub lautete *Ten Bells*.

An der Kreuzung von Fournier und Commercial Street gelegen, war das Lokal am Abend ein Treffpunkt für Spieler, Betrunkene und Huren des gesamten Viertels. Tagsüber war das *Ten Bells* einer jener Orte, wo man für wenig Geld eine sättigende Mahlzeit bekommen konnte, dazu Unmengen von gepanschtem Gin.

Natürlich schickte es sich für eine Lady nicht, in einem Lokal wie diesem zu verkehren, aber Sarah Kincaid hatte sich nie sehr um das geschert, was ihrem Stand zukam – und Maurice du Gard schien sich in der Gesellschaft von Tagelöhnern und Betrunkenen rundum wohl zu fühlen. Das wahre, pralle Leben nannte er das.

Blass und ausgemergelt, wie er war, stürzte er sich auf das Essen, das Sarah ihm spendierte und das aus Hammelfleisch, Bohnen und Brot bestand – das Geld, das du Gard durch seine Arbeit verdiente, verwendete er vor allem auf die Drachenjagd, sodass zum Leben – und vor allem zum Essen – nicht mehr viel übrig blieb.

Du Gards Talente waren vielfältig.

Wahrsager, Kartenleger, Geisterseher – all diese Bezeichnungen trafen auf in zu und auch wieder nicht. Ein Medium war er für die einen, ein windiger Betrüger für die anderen. Obwohl du Gard gebürtiger Franzose war, hatte er den größten Teil seines Lebens in New Orleans verbracht, wo er in die Geheimnisse des Tarots und anderer geheimnisvoller Künste eingeweiht worden war. Sarah hatte von derlei Dingen nie viel gehalten, aber die Erfahrung hatte sie gelehrt, dass es zwischen Himmel und Erde mehr gab, als sich mit bloßem Verstand erklären ließ. Zudem hatte ihr Vater große Stücke auf du Gard gehalten, und sie war selbst dabei gewesen, als er ...

Sarah unterbrach den Fluss ihrer Erinnerungen. An der Vergangenheit zu rühren, würde nur Schmerz zutage fördern – Schmerz, den sie hinter sich lassen wollte. Sie beschränkte sich also darauf, du Gard beim Essen zuzusehen (was kein sehr erbaulicher Anblick war) und ihm von dem Fall zu berichten, zu dem sie hinzugezogen worden war. Dass sich das Spektrum der Verdächtigen dabei bis in höchste Kreise erstreckte, ließ sie geflissentlich aus. Stattdessen berichtete sie von den ägyptischen Schriftzeichen, die man am Tatort gefunden hatte, von der *Egyptian League* und von den Misserfolgen, die Scotland Yard bislang zu verzeichnen hatte.

»Ist das alles?«, fragte du Gard kauend, während er mit dem letzten Stück Brot das Fett vom Teller tunkte. »Oder hast du dabei noch etwas vergessen?«

»Nicht, dass ich wüsste«, antwortete Sarah, worauf ihr Gegenüber nur unverschämt lachte.

»Dann, *ma chère*, leidest du entweder unter Gedächtnisschwund, oder du bist eine verdammte Lügnerin – und nichts von beidem möchte ich hoffen.«

»Tut mir leid«, bekräftigte Sarah noch einmal, »ich weiß wirklich nicht, wovon du sprichst.«

»*Eh bien*, ich meine damit, dass du mir noch nicht alles erzählt hast, Kincaid. Du hast vergessen zu erwähnen, um wen es bei dieser ganzen Sache geht – und dass die Königin ein massives Interesse daran hat, dass ihr leiblicher Enkelsohn, der Duke of Clarence, unbeschadet aus dieser Sache hervorgeht.«

»Woher weißt du das?«, fragte Sarah verblüfft und blickte sich argwöhnisch um. Du Gard hatte lauter gesprochen, als es ihr recht war, aber keiner der übrigen Gäste schien von ihnen besondere Notiz zu nehmen. »Hast du etwa die Karten befragt?«

Du Gard lachte wieder. »Um solche Dinge zu erfahren, brauche ich die Karten nicht zu befragen, Kincaid – dazu bedarf es nur eines guten Gehörs und eines wachen Verstandes. Schlechte Nachrichten pflegen sich stets wie ein Lauffeuer zu verbreiten, und in Whitechapel wird in allen Gassen gemunkelt, dass der königliche Enkel in die Mordfälle verstrickt sein soll.«

»Wer behauptet das?«

»So mancher. Das East End ist voller selbsternannter Revolutionäre, die die Ängste der Leute schüren – und der Mörder, wer immer er sein mag, macht es ihnen leicht. Du musst zugeben, Kincaid, dass herausgeschnittene Innereien in der Tat sehr eigenwillige Souvenirs sind, von mit Blut geschriebenen Hieroglyphen ganz zu schweigen. Und diese Hieroglyphen deuten auf einen Täter hin, der aus gehobenen Kreisen stammt. Das macht die Leute wütend.«

»Ich weiß«, pflichtete Sarah ihm bei. »Auch ich gehe davon aus, dass wir es mit einem äußerst gebildeten und obendrein sehr gerissenen Täter zu tun haben, aber beim Scotland Yard will man nichts davon wissen. Dort folgt man lieber der Theorie, dass es sich bei den Morden um die Tat eines tumben Schlächters handelt.«

»Und das wundert dich?« Du Gard lächelte matt. »*Ma chère*, allmählich solltest du begriffen haben, dass in dieser Welt nichts so ist, wie es auf den ersten Blick erscheint. Oder glaubst du, es war Zufall, dass wir einander erneut begegnet sind? Dass ich just zu diesem Zeitpunkt ausgerechnet in jenem Stadtteil lebe, in dem sich eine geheimnisvolle Mordserie ereignet?«

»Du hattest schon immer ein eigenartiges Talent dafür, zur falschen Zeit am falschen Ort zu sein.«

»*Bien*, genau wie du, Kincaid. Das Abenteuer liegt dir im Blut, nicht wahr? Es ist deine Bestimmung, der Vergangenheit ihre Geheimnisse zu entreißen, und nur, weil du dich dieser Bestimmung nicht erwehren kannst, sitzen wir hier. Habe ich Recht?«

»Möglicherweise«, gestand Sarah ein, »aber hier geht es nicht um ein Geheimnis der Vergangenheit. Der Whitechapel-Mörder treibt hier und jetzt sein Unwesen, und bei der Suche nach ihm hatte ich auf deine Hilfe gehofft.«

»Das ehrt mich«, erwiderte du Gard, »aber leider kann ich dir nicht helfen.«

»Weshalb nicht?«

»Weil jemand, der die Wahrheit nicht wirklich sucht, sie auch niemals finden wird.«

»Was willst du damit sagen?«

»Ich will damit sagen, dass du dich dem Offensichtlichen verschließt, Kincaid – und offensichtlich ist, dass man dich an der Nase herumführt. Was du mir erzählt hast, klingt einfach haarsträubend. Warum sollte der Mörder am Tatort ägyptische Hieroglyphen hinterlassen?«

»Nun – um den Verdacht auf das Königshaus zu lenken. Es ist allgemein bekannt, dass der Duke of Clarence der Vorsitzende der Ägyptischen Liga ist.«

»*D'accord* – aber weshalb hat man dich zu der Sache hinzugezogen, wenn es sich so augenscheinlich um ein Täuschungsmanöver handelt? Um das Geschmier eines Wahnsinnigen zu deuten, bedarf es eines Arztes, nicht eines Archäologen.«

»Worauf willst du hinaus?«

»Ich denke, dass es bei dieser Sache möglicherweise um sehr viel mehr geht, als man dir bislang offenbart hat. Es kommt mir vielmehr so vor, als würdest du bei dieser Sache nur benutzt, um jemandem, der sehr weit oben steht, ein plausibles Alibi zu verschaffen. Wenn du ehrlich zu dir selbst wärst, würdest zu zugeben, dass auch dir dieser Verdacht schon gekommen ist. Andernfalls würdest du mich nach allem, was zwischen uns war, wohl kaum um Hilfe bitten, nicht wahr?«

Sarah rückte unruhig auf ihrem Stuhl hin und her. Die Richtung, in die sich das Gespräch entwickelte, gefiel ihr nicht. »Maurice«, begann sie leise, »ich wollte nicht den Eindruck erwecken, dass ...«

»Es muss dich eine Menge Überwindung gekostet haben, nach mir zu suchen«, fuhr du Gard ungerührt fort, »und ich kann mir nur einen Grund dafür denken. Du bist allein, Sarah Kincaid. Schrecklich allein. Diese Leute, die dich beauftragt haben, bei der Suche nach dem Mörder mitzuwirken – sie sind nicht ehrlich mit dir gewesen, oder?«

Sarah zögerte einen Augenblick. Du Gard besaß noch immer die Gabe, sie bis ins Innerste zu durchschauen. Ob dies an seinen speziellen Fähigkeiten lag oder ob er sie einfach nur so gut kannte, war schwer zu beurteilen.

»Nein«, gab sie zu und kam sich dabei eigenartig ertappt vor, »das waren sie nicht.«

»Ich wusste es.« Du Gard hieb mit der Hand auf den Tisch. »Ich möchte wetten, diese Gentlemen sind nicht halb so sehr an der Wahrheit interessiert, wie sie behaupten. Was wäre zum Beispiel, wenn die Leute in den Straßen Recht hätten? Wenn die

Spur des Mörders tatsächlich nach Buckingham Palace führen würde?«

»Du gehst zu weit, du Gard.«

»Tue ich das? Offen gestanden, erzählt man hier in Whitechapel allerhand seltsame Dinge über den Duke of Clarence. Die einen sagen, er wäre Machtdingen abgeneigt und stattdessen den schönen Künsten zugetan; andere sagen, er würde Männern Frauen gegenüber den Vorzug geben; wieder andere behaupten, er würde sich des Nachts aus dem Palast schleichen, um seine Zeit mit Freudenmädchen zu verbringen. Ein seltsamer Kauz, in der Tat – wer möchte da behaupten, dass er nicht zu einem Mord fähig ist?«

»Nein.« Sarah schüttelte entschieden den Kopf. »Das kann nicht sein. Der Herzog ist nicht der Täter.«

»Was macht dich so sicher? Hast du dich etwa schon einschüchtern lassen von den grauen Eminenzen? Ist es schon so weit mit dir gekommen, Kincaid?«

»Unsinn. Aber ich bleibe dabei – der Duke of Clarence kann unmöglich der Täter sein.«

»*Pourquoi pas*, Sarah?«

»Das kann ich dir nicht sagen.«

»Warum nicht?«, verlangte du Gard noch einmal zu wissen, so laut und energisch, dass Sarah erneut fürchtete, sie könnten auffallen.

»Sehr einfach«, erwiderte sie und gab sich Mühe, ihre Stimme dabei zu dämpfen. »Weil der königliche Enkel genau wie du den Drachen jagt – und weil er in diesem Zustand ebenso wenig in der Lage wäre, einen Mord zu begehen, wie du.«

Du Gards große Augen verrieten maßlose Verblüffung. »Sieh an«, murmelte er, »und ich hatte geglaubt, mich könnte nichts mehr überraschen.«

»Verstehst du jetzt, weshalb in diesem Fall solche Brisanz liegt?«

»*Bien sûr* – natürlich. Würde die Leidenschaft des Herzogs für den Drachen öffentlich bekannt, wäre er zwar den Mordverdacht los, müsste jedoch auch seine Aspirationen auf den Thron fallen lassen. Hält er andererseits die Wahrheit weiter verborgen, bleibt er verdächtig, und die Hetzredner in den Straßen haben leichtes Spiel.«

»Genauso ist es. Wer immer der wahre Täter ist, hat ebendiese Überlegungen angestellt, und er scheint es darauf anzulegen, die Monarchie zu schwächen. Die Hinweise, die er hinterlässt, sind deutlich genug, um in die gewünschte Richtung zu weisen, aber wiederum zu subtil, um sofort als Fälschung entlarvt zu werden. Hinter all dem steckt ein sehr kluger und geradezu teuflisch arbeitender Verstand, der den Tod wehrloser Frauen skrupellos in Kauf nimmt, um seine Ziele zu erreichen. Und ich will diesen Jemand finden und zur Rechenschaft ziehen.«

»Hm«, machte du Gard, während er in die Innentasche seines Rocks griff und eine bereits halb gerauchte Zigarre hervorzog, die er sich paffend ansteckte. »Dabei vergisst du, dass du weder ein Constable noch eine ausgebildete Kriminologin bist. Die Archäologie ist dein Fach, und dabei solltest du auch bleiben.«

Sarah rümpfte die Nase. Der billige Tabak verbreitete erbärmlichen Gestank. »Der Mörder«, erwiderte sie, »bedient sich der Archäologie, um seine barbarischen Verbrechen zu tarnen, und das werde ich nicht zulassen. Ich habe Photographien der Opfer gesehen, und ich werde nicht dulden, dass das Vermächtnis einer alten Kultur dazu missbraucht wird, um eine solche Barbarei ...«

»Und du bist sicher, dass es dir dabei nur um die Reputation der Archäologie geht?«

»Was meinst du?«

Du Gard lächelte. »Du bist für mich leicht zu durchschauen, Kincaid, selbst nach all der Zeit. Es geht dir bei dieser Sache weder um diese Frauen noch um die Archäologie. Du hast einfach nur das Gefühl, etwas gutmachen zu müssen.«

»Du redest Unsinn, du Gard.«

Der Franzose zuckte mit den Schultern. »Vielleicht hast du ja Recht – aber mir kommt es vor, als würdest du versuchen, die Schatten der Vergangenheit loszuwerden. Du versuchst, die Schuld für etwas zu tilgen, an dem dich keine Schuld trifft – und ich bin sicher, dein Vater würde das genauso sehen.«

Sarah zuckte zusammen. »Bitte, du Gard, fang nicht damit an ...«

»Warum nicht? Wolltest du dich nicht dem Leben stellen, Sarah? Sagtest du nicht, dass ...?«

»Verdammt«, fluchte Sarah, wie es einer Lady aus Mayfair nicht in hundert Jahren in den Sinn gekommen wäre. »Warum scheint dieser Tage plötzlich jeder zu wissen, was gut für mich ist und was nicht? Ich habe dich nicht um deinen Rat gebeten, du Gard, sondern lediglich um deine Hilfe bei diesem Fall. Wirst du mir helfen oder nicht?«

»Wenigstens«, konstatierte der Franzose ruhig, »ist dir das alte Feuer erhalten geblieben, Kincaid. *Oui*, ich helfe dir – obwohl ich noch immer glaube, dass vieles bei diesem rätselhaften Fall nicht zusammenpasst. Ich spüre Unheil, Sarah, und das macht mir Angst.«

»Unheil? Inwiefern?«

»Ich weiß es nicht, aber ich könnte es für dich herausfinden. Soll ich die Karten befragen? Oder gar den Drachen?«

»Nein«, wehrte Sarah ab. »Es ist nicht notwendig, dass du meinetwegen deine Gesundheit ruinierst.«

»*Ma chère*, da ist nicht mehr viel zu ruinieren. Die Drachenjagd hat mich die besten Jahre meines Lebens gekostet. Sieh mich an – ich bin ein alter Mann.«

»Dann hör auf damit«, empfahl sie ihm kurzerhand.

»Manchmal würde ich das gerne«, gab du Gard flüsternd zu. »Aber soll ich dir ein Geheimnis verraten?« Er beugte sich über den Tisch, bis sein Gesicht dicht vor ihrem schwebte und sie seinen bitteren Tabakatem riechen konnte. »Ich kann nicht mehr damit aufhören. Es ist bereits zu spät für mich ...«

Der Franzose ließ sich auf seinen Stuhl zurückfallen und erging sich in schallendem Gelächter. Sarah stellte fest, dass sie von ihm zugleich fasziniert und abgestoßen war – genau wie damals ...

Plötzlich war von draußen lautes Stimmengewirr zu hören. Durch die schmutzigen Fenster konnte man erkennen, dass sich auf der Commercial Street ein Menschenauflauf gebildet hatte, der den Verkehr auf der viel befahrenen Straße blockierte. Zahlreiche Bewohner des Viertels – Männer in abgetragenen braunen Jacken und Mänteln, aber auch Freudenmädchen in ihren schreiend bunten Kleidern – hatten sich versammelt und riefen wild durcheinander, und nicht wenige von ihnen hatten drohend die Fäuste erhoben.

»Was ist da los?«, wollte Sarah wissen.

»Was weiß ich?« Du Gard zuckte mit den Schultern. »Hier in Whitechapel ist so etwas an der Tagesordnung. Du solltest dem keine Beach ...«

Sarah hörte ihm schon nicht mehr zu. Von Neugier getrieben, erhob sie sich und drängte zusammen mit den anderen Gästen des *Ten Bells* zum Ausgang, um zu sehen, was es draußen gab.

Inmitten der Menschen, die zwischen den hohen, schmutzigen Backsteinfassaden der Häuser zusammengeströmt waren, ragte ein einzelner Mann auf, der aufrecht auf der Pritsche eines Eselkarrens stand, damit jeder ihn sehen konnte. Der Mann war von hünenhafter Statur und trug einen grauen Wollmantel, wie die meisten im Viertel ihn sich nicht leisten konnten. Seine Züge waren zorngerötet, seine Faust war geballt, und seine Stimme schnitt scharf wie ein Messer durch die kalte Luft.

»... frage ich euch, wie viele noch sterben müssen, ehe man in Westminster etwas dagegen zu unternehmen gedenkt?«

»Jawohl«, kam es hier und dort aus der Menge zurück.

»Der Mann hat Recht!«

»Wie viele Frauen müssen noch mit durchschnittener Kehle in der Gosse liegen? Wie viele Schriftzeichen müssen noch mit ihrem Blut an die Wand geschmiert werden, bis die Constables endlich den Spuren nachgehen, die eindeutig aus dem East End ins entgegengesetzte Viertel der Stadt führen, geradewegs nach Buckingham Palace?«

Beifall wurde hier und dort laut, einige Freudenmädchen, die die Opfer möglicherweise gekannt hatten, kreischten laute Zustimmung. Der Redner nickte zufrieden, und Sarah sah den eigentümlichen Glanz in seinen Augen, der ebenso von Entschlossenheit wie von Fanatismus zeugte. Dies war also einer der Rädelsführer, die durch die Straßen zogen und Stimmung gegen das Königshaus machten – und seine Hetzreden fanden geneigte Zuhörer ...

»›Wie lange noch?‹, rufe ich den Mächtigen in Westminster und Buckingham zu«, fuhr der Redner mit Donnerstimme fort. »Und euch allen stelle ich dieselbe Frage: Wie lange wollt ihr euch noch gefallen lassen, dass es niemanden schert, was hier geschieht? Dass es der Regierung offenbar gleichgültig ist, wenn hier gemordet und gestorben wird? Dass ihr hier im Dreck vegetieren müsst, während die Mächtigen und Reichen von goldenen Tellern speisen? Das alles muss ein Ende haben – und es wird ein Ende haben, wenn wir nur alle zusammenstehen und uns verbünden ...«

»Wer ist das?«, raunte Sarah du Gard zu, der seinen Platz im Lokal ebenfalls verlassen und sich zu ihr gesellt hatte.

»Einer von denen, die sich die Angst der Menschen zunutze machen. Sein Name ist George Lusk, wenn ich mich recht entsinne. *Mon dieu*, ein höchst unerfreulicher Zeitgenosse, der immerzu davon spricht, eine Bürgerwehr zu gründen – natürlich nur, um seinen eigenen Machtansprüchen zu genügen ...«

»Die Reichen schert es nicht, was mit euch oder euren Kindern geschieht!«, fuhr Lusk in seiner Hetzrede fort. »Es ist ihnen gleichgültig, ob sie verhungern oder mit durchschnittener Kehle enden. Die Hauptsache ist, dass es genügend Arbeitshäuser und

Gefängnisse gibt – nur leider sitzen die Falschen darin. Einsperren müsste man jene, die es nicht schert, dass ein blutrünstiges Monstrum in Whitechapel sein Unwesen treibt, und die alles daran setzen zu verhindern, dass der wahre Täter gefasst und zur Rechenschaft gezogen wird!«

»Das ist nicht wahr«, widersprach jemand mit lauter und klarer Stimme, noch ehe die Menge ihren Beifall bekunden konnte – und Sarah konnte selbst kaum glauben, dass sie es war, die gesprochen hatte.

»*Ma chère*«, raunte du Gard ihr verhalten zu, während sich aller Augen auf sie richteten, »das war kein sehr guter Einfall ...«

Lusks Blicke flogen wie Pfeile über die Köpfe der Menge hinweg. »Oh«, meinte er spöttisch, »da scheint jemand zu sein, der es besser weiß als ich. Darf ich fragen, wer Sie sind, meine Dame?«

Sarah holte tief Luft – sie konnte jetzt nicht mehr zurück. »Mein Name ist Sarah Kincaid«, stellte sie sich vor, »und ich kann den anwesenden Männern und Frauen versichern, dass alles Menschenmögliche unternommen wird, um den Mörder zu finden.«

»Ist das wahr.« Es war keine Frage, sondern eine herablassende Bemerkung. »Und woher haben Sie Ihre erstaunlichen Kenntnisse, wenn es erlaubt ist zu fragen?«

»Ich ...« Sarah zögerte, während sie sich selbst am liebsten dafür geohrfeigt hätte, sich in eine solche Lage manövriert zu haben. Es war nicht das erste Mal, dass ihr Temperament mit ihr durchgegangen war, aber möglicherweise das letzte Mal. Sie bemerkte die missgünstigen Blicke, mit denen die Menschen sie beäugten. Unverhohlener Hass starrte ihr aus schmutzigen Gesichtern entgegen, Fäuste wurden geballt. Wenn Sarah die Wahrheit sagte, gefährdete sie nicht nur du Gard und sich selbst, sondern auch den Fortschritt der Ermittlungen.

»Nun?«, hakte Lusk nach. »Was ist, Lady? Wir hören ...«

»Es ist wahr, dass viel Unrecht in den Straßen von Whitechapel geschieht«, räumte Sarah ein.

»Hört, hört.«

»Und es ist auch wahr, dass Gefängnisse und Arbeitshäuser nicht dazu angetan sind, den Armen zu helfen. Aber Hetzredner, die sich die Furcht und Not der Leute für ihre eigenen Zwecke zunutze machen, sind es ganz sicher auch nicht!«

»Sarah!«, entfuhr es du Gard beschwörend, während ein Raunen durch die Menge ging.

»Sie nennen mich einen Hetzredner?«, erkundigte sich Lusk lauernd. »Ist es das, was Sie sagen wollen?«

»Allerdings«, bekräftigte Sarah, während sie aus dem Augenwinkel wahrnahm, wie sich einige kräftig gebaute Kerle auf sie und du Gard zu bewegten – Lusks Leibwache, ohne Frage ...

»Was Sie nicht sagen. Und was bringt Sie auf diesen Gedanken?«

»Sehr einfach, Sir«, konterte Sarah entschlossen. »Sie stammen weder aus Whitechapel, noch gehören Sie der Unterschicht an. Und ich möchte obendrein wetten, dass noch keiner der Menschen hier im Viertel Sie gesehen hat, bevor die Mordserie begann.«

»Das ist wahr!«, rief irgendjemand.

»Interesse an der Armut haben Sie erst gewonnen, als der Mörder zuschlug und Ihnen klar wurde, dass sich die Angst der Menschen für Ihre Ziele nutzen lässt. Und nur aus diesem Grund sind Sie hier. Ihnen geht es weder darum, diesen Männern und Frauen zu helfen, noch wollen Sie, dass der Täter gefasst wird – denn mit jedem weiteren Mord, den er begeht, gewinnen Sie an Macht.«

»So?«, fragte Lusk, und Sarah entging nicht das gefährliche Blitzen in seinen Augen. »Fahren Sie nur fort, meine Teure, es ist sehr interessant, Ihnen zuzuhören. Als Nächstes werden Sie noch behaupten, dass ich selbst der Mörder bin!«

»Sie sind verdächtig«, räumte Sarah ein, »so wie jeder, der Nutzen aus dem Tod jener Frauen zieht. Und ich werde nicht dulden, dass ...«

»Das reicht, Missy. Genug gequatscht.«

Urplötzlich sah sich Sarah von grobschlächtigen Kerlen umringt, deren Züge narbig und rot von Ale und Gin waren. Schon hatte einer von ihnen seine Pranke um Sarahs Arm gelegt und wollte sie davonzerren – als vom anderen Ende der Straße her plötzlich ein schriller Pfeifton erklang.

»Teufel auch, die verdammten Bobs! Nichts wie weg!«

Sofort ließ der Kerl los, und er und seine Kumpane verschwanden so plötzlich in der Menge, wie sie aufgetaucht waren. Auch von Lusk war nichts mehr zu sehen – dafür kamen zwei Dutzend uniformierter Constables die Fournier Street herabgestürmt, um die Blockade aufzulösen, die den Verkehr auf der Commercial behinderte. Die Leute, aufgestachelt von Lusks Rede, protestierten und setzten sich teils zur Wehr, hier und dort brachen wüste Handgemenge aus.

»*C'est ca*, Kincaid, lass uns verschwinden«, meinte du Gard, packte Sarah am Handgelenk und zog sie kurzerhand davon.

Verwirrt blickte sich Sarah inmitten des wogenden Chaos um, während sie dem Franzosen folgte – die Brushfield Street hinab in Richtung des Marktes und dann in eine der schmalen Gassen, die in die Hinterhöfe führten. Aus sicherer Entfernung beobachteten sie das Treiben auf der Kreuzung, schwer atmend und froh darüber, so glimpflich davongekommen zu sein.

»*Mince alors*«, stieß du Gard hervor. »Was sollte das denn werden, Kincaid? Bist du lebensmüde?«

»Durchaus nicht.« Sarah schüttelte den Kopf. »Aber es ist nun einmal die Wahrheit, und es muss erlaubt sein, die Wahrheit auszusprechen.«

»Du hast dich nicht verändert, Kincaid.«

»Doch«, widersprach sie. »Du hast es nur noch nicht bemerkt.«

»*Mon dieu.*« Du Gard zog ein angeschmutztes Tuch aus dem Ärmel seines Rocks, mit dem er sich den Schweiß von der Stirn tupfte. »Dann bin ich ja gespannt, was mich noch alles erwartet.«

»Maurice?«, fragte Sarah leise, während sie noch immer zur Kreuzung blickte, wo die Polizei den Auflauf inzwischen fast vollständig aufgelöst hatte. Lusk und seine Kumpane schienen wie vom Erdboden verschluckt, aber Sarah war sicher, dass sie wieder auftauchen würden, sobald sich die Gelegenheit dazu bot ...

»Ja, Kincaid?«

»Entgegen meinen ursprünglichen Überlegungen glaube ich, dass wir den Drachen nun doch brauchen, um der Wahrheit auf die Spur zu kommen«, sagte Sarah düster. »Die Zeit läuft uns davon. Whitechapel gleicht einem Pulverfass, und die Lunte brennt bereits ...«

In jenem fensterlosen Raum, der sich im Herzen Londons befand, unweit der Pall Mall und des Trafalgar Square, kam es zu einem geheimen Treffen.

Die beiden Gentlemen hatten verschiedene Eingänge benutzt, die sich in verschiedenen Gebäuden befanden, denn niemand sollte sie gemeinsam sehen. Die hohe Kunst der Diskretion hatte sie in all der Zeit, die vergangen war, vor Entdeckung bewahrt, und daran sollte sich auch in Zukunft nichts ändern – bis sie sich eines Tages dazu entschlossen, selbst ans Licht der Öffentlichkeit zu treten. Wenn das Ziel erreicht und der Kampf gewonnen war ...

Die Männer dämpften ihre Stimmen, obschon sie kaum fürchten mussten, belauscht zu werden; nur eine Hand voll Eingeweihter wusste von der Existenz des Raumes, und durch die getäfelten Wände drang kein Laut nach draußen.

»Wer ist dieser Franzose?«

»Er nennt sich Maurice du Gard, aber es darf bezweifelt werden, dass dies sein wirklicher Name ist. Sein Vater war Franzose, seine Mutter Amerikanerin, weshalb er in den Kolonien aufwuchs. Ich nehme an, dies erklärt seinen schlechten Geschmack bei der Auswahl seiner Kleidung.«

»Es heißt, er wäre ein Medium ...«

»Er hat sich der Wahrsagerei verschrieben, so viel ist richtig. Manche glauben, dass er tatsächlich die Gabe hat, in die Zukunft zu sehen – andere halten ihn lediglich für einen Scharlatan, der die Gutgläubigkeit leichtfertiger Zeitgenossen für sich ausnutzt.«

»Und Sie? Was denken Sie?«

»Ich denke, dass er ein unwägbares Risiko darstellt, Wahrsager oder nicht. Kincaid vertraut ihm ebenso, wie ihr Vater es tat, und das bedeutet, dass er unseren Plänen früher oder später gefährlich werden könnte.«

»Ich verstehe«, erwiderte der andere Gentleman, während er mit seiner beringten Hand die kleine vergoldete Truhe auf dem Tisch öffnete, ihr eine Zigarre entnahm und sie sich schmauchend ansteckte.

»Das bedeutet dann wohl, dass der Franzose sterben muss«, merkte er beiläufig an, ehe er sich in eine Wolke aus blauem Dunst hüllte.

6

Persönliches Tagebuch
Nachtrag

Die Vergangenheit – weshalb übt sie solch große Macht auf uns aus? Leben wir nicht in der Gegenwart? Sollte unser Streben nicht auf die Zukunft gerichtet sein? Weshalb fällt es uns so schwer, sich von dem zu lösen, was gewesen ist?

Maurice du Gard wiederzusehen hat Erinnerungen geweckt – Erinnerungen an eine junge Frau, die ich nicht mehr bin. Du Gard weiß das nicht und behandelt mich weiter so, wie er es immer getan hat, was mir in Anbetracht der Lage unpassend erscheint. Die Bedenken, die er bezüglich des Falles vorgebracht hat, erscheinen mir dennoch erwägenswert, nicht zuletzt, weil auch ich selbst sie schon gehegt, jedoch aus Pflichtbewusstsein wieder verworfen habe. Da du Gard kein Engländer ist, kann er die Loyalität nicht nachvollziehen, die wir Briten gegenüber dem Königshaus empfinden. Hat er vielleicht gerade deshalb Recht mit dem, was er sagt? Haben meine Treue zur Krone und die Verpflichtungen, die ich meinem Vater gegenüber zu haben glaube, mein Urteilsvermögen beeinträchtigt?

Der Vorfall in Whitechapel hat mir deutlich gemacht, dass sich hinter diesem Fall ungleich mehr verbirgt, als mir zu Beginn klar gewesen ist. Die Neugier hat von mir Besitz ergriffen, und ich bin bereit, einen hohen Preis dafür zu bezahlen, der Wahrheit und damit der Lösung des Rätsels auf die Spur zu kommen.

Einen sehr hohen Preis.

Vielleicht ist dies der Grund, weshalb die Vergangenheit uns alle so sehr in den Bann schlägt – weil wir an jedem Tag, zu jeder Stunde und bei jedem Atemzug mit ihr leben müssen …

LEMAN STREET, WHITECHAPEL
12. NOVEMBER 1883

Sarah Kincaid stand am Fenster der Dachkammer, die Maurice du Gard seine Wohnung nannte, und blickte über die schäbigen, verwinkelten Dächer und die sich windschief türmenden Schlote, aus denen schwarzer Rauch wölkte, hinüber zur Kuppel von St. Pauls, die sich jenseits der Armut aus dem Häusermeer erhob – scheinbar in greifbarer Nähe, aber für die meisten, die hier lebten, unerreichbar fern.

Als hätte die Sonne den Anblick all des Elends nicht länger ertragen, war sie jenseits der schäbigen Dächer versunken; ihr Widerschein tauchte den Himmel über der Stadt in orangerotes Licht, während die Nacht ihren Mantel über die Straßen und Gassen des East End breitete. Wohin das Licht der Gaslaternen nicht drang, waren Mangel und Not nicht mehr zu sehen. Aber man konnte sie hören: die verzweifelten Rufe der Bettler, das Gegröle der Betrunkenen, das Geschrei der Waisen und das hysterische Gelächter der Huren.

Sarah schauderte. Nicht nur der grausamen Morde wegen, die sich hier ereignet hatten, kam ihr das East End vor wie der Vorhof zur Hölle. Der Gedanke, hier zu leben, inmitten all dieses Elends, erfüllte sie geradezu mit Panik.

»Warum tust du dir das an, Maurice?«, erkundigte sie sich bei du Gard, der dabei war, die Vorbereitungen für die Drachenjagd zu treffen. Die letzten Tage hatten sie damit zugebracht, Desmond Quayle bei seinen Ermittlungen zu begleiten, jedoch hatte weder Sarah noch du Gard dem Inspector von Scotland Yard behilflich sein können. Zum einen machte Quayle keinen Hehl daraus, dass er keinen Wert auf ihre Hilfe legte, zum anderen hatten sich seine Spuren allesamt als wertlos erwiesen. Auch jetzt war er wieder in dringenden Ermittlungen unterwegs und wahrscheinlich froh darüber, seiner lästigen Begleiter ledig geworden zu sein. Sarah konnte es nur recht sein – auf diese Weise waren du Gard und sie unbeobachtet und konnten sich anderen Methoden der Erkenntnisgewinnung widmen …

»Wovon sprichst du?«, fragte du Gard, der sein Haar im Nacken zusammengebunden hatte und in dem frischen Hemd, das Sarah ihm gekauft hatte, wieder Ähnlichkeit mit einem menschlichen Wesen hatte.

»Du weißt, wovon ich spreche. Du lebst hier inmitten all dieses Elends, dabei könntest du ebenso gut im reichen West End leben, auf der anderen Seite der Stadt.«

»*Pourquoi?* Warum sollte ich?« Du Gard zuckte mit den Schultern und blickte hinauf zur Decke, deren Balken schwarz von Schimmel waren. »Ein so lauschiges Plätzchen wie dieses verlässt man nicht gerne.«

»Sicher nicht«, erwiderte Sarah sarkastisch. »Du verdienst deinen Lebensunterhalt damit, Tagelöhnern aus der Hand zu lesen und ihnen die Karten zu legen – dabei könntest du ein reicher Mann sein. In den Villen von St. James und Mayfair gehen Wahrsager ein und aus, die nicht einen Bruchteil deiner Gabe besitzen.«

»Und wenn schon.« Du Gard grinste. »Dafür erzählen sie den Leuten, was sie hören wollen.«

»Ich meine es ernst«, beharrte Sarah.

»Ich ebenso«, versicherte du Gard und nahm an dem grob gezimmerten Tisch Platz, über den er ein fleckiges Tuch gebreitet hatte. Auf dem Tisch standen ein Glas, eine brennende Kerze und eine große Flasche, deren Inhalt im Kerzenlicht geheimnisvoll grün schimmerte. »Bitte«, forderte er Sarah auf. »Setz dich.«

Sie verließ ihren Platz am Fenster und kam seiner Aufforderung nach, war jedoch noch nicht gewillt aufzugeben. Du Gard merkte es und ließ ein tiefes Seufzen vernehmen.

»Also schön«, meinte er, »reden wir darüber – eher wirst du ja doch keine Ruhe geben. Du willst also wissen, weshalb ich mich hier verkrochen und zum Bodensatz der Menschheit gesellt habe?«

»Allerdings.«

»*D'accord.* Dann lass dir gesagt sein, *ma chère*, dass ich mir dieses Leben keineswegs ausgesucht habe. Vielmehr wurde es für mich ausgesucht.«

»Was meinst du damit?«, fragte Sarah. »Von wem?«

»Vom Schicksal, gewissermaßen«, antwortete du Gard, dessen Unbekümmertheit plötzlich aus seinen Zügen verschwunden war. »Nach Alexandrien und nachdem sich unsere Wege getrennt hatten, habe ich mich hier verkrochen.«

»Warum?«

»Weil ich damals an etwas gerührt habe, an dem ich nicht hätte rühren sollen. Ich habe Wege beschritten, auf denen es keine Umkehr gibt, und ich habe Dinge erfahren, die ich nie hatte erfahren wollen. Diese Dinge müssen ein Geheimnis bleiben, solange ich lebe, deshalb bin ich hierhergekommen, wo mich niemand finden kann.«

»Ich habe dich gefunden«, rief Sarah ihm in Erinnerung.

Du Gard lächelte rätselhaft. »Wie ich schon sagte, *ma chère*, ist dies kein Zufall gewesen. Und du darfst mir glauben, dass ich jeden anderen als dich weniger bereitwillig willkommen geheißen hätte.« Er deutete auf seinen rechten Stiefel, und erst jetzt nahm Sarah die Ausbeulung wahr, die eine winzige einschüssige Pistole barg.

»Was hat das zu bedeuten?«, verlangte sie zu wissen.

»*Pour la securité*«, erklärte du Gard schulterzuckend. »Ich muss auf der Hut sein, Sarah, weil ich Dinge weiß, die *sie* nicht erfahren dürfen, um keinen Preis.«

»Sie?«, fragte Sarah verständnislos, während sie sich allen Ernstes fragte, ob sich ihr alter Bekannter einmal zu oft auf Drachenjagd begeben hatte. »Vom wem sprichst du, Maurice?«

»Meine Gabe, wie du es so treffend genannt hast, kann ein Segen sein, aber auch ein Fluch. Manche Dinge darf ich verraten, andere nicht – die Pistole ist für den Fall, dass jemand mehr von mir verlangt, als ich geben kann.«

»Ich verstehe.« Sarah nickte. »Du würdest denjenigen also erschießen.«

»*Ma chère*«, flüsterte du Gard. »Du solltest mich gut genug kennen, um zu wissen, dass ich jede Art von körperlicher Gewalt verabscheue. Die eine Kugel, die sich in der Pistole befindet, ist nicht für meine Feinde bestimmt ...«

Sarah begriff, was er ihr sagen wollte, und merkte, wie ihr etwas die Kehle zuschnürte – ein Gefühl unbestimmter Angst. »Maurice«, sagte sie leise. »Gibt es da etwas, das du mir erzählen willst? Willst du mir berichten, was du gesehen hast?«

Der Franzose zögerte einen unmerklichen Augenblick.

»Nein«, behauptete er dann und griff nach der Flasche. Die alte Unbekümmertheit kehrte schlagartig zurück. »Lass uns lieber sehen, was uns die grüne Fee verraten wird – schließlich hat sie mir bereits so manches Geheimnis zugeflüstert ...«

Er lachte leise, während er sich den Trank bereitete, der ihn in die Lage versetzen würde, seinen Geist zu öffnen, ihn empfänglich zu machen für die Schwingungen des Übernatürlichen, auf das Sarah ihre Hoffnung setzte. Du Gard füllte das Glas mit der grünen Flüssigkeit des Absinth. Darauf bedeckte er es mit einem kleinen, verkrusteten Rost, auf den er einen Würfel Zucker legte. Aus der Innentasche seines Rocks holte er eines jener Fläschchen hervor, die Sarah auch im St. James Palace gesehen hatte und die in ihrem Aussehen so unscheinbar und in ihrer Wirkung so verheerend waren.

Sorgfältig beträufelte du Gard den Zucker mit dem Laudanum und griff dann nach der Kerze, um ihn zu entzünden. Da alle anderen Lichter im Raum gelöscht und die Nacht inzwischen ganz hereingebrochen war, konnte man die blaue, geheimnisvoll züngelnde Flamme deutlich sehen. Unter leisem Knistern zerfloss der Zucker und träufelte in das Glas, dessen Inhalt sich daraufhin dunkel verfärbte.

Du Gard atmete schwer, während er wie gebannt dem chemischen Prozess zusah, der für ihn ein heiliges Ritual darzustellen schien. Furcht und freudige Erregung schienen ihn dabei gleichermaßen zu erfüllen. Kaum war die Flamme verloschen, nahm er den Rost ab, rührte den Inhalt des Glases um und hob es feierlich hoch, als wolle er einen Toast ausbringen.

»Wohlan«, erklärte er. »Es gibt Leute, die behaupten, der Absinth würde blind machen – mich hingegen macht er sehend. Möge der Drache mir offenbaren, was sich hinter dem Sichtbaren verbirgt.«

Damit schloss er die Augen, setzte das Glas an und leerte es in einem Zug. Gebannt sah Sarah ihm dabei zu. Es war nicht das erste Mal, dass sie einer von du Gards eigenwilligen Séancen beiwohnte, aber noch immer empfand sie unerträgliche Spannung dabei. Sie konnte sich nicht erklären, was es war, das den Franzosen Dinge sehen ließ, die anderen Menschen ein Leben lang verborgen blieben, und sie war sich auch nicht sicher, ob sie es tatsächlich wissen wollte ...

Plötzlich ging mit du Gard eine Veränderung vor sich.

Sarah hatte seine Hände ergriffen, die er ihr über den Tisch entgegenstreckte, nachdem er ihr erklärt hatte, dass seine Fähigkeit sich dadurch noch verstärkte. Unvermittelt jedoch wandelten sich du Gards Gesichtszüge. Seine ausgemergelte Miene entspannte sich, und er öffnete die Augen wieder. Sarah schien er allerdings nicht wahrzunehmen, obwohl sie ihm direkt gegenübersaß. Es war derselbe leere Blick, den Sarah auch beim Duke of Clarence bemerkt hatte.

Die Drachenjagd hatte begonnen ...

»Ich schwebe«, sagte du Gard mit tonloser Stimme, die Sarah schaudern ließ. Es schien nicht du Gard selbst zu sein, der sprach, sondern eine Wahrheit, die weit jenseits des rational Erklärbaren lag und die unter dem Einfluss des Opiats von ihm Besitz ergriffen hatte. »Ich schwebe über den Häusern der Stadt. Ich sehe die Dächer und die Giebel, und ich schmecke den bitteren Rauch, der aus den Schloten steigt ... und ich bin nicht allein.«

In einer spontanen Reaktion wollte Sarah fragen, wessen Präsenz du Gard spürte, aber sie hielt sich zurück. In seinem Zustand hätte du Gard ohnehin nicht auf ihre Einwürfe reagiert. Sie musste abwarten und geduldig sein ...

»Es ist bei mir«, fuhr du Gard flüsternd fort. »Es ist unsichtbar, nicht zu sehen; es verbirgt sich in den Schluchten der Häuser, in den Schatten und im Nebel, aber ich kann seine Anwesenheit deutlich spüren. Es ist dort draußen, und es wartet ... Das Böse treibt sein Unwesen in dieser Nacht, und es sucht nach einem neuen Opfer. Jetzt kann ich es deutlich sehen ...«

Erneut unterbrach sich du Gard und schien noch tiefer und angestrengter in sich hinein zu blicken.

»Eine Gasse«, hauchte er, »vor mir liegt eine Gasse. Es ist dunkel und es ist kalt. Ich friere ...«

Zu ihrer Verblüffung stellte Sarah fest, dass du Gard tatsächlich fröstelte.

»Ich öffne meinen Geist und halte Ausschau«, fuhr er fort. »Was ich sehe, ist noch nicht geschehen und ... *mon dieu*! Er kommt. Ich fühle seine Gegenwart. *Le meurtrier!* Der Mörder ist unterwegs. Sein Schatten ist lang und dunkel, und wohin auch immer er fällt, verbreitet er Tod und Verderben. Ich spüre seine Nähe ... Er reist in einer schwarzen Kutsche. Der Kutscher ist vermummt, sodass man ihn nicht erkennen kann, sein Herr nur ein Schatten, der ihm folgt.«

Sarah räusperte sich leise, um sich von dem Kloß in ihrer Kehle zu befreien. Die Luft in der Dachkammer kam ihr plötzlich unerträglich stickig vor.

»Jetzt kann ich die Kutsche aus der Nähe sehen ... Auf der Tür trägt sie ein Wappenzeichen ... Löwen. Ich sehe drei Löwen ...«

Sarah biss sich auf die Lippen. Das königliche Wappensiegel trug drei übereinander angeordnete Löwen als Zeichen der Macht – bloßer Zufall oder ein möglicher Hinweis auf den Täter?«

»Die Kutsche fährt schnell, sehr schnell. Der Kutscher benutzt die Peitsche. Die Zeit drängt, noch heute Nacht wird es geschehen. Es wird ein weiteres Opfer geben, noch heute Nacht – und die Morde von Whitechapel sind nur der Anfang. Der dunkle Schatten wird über uns kommen, mächtig wie vor Tausenden von Jahren. Lange schon wandelt das Phantom unter uns, aber nun ist seine Zeit gekommen, sich zu offenbaren. Niemand kann es aufhalten, niemand ... *mon dieu, c'est horrible* ... Ich sehe einen Koffer, gefüllt mit tödlichem Stahl, und ich sehe Blut, überall Blut ... ein Zeichen an der Wand!«

Du Gards Stimme war lauter geworden. Sarah konnte spüren, wie seine Hände zitterten.

»Blut, überall Blut«, wiederholte du Gard. Die Panik in seiner Stimme war jetzt unverkennbar. »Das Böse ist seit Tausenden von Jahren unter uns! Es will Macht, absolute Macht, und wir können es nicht aufhalten! Wir müssen ... *Non! Non! Ne pas moi ...!*«

Die letzten Worte hatte du Gard laut geschrien. Es war nicht mehr nur ein Anflug von Panik, es war nackte Todesangst. Schweiß war ihm auf die Stirn getreten, und er drückte Sarahs Hände so fest, dass es sie schmerzte. Mit weit aufgerissenen Augen starrte er Sarah an, aber er schien sie nicht zu sehen – vielmehr hatte es den Anschein, als fände er nicht mehr aus der Höhle des Drachen heraus, in die er sich so leichtfertig gewagt hatte. Sein Atem stockte und ging nur noch stoßweise, seine Brust hob und senkte sich krampfhaft.

»Maurice!«, rief Sarah laut. »Maurice, wach auf!«

»Pas moi, créature misérable! Retourne d'où tu es venu ...«

»Maurice! Du musst aufwachen, hörst du?«

»Va-ten! Va-ten! ...« Er riss sich von ihr los und ruderte wild mit den Armen, machte abwehrende Handbewegungen in Richtung eines unsichtbaren Gegners. *»Laisse-moi tranquille, monstre! Laisse-moi tranquille ...!«*

»Verdammt, du Gard! Wach endlich auf!« Sarah, die aufgesprungen und um den Tisch geeilt war, legte ihre ganze Autorität in ihre Stimme. Als selbst das nichts zu helfen schien, schlug sie zu.

Ihre Hand klatschte in du Gards ausgemergeltes Gesicht, und wie zuvor in der Opiumhöhle brachte der Schmerz den Franzosen auch dieses Mal zu Bewusstsein.

Er verstummte und hielt in seinen Zuckungen inne, und etwas in seinem Blick veränderte sich. Einen Moment lang schien er weder zu wissen, wer er war, noch wo er sich befand. Dann kehrte die Erinnerung zu ihm zurück, und er stöhnte leise. Der entsetzte Ausdruck in seinem Gesicht blieb.

»Du Gard?«, fragte Sarah. »Alles in Ordnung?«

»*Moi* ... Ich denke schon ...«

»Was hast du gesehen, du Gard?«

»Was meinst du?«

»Was hast du zuletzt gesehen?«, fragte Sarah noch einmal.

»*Rien*«, erklärte der Franzose flüsternd. »Nichts, Sarah.«

»Nichts? Aber du hast laut geschrien!«

»Da war nichts«, beharrte du Gard. Der Blick, mit dem er sie dabei bedachte, war eindringlich, aber Sarah hatte dennoch den Eindruck, dass er etwas vor ihr verbarg.

»Du Gard, ich muss es wissen«, drängte sie. »Was hast du gesehen? Was hat dich so in Panik versetzt?«

»Ich kann es dir nicht sagen, Sarah.«

»Kannst du nicht oder willst du nicht?«

Der Franzose starrte sie nur an, antwortete jedoch nicht.

»Es war etwas Schreckliches, nicht wahr?«, fragte sie leise, und für einen Augenblick schien du Gard tatsächlich antworten zu wollen. Er holte tief Luft – als von der Straße plötzlich der schrille Ton von Trillerpfeifen in die Kammer drang.

Pfeifen, wie die Constables sie benutzten ...

»Was ist da draußen los?«

Sarah wollte zum Fenster, aber fast im selben Moment waren vor der Tür der Dachkammer hektische Schritte zu hören. Die morsche Holztür flog auf, und auf der Schwelle stand Quayle, schwer atmend und einen gehetzten Ausdruck auf seinen feisten Gesichtszügen. Sarah hatte ihm gesagt, wo sie im Notfall zu finden sein würde – und solch ein Notfall schien eingetreten zu sein ...

»Inspector! Was ist geschehen?«

»Ein neuer Mord«, stieß Quayle zwischen rasselnden Atemzügen hervor. »Nicht weit von hier ...«

»Wo?«, fragte Sarah entsetzt.

»Kommen Sie mit«, forderte Quayle sie auf, machte auf der Schwelle kehrt und polterte die hölzernen Stufen hinab, die er eben erst heraufgestiegen war. Sarah folgte ihm, und auch du Gard wollte sich anschließen. Die Drachenjagd hatte bei ihm jedoch Spuren hinterlassen – du Gards Beine gaben nach, stöhnend sank er auf seinen Stuhl zurück.

»Du bleibst hier«, ordnete Sarah an, während sie hastig ihren Mantel überwarf. »Du bist noch zu schwach.«

»*Non*, ich werde ...«

»Keine Widerrede«, beharrte Sarah barsch. Und sanfter fügte sie hinzu: »Du hast genug getan, mein Freund. Bleib hier und ruh dich aus, in Ordnung?«

Du Gard, der noch immer ganz unter dem Eindruck dessen stand, was er in seiner Vision gesehen hatte, nickte geistesabwesend. Sarah huschte hinaus und schloss die Tür hinter sich.

Durch das dunkle Treppenhaus, dessen Stufen geräuschvoll knarrten und in dem sie den Kopf einziehen musste, um sich nicht an den geschwärzten Deckenbalken zu stoßen, folgte sie Quayle hinab auf die Straße. Dort war die Hölle los – und das im wörtlichen Sinn.

Uniformierte Constables kamen von allen Seiten gerannt, alarmiert vom Pfeifen ihrer Kollegen. Aus einer benachbarten Spelunke drängten Menschen auf die nächtliche Straße, über deren schmutzigem Pflaster zäher Nebel lag.

»Was ist da los?«

»Was gibt es?«
»Was ist passiert?«
»Ein neuer Mord ...«
Sarah konnte hören, wie das schreckliche Wort unter den Huren und Betrunkenen um sich griff. So schnell die eng geschnürten Schuhe mit den schmalen Absätzen es zuließen, lief sie Quayle hinterher in die St. Mark Street, die in das enge, von schmalen Gassen, verwinkelten Häusern und dunklen Hinterhöfen beherrschte Labyrinth führte, das sich westlich der Leman Street erstreckte. Die Tenter Street bildete ein Viereck, das die trostlosen Fassaden umrahmte – ihrem Verlauf folgten Sarah und der Inspector, begleitet von den Constables, die nach wie vor aus allen Richtungen herbeiströmten.

Atemlos, den Rock ihres Kleides mit beiden Händen raffend, bog Sarah um eine Ecke aus geschwärztem Backstein – und erblickte im nächsten Augenblick die blutige, leblose Gestalt, die am Fuß der Mauer auf dem nackten Pflaster lag. Wie zuvor war das Opfer eine junge Frau; ihre Kleider waren blutdurchtränkt, der Boden unter ihr in grelles Rot getaucht. Und über ihr prangte jenes Zeichen an der Mauer, das der Täter auch bei allen anderen Opfern hinterlassen hatte.

Das Zeichen von Thot ...

»Oh, mein Gott!«

In einem ersten Reflex schlug Sarah die Hände vors Gesicht und wandte sich ab. Zwar hatte sie die Photographien der anderen Opfer gesehen – das schreiend rote Blut und den grässlich verunstalteten Leichnam in Wirklichkeit zu erblicken ließ sich damit jedoch nicht vergleichen. Der beißende Gestank in den Gassen, der sich mit dem Geruch des Blutes mischte, wollte Sarah den Magen umdrehen, aber sie beherrschte sich. Indem sie all ihre Disziplin zusammennahm, zwang sie sich, die Augen zu öffnen und sich wieder dem Tatort zuzuwenden, den Quayle bereits inspizierte. Mit gezücktem Notizbuch stand der Inspector da und nahm die Leiche in Augenschein. Die Gefühlskälte, die er dabei an den Tag legte, schockierte Sarah zusätzlich.

Blut, überall Blut . . .

Sie musste an du Gards Worte denken. Von einem Geist hatte er gesprochen, von einem Phantom, das sich näherte – und tatsächlich hatte der Mörder in unmittelbarer Nachbarschaft zugeschlagen . . .

Schaulustige, die den Constables gefolgt waren, drängten heran, und die Ordnungshüter hatten alle Hände voll zu tun, sie vom Tatort fernzuhalten. Quayle setzte unterdessen seine Untersuchung fort. Er schien geradezu begeistert über die Gelegenheit zu sein, die sich ihm bot.

»Das ist eine seltene Chance!«, triumphierte er. »So früh sind wir noch nie am Tatort gewesen. Das Blut ist noch frisch, und die Leichenstarre ist noch nicht eingetreten. Der Mord hat sich erst vor Kürze ereignet . . .«

»Erst vor Kürze?« Einer jähen Ahnung folgend, blickte sich Sarah in der Straße um. »Das könnte also bedeuten, dass sich der Mörder noch ganz in der Nähe befindet.«

»Unwahrscheinlich.« Quayle schürzte die Lippen. »Er wird die Gelegenheit genutzt haben, sich rasch aus dem Staub zu machen. Aber er wird allmählich leichtsinnig, und das wird ihm früher oder später das Genick bre . . .«

»Inspector! Da!«

Sarah schrie die Worte laut, sodass Quayle fluchend herumfuhr – gerade rechtzeitig, um die schwarze Kutsche zu erblicken, die nicht weit entfernt die Straße hinab aus einer Gasse schoss und dabei mit dem Dunkel der Nacht fast verschmolz. Vier schwarze Rosse zogen das Gefährt, und auf dem Kutschbock saß ein Mann, der bis zur Unkenntlichkeit vermummt war.

»Genau wie in du Gards Vision«, flüsterte Sarah atemlos – dann lief sie auch schon los. »Das ist er, Quayle!«, rief sie dabei laut. »Das ist der Mörder!«

»Was? Woher ...?« Einen Augenblick zögerte der Inspector von Scotland Yard. Dann beschloss er, alle Regeln der Kriminalistik in den Wind zu schlagen und weiblicher Intuition zu folgen.

Im Laufen griff er unter seinen Rock und zog den kurzläufigen Revolver hervor, den er immer dann bei sich zu tragen pflegte, wenn er sich im East End aufhielt. Er feuerte damit in die Luft – der Knall, der von den eng zusammenstehenden Fassaden der Häuser widerhallte, war laut und durchdringend, aber der Kutscher scherte sich nicht darum. Das vermummte Haupt zwischen die Schultern gezogen, ließ er die Peitsche knallen, und mit metallischem Rasseln und unter dem donnernden Hufschlag der Pferde schoss das unheimliche Gefährt davon, die Tenter Street hinab bis zur nächsten Ecke des Karrees. Dort musste der Kutscher die Fahrt verlangsamen, und Sarah und der Inspector holten auf. Dabei sah Sarah etwas, das sie mit namenlosem Entsetzen erfüllte – denn das Wappen auf der Tür der Kutsche war jenes, das du Gard in seiner Vision beschrieben hatte.

Das Zeichen mit den drei Löwen.

Das Wappen der königlichen Familie ...

»Stehen bleiben, im Namen von Scotland Yard!«, rief Quayle dem Gefährt mit lauter Stimme hinterher, aber auch das machte auf den Kutscher keinen Eindruck. Im Gegenteil – ein heiseres Lachen entrang sich der Kehle des Mannes, ehe er die Peitsche noch einmal knallen ließ. Dann hatte er die Biegung bereits hinter sich gebracht und ließ die Zügel schnalzen, und die Kutsche rasselte und rumpelte über das raue Pflaster der Ausfahrt der Tenter Street entgegen. Hatte sie erst die Prescot Street erreicht, würde sie im nächsten Augenblick im Gewirr der nächtlichen Straßen verschwunden sein.

»Schießen Sie!«, forderte Sarah den Inspector auf. »Rasch, bevor er uns entkommt!«

Quayle biss die Zähne zusammen und rannte noch ein Stück weiter, musste dann jedoch einsehen, dass seine kurzen Beine nicht dazu geeignet waren, mit der Kutsche mitzuhalten. Keuchend blieb er stehen und riss die Waffe in den Anschlag, visierte den Mann auf dem Kutschbock an und wollte feuern – aber es kam nicht dazu.

Sarah, die darauf wartete, dass der Schuss peitschte, sah aus dem Augenwinkel, wie Quayle zusammenzuckte. Noch im Laufen wandte sie sich um und sah den Inspector in der Mitte der Straße stehen, den Revolver noch in der Hand und die Augen weit aufgerissen.

»Inspector . . .?«

Sie konnte sehen, dass etwas nicht in Ordnung war, und verlangsamte ihren Schritt – während Quayle den Mund zu einem Schrei aufriss. Doch kein Laut kam über seine Lippen. Der Inspector ließ die Waffe fallen. Hilflos ruderte er mit den Armen und tastete nach seinem Rücken. Sarah begriff, dass er Hilfe brauchte, und während die Kutsche den Block verließ und in Dunkelheit und Nebel entschwand, eilte sie zu Quayle zurück. Der Inspector taumelte ihr mit vor Entsetzen geweiteten Augen entgegen und verlor das Gleichgewicht. Sie fing ihn auf, bettete ihn auf das schmutzig nasse Pflaster – und sah den Gegenstand, der aus seinem Rücken ragte. Es war eine gebogene Klinge in der Form einer Mondsichel, die weder Schaft noch Griff besaß, sondern nur aus blankem, scharf geschliffenem Metall bestand. Die mörderische Waffe, die bis zur Hälfte in Quayles Rücken eingedrungen war, war offenbar geworfen worden, und ihr steiler Eintrittswinkel ließ vermuten, dass der Mörder von einem der umliegenden Dächer aus gezielt haben musste.

Um kein weiteres Ziel abzugeben, ließ Sarah sich bäuchlings auf den Boden gleiten, ungeachtet der schmierigen Schicht von Asche und Ruß, die das Pflaster überzog. Mit der rechten Hand tastete sie nach Quayles herrenlosem Revolver, während sie die umliegenden Gebäude im Auge behielt – aber jenseits des fahlen Scheins der Gaslaternen war nichts zu erkennen.

»Hilfe!«, rief Sarah laut. »Wir brauchen einen Arzt! Rasch . . .!«

Zwei Constables, die in einigem Abstand gefolgt waren, stießen zu ihr, und Sarah schilderte mit wenigen Worten, was geschehen war. Während die Polizisten in ihre Trillerpfeifen stießen, um ihre Kollegen zu alarmieren, kümmerte Sarah sich um Quayle. Der Inspector lag in bizarrer Verrenkung auf dem Boden, das mörderische Geschoss noch im Rücken. Blut rann aus seinen Mundwinkeln, was darauf schließen ließ, dass innere Organe verletzt waren. Die feiste Miene des Polizisten wirkte karg und ausgezehrt, jede Röte war aus ihr verschwunden.

»D-der Täter«, stieß er leise hervor, worauf nur noch mehr Blut über seine Lippen trat. »Er darf nicht entkommen ...«

»Schhh.« Sarah schüttelte den Kopf. »Sie dürfen nicht sprechen, hören Sie? Sparen Sie Ihre Kräfte.«

»Ist zu spät ... werde nicht ...« Seine Worte wurden undeutlich, das Sprechen schien ihm Schmerzen zu bereiten. Ein Hustenkrampf schüttelte ihn. Mit einer fahrigen Bewegung wischte er sich das Blut aus den Mundwinkeln, aber immer mehr davon quoll hervor.

»K-Kincaid?«

»Ja?«

»Haben Sie ... Wappen gesehen ...?«

»Ja«, entgegnete Sarah leise. »Ich habe es gesehen.«

»Darf nicht entkommen ... Sorgen Sie dafür, dass ... Gerechtigkeit ... Mörder fassen ...«

Die letzten Worte presste Quayle zwischen zusammengebissenen Zähnen hervor, an seinem Blut würgend. Seine fleischige, eiskalte Hand griff nach Sarahs Arm und packte ihn, und er zog sie ganz nah an sich heran.

»Versprechen Sie es«, hauchte er kaum hörbar.

Sarah zögerte nur einen kurzen Augenblick. Sie sah die aschfahle Miene des Inspectors und seinen gebrochenen Blick und wusste, dass die nächsten Worte, die sie sprach, die letzten sein würden, die er auf Erden zu hören bekam.

»Ich verspreche es«, sagte sie leise – und als wäre dies die Absolution, auf die Quayle nur gewartet hatte, löste sich sein Griff, und sein Haupt sank zu Boden. Mit einem heiseren Keuchen starb der Ermittler von Scotland Yard, und zu Sarahs Verwirrung gesellten sich Trauer und Zorn. Und ernste Zweifel an der Lauterkeit des königlichen Erben …

7

Persönliches Tagebuch
Nachtrag

Die Ereignisse haben sich überschlagen – und wie immer, wenn das geschieht, gibt es Fragen, die unbeantwortet bleiben. Viele Fragen …

Wer ist der geheimnisvolle Mörder, der nun schon zum vierten Mal in Folge zugeschlagen hat? Und weshalb hat er es in unmittelbarer Nähe von Maurice du Gards Wohnung getan? War es bloßer Zufall oder steckt, wie du Gard vermutet, mehr dahinter? Wer sind die Komplizen, die den unglücklichen Inspector Quayle auf dem Gewissen haben? Und weshalb hat der Mörder zur Flucht eine Kutsche aus dem königlichen Marstall benutzt? Will er uns damit auf eine falsche Fährte locken? Oder ist es die Arroganz der Mächtigen, die uns auf diese Weise zu verstehen gibt, dass sie uns nicht als Gefahr erachtet?

All dies gilt es zu klären – und noch ungleich mehr. Denn auch Maurice du Gard gibt mir Rätsel auf. Seiner Reaktion habe ich entnommen, dass er in seiner Vision etwas Schreckliches gesehen haben muss, aber noch immer weigert er sich, darüber auch nur ein Wort zu verlieren. Gegenüber den Ermittlern des Scotland Yard habe ich es verschwiegen, aber mit einem Schaudern erinnere ich mich daran, dass du Gard vor seinem geistigen Auge das königliche Wappensiegel auf der Kutsche des Mörders gesehen hat.

Das Böse, hat er gesagt, lauert dort draußen – und ich bin geneigt, ihm zu glauben.

Während die Beamten des Yard weiter ihre Theorie verfolgen, dass der Täter von außerhalb des Königshauses stammen muss, habe ich dies betreffend Zweifel bekommen. Durch Jeffrey Hulls Vermittlung habe ich eine zweite Audienz beim Duke of Clarence erwirkt, mit dem erklärten Ziel, der Wahrheit auf den Grund zu gehen …

St. James Palace, London
14. November 1883

Rund eine Woche, nachdem sie zusammen mit Inspector Quayle in der St. James Street vorgesprochen hatte, fand Sarah Kincaid sich noch einmal dort ein – diesmal in Begleitung von Maurice du Gard.

Der Besuch fand in aller Heimlichkeit statt, und außer Sir Jeffrey, dem königlichen Berater, war niemand darüber informiert worden – weder die Beamten des Scotland Yard, die es sicher nicht gerne gesehen hätten, dass ein Franzose, noch dazu ein Wahrsager und Geisterseher, zu dem Fall hinzugezogen wurde, noch Mortimer Laydon. Sarah war sicher, dass ihr Patenonkel nur versucht hätte, ihr die Sache auszureden. Dass er auf du Gard nicht gut zu sprechen war, war kein Geheimnis. Die beiden kannten sich von früher, und schon damals war ihr Verhältnis nicht von Zuneigung geprägt gewesen.

Erst nach Einbruch der Dunkelheit fuhr das Hansom Cab in den Innenhof des Palasts ein, und sofort waren Diener zur Stelle, um Sarah und du Gard möglichst rasch und unauffällig in das Gebäude zu geleiten. Der Duke of Clarence empfing sie einmal mehr in seinem mit Artefakten bestückten Empfangszimmer, und zu Sarahs heller Freude schien er gerade Herr seiner selbst zu sein. In einem seidenen Hausmantel, die Beine hochgelegt, lagerte er auf einem Sofa, und Sarah fragte sich unwillkürlich, ob der Genuss von Opiaten das einzige Laster war, dem der königliche Enkelsohn frönte …

»Sieh an«, sagte er, als Sarah und du Gard das Empfangszimmer betraten. Beide verneigten sich nach höfischer Sitte, auch wenn Sarahs Innerstes sich dagegen sträubte, die Knie vor einem Mordverdächtigen zu beugen. Selbst wenn er vornehmen Geblüts sein mochte …

»Was verschafft mir die unverhoffte Ehre Ihres erneuten Besuchs, Lady Kincaid? Noch dazu in Begleitung eines ausländischen Gentleman ...«

»Mister du Gard mag ein französischer Landsmann sein«, räumte Sarah diplomatisch ein, »aber sein Herz, das darf ich Ihnen versichern, schlägt für das Empire. Schon meinem Vater war er ein treuer und zuverlässiger Helfer.«

»Dann soll er auch mir willkommen sein«, erwiderte der Herzog großmütig. »Was führt Sie zu mir? Gibt es bereits Neuigkeiten in dieser abscheulichen Sache zu vermelden?«

»Gewissermaßen«, erwiderte Sarah. »Aber vielleicht sollten wir diese Dinge in absoluter Vertrautheit besprechen ...«

»Natürlich.« Der Duke gab seinem Leibdiener einen Wink, worauf dieser den Saal sofort verließ. Anschließend bot der Herzog seinen beiden Besuchern Sitzplätze an, und Sarah und du Gard ließen sich auf die ledernen Sessel nieder, die dem Sofa gegenüberstanden. Das flackernde Kaminfeuer warf unsteten Schein auf ihre Gesichter.

»Sicher haben Seine Hoheit bereits von dem neuerlichen Mord erfahren?«, erkundigte sich Sarah.

»Allerdings.« Der Duke nickte. »Und es stimmt mich ebenso traurig wie bedenklich, dass es noch immer nicht gelungen ist, diesen gemeinen und ruchlosen Mörder zu fassen, der es darauf anzulegen scheint, mich beim Volk in Misskredit zu bringen.«

»Diese Möglichkeit besteht«, gestand Sarah. »Allerdings muss nach dem letzten Mord auch noch eine andere Lösung in Betracht gezogen werden.«

»Eine andere Lösung?« Der Herzog warf ihr einen gehetzten Blick zu. »Wovon sprechen Sie?«

»Euer Hoheit«, erwiderte Sarah ausweichend, »würden Sie mir die Gunst erweisen, sich diesen Gegenstand einmal näher anzusehen? Ich möchte Hoheit in seiner Eigenschaft als Vorsitzender der Ägyptischen Liga um einen Rat ersuchen.«

»Sie wollen meinen Rat?« Die Mundwinkel des Herzogs zuckten in unverhohlenem Spott. »Sollte es nicht viel eher andersherum sein?«

»Bitte haben Sie einen Augenblick Geduld, Hoheit.«

Von du Gard ließ sich Sarah einen flachen hölzernen Koffer reichen, der nur schmal, aber an die zwei Fuß breit war. Sie öffnete ihn und drehte ihn so, dass der Herzog den auf Samt gebetteten Inhalt sehen konnte. Es war eine gebogene, an die zwei Fuß lange Metallklinge, die die Form einer Sichel besaß. Griff oder Schaft gab es nicht, dafür waren, im Licht des Kaminfeuers deutlich zu erkennen, ägyptische Symbole in das Metall eingraviert.

»Was ist das?«, fragte der Herzog mit einiger Verblüffung.

»Offen gestanden, Hoheit, hatte ich gehofft, dass Sie mir dies sagen könnten.«

»Nun, es scheint ein ägyptisches Artefakt zu sein, aber ich kann mir nicht vorstellen, dass dieses Stück Tausende von Jahren unter Wüstensand begraben gewesen sein soll ...«

»In der Tat nicht, das war es nicht.« Sarah schüttelte den Kopf. »Die Klinge ist aus Stahl, den die alten Ägypter nicht kannten, wie Sie wissen.«

»Woher haben Sie es dann?«

»Aus dem Rücken von Desmond Quayle«, antwortete Sarah mit brutaler Offenheit.

»I-Inspector Quayle wurde mit diesem ... Ding getötet?«

»Allerdings.« Sarah nickte.

»Unfassbar. Diese Waffe oder was immer es ist ... scheint mit großer Sorgfalt gefertigt worden zu sein. Weshalb sollte sich jemand solche Mühe machen, nur um einen kaltblütigen Mord zu begehen?«

»Diese Frage habe ich mir auch gestellt, Hoheit – und bin zu dem Schluss gekommen, dass Inspector Quayles Mörder uns etwas sagen wollte, indem er diese Waffe und keine andere benutzte. Gewissermaßen ist es eine Botschaft.«

»Eine Botschaft? Welcher Art?«

»Die altägyptische Gottheit Thot wird auf diversen Darstellungen mit jener sichelförmigen Klinge abgebildet, und ich denke, dass Desmond Quayles Mörder seiner Tat eine kultische Bedeutung verleihen wollte, indem er ausgerechnet diese Waffe verwendete.«

»Ich verstehe Ihre Argumentation«, versicherte der Duke. »Aber ich weiß nicht, worauf Sie hinauswollen, Lady Kincaid.«

»Ich will darauf hinaus, dass das Hinterlassen des Ibis-Zeichens möglicherweise wesentlich mehr bedeuten könnte, als dass der Frauenmörder den Verdacht auf die Ägyptische Liga und ihren Vorsitzenden zu lenken versucht. Offenbar folgt der Mörder einem festen Plan, denn er ist nicht allein, sondern hat wenigstens zwei Komplizen, nämlich den Kutscher und Quayles Mörder. Außerdem hege ich den Verdacht, dass sie bei ihren Untaten möglicherweise einem alten ägyptischen Ritual folgen.«

»Einem alten ägyptischen Ritual? Finden Sie das nicht ein wenig an den Haaren herbeigezogen?«

»Das habe ich mich auch gefragt«, räumte Sarah ein. »Aber bei seinem letzten Mord ist der Täter besonders bestialisch vorgegangen und hat die Unterleibsorgane seines Opfers herausgeschnitten und entwendet. Was sagt Ihnen das?«

»Nun – dass wir es mit einem äußerst kaltblütigen und vermutlich auch schwer gestörten Menschen zu tun haben.«

»Vielleicht – oder aber mit einem, der sich von den alten Ägyptern zu seinen Bluttaten inspirieren lässt. Wie Sie wissen, wurden auch im Zuge der Mumifizierung die Unterleibsorgane entfernt.«

»Durchaus.« Der Herzog nickte. »Und was folgern wir daraus?«

»Ich weiß es nicht, Hoheit. Sagen Sie es mir.«

»Ich soll es Ihnen sagen? Was hat das nun wieder zu bedeuten? Sie sprechen in Rätseln, meine Teure ...«

»Dann will ich Ihrem Gedächtnis ein wenig auf die Sprünge helfen, Hoheit«, sagte Sarah. Dass sie sich dabei gegenüber dem königlichen Erben im Ton vergriff, fiel weder ihr noch dem Herzog auf. Nur du Gard zuckte zusammen, der sich bislang still verhalten hatte. »Als ich Sie das letzte Mal besuchte, sagten Sie etwas vom Zorn einer Gottheit, die dabei wäre zurückzukehren«, fuhr Sarah fort, »von einem alten Fluch und von schrecklicher Rache, die unser aller Untergang bedeuten könnte.«

»Tatsächlich?« Der Duke hob die Brauen. »Ich muss gestehen, ich erinnere mich nicht ...«

»Wirklich nicht?«

»Lady Kincaid.« Der Herzog seufzte. »In meiner Position spricht man nicht gerne über diese Dinge – aber sollte Ihnen entgangen sein, dass mich gewisse ... Gebrechen plagen? Ich bin nicht stolz auf meine Zuneigung zu bestimmten Präparaten, aber sie ist nun einmal vorhanden, und hätten Sie sich schon einmal im Leben auf die Jagd nach dem Drachen begeben, so wüssten Sie ...«

»Ich habe den Drachen schon gejagt, Euer Hoheit«, schaltete sich zum ersten Mal du Gard in das Gespräch ein, »von daher weiß ich, was Sie dabei empfinden. Aber ich weiß auch, dass der Drache nur das zum Vorschein bringt, was immer schon in uns gewesen ist.«

»Was wollen Sie damit sagen?«

»Bei allem gebührenden Respekt, Hoheit«, sagte Sarah, »die Frage ist eher, was *Sie* uns damit sagen wollen. Was sollen wir beispielsweise von der Tatsache halten, dass sich auf der Kutsche des flüchtigen Mörders das königliche Wappen befand?«

»Was?« Der Duke schnappte hörbar nach Luft. »Davon haben die Beamten des Scotland Yard nichts gesagt.«

»Weil sie es nicht wussten. Die Einzigen, die es gesehen haben, waren Inspector Quayle und ich. Der Inspector hat sein Geheimnis mit ins Grab genommen, und ich habe der Polizei nichts davon erzählt, weil ich Ihnen Gelegenheit geben wollte, sich dazu zu äußern. Nur aus diesem Grund hat Sir Jeffrey dieser Audienz zugestimmt.«

»Aber das ... das ist nicht möglich! Das kann nicht sein ...«

Die Stimme des Regenten bebte und klang weit weniger überzeugt, als Sarah es sich gewünscht hätte.

»Ich weiß, was ich gesehen habe«, beharrte sie, »und ich weiß auch, dass eine Revolte im East End unaufhaltsam wäre, wenn dies bekannt würde. Selbst Ihre Majestät die Königin könnte dann nicht länger schützend ihre Hand über Sie halten.«

»Was soll das?«, fragte der Herzog panisch. »Versuchen Sie, mich zu erpressen, Lady Kincaid?«

»Keineswegs, Hoheit. Aber ich will, dass Sie sich mit der Wahrheit auseinandersetzen.«

»Mit der Wahrheit?« Der Duke of Clarence lachte hysterisch. »Von welcher Wahrheit sprechen Sie?«

»Von der *einzigen* Wahrheit«, erwiderte Sarah unnachgiebig. »Sagen Sie mir, Hoheit: Musste Inspector Quayle sterben, weil er gesehen hat, was niemand sehen durfte? Bin ich die Nächste?«

»W-wovon sprechen Sie? Ich habe keine Ahnung, worauf Sie hinauswollen! Ich dachte, Sie wären hier, um den Beweis für meine Unschuld zu erbringen ...«

»Vor allem bin ich hier, um der Wahrheit zu dienen, Hoheit – und mit der Wahrheit scheint es dieser Tage niemand in London so ganz genau zu nehmen, habe ich Recht?«

»Sie wissen *nichts*«, zischte der junge Herzog, und aus seinen Augen sprach gleichermaßen Abneigung wie Furcht. »Sie wissen *nichts* von den Phantomen, die mich jagen, und von dem Fluch, der mich verfolgt.«

»Ein Fluch?« Du Gard hob die Brauen. »Wovon sprechen Sie, Hoheit?«

»Von diesem da spreche ich«, erwiderte der königliche Enkel und deutete auf den Siegelring an seiner Hand, der das stilisierte Emblem der Ägyptischen Liga trug. »Erinnern Sie sich, was ich Ihnen bei Ihrem letzten Besuch über die Nadel der Kleopatra erzählte, Lady Kincaid?«

»Nun – ja. Sie sagten, dass beim Transport des Obelisken nach

London sechs Matrosen ihr Leben gelassen hätten und dass manche dies auf einen Fluch zurückführten. Aber Sie sagten auch, dass Sie an derlei Hokuspokus nicht glauben.«

»Was spielt es für eine Rolle, was ich glaube? Was, wenn der Fluch längst über mich gekommen ist? Wenn ich sein Opfer bin, ohne es zu ahnen? Wenn ich furchtbare Dinge tue, ohne es zu wissen . . .?«

Sarah und du Gard tauschten einen vielsagenden Blick. Der Herzog sprach in heller Panik, und am stumpfen Glanz seiner Augen war zu erkennen, dass er erneut fantasierte – aber ihnen war beiden klar, was der königliche Erbe ihnen da zwischen den Zeilen zu sagen versuchte . . .

»Hoheit«, fragte Sarah deshalb vorsichtig. »Soll das heißen, Sie halten es für möglich, dass . . . dass Sie der Mörder von Whitechapel sind, ohne es zu wissen?«

»Ohne es zu wissen! Ohne es zu wissen!«, rief der Duke mit Tränen in den Augen. »Bitte, Lady Kincaid, Sie müssen mir helfen! Es ist der Fluch, verstehen Sie? Ein Fluch wurde über mich verhängt, und ich muss ihm gehorchen. Rache, fürchterliche Rache wird sonst über uns alle kommen!«

Sarah holte tief Luft. Schon bei ihrem letzten Besuch hatte der Herzog dunkle Andeutungen gemacht, die sie jedoch auf die Wirkung des Opiats zurückgeführt hatte. Im Augenblick stand der junge Thronerbe zwar nicht unter dem Einfluss von Medikamenten, dennoch schien sein Verstand auf schmalem Grat zu wandeln. Etwas musste dem Herzog unglaubliche Furcht eingejagt haben. Etwas, das ihn an seinem Verstand zweifeln und für möglich halten ließ, dass er selbst der Mörder war, der Whitechapel in Angst und Schrecken versetzte . . .

»Hoheit«, sagte Sarah leise, »was auch immer geschehen ist – wir müssen die Wahrheit herausfinden.«

»Und wenn die Wahrheit ist, dass ich ein brutaler Mörder bin?« Der Duke konnte die Tränen der Verzweiflung nicht länger zurückhalten. In gezackten Rinnsalen liefen sie über seine knochigen Wangen.

»Halten Sie das denn für möglich?«

»Ich weiß es nicht«, flüsterte der Herzog. »Ich weiß es tatsächlich nicht. Es ist der Fluch ... der Fluch des Mondgottes.«

»Was?«

»Der Fluch des Mondgottes. Er war es, der die Matrosen ereilte, und nun verfolgt er auch mich. Verstehen Sie denn nicht ...?«

Sarah spürte, wie eine hässliche Ahnung sie beschlich. Der Mondgott der ägyptischen Mythologie war kein anderer als der ibisköpfige Thot, dessen Zeichen der Mörder am Tatort zurückzulassen pflegte, geschrieben mit dem Blut seiner Opfer. Sollte dies ein Indiz dafür sein, dass der Schlächter von Whitechapel tatsächlich kein anderer als der königliche Erbe war? Dass er die Taten möglicherweise im Wahn begangen hatte, ohne sich anschließend daran zu erinnern?

Sarah verdrängte den schrecklichen Verdacht und zwang sich zur Ruhe. Solange nichts bewiesen war, hatte der Herzog in jedem Fall als unschuldig zu gelten ...

»Hoheit«, sagte sie deshalb, »wollen Sie die Wahrheit erfahren?«

»Die Wahrheit?«, hauchte der Duke of Clarence mit flehendem Blick. Er war nur noch ein Schatten seiner selbst. »Ich bin mir nicht sicher ... Ich fürchte mich vor der Wahrheit, Sarah.«

»Ich weiß.« Sie nickte. »Aber nur so werden Sie Gewissheit bekommen – und wir ebenso.«

»Wie wollen Sie das anfangen? Ich weiß ja selbst nicht, wozu ich fähig bin.«

»*Très simple*«, erklärte du Gard, »es ist sehr einfach. Mit Hilfe einer Technik, die man ›Hypnose‹ nennt, wird es mir möglich sein, verschüttete Erinnerungen offenzulegen, Hoheit. Sie werden dabei keinen Schmerz verspüren und anschließend von nichts wissen – aber während der Hypnose werden Sie sich an alles erinnern, was gewesen ist.«

»An alles?«, fragte der Duke ängstlich.

»*C'est ça.*«

Der Herzog blickte zuerst du Gard, dann Sarah fragend an. Es war der panische, Hilfe suchende Blick eines Kindes. Einen Moment lang schien er unentschlossen und zögerte, sich der Wahrheit zu stellen, aus Furcht vor dem, was dabei ans Licht kommen könnte. Dann jedoch wurde ihm wohl klar, dass er keine Wahl hatte, wenn er Verantwortung übernehmen und weiteren Schaden vom Königshaus fernhalten wollte.

»Gut«, erklärte er sich widerstrebend zu dem Experiment bereit. »Ich bin einverstanden.«

»*Bon.*« Du Gard nickte und erhob sich von seinem Sessel. Er forderte den Herzog auf, sich zu entspannen, während er selbst einen unscheinbaren Gegenstand aus seiner Rocktasche zog. Es war ein kleiner Kristall, der an einer kurzen Kette hing und in dessen geschliffener Oberfläche sich glitzernd der Schein des Kaminfeuers brach. Helle Lichttupfen wanderten über die blassen Züge des Herzogs, während er fasziniert auf das Pendel starrte, das du Gard vor seinen Augen hin und her bewegte.

»So ist es gut«, lobte der Franzose mir ruhiger Stimme. »Konzentrieren Sie sich auf den Kristall, Hoheit. Nichts anderes existiert in diesem Augenblick für Sie als dieser Kristall. Der Kristall ist Ihre Welt. Hier finden Sie alles, was Sie zurückgelassen haben, Ihre Ängste und ferne Erinnerungen ...«

Der Herzog erwiderte nichts, aber seine verkrampfte Gestalt entspannte sich ein wenig, und an seinen gleichmäßigen Atemzügen konnte Sarah erkennen, dass er sich tatsächlich ein wenig beruhigte. Einmal mehr konnte sie nicht umhin, du Gard zu bewundern – für einen angeblichen Scharlatan machte er seine Sache ganz ausgezeichnet.

Das unstete Flackern in den Augen des Dukes legte sich, sein Blick wurde matt und schläfrig – und endlich schloss er die Augen.

»Können Euer Hoheit mich hören?«, fragte du Gard dennoch.

»Ja«, kam es leise zurück.

»Hoheit werden nun alle Fragen, die wir stellen, wahrheitsgemäß beantworten. Das lateinische Wort *expergitur* wird den Bann beenden. Wenn Sie es hören, werden Sie erwachen und sich an nichts erinnern. Haben Sie das verstanden?«

»Ja.«

Du Gard nickte Sarah zu. Der königliche Enkel war jetzt soweit – bereit, jene Bereiche seines Gewissens zu erforschen, über die der Drache seine dunklen Schwingen gebreitet hatte.

Sarah war nicht sehr wohl dabei. Ihr war klar, dass sie viel riskierten, aber du Gard hatte ihr versichert, dass der Herzog bei der Hypnose keinerlei Schaden davontragen und sich am Ende an nichts erinnern würde. Und sie brauchte Gewissheit. Das Bild der jungen Frau, die brutal ermordet in ihrem Blut lag, ging Sarah nicht mehr aus dem Kopf, ebenso wenig wie das der königlichen Kutsche, die im Nebel verschwand. Nun wollte sie endlich die Wahrheit erfahren. Die nackte, ungeschönte Wahrheit ...

»Hoheit?«, fragte sie leise.

»Ja?«

»Erinnern Sie sich an vorletzte Nacht?«

»Ja.«

»Was taten Sie in jener Nacht?«

Der Herzog ließ sich mit der Antwort Zeit, sein Atem rasselte leise.

»Verzeihen Sie, Hoheit, ich habe Sie etwas gefragt«, brachte Sarah sich sanft in Erinnerung.

»Geschlafen«, entgegnete der Herzog schließlich. »Ich habe geschlafen.«

»Die ganze Nacht?«

»Ja«, lautete die prompte Antwort, worauf Sarah du Gard einen halbwegs erleichterten Blick zuwarf.

»Haben Sie zum Schlafen etwas eingenommen?«, erkundigte sich der Franzose dennoch. »Vielleicht Ihre ... Medizin?«

»Ja.«

»Und? Haben Sie gut geschlafen?«

»Nicht sehr. Ich schlafe nie sehr gut.«

»Woran liegt das?«

»An den Bildern, die ich sehe.«

»Was sind das für Bilder?«, hakte der Franzose nach.

»Bilder von Dingen, die geschehen sind – jedenfalls vermute ich das.«

»Aber Sie sind sich nicht sicher?«

»Nein.«

»Was für Dinge sind das, die Sie sehen?«

Erneut zögerte der Herzog, und in seinen Augenwinkeln zuckte es nervös. Schon glaubte Sarah, er würde erwachen, aber der Bann der Hypnose hielt. Die Hände des Herzogs begannen leicht zu zittern. Sich zu erinnern schien ihn einige Überwindung zu kosten.

»Soll ich beschreiben, was ich sehe?«, fragte er.

»Bitte sehr.«

»Nun, ich ... ich befinde mich auf einem breiten Korridor. Die steinernen Wände sind gesäumt von steinernen Figuren, und ich sehe geheimnisvolle Zeichen ...«

»Hieroglyphen?«, fiel Sarah ihm gespannt ins Wort, worauf du Gard ihr einen warnenden Blick zuwarf – es konnte gefährlich sein, einen Hypnotisierten zu unterbrechen.

»Ja, Hieroglyphen«, bestätigte der Herzog mit mattem Tonfall. »Es ist dunkel und kalt, und ich fürchte mich, aber ich darf es mir nicht anmerken lassen, denn ich bin nicht allein.«

»Wer ist bei Ihnen?«

»Zwei Männer, deren Gesichter ich nicht sehen kann. Sie tragen Fackeln und führen mich in ein weites Rund. Über mir am Himmel kann ich die Sterne sehen, und vor mir erhebt sich eine steinerne Nadel.«

»Ein Obelisk?«, hakte Sarah nach.

»Ja, ein Obelisk.«

»Ist es die Nadel der Kleopatra?«

»In der Tat ...«

»Hoheit, wo befinden Sie sich?«

Kurzes Zögern. »Ich weiß es nicht. Man hat mir die Augen verbunden, als man mich an diesen Ort führte. Ich habe die Orientierung verloren.«

»Ich verstehe. Was geschieht jetzt?«

»Ich trete in den Schatten der Nadel. Dort erwarten sie mich.«

»Wer?«

»Der Schakal, die Schlange und das Krokodil.«

Du Gard warf Sarah einen zweifelnden Blick zu, die ihm jedoch mit einem Nicken zu verstehen gab, dass sie verstand. Denn die drei Tiere, die der Herzog aufgezählt hatte, wurden alle Göttern des ägyptischen Pantheons zugeordnet: der schakalköpfige Anubis, der Schlangendämon Apophis und Suchos mit dem Haupt eines Krokodils ...

»Die Götter sprechen zu mir«, fuhr der Herzog flüsternd fort.

»Sie sprechen zu Ihnen?«

»Ja ... Sie sagen mir, dass ich auserwählt bin.«

»Auserwählt wozu?«, wollte Sarah wissen.

»Das Buch des Ibis zu finden und sein Geheimnis zu entschlüsseln, um die Rückkehr des Mondgottes auf die Erde vorzubereiten ...«

Sarah hielt den Atem an. Die Luft im herzoglichen Audienzraum erschien ihr mit einem Mal unerträglich heiß und stickig. Wieder der Ibis, das Tier der Gottheit Thot, die die alten Ägypter als Herrscher des Mondes und der Nacht verehrt hatten. Fügte sich so alles zusammen ...?

»Thots Verbündete haben erneut zusammengefunden. Sie wollen, dass der silberne Aton auf die Erde zurückkehrt, um über den Mond zu gebieten und die ewige Nacht zu entfesseln. Licht soll zu Dunkelheit werden und Tag zu Nacht, durch das Geheimnis, das

Thot einst entdeckt hat und das die Kraft zu großer Zerstörung birgt. Jahrtausende hat der Mondgott geruht, doch nun sehnt er seine Rückkehr herbei – und ich soll sein Werkzeug sein, indem ich das Buch der Geheimnisse finde und zu ihm bringe ...«

Die Stimme des Herzogs war immer lauter geworden, bis sie sich zuletzt fast überschlug. Schweiß war auf seine Stirn getreten und rann in Strömen an seinen Schläfen herab, Krämpfe begannen ihn zu schütteln.

»*Ça, ce n'est pas bien*«, flüsterte du Gard besorgt.

»Euer Hoheit«, versuchte Sarah den Herzog zu beruhigen und ergriff seine Hand, die sich trotz seiner feuchten Stirn eisig anfühlte. »Beruhigen Sie sich. Es ist alles in Ordnung, hören Sie ...?«

»D-die ägyptischen Götter befehlen mir zu tun, was sie verlangen, aber ich weigere mich. Ich sage ihnen, dass ich nicht zum Werkzeug der Rache werden will. Dass ich nicht wünsche, dass Dunkelheit über die Menschheit kommt und Krieg und Untergang drohen.«

»Und was erwidern die Götter?«

»Dass ich in großer Tradition stehe. Dass Alexander, Cäsar und Napoleon vor mir die Pfade Thots beschritten hätten und er sie zu Macht und Reichtum geführt habe. Als Albert Victor der Siegreiche kann ich die Unsterblichkeit erlangen ... und dennoch verweigere ich mich dem Ansinnen der Götter. Ich will dem Mondgott nicht zu Diensten sein.«

»Was geschieht dann?«, wollte Sarah wissen.

»Die Götter verhängen einen Fluch über mich. Niemals, so sagen sie, werde ich Großbritanniens Krone tragen, denn Thots Rache wird mich ereilen, und sie wird fürchterlich sein. Ich ... *Nein! Neeein!*«

Die letzten Worte schrie der Duke of Clarence in heller Panik. Gleichzeitig riss er sich von Sarah los und begann, wild mit den Armen zu rudern. Seine Gesichtszüge waren von nackter Angst gezeichnet. Sein Atem ging stoßweise und keuchend.

»*Merde!*«, rief du Gard und sprang auf. »*Expergitur!*« Das war das Wort, das den hypnotischen Bann brechen sollte – und tatsächlich schlug der königliche Erbe im nächsten Moment die Augen auf.

Von einem Augenblick zum anderen verstummte der Herzog und hielt in seinen Bewegungen inne. Orientierungslos blickte er sich um und schien einige Sekunden lang weder zu wissen, wo er sich befand, noch wer die Menschen in seiner Gesellschaft waren. Sein Blick fiel auf die Artefakte, und er zuckte ängstlich zusammen, als er den Obelisken in der Ecke des Empfangszimmers sah.

»Alles in Ordnung, Hoheit?«, erkundigte sich Sarah besorgt.

Der Herzog warf ihr einen verunsicherten Blick zu, aber dann klärte sich sein Gesichtsausdruck, und die Erinnerung schien zu ihm zurückzukehren – zumindest an jene Dinge, die vor der Hypnose gewesen waren. Alles andere schien ihm entfallen zu sein ...

»Was ist geschehen?«, fragte er.

»Nichts«, entgegnete Sarah schlicht.

»Sind Sie sicher? Ich habe das Gefühl, für einen Augenblick eingeschlafen zu sein ...«

»Dann brauchen Sie sich erst recht keine Sorgen zu machen, Hoheit«, erwiderte Sarah und lächelte. »Wer schläft, sündigt nicht, heißt es.«

»So sagt man.« Der Thronerbe nickte. »Und dennoch ... erfüllt mich ein seltsames Gefühl. Was ist passiert? Sind Sie der Wahrheit einen Schritt näher gekommen?«

»Ich denke schon, Hoheit.« Sarah nickte.

»Und?« Der Duke blickte sie fast flehend an. »Bin ich ein Mörder? Bitte, Lady Kincaid, sagen Sie es mir ...«

»Seien Sie unbesorgt, Hoheit. Nach allem, was wir erfahren haben, trifft Sie keine Schuld.«

»N-nein?«

»Nein. Es gibt nichts, worüber Sie sich sorgen müssten.«

»Aber warum spüre ich dann diese Furcht?«, fragte der Herzog, und seine Augen zuckten dabei unruhig in ihren Höhlen. »Warum habe ich ständig den Eindruck, dass etwas Schreckliches vor sich geht? Dass ein dunkles Schicksal dabei ist, sich zu erfüllen? Warum finde ich nur dann etwas Ruhe, wenn ich meine Medizin zu mir nehme?«

»Das weiß ich nicht«, entgegnete Sarah rasch, »und Sie täten gut daran, Hoheit, auch nicht länger darüber nachzudenken. An den Morden in Whitechapel jedenfalls trifft Sie keine Schuld.«

»Ganz sicher nicht?«

»Sicher nicht.« Sarah schüttelte den Kopf. »Allerdings ...«

»Was?«, verlangte der Herzog zu wissen.

»Allerdings gibt es gewisse Verdachtsmomente, die ich gerne überprüfen würde, und dazu brauche ich Zugang zur Bibliothek des British Museum. Da ich als Wissenschaftlerin jedoch nicht anerkannt bin, würde ein herzogliches Empfehlungsschreiben ...«

»Natürlich«, versicherte der Herzog und stand kurz entschlossen auf, noch ehe Sarah oder du Gard ihn daran hindern konnten. Den königlichen Enkel auf dünnen, zitternden Beinen zum Sekretär staksen zu sehen, war ein eigentümlicher Anblick. Keuchend ließ sich der junge Herzog auf dem samtbezogenen Stuhl nieder, tauchte mit bebender Hand die Feder in das Tintenfass und kritzelte einige Zeilen auf ein Blatt Papier. Anschließend blies er mit dem Mund auf das Geschriebene, bis es trocken war. Dann faltete er das Schreiben und reichte es Sarah.

»Dies ist eine Empfehlung des Präsidenten der Ägyptischen Liga«, sagte er dazu. »Sie gewährt Ihnen Zutritt zu allen Bereichen der Bibliothek, Lady Kincaid. Finden Sie den Mörder und beenden Sie dieses grausame Spiel, ehe es noch mehr Unschuldige das Leben kostet.«

»Ich werde mein Bestes versuchen«, erwiderte Sarah und nahm das Schreiben entgegen.

»Gehen Sie jetzt«, verlangte der Duke, »und schicken Sie meinen Diener wieder herein. Ich bin müde und muss ruhen. Und ich brauche meine Medizin.«

»Gewiss, Hoheit.« Sarah und du Gard verbeugten sich und wandten sich zum Gehen.

»Werden Sie mir irgendwann sagen, was ich Ihnen verraten habe?«, rief der Duke ihnen nach.

Sarah wandte sich um, über ihre Züge glitt ein rätselhaftes Lächeln. »Irgendwann«, antwortete sie.

»Und Sie werden es niemandem sonst verraten? Was Sie und Mister du Gard gehört haben, muss innerhalb dieser vier Wände bleiben, das ist Ihnen doch klar?«

»Seien Sie unbesorgt, Hoheit.«

»Versprechen Sie es?«

»Sie haben mein Wort darauf«, versicherte Sarah ohne Zögern – und schon im nächsten Moment dämmerte ihr, dass dies vielleicht ein Fehler gewesen war …

8

Persönliches Tagebuch

Der alte sokratische Grundsatz, dass neues Wissen immer nur neue Fragen aufwirft, hat sich einmal mehr bewahrheitet.

Mit einer seltsamen Mischung aus Erleichterung und Bestürzung haben Maurice du Gard und ich den Palast von St. James verlassen. Erleichterung darüber, dass der Thronerbe des britischen Empire offenbar doch nicht der Mörder ist, der im East End sein Unwesen treibt; aber auch Bestürzung, weil wir das Gefühl haben, einem Skandal von noch völlig unkalkulierbaren Ausmaßen auf die Spur gekommen zu sein. Ohne es zu ahnen, haben wir uns an den Rand eines tiefen Abgrunds begeben, aus dem uns nichts als Finsternis entgegenstarrt.

Was haben die Worte des jungen Herzogs zu bedeuten? Sind sie nur das Gerede eines Mannes, der dabei ist, den Verstand zu verlieren, oder verbirgt sich mehr dahinter? Noch ehe ich Scotland Yard, Mortimer Laydon, Jeffrey Hull oder irgendjemandem sonst davon berichte, brauche ich selbst Gewissheit. Ich habe mich daher entschlossen, trotz vorgerückter Stunde, die herzogliche Vollmacht zu benutzen und zusammen mit du Gard die Bibliothek im Britischen Museum aufzusuchen.

Um aus den Worten des Dukes gesicherte Erkenntnisse zu ziehen, muss ich einige Dinge überprüfen. Erst wenn ich im Besitz eindeutiger Hinweise bin, kann ich anderen berichten, was wir erfahren haben, ohne mein Wort gegenüber dem Thronerben zu brechen …

British Museum, Gower Street
4 Stunden später

»Und du glaubst, dass du hier Antworten findest?«

Maurice du Gard machte keinen Hehl aus der Skepsis, die er empfand, während er an Regalen aus dunklem Holz emporblickte, die bis unter die getäfelte Decke mit Büchern gefüllt waren. Eine Mischung aus Bienenwachs und dem Geruch von altem Leder tränkte die Luft, und dem Franzosen war nicht wohl bei dem Gedanken, möglicherweise alle diese Bücher auf der Suche nach einem Hinweis durchsehen zu müssen.

»Du hast dich nicht verändert«, stellte Sarah lächelnd fest. »Du hasst Bücher noch immer.«

»*Non*, das ist nicht wahr. Ich hasse Bücher nicht.« Du Gard schüttelte den Kopf. »Es ist nur so, dass ich glaube, dass man von Menschen besser und mehr lernen kann als aus einem Buch.«

»Ist das dein Ernst?« Sarah konnte sich ein Lachen nicht verkneifen, während sie die umliegenden Regale nach einem bestimmten Titel absuchte. Da sie in dem quadratisch angelegten Raum mit der hohen Decke allein waren, konnten sie sich ungestört unterhalten.

»*Mais bien sur* – natürlich ist das mein Ernst. Warum auch nicht?«

»Weil das der größte Unsinn ist, den ich je gehört habe«, erwiderte Sarah, während sie den Zeigefinger über die ledernen Buchrücken gleiten ließ. »Daressy, Davis, Denham ...«

»*Pourquoi?* Weshalb ist das Unsinn?«

Sarah unterbrach ihre Suche für einen Augenblick. »Weil Bücher von Menschen geschrieben werden, Maurice, deshalb. Aus einem Buch zu lernen bedeutet nichts anderes, als von einem Menschen zu lernen, nur dass du diesen Menschen nicht zu kennen brauchst, um in den Vorzug seines Wissens zu kommen. Selbst über seinen Tod hinaus kann er dir auf diese Weise seinen

Kenntnisstand vermitteln, mit einem Buch als geschriebenem Vermächtnis.«

»*Oui*«, bestätigte der Franzose, und der Blick, den er Sarah dabei sandte, ließ sie erschaudern. »Und genau das ist es, was mir an Büchern Furcht einflößt . . .«

Sie zog es vor, ihn nicht zu fragen, was genau er damit meinte, sondern wandte sich wieder dem Regal und seinem Inhalt zu. Die ägyptologische Abteilung der Bibliothek war umfassend und ließ sich durchaus mit der des Louvre vergleichen. Sarah war guter Dinge, dass sie finden würde, wonach sie suchte.

»Derby, Derford, Deringer . . .«

»Glaubst du denn tatsächlich, was der Herzog gesagt hat?«, fragte du Gard. »Zugegeben, das alles hörte sich sehr geheimnisvoll an, aber offen gestanden schien es mir nicht mehr zu sein als das Gerede eines Mannes, der dem Drachen einmal zu oft nachgejagt ist. Ich weiß, wovon ich spreche . . .«

»Was meinst du?« Sarah blickte auf. »Hast du den Drachen etwa auch einmal zu oft gejagt?«

Du Gard grinste. »Komm schon«, meinte er, »du weißt, was ich meine. Das alles ergibt keinen Sinn.«

»Nein? Sagtest du nicht selbst, dass es unmöglich wäre, unter dem Einfluss der Hypnose die Unwahrheit zu sagen?«

»*Oui, c'est vrai.* Ich behaupte auch nicht, dass uns der Herzog willentlich belogen hat. Wahrscheinlich hält er das, was er uns da erzählt hat, tatsächlich für die Wahrheit – aber ich habe den Eindruck, dass er nicht mehr Herr seiner Sinne ist. Oder willst du mir erzählen, du wärst aus seinem Gerede klug geworden?«

»Nicht ganz«, gab Sarah zu. »Aber es spricht einiges dafür, dass der Duke nicht nur Hirngespinste von sich gegeben hat. Immerhin hat er die ägyptischen Gottheiten korrekt ihren Tierzeichen zugeordnet.«

»*Et quoi?* Was heißt das schon? Er ist der Vorsitzende der Ägyptischen Liga, oder nicht?«

»Richtig. Aber er sprach auch vom Buch der Geheimnisse – und das ist für jemanden, der sich nur am Rande mit Ägyptologie befasst, äußerst ungewöhnlich.«

»Das Buch der Geheimnisse?«

»Auch genannt das Buch von Thot«, bestätigte Sarah.

»Thot – da ist schon wieder dieser Name. Ist es nicht auch die Gottheit, deren Zeichen der Mörder am Tatort zurückzulassen pflegt?«

»Allerdings.«

»Was hat es damit auf sich?«

Sarah unterbrach ihre Suche erneut. »Das Pantheon der alten Ägypter«, erklärte sie, »umfasste eine Vielzahl verschiedenster Gottheiten, die oft nur lokale Bedeutung hatten. Schon während der Periode des Alten Reiches kam es jedoch durch Handel und Verkehr zum regen Austausch zwischen den Städten, sodass einige Götter der Frühzeit von anderen verdrängt wurden oder mit diesen zu neuen Gottheiten verschmolzen. Eine dieser neuen Gottheiten war Thot, und die Eigenschaften, die ihm zugeschrieben wurden, sind entsprechend vielfältig. Thot galt als Herr des Mondes und damit auch des Kalenders und der Zeit, und seiner vielfältigen Herkunft gemäß wurde er in Gestalt verschiedener Tiere, nämlich des Ibis und des Affen, verehrt. Manche alte Quellen beschreiben ihn auch als Gegenstück zum Sonnengott Re, und einer Inschrift in Heliopolis zufolge, gab es sogar eine Kultbewegung, die Thot nicht nur als Komplementär, sondern als Feind des Sonnengottes betrachtete und zugleich all dessen, wofür Re von den Ägyptern verehrt wurde: das Licht, das Leben, die Schöpfung. Wie es heißt, soll er sich zusammen mit anderen Göttern – namentlich genannt sind der schakalköpfige Totengott Anubis, der krokodilsgesichtige Suchos und der Schlangendämon Apophis – verschworen haben, um Re das Geheimnis von Licht und Feuer zu rauben.«

»*Un moment*«, wandte du Gard ein, »sind das nicht genau die Götter, von denen der Herzog sprach?«

»Allerdings«, bestätigte Sarah, »und die Stadt Heliopolis, in der die Inschrift gefunden wurde, ist das altägyptische Junu, aus dem auch die Nadel der Kleopatra stammt.«

»Viele Zufälle.«

»In der Tat.« Sarah nickte. »Und weil ich bezweifle, dass es so viele Zufälle gibt, nehme ich an, dass mehr hinter dieser Sache steckt als das bloße Gefasel eines Mannes, dessen Verstand auf den Schwingen des Drachen entschwunden ist.«

»Und was sollte das sein, *ma chère*?«

»Hast du dich schon einmal mit dem Gedanken befasst, dass der Herzog die Wahrheit sagen könnte? Dass alles tatsächlich so geschehen ist, wie er es beschrieben hat?«

Du Gard lächelte müde. »Du meinst, er ist drei ägyptischen Göttern begegnet?«

»Zumindest glaubte er das«, räumte Sarah ein. »In Wirklichkeit könnte man ihn auch mit Laudanum betäubt haben, und die angeblichen Götter könnten drei Männer gewesen sein, die sich mit Tiermasken verkleidet haben. Dazu ein wenig Kerzenlicht und Rauch aus dem Panoptikum, und fertig ist die Täuschung. Du wirst zugeben müssen, dass der Herzog derart maskierte Männer im entsprechenden Zustand durchaus für Götter hätte halten können.«

»*Absolument*«, bestätigte du Gard trocken. »Ich erinnere mich mit Unbehagen an jenen Tag, an dem ich die Comtesse de Frontenac für die grüne Fee aus dem Absinth hielt. Aber weshalb sollte jemand dem königlichen Erben so etwas antun? Nur, um seinen Ruf zu beschädigen?«

»Sicher nicht. Wenn es darum ginge, bräuchte man nur seine Medikamentenabhängigkeit publik zu machen – die öffentliche Meinung würde einen nach Opiaten süchtigen Thronfolger nicht tolerieren. Wer immer hinter diesen Dingen steckt, ist über den Gesundheitszustand des Dukes gut unterrichtet, scheint jedoch andere Ziele zu verfolgen.«

»Schön. Und welche?«

Sarah hielt du Gards forschendem Blick einen Augenblick lang stand, dann wandte sie sich wieder den Büchern zu und setzte ihre Suche fort. »Dubary, Dull, Dumas ...«

»*Chérie*, ich habe dich etwas gefragt.«

»Und ich habe dir gesagt, du sollst mich nicht so nennen«, erwiderte sie, ohne ihre Arbeit zu unterbrechen.

»*Bien*, Kincaid, wie du willst. Aber meine Frage hast du dennoch nicht beantwortet: Was sind das für Ziele, die die Feinde des Herzogs angeblich verfolgen? Er sprach von Dingen wie Rache und von göttlichem Zorn und von ...«

»Jener Kult, von dem ich dir erzählte, war im Besitz einer Schriftrolle, genannt das Buch der Geheimnisse. Der Überlieferung nach war darin das verborgene Wissen niedergeschrieben, das Thot seinen Anhängern hinterlassen hat – angeblich auch Kenntnisse über das Feuer des Re, das Thot dem Sonnengott gestohlen hatte. Im Zuge der inneren Wirren, in die das Reich zur Zeit des Amuniteraufstands gestürzt wurde, ging das Buch jedoch verloren, und ich denke, dass ... Hier ist es!«

Sarah gab ein Seufzen der Erleichterung von sich, als sie das gesuchte Buch tatsächlich in der Sammlung fand. Mit einiger Mühe gelang es ihr, den in schwarzes Leder eingeschlagenen und mit Goldlettern beschrifteten Band hervorzuziehen.

»Hier ist was?«, fragte du Gard verwirrt. »Ehrlich gesagt verstehe ich überhaupt nichts mehr.«

»Johannes Dümichen«, erklärte Sarah, während sie den Band auf einen der Lesetische wuchtete. »Ein deutscher Ägyptologe, der 1868 an einer archäologischen Expedition teilgenommen hat. Ich war mir nicht sicher, ob die Bibliothek seine Bücher führt, aber da er ein Standardwerk über altägyptische Tempelinschriften verfasst hat ...«

»Du ... du bist der deutschen Sprache mächtig?«, erkundigte sich du Gard verblüfft.

»Ja und?« Sie lächelte. »Du bist nicht der Einzige, der verborgene Talente hat, mein Lieber.«

»*Oui*, offensichtlich ...«

»Jedenfalls hat Dümichen in seinem Buch ausführlich die archäologischen Stätten beschrieben, die von der Expedition photographisch dokumentiert wurden«, fuhr Sarah fort, während sie die in deutscher Fraktur beschriebenen Seiten durchblätterte, »und wenn ich mich recht entsinne, war dabei auch die Rede von ... Hier ist die Stelle, ich habe sie gefunden! Dümichen schreibt, dass im Zugang zur antiken Tempelanlage die sterblichen Überreste mehrerer Männer im Wüstensand gefunden wurden. Anhand dessen, was von ihren Waffen und ihrer Ausrüstung übrig war, wurden sie als Soldaten der napoleonischen Armee identifiziert.«

»Und?«, fragte du Gard unbeeindruckt. »Das ist nicht weiter verwunderlich, schließlich hat Napoleon gegen Ende des vorigen Jahrhunderts einen Feldzug nach Ägypten durchgeführt.«

»So ist es.« Ein gewinnendes, wenig damenhaftes Lächeln glitt über Sarahs Züge. »Und erinnerst du dich, was der Herzog unter dem Einfluss der Hypnose gesagt hat? Dass auch Alexander der Große, Julius Cäsar und Napoleon Thots Pfade beschritten hätten?«

»Natürlich – aber was hat das eine mit dem anderen zu tun?«

»Verzeih, ich habe vergessen zu erwähnen, wo die deutsche Expedition die Skelette der französischen Grenadiere gefunden hat«, sagte Sarah. »Es war in Hermopolis, in ägyptischer Zeit auch als Unu bekannt – jener Stadt, in der Thot als Gottheit verehrt wurde.«

»Und du glaubst ...«

»Das könnte ein Anzeichen dafür sein, dass Napoleon tatsächlich versucht hat, das Buch von Thot zu finden, um sich das Wissen um das Feuer des Re anzueignen.«

»Das Feuer des Re«, echote du Gard. »Du hast es schon einmal erwähnt. Was hat es damit auf sich?«

»Niemand weiß genau, was es damit auf sich hat«, erwiderte Sarah, »aber antike Quellen berichten bis in die Spätzeit des römischen Kaiserreichs übereinstimmend von einer geheimnisvollen Kraftquelle, in deren Besitz die alten Ägypter gewesen sein sollen. Von einem *ignis solis* ist die Rede.«

»Ein Sonnenfeuer«, übersetzte du Gard flüsternd.

»In der Tat. Einige Wissenschaftler, zu denen auch mein Vater gehörte, vertreten die Auffassung, dass das Sonnenfeuer der antiken Überlieferung und das Feuer des Re identisch sind – und dass es sich dabei um eine Kraftquelle von unbegreiflichen Ausmaßen handeln soll, die jede Armee dieser Welt unbesiegbar machen würde.«

»Eine Kraftquelle? Welcher Natur?«

»Niemand weiß das genau, aber alten Inschriften zufolge, sei das Feuer des Re in der Lage gewesen, die Nacht strahlend hell zu machen und das Licht der Sterne vom Himmel zu holen – und wie es weiter heißt, soll es fürchterliche zerstörerische Kräfte bergen.«

»*Eh bien*«, meinte du Gard. »Das würde erklären, weshalb Feldherren wie Alexander, Cäsar oder Napoleon es darauf abgesehen hatten.«

»Und weshalb Menschen auch heute noch dafür töten«, fügte Sarah hinzu.

»Was?« Du Gards Augen wurden zu schmalen Schlitzen. »Du glaubst also, dass …?«

»Ich *vermute*«, verbesserte Sarah, »dass sich hinter dieser Angelegenheit weit mehr verbirgt, als uns bislang klar gewesen ist – möglicherweise ein Rätsel, dessen Ursprung Jahrtausende in die Vergangenheit reicht. All diese Zusammenhänge, die sich scheinbar aus dem Nichts ergeben, können kein Zufall sein. Die einzig logische Folgerung, die sich daraus für mich ergibt, ist die, dass der Kult des Thot noch immer wirksam ist und dass er zu finden hofft, wonach zuletzt Napoleon vergeblich suchte, nämlich das

Feuer des Re. Das Buch von Thot birgt den Schlüssel. Hinter ihm sind die Verschwörer her, und sie wollten sich des Thronfolgers bedienen, um an ihr Ziel zu gelangen. Der Herzog jedoch hat sich geweigert, ihnen zu Diensten zu sein, worauf Thots Rachefluch über ihn verhängt wurde.«

»Das ... das würde bedeuten, dass die Morde im East End das Werk dieser Verschwörer sind.«

»Genau das.«

»Aber weshalb sollten diese Leute wehrlose Frauen ermorden? Und warum sollten sie das Zeichen ihrer Gottheit am Tatort zurücklassen, wenn sie dadurch Entdeckung fürchten müssen?«

»Ich weiß es nicht, Maurice. Vielleicht sind sie sich ihrer Sache so sicher, dass sie keine Entdeckung fürchten. Oder es kam ihnen nur darauf an, den Herzog in Misskredit zu bringen. Noch kenne ich die Antwort nicht, aber ich werde nicht ruhen, bis ich sie gefunden habe. Wirst du mir dabei helfen?«

Du Gard ließ sich mit der Antwort Zeit. »Würde ich dich nicht besser kennen, Kincaid«, meinte er dann, »würde ich sagen, dass du dir das alles nur ausgedacht hast, um mich in deiner Nähe zu haben. Aber da ich deinen Vater gut kannte und weiß, dass sein Blut in deinen Adern fließt, bin ich bereit, dir zu glauben – und ich werde dir helfen, so gut ich kann.«

»Danke, Maurice.«

»Nur eines stimmt mich bei dieser Sache traurig.«

»Nämlich?«

»Wenn es stimmt, was du sagst, beschäftigt die Suche nach dem Buch des Thot die Menschheit seit über dreitausend Jahren.«

»Und?«

Du Gard schickte Sarah einen düsteren Blick. »Es ist bestürzend, wie wenig die Menschheit in all dieser Zeit dazugelernt hat«, sagte er leise.

Weder er noch Sarah ahnten, dass sie beobachtet wurden.

Whitehall Place, London
15. November 1883
Früher Morgen

»Nun, Lady Kincaid, was haben Sie herausgefunden?«

Jeffrey Hull, der königliche Berater, machte keinen Hehl aus seiner Neugier – schließlich war es Sarah gewesen, die kurzfristig um das Treffen bei Scotland Yard gebeten hatte. Im Arbeitszimmer von Commander Devine, der nach dem Tod von Inspector Quayle die Leitung der Ermittlungen im East End übernommen hatte, waren sie zusammengekommen: Sarah und du Gard, Sir Jeffrey und Mortimer Laydon, dazu der Commander selbst sowie Inspector Milton Fox, einer der Beamten, die nach den jüngsten Ereignissen auf den Fall angesetzt worden waren.

Während Devine ein schwergewichtiger Mann von gravitätischer Erscheinung war, der in sich selbst zu ruhen schien, schien Fox von drängender Unruhe erfüllt. Fortwährend trat der Inspector von einem Bein auf das andere, während es in seinen filigranen Zügen, die nach Sarahs Meinung tatsächlich etwas von einem Fuchs hatten, unablässig zuckte. Sarah ließ sich davon nicht beeindrucken. Wenn die Gentlemen wissen wollten, was du Gard und sie in Erfahrung gebracht hatten, so würden sie sich ein wenig gedulden müssen ...

»Wie ich Ihnen bereits vorab mitteilte, Sir Jeffrey«, begann sie ihre Ausführungen, »sind Mister du Gard und ich auf ein Geheimnis gestoßen, dessen Ursprünge Jahrtausende zurückreichen – und sollten wir mit unserer Theorie richtigliegen, so muss im Zusammenhang mit den Morden im East End wohl nicht nur von einem Komplott gegen das Königshaus, sondern von einer Verschwörung gegen das Empire gesprochen werden.«

»Von einer Verschwörung?« Commander Devine hob seine buschigen Brauen. »Wissen Sie auch, was Sie da sagen?«

»Durchaus«, erwiderte Sarah lächelnd. »Verschwörungen mögen im Lauf der Geschichte mehr die Domäne von Männern gewesen sein als von Frauen, Commander, aber ich darf Ihnen versichern, dass ich durchaus in der Lage bin, das Konzept zu begreifen.«

Sir Jeffrey schmunzelte, während Mortimer Laydon verlegen mit den Augen rollte. Sarah übersah es geflissentlich.

»Haben die Gentlemen schon einmal vom Buch des Thot gehört?«, erkundigte sie sich stattdessen.

»Das Buch des Thot?« Devine schüttelte den Kopf. »Nicht, dass ich wüsste.«

»Aber ich«, wandte Dr. Laydon ein. »Das Buch von Thot soll eine antike Schriftrolle gewesen sein, auf der der Sage nach das Wissen der Alten Welt verzeichnet war. Ich erinnere mich, bei der Ägyptischen Liga einen Vortrag darüber gehört zu haben, allerdings schon vor einigen Jahren, sodass ich mich nicht mehr an Einzelheiten erinnern kann.«

»Dein Gedächtnis lässt dich nicht im Stich, Onkel Mortimer«, erkannte Sarah lächelnd an. »Das Buch von Thot, auch Buch der Geheimnisse genannt, soll tatsächlich geheimes Wissen enthalten haben – unter anderem über eine Energiequelle von unvorstellbaren Ausmaßen, die Feuer des Re genannt wird und die sowohl zum Guten als auch zum Bösen eingesetzt werden kann.«

»Eine hübsche Geschichte, Lady Kincaid«, meinte Devine nickend, »aber offen gestanden verstehe ich nicht, in welchem Zusammenhang sie zu den Mordfällen im East End stehen soll.«

»Das will ich Ihnen gerne erklären«, entgegnete Sarah und blickte in die Runde der gespannten Gesichter. »Im alten Ägypten gab es einen Kult, der sich der Verehrung des Gottes Thot verschrieben hatte und das Buch der Geheimnisse hütete, bis es um das Jahr 950 vor Christi Geburt im Zuge innerer Unruhen des Reiches verloren ging. Seither haben Menschen immer wieder versucht, das Buch zu finden und in seinen Besitz zu gelangen, Herrscher wie Alexander der Große und Julius Cäsar haben davon geträumt, das

Feuer des Re zu besitzen. Zuletzt soll Napoleon versucht haben, sich das Geheimnis anzueignen – vielleicht war die Suche nach dem Buch des Thot sogar der wahre Grund für seine Expedition nach Ägypten.«

»Also wissen Sie.« Devine schüttelte den Kopf. »Bei allem gebührenden Respekt, Mylady – übertreiben Sie jetzt nicht ein wenig?«

»Ich denke nicht. Die Aussicht, eine Kraftquelle von ungeahnten Ausmaßen zu besitzen, die als Waffe gegen den Feind eingesetzt werden kann, hat Feldherren und Heerführer zu allen Zeiten fasziniert, und bis heute hat sich nichts daran geändert. Angenommen, es gäbe das Buch des Thot wirklich, und nehmen wir weiter an, es würde jenes furchtbare Geheimnis bergen – wer würde nicht davon träumen, es in seinen Besitz zu bringen?«

»Bei Saint Edwards Gebeinen«, flüsterte Dr. Laydon, »du hast Recht ...«

»Gut«, meinte der Commander, der noch immer skeptisch war. »Spielen wir den Gedanken also durch und nehmen an, dieses ominöse Buch existiert tatsächlich – was sagt uns das über den Mörder von Whitechapel? Worin besteht der Zusammenhang?«

»Ich werde es Ihnen zeigen«, versprach Sarah und trat an den Londoner Stadtplan, der an der Wand hing und auf dem die Tatorte der Prostituierten-Morde verzeichnet waren, inzwischen vier an der Zahl.

»Lassen Sie es gut sein, Lady Kincaid.« Fox winkte ab. »Wir haben die Tatorte mehrmals überprüft – es besteht nicht der geringste Zusammenhang. Weder lässt sich ein Muster feststellen, noch sind wir der Ansicht, dass ...«

»Warten Sie es ab, Mister Fox«, fiel Sarah ihm freundlich, aber bestimmt ins Wort und fuhr mit ihren Ausführungen fort: »Wie Sie wissen, Gentlemen, fand der erste Mord hier in der Devenant Street statt, der zweite weiter südlich in der Hopetown Street. Schließlich schlug der Mörder hier in der Wentworth Street noch einmal zu, und zuletzt übte er sein blutiges Handwerk in der Tenter Street aus, nur einen Block von Mr. du Gards Wohnung entfernt.«

»Und?«, fragte Fox und reckte neugierig seine spitze Nase vor.

»Die Anfangsbuchstaben der Straßen, in denen die Morde verübt wurden, ergeben zusammengesetzt das Wort DHWT«, erklärte Sarah.

»Was soll das bedeuten?«

»Es ist die Abkürzung für das altägyptische Wort *dehuti*, Mister Fox«, erläuterte Sarah schlicht, »und *dehuti* wiederum ist der ägyptische Name der Gottheit Thot.«

Im Büro des Commanders war es plötzlich so still, dass man eine Stecknadel fallen gehört hätte. Für einen Moment hatte Sarah die Überraschung auf ihrer Seite, aber schon im nächsten Augenblick kehrte bei ihren Zuhörern die alte Skepsis zurück.

»Ich bin beeindruckt, in der Tat«, gestand Devine, »aber ich denke nicht, dass eine kriminalistische Ermittlung auf ein simples Buchstabenrätsel aufbauen sollte.«

»Es ist weit mehr als das«, versicherte Sarah energisch, »und wenn Sie erlauben, Commander, so würde ich meine Ausführungen gerne fortführen.«

»Nur zu«, tönte es säuerlich.

»Onkel Mortimer«, wandte sich Sarah an Laydon, »du hast die Berichte der Obduzierungen der Opfer gelesen«?«

»Nicht nur das«, erwiderte der Arzt. »Teilweise habe ich sie selbst verfasst.«

»Und du kannst bestätigen, dass den Opfern innere Organe entnommen wurden?«

»In der Tat.«

»Welche?«

»Nun – beim ersten Opfer ist es die Leber gewesen, wenn ich mich recht entsinne. Beim zweiten die Lunge, beim dritten der Magen. Zuletzt hat der Mörder besonders verabscheuungswürdig gewütet und die Unterleibsorgane seines bedauernswerten Opfers geraubt.«

»Danke, Onkel Mortimer.« Sarah nickte. »Wie einige der Gentlemen vielleicht wissen, war es im alten Ägypten üblich, die Körper Verstorbener einer Behandlung zu unterziehen, die wir Mumifizierung nennen – indem man den Körper eines Verstorbenen haltbar machte, wollte man ihn für das Weiterleben im Jenseits bewahren. Und die Priester machten ihre Sache gut – einige der Mumien, die in den letzten Jahren gefunden wurden, waren in erstaunlich gutem Zustand.«

»Worauf wollen Sie hinaus?«, drängte Devine.

»Im Zuge der Mumifizierung«, fuhr Sarah fort, »wurden den Verstorbenen auch die Eingeweide entnommen und in eigens dafür angefertigte Vasen gegeben, die wir Kanopen nennen. Jede dieser vier Kanopen war einer anderen Gottheit des ägyptischen Pantheon geweiht – und nun raten Sie, welche Organe es waren, die den Kanopen anvertraut wurden.«

»Ich weiß es nicht, Lady Kincaid, sagen Sie es mir«, murrte Devine. »Ich habe keine Zeit für weitere Ratespiele.«

»Es waren die Leber, die Lunge, der Magen und die Unterleibsorgane«, eröffnete Sarah – und einmal mehr blickte sie in staunende Gesichter. »Wollen Sie immer noch behaupten, dass all das bloßer Zufall sei? Dass wir es mit kindischen Spielereien zu tun haben?«

»Nun«, wandte Sir Jeffrey ein, »im Grunde bestätigt das doch nur, was wir von Beginn an vermutet haben – nämlich dass jemand den Tatverdacht auf den königlichen Thronerben lenken will, der der Vorsitzende der Ägyptischen Liga ist.«

»Bei allem Respekt, Sir Jeffrey«, wandte Sarah ein, »glaube ich nicht, dass sich diese Theorie weiter halten lässt. Dafür sind die Verbindungen, die Mister du Gard und ich herausgefunden haben, zu vielfältig. Ich denke, dass die Morde von Whitechapel weder auf das Konto eines wahnsinnigen Mörders gehen noch auf das eines Aufständischen – sondern dass ein Bündnis von Verschwörern dahinter steht, die sich einem Jahrtausende altem Kult verschrieben haben.«

»Tatsächlich?« Devine gab sich unbeeindruckt. »Und von welchem Kult sprechen wir hier?«

»Von dem der Gottheit Thot«, erklärte Sarah ohne Zögern. »Und einmal vorausgesetzt, dass einer Lady diese Unsitte erlaubt wäre, würde ich jede Wette eingehen, dass die Sektierer auf der Suche nach dem Buch der Geheimnisse sind.«

»Warum sind Sie so sicher?«

»*Alors*, weil es immer so gewesen ist«, antwortete du Gard, noch ehe Sarah etwas erwidern konnte. »Die Menschheit lernt einfach nicht dazu, *messieurs*, das ist eine ebenso einleuchtende wie frustrierende Tatsache – und deshalb sucht sie heute nach denselben nichtigen Dingen wie vor Tausenden von Jahren.«

»Ist es das, was Ihre eigenartigen Künste Sie gelehrt haben?«, zischte Inspector Fox. »Ich habe Erkundigungen über Sie eingeholt, Mister du Gard, und Sie sind nicht gerade das, was ich vertrauenswürdig nennen würde. Ich denke nicht, dass wir in diesem Fall auf Ihren Ratschlag zurückgreifen sollten.«

»Mister du Gard ist ein Gentlemen und ein Mann von Ehre«, erklärte Sarah entschieden. »Er genießt mein vollstes Vertrauen und hatte stets auch das meines Vaters. Wenn Sie das Andenken an Gardiner Kincaid nicht beleidigen wollen, Mister Fox, so rate ich Ihnen, ein wenig vorsichtiger zu sein.«

»Lady Kincaid hat Recht, Inspector«, stimmte Devine zu und bedachte seinen Untergebenen mit einem strafenden Blick. »Dennoch kann auch ich in dieser Sache nichts anderes sehen als ein abenteuerliches Hirngespinst. Wo ist der Beweis dafür, dass in Wahrheit eine Gruppe von Sektierern hinter den Morden von Whitechapel steht?«

»Hieroglyphen aus Blut, Tatorte, deren Namen mit Bedacht ausgewählt wurden, Organe, die nach uraltem Brauch entnommen wurden – sind das denn nicht Beweise genug?«

»Das sind allenfalls Indizien, Lady Kincaid«, wies Devine Sarah zurecht. »Wo bleibt das Motiv? Wo ist die Verbindung zwischen diesen Mordfällen und der angeblichen Suche nach dem Buch der Geheimnisse?«

»Ich weiß es nicht«, gestand Sarah ein. »Aber es gibt sie, Sir, ich bin ganz sicher. Ich kann es fühlen ...«

»Ihr Gefühl in allen Ehren, Lady Kincaid – aber das genügt nicht, um die Ermittlungen in diese Richtung zu lenken.«

»Nein?« Sarah verlor allmählich die Geduld angesichts von so viel Ignoranz. »Ich bin sicher, Inspector Quayle wäre anderer Ansicht, wenn er sie noch äußern könnte. Die Waffe, mit der er ermordet wurde, lässt ebenfalls darauf schließen, dass die Täter einem ägyptischen Kult angehören. Außerdem wissen wir seither, dass der Whitechapel-Mörder nicht allein arbeitet. Sind das nicht Hinweise genug?«

»Wofür? Um eine kostspielige Expedition auszurüsten und im fernen Ägypten einem Phantom nachzujagen, wenn der Täter ganz offensichtlich hier sein Unwesen treibt?«

»Verdammt, Sir!« Sarahs Temperament brach sich Bahn. »Warum wollen Sie nicht sehen, dass ...?«

»Streit bringt uns nicht weiter«, rief Mortimer Laydon, bemüht, sein Patenkind zur Räson zu bringen. »Sarah, bist du dir deiner Sache wirklich ganz sicher?«

»So sicher, wie ich nur sein kann, Onkel Mortimer«, erwiderte sie mit bebender Stimme. »Die Beamten des Scotland Yard mögen weiter die Straßen des East End nach dem Mörder durchkämmen, aber sie werden ihn nicht finden. Begeben wir uns hingegen auf die Suche nach dem Buch des Thot, wird uns das zu den Sektierern führen – und damit auch zum Drahtzieher der Morde. Nur so können wir schlüssig beweisen, dass der Duke of Clarence unschuldig ist, und ein blutiger Aufstand in den Armenvierteln, der viele Unschuldige das Leben kosten wird, würde somit vermieden.«

»Sie müssen zugeben, Sir Jeffrey, dass das vernünftig klingt«, wandte sich Dr. Laydon an den königlichen Berater. »Letztendlich liegt die Entscheidung darüber, was zu geschehen hat, bei Ihnen.«

»Ich weiß, und sie fällt mir gewiss nicht leicht – auch wenn ich einwenden muss, dass Lady Kincaids Geschichte sich geradezu phantastisch anhört.«

»Und?«, fragte Sarah nur. »Wenn ich mit meiner Theorie falschliege, so ist es nur Gardiner Kincaids Tochter, die sich geirrt hat – und da Frauen bekanntermaßen weniger intelligent sind als Männer, wird die Bevölkerung dies nicht einmal zur Kenntnis nehmen. Wenn ich jedoch Recht habe, dann wächst im fernen Ägypten eine Bedrohung von ungeheuren Ausmaßen für das Empire heran, deren Ausläufer bereits jetzt bis nach London zu spüren sind – lassen Sie nicht zu, dass noch mehr Unschuldige ihr Leben verlieren, ich beschwöre Sie.«

Sie sandte Sir Jeffrey einen herausfordernden Blick, dem dieser standhielt. Einen endlosen Augenblick lang schien der königliche Berater angestrengt nachzudenken und jedes Für und Wider sorgfältig abzuwägen – schließlich schüttelte er den Kopf.

»Ich weiß Ihren Einsatz zu schätzen, Lady Kincaid«, sagte er, »und ich bedaure nicht, Sie bei diesem heiklen Fall als Beraterin hinzugezogen zu haben – aber ich sehe mich nicht in der Lage, Ihrer Version der Geschehnisse zu folgen. Commander Devine?«

»Ja, Sir?«

»Fahren Sie mit den Ermittlungen fort, wie Sie es für richtig halten. Ihre Majestät die Königin setzt ihr ganzes Vertrauen in Ihre Fähigkeiten.«

»Danke, Sir.«

»Aber Sir«, widersprach Sarah entschieden, »wir können doch nicht so tun, als ob ...«

»Ich habe meine Entscheidung getroffen, Lady Kincaid«, stellte Sir Jeffrey mit aller Entschiedenheit klar, »und Sie sollten nicht den Fehler begehen, meine Autorität in Frage zu stellen. Ihre

Majestät die Königin vertraut mir in jeder Hinsicht, und sie wird jede meiner Entscheidungen rückhaltlos unterstützen. Haben Sie mich verstanden?«

»Ja, Sir«, erwiderte Sarah widerstrebend.

»Es tut mir leid, glauben Sie mir.«

Betroffen blickte sie in die Runde der Versammelten. In den Gesichtern von Fox und Devine stand unverhohlene Häme zu lesen. In ihren Augen war geschehen, was längst überfällig gewesen war – das vorlaute Frauenzimmer war auf den Platz des Zuschauers verwiesen worden. Mortimer Laydon schien die Meinung des königlichen Beraters nicht zu teilen, widersprach aber auch nicht. Und Maurice du Gard nickte Sarah kaum merklich zu.

Ihr war klar, was er meinte, und für einen Augenblick erwog sie tatsächlich, ihr Schweigen zu brechen und zu verraten, was der Duke of Clarence unter Hypnoseeinfluss ausgesagt hatte. Der Herzog selbst war die noch fehlende Verbindung zwischen den Whitechapel-Morden und der Thot-Sekte. Die Vollmacht vorzuzeigen, die er ihr ausgestellt hatte, würde alles ändern – aber Sarah hatte geschworen, kein Wort darüber zu verlieren, was im Audienzzimmer geschehen war. Es musste eine andere Möglichkeit geben, die Wahrheit ans Licht zu bringen – oder gar keine ...

»Mir tut es auch leid, Sir«, sagte sie deshalb nur. »Und ich hoffe, dass Sie Ihren Entschluss nicht bereuen werden.«

»Sicher nicht«, meinte Devine überzeugt.

Sarah und du Gard wandten sich ab und verließen das Büro des Commanders.

Mortimer Laydon entschuldigte sich bei den Anwesenden mit einer leichten Verbeugung, dann verabschiedete auch er sich. Er hatte alle Mühe, zu Sarah und du Gard aufzuschließen, denn in ihrer Wut legte Gardiner Kincaids Tochter ein beachtliches Tempo vor, das sie durch die ehrwürdigen Korridore des Yard fegen ließ wie ein mittelschweres Yorkshire-Gewitter. Erst im Hof, wo die Kutschen parkten, gelang es ihm, sie einzuholen.

»Idioten«, schnaubte Sarah, ungeachtet der Tatsache, dass die Posten am Tor sie hören konnten. »Einfältige Idioten.«

»Sarah, um Himmels willen, beruhige dich«, beschwichtigte sie Laydon, der einigermaßen außer Atem war.

»Ich soll mich beruhigen?« In ihren blauen Augen blitzte es. »Einfacher gesagt, als getan, Onkel, wenn man es mit derart geballter Borniertheit zu tun hat.«

»Dennoch musst du dich beruhigen«, beharrte der Doktor.

»Hast du nicht gesehen, was dort drin passiert ist? Warst du nicht dabei? Zur Närrin haben sie mich gemacht, haben mich behandelt wie ein unmündiges Kind.«

»Das ist Unsinn, und das weißt du«, wehrte Laydon ab. »Aber solange du deine Theorien nicht beweisen kannst ...«

»*Mais oui*, sie kann sie beweisen«, widersprach du Gard.

»Was?«

»Maurice«, rief Sarah barsch. »Das gehört nicht hierher.«

»*Au contraire, ma chère* – es gehört sehr wohl hierher. Hättest du diesen unerfreulichen *messieurs* mitgeteilt, was der Herzog gesagt hat, bräuchtest du nicht hier zu stehen und in hilflosem Zorn die Fäuste zu ballen, *n'est pas*?«

»Ich verstehe kein Wort«, gestand Laydon ein wenig verwirrt. »Von welchem Herzog sprechen Sie?«

»Vom Duke of Clarence«, antwortete du Gard ohne Zögern und sehr zu Sarahs Missfallen. »Bei unserer letzten Begegnung hat der königliche Erbe einige Dinge gesagt, die Sarahs Theorie von der Thot-Sekte und dem Buch der Geheimnisse stützen.«

»Ist das wahr, Sarah?«, fragte Laydon verblüfft.

»Ja«, gestand sie widerstrebend.

»Warum, in aller Welt, hast du nichts davon gesagt?«

»Weil ich dann hätte offenbaren müssen, was genau der Duke uns verraten hat, und ich habe ihm mein Wort gegeben, dies nicht zu tun.«

»Nun«, meinte Laydon, und seine ältlichen Züge nahmen einen etwas befremdeten Ausdruck an, »bei aller Sympathie für deine Haltung und für die Loyalität, die du dem Enkel Ihrer Majestät entgegenbringst, bin ich mir nicht sicher, ob dein Versprechen unter diesen Voraussetzungen noch Gültigkeit hat. Immerhin geht es womöglich um das Schicksal des gesamten Empire, und ich denke, dass ...«

»Ich soll mein Wort brechen?« Sarah lachte freudlos. »Und das aus deinem Munde! Ich kann nicht glauben, dass ausgerechnet du von mir verlangst, dass ich dem Duke gegenüber wortbrüchig werden soll. Meine unverbrüchliche Loyalität gehört in der Tat diesem Land und den Menschen, die es repräsentieren – und das bedeutet, dass ich kein Mitglied der königlichen Familie diskreditieren werde, nur weil diese Holzköpfe dort nicht in der Lage sind, das Ausmaß der Bedrohung zu begreifen.«

»*Bien*, was willst du stattdessen tun?«, fragte du Gard.

»Ich weiß es noch nicht.« Sarah holte tief Luft. »Aber ich werde nicht alles verraten, woran ich glaube – und wenn ihr etwas auf euch haltet, solltet ihr das ebenfalls nicht tun.«

Sie machte auf dem Absatz kehrt und stieg in eines der Hansom Cabs, die im Hof bereitstanden. Sarah wartete nicht erst ab, bis ihr Onkel oder du Gard sich zu ihr gesellten, sondern wies den Kutscher an, sofort abzufahren. Der Kutscher ließ die Zügel schnalzen, und das schnittige Gefährt schoss davon.

»*Merde*«, bemerkte du Gard unfein, während das Cab durch das große Tor entschwand.

»Sie hat das ungestüme Temperament und die Starrköpfigkeit ihres Vaters«, stellte Dr. Laydon fest.

»Ich weiß.« Du Gard nickte. »Genau deshalb habe ich solche Angst um sie ...«

9

Persönliches Tagebuch

Es hat sich nichts geändert. Warum sollte es auch?

Die Geschichte hat immer wieder gezeigt, dass Veränderungen nicht innerhalb von Monaten und Jahren vor sich gehen, sondern von Jahrzehnten und Jahrhunderten – und dass es Konstanten gibt, an denen selbst der stete Zahn der Zeit vergeblich nagt. Weshalb also sollten plötzlich Klugheit und Einsicht herrschen, wo stets Selbstgerechtigkeit und Ignoranz regierten?

Es ist mir nicht gelungen, die Verantwortlichen davon zu überzeugen, dass unser Gegner in diesem eigentümlichen Fall außerhalb des Landes zu suchen ist und dass die Spur der Mörder ins ferne Ägypten führt. Ich bin ratlos. Hatten Onkel Mortimer und du Gard vielleicht Recht? Hätte ich mein Wort brechen und die Wahrheit über den Duke of Clarence enthüllen sollen? Habe ich einen Fehler begangen, indem ich die Interessen eines Einzelnen über das Gemeinwohl stellte? Wiegt das Wohl eines Einzelnen weniger, und entbindet mich das von meinem Versprechen?

Die Antwort scheint mir längst nicht mehr eindeutig. Ich merke, wie Zweifel an mir nagen, und ich sehne mich nach der Einsamkeit und Abgeschiedenheit Yorkshires zurück. Im Nachhinein bereue ich meinen Entschluss, nach London gekommen zu sein, und es gibt einen Teil in mir, der mich dazu drängt, den nächsten Zug zu besteigen und nach Kincaid Manor zurückzukehren. Denn wie auch immer ich mich zu handeln entschließe, es scheint stets die falsche Entschei …

Haus von Mortimer Laydon, Mayfair
Nacht zum 15. November 1883

Ein helles Klirren riss Sarah aus ihren Gedanken und ließ sie ihren Tagebucheintrag unterbrechen. Im Kerzenschein über den Sekretär gebeugt, hielt sie einen Augenblick inne und lauschte. Kein weiterer Laut war zu hören – sie hatte sich wohl geirrt. Schon wollte sich Sarah wieder ihrem Tagebuch zuwenden, als sie erneut ein helles Klirren vernahm, lauter diesmal und nicht mehr zu leugnen. Und als würde dies noch nicht genügen, waren plötzlich auch noch hektische Schritte zu hören, die aus dem Erdgeschoss der Villa in den ersten Stock drangen, wo sich das Gästezimmer befand.

Alarmiert sprang Sarah auf, und ungeachtet der Tatsache, dass sie bereits Nachtwäsche trug und es als äußerst unschicklich galt, damit von einem Herrn – und wäre er ihr eigener Patenonkel – gesehen zu werden, verließ sie das Schlafzimmer und stürzte hinaus in den Flur. Schlagartig wurden die Geräusche lauter, und zum Rumpeln und Poltern gesellte sich jetzt noch ein verhaltener Schrei.

»Onkel Mortimer ...?«

Jähe Furcht um ihren Patenonkel überkam Sarah, und sie eilte zur Treppe, sprang die Stufen hinab – und prallte entsetzt zurück, als sie die leblose Gestalt am Fuß der Treppe erblickte.

Es war Norman, der Butler des Hauses, dem man die Kehle durchschnitten hatte. Seine Augen waren weit aufgerissen, der Tod hatte blanken Schrecken in seine Züge gemeißelt. Blut rann über die Stufen und sammelte sich auf dem steinernen Boden der Eingangshalle.

Aus dem Arbeitszimmer des Doktors waren jetzt Geräusche zu hören, die eindeutig als Kampflärm zu identifizieren waren. Dazu glaubte Sarah, ihren Onkel um Hilfe rufen zu hören.

Ohne auch nur einen Gedanken daran zu verschwenden, ob es

klug war, was sie tat, stürmte Sarah durch die Eingangshalle, stieß die Tür zum Arbeitszimmer auf – und sah sich vermummten Gestalten gegenüber. Die vier kräftig gebauten Männer trugen schwarze Tuniken, die ihnen bis zu den Knien reichten, und Burnusse, die sie vor ihre Gesichter geschlagen hatten, sodass nur feindselig starrende Augenpaare zu erkennen waren. Die Vermummten waren mit langläufigen Revolvern bewaffnet, die aus Armeebeständen stammen mochten, und mit gekrümmten Dolchen, die in ihren Gürteln steckten.

Auch ihren Onkel erblickte Sarah; Mortimer Laydon befand sich in der Gewalt der Eindringlinge, die durch das große Fenster des Arbeitszimmers ins Haus eingebrochen waren. Zwei der Vermummten hatten ihn ergriffen und zerrten ihn davon. Sarahs Blick begegnete dem ihres Onkels, und sie konnte die Furcht in seinen Augen sehen. Einen Moment lang schien die Zeit stillzustehen, dann überstürzten sich die Ereignisse.

»Sarah, flieh, hörst du? Du musst fliehen, Sarah! Folge der Spur nach Ägypt ...«, rief Mortimer Laydon noch, ehe die Pranke eines seiner Häscher heranschoss und seinen Mund versiegelte.

Ein brutaler Schlag mit dem Kolben eines Revolvers stellte den Arzt vollends ruhig. Mortimer Laydon brach in den Armen seiner Häscher bewusstlos zusammen, während sie ihn durch das geborstene Fenster nach draußen schleppten.

»Halt«, rief Sarah entsetzt und wollte den Entführern hinterher – aber deren beide verbliebene Komplizen rissen ihre Waffen in Anschlag und eröffneten das Feuer.

Sarah wartete nicht erst ab, bis das tödliche Blei die Luft durchpflügte – geistesgegenwärtig warf sie sich hinter einem der ledernen Besuchersessel in Deckung. Sie hörte den ohrenbetäubenden Lärm der Schüsse und spürte, wie das Sitzmöbel unter den Einschlägen erbebte. Dann hörte sie einen der Entführer einen hektischen Befehl erteilen, und auch die Schützen zogen sich durch das Fenster zurück.

Nur einen Augenblick hielt es Sarah in ihrem Versteck. Dann lugte sie hinter dem Sessel hervor, dessen mit Leder beschlagene Lehne von Kugeln zerfetzt war. Als sie sah, dass die Vermummten im Dunkel der Nacht zu entkommen drohten, nahm sie die Verfolgung auf.

Es war keine wohlüberlegte Tat, mehr ein Reflex, der aus der Wut über den hinterhältigen Angriff und die Entführung ihres Onkels resultierte. Lauthals um Hilfe rufend, stürzte Sarah zum Fenster und stieg hinaus, wobei sie sich in ihrem Nachtkleid ungleich schwerer tat als die Entführer. Sie schnitt sich die Hände am geborstenen Glas, und auch der Seidenstoff blieb hängen und riss – aber das konnte Sarah nicht aufhalten. Im nächsten Moment hatte sie das Hindernis überwunden und befand sich im Garten, der zu drei Seiten von einer mannshohen Mauer umgeben wurde. Zur Linken, jenseits einer von Efeu bewachsenen Laube, gab es ein schmales Tor, das halb offen stand – dorthin mussten die Entführer geflohen sein.

Weiter um Hilfe schreiend, raffte Sarah ihr Nachtkleid und lief quer durch den Garten zum offenen Tor. Dort angelangt, hielt sie für einen Moment inne und spähte vorsichtig hinaus, nur für den Fall, dass die Entführer ihr einen Hinterhalt bereitet hatten. Aber es war niemand zu sehen, und so stürzte Sarah hinaus auf die von weißen Mauern und entlaubten Platanen gesäumte Straße. Die Vermummten jedoch waren verschwunden. Keine Kutsche, keine Pferde, keine maskierten Gestalten – gerade so, als hätte die Dunkelheit der Nacht sowohl die Entführer als auch ihre wehrlose Beute verschlungen.

Frustriert wandte sich Sarah um, ging einige Schritte in diese, dann in jene Richtung – am Ergebnis änderte es nichts. Ein Diener war kaltblütig ermordet und ihr Onkel entführt worden – und sie kannte noch nicht einmal den Grund dafür.

Aufgebracht kehrte Sarah ins Haus zurück. Im Arbeitszimmer lag alles durcheinander, man konnte deutlich sehen, dass Mortimer Laydon seinen Häschern heftigen Widerstand geleistet hatte. Beiläufig ließ Sarah ihren Blick über den Schreibtisch schweifen, wo einige ärztliche Berichte lagen, die ihr Onkel zuletzt durchgesehen hatte, als ihr bewusst wurde, dass die Entführer eine Botschaft hinterlassen hatten.

Es war eine äußerst kurze Nachricht, die aus einem schmalen Streifen Papyrus bestand, auf den ein altägyptisches Zeichen gemalt war, aber Sarah verstand den Sinn der Botschaft dennoch. In den letzten Tagen hatte sie dieses Zeichen wiederholt gesehen, es gerade hier und jetzt vorzufinden, verursachte ihr jedoch nur noch mehr Unbehagen.

Es war das Zeichen von Thot ...

»Und sonst können Sie sich an nichts erinnern?«

Die blasse Miene von Milton Fox starrte auf Sarah Kincaid herab, und die Tatsache, dass der Inspector von Scotland Yard die Augen zu Schlitzen verengt und die schmalen Lippen herausfordernd gespitzt hatte, ließ seine Züge noch animalischer erscheinen.

»Nein«, erwiderte Sarah, die auf einem der Sessel im Arbeitszimmer ihres Onkels Platz genommen hatte. Noch unter dem Eindruck der dramatischen Ereignisse stehend, zitterte sie am ganzen Körper und hatte Mühe, einen klaren Gedanken zu fassen. Sie fröstelte und zog den Morgenmantel enger um ihre Schultern. Ringsum wimmelte es von Männern in blauen Uniformen – Beamte des Scotland Yard, die das Haus und den Garten nach Spuren der Entführer absuchten.

»Ich habe Ihnen alles gesagt, woran ich mich erinnere, Inspector, und ich wäre Ihnen sehr verbunden, wenn Sie mir jetzt gestatten würden, mich zurückzuziehen und ein wenig auszuruhen.«

»Hm«, meinte der Beamte nur.

»Glauben Sie mir etwa nicht?«

»Natürlich glaube ich Ihnen«, schnarrte Fox. »Ich frage mich allerdings, weshalb niemand sonst gesehen hat, was Sie gesehen haben wollen. Warum hat keiner Ihrer Nachbarn etwas bemerkt? Warum wurden die Entführer von niemandem außer Ihnen gesehen?«

»Ich sagte es Ihnen schon, die Männer waren schwarz vermummt und in der Dunkelheit kaum zu erkennen. Abgesehen davon, gehört Mayfair nicht zu jenen Gegenden der Stadt, deren Bewohner sich nach Mitternacht noch auf der Straße herumtreiben, das sollten Sie wissen.«

Fox ließ erneut ein gravitätisches »Hm« vernehmen, das nicht erkennen ließ, ob er Sarah tatsächlich Glauben schenkte oder nicht. »Und die letzten Worte Ihres Onkels waren ...?«

»Auch das habe ich Ihnen schon berichtet. Kurz bevor mein Onkel bewusstlos geschlagen und verschleppt wurde, sagte er, dass ich der Spur nach Ägypten folgen sollte.«

»Was Sie nicht sagen.« Fox machte ein Gesicht, als hätte er in eine Zitrone gebissen.

»Hören Sie, Inspector«, schnaubte Sarah, »ich weiß sehr gut, wie sich das anhören muss – als ob ich mit allen Mitteln versuchen würde, meine Theorie über die Verbindung zwischen den Whitechapel-Morden und der Thot-Sekte zu beweisen.«

»Sie durchzusetzen wäre wohl der passendere Ausdruck«, verbesserte Fox. »Denn bei Licht betrachtet, gibt es noch immer nicht einen einzigen objektiven Beweis, der Ihre Aussage stützen würde.«

»Was ist mit der Nachricht der Entführer?«

»Nachricht? So würde ich einen Fetzen Papier mit einem ominösen Zeichen darauf wohl kaum bezeichnen.«

»Es ist kein Papier, sondern ägyptischer Papyrus«, konterte Sarah. »Und das Zeichen ist exakt dasselbe, das auch an den Tatorten vorgefunden wurde – das Ibis-Zeichen der Gottheit Thot.«

»Damit ist aber nichts bewiesen. Viele Bewohner Whitechapels kennen dieses Zeichen inzwischen und könnten es nachgeahmt haben.«

»Ich habe Ihnen die Entführer genau beschrieben, Inspector – sie sahen nicht aus, als kämen sie aus dem East End. Und wie sollten Leute aus Whitechapel an echten Papyrus kommen? Können oder wollen Sie nicht sehen, dass das Hinterlassen dieses Zeichens rituelle Bedeutung hat? Die Ziele der Täter sind …«

»Überlassen Sie die Ermittlungen uns, Lady Kincaid«, fiel Fox ihr barsch ins Wort. »Sie werden von Scotland Yard lediglich als Beraterin geduldet, und dabei wollen wir es auch belassen. Die Untersuchungen leite ich, und mir allein steht die Beurteilung darüber zu, welche Hinweise der Lösung des Falles zuträglich sind und welche nicht.«

»Natürlich«, erwiderte Sarah, sich mühsam zur Ruhe zwingend. »Und was gedenken Sie jetzt zu unternehmen?«

»Sehr einfach«, antwortete Fox, während das Blitzlicht der Polizeiphotographen flackerte und sich der beißende Geruch verbreitete, den die Entzündung von Magnesium und Kaliumpermanganat hinterließ. »Wir werden so vorgehen, wie die bewährten Standardprozeduren von Scotland Yard es vorsehen – das heißt, wir werden Beweise sichern, die einschlägigen Viertel der Stadt nach Hinweisen durchsuchen und die üblichen Verdächtigen befragen.«

»Sie werden nichts finden«, orakelte Sarah.

»Wir werden sehen. Dies ist jedenfalls unsere bewährte Linie, von der wir sicher nicht abrücken werden, nur weil Sie anderer Ansicht sind. Und wenn Ihnen daran liegt, Ihren Onkel lebend und wohlbehalten wieder zu sehen, so sollten Sie unsere Arbeit nicht sabotieren. Habe ich mich deutlich genug ausgedrückt, Lady Kincaid?«

Die Augen des Inspectors hatten sich geweitet, und er starrte Sarah durchdringend an. Sarah hielt dem bohrenden Blick stand, während sie sich innerlich mit aller Macht zur Ruhe mahnen musste, um den arroganten Ermittler nicht mit wüsten Beschimpfungen zu überschütten, wie sie an den englischen Schulen für höhere Töchter nicht gelehrt wurden, wohl aber in den Hafenspelunken von Hongkong und Singapur …

»Völlig«, erwiderte sie schließlich nur, erhob sich und verließ das Arbeitszimmer ihres Onkels.

Es war alles gesagt.

10

Persönliches Tagebuch
Nachtrag

Wie sich die Ereignisse gleichen!

Obwohl ich mir geschworen hatte, dass ich niemals, niemals wieder in eine Situation wie diese geraten wollte, ist es erneut geschehen. Wieder befindet sich ein Mensch, der mir nahesteht, in einer lebensbedrohlichen Lage – und wieder trage ich daran Schuld.

Hätte ich mein Versprechen gegenüber dem Duke of Clarence gebrochen und Scotland Yard berichtet, was der Herzog unter dem Einfluss der Hypnose verraten hat, so hätte Devine nicht anders gekonnt, als die Ermittlungen in Gang zu setzen. Über die Stimme einer einzelnen Frau mag die Polizei sich hinwegsetzen können, aber nicht über die des Thronfolgers, selbst wenn er im Delirium spräche – und Onkel Mortimer wäre sicher nicht entführt worden.

Es ist für mich offenkundig, dass die Mörder von Whitechapel und Onkel Mortimers Entführer identisch sind. Auch du Gard, der gegen mein Anraten erneut den Drachen befragt hat, ist meiner Ansicht. Welche Ziele diese Leute jedoch verfolgen, entzieht sich meiner Kenntnis. Noch immer weiß ich nicht, wer unsere Gegenspieler sind, aber mir ist klar, dass wir uns unwissentlich mit einer Macht angelegt haben, die vor keiner Untat zurückschreckt. Ich habe an etwas gerührt, das besser verborgen geblieben wäre, und dadurch erneut jene in Gefahr gebracht, die mir nahestehen.

Je mehr ich darüber nachdenke, desto deutlicher komme ich zu dem Schluss, dass es ein Fehler war, ein Versprechen zu halten, das niemals hätte gegeben werden dürfen. Den Sektierern muss das Handwerk gelegt werden, und das möglichst rasch, ehe noch mehr Unschuldige zu Schaden kommen. Nachdem ich lange mit mir ge-

rungen habe, habe ich mich entschlossen, das Schweigen zu brechen und Sir Jeffrey und Commander Devine die Wahrheit über meine zweite Unterredung mit dem Herzog zu berichten. Vor die bittere Wahl gestellt, zwischen meiner Loyalität gegenüber dem Königshaus und dem Leben eines Freundes zu entscheiden, gebe ich letzterem den Vorzug – wie schon einmal.

Welchem grausamen Schicksal habe ich es zu verdanken, dass gerade jene Menschen, die ich am meisten liebe, immer wieder in lebensbedrohende Situationen geraten – und dass ich die Einzige zu sein scheine, die sie retten kann? Die Parallelen zu Alexandrien sind zu unübersehbar, und ich kann mich nur schwer gegen die Verzweiflung wehren, die mich überkommen will. Ich bereue zutiefst, dem Ruf des Unbekannten gefolgt und nach London gekommen zu sein, doch nun gibt es kein Zurück mehr. Ich kann mich nicht länger verstecken, muss Verantwortung übernehmen und entsprechend handeln. Onkel Mortimer hatte Recht, als er sagte, ich müsste mich dem Leben stellen – aber wer hätte geglaubt, dass seines davon abhängen würde?

Eine Nachricht von Jeffrey Hull hat mich erreicht, derzufolge er mich im Clubhaus der Ägyptischen Liga zu sprechen wünscht. Ich werde der Einladung folgen – und ihm berichten, was ich über den Duke of Clarence weiß. Für Ideale ist kein Platz in dieser Welt …

GEBÄUDE DER EGYPTIAN LEAGUE, PALL MALL
16. NOVEMBER 1883

»Danke, dass Sie so rasch kommen konnten, Lady Kincaid«, grüßte Jeffrey Hull, der Sarah im Salon der Ägyptischen Liga erwartete. »Wahrscheinlich wundern Sie sich, weshalb ich Sie in solch ungewohnter Umgebung empfange.«

»Offen gestanden, ja«, stimmte Sarah zu, während sie ihren Blick über das gediegene Ambiente schweifen ließ.

Die *Egyptian League* war ein höchst exklusiver Club. Da nur ausgesuchte Gentlemen hier verkehrten, die für ihre Mitgliedschaft entsprechend üppige Beiträge entrichteten, leistete sich die Liga ein prunkvolles Erscheinungsbild. Die Säulen, die die holzgetäfelte Decke trugen, waren ägyptischen Palmensäulen nachempfunden, und an den Wänden hingen Gemälde, die Szenen der ägyptischen Geschichte zeigten. Sarah erkannte Thutmosis als Sieger der Schlacht von Megiddo, Echnaton und Nofretete, den Triumph des Perserkönigs Kambyses über Pharao Psammetich bei Pelusium und schließlich den Selbstmord Königin Kleopatras. In den Nischen zwischen den Säulen waren Tische aufgestellt, auf denen die neuesten fachwissenschaftlichen Publikationen bereitlagen – allerdings waren Sir Jeffrey und Sarah die einzigen Besucher, die sich zu solch früher Stunde im Salon des Clubs aufhielten.

»Zum einen verblüfft es mich, dass ich am Eingang nicht abgewiesen wurde«, bemerkte Sarah, »schließlich öffnet die Liga ihre Pforten gewöhnlich ja nur für – wie nannte sie mein Onkel? – ›höchst ehrenwerte und um das Empire verdiente Gentlemen‹. Zum anderen bin ich verwundert, dass gerade Sie mich hierher bestellt haben, Sir Jeffrey. Ich wusste nicht, dass Sie ebenfalls Mitglied der Ägyptischen Liga sind.«

»Die Archäologie ist eine geheime Leidenschaft von mir.« Der königliche Berater lächelte entschuldigend. »Aber es gibt einen bestimmten Grund, weshalb ich Sie hierher gebeten habe, Lady Kincaid.«

»Davon gehe ich aus«, erwiderte Sarah vorsichtig, während sie sich fragte, wann der beste Zeitpunkt sein würde, um Sir Jeffrey die Wahrheit über ihre zweite Audienz beim Duke of Clarence mitzuteilen. »Und werden Sie mir diesen Grund verraten?«

»Gewiss. Vorher aber erlauben Sie, dass ich Ihnen noch einige Fragen stelle.«

»Nur zu«, forderte Sarah ihn auf. »Soweit es mir möglich ist, werde ich gerne antworten.«

»Sind Sie nach wie vor überzeugt davon, dass eine Verbindung zwischen den Morden im East End und dieser ominösen ägyptischen Kultbewegung besteht?«

»Allerdings.«

»Und Sie denken, dass diese Leute auch hinter der Entführung Ihres Onkels stecken könnten?«

»Das habe ich bereits deutlich gemacht, oder nicht?«

»Lady Kincaid«, sagte Hull, den versteckten Vorwurf überhörend, »ich werde Ihnen jetzt noch eine letzte Frage stellen, und ich erwarte, dass Sie mir mit aller Offenheit antworten: Halten Sie es tatsächlich für möglich, dass dieses Feuer des Re, von dem Sie uns erzählt haben, existiert? Dass diese Sektierer danach suchen und es allen Ernstes eine Gefahr für den Fortbestand des Empire darstellen könnte?«

Sarah hielt dem prüfenden Blick des königlichen Beraters stand. »Ja«, sagte sie, ohne mit der Wimper zu zucken.

»In diesem Fall, Lady Kincaid, teile ich Ihnen mit, dass die Ägyptische Gesellschaft beschlossen hat, eine Expedition auszurüsten, die nach Ägypten reisen und vor Ort versuchen soll, das Rätsel zu entwirren.«

»Was?« Sarah glaubte, nicht recht zu hören. »Aber sagten Sie nicht, dass meine Verdachtsmomente nicht ausreichen, um – wie nannte Mister Devine es gleich? – ›im fernen Ägypten einem Phantom nachzujagen‹?«

»Ich weiß sehr gut, was während unseres letzten Treffens gesprochen wurde, und bitte nehmen Sie meine Entschuldigung dafür an. Die Entführung unseres gemeinsamen Freundes Mortimer Laydon hat gezeigt, dass womöglich ungleich mehr hinter Ihren Vermutungen steckt, als wir zunächst annehmen konnten.«

»In der Tat«, sagte Sarah und kam sich dabei vor wie in einem Traum. Jäh wurde ihr bewusst, dass sie ihr Wort dem königlichen Erben gegenüber nicht würde brechen müssen – und unwillkürlich fragte sie sich, welcher glücklichen Fügung sie diese unerwartete Wendung zu verdanken hatte.

»In der Zwischenzeit«, Sir Jeffrey räusperte sich verlegen, »sind dem Vorsitzenden der Liga Ihre Theorien zu Ohren gekommen, und er hat das Präsidium davon überzeugt, dass sie es wert sind, vor Ort überprüft zu werden. Es ist dabei der ausdrückliche Wunsch des Vorsitzenden, dass Sie die Leitung der Expedition übernehmen sollen, Lady Kincaid.«

»Der ausdrückliche Wunsch des Vorsitzenden?« Sarah hob die Brauen. »Wir sprechen hier über den Duke of Clarence, richtig?«

»Das Präsidium«, wich Sir Jeffrey einer direkten Antwort aus, »ist zu dem Schluss gekommen, dass rasches Handeln erforderlich ist. Angenommen, es sind tatsächlich fanatische Sektierer, die hinter Doktor Laydons Entführung stecken, so werden sie versuchen, ihm kompromittierende Details über den Gesundheitszustand des Duke of Clarence zu entlocken. Immerhin ist er königlicher Leibarzt und in Kenntnis vertraulicher Details.«

»Ich verstehe.« Sarah nickte. Der Herzog selbst war es also, der hinter dieser unerwarteten Wendung steckte. Ahnte er, was er unter dem Einfluss der Hypnose verraten hatte? Hatte er geahnt, was Sarah vorhatte, und ihr zuvorkommen wollen? Oder fürchtete er tatsächlich nur um seine Reputation? Wie auch immer – er hatte Sarah einen wertvollen Dienst erwiesen ...

»Die offizielle Aufgabe der Expedition«, fuhr Sir Jeffrey fort, »wird es sein, neue wissenschaftliche Erkenntnisse über Hermopolis Magna zu gewinnen. Inoffiziell jedoch«, – er senkte die Stimme –, »wird es darum gehen, die Wahrheit über den Thot-Kult und das Feuer des Re herauszufinden. Sind es tatsächlich fanatische Sektierer, die hinter den Morden von Whitechapel stecken, so müssen sie gefasst und zur Rechenschaft gezogen werden. Und ich hoffe und bete, dass wir dadurch auch Ihrem Onkel helfen können – wohin auch immer er verschleppt worden sein mag.«

»Wir?«, fragte Sarah.

»Ich werde die Expedition persönlich begleiten«, stellte Sir Jeffrey fest. »Als ein alter Freund Mortimer Laydons betrachte ich es als meine Pflicht, mich an seiner Befreiung zu beteiligen.«

»Sir Jeffrey, ich weiß nicht, ob ...«

»Versuchen Sie nicht erst, es mir auszureden. Ihr Patenonkel und ich haben in Indien während der Aufstände gedient. Es war die Hölle auf Erden. Während eines Gefechts wurde ich von einer Granate schwer verwundet, und es war Mortimer, der mich operierte und dafür sorgte, dass ich mein verletztes Bein behalten konnte. Ich stehe tief in seiner Schuld, und dies ist meine Chance, mich zu revanchieren. Außerdem«, fügte der königliche Berater hinzu, »hat Ihre Majestät die Königin mich persönlich gebeten, die Expedition zu begleiten – als Gewährsmann gewissermaßen.«

»Als Gewährsmann? Wofür?«

»Dafür, dass nichts von unserer wahren Mission nach außen dringt. Ich brauche Ihnen nicht zu sagen, was geschehen würde, wenn ans Licht der Öffentlichkeit käme, was bislang verborgen blieb, von Ihrer Theorie, diesen ägyptische Kult betreffend, ganz zu schweigen. Wenn Sie Recht haben, so muss dieser Kult freilich ausfindig gemacht und zerschlagen werden, ehe er sich zu einer ernsten Bedrohung auswachsen kann.«

»Und wenn uns das nicht gelingt?«, wollte Sarah wissen.

»In diesem Fall wird Ihre Majestät natürlich jede Mitwisserschaft leugnen. Ebenso übrigens wie der Duke of Clarence, der heute Morgen zu einem mehrwöchigen Aufenthalt nach Schottland aufgebrochen ist und danach wie vorgesehen seine Studien in Cambridge beginnen wird.«

»Ich verstehe«, sagte Sarah steif.

»Wie entscheiden Sie also? Werden Sie die Expedition leiten?«

»Wer wird die Mission noch begleiten?«, fragte Sarah statt einer direkten Antwort.

»Nun«, erwiderte Sir Jeffrey mit verlegenem Lächeln, »offiziell ist Scotland Yard nicht bereit, von seiner bisher verfolgten Linie abzurücken. Unter der Hand jedoch ist man neuerdings geneigt, Ihre Verdachtsmomente zumindest in Erwägung zu ziehen. Man hat deshalb beschlossen, dass Inspector Fox die Expedition begleiten wird.«

»Fox? Ausgerechnet?« Sarah zog die Stirn kraus.

»Ich kann verstehen, dass Sie nicht begeistert sind, aber wie die Dinge liegen, müssen wir wohl der Notwendigkeit gehorchen.«

»Auf Sie mag das zutreffen, Sir Jeffrey, denn Sie sind dem Königshaus verpflichtet. Ich hingegen bin aus freien Stücken nach London gekommen, und es steht mir frei, die Stadt jederzeit wieder zu verlassen.«

»Natürlich, aber in diesem Fall würde Ihnen entgehen, wonach Sie sich im Grunde Ihres Herzens sehnen – nämlich das Kommando über eine eigene Expedition übertragen zu bekommen und im Wüstensand nach den Geheimnissen der Vergangenheit zu graben. Mortimer Laydon sagte mir einst, dass Sie viel von Ihrem Vater in sich trügen, und ich glaube, er hat Recht. Sie können gar nicht anders, Sarah, habe ich Recht? Sie sind eine Archäologin von echtem Schrot und Korn, und von dem Augenblick an, da sie vom Thot-Kult und dem Feuer des Re erfuhren, verlangte es Sie danach, das Geheimnis zu enträtseln. Ist es nicht so?«

Zu gerne hätte Sarah widersprochen – schon, um zu verhindern, dass die Geschichte sich wiederholte und sie zu einem Spielball der Mächtigen wurde, wie ihr Vater es zuletzt geworden war. Aber sie konnte nicht, denn mit jedem einzelnen Wort hatte Jeffrey Hull Recht.

Sarah sehnte sich tatsächlich danach, das Rätsel zu lösen. Einerseits, weil sie das Gefühl hatte, es den Opfern von Whitechapel schuldig zu sein. Andererseits, weil sie alles daran setzen wollte, ihren Paten und Mentor Mortimer Laydon zu befreien.

Aber auch deshalb, weil sie sich dabei ertappte, dass sich tief in ihrem Inneren die alte Abenteuerlust zu regen begann.

Mit aller Macht hatte Sarah sie zu unterdrücken versucht, aber wie ein brodelnder Vulkan, der seine feurige Glut nicht zurückhalten kann, hatte auch Sarah dem Drang, der tief in ihr wohnte, nicht wirklich etwas entgegenzusetzen. Nach allem, was in Alexandrien geschehen war, schämte sie sich fast dafür – aber sie konnte nicht anders, als die Herausforderung annehmen.

»Sie haben Recht, Sir Jeffrey«, räumte sie deshalb ein. »Wenn die Ägyptische Liga und ihr Vorsitzender es wünschen, so bin ich bereit, die Leitung der Expedition zu übernehmen. Unter einer Bedingung: Maurice du Gard erhält die Erlaubnis, mich zu begleiten.«

»Das sollte kein Problem darstellen, schließlich könnten uns seine Sprachkenntnisse am Nil durchaus von Nutzen sein – wie Sie wissen, haben die Franzosen dort deutliche Spuren hinterlassen. Darüber hinaus wird noch ein weiterer Gentleman die Expedition begleiten, den ich Ihnen gerne vorstellen möchte. Wenn Sie sich einen Augenblick gedulden möchten ...«

Mit einem entschuldigenden Nicken ließ Sir Jeffrey Sarah stehen, trat an die hintere Tür des Salons und öffnete sie. Ein Mann trat ein, der auf diesen Moment nur gewartet zu haben schien. Er war von hochgeschossener, geradezu athletischer Gestalt und trug einen roten Husarenrock, der ihm ein schneidiges Aussehen verlieh. Seine von der Sonne gebräunten Züge waren markant; eine Nase, schmal wie ein Messer, teilte sein Gesicht, die dunklen Augen lagen in tiefen Höhlen. Das kurz geschnittene Haar war rabenschwarz, der Oberlippenbart nach neuester Mode gestutzt. Die Stiefel waren frisch poliert, ebenso wie die Glocke des Säbels, den der Mann an seiner Seite trug.

»Darf ich vorstellen, Lady Kincaid?«, fragte Sir Jeffrey. »Dies ist Captain Stuart Hayden, Offizier des 19. Husarenregiments. Captain Hayden – Lady Kincaid, Gardiner Kincaids Tochter und Spezialistin auf dem Gebiet der Archäologie.«

Der Uniformierte verbeugte sich korrekt, was Sarah mit einem schlichten Nicken quittierte. Sie machte keinen Hehl daraus, dass ihr seine Anwesenheit missfiel. Davon, dass Militär an der Expedition beteiligt sein würde, hatte der königliche Berater bisher nichts gesagt, und natürlich fragte sie sich, was man damit bezweckte ...

»Captain Hayden ist ein mehrfach ausgezeichneter Offizier, dessen Einheit sich während des Feldzugs vom vergangenen Jahr durch besondere Tapferkeit hervorgetan hat«, erklärte Sir Jeffrey feierlich. »Er ist eben erst aus Ägypten zurückgekehrt.«

»Ich bin beeindruckt«, log Sarah mit frecher Offensichtlichkeit.

Hayden ließ sich davon nicht aus der Ruhe bringen. »Lady Kincaid«, sagte er mit charmantem Lächeln, »es ist mir eine Ehre, Ihre Bekanntschaft zu machen. Ich habe schon viel von Ihnen gehört.«

»Danke«, erwiderte Sarah steif – um sich dann schnaubend und in einem jähen Ausbruch von Temperament an Jeffrey Hull zu wenden. »Was soll das?«, wollte sie wissen. »Weshalb wird das Militär an der Unternehmung beteiligt?«

»Nur zu unserem Schutz«, versicherte der königliche Berater.

»Tatsächlich? Und es geht nicht etwa darum, ein altägyptisches Artefakt in seinen Besitz zu bringen, das sich möglicherweise auch als Waffe einsetzen lässt?«

»Die Überlegung hat eine Rolle gespielt, das gebe ich zu«, räumte Sir Jeffrey ein. »Natürlich ist Horse Guards, das Hauptquartier der britischen Armee, von dem Gedanken einer solchen Wunderwaffe angetan, aber dies ist nicht der eigentliche Zweck der Expedition. Die Armee unterstützt uns mit Männern und Ausrüstung, im Gegenzug will sie über das Ergebnis der Expedition informiert werden. In meinen Augen ist das nur fair – oder wäre es Ihnen lieber, das Feuer des Re würde in die Hände unserer Feinde gelangen?«

»Nein.« Sarah schüttelte den Kopf. Obwohl sie keine Sympathie für das Militär hegte, war sie dennoch Patriotin, und natürlich war es ihr lieber, wenn sich jene unheimliche Kraft, wenn es sie denn wirklich gab, in den Händen ihrer eigenen Nation befand als in denen irgendeiner anderen. »Aber die Leitung der Expedition liegt bei mir, richtig?«

»So ist es«, stimmte Hayden zu, dessen sonore Stimme einen weicheren Klang hatte, als sein martialisches Auftreten vermuten ließ. »Jedenfalls bis es zu feindseligen Übergriffen von Seiten unserer Gegner kommen sollte. Dann werden meine Männer und ich übernehmen und diesen Halunken beibringen, was es bedeutet, das Empire herauszufordern.«

»Ich verstehe«, meinte Sarah kühl. »So wie sie es den Bewohnern von Alexandrien beigebracht haben, nicht wahr?«

»Wie bitte? Ich verstehe nicht ...« Hayden sandte Sir Jeffrey einen verunsicherten Blick. »Was hat das eine mit dem anderen zu tun? Der Beschuss Alexandriens im vergangenen Jahr war eine militärisch notwendige Maßnahme, die ...«

»Militärisch notwendig, ja?« Sarah lächelte freudlos. »Glauben Sie mir, mein guter Captain Hayden, Sie wären anderer Ansicht, wenn Sie sich zum Zeitpunkt des Bombardements innerhalb der Stadtmauern befunden hätten.«

Der Blick, den sie ihm sandte, war so vernichtend, dass der Offizier nicht widersprach. »Wie auch immer«, meinte er vorsichtig, »es muss unser Ziel sein, den Schlupfwinkel dieser Sektierer – wenn es sie denn gibt – ausfindig zu machen und ihn auszuheben wie ein Krokodilsnest. Für das Auffinden ihres Verstecks sind Sie zuständig, Lady Kincaid – den Rest übernehmen wir.«

»Ganz einfach, nicht wahr?«, fragte Sarah.

»Allerdings.«

»Sagen Sie, Captain, sind Sie wirklich so naiv? Glauben Sie denn im Ernst, wir könnten die Sektierer überraschen? Die wissen doch längst, dass wir kommen, mit großer Wahrscheinlichkeit erwarten sie uns bereits. Noch vor vierundzwanzig Stunden hätten wir das Heft des Handelns in die Hand nehmen können, aber jetzt nicht mehr. Wer immer unsere Gegner sind, sie bestimmen die Regeln in diesem Spiel, und wir können inzwischen nichts weiter tun, als darauf zu reagieren.«

Damit wandte sich Sarah ab und ließ die beiden Männer kurzerhand stehen, wollte den Salon auf dem selben Weg verlassen, auf dem sie ihn betreten hatte.

»Wo wollen Sie hin?«, fragte Sir Jeffrey verblüfft.

»Wohin wohl?«, erwiderte Sarah über die Schulter. »Ich habe zu packen. Wenn die Gentlemen mich daher entschuldigen wollen ...«

»Das kommt nicht in Frage«, wehrte Hayden entschieden ab. »Wenn Sie Recht haben und Ihr Onkel tatsächlich von diesen Sektierern entführt wurde, so ist nicht auszuschließen, dass auch Sie gefährdet sind, Lady Kincaid.«

»Keine Sorge«, entgegnete Sarah leichthin, »ich bin durchaus in der Lage, auf mich aufzupassen.«

»Sie sind eine Lady und brauchen Schutz«, beharrte der Offizier und warf sich in die Brust, die Hand am Griff seines Säbels.

»Ach du meine Güte!« Sarah blieb auf der Schwelle stehen. »Also bitte, Captain – ich will Sie nicht davon abhalten, Ihren Pflichten als Ehrenmann nachzukommen. Wenn es Ihnen Freude bereitet, so begleiten Sie mich nach Mayfair – obwohl ich sicher bin, dass mir am helllichten Tag dort keine Gefahr droht.«

»Wie auch immer«, entgegnete Hayden pikiert und folgte ihr nach draußen. »Befehl ist Befehl.«

Die Eingangshalle des Clubs wurde von steinernen Standbildern gesäumt – keine Originale, wie Sarah schon beim ersten Betreten festgestellt hatte, sondern Nachahmungen, die die ägyptischen Gottheiten Horus, Anubis, Chepre, Hathor und noch einige mehr darstellten. Dazwischen führten Türen aus dunklem Eichenholz in die Räumlichkeiten des Clubs. Anders als bei Sarahs Ankunft stand eine der Türen halb offen, sodass Sarah einen Blick in den angrenzenden Raum werfen konnte, der von bedeutender Größe zu sein schien …

Einem plötzlichen Impuls folgend trat Sarah auf die Tür zu und öffnete sie vollständig. Zu ihrer Überraschung breitete sich vor ihr ein weites, von Sitzrängen umlagertes Rund aus, einem antiken Amphitheater nicht unähnlich. In der Mitte erhob sich ein steinerner Obelisk, der, wie Sarah sofort auffiel, der Nadel der Kleopatra nachempfunden war. Davor stand ein Rednerpult, das mit goldenen Flügeln verziert war. Hoch über dem Obelisken und den Sitzrängen wölbte sich eine gläserne Kuppel, durch die fahles Tageslicht fiel. Londons grauer, wolkendurchzogener Himmel war dahinter zu sehen.

»Das große Auditorium«, erläuterte Sir Jeffrey, der zusammen mit Hayden zu Sarah aufgeschlossen hatte. »Die Ägyptische Liga ist stolz auf die Verbindungen, die sie zu Wissenschaftlern und Künstlern in aller Welt unterhält. Charles Robertson hat hier gelesen, ebenso wie der Deutsche Lepsius und einige Schüler des Franzosen Champollion …«

»Unglaublich«, kommentierte Sarah – und damit meinte sie nicht die Tatsache, dass Schüler des Begründers der Ägyptologie hier gewirkt hatten, sondern die Tatsache, dass sie diesen Ort kannte.

Sie kannte ihn, obwohl sie noch nie zuvor in ihrem Leben hier gewesen war – aus der Beschreibung, die der Duke of Clarence unter dem Einfluss der Hypnose gegeben hatte. Der Obelisk, ein weites Rund, darüber der freie Himmel, wenn auch hinter Glas …

Die Erkenntnis traf Sarah Kincaid wie ein Hammerschlag: Der königliche Erbe hatte weder gelogen noch hatte seine Phantasie ihm einen Streich gespielt. Es war hier gewesen, wo er die ägyptischen Gottheiten getroffen hatte! Genau hier, im großen Hörsaal der Ägyptischen Liga …

Sarah schauderte bei dem Gedanken und musste sich anstrengen, sich ihre Bestürzung nicht zu sehr anmerken zu lassen. Ganz plötzlich fügten sich einige Teile des Mosaiks zusammen und ließen die Liga in gänzlich anderem Licht erscheinen.

Was, wenn die Verschwörer, die hinter den Morden von Whitechapel steckten und es auf das Buch von Thot abgesehen hatten, in Wahrheit Mitglieder dieser geachteten und allseits geschätzten Gesellschaft waren? Das würde bedeuten, dass keine heidnischen Fanatiker das Empire bedrohten, keine radikalen Aufständischen und keine Feinde von außen, sondern Verschwörer, die sich als ehrenwerte Gentlemen tarnten, in Wahrheit jedoch ein dunkles Geheimnis hüteten ...

»Alles in Ordnung, Lady Kincaid?«, erkundigte sich Hayden mit ehrlicher Besorgnis. »Sie sehen blass aus.«

»Es geht mir gut«, versicherte Sarah.

»Vielleicht sollten Sie Ihre Teilnahme an dieser Expedition noch einmal überdenken – immerhin steht das Leben Ihres Onkels auf dem Spiel, und ich bin mir nicht sicher, ob Sie mit dieser Belastung ...«

»Es geht mir gut«, wiederholte Sarah energisch, während sie sich klarmachte, dass sie von nun an sehr, sehr vorsichtig sein musste.

Der Feind konnte überall lauern.

Ein Raum ohne Fenster, verborgen vor den Augen der Öffentlichkeit. Zwei Männer, die sich mit gedämpften Stimmen unterhielten, ohne einander dabei in die Augen zu sehen.

»Nun?«

»Ich denke, wir müssen uns keine Sorgen mehr machen. Die Expedition wurde bewilligt. Das Schiff, das Sarah Kincaid und ihre Begleiter nach Ägypten bringen wird, wird in wenigen Tagen auslaufen.«

»Ahnt Kincaid etwas?«

»Ich denke nicht. Sie ist so sehr darauf konzentriert, den Mörder von Whitechapel zu fassen und ihren Onkel zu finden, dass sie nicht im Traum vermutet, ihre Reise könne in Wahrheit einem ganz anderen Ziel dienen.«

»Umso besser.«

»Sarah Kincaid ist eine kluge und mutige junge Frau, aber sie teilt die Naivität ihres Vaters. Sie wird uns einen wertvollen Dienst erweisen, dessen bin ich sicher.«

»Ich wünschte, ich könnte Ihren Optimismus teilen. Bei allen Fehlschlägen, die hinter uns liegen . . .«

»Nicht dieses Mal. Ich bin überzeugt davon, dass Kincaid finden wird, wonach wir suchen. Sie ist um vieles beharrlicher, als es den Anschein hat, und ihr wird gelingen, was bisher keinem gelang.«

»Das klingt fast, als würden Sie sie bewundern.«

»Vielleicht, ein wenig.«

»Ihre Bewunderung in allen Ehren – Ihnen ist aber doch hoffentlich klar, dass Sarah Kincaid niemals lebend aus Ägypten zurückkehren darf?«

»Natürlich. Sobald sie das Buch von Thot gefunden hat, wird sie sterben.«

»Und der Franzose? Was ist mit ihm?«

»Er ist ein Ärgernis, und es betrübt mich, dass er noch immer am Leben ist. Der Zwischenfall in der Tenter Street war ein törichter Irrtum. Dass statt des neugierigen Franzosen ein Inspector des Scotland Yard sein Leben ließ, hat uns mehr Aufmerksamkeit eingetragen, als uns recht sein kann.«

»Wenn du Gard es tatsächlich geschafft hat, dem Duke of Clarence einige Geheimnisse zu entlocken, so ist er höchst gefährlich und muss aus dem Weg geräumt werden, ehe es ihm gelingt, etwas über unsere wahren Ziele in Erfahrung zu bringen.«

»Ich dachte, Sie glauben nicht an seine Künste?«

»Was ich glaube, ist nicht von Belang. Wenn du Gard tot ist, wird er nichts mehr verraten können, und nur darauf kommt es an. Am Ende wird niemand danach fragen, wie viele Menschenleben der Sieg gekostet hat. Wie bei allen großen Leistungen der Vergangenheit wird es nur darum gehen, wer am Ende triumphiert. Die Geschichte wird von Siegern geschrieben – das ist schon immer so gewesen ...«

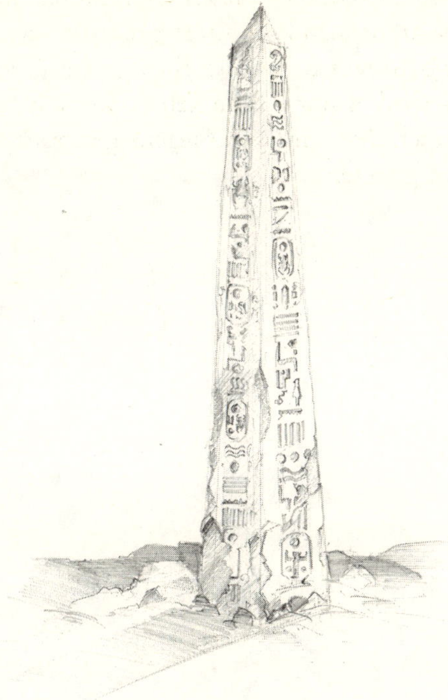

II. Buch

Ägypten

1

Expeditionsbericht
28. November 1883

Ich kann kaum glauben, was ich getan habe.

Eben noch habe in der Abgeschiedenheit des fernen Yorkshire gelebt, getreu meinem Vorsatz, mich aus allem herauszuhalten – und nun bin ich dabei, mich Hals über Kopf in ein neues Abenteuer zu katapultieren, dessen Ausgang in höchstem Maße ungewiss ist.

Manchmal wünschte ich mir, ich könnte noch zurück, aber dann spüre ich wieder jene Unruhe, die mich dazu drängt, dem Geheimnis auf den Grund zu gehen. Ich bin es den Mordopfern und Mortimer Laydon schuldig – und letztlich auch meinem Vater. Vielleicht hatte er Recht, als er mir einst sagte, dass ich nicht anders könnte, als dem Ruf des Unbekannten zu folgen, und dass es meine Bestimmung wäre, Geheimnissen nachzuspüren, so wie er es sein Leben lang getan hat. Möglicherweise ist es auch die Aussicht, auf dieser Expedition Wiedergutmachung üben zu können, die mich lockt. Denn damals wie heute ist das Leben eines Menschen bedroht, den ich liebe.

Am frühen Morgen hat der Dampfsegler mit dem Namen Rule Britannia *den Hafen von London verlassen. An Bord sind neben meiner Person und Maurice du Gard auch Q. C. Jeffrey Hull, der es sich trotz seines fortgeschrittenen Alters nicht hat nehmen lassen, die Expedition zu begleiten, sowie Inspector Fox vom Scotland Yard, der keine Gelegenheit auslässt, mich wissen zu lassen, dass er diese Reise für ausgemachten Unfug hält. Captain Hayden ist für die Sicherheit der Expedition verantwortlich, aber bisweilen glaube ich, dass sein Interesse mehr makellosen Uniformen und frisch polierten Stiefeln gilt. Seine fortwährenden Versuche, mich zu beeindrucken, wirken ermüdend, und schon jetzt sehne ich das Ende der Reise herbei …*

4. Dezember 1883

Nachdem wir die spanische Küste bei ruhiger See passiert haben, sind wir bei Gibraltar in einen Sturm geraten, bei dem zwei Besatzungsmitglieder der Rule Britannia *den Tod gefunden haben.*

Immerzu muss ich an die Worte des Duke of Clarence denken. Als die Nadel der Kleopatra einst von Alexandrien nach London gebracht wurde, starben sechs Matrosen, was der Herzog auf einen Fluch des Gottes Thot zurückführte. Obwohl ich als Christenmensch nicht an derlei Dinge glauben sollte, gibt es einen Teil von mir, der sich fragt, ob dieser Fluch nun auch uns ereilt hat …

6. Dezember 1883

Nach einem zweitägigen Aufenthalt in Gibraltar, der dazu genutzt wurde, die durch den Sturm entstandenen Schäden an Rumpf und Maschine zu beheben, hat die Rule Britannia *am Morgen ihre Reise fortgesetzt. An Steuerbord kann ich im Dunst bereits die ferne Küstenlinie Algeriens erkennen.*

Afrika …

Niemals hätte ich geglaubt, so rasch hierher zurückzukehren, nicht nach allem, was geschehen ist. Ich habe nichts anderes getan, als meiner Verantwortung zu folgen, und wieder hat sie mich hierhergeführt, an den nördlichen Rand dieses dunklen Kontinents.

Ist dies Schicksal?

Wie mir gesagt wurde, soll in Kairo noch ein weiteres Expeditionsmitglied zu uns stoßen – ein Ägypter mit Namen Kamal, der uns als Führer zur Verfügung stehen wird. Zudem werden uns einige Soldaten aus Captain Haydens Einheit begleiten. Ich kann nicht behaupten, darüber glücklich zu sein, aber in Anbetracht der Bedrohung muss ich mich wohl damit abfinden …

17. Dezember 1883
Nachtrag

Alexandrien!

Insgeheim habe ich mich vor dem Augenblick gefürchtet, in dem die vertrauten Umrisse am Horizont auftauchen würden, und tatsächlich umfing mich eine eigenartige Beklemmung, als die Rule Britannia *den Leuchtturm und die britische Kaserne an der Westspitze der Halbinsel passierte und in den alten Hafen der Stadt einfuhr.*

Der Anblick der Stadt mit ihren Kuppeln, Türmen und Minaretten weckte Erinnerungen, und nicht nur mir erging es so, sondern auch du Gard, der schweigend an der Reling stand und dessen Blick in diesem Moment in die Vergangenheit zu schweifen schien.

Sofort nach dem Anlegen gingen wir von Bord. Während Sir Jeffrey es auf sich nahm, die Einreiseformalitäten im Zollamt zu klären, begab sich der Rest der Gruppe zum nördlich von Moharrem Bey gelegenen Bahnhof, um den Zug nach Kairo zu besteigen.

Während ich diese Zeilen schreibe, sitze ich in der Abgeschiedenheit meines Abteils und lausche dem immer gleichen Rattern der Waggons. Wenn ich aus dem Fenster sehe, so erblicke ich die weite, fruchtbare Landschaft des Nildeltas, die der Mond mit blassem Schein beleuchtet – und kann kaum glauben, dass ich zurückgekehrt bin …

18. Dezember 1883

Von Kasr-en-Nuzha her nähern wir uns Kairo, begleitet vom Licht des neuen Tages, der im Osten über der Wüste heraufzieht. Die Ebene zur Rechten und die schroffen Hänge des Djebel Mokattam zur Linken, erreichen wir die Stadt mit ihren sandfarbenen Häusern, den Kuppeln und Minaretten, umrahmt vom satten Grün der Dattelpalmen und durchflossen vom Band des Nils, das in der Morgensonne glitzert.

Über allem, was geschehen ist, habe ich fast vergessen, wie wundervoll Ägypten sein kann, aber ich darf mich jetzt nicht ablenken lassen, muss mich auf das Hier und Jetzt konzentrieren. In Kürze wird unser Zug im Bahnhof von Kairo einfahren – dann beginnt das Abenteuer, und wir werden eine Suche fortsetzen, die vor dreitausend Jahren begonnen wurde.

Bin ich dieser Ehre würdig? Bin ich der Herausforderung gewachsen?

Es steht viel auf dem Spiel...

KAIRO
19. DEZEMBER 1883

»*Yalla! Yalla!*«

Der gellende Ruf, mit dem die Kameltreiber ihre Tiere durch die überfüllten Straßen trieben, war das Erste, was Sarah Kincaid vernahm, als sie den Ausgang des Bahnhofsgebäudes passierte – und eine andere Welt betrat.

Gluthitze schlug ihr entgegen, die erfüllt war von Staub und hektischem Lärm. Männer in hellen Kaftanen und dunklen Burnussen eilten geschäftig umher – die einen boten sich als Führer oder *hammal** an, andere betätigten sich als Verkäufer von Wasser oder Süßholzlimonade oder versuchten, Teppiche und andere Waren loszuschlagen, die sie auf ihren Schultern trugen; wieder andere bemühten sich, die soeben in Kairo Angekommenen gestenreich zu den Kutschen zu locken, die vor dem Bahnhofsgebäude bereitstanden – alte, heruntergekommene Gefährte zumeist, die keinen vertrauenerweckenden Eindruck machten.

Gesäumt wurde die Straße von niederen, nur zweistöckigen Gebäuden, die aus Lehmziegeln gebaut waren und deren helle

---

* Träger

Farbe das Licht der Sonne gleißend reflektierte. Gestreifte Vordächer aus Stoff spendeten den Passanten Schatten, die entlang der staubigen Straßen verkehrten. Schuhputzer, Barbiere und Messerschleifer kauerten an den Ecken und boten ihre Dienste feil. Die Läden hatten allesamt geöffnet – Tischler, Töpfer und Korbflechter priesen ihre Waren an, auch ein *katib** hatte seine Stube geöffnet und war jenen zu Diensten, die Wort und Schrift der arabischen Sprache nicht beherrschten. Schwer bepackte Fuhrwerke und Kamele zwängten sich durch die Straßen, begleitet vom lauten Geschrei ihrer Kutscher und Treiber. Die heiße Luft war getränkt vom beißenden Gestank des Kamelkots, aber auch von den würzigen Düften, die aus den Kahowas** und Ful***-Küchen drangen.

»Gütiger Himmel«, war alles, was Milton Fox dazu einfiel. »Wo, in aller Welt, sind wir hier gelandet?«

»Willkommen in Kairo, Inspector«, erwiderte Sarah säuerlich, die ihr samtenes Kleid noch im Zugabteil gegen ein schlichtes Modell aus heller Baumwolle eingetauscht hatte. Der breitrandige Hut, den sie dazu trug, sowie der kleine Schirm spendeten ihr Schatten. »Gefällt es Ihnen hier etwa nicht?«

»Ob es mir gefällt?« Fox schnitt eine Grimasse. »Es ist heiß wie in der Hölle, und es stinkt wie auf einer Latrine!«

»*Eh bien*, Sie haben Recht«, räumte du Gard naserümpfend ein. »Aber wenn es Ihnen nicht gefällt, brauchen Sie nicht zu bleiben, *monsieur l'inspecteur*. Der nächste Zug zurück nach Alexandrien geht noch heute Nacht, und ich bin sicher, dass sich auch ein Schiff finden würde, das Sie zurück nach ...«

»Vergessen Sie's«, schnarrte der Mann von Scotland Yard. »Denken Sie, ich hätte kein Pflichtgefühl? Man hat mir einen

* Schreiber
** ägyptisches Kaffeehaus
*** Saubohnen

Befehl erteilt, und natürlich werde ich bleiben und ihn ausführen – auch wenn ich persönlich diese ganze Expedition für reine Zeitverschwendung halte.«

»*Oui*«, bestätigte du Gard säuerlich. »Das sagten Sie bereits.«

»Der Bote, den wir vorausgeschickt haben, müsste dafür gesorgt haben, dass unsere Zimmer im Hotel Shepheard's bereits zu unserer Verfügung stehen«, sagte Captain Hayden. »Ich denke, es wird das Beste sein, Gentlemen, wenn wir uns zunächst dorthin bringen lassen. Auf diese Weise geben wir Lady Kincaid Gelegenheit, sich von den Strapazen der langen Reise zu erholen und sich ein wenig frisch zu machen.«

Sarah wollte widersprechen, dass sie weder erholungsbedürftig sei noch sich frisch machen müsse, aber sie kam nicht dazu.

»*Très bien*, eine wunderbare Idee«, willigte du Gard sofort ein, und auch Fox schien zur Ausnahme einmal derselben Meinung zu sein. »Ein kühler Schluck und ein wenig Ruhe werden uns wohl guttun nach all der ...«

»Lady Kincaid! Vorsicht!«

Es war Hayden, der mit lauter Stimme gerufen hatte. Gewarnt fuhr Sarah herum – und erblickte einen Mann mittleren Alters, der einen schmutzigen Kaftan trug und geradewegs auf sie zukam. Sein Teint war dunkel, sein schwarzes Haar reichte ihm bis zu den Schultern; sein Kinnbart war wild und ungepflegt, und im Blick seiner schwarzen Augen lag etwas, das Sarah erschreckte. Zielstrebig kam der Fremde auf sie zu – als Hayden wie ein Blitz dazwischenfuhr.

Der grellrote Uniformrock des Offiziers wischte an Sarah vorbei, und noch ehe sie recht begriff, was geschah, lag der Fremde auf dem Boden und hatte die Spitze von Haydens Säbel an der Kehle.

»Keine Bewegung, du Hund«, fuhr der Offizier ihn an, »oder dein Blut soll sich mit Kameldung und Pferdeäpfeln mischen.«

»B-bitte, Herr«, stieß der Mann hervor, in dessen leicht verwahrlosten Zügen Sarah bei näherer Betrachtung nichts Feindseliges mehr erkennen konnte. »Lasst Gnade walten und tut mir nichts zuleide! Ich bin ein Freund!«

»Unsinn«, tönte der Offizier, der es sichtlich genoss, den Retter zu spielen. »Freunde schleichen sich nicht hinterrücks an wehrlose Frauen heran.«

»Aber es stimmt, ich bin ein Freund!«, versicherte der andere in gut verständlichem Englisch. »Ich sollte Sie hier treffen. Mein Name ist Kamal ...«

»Du bist Kamal?«, fragte Sarah verblüfft.

»Ja, Mylady.« Er schaute sie hilflos und aus großen Augen an. »Und Sie sind sicher Sarah Kincaid, die Tochter des großen Gardiner, der so viel für mein Land getan hat.«

»Nun – das stimmt.«

»Bitte, Herr«, wandte der Ägypter sich flehend an Hayden. »Stecken Sie die Klinge weg und lassen Sie mich aufstehen, damit ich die Lady angemessen begrüßen kann.«

»Nun, ich ...«

»Los doch, Hayden«, drängte Sarah. »Sie haben eindrucksvoll bewiesen, dass Sie in der Lage sind, mich zu beschützen – und dabei um ein Haar unseren Führer aufgespießt. Meine Gratulation.«

Während der Offizier errötete und mit einer leisen Verwünschung die Waffe zurück in die Scheide rammte, half du Gard dem unglücklichen Kamal auf die Beine. Lamentierend beschwerte sich dieser, dass sein Kaftan nun über und über schmutzbesudelt wäre, und klopfte sich gestenreich den Staub von den ohnehin ziemlich schäbigen Kleidern.

»Mein Name ist Kamal«, stellte er sich anschließend noch einmal vor und verbeugte sich in unerwarteter Galanterie. »Zu Ihren Diensten, Mylady.«

»Danke, Kamal«, erwiderte Sarah. »Und bitte entschuldige die etwas rüde Begrüßung – Captain Hayden neigt dazu, hinter jedem sonnengebräunten Gesicht einen Feind zu vermuten.«

»Und das nicht von ungefähr«, schnaubte Hayden, noch ehe Kamal etwas erwidern konnte. »Diesem schmutzigen Gesindel ist nicht zu trauen, das hat sich schon oft bewahrheitet.«

»Schmutziges Gesindel? Wollen Sie mein Volk beleidigen, Sir?« Kamals Gestalt straffte sich, und trotz seines schäbigen Kaftans und seiner staubigen Erscheinung verrieten seine Züge unbeugsamen Stolz.

»Da ist nichts zu beleidigen«, meinte Hayden überzeugt. »Oder solltest du anderer Ansicht sein, *boy*?«

Der Offizier hatte absichtlich den geringschätzigsten Ausdruck benutzt, den das englische Vokabular für einen Bediensteten zur Verfügung stellt. Sarah konnte sehen, wie in den Augen des Ägypters spontane Wut aufflackerte und er seine Fäuste ballte – aber Kamal beherrschte seinen Zorn und senkte demütig sein Haupt.

»Nein, Herr«, sagte er leise. »Kamal steht zu Ihren Diensten.«

»Na also«, meinte der Offizier selbstgefällig. »Dann geh jetzt und sorg dafür, dass wir eine Kutsche bekommen – und zwar eine, die einer Lady würdig ist. Oder erwartest du, dass Lady Kincaid durch Staub und Kameldung wandert?«

»Natürlich nicht, Herr«, erwiderte der Ägypter halblaut und verbeugte sich. Schon wollte er davonhuschen, um die Anweisung zu befolgen, aber Sarah hielt ihn zurück.

»Einen Augenblick noch, Kamal.«

»Ja, Herrin?«

»Es ist nicht notwendig, dass du mich ›Herrin‹ nennst – Lady Kincaid genügt völlig. Und du wirst nicht gehen, ehe Captain Hayden sich nicht in aller Form bei dir entschuldigt hat.«

»Was?« Aus Haydens kantigen Zügen sprach Unverständnis.

»Sie haben schon verstanden, Captain«, sagte Sarah kühl. »Ich wünsche, dass Sie sich bei Kamal entschuldigen. Er ist nicht Ihr Leibeigener, sondern unser Führer auf der bevorstehenden Reise, und ich persönlich bin ihm für seine Dienste sehr dankbar. Ihn zu behandeln, wie Sie es getan haben, ist in keiner Weise angemessen.«

Hayden schnappte nach Luft, eine Erwiderung brachte er nicht über die Lippen. Es war deutlich zu sehen, wie sich sein Unverständnis in höchste Empörung wandelte. »Niemals«, presste er schließlich unter heftigem Kopfschütteln hervor. »Sich vor einem Diener zu entschuldigen ist eines Offiziers der britischen Krone nicht würdig.«

»Keineswegs, Sir«, konterte Sarah, »unwürdig ist es, sich zu benehmen, als würden Ihre Herkunft und Ihre Hautfarbe Sie zu etwas anderes als einem Menschen machen. Aber wenn Sie Wert auf Ihre Haltung legen, so kann ich bei Sir Jeffrey natürlich auch verlangen, dass ein anderer Offizier die Expedition begleitet. Ich bin sicher, dass es genügend Freiwillige gibt, die an Ihrer Stelle gerne zum Major befördert werden wollen ...«

»Schon gut«, wehrte Hayden tonlos ab. »Ich entschuldige mich für mein Verhalten«, presste er dann zähneknirschend hervor. »Es ist mir – wie soll ich es nennen? – unerklärlich.«

»Entschuldigung angenommen, Herr«, erwiderte Kamal und entblößte sein makelloses Gebiss zu einem breiten Grinsen.

»Schön.« Sarah nickte. »Nachdem wir das geklärt hätten, wäre es tatsächlich von Vorteil, ein Fortbewegungsmittel zu haben, das uns zum Hotel bringt. Würdest du dich bitte darum kümmern, Kamal?«

»Natürlich, H... Mylady«, erwiderte der Führer und verbeugte sich tief, um dann im Gewimmel der Straße zu verschwinden. Hayden blickte ihm hasserfüllt hinterher.

»Lassen Sie's gut sein, Captain.« Inspector Fox konnte sich eine bissige Bemerkung nicht verkneifen. »Wir müssen uns wohl damit abfinden, dass Lady Kincaid eine seltsame Sympathie für dieses Land und seine Bewohner hegt ...«

In einer Waggonette, die fraglos schon bessere Zeiten gesehen hatte und nach einer langen Dienstzeit in England über Umwegen ins ferne Ägypten gelangt sein musste, traten Sarah Kincaid und ihre Begleiter schließlich die Fahrt zum Hotel an. Im Inneren, das bis zu sechs Reisenden Raum bot, nahmen Sarah, du Gard, Milton Fox und Captain Hayden Platz; Kamal setzte sich, wie es seinem Stand und seiner Funktion entsprach, auf die Bedienstetenbank am Heck der Kutsche.

Die Fahrt durch die staubigen Straßen Kairos zog sich in die Länge – nicht so sehr, weil die Entfernung zwischen dem Bahnhof und Esbekija, wo man über einen Kurier Zimmer im Hotel Shepheard's reserviert hatte, so beträchtlich gewesen wäre; sondern vielmehr, weil es auf den engen, von Kamelen, Maultieren und Fuhrwerken überquellenden Fahrwegen oft kein Durchkommen gab. Zu beiden Seiten der Straße ragten die Mauern mehrstöckiger Häuser mit orientalisch geformten Fenstern in die Höhe und neigten sich mit jeder Etage ein wenig weiter einander zu; auf diese Weise war dafür gesorgt, dass nur wenig Sonnenlicht in die Straßen fiel, allerdings war es auch im Schatten noch immer schwül und drückend.

»Grundgütiger«, meinte Milton Fox, der sich bereits seines Rocks entledigt hatte und dennoch mit feuerrotem Kopf in der Kutsche saß, »diese Hitze bringt mich noch um.«

»*Das* nennen Sie Hitze, Sir?«, fragte Hayden spöttisch. »Was werden Sie da wohl erst sagen, wenn wir uns in der Wüste befinden, wo es weit und breit weder Schatten noch Wasser gibt? Ich könnte Ihnen Geschichten von meiner Einheit erzählen, die ...«

»Ich wäre dankbar, wenn Sie uns Ihre Andekdoten ersparen könnten, Captain«, schnitt Sarah ihm das Wort ab. »Jeder von uns hat seine Vergangenheit, aber niemand außer Ihnen geht damit hausieren.«

»*Oui*, sie hat Recht«, pflichtete du Gard ihr bei, dem Haydens Neigung zur Großmannssucht ebenfalls missfiel.

»Sie hat niemand gefragt, du Gard«, entgegnete Hayden gereizt. »Als Franzose können Sie ohnehin nicht verstehen, was in einem Soldaten der britischen Krone vorgeht.«

»*D'accord*«, räumte du Gard ein und hob beschwichtigend die Hände. »Das kann ich tatsächlich nicht.«

»Andererseits – wer kann das schon?«, fügte Sarah bissig hinzu, und ihr Blick und Haydens begegneten sich in einem lautlosen Duell.

»Wie auch immer«, sagte Fox, der das ungute Gefühl hatte, der Auslöser des Streits gewesen zu sein. »Zuallererst werde ich in der Bar des Hotels vorstellig werden und mein Glas auf das Wohl der Königin und des Empire erheben – möglicherweise lässt sich dort sogar etwas Eis auftreiben. Wer schließt sich mir an?«

»Von allen Dingen sollten Sie das auf keinen Fall tun«, warnte Hayden. »Die Wirkung des Alkohols bei dieser Hitze ist geradezu verheerend. Wenn Sie einen klaren Kopf behalten und Herr Ihrer Sinne bleiben wollen, so sollten Sie einer guten Tasse Tee den Vorzug geben. Oder haben Sie auch gegen diesen Rat etwas einzuwenden, Lady Kincaid?«

»Durchaus nicht, Captain«, erwiderte Sarah mit dem charmantesten Lächeln, dessen sie fähig war. »Der Weisheit, die aus Ihren Worten spricht, ist nichts hinzuzufügen.«

»*Alors*, auf einen Tee in der Bar des Hotels?«, fragte du Gard in die Runde.

»Gehen Sie nur – ich werde später nachkommen«, erwiderte Sarah.

»Was soll das heißen?«, erkundigte sich Hayden. »Wohin wollen Sie?«

»Einkäufe tätigen«, antwortete Sarah schlicht. »Sie werden wohl nicht erwarten, dass ich mich im Reifrock auf den Rücken eines Kamels schwinge – das wäre dem armen Tier wohl kaum zuzumuten. Außerdem muss ich noch einige Erkundigungen einholen.«

»Erkundigungen?« Fox wurde hellhörig.

»Wie Sie vielleicht wissen, Gentlemen, bin ich nicht zum ersten Mal in Ägypten, und ich kenne einige Menschen und Orte, an denen man jede erdenkliche Ware erwerben kann – sogar Informationen.«

»Zwielichtige, düstere Orte zweifellos«, meinte Hayden überzeugt. »Dorthin werde ich Sie keinesfalls allein gehen lassen.«

»Es wird Ihnen nichts anderes übrig bleiben, werter Captain. Aber falls es Sie tröstet – ich werde an keinen der hier versammelten Gentlemen eine Einladung aussprechen, mich zu begleiten.«

»*Quoi*?« Jetzt zeigte sich auch du Gard beunruhigt. »Du willst wirklich ganz allein gehen?«

»Warum nicht? Ich kann ganz gut auf mich aufpassen, wie du weißt.«

»*Oui*, das stimmt allerdings.«

»Und wieder tun Sie ungefragt Ihre Meinung kund, du Gard«, tadelte Hayden säuerlich, der den Franzosen dazu benutzte, die Frustration abzureagieren, die er aus der Konversation mit der Lady bezog – derart viel Starrsinn in Frauengestalt war ihm noch nie untergekommen. »So etwas kommt überhaupt nicht in Frage«, sagte er mit Nachdruck. »Diese Sektierer haben Ihren Onkel entführt, und wir müssen davon ausgehen, dass auch Sie in Gefahr sind, Lady Kincaid. Wenn Sie mich nicht als Ihre Begleitung akzeptieren wollen, so werde ich zumindest zwei meiner Leute anweisen, Sie zu ...«

»Nein«, stellte Sarah in aller Entschiedenheit klar. »Gefährdet mag ich zu Hause in England gewesen sein, aber hier schützt mich die Anonymität der Menge. Nicht nur wir haben Schwierigkeiten, uns durch die engen Gassen zu kämpfen, Captain, sondern auch unsere Gegner. Außerdem überschätzen Sie die Beliebtheit roter Uniformen bei der Bevölkerung, wenn Sie glauben, dass ich mich in Begleitung zweier britischer Soldaten ungehindert in der Stadt bewegen könnte.«

»Aber ich habe den Auftrag, für Ihre Sicherheit zu sorgen. Wie soll ich Sir Jeffrey erklären, dass ich Sie allein und ohne jeden Schutz habe losziehen lassen?«

»Ich bin nicht allein«, beschwichtigte Sarah. »Kamal wird mich begleiten.«

»Kamal? Dieser schmutzige Araber?«

»Er wurde uns als Führer zur Verfügung gestellt, also genießt er das Vertrauen der Ägyptischen Liga – und meines ebenso.«

»Aber Sie kennen ihn doch gar nicht!«

»Sie ebenfalls nicht, Captain.«

»Und wenn er für die Gegenseite arbeitet?«

»Aufgrund welcher Indizien vermuten Sie dies? Wegen seiner Hautfarbe?« Sarah schüttelte den Kopf. »Dass Sie sich nur nicht täuschen, Captain Hayden – ich habe allen Grund zu der Annahme, dass unsere Gegenspieler nicht etwa dunkle, sondern weiße Haut haben, genau wie Sie und ich.«

»Einen Moment«, wandte Fox ein. »Haben Sie nicht ausgesagt, die Entführer Ihres Onkels wären Orientalen gewesen?«

»Keineswegs, Sir – ich sagte nur, dass sie orientalisch gekleidet waren. Und selbst wenn – die Drahtzieher hinter diesen bedrohlichen Vorkommnissen sind zu sehr mit den politischen und gesellschaftlichen Gepflogenheiten unserer Heimat vertraut, als dass sie außerhalb des Landes zu vermuten wären. Wer immer hinter diesem Komplott steht, meine Herren, ist einer von uns.«

»Einer von uns? Ausgeschlossen!« Aus Stuart Haydens Stimme sprach echte Empörung, auch Milton Fox blickte missbilligend drein. Lediglich du Gard hielt sich mit Unmutsäußerungen zurück – ein wissendes Lächeln spielte stattdessen um seine Lippen.

Inzwischen hatte die Waggonette ihr Ziel erreicht. Die imposante Front des Hotel Shepheard's, dessen europäischer Baustil mit rechtwinkligen Formen und hohen Fenstern es aus der Masse der Gebäude herausragen ließ, erhob sich vor der Kutsche, und mehrere Bedienstete eilten heran, um das Gepäck zu tragen und den Gästen aus dem Wagen zu helfen.

»Seit dreitausend Jahren versuchen Menschen, das Geheimnis des Thot zu ergründen, Gentlemen«, sagte Sarah. »Ich will nicht annehmen, dass sie alle Dummköpfe waren, dennoch ist es bislang keinem von ihnen gelungen. Wenn wir unseren Gegenspielern also einen Schritt voraus sein wollen, so benötigen wir Informationen, die man weder aus Büchern noch aus alten Inschriften gewinnen kann.«

»Und Sie wollen solche Informationen beschaffen?«, fragte Hayden zweifelnd.

»So ist es, Captain. Ohne sie haben wir keine Aussicht, das Buch von Thot je zu finden – und nur, wenn es uns gelingt, es vor der Gegenseite in unseren Besitz zu bringen, haben wir etwas, mit dem wir über Onkel Mortimers Freilassung verhandeln können. Sie werden mir in dieser Sache also bedingungslos vertrauen müssen.«

Der Offizier starrte Sarah prüfend ins Gesicht und schien einen inneren Kampf zu führen. »Nun gut«, sagte er schließlich, »Sie müssen wissen, was Sie tun, Lady Kincaid – aber ich nehme die hier anwesenden Gentlemen als Zeugen, dass ich jede Verantwortung ablehne und energisch gegen Ihr Verhalten Einspruch erhoben habe.«

»Ich weiß Ihre Sorge zu schätzen, Captain«, erwiderte Sarah, und diesmal klang es noch nicht einmal spöttisch. »Aber nun gehen Sie – und erwarten Sie mich erst nach Sonnenuntergang zurück.«

»Geben Sie auf sich Acht, Lady Kincaid.«

»Sie auch, Captain.«

Der Offizier nickte ihr zu, dann erhob er sich von seinem Sitz, stieß die Tür auf und stieg aus. Milton Fox folgte ihm auf dem Fuß, sichtlich froh darüber, der stickigen Enge der Kutsche zu entkommen. Und schließlich schickte sich auch du Gard, der neben Sarah gesessen hatte, an, die Waggonette zu verlassen.

»*Alors*, bist du sicher?«, raunte er ihr dabei zu. »Ich kann mir denken, wohin du willst, und ich kann dich gerne begleiten.«

»Nicht nötig, Maurice. Tu bitte, worum ich dich gebeten habe – du weißt, was ich meine.«

»*Oui, je sais bien.*« Er nickte. »Sei auf der Hut, in Ordnung?«

»Du auch.«

Ihre Blicke begegneten sich zum Abschied, dann verließ auch du Gard die Kutsche – und statt seiner erschienen die sonnengebräunten Züge von Kamal in der offenen Tür.

»Darf ich Mylady beim Aussteigen helfen?«

»Danke, Kamal, nicht nötig. Ich habe für die Expedition noch einige Besorgungen zu machen, und da du unser Führer bist, möchte ich, dass du mich dabei begleitest.«

»Natürlich, wenn Mylady es wünschen.« Der Ägypter verbeugte sich beflissen. »Wohin darf ich Mylady bringen?«

»Zu einem guten Schneider«, erwiderte Sarah lächelnd, »ich habe nicht vor, mich in diesen unpraktischen Kleidern auf die Reise zu begeben. Danach zum großen Markt von Esbekija. Und anschließend zur alten Sternwarte . . .«

2

Persönliches Tagebuch
Nachtrag

Den Tag habe ich mit Besorgungen verbracht – freilich nicht nur, um mich, wie ich vorgegeben habe, mit Kleidung und Ausrüstung für die bevorstehende Expedition zu versorgen.

Ich habe meine Reisebegleiter auch deshalb in du Gards Obhut zurückgelassen, weil ich wissen muss, woran ich mit ihnen bin. Seit meiner Entdeckung im Gebäude der Egyptian League ist mir klar, dass unsere Feinde unter uns weilen, und der hässliche Verdacht, dass einer meiner Begleiter für die Gegenseite arbeiten könnte, lässt mich nicht mehr los. Da du Gard der Einzige ist, dem ich trotz seiner diversen Laster bedingungslos vertraue, habe ich ihn gebeten, ein Auge auf die anderen zu werfen und notfalls auch seine besonderen Fähigkeiten zu benutzen, um herauszufinden, ob einer von ihnen falsch spielt. Zwar kann ich mir nicht vorstellen, dass ein königlicher Berater, ein Inspector von Scotland Yard oder ein hochdekorierter Offizier ihr Vaterland verraten würden, aber die Vergangenheit hat mich gelehrt, äußerste Vorsicht walten zu lassen.

Auch Kamal, der Führer, den die Liga uns vermittelt hat, ist grundsätzlich verdächtig. Aber da er als Einheimischer keinen Zutritt zum Hotel hat und du Gard nicht überall zur selben Zeit sein kann, habe ich beschlossen, ihn von jemand anderem beobachten zu lassen.

Von jemandem, den ich seit meiner Jugend kenne und den ich lange nicht mehr gesehen habe …

Abbasiye, Kairo
19. Dezember 1883

Der Tag neigte sich dem Ende zu, als Sarah Kincaid auf der alten Sternwarte eintraf, die im Nordosten der Stadt gelegen war und sich auf den sanft ansteigenden Hängen des Djebel Mokattam erhob.

Einst von den Kalifen erbaut, konnte das kuppelförmige Gebäude mit dem Turm und der hohen Aussichtsplattform auf eine rund tausendjährige Geschichte zurückblicken. Gelehrte und Astronomen hatten von hier aus das Firmament beobachtet und den Gang der Sterne beurteilt, hatten schon exakte Berechnungen angestellt, als das Abendland den Vorgängen am Nachthimmel noch mystische Bedeutung verliehen hatte. Dass die Zeiten sich gewandelt hatten und die Barbaren von einst sich nun als Herren der Welt gebärdeten, war in Sarahs Augen eine jener Ironien, mit denen die Geschichte bisweilen aufzuwarten pflegte.

Vor dem Hintergrund eines Himmels, der aussah, als hätte die von der Sonne glühende Wüste ihn in Brand gesteckt, stieg Sarah die breiten, am Rand bereits brüchigen Stufen empor, die zur Pforte des Turmes führten. Kamal hatte sie befohlen, bei der Waggonette zu bleiben und dort Wache zu halten.

Von der Balustrade aus, die das breite, aus behauenen Felsen bestehende Fundament des Turmes umlief, bot sich ein atemberaubender Blick auf die in Dunkelheit versinkende Stadt. Das endlos scheinende Häusermeer mit den Dachgärten und Sonnensegeln versank in schattenhaftem Blau, das nur von den aufragenden Spitztürmen der Minarette und der eindrucksvollen Anlage der El Ashar-Moschee durchbrochen wurde, die sich inmitten des Häusermeers erhob. Zur Linken war die Zitadelle der Stadt zu sehen, deren Mauern einst von Saladin errichtet worden waren. Jenseits davon erstreckte sich das breite Band des Nils, das silbern im Mondlicht glitzerte und aus dem sich die Inseln Bulak, Roda und Tirse erhoben. Und weit im Westen die Ehrfurcht gebietenden Formen der Pyramiden von Gizeh, die als jahrtausendealtes Vermächtnis über die Stadt zu wachen schienen. Die Muezzins riefen zum Gebet, und je weiter sich die Sonne hinter die Klüfte des Mokattam zurückzog, desto deutlicher traten die Sterne hervor, und Sarah wurde klar, weswegen dieser Ort von den Astronomen schon in alter Zeit dazu ausersehen worden war, das nächtliche Himmelsschauspiel zu beobachten.

Sarah klopfte an die hölzerne Tür – ein geheimes Zeichen, das ihr beigebracht worden war, als sie noch ein halbes Kind gewesen war. Einige Augenblicke verstrichen, dann waren von drinnen knarrende Schritte zu vernehmen. Ein winziges Fenster öffnete sich im Holz der Tür, aus dem ein feindseliges Augenpaar blitzte.

»Guten Abend«, sagte Sarah ruhig. »Ist der Weise zu sprechen?«

Der Besitzer der gefährlich blitzenden Augen ließ ein Knurren vernehmen, das eher an einen Leoparden erinnerte als an ein menschliches Wesen. Dennoch konnte Sarah kurz darauf hören, wie ein schwerer Riegel beiseitegezogen wurde. Mit leisem Quietschen schwang die Tür auf, und Sarah trat ein.

Nun bekam sie den Türwächter in seiner vollen Größe zu sehen. Der Mann war ein wahrer Hüne, der Sarah um zweieinhalb Köpfe überragte. Seine einzigen Kleidungsstücke waren weite Pluderhosen und ein Turban, sein muskulöser Oberkörper war nackt. Trotz seiner Augen, die wie glühende Eisen leuchteten, hatte sein Gesicht etwas Gutmütiges, fast Kindliches. Der Krummdolch, den er in der Hand hielt, relativierte diesen Eindruck allerdings wieder.

»Sag, Kesh«, sprach Sarah den Riesen an, »erkennst du mich nicht wieder? Ich bin es, Sarah.«

Der Hüne verdrehte die Augen und schien einen Moment angestrengt nachzudenken. Schon kurz darauf hellten seine Züge sich jedoch auf, und sein breiter Mund verzog sich zu einem Grinsen. Dass er nichts erwiderte, lag nicht daran, dass er Sarah nicht erkannt hätte – sondern vielmehr daran, dass der Wächter der alten Sternwarte von Geburt an stumm war …

»Ich muss zum Weisen, Kesh«, wiederholte Sarah. »Es ist sehr wichtig. Wirst du mich zu ihm bringen?«

Wieder schien der kindliche Hüne einen Augenblick zu überlegen. Dann aber nickte er und bedeutete Sarah, ihm zu folgen.

Über eine schmale, aus Stein gemauerte Treppe, die sich steil nach oben wand, ging es hinauf in die Spitze des Turmes – dorthin, wo vor langer Zeit die Sterndeuter der Kalifen gewirkt hatten und wo jetzt ihr Erbe lebte. Der Durchgang am oberen Ende der Treppe war von einem Vorhang verschlossen. Mit einer unbeholfenen Geste forderte Kesh Sarah auf, hindurchzugehen.

»Darf ich dich noch um einen Gefallen bitten?«, fragte Sarah.

Der Hüne nickte.

»Draußen vor dem Turm wartet ein Mann auf mich, ein Ägypter. Sein Name ist Kamal, und ich bin mir nicht sicher, ob ich ihm trauen kann. Würdest du in meiner Abwesenheit bitte ein Auge auf ihn haben?«

Erneut nickte Kesh, und um den breiten Mund mit den wulstigen Lippen spielte ein Lächeln.

»*Schukran*«, bedankte sich Sarah, schlug den Vorhang beiseite und trat in die Turmkammer. Die Turmkammer sah noch immer genauso aus, wie Sarah sie aus ihren Jugendtagen in Erinnerung hatte. Durch ein hufeisenförmiges Fenster, von dem aus sich ein eindrucksvoller Ausblick auf die Stadt bot, drang lauer Wind in das steinerne Rund. Die unzähligen Regale und Nischen, die in die Wände eingelassen waren, waren vollgestopft mit wundersamen Gegenständen: Gefäße aus Ton und buntem Glas, Figuren aus Holz oder Elfenbein, Talismane, die aus dem schwärzesten Afrika stammen mochten; in schlanken Vasen aus Kupfer steckten uralte Schriftrollen; an die Wände waren stilisierte Abbildungen von Sonne, Mond und Sternen gemalt; von der hölzernen Decke, in deren Mitte es eine Leiter gab, die hinauf zur Aussichtsplattform führte, baumelten aus dünnem Kupfer gefertigte Modelle der Planeten, die sich im geheimnisvoll schimmernden Licht der Öllampen umkreisten.

Inmitten all dieser kuriosen Kostbarkeiten thronte auf einigen Seidenkissen ein alter Mann, der einen Turban und eine gestreifte *djellabah* trug und mit gleichmäßigen Zügen eine Wasserpfeife rauchte. Die Züge des Alten waren ausgemergelt und sahen aus wie von Sonne und Wind gegerbt. Der Blick seiner Augen war glasig und leer.

»*Salam al-Eikum*, Sarah«, sagte er dennoch und wandte sein Haupt in Richtung der Treppe.

»*El-aleikum salam*«, erwiderte Sarah den traditionellen Gruß und verbeugte sich tief – nicht aus höflicher Gepflogenheit wie zu Hause in England, sondern weil es ihr ein tiefes Bedürfnis war.

Sie hatte Ammon el-Hakim lange nicht gesehen. Schon damals war er ihr alt erschienen, älter als jeder andere Mensch, den sie je gesehen hatte, und sie hatte die geheime Befürchtung gehegt, der alte Gelehrte könnte inzwischen nicht mehr am Leben sein. Glücklicherweise hatte sie sich geirrt.

El-Hakim nannten die Einheimischen den alten Ammon, was übersetzt »der Weise«, bedeutete, und das kam nicht von ungefähr. Die Reihe seiner Ahnen ließ sich bis in die Tage des alten Babylon und auf das Geschlecht Hammurabis zurückverfolgen, aus dem viele weise und gelehrte Männer hervorgegangen waren: Sternendeuter und Astronomen, Ärzte und Geschichtsschreiber, aber auch Bildhauer und Philosophen. Der alte Ammon war der Letzte seines Geschlechts, in ihm vereinte sich das Wissen unzähliger Generationen. In jungen Jahren hatte Sarah ihn für einen Zauberer gehalten, für einen Magier, der über übernatürliche Kräfte gebot. Heute wusste sie es freilich besser, was ihre Ehrfurcht vor dem alten Greis jedoch nicht verringerte.

Wenn es überhaupt jemanden gab, der ihr Auskunft über das das Buch von Thot geben konnte, so war er es …

»Ihr habt mich nicht vergessen, Meister«, bemerkte Sarah lächelnd. Das Arabisch, dessen sie sich dabei bediente, war flüssig und fast ohne Akzent.

»Wie könnte ich das?« Das Gesicht des Alten zerknitterte sich zu einem wehmütigen Lächeln. »Wie könnte ich meine klügste Schülerin vergessen?«

»Ihr schmeichelt mir, Meister«, erwiderte sie und senkte demütig das Haupt. Dabei fiel ihr auf, dass Ammon weiter unbewegt in ihre Richtung starrte, und ihr wurde klar, dass die Augen des Greises nicht nur blicklos wirkten, sondern es auch waren ...

»Gräme dich deshalb nicht, mein Kind«, sagte Ammon, der ihre Gedanken zu erraten schien. »Mein Leben lang habe ich dem Lauf der Sterne zugesehen, und vor ihrem Glanz ist mein Augenlicht verblasst. Aber ich habe mehr Pracht und größere Wunder gesehen als die meisten Menschen, die auf Gottes Erde wandeln.«

Sarah biss sich auf die Lippen. So erschüttert sie darüber war, den Weisen erblindet vorzufinden, so verblüfft war sie darüber, dass er sie dennoch sofort erkannt hatte.

Ammon lächelte, und erneut schienen ihre Gedanken für ihn ein offenes Buch zu sein. »Du hast dich nicht verändert, Sarah«, stellte er fest. »Der Geruch frischer Lavendelblüten eilt dir noch immer voraus, selbst in den stickigen Straßen Kairos.«

»Und daran habt Ihr mich erkannt?«, fragte Sarah zweifelnd.

»Ja und nein. Ich wusste, dass du zurückkehren würdest.«

»Ihr wusstet es?«

»Ja, Sarah. Die Sterne haben es mir verraten, als ich noch sehen konnte. Du hast Fragen, nicht wahr?«

»Das stimmt.«

»Fragen, die die Vergangenheit betreffen.«

»Auch das ist wahr, Meister Ammon. Woher wisst Ihr ...?«

»Das ist nicht von Belang.« Der Alte schüttelte den Kopf, und mit knochigen Fingern winkte er sie zu sich heran. »Setz dich zu mir, mein Kind. Trink etwas Tee mit mir, und wir werden reden.«

»Danke«, erwiderte Sarah, verbeugte sich abermals, und indem sie ihr Kleid raffte, setzte sie sich dem Weisen gegenüber auf den mit Teppichen ausgelegten Boden. So saßen sie eine Weile lang, während der Alte weiter am Mundstück der Pfeife sog und Sarah es genoss, sich wieder wie ein junges Mädchen zu fühlen. Die Geborgenheit, die dieser Ort vermittelte, hatte etwas Beruhigendes.

Obwohl er nichts sehen konnte, griff der Alte sicher nach einer Teekanne, die neben ihm stand, und füllte damit einen Becher aus Ton, den er Sarah reichte. Sie bedankte sich und trank in kleinen Schlucken, schmeckte die angenehme Schärfe der Pfefferminze, gefolgt von der Süße des Zuckers. Endlich brach Ammon el-Hakim sein Schweigen.

»Was willst du wissen, Sarah?«, erkundigte er sich. »Es ist lange her …«

»Ich weiß.« Sarah nickte. »Und viel ist seither geschehen, Meister. Der Duft von Lavendelblüten mag mich noch immer begleiten, aber ich bin nicht mehr dieselbe. Mein Vater …« Sie unterbrach sich und blickte zu Boden, die Worte wollten ihr nicht über die Lippen. »Vater ist tot«, erklärte sie schließlich mit bebender Stimme, »und ich habe es an seiner statt übernommen, nach den Geheimnissen der Vergangenheit zu forschen.«

»Ein weiser Entschluss«, erkannte der Alte lächelnd an. »Es ist deine Bestimmung.«

»Vielleicht«, räumte Sarah ein. »Die Suche nach einem solchen Geheimnis ist es, die mich zu Euch geführt hat, Meister.«

»Ich verstehe.« Ammon nickte. »Und was für einem Geheimnis bist du auf der Spur?«

»Dem Buch von Thot«, erklärte Sarah rundheraus. »Ich muss wissen, wo es sich befindet.«

Jäh verschwand das Lächeln aus dem Gesicht des Weisen, und seine Züge wurden ernst und streng.

»*Misch kwayyes*«, sagte er leise. »Das ist nicht gut …«

Aufgrund der Warnungen, die man ihm hatte zukommen lassen, hatte Milton Fox sich bis zum Einbruch der Dunkelheit vom Alkohol ferngehalten. Schließlich jedoch hielt ihn nichts mehr, und in der Überzeugung, den Staub der Straßen Kairos mit einem Schluck handfester Zivilisation hinwegspülen zu müssen, wurde er am Tresen der Bar des Shepheard's vorstellig. Er bestellte sich einen Scotch, der freilich weder die rechte Temperatur besaß noch die rechte Lagerung erfahren hatte und deshalb nur sehr bedingt zu genießen war – entsprechend sauertöpfisch blickte der Inspector von Scotland Yard drein, als sich Maurice du Gard und Stuart Hayden in der Bar einfanden und sich zu ihm gesellten.

»*Quoi*? Was ist das, werter Inspector?«, fragte du Gard grinsend. »Sollte Ihnen der Geschmack an den Segnungen britischer Kultur verloren gegangen sein?«

»Spotten Sie nur, du Gard«, knurrte Fox. »Sie haben leicht reden – Ihr Scotch ist es ja nicht, der so schmeckt, als hätte ein Kamel ihn in einen Eimer gep...«

»Kein Grund, ausfallend zu werden«, wies der Franzose ihn zurecht, ehe der Inspector das unflätige Wort aussprechen konnte. »Gin und Ale gibt es hier nicht – die Einheimischen pflegen Tee oder Kaffee zu trinken. Und lautet eines Ihrer englischen Sprichwörter nicht: Bist du in Rom, mach's wie die Römer?«

»Was Sie nicht sagen.«

»In der Tat«, pflichtete Hayden du Gard bei. »Die Araber pflegen ihren Kaffee stark gesüßt zu trinken und dazu noch mit exotischen Gewürzen zu versetzen. Und was sie mit Tee anzurichten pflegen, darüber will ich erst gar kein Wort verlieren.«

»Sie mögen Ägypten nicht besonders, was, Captain?«, fragte du Gard.

Hayden lachte freudlos auf. »Was gibt es daran zu mögen? Es ist ein heißer, trockener Klumpen Erde, dessen große Zeit vor über tausend Jahren zu Ende gegangen ist. Die Zukunft gehört dem britischen Empire, daran dürfte kein Zweifel bestehen.«

»Seien Sie sich da nicht so sicher, *mon capitaine*«, warnte du Gard. »Kein irdisches Reich währt ewig – auch nicht das Ihre.«

»Und das sagen ausgerechnet Sie? Ein Franzose? Wollte Ihr Napoleon nicht ein Kaiserreich nach römischem Vorbild errichten, das ebenso lange Bestand haben sollte?«

»Er war verrückt«, erklärte du Gard schlicht. »Jemand, der klaren Verstandes ist, muss erkennen, dass nichts, das durch Krieg und Eroberung gewonnen wird, lange von Bestand sein kann.«

»Ist das Ihr Ernst?« Hayden und Fox tauschten einen amüsierten Blick.

»Allerdings, *messieurs*.«

»Natürlich.« Hayden nickte. »Typisch für einen Franzosen. Auch ihre große Zeit ist vorüber, und sie blicken neidvoll auf das, was England erreicht hat.«

»Glauben Sie das wirklich?«

»Das ist doch offensichtlich. Frankreich ist eine geschlagene Nation, die nur noch von ihrer ruhmreichen Vergangenheit lebt. Wir hingegen nennen ein Weltreich unser Eigen, wie es in der Geschichte der Menschheit noch keines gab. Es wird auch noch Bestand haben, wenn alles andere längst vergangen ist.«

»Darauf trinke ich«, stimmte Fox zu und stand auf, wenn auch auf etwas unsicheren Beinen. Feierlich hob er sein bereits halb geleertes Glas, und seine Miene nahm einen entrückten Ausdruck an, als er sagte: »Auf Ihre Majestät, die Königin.«

»Auf die Königin«, bestätigte Hayden und erhob sich ebenfalls – du Gard konnte sich ein Grinsen nicht verkneifen.

»Darf man fragen, was daran so komisch sein soll?«, erkundigte sich Hayden verärgert.

»Nichts, *messieurs*, das ist es ja. Ich frage mich allerdings, was vernunftbegabte Menschen an diesem Theater so faszinierend finden.«

»Theater? Sie bezeichnen die Liebe zu Vaterland und Königin als Theater?«

»In gewisser Weise – durchaus.«

»Dann sollten Sie sich rasch erklären«, verlangte Hayden. »Andernfalls könnten Mister Fox und ich Ihre Worte als unverzeihliche Beleidigung auffassen.«

»*Alors*, ich denke, dass es sich mit dem Stolz auf die eigene Nation ebenso verhält wie mit Alkohol unter heißer Sonne – man darf ihn sich nur in sehr eingeschränktem Umfang gönnen. Andernfalls wird es über kurz oder lang zu einer Katastrophe von bislang ungekannten Ausmaßen führen.«

»Zu einer Katastrophe? Wovon sprechen Sie?«

Du Gards Lächeln war wissend und traurig zugleich. »Glauben Sie mir, *mon capitaine*, das wollen Sie nicht wissen. Und selbst wenn Sie es wissen wollten, wäre ich nicht befugt, es Ihnen zu sagen.«

»Sie sind dazu nicht befugt? Was soll das nun wieder heißen?«

»Was wohl?«, mutmaßte Fox. »Er spielt damit auf seine angebliche Fähigkeit an, hellsehen zu können.«

»Ist das wahr?«, fragte Hayden.

»Die Leute reden viel«, wich der Franzose aus.

»Aber haben sie Recht? Bilden Sie sich tatsächlich ein zu wissen, was in der Zukunft geschieht?«

»Bisweilen durchaus.« Du Gard nickte. »Aber glauben Sie mir, *messieurs*, es ist kein Privileg, die Zukunft zu kennen, vielmehr eine Last. Denn Sie können sich nicht aussuchen, was Sie sehen, und so bekommen Sie Dinge vor Augen geführt, die Ihnen Angst machen. Bilder von kommenden Kriegen, vom Tod derer, die Sie lieben – selbst Ihr eigenes Ende.«

»Heißt das, Sie wissen, wann Sie sterben?«

Du Gard blickte ihn durchdringend an. »*Oui*«, sagte er nur.

»U-und meinen Tod?«, fragte Fox ängstlich. »Können Sie den auch sehen?«

»Ich bedaure, *monsieur*«, entgegnete du Gard. »Wie ich schon sagte, kann ich nur die Zukunft derer sehen, die mir nahestehen. Und bei allem Respekt – das tun Sie nicht.«

»Und Lady Kincaid?«, wollte Hayden wissen, während der Inspector sich beleidigt abwandte. »Haben Sie auch in ihre Zukunft geblickt?«

»*Oui.*«

»Ist das der Grund dafür, dass Sie so seelenruhig sind, während sie völlig schutzlos dort draußen ist, unter all diesen Arabern und Farbigen?«

»Sie dürfen mir glauben, Captain Hayden, dass Sarah dort, wo sie sich aufhält, keine Gefahr droht.«

»Woher wollen Sie das wissen?«

»Ich weiß es«, antwortete du Gard nur.

»Dann wissen Sie auch, wohin sie gegangen ist?«

»*Oui.*«

»Und das sagen Sie erst jetzt?«

Du Gard zuckte mit den Schultern. »Offen gestanden, *mon capitaine*, sah ich keine Veranlassung, es Ihnen zu sagen. Zumal Sarah mich um Stillschweigen gebeten hat.«

»Und wenn Sie sich in Gefahr befindet?«

»Ihr droht keine Gefahr.«

»Das sagen *Sie*. Aber stellen Sie sich vor, du Gard – ich glaube nicht an Hellseherei und all den anderen Hokuspokus. Und wenn ich die Möglichkeit habe, nach Lady Kincaid zu sehen und mich persönlich zu vergewissern, dass es ihr gut geht, so werde ich ...«

»Sie haben diese Möglichkeit aber nicht, Captain Hayden«, entgegnete du Gard kaltschnäuzig. »Ihre Anwesenheit wird von Lady Kincaid nicht gewünscht.«

Stuart Hayden schnaubte wie ein Stier – und im nächsten Moment verlor er alle Zurückhaltung. »Sie arroganter französischer ...«

»*Contenance, mon capitaine*«, rief du Gard ihn zur Räson. »Es war nicht meine Idee. Lady Kincaid hat mich persönlich darum gebeten ...«

Er unterbrach sich plötzlich und stutzte, schloss die Augen und lauschte in sich hinein.

»Was ist?«, erkundigte sich Hayden aufgebracht. »Was bezwecken Sie nun wieder mit dieser Vorstellung?«

Du Gard schlug die Augen wieder auf. Sein Blick hatte sich verändert. Eine unausgesprochene Warnung lag plötzlich darin.

»Etwas stimmt nicht«, sagte er leise.

Kesh war ein loyaler Diener.

Von dem Tag an, als Ammon el-Hakim ihn als Kind von der Straße aufgelesen und ihm eine Bleibe und ein Heim gegeben hatte, hatte seine ganze Liebe dem alten Sterndeuter gehört. Und wer die Zuneigung des Weisen besaß, dem war auch Keshs Freundschaft sicher.

Kesh war ein einfacher Mann.

Er liebte es, zu Füßen des Weisen zu sitzen und den Geschichten zu lauschen, die der alte Ammon wie kein Zweiter zu erzählen verstand. Und trotz seiner hünenhaften Erscheinung gehörte Keshs Leidenschaft türkischem Honig und anderen Leckereien, die an den Straßenecken und auf den Basaren feilgeboten wurden. Hin und wieder ließ der alte Ammon ihm etwas Geld zukommen, damit er sich davon etwas kaufen konnte – schon dafür gehörte dem Weisen Keshs uneingeschränkte Loyalität.

Kesh war vom Herrn nicht mit übermäßiger Klugheit gesegnet, aber auch er wusste, dass Sarah Kincaid etwas Besonderes war. Schon als Junge hatte er ihre Schönheit und Anmut bewundert. Es hatte eine Zeit gegeben, da war er überzeugt gewesen, dass sie die Nachkommin einer Königin sein müsste, und eigentlich hatte er diesen Glauben bis heute nicht ganz aufgegeben. Wenn sie ihn um etwas bat, so tat er alles, um dieser Bitte nachzukommen. So war es schon damals gewesen, und so war es bis heute geblieben …

Kesh beobachtete den Mann namens Kamal aus sicherer Entfernung. Am Fuß der Treppe kauernd, die zum Eingang des Turmes führte, den Kaftan eng um die Schultern gezogen, behielt er den Ägypter im Auge, genau wie Sarah es ihm aufgetragen hatte.

Mit einiger Missbilligung konstatierte Kesh, was für ein unruhiger Bursche dieser Kamal war. Mal trieb er sich am Heck der Kutsche herum, mit der Sarah Kincaid gekommen war, mal vorn bei den Pferden. Dann wieder setzte er sich auf einen Felsen und nahm den Turm in Augenschein, der sich wie ein alter, knorriger Baum an den Hängen des Mokattam erhob. Dazu schien Kamal ein ziemlich schweigsamer Bursche zu sein. Mehrmals versuchte der Kutscher, der pflichtschuldig auf dem Kutschbock hockte, ihn in ein Gespräch zu verwickeln, aber er bekam nur einsilbige Antworten. Die Aufmerksamkeit Kamals schien dem Turm zu gehören, was Kesh ganz und gar nicht behagte.

Ammons Diener beschloss daher, nicht nur ein aufmerksames, sondern auch ein besonders strenges Auge auf Kamal zu haben, um die Aufgabe, die man ihm übertragen hatte, zu aller Zufriedenheit auszuführen. Vorher aber wollte er sich noch ein wenig türkischen Honig gönnen, von dem er stets etwas in den weiten Taschen seines Kaftans aufbewahrte. Kesh brauchte nicht lange, um etwas von der klebrigen Leckerei abzureißen und es sich in den Mund zu schieben – als er jedoch wieder aufblickte, war Kamal verschwunden.

Der Diener des Weisen brummte unwillig und raffte sich auf die Beine, verließ seinen Posten am Fuß der Treppe, um die Kutsche besser im Blick zu haben – aber Kamal tauchte nicht wieder auf. Offenbar hatte er Keshs Unaufmerksamkeit genutzt, um sich aus dem Staub zu machen …

Plötzlich nahm Kesh aus dem Augenwinkel heraus eine Bewegung wahr. Schwerfällig wandte er sich um – und sah einen Schatten, der die Felsen heraufgehuscht kam, geradewegs auf ihn zu. Der türkische Honig fiel Kesh vor Schreck aus dem Mund, als er in der Dunkelheit zwei weiße Augen blitzen sah. Im nächsten

Moment flog aus der Schwärze die rasiermesserscharfe Klinge eines Dolchs auf ihn zu.

Der Diener des Weisen kam noch dazu, die Hände vors Gesicht zu reißen und so seine Kehle zu schützen – worauf die Klinge ihre Stoßrichtung änderte und mit furchtbarer Wucht in seinen Bauch fuhr. Kesh spürte sengenden Schmerz, als würde ein glühendes Eisen in seinen Eingeweiden rühren. Instinktiv griff er nach seinem eigenen Dolch, der in den Falten seiner Schärpe steckte, aber ihm blieb keine Zeit mehr, ihn zu ziehen. Denn in diesem Moment kam der zweite Stich aus der Dunkelheit – und mit ihm das Ende ...

»Warum, Sarah?«, fragte der alte Ammon flüsternd. »Warum trachtest du danach, das Buch der Geheimnisse zu finden? Erforsche dein Gewissen und antworte mir. Tust du es um deines Ruhmes willen? Oder um den Ruhm derer zu fördern, die dich geschickt haben?«

»Weder noch.« Sarah schüttelte den Kopf. »Jemand anderes setzt alles daran, sich das Wissen des Buches anzueignen – jemand, der Böses im Schilde führt und dem Menschenleben nichts bedeuten. In meiner Heimat hat dieser Jemand vier junge Frauen getötet und einen Menschen entführt, der mir viel bedeutet. Ich kann nicht ...«

»Vier junge Frauen?«, hakte der Alte nach.

»Allerdings.«

»Und wurden ihnen Organe entfernt? Die Leber, die Lunge, der Magen und die Organe des Unterleibs?«

»Ja«, bestätigte Sarah verblüfft, während sie sich gleichzeitig unwillkürlich fragte, ob Ammon el-Hakim nicht doch ein Zauberer war. »Woher wisst Ihr ...?«

»Das ist nicht von Belang«, wehrte der Alte ab. »Erkläre weiter, weshalb du das Buch von Thot in deinen Besitz bringen willst.«

»Weil Menschenleben davon abhängen«, erwiderte Sarah ohne Zögern. »Jemand versucht, sich das Wissen um das Feuer des Re anzueignen, und wenn es stimmt, was geschrieben steht, so handelt es sich dabei um eine Kraft von unvorstellbaren Ausmaßen, die grässliche Zerstörung anzurichten vermag.«

»Das ist wahr«, räumte Ammon ein.

»In den Händen der falschen Herren könnte eine solche Kraft als Waffe eingesetzt werden und Tausende von Unschuldigen das Leben kosten. Wenn Ihr etwas darüber wisst, Meister, dann müsst Ihr es mir verraten.«

»Warum?«, fragte der Alte nur.

»Weil ...« Erneut senkte Sarah schuldbewusst das Haupt. »Weil ich Wiedergutmachung üben muss, Meister«, flüsterte sie. »Weil ich will, dass die Mörder jener jungen Frauen für ihre Vergehen bestraft werden. Weil ich bereits einen Vater verloren habe und es nicht ertragen könnte, noch einen geliebten Menschen zu verlieren. Und weil ich nicht will, dass Unschuldige ihr Leben lassen.«

»Deine Worte zeugen von Edelmut, Sarah«, stellte der Weise fest. »Aber angesichts der Macht, die vom Feuer des Re ausgeht, sind sie nichts als Schall und Rauch.«

»Aber Meister! Wie könnt Ihr so etwas sagen? Ihr kennt mich, und Ihr wisst, dass ich ...«

»Versprichst du, das geheime Wissen zu vernichten?«, fragte Ammon unvermittelt. »Damit sich niemand das Feuer des Re aneignen kann?«

»Was?«

»Obwohl ich dein Gesicht nicht sehen kann, weiß ich, dass es von Unverständnis gezeichnet ist – und dabei befindet sich das Buch von Thot noch nicht einmal in deinem Besitz.«

»Nun, ich ... ich verstehe nur nicht, warum ich es zerstören soll. Das Buch der Geheimnisse ist ein Wissensschatz von unermesslichem Wert und wäre eine Sensation für die Forschung ...«

»So ist es.« Der Alte nickte. »Wie Schakale würden sich die Gelehrten in deiner Heimat auf das stürzen, was die Vergangenheit zurückgelassen hat. Als Herren der Welt würden sie sich fühlen und wären dabei doch nur Aasfresser. Verstehst du nicht, Sarah? Das Wissen, das im Buch von Thot niedergeschrieben ist, stammt aus einer anderen Zeit und Welt. Es ist das Wissen der Götter und nicht für Menschen bestimmt. Noch nicht. Vielleicht wird die Zeit das ein oder andere Geheimnis von sich aus offenbaren, wenn die Menschheit alt und reif genug dafür ist – aber bis dahin darf das geheime Wissen in niemandes Besitz gelangen. Selbst die beste Absicht würde verdorben von der Macht, die das Feuer des Re verleiht. Aus gutem Grund wurde es vor langer Zeit verborgen, und es erfüllt mich mit großer Sorge, dass erneut danach gesucht wird.«

»Ich verstehe«, sagte Sarah leise. »Verzeiht meine unbedachten Worte.«

»Schon gut«, meinte Ammon und schien einen Augenblick lang in sich selbst versunken. »Versprichst du also, es zu zerstören? Gelobst du feierlich, Thots Geheimnis zu vernichten und es so ein für alle Mal der Nachwelt zu verweigern?«

»Nun, ich ...«

»Ich werde dir sagen, was meine Ahnen an Wissen über das Buch von Thot gesammelt haben – aber dafür musst du beim Andenken an deinen Vater schwören, dass du alles daran setzen wirst, dass das Buch und seine Geheimnisse niemandem in die Hände fallen.«

Die glasigen Augen des Greises starrten Sarah an, und obwohl sie wusste, dass der Alte blind war, hatte Sarah das Gefühl, dass er sie bis ins Mark durchschaute. Wie früher, als sie noch ein junges, naives Mädchen gewesen war, hatte sie den Eindruck, nichts vor ihm verbergen zu können. Wenn sie ihm ihr Wort gab, so war es endgültig und unwiderruflich. Anders als beim Duke of Clarence durften sie danach keine Zweifel mehr überkommen ...

»Also schön«, erklärte sie sich einverstanden. »Ich gehorche der Notwendigkeit.«

»Schwörst du es?«

»Ja, Meister.«

»Beim Andenken an deinen toten Vater?«

Sarah zögerte einen unmerklichen Augenblick. »Auch das«, bestätigte sie dann.

»Gut«, erwiderte der Weise schlicht. »Dann werde ich dir berichten, was ich weiß ...«

»Was wollen Sie damit sagen?«, fragte Hayden und schickte du Gard einen zweifelnden Blick. »Was stimmt nicht?«

»*Je ne sais pas*«, erwiderte der Franzose, der seinen Platz am Tisch verlassen hatte und ans Fenster getreten war. Durch die Lamellen der Jalousie blickte er auf die Straße hinab, in der Nachthändler ihre Stände aufgeschlagen hatten und Einheimischen wie Fremden ihre Waren anboten. Der flackernde Schein von Fackeln und Öllampen tauchte die gegenüberliegenden Fassaden mit ihren Erkern und Baldachinen, ihren Spitzfenstern und Arabesken in weiches Licht.

»Sie wissen es nicht?« Haydens Erstaunen wurde noch größer.

»Nicht genau.« Du Gard schüttelte den Kopf. »Für einen Moment glaubte ich, etwas zu fühlen ...«

»Eine Vision?«, fragte Milton Fox unverhohlen zweifelnd.

»*Oui*, etwas in der Art. Vielleicht auch nur eine Ahnung. Aber für einen kurzen Augenblick hatte ich das Gefühl, dass jemand dort draußen ist. Jemand, der uns beobachtet und ...«

In diesem Moment überstürzten sich die Ereignisse.

Ein scharfer, peitschender Knall war zu hören. Glas barst mit hellem Klirren, und das Holz der Jalousie splitterte – einen Sekundenbruchteil, nachdem du Gard sich, einer jähen Eingebung gehorchend, hinter der Fensterbank zu Boden geworfen hatte.

Der Franzose spürte, wie etwas über ihn hinweg peitschte, ihn nur knapp verfehlte und sich mit einem hässlichen Geräusch in die gekalkte Decke bohrte.

»Ein Schuss«, stellte Hayden fest und griff nach seiner Waffe, einem schweren Armeerevolver der Marke Martini-Henry, während auch Milton Fox sich zu Boden warf, eine wüste Verwünschung auf den Lippen.

Die Waffe in der Hand, deren Spannhahn er mit dem Daumen zurückzog, presste sich Hayden rechts vom Fenster gegen die Wand, während er vorsichtig versuchte, einen Blick auf die Straße zu erhaschen. Aber inmitten der regen Betriebsamkeit vermochte er nichts Verdächtiges auszumachen. Trotz der vorgerückten Stunde waren noch viele Menschen auf den Beinen, und im Grunde konnte jeder von ihnen der Schütze gewesen sein.

»Verdammt«, zischte Hayden frustriert – er hasste es, in einen Hinterhalt zu geraten. »Alles in Ordnung mit Ihnen, du Gard?«

»*Oui*«, drang es von unter der Fensterbank herauf. »Glauben Sie mir jetzt, dass ich gewisse Dinge erahnen kann?«

»Das muss ich wohl.«

»Wer immer das war, er hatte es auf mich abgesehen.«

»Sieht ganz so aus. Seien Sie froh, dass er ein lausiger Schütze ist«, entgegnete der Offizier kaltschnäuzig. »Und jetzt, du Gard, werden Sie Ihr Schweigen brechen und mir mitteilen, wo sich Lady Kincaid gegenwärtig aufhält.«

»Wieso sollte ich?« Stöhnend raffte der Franzose sich auf und klopfte den Staub von seinem Rüschenhemd, das an diesem Ort noch deplatzierter wirkte als im fernen London.

»Sehr einfach – weil dieselben Leute, die gerade Ihren Tod wollten, es möglicherweise auch auf sie abgesehen haben. Vielleicht schwebt Lady Kincaid ohne es zu wissen in größter Gefahr, und dabei werde ich nicht tatenlos zusehen, verstehen Sie? Noch dazu, wo sich dieser Ägypter bei ihr befindet – ich hielt es von Anfang an für eine törichte Idee, ihn mitzunehmen.«

Du Gard blickte zuerst Hayden, dann den immer noch auf dem Boden kauernden und wie Espenlaub zitternden Milton Fox prüfend an. Für einen Augenblick wog er ab, was schwerwiegender war – Sarahs Wunsch, allein gelassen zu werden, oder ihre Sicherheit. Mit dem Anschlag auf du Gards Leben war eine neue Situation eingetreten, die Lage hatte sich geändert …

»*D'accord*«, stimmte er deshalb zu, »Sie haben Recht. In Anbetracht der Lage werde ich Ihnen verraten, wo Sarah sich aufhält.«

»Nun?«

»Sie befindet sich gegenwärtig auf der alten Sternwarte im Norden der Stadt. Sarah kennt dort jemanden seit ihrer frühen Jugend – einen alten Ägypter, den sie den ›Weisen‹ nennen. Sie wollte ihn um Informationen bitten.«

»Worauf warten wir dann noch?«, fragte Hayden grimmig und holsterte seine Waffe. »Auf zur alten Sternwarte. Und beten Sie, dass Lady Kincaid nichts zugestoßen ist, du Gard, andernfalls werde ich Sie persönlich dafür zur Rechenschaft ziehen …«

»Keine Sorge, ich werde beten, *mon ami*«, erwiderte du Gard prompt. »Aber gewiss nicht aus Sorge um mich …«

»… aus diesem Grund wisse, Sarah Kincaid, dass das Buch von Thot einst im heiligen Tempelbezirk von Unu aufbewahrt wurde, wo die Hohepriester des Mondgottes es über Generationen hinweg hüteten – bis um das Jahr 950 nach eurer Zeitrechnung das Pharaonenreich in einen blutigen Krieg gestürzt wurde, der es aus dem Inneren heraus zerfraß. Ein mächtiger Krieger mit dem Namen Scheschonk, kein Ägypter von Geburt, sondern ein libyscher Söldner, war es, der das Reich unter seine Herrschaft zwang und es wieder einte. Die Priesterschaft jedoch, die ihm bis zuletzt Widerstand leistete, ließ er jagen und verfolgen. So kam es, dass viele Priester sich zur Flucht nach Nubien wandten, unter ihnen auch die Diener des Thot – das Buch der Geheimnisse jedoch nahmen sie mit. Von Tezud, einem Hohepriester des Thot-Kultes, heißt es, dass er der Letzte war, der sich im Besitz des Buches befand. An einem fernen Ort hat er es verborgen, um zu verhindern, dass seine Macht den Schergen Scheschonks in die Hände fällt – einem Ort, den sie ›Thots Schatten‹ nannten.«

»Ich verstehe.« Sarah nickte. Das meiste von dem, was der alte Ammon ihr erzählte, hatte sie bereits gewusst oder es sich zumindest zusammenreimen können. Aber wie sie vermutet hatte, reichte das Wissen des Weisen noch weiter ...

»Seither«, fuhr er mit brüchiger Stimme fort, »haben viele versucht, das Buch des Thot zu finden und sein Geheimnis zu ergründen. Die Ersten waren die Makedonen, dann kamen die Römer, die gleich mehrere Versuche unternahmen, und schließlich die Franzosen. Aber ihre Versuche waren halbherzig und erfolglos, denn sie alle haben am falschen Ort nach dem Vermächtnis des Mondgottes gesucht.«

»Am falschen Ort?« Sarah wurde hellhörig. »Was bedeutet das?«

»Sie haben in Unu gesucht, im Haus des Thot von alters her, und in Memphis, wo der Mondgott ebenfalls verehrt wurde, ohne zu ahnen, dass das Buch der Geheimnisse schon vor langer Zeit von dort entfernt und in Thots Schatten verbracht worden war.«

»Dieser Schatten von Thot«, fragte Sarah nach, »dieses Versteck, wohin der Hohepriester Tezud das Buch gebracht haben soll – wisst Ihr, wo sich dieser Ort befindet?«

»Das weiß niemand genau«, erwiderte Ammon, »denn die Weite der Wüste ist unermesslich, und der Wind kennt viele Richtungen. Aber es heißt, dass derjenige, der das Buch der Geheimnisse finden will, vom Haus des Thot fünf Tage und fünf Nächte reiten muss, um ans Ziel seiner Suche zu gelangen.«

»Natürlich«, Sarah dachte laut nach, »das ergibt Sinn. Thot wurde von den Ägyptern als Herr der Fünfheit verehrt ...«

»Das stimmt«, pflichtete Ammon ihr bei, »und es hat seinen

Grund. Der Sage nach wollte der Sonnengott Re die Geburt der fünf Götter Isis, Nephthys, Seth, Haroeris und Osiris verhindern, indem er verfügte, dass ihre Mutter Nut in keinem Monat des Jahreskreises niederkommen dürfe. Thot jedoch überlistete Re, indem er dem Mond fünf zusätzliche Tage abnahm, die die Ägypter ihrem Kalender zurechneten. An jenen fünf Tagen kamen die fünf Götter gegen Res ausdrücklichen Willen zur Welt. Seither herrschte Feindschaft zwischen Thot und Re, und wie es heißt, hat Thot dem Sonnengott dafür das Geheimnis des Feuers entwendet. Auf geheimen Schriftrollen, die seinen Namen tragen, hat Thot das Geheimnis niedergeschrieben und den Priestern von Unu anvertraut, die es hüteten und für die Nachwelt bewahrten – bis zu jenen dunklen Tagen, in denen es verloren ging.«

»Ich werde diesen verborgenen Ort suchen und ihn finden«, meinte Sarah mit Nachdruck.

»Dann muss Unu dein Ausgangspunkt sein. Irgendwo dort ist ein Hinweis darauf verborgen, welche Richtung derjenige einzuschlagen hat, der die Geheimnisse Thots zu ergründen versucht. Aber du musst dich vorsehen, Sarah. Viele, die das Feuer des Re an sich bringen wollten, haben den Versuch mit dem Leben bezahlt. Einer Kriegerin mit Namen Meheret, deren Herkunft im Verborgenen liegt und die in den Diensten Scheschonks stand, soll es einst gelungen sein, Thots Schatten ausfindig zu machen, aber wie es heißt, ist ihr Schreckliches widerfahren. An den Hängen der Stadt, die die Priester des Thot im Schatten ihrer Gottheit errichtet hatten, kam es zu einer grausamen Schlacht, in der Meheret und ihre Krieger bis zum letzten Mann vernichtet wurden. Angeblich wurde das Feuer des Re entfesselt, das sie alle verzehrt haben soll – und wie es heißt, sind Meherets Erben bis heute auf der Suche nach ihr und dem Buch der Geheimnisse.«

»Ihre Erben?« Sarah merkte, wie ihr trotz der schwülen Hitze ein kalter Schauder über den Rücken fuhr. »Meister, wollt Ihr damit etwa sagen . . .?«

»Ich bin zu alt, um mich in Andeutungen zu ergehen, mein Kind, meine Zeit auf Erden ist knapp bemessen. Es steht geschrieben, dass Meherets Erben nicht ruhen werden, bis die Führerin ihres Ordens gerächt ist und sie das Buch des Thot in Händen halten. Durch die Jahrhunderte haben sie immer wieder versucht, es in ihren Besitz zu bringen und sich dabei der Mächtigen dieser Welt bedient – oder glaubst du, Alexander wäre von selbst darauf gekommen, nach dem Feuer des Re zu suchen? Oder Cäsar? Oder Napoleon? Nein, mein Kind – derlei Taten bedürfen stets eines Anstoßes.«

Sarah nickte, während sie innerlich nur noch mehr erschauderte. Tatsächlich hatten die Verschwörer versucht, sich mit dem Duke of Clarence eines Mächtigen bei Hofe zu bedienen, und offenbar schienen die Wurzeln ihrer Bluttaten Jahrtausende zurückzureichen ...

»Möglicherweise«, resümierte Ammon düster, »ist Meherets Erbe auch in diesen Tagen noch wirksam. Aber genau wie Meheret wird Tod und Verderben denjenigen ereilen, der das Buch des Thot in Besitz zu nehmen wünscht.«

»Dennoch muss ich es versuchen«, meinte Sarah mit Nachdruck, »schließlich geht es um unschuldige Menschenleben.«

»Und um dein eigenes, nicht wahr?«, erkundigte sich der Alte rätselhaft.

»In gewisser Weise schon.« Sarah nickte.

»Du bist deinem Vater sehr ähnlich, mein Kind. Du willst das Gute und bist bereit, alles dafür zu wagen. Aber du musst dich vorsehen. Gefahr droht dir nicht nur von außen, sondern auch aus dem Inneren.«

»Was bedeutet das?«

»Was es bedeutet«, entgegnete der Alte schlicht. »Ein Verräter befindet sich unter deinen Leuten. Verrat ist Thots Begleiter gewesen, seit er den Sonnengott betrog. Hüte dich, Sarah, denn List und Täuschung lauern überall. Du darfst niemandem vertrauen, hörst du? Niemandem!«

»Ich weiß.« Sarah nickte. Ammon hatte nur bestätigt, was du Gard und sie bereits vermutet hatten. Aber wer von ihren Begleitern mochte der Verräter sein? Wer aus ihrem engsten Kreis mochte in Wahrheit für den Feind arbeiten ...? »Habt Dank für alles, was Ihr für mich getan habt, Meister. Ich weiß Euer Vertrauen zu schätzen.«

»Denk an dein Versprechen, Sarah Kincaid. Vergiss es niemals.«

»Das werde ich nicht, keine Sorge.«

Das Gesicht des Alten nahm einen seltsam entrückten Ausdruck an, und er sprach folgende Worte, die sich unauslöschlich in Sarahs Gedächtnis einbrannten:

Den Pfad der Nacht beschreite,
wer des Mondes Geheimnis sucht
doch hüte sich, der nach Wissen trachtet
vor dem, was in Dunkelheit lauert.

»Was bedeutet das, Meister?«, fragte Sarah.

»Wenn der Zeitpunkt gekommen ist, so wirst du es erkennen«, prophezeite der Weise. »Allah möge dich beschützen, mein Kind.«

»Euch auch, Meister.«

Damit erhob Sarah sich und verbeugte sich tief vor dem Alten, der sie einmal mehr mit Wissen und Weisheit erleuchtet hatte. Auch wenn Ammon sie nicht sehen konnte, erschien es ihr unpassend und respektlos, sich abzuwenden und ihm den Rücken zuzukehren, also entfernte sie sich rückwärts gehend, das Haupt weiter gesenkt, so wie sie es einst getan hatte, als sie in der St. James Street der Königin ihre Aufwartung gemacht hatte. Vor langer, langer Zeit ...

Erst an der Treppe wandte Sarah sich um und stieg die steinernen Stufen hinab. Sie ließ die Etagen des Turmes, in denen der alte Ammon Schriftrollen und andere Schätze aufbewahrte, die auszuwerten für jeden Archäologen ein Fest gewesen wäre, hinter sich und erreichte schließlich den Eingangsraum, in dem von der Decke hängende Öllampen für Beleuchtung sorgten. Ihre Flammen flackerten, denn die Tür nach draußen stand einen Spalt weit offen.

»Kesh?«, fragte Sarah.

Keine Reaktion.

»Kesh, wo bist du?«

Sie schlug den Vorhang beiseite, hinter dem der Diener des Weisen seine Wohnstatt hatte – aber das einfache Lager, das aus einer strohgestopften Matratze und einigen Kissen bestand, war leer.

»Kesh ...?«

Als Sarah erneut keine Antwort erhielt, beschlich sie eine böse Ahnung. Vorsichtig bewegte sie sich auf die Tür zu und stieß sie an. Knarrend schwang das Türblatt auf und gab den Blick auf die brüchigen Stufen des Portals frei – und auf den reglosen Körper, der am Fuß der Treppe lag.

»Kesh!«

Jede Vorsicht außer Acht lassend, stürmte Sarah die Steinstufen hinab und fiel auf die Knie nieder. Es war tatsächlich der Diener des Weisen, der leblos und blutüberströmt am Boden lag. Panisch versuchte Sarah, seinen Puls zu fühlen, aber wohin sie auch griff, sie spürte nur Blut, kein Lebenszeichen. Sie kam zu spät ...

»O Kesh! Es tut mir leid! Es tut mir leid, mein Freund ...«

Tränen der Trauer und des Entsetzens schossen Sarah in die Augen, und für einige Momente war sie unfähig, auch nur einen klaren Gedanken zu fassen. Dann jedoch zwang sie sich zur Ruhe. Immerhin mochte sich der Täter noch immer in der Nähe herumtreiben. Mit tränengeröteten Augen blickte Sarah auf, schaute hinüber zur Kutsche – und sah, dass Kamal verschwunden war. Der Kutscher kauerte noch immer auf seinem Gefährt und wartete, aber von dem ägyptischen Führer war weit und breit nichts zu sehen ...

»Oh nein …«

Die Erkenntnis traf Sarah Kincaid mit furchtbarer Wucht. Kein anderer als Kamal war der Verräter, vor dem der alte Ammon sie eben noch gewarnt hatte, freilich ohne zu wissen, dass der Verrat seinen Diener bereits das Leben gekostet hatte!

Im nächsten Moment überkam sie ein anderer, noch schrecklicherer Gedanke. Sie packte den blutigen Griff von Keshs Dolch, riss ihn aus der Schärpe des ermordeten Dieners, sprang auf und rannte die Stufen des Portals empor, zurück zum Turm.

»Kamal!«, brüllte sie dabei aus Leibeskräften, schrie ihre Trauer und ihre Wut hinaus in die Nacht.

Mit fliegenden Schritten durchmaß sie die Eingangskammer und erreichte die Treppe, stürzte die steinernen Stufen hinauf, die sich steil nach oben wanden – und konnte schon auf halber Strecke gedämpfte Schreie hören. Sarah rannte, so schnell ihr Kleid und die elende Korsage es zuließen.

Warum nur, fragte sie sich, hatte sie nicht gleich daran gedacht? Indem er Kesh getötet hatte, hatte sich sein Mörder Zugang zum Turm verschafft. In einer der Kammern auf den Zwischenetagen hatte er sich versteckt, um hervorzukommen, sobald Sarah gegangen war – und nach dem Diener auch noch dessen Herrn zu töten …

»Kamal«, stieß Sarah zwischen zusammengepressten Zähnen hervor. Ihre Züge waren verzerrt vor Wut, Wut, die ihre Schritte beflügelte und dafür sorgte, dass sie schon im nächsten Moment die Turmkammer erreichte. Der Vorhang war halb herab gerissen. Atemlos stürmte Sarah hindurch – und sah, dass der alte Ammon el-Hakim noch am Leben war!

Aber seine Lage war verzweifelt.

Ein Mann, der einen schwarzen Kaftan und einen schwarzen Burnus trug und dessen Gesicht so verhüllt war, dass nur ein stechendes Augenpaar zu sehen war, stand über dem Alten, die blutige Klinge zum Stoß erhoben – Ammon kauerte ihm zu Füßen, seine blinden Augen flehten um Gnade. »Bitte«, hauchte er, »ich habe dir nichts getan …«

»Halt!«, rief Sarah mit lauter Stimme. »Lass ihn in Ruhe, du Bastard!«

Der Vermummte fuhr herum. Wenn Sarah bezweckt hatte, dass er von Ammon abließ, so hatte sie ihr Ziel erreicht – dafür war sie nun selbst in Bedrängnis.

Der Mund unter dem schwarzen Tuch ließ ein verächtliches Lachen vernehmen, die dunklen Augen starrten in unverhohlenem Spott. Sarah schluckte den Kloß, der sich in ihrer Kehle gebildet hatte, und trat dem Mörder beherzt entgegen. Keshs Dolch hielt sie dabei abwehrend vor sich, den Arm angewinkelt, wie die Beduinen es zu tun pflegten.

Der Vermummte lachte noch immer – aber zu Sarahs Verblüffung griff er nicht an.

»Komm schon, worauf wartest du?«, zischte sie auf Arabisch. »Oder verstehst du nur, aus dem Hinterhalt zu morden, du Sohn einer räudigen Hündin?«

Hätte ein Mann diese Worte gesprochen, wären sie nur eine Provokation gewesen – aus dem Mund einer Frau waren sie eine tödliche Beleidigung. Die Augen des Attentäters verengten sich zu schmalen Schlitzen, aber noch immer griff er nicht an, gerade so, als würde ein höherer Befehl ihn daran hindern.

»Was ist?«, reizte Sarah ihn weiter, während sie einander lauernd umkreisten. »Zögerst du, weil ich eine Frau bin? Sei unbesorgt – ich habe gelernt, mit dem Dolch umzugehen. Die es mir beibrachten, hatten mehr Mut als du …«

Sie machte einen Schritt nach vorn und stellte verblüfft fest, dass der Vermummte vor ihr zurückwich, bis zur Treppe, die nach unten führte. In den Augenwinkeln des Mannes zuckte es. In einem jähen Entschluss wollte er sich zur Flucht wenden – aber er kam nicht dazu. Stattdessen stand der Vermummte plötzlich wie vom Donner gerührt.

Ein leises Stöhnen entrang sich seiner Kehle, und er breitete die Arme aus. Seinen Dolch ließ er fallen, und seine Augen nahmen einen ungläubigen, entsetzten Ausdruck an. Im nächsten Moment kippte der Vermummte nach vorn und schlug auf den Boden, wo er reglos liegen blieb. Hinter ihm, im Aufgang der Treppe, stand Kamal, einen noch blutigen Dolch in der Hand. Der Blick, mit dem er Sarah suchte, drückte Verwirrung und zugleich Hilflosigkeit aus.

»Verzeihen Sie, Mylady«, krächzte er, »ich weiß, dass ich bei der Kutsche auf Sie warten sollte, aber ich habe Sie meinen Namen rufen gehört und dachte ...«

»Schon gut.« Sarah winkte ab. Erleichtert, dass sie ihren Führer zu Unrecht verdächtigt hatte, wandte sie sich Ammon zu, der auf dem Boden kauerte und mit leerem Blick um sich starrte.

»Seid Ihr in Ordnung, Meister? Geht es Euch gut?«

»Ich bin am Leben«, erwiderte der Alte mit verblüffender Ruhe, »nur das zählt. Du musst aufbrechen, Sarah, rasch. Das Böse ist dir bereits auf den Fersen ...«

»O Meister, verzeiht mir«, bat Sarah und sank reumütig auf die Knie. »In meiner Leichtfertigkeit habe ich meine Feinde zu Euch geführt und Euch damit in Gefahr gebracht. Kesh ist tot, Meister. Der Mann, der auch Euch ermorden wollte, hat ihn kaltblütig erstochen ...«

»Kesh«, wiederholte der Alte. Es war ihm anzusehen, wie sehr ihn der Verlust seines treuen Dieners traf, der ihm wie ein Sohn gewesen war. »Er war ein guter Mensch, Gott wird sich seiner annehmen. Und nun geh, Sarah, rasch.«

»Es tut mir leid, Meister. Meine Unvorsichtigkeit hat den armen Kesh das Leben gekostet ...«

»Du kannst nichts dafür, mein Kind. In dieser Nacht sind Kräfte am Werk, die älter und grausamer sind als alles, was du dir vorstellen kannst. Die Mächte des Bösen dürfen ihr Ziel nicht erreichen, Sarah. Du musst vor ihnen finden, was sie suchen, deshalb geh jetzt, solange noch Zeit dazu ist.«

»Gut«, erklärte sich Sarah zögernd einverstanden, »aber Ihr müsst die Sternwarte ebenfalls verlassen, Meister. Unsere Feinde wissen jetzt, wo Sie Euch finden, und Sie werden von Euch dieselben Informationen verlangen, die Ihr mir gegeben habt.«

»Sie werden mich nicht finden«, meinte der Alte voller Überzeugung. »Und dich ebenfalls nicht. Geh jetzt, mein Kind, und vergiss nicht, was du feierlich versprochen hast.«

»Das werde ich nicht, Meister. Ich ...«

Sarah unterbrach sich, als auf der Treppe plötzlich hektische Tritte zu hören waren. Mehrere Männer kamen die Stufen herauf gestürmt – noch mehr Attentäter?

Kamal schien dasselbe zu vermuten, denn beherzt trat er vor und stellte sich schützend vor seine Herrin und den alten Ammon.

»Was immer geschieht, bleiben Sie hinter mir, Mylady«, wies er Sarah edelmütig an – schon einen Herzschlag später hatten die Eindringlinge die Turmkammer erreicht.

Sarah ließ einen erstickten Schrei vernehmen, als der Erste von ihnen über die Schwelle trat – um im nächsten Augenblick zu erkennen, dass es kein anderer als Stuart Hayden war. Der rote Husarenrock leuchtete im Licht der Öllampen, in der Hand hielt der Offizier seinen blanken Säbel. Noch am Morgen hätte Sarah ernsthaft bezweifelt, dass sie jemals froh sein könnte, Hayden zu sehen – in diesem Augenblick war sie es.

Und Hayden war nicht allein.

Zwei seiner Soldaten begleiteten ihn: Sergeanten, die mit Bajonetten versehene Gewehre trugen. Und auch Milton Fox und Maurice du Gard waren dabei – der eine mit einem kurzläufigen Revolver bewaffnet, der andere mit dem üblichen Charme.

»Verzeih, *ma chère*, dass ich deinen Aufenthalt verraten habe, aber nachdem auf uns geschossen wurde, hat unser werter *capitaine* darauf bestanden ...«

»Geht es Ihnen gut, Lady Kincaid?«, fiel Hayden ihm ungeduldig ins Wort.

»Danke, ich kann nicht klagen«, entgegnete Sarah und gab sich Mühe, dabei möglichst beherrscht zu klingen.

»Der Kerl ist tot«, stellte Fox fest, der sich über den Vermummten gebeugt und ihn mit geübtem Blick untersucht hatte. »Sind Sie das gewesen, Lady Kincaid?«

»Nein«, entgegnete Sarah kühl. »Unser Freund Kamal war so zuvorkommend, dies zu erledigen ...«

Kurzerhand entfernte Fox das schwarze Tuch, das der Attentäter vor dem Gesicht getragen hatte. Darunter kamen die sonnengebräunten Züge eines Arabers zum Vorschein.

»Haben Sie eine Ahnung, wer der Kerl ist?«, fragte der Inspektor Sarah.

»Durchaus nicht. Aber er ist genauso gekleidet wie jene Männer, die Mortimer Laydon entführten. Glauben Sie mir jetzt, dass die Spur nach Ägypten führt?«

»Bewiesen ist noch immer nichts«, schnappte Fox in kindischem Trotz. »Wir müssen umgehend die Behörden alarmieren. Der Fall muss untersucht und aufgearbeitet werden. Ich werde meine Fachkenntnisse den Kollegen vor Ort zur Verfügung stellen, um ...«

»*Mon ami*, dies ist nicht London«, wandte du Gard ein. »Ihr Briten habt euch hier festgesetzt, aber offiziell ist Ägypten noch immer Teil des Osmanischen Reiches. Und was denken Sie wohl, wie die örtliche Polizei eine Messerstecherei beurteilen wird, an der die ungeliebten britischen Besatzer beteiligt waren?«

»Er hat Recht«, pflichtete Hayden bei. »Wir können uns weder Aufsehen noch Ärger mit den Behörden leisten und sollten Kairo deshalb so schnell wie möglich verlassen. Haben Sie die Informationen bekommen, die Sie wollten, Lady Kincaid?«

»Ich denke schon.« Sarah sandte dem alten Ammon, der nach wie vor auf dem Boden saß, als wäre nichts geschehen, einen dankbaren Blick zu.

»Wohin soll es dann gehen?«

»Nach Süden, Captain«, erwiderte Sarah leise. »Nach Süden ...«

3

Expeditionsbericht
20. Dezember 1883

Wieder hat ein Unschuldiger sein Leben gelassen, andere sind nur mit knapper Not dem Tod entronnen. Zu meiner Trauer um den armen Kesh gesellt sich die Überzeugung, dass wir diese Mission zu einem erfolgreichen Ende bringen müssen. Der unbekannte Gegner, mit dem wir es zu tun haben, hat einmal mehr gezeigt, dass er weder Gnade noch Skrupel kennt – was die Kenntnis um ein Jahrtausende altes Geheimnis in seinen Händen anzurichten vermag, wage ich mir nicht vorzustellen.

Ammons Worte, die ich an meine Gefährten weitergegeben habe, soweit ich es verantworten konnte, haben mich tief beunruhigt. Schon meine Entdeckung in den Räumen der Ägyptischen Liga hat mich ahnen lassen, dass ich mich vor Gegnern in den eigenen Reihen hüten muss; die Worte des Weisen jedoch haben meinen Verdacht zur Gewissheit gemacht. Wer, so frage ich mich immerzu, ist der Feind in unserer Mitte? Und je länger ich mir diese Frage stelle, desto geringer wird meine Hoffnung, eine Antwort zu finden.

Captain Hayden halte ich trotz seiner aufschneiderischen Art für einen Mann von Ehre und großer Loyalität, der ohne Zögern bereit wäre, sein Leben für sein Vaterland zu geben. Milton Fox muss als Inspector von Scotland Yard über jeden Verdacht erhaben sein, ebenso wie Jeffrey Hull in seiner Eigenschaft als Barrister und königlicher Berater. Kamal schließlich hat unter Einsatz seines Lebens bewiesen, wem seine Loyalität gehört.*

Wer also ist der Verräter, von dem el-Hakim sprach?

---

* zu Verhandlungen am Court of Chancery berufener Anwalt von tadellosem Ruf

Ich habe mit dem Gedanken gespielt, du Gard um Hilfe zu bitten und seine besonderen Fähigkeiten zu nutzen, um dem Verräter auf die Spur zu kommen; andererseits muss ich zumindest in Erwägung ziehen, dass auch du Gard für die Gegenseite arbeiten könnte, so absurd mir dieser Gedanke auch erscheinen mag. Die Saat des Misstrauens beginnt aufzugehen. Ich weiß, dass ich niemandem mehr trauen darf und fühle mich in zunehmendem Maße isoliert. Was der Weise mir über das Buch des Thot gesagt hat, habe ich für mich behalten und meinen Gefährten lediglich mitgeteilt, dass Hermopolis, die Hauptstadt des alten Unet, das nächste Ziel unserer Reise sein muss. Wie Sir Jeffrey herausgefunden hat, wird in Kürze ein Schiff namens Egypt Star *aus dem Hafen von Gizeh auslaufen und den Nil stromaufwärts fahren. Da uns dies eine willkommene Gelegenheit bietet, Kairo rasch und unauffällig zu verlassen, haben wir uns Plätze an Bord gesichert.*

So gespannt ich auf das bin, was uns auf unserer Reise erwartet, so sehr fürchte ich mich auch davor. Die jüngsten Ereignisse haben einmal mehr klargemacht, dass die Suche nach dem Buch des Thot kein Spiel ist, sondern ein Kampf auf Leben und Tod, und dass es dabei um mehr geht, als mein Verstand zu erfassen vermag.

Seit dreitausend Jahren haben Menschen gemordet, betrogen und verraten, um in den Besitz des Buches zu gelangen – und Maurice du Gard hatte Recht, als er sagte, die Menschheit hätte in all dieser Zeit nichts dazugelernt . . .

Hafen von Gizeh
20. Dezember 1883

Es war nur ein schmaler Streifen von fruchtbarem Grün, der das glitzernde Band des Nils am Westufer säumte; jenseits davon erstreckten sich die Sanddünen der Wüste, vor denen sich in flimmernder Ferne die gezackten Formen der Pyramiden als schweigende Zeugen der

Vergangenheit erhoben. Auf dem grünlich schimmernden Fluss verkehrten Fischerboote und Handelsschiffe – Feluken und Dahabijen, die mit ihren Dreieckssegeln wie große Vögel aussahen. Krickenten begleiteten die Boote in großen Pulks und ließen sich schnatternd auf dem Wasser nieder, um im nächsten Moment wieder aufgeschreckt aufzuflattern, sobald sich ein anderes Boot näherte.

An den Piers von Gizeh herrschte an diesem Morgen rege Betriebsamkeit. Schiffe und Boote, die im Hafen festgemacht hatten, wurden beladen; Lastkamele und Eselskarren drängten sich am Kai und machten Trägern und Bettlern den Platz streitig, und nicht selten kam es zu lautstarken Auseinandersetzungen. Heisere Beschimpfungen wurden gebrüllt, und hier und dort versuchten fliegende Händler, noch rasch ein Geschäft abzuschließen. Trinkwasser und Datteln wurden feilgeboten, aber auch Fladenbrot sowie gegarter Fisch und Hammelfleisch. Einige Händler boten sogar kleine Pyramiden und gefälschte antike Talismane als Reiseandenken für wohlhabende Europäer an.

Sarah Kincaid sah es mit Verachtung. In ihren Augen war Ägypten ein Land, das allen Grund hatte, stolz auf seine Vergangenheit zu sein – auf diese schnöde Weise aus ihr Profit zu schlagen, war ihrer Geschichte nicht würdig. Aber die meisten Passagiere, die an Bord der *Egypt Star* gingen, waren wohl anderer Ansicht …

»Nun, habe ich zu viel versprochen?«, fragte Sir Jeffrey, als sie aus dem Gebäude der Hafenabfertigung traten, das wenig mehr als eine Holzhütte war, in der ein von Hitze und Staub vertrockneter Beamter seinen Dienst versah. »Wie man mir versicherte, ist die *Egypt Star* eines der besten Schiffe, die derzeit auf dem Nil verkehren.«

»Allerdings, Sir«, stimmte Milton Fox begeistert zu. »Dieses Schiff ist ein wunderbares Beispiel britischer Ingenieurskunst.«

In der Tat war der Dampfer, der am Kai vor Anker lag, eindrucksvoll anzusehen. Mit breitem Deck und geringem Tiefgang war er für Fahrten auf dem Fluss konstruiert, und seine eleganten dreistöckigen Aufbauten, über denen sich das Führerhaus des Kapitäns und der hohe Schornstein erhoben, wirkten wie ein Bollwerk britischer Kultiviertheit inmitten von Hitze, Lärm und Staub. Angetrieben wurde das Schiff von einem großen Schaufelrad an seinem Heck.

»*Bien*, das ist ja fast wie zu Hause am Mississippi«, kommentierte du Gard erfreut. »Man fühlt sich hier richtig heimisch.«

»Wenn man ein von Fliegen verseuchtes Schmutzloch seine Heimat nennt, dann vielleicht«, kommentierte Captain Hayden geringschätzig. Das um seinen Offiziershelm gewickelte Moskitonetz hatte er herabgelassen, um sich vor den lästigen Insekten zu schützen, vor denen es in Ufernähe wimmelte.

»Sind Sie denn je in New Orleans gewesen?«, erkundigte sich du Gard herausfordernd.

»Nein.« Hayden schüttelte den Kopf. »Was ich davon gehört habe, genügt mir vollkommen.«

»Dann will ich hoffen, Captain«, bemerkte Sarah, »dass Ihre Kenntnisse, dieses Land hier betreffend, weniger lückenhaft und von Vorurteilen geprägt sind als in Bezug auf den Süden der Vereinigten Staaten.«

Damit ließ sie den Offizier kurzerhand stehen und betrat die Gangway, die auf das Hauptdeck des Dampfers führte, gefolgt von du Gard, Sir Jeffrey und Milton Fox. Der verblüffte Hayden blieb zurück, um einige Worte mit Lieutenant Farnsworth zu wechseln, seinem Stellvertreter, der den Trupp in seiner Abwesenheit befehligen würde. Acht seiner besten Männer hatte Hayden ausgewählt, um die Expedition zu begleiten – mehr hatte Sarah Kincaid ihm nicht zugestehen wollen, weil sie die Gruppe möglichst klein und unauffällig halten wollte. Zusammen mit den einheimischen Arbeitskräften, die in Tehna el-Gebel auf sie warteten, würde die Expedition ohnehin eine ansehnliche Größe bekommen. Kamal, für den Sir Jeffrey ein Ticket der dritten Klasse gelöst hatte, hatte seine Beziehungen zur örtlichen Karawanserei spielen lassen, um alles vorzubereiten.

Sarah und ihre Begleiter waren keineswegs die ersten Passagiere, die sich auf der *Egypt Star* einfanden; zahlreiche Reisende drängten sich auf dem Promenadendeck, zumeist Engländer, aber auch Franzosen und türkische Händler, die stromaufwärts Geschäfte zu erledigen hatten. Die Männer trugen meist khakifarbene Anzüge und Tropenhelme, die denen der Soldaten nicht unähnlich waren; die Damen helle Kleider, die sie trotz der drückenden Hitze hochgeschlossen hatten und deren Korsette und engen Krägen die Besitzerinnen fast zu ersticken drohten. Gewaltige Hüte, groß wie Wagenräder, spendeten immerhin Schatten, und die meisten Frauen hatten zudem kleine Schirme bei sich, mit denen sie sich vor den sengenden Strahlen der Sonne zu schützen hofften. Auch Sarah hatte sich in eines der ungeliebten Kleider gezwängt und verwünschte sich fast dafür, keine praktischere Kleidung ausgewählt zu haben. Andererseits musste ihr daran gelegen sein, möglichst wenig Aufsehen zu erregen, wenigstens so lange, bis sie Gizeh verlassen und den Hafen von Minieh erreicht hatten.

Auf dem Sonnendeck des Dampfers fanden Sarah und ihre Begleiter eine Aussichtslounge vor, wo es sich trotz der drückenden Hitze gut aushalten ließ. Unter gespannten Segeltüchern, die angenehmen Schatten spendeten, ließen sie sich nieder, bestellten Eiswasser und beobachteten das geschäftige Treiben am Kai. Die Zeit verstrich auf diese Weise schnell, und schon bald wurde das Signal zur Abfahrt gegeben. Stuart Hayden erschien auf dem Sonnendeck und gesellte sich zu den anderen, und gemeinsam schauten sie zu, wie die Leinen gelöst wurden und die *Egypt Star* vom Ufer ablegte.

Mit der Kraft seines großen Schaufelrades, dessen gleichförmig rauschender Schlag die schwüle Luft erfüllte, stemmte sich das

Schiff gegen die Strömung und fuhr in die Mitte des Flusses ein, grauen Dampf aus seinem Schornstein stoßend. Ein letztes Mal erhaschten die Passagiere einen Blick auf die Pyramiden und das sandfarbene Häusermeer Kairos, das von den Hängen des Djebel Mokattam umrahmt wurde. Dann ging es den Fluss hinauf.

Zahllose Boote verkehrten auf dem blauen Band des Nils, deren Segel sich hell und leicht gegen Sand und Himmel abhoben. Palmen und Äcker säumten das westliche Ufer wie eine letzte Verteidigungslinie gegen die triste Ödnis, die sich jenseits davon erstreckte und die das Ziel der Reise war.

»Auf unsere Expedition, meine Teure«, sagte Sir Jeffrey, der sich bei einem der Kellner Scotch bestellt hatte und nun sein Glas feierlich hob. »Möge es uns vergönnt sein zu finden, wonach so viele andere vergeblich gesucht haben.«

»Sehr zum Wohl, Sir Jeffrey«, erwiderte Sarah. »Ich weiß nur nicht, ob wir uns dies wirklich wünschen sollten.«

»Und warum nicht? Wollen Sie das Geheimnis denn nicht ergründen? Haben nicht Sie selbst auf diese Expedition gedrängt?«

»Das stimmt.« Sarah nickte.

»Warum dann plötzlich so zögerlich?«

»Weil ich denke, dass wir zu diesem Zeitpunkt noch nicht einmal erahnen, worauf wir uns hier wirklich eingelassen haben«, antwortete Sarah in Erinnerung an die Worte des alten Ammon.

»Was wollen Sie?« Der königliche Berater lächelte jovial. »Bislang ist alles gut gegangen, oder nicht?«

»Gut gegangen? Vier junge Frauen wurden in London grausam ermordet, mein Patenonkel wurde entführt, und ein alter Freund von mir wurde hinterrücks erstochen – ich denke nicht, dass alles gut gegangen ist, Sir, wirklich nicht.«

»Nun – ein gewisses Risiko gehört zum Geschäft, oder nicht? Gerade Sie sollten das wissen, Lady Kincaid. Bisweilen sind Verluste eben unvermeidlich ...«

»So wie bei meinem Vater?«, fragte Sarah bitter.

»Nein, ich ...« Jeffrey Hull errötete. »Verzeihen Sie, Lady Kincaid, ich wollte nicht ...«

»Schon gut, Sir Jeffrey, lassen wir es dabei bewenden. Wir wissen alle, dass diese Expedition ein gefährliches Unterfangen ist, und jedem von uns war klar, worauf wir uns einlassen. Die Suche nach dem Buch von Thot hat schon viele Todesopfer gefordert, und es werden noch mehr werden, dessen bin ich sicher. Wir müssen uns vorsehen, denn unsere Feinde können überall lauern – und keiner von uns kann wissen, wer das nächste Opfer ist.«

Sie blickte in die Runde ihrer Gefährten, die sie betroffen anschauten – bis auf Maurice du Gard, der einmal mehr nur in stillem Wissen lächelte.

Am nächsten Tag fanden sich Sarah, Captain Hayden und Inspector Fox zu einer Besprechung in Sir Jeffreys Kabine ein. Auf Sarahs ausdrücklichen Wunsch nahm auch Kamal an der Unterredung teil – schließlich war er der ortskundige Führer, der die Expedition ans Ziel bringen sollte.

»Kairo hätten wir also hinter uns gelassen«, resümierte Sir Jeffrey sichtlich erleichtert. »Ich hoffe doch, wir können davon ausgehen, dass unsere Feinde uns nicht gefolgt sind.«

»Ihr Optimismus in allen Ehren, Sir«, wandte Sarah ein, »aber ich denke, wir sollten dennoch wachsam bleiben. Bislang waren unsere Gegner sehr genau über jeden unserer Schritte informiert.«

»In der Tat«, pflichtete Hayden bei. »Sie wussten sogar von der alten Sternwarte, obwohl Sie es keinem von uns anvertraut hatten. Außer einem, natürlich ...«

»Worauf wollen Sie hinaus, Captain?«

»Ist das so schwer zu erraten? Ihr Freund du Gard – nur ihm habe Sie gesagt, wohin Sie gehen. Ist es nicht möglich, dass er dem Feind verraten hat, wo Sie sich aufhalten?«

»Sie vergessen, dass auf ihn geschossen wurde.«

»Aber die Kugel hat ihn verfehlt«, wandte Hayden ein. »Wie durch ein Wunder hatte unser französischer Gefährte im rechten Augenblick eine Eingebung und konnte sich in Deckung werfen. Ein seltsamer Zufall, oder nicht?«

»Allerdings«, stimmte Milton Fox zu. »Zudem ist auffällig, dass du Gard seit jener Nacht ein sehr seltsames Verhalten an den Tag legt. Er sondert sich ab und spricht kaum noch mit uns. Irgendetwas scheint ihn zu beschäftigen.«

»Und daraus folgern Sie, dass er ein Verräter ist?« Sarah hob die Brauen. »Ich will hoffen, Inspector, dass Sie Ihre Ermittlungen zu Hause in London auf verlässlichere Indizien stützen. Maurice du Gard mag bisweilen ein wenig eigenartig erscheinen, aber ganz sicher ist er kein Verräter.«

»Und warum nicht?«

»Weil ein Verräter, Inspector, sich nicht absondern, sondern im Gegenteil versuchen würde, bei einer Besprechung wie dieser zugegen zu sein, um herauszufinden, was wir vorhaben.«

»Ein gutes Argument«, räumte Hayden ein. »Aber überzeugt bin ich deshalb noch nicht.«

»Es wird Ihnen nichts anderes übrig bleiben, Captain. Ich kenne Maurice du Gard schon sehr viel länger als Sie, und wenn ich Ihnen sage, dass er ein Ehrenmann ist und kein Verräter, dann sollten Sie mir das glauben.«

»Und das würden Sie beschwören?«

»Allerdings, Captain, das würde ich. Und sollten Sie jemals wieder den Verdacht äußern, dass Maurice du Gard ein Verräter ist, so werden Sie sich dafür verantworten müssen. Haben Sie mich verstanden?«

»Natürlich«, versicherte Hayden mit provozierender Gelassenheit. »Ich habe sehr wohl verstanden, Lady Kincaid. Aber Sie sollen wissen, dass ich du Gard im Auge behalten werde. Und sollten Inspector Fox und ich mit unserer Vermutung Recht haben, so sind Sie es, die sich dafür wird verantworten müssen. Ich hoffe, das ist Ihnen klar.«

»Glasklar«, versicherte Sarah, und erneut fochten sie mit Blicken, bis Jeffrey Hull sich wieder einmal genötigt sah, vermittelnd einzuschreiten.

»Nachdem wir das geklärt haben«, meinte der königliche Berater versöhnlich, »sollten wir nun besprechen, wie wir weiter vorgehen wollen. Vielleicht möchte Lady Kincaid uns anhand dieser Karte erläutern, wohin uns unsere weitere Reise führen wird.«

»Zunächst hierher«, antwortete Sarah und deutete auf eine Stelle der Karte Oberägyptens, die Sir Jeffrey auf dem Tisch ausgebreitet hatte. »Nach Hermopolis Magna, einer ägyptischen Stadt, die nicht nur als Kapitale des 15. Nomos, also eines Verwaltungsbezirkes des Ägypterreiches, von Bedeutung gewesen ist, sondern auch weil sie die zentrale Kultstätte des Gottes Dehuti barg.«

»Mit anderen Worten Thot«, sagte Fox.

»Ganz recht. In moderner Zeit freilich ist von Hermopolis, das einst unter dem Namen Unu bekannt war, kaum etwas übrig geblieben. Die Wüste hat sich den größten Teil des fruchtbaren Landes zurückerobert und weite Teile der antiken Stadt unter Sand begraben. Wie der Tempel von Thot einst aussah, wissen wir nicht, aber wir haben glücklicherweise ziemlich genaue Kenntnis davon, wo dieser Tempel stand.«

»Wie das?«, wollte Milton Fox wissen.

»Nun – zum einen, weil sich die Statuen zweier Paviane bis in unsere Zeit erhalten haben. Und da Thot nicht nur in Gestalt des Ibisses, sondern auch in der des Affen verehrt wurde, können wir davon ausgehen, dass diese Statuen einen ersten Hinweis bilden. Noch wichtiger allerdings sind die Überreste zweier riesiger Steinsäulen, die einst zum Hauptportal des Tempels gehört haben müssen. Eine deutsche Expedition hat 1868 in der Nähe dieser Säulen einen verschütteten Eingang entdeckt, in dem die sterblichen Überreste einiger Soldaten aus der Armee Napoleons gefunden wurden. Die Deutschen haben sich darüber gewundert, den Stollen jedoch nicht weiter erforscht – wohl aus Unkenntnis darüber, welches Geheimnis der Tempel birgt.«

»Und Sie denken, dass ...?«

»Ich hoffe«, verbesserte Sarah, »dass dieser Stollen keine Sackgasse ist, sondern dass es von dort aus einen Weg ins Innere des Tempels gibt. Es wäre nicht das erste Mal, dass sich ein antikes Gebäude unter dem Wüstensand bis in die Gegenwart erhalten hat. In Form eines Sturmes kann Sand ungeheuer zerstörerisch sein – hat er sich allerdings erst einmal über ein Bauwerk gebreitet, wirkt er konservierend, mitunter über Tausende von Jahren hinweg.«

»Unvorstellbar«, kommentierte Sir Jeffrey fasziniert. »Also muss es uns lediglich gelingen, einen Weg ins Innere des Tempels zu finden, um das sagenumwobene Buch von Thot zu finden?«

»Es ist ein erster Schritt«, dämpfte Sarah die Hoffnungen des königlichen Beraters. »Das Buch selbst befindet sich längst nicht mehr dort. Was ich stattdessen zu finden hoffe, ist ein Hinweis, wohin das Buch gebracht wurde, als die Priesterschaft vor den Schergen Scheschonks floh.«

»Wir suchen also nichts als einen Hinweis?«, ächzte Fox.

»So ist es.«

»Kaum zu fassen«, stöhnte der Inspector. »Wir befinden uns auf einer verdammten Schnitzeljagd quer durch die Libysche Wüste ...«

»Wenn Sie es so nennen wollen.« Sarah nickte. »Die Archäologie befasst sich mit der Suche nach Spuren und Hinweisen, Inspector, ähnlich wie die Kriminalistik. Was uns unterwegs erwartet, wissen wir nicht. Alles, was wir tun können, ist, unseren Quellen zu vertrauen.«

»Ihr Vertrauen in allen Ehren, Lady Kincaid«, wandte Hayden säuerlich ein, »aber gestatten Sie mir eine Frage.«

»Da Sie ohnehin fragen werden, unabhängig davon, ob ich es Ihnen gestatte – nur zu.«

»Wenn angeblich schon so viele vor uns nach dem Buch des Thot gesucht haben und es um jeden Preis finden wollten – wie erklären Sie sich dann, dass es bislang keinem von ihnen gelungen ist? Glauben Sie, dass all diese Leute, die bei der Suche gescheitert sind, so viel dümmer waren als Sie?«

»Im Gegenteil, Captain«, erwiderte Sarah kühl. »Einige der brillantesten Denker der Alten Welt haben sich auf die Suche nach dem Buch gemacht. Von Alexander beispielsweise wird behauptet, dass auch sein Lehrer Aristoteles an der Suche beteiligt gewesen sein soll. Aber Sie vergessen dabei zwei wesentliche Dinge.«

»Nämlich?«

»Erstens zeigt die Erfahrung, dass die Geschichte ihre Geheimnisse stets erst dann preiszugeben pflegt, wenn die Zeit reif dafür ist – und man kann nie wissen, wann es so weit sein wird. Zweitens bedeutet die Tatsache, dass das Buch seit dreitausend Jahren verschollen ist, keineswegs, dass es bislang niemand gefunden hat.«

»Was wollen Sie damit sagen? Wenn es gefunden worden wäre, hätte man doch davon erfahren ...«

»Nicht zwangsläufig, Captain«, wandte Kamal ein, der sich bislang pflichtschuldig im Hintergrund gehalten hatte.

»Was geht dich das an, Boy?«, bellte Hayden. »Weder habe ich dich um deine Meinung gefragt, noch lege ich Wert darauf.«

»Kamal ist ein reguläres Mitglied dieser Expedition«, stellte Sarah klar, »und natürlich steht es ihm frei, seine Meinung zu äußern. Also, Kamal – was wolltest du sagen?«

»Ich denke, dass Captain Hayden sich irrt, wenn er glaubt, dass das Buch des Thot in den letzten dreitausend Jahren von niemandem gefunden wurde. Alles, was wir wissen, ist, dass keiner, der es gesucht hat, jemals zurückgekehrt ist.«

»Genauso ist es, Kamal«, pflichtete Sarah bei. »Und ich hoffe, Captain Hayden, dass uns allen ein ähnliches Schicksal erspart bleiben wird.«

4

EXPEDITIONSBERICHT
24. DEZEMBER 1883

Der fünfte Tag auf dem Schiff …

Je weiter es nach Süden geht und je karger das Land wird, das sich zu beiden Seiten des Nils erstreckt; je mehr die Wüste ihre unnahbare, zerstörerische Natur offenbart, desto mehr wird meinen Begleitern klar, worauf sie sich eingelassen haben.

Während Sir Jeffrey sich noch immer in freudiger Erwartung übt und jeden neuen Eindruck dankbar in sich aufnimmt, ist bei Hayden und Fox in zunehmendem Maße Anspannung zu spüren, die sich seit den Geschehnissen von Kairo noch gesteigert hat. Du Gard indes hat sich weiter zurückgezogen, nicht einmal ich komme mehr an ihn heran – so, als würde er etwas ahnen und ein düsteres Geheimnis hüten, das er niemandem anvertrauen will.

Kamal hingegen, den ich zunächst verdächtigt habe, für die Gegenseite zu arbeiten, entpuppt sich mehr und mehr als ein geselliger und überaus gesprächiger Begleiter, hinter dessen einfacher Fassade ein nobler Charakter und ein gebildeter Geist stecken. Wie ich erfahren habe, hat er eine englische Schule besucht und dort unsere Sprache und Umgangsformen erlernt, sodass ich mich mit ihm über viele Themen unterhalten kann, was ich – sehr zum Verdruss von Captain Hayden, der Kamal noch immer nicht traut – auch häufig tue.

Am späten Nachmittag haben wir Minieh erreicht, wo wir bis zum Morgen ankern, um Frischwasser und neue Ladung an Bord zu nehmen. Es ist nicht mehr weit nach Hermopolis, und ich bin froh darüber, denn die Hitze der Wüste nagt an uns und ist allgegenwärtig, selbst in dieser besonderen Nacht, in der wir zu Hause Kälte gewohnt sind und uns nach einem wärmendem Kaminfeuer sehnen …

Dampfschiff Egypt Star
24. Dezember 1883

Der alten Regel folgend, dass Not erfinderisch macht, waren in Ermangelung von Tannengrün und Mistelzweigen Palmblätter so zusammengebunden worden, dass sie einen etwas bizarren, aber dennoch deutlich erkennbaren Weihnachtsbaum abgaben. Schmuck aus bunten Girlanden, der auf nicht mehr nachvollziehbaren Wegen an den Nil gefunden hatte, verzierte das eigentümliche Gebilde. An Kerzen war freilich nicht zu denken – infolge der schwülen Hitze wäre das Wachs geschmolzen, noch ehe die Flamme es erreichte.

So war es ein reichlich schlichter Baum, der auf dem Sonnendeck errichtet worden war und um den die Passagiere der ersten Klasse versammelt saßen. Der Violonist, der die Reise begleitete, um beim allabendlichen Dinner für gepflegte Untermalung zu sorgen, stimmte an diesem Abend weihnachtliche Klänge an, und es gab wohl kaum jemanden unter den Passagieren, der sich bei den vertrauten Klängen von *God rest ye merry, Gentlemen* nicht wenigstens für einen Augenblick in die neblige Kälte Englands wünschte.

»Eine schöne Weise«, erkannte Sir Jeffrey an und nippte an seinem Getränk. Eierpunsch, wie er zu Hause in England getrunken wurde, empfahl sich nicht in diesen Breiten – als Ersatz gab es kräftigen, mit Gewürzen versetzten Rotwein.

»In der Tat«, stimmte Milton Fox zu. »Wussten Sie, dass Charles Dickens das Lied komponiert hat?«

»Tatsächlich?«

»Mit Verlaub, werter Inspector, das ist nicht ganz richtig«, wandte Sarah ein, die zusammen mit den anderen das Weihnachtsdinner eingenommen hatte. »Dickens hat das Lied keineswegs komponiert, er hat es nur in einer seiner Erzählungen erwähnt, wodurch es bekannt wurde.«

»*Ein Weihnachtslied in Prosa*«, meinte Sir Jeffrey versonnen. »Ich erinnere mich: eine hübsche Geschichte, nicht wahr? Wenn auch ein wenig moralisch für meinen Geschmack. Wissen Sie, was ich mich dennoch oft gefragt habe?«

»Was?«, verlangte Sarah zu wissen.

»Nun, ich habe mich gefragt, was die Geister der Weihnacht mir wohl zeigen würden, würde ich ihnen begegnen. Wäre ich zufrieden mit dem, was ich erreicht habe? Oder würde es mir ergehen wie dem bedauernswerten Geizhals Scrooge? Und was hätte der Geist der zukünftigen Weihnacht für mich im Gepäck?«

»Was immer es sei«, erwiderte du Gard, der an diesem Abend nur wenig sprach und sich meist damit begnügte, mit trübem Blick in sein Glas zu starren. »Sie sollten froh sein, *monsieur*, dass dieser Geist gar nicht erst auftaucht und Ihnen einen Blick in die Zukunft gewährt.«

»Finden Sie? Eine interessante Einstellung, in der Tat.«

»Nicht wahr?«, erwiderte Milton Fox grinsend. »Vor allem, wenn man bedenkt, dass unser französischer Freund aus eigener Erfahrung spricht ...«

Der Inspector und Captain Hayden lachten spöttisch. Sarah sandte du Gard ein entschuldigendes Lächeln. Dem Franzosen jedoch schien der Spott der beiden nichts auszumachen. Er schüttelte nur den Kopf und winkte ab.

»Vielleicht geht Ihr Wunsch ja auch schon bald in Erfüllung, Sir Jeffrey«, spottete Hayden weiter, der dem festlichen Anlass entsprechend seine Paradeuniform angelegt hatte: einen leuchtend roten, goldbetressten Rock. »Denn wenn das mal nicht der Geist der vergangenen Weihnacht ist ...«

Die wenig schmeichelhafte Beschreibung bezog sich auf Kamal, der über die steile Außenleiter zum Sonnendeck aufgeentert hatte und sich in unterwürfiger Haltung näherte. Es war ihm anzusehen, dass er sich alle Mühe gegeben hatte, sich für den Abend zurechtzumachen. Das Ergebnis freilich war durchwachsen. Zwar trug Kamal einen anderen Kaftan als sonst, dieser war jedoch nicht weniger schmutzig und geflickt als der, den er sonst anhatte. Fox und Sir Jeffrey lachten über den Scherz, den sich Hayden auf Kosten ihres einheimischen Führers erlaubt hatte, und sogar du Gard konnte sich ein Grinsen nicht verkneifen – nur Sarah lachte nicht.

»Ist das zu fassen?«, schnaubte Hayden. »Sieht dies hier etwa wie die dritte Klasse aus? Weiß dieser schmutzige Araber nicht, wohin er gehört?«

»Ich habe es Ihnen schon einmal gesagt, Captain – Kamal ist ein Mitglied dieser Expedition«, stellte Sarah klar, »und er ist auf meine ausdrückliche Einladung hier.«

»Auf Ihre Einladung, Lady Kincaid?« Hayden blieb vor Verblüffung der Mund offen.

»Ganz recht.«

»Sie wollen Weihnachten mit jemandem feiern, der noch nicht einmal daran glaubt, dass der Herr geboren ist?«

»Wir werden ihn sicher nicht davon überzeugen, indem wir ihn wegschicken und ihm sagen, dass er sich zu seinesgleichen scheren soll«, konterte Sarah. »Friede auf Erden und den Menschen ein Wohlgefallen, Captain – aber das ist wohl nicht das Motto, das sich die Armee auf die Fahnen geschrieben hat, oder?«

Ihr Blick war so vernichtend, dass der Offizier darauf nichts zu erwidern wusste. Sarah schenkte ihm weiter keine Beachtung und wandte sich stattdessen Kamal zu, der in diesem Augenblick die Tafel erreichte und dem sichtlich unwohl war in seiner Haut.

»Guten Abend, Kamal«, begrüßte sie ihn freundlich. »Komm, setz dich zu uns. Iss und trink, so viel du möchtest. Heute ist Weihnachten, das Fest der Liebe, und wir pflegen jene zu beschenken, die uns nahestehen.«

»Ich weiß, was Weihnachten bedeutet«, versicherte Kamal.

»Wie schön«, meinte Hayden säuerlich und griff nach seinem Glas. »Dann lass uns auf dein Wohl trinken, Kamal. Wenn du über unsere Gebräuche so gut unterrichtet bist, wirst du auch diesen kennen.«

»Gewiss.« Kamal nickte. »Aber als gottesfürchtiger Mann ist mir das Trinken von Alkohol untersagt.«

»Da haben Sie's.« Hayden schickte Sarah einen vielsagenden Blick. »Habe ich nicht gleich gesagt, dass mit diesen Muselmanen nichts anzufangen ist?«

»Lassen Sie ihn«, meinte du Gard, während er sich selbst nachschenken ließ. »Trinke ich eben ein Glas mehr. Frohe Weihnachten allesamt – und Friede auf Erden.«

»Frohe Weihnachten«, echoten Sir Jeffrey und Milton Fox und hoben ebenfalls ihre Gläser.

»Und Friede auf Erden«, ergänzte Sarah, die ahnte, dass du Gard diese Worte nicht von ungefähr hinzugefügt hatte.

Sie trank nur wenig, aber in Anbetracht der noch immer vorhandenen Hitze verfehlte der Wein seine Wirkung nicht. Schon nach wenigen Schlucken wurde Sarah klar, dass es besser war, die Finger davon zu lassen, und auch bei Sir Jeffrey, Milton Fox und du Gard machte die Wirkung des Alkohols sich rasch bemerkbar. Ihre Zungen wurden schwer und ihre Stimmen ein wenig lauter. Hayden übte sich als pflichtbewusster Soldat Ihrer Majestät in Zurückhaltung. Es war ihm deutlich anzusehen, dass die Anwesenheit Kamals ihm nicht behagte.

»Kommen Sie schon, Hayden«, forderte selbst Fox in ungewohnter Jovialität. »Schauen Sie nicht so sauertöpfisch drein. Trinken Sie lieber noch ein Glas auf die Zukunft und auf das Wohl des Empire.«

»Nein danke«, gab der Offizier zähneknirschend zurück. »Ich ziehe es vor, nüchtern zu bleiben. Die Feinde des Empire schlafen nicht.«

»*Alors*, wie poetisch«, meinte du Gard. »*Vraiement, mon capitaine*, an Ihnen ist ein Schriftsteller verloren gegangen.«

»Wollen Sie mich verspotten, du Gard?«

»Nicht doch.« Der Franzose schaute ihn weinselig an. »Sie sollten einen gut gemeinten Scherz nicht mit böswilligem Spott verwechseln.«

»Ich fürchte, mein guter Maurice, Captain Hayden teilt deinen Humor nicht«, bemerkte Sarah.

»Allerdings nicht«, versetzte Hayden. »Als königlicher Offizier habe ich es nicht nötig, mich von einem hergelaufenen Franzosen beleidigen zu lassen, noch dazu, wo es ein offenes Geheimnis ist, dass ...« Er unterbrach sich, um es in vornehmer Zurückhaltung den anderen zu überlassen, sich ihren Teil dazu zu denken, aber du Gard ließ es nicht dabei bewenden.

»*Quoi*? Sprechen Sie sich ruhig aus, *mon capitaine*. Es ist in der Tat kein Geheimnis, dass ich hin und wieder den Drachen jage, und Sie sollten froh darüber sein. Denn in gewisser Weise – wenn ich das so sagen darf – hat der Drache uns hierhergeführt. Und Sie dürfen mir in der Tat glauben, wenn ich Ihnen sage, dass ich mich mit meiner Leidenschaft in allerbester Gesellschaft befinde ...«

Ein heftiger und reichlich gekünstelt klingender Hustenanfall Sir Jeffreys unterbrach ihn. »Es ist spät«, wechselte der königliche Berater abrupt das Thema. »Sollten wir uns nicht zur Ruhe begeben? Soweit ich gehört habe, steht uns morgen ein anstrengender Tag bevor, wenn wir Hermopolis erreichen.«

»Ein guter Gedanke«, pflichtete Milton Fox ihm bei. »Schlaf ist genau das, was ich jetzt brauche. Mit Ihrer Erlaubnis, Lady Kincaid ...?«

»Natürlich, gehen Sie nur.« Sarah lächelte nachsichtig.

»Gute Nacht, Lady Kincaid.«

»Gute Nacht, Inspector. Schlafen Sie gut.«

»Keine Sorge«, versicherte der Inspector von Scotland Yard mit lallender Zunge. »Das werde ich ganz gewiss ...«

Auch Sir Jeffrey verabschiedete sich und zog sich zurück, ebenso Kamal, der sein Mahl aus Gebäck und frischen Datteln beendet hatte und sich auf dem Sonnendeck sichtlich unbehaglich fühlte. Zurück blieben nur Sarah, Maurice du Gard und Stuart Hayden, der an die Reling trat und auf das breite Band des Nils blickte, das im Mondlicht glitzerte.

»Was für eine wunderbare Nacht«, stellte er fest.

Sarah hob die Brauen. »Seit wann haben Soldaten Augen für die Schönheit der Natur?«

»Sie kennen mich nicht, Lady Kincaid. Und solange Sie mich nicht kennen, sollten Sie sich kein Urteil über mich erlauben.«

»Zugegeben«, räumte Sarah ein. »Ich kenne Sie nicht, Captain – aber ich weiß, wofür Sie stehen. Und das genügt mir.«

»Tatsächlich? Und wofür stehe ich?«

»Für die Arroganz der Mächtigen«, gab Sarah bereitwillig Auskunft, »für das rücksichtslose Recht des Stärkeren und für eine Gesellschaft, die sich selbst als Maß aller Dinge betrachtet, ungeachtet der Tatsache, dass alles Menschliche vergänglich ist.«

Hayden antwortete nicht sofort. Sarahs Worte schienen ihn zu treffen, denn sein Blick wurde starr, und seine Kieferknochen mahlten. »Ich habe die Menschen dieses Landes anders erlebt als Sie, Lady Kincaid«, meinte er schließlich, »nämlich als Gegner im Krieg. Und ich habe zahllose meiner Männer im Wüstensand einen grausamen Tod sterben sehen.«

»Das tut mir leid, Captain«, erwiderte Sarah mit ehrlichem Bedauern. »Aber nicht Ägypten hat Ihre Soldaten getötet, sondern jene, die Sie hierhergeschickt haben, um des bloßen Profites willen.«

»Was soll das heißen? Gehören Sie etwa auch zu denen, die den Nutzen der Kolonien in Zweifel ziehen?«

»Ich sage nur, dass wir uns damit auf einen gefährlichen Pfad begeben haben, dessen Ende wir nicht absehen können«, erwiderte Sarah.

»Ich verstehe.« Hayden nickte, wandte sich ab und blickte wieder hinaus auf den Fluss. Dann leerte er sein Weinglas, stellte es auf ein bereitstehendes Tablett und verbeugte sich steif. »Wenn

Sie mich jetzt entschuldigen möchten, Lady Kincaid – ich habe eine Wachschicht zu übernehmen.«

»Natürlich«, erwiderte Sarah, und mit geräuschvollen Schritten marschierte der Offizier davon.

»Du solltest das nicht tun, *chérie*«, tadelte du Gard. Inzwischen hatten auch die übrigen Gäste die Lounge verlassen und sich zur Nachtruhe begeben, sodass sie ganz allein waren.

»Was meinst du?«, fragte Sarah.

»Du solltest dir Hayden nicht zum Feind machen.«

»Und das sagst ausgerechnet du?«

»Er ist ein guter Offizier und kennt seine Pflicht.« Du Gard grinste. »Und überdies hat er eine Schwäche für dich.«

»Hayden? Für mich? Ausgeschlossen.«

»Glaub mir, es ist so.« Du Gard lachte leise. »Auch wenn du seine Gefühle nicht erwiderst, du solltest froh sein, dass du jemanden hast, auf den du dich verlassen kannst. Von allen Leuten, die diese Expedition begleiten, taugt Hayden am allerwenigsten zum Verräter.«

»Bleiben noch Sir Jeffrey und Milton Fox.«

»Fox ist ein Engländer, wie er im Buche steht: arrogant, borniert und auf sich selbst beschränkt. Aber ich glaube nicht, dass er Scotland Yard je verraten würde.«

»Und Sir Jeffrey?«

Du Gard lächelte. »Erwartest du von mir, dass ich einen königlichen Berater anschwärze?«

»Ich erwarte gar nichts, Maurice. Ich will nur wissen, was du denkst.«

»Nun – Jeffrey Hull ist ein Mitglied der Liga, *n'est pas*? Und das macht ihn grundsätzlich verdächtig. Allerdings sehe ich in seinem Verhalten keinen Grund zum Argwohn.«

»Dann sind wir ebenso ratlos wie vorher«, folgerte Sarah. »Denn Kamal hat in Kairo eindrucksvoll bewiesen, dass er auf unserer Seite steht.«

»Vergiss meine Wenigkeit nicht«, wandte du Gard ein.

»Unsinn«, wehrte Sarah ab. »Du bist kein Verräter. Hayden und Fox mögen das glauben, aber ich nicht.«

»Willst du ernstlich behaupten, dass dir der Gedanke noch nie gekommen ist, *chérie*?«

»Der Gedanke ist mir durchaus gekommen«, gab Sarah zu, »aber nur für einen kurzen Augenblick. Außerdem hast du soeben bewiesen, dass du nicht der Verräter sein kannst.«

»Weshalb nicht?«

»Wenn es so wäre, würdest du mich bestimmt nicht mit der Nase darauf stoßen, oder?«

Du Gard ließ ein Lachen vernehmen, das zugleich amüsiert und bitter klang. »Du musst dich vorsehen, Sarah. In dem Kampf, der dir bevorsteht, hast du es mit Gegnern zu tun, die ungleich verschlagener sind als du. Wenn du überleben willst, musst du lernen, wie sie zu denken. Dass ich selbst den Gedanken ins Spiel bringe, ich könnte für den Feind spionieren, könnte ebenso gut auch Taktik sein.«

»Inwiefern?«

Du Gard lächelte. »Nenne es das Prinzip der doppelten Täuschung – ich könnte versuchen, mir dein Vertrauen zu erschleichen und mich auf diese Weise weniger verdächtig zu machen.«

»Du brauchst dir mein Vertrauen nicht zu erschleichen, Maurice«, erwiderte Sarah. »Du hast es bereits.«

»Und wenn ich dein Vertrauen nicht verdiene?«

»Was meinst du damit?« Sarah blickte ihn herausfordernd an.

»Hast du dich nie gefragt, weshalb ich an dieser Expedition teilnehme, *ma chère*?«

»Nun, ich nahm an, dass du die Wahrheit ebenso herausfinden willst wie ich selbst. Außerdem weißt du, dass du etwas gutzumachen hast. Und ein schlechtes Gewissen kann ein starker Antrieb sein.«

»Du sprichst aus eigener Erfahrung, *n'est pas*?« Du Gard lächelte. »Ist dir nie der Gedanke kommen, ich könnte eine eigene Agenda verfolgen? Dass ich meine eigenen Gründe haben könnte, das Buch von Thot zu erforschen?«

»Was für Gründe?«, fragte Sarah.

»Sagt dir der Name Éteilla etwas?«

»Nein.«

»Es ist der *nom de voyage* eines Landsmannes von mir – ein gewisser Jean François Aliette, der vor etwa hundert Jahren lebte. Er war ein Meister des Tarots, der einige Regeln des Kartenlegens veränderte und sogar neue Karten hinzugefügt hat.«

»Kann sein.« Sarah zuckte mit den Schultern. »Ich verstehe nichts von diesen Dingen. Was hat das mit dem Buch des Thot zu tun?«

»Éteilla«, fuhr du Gard fort, »gründete im Jahr 1788 eine geheime Vereinigung, die sich ›Deuter des Buches von Thot‹ nannte und die die Auffassung vertrat, das darin die letzten Geheimnisse des Tarot niedergeschrieben sind. Verstehst du, worauf ich hinauswill?«

»Ich kann es mir denken.«

»Das verschollene Buch birgt geheimes Wissen, Sarah. Seit Hunderten von Jahren suchen Menschen aus den verschiedensten Gründen danach – auch jene, die die Zukunft zu deuten versuchen. Du siehst also, ich hätte gute Gründe, dich zu verraten und das Buch in meinen Besitz zu bringen. Die Sache ist nur – ich werde es nicht tun. Willst du wissen, wieso?«

»Ich weiß es bereits«, versicherte Sarah.

»Tatsächlich?«

»Ich denke schon. Du magst ein Windhund sein und ein Bonvivant, du Gard, und es gab eine Zeit, da habe ich dich verflucht – aber ein Verräter bist du ganz sicher nicht. Denn um Verrat zu üben, darf man keine Achtung vor sich selbst besitzen. Du jedoch bist der selbstverliebteste Mensch, den ich kenne.«

Du Gard lachte erneut, ein wenig befreiter diesmal, obwohl

Sarah für einen kurzen Augenblick den Eindruck hatte, dass er etwas anderes hatte sagen wollen. »Und das glaubst du wirklich?«, wollte er wissen.

»Allerdings.«

»*Eh bien*, dann behalte das gut in Erinnerung, Sarah. Vor allem für den Fall, dass mir etwas zustoßen sollte.«

»Für den Fall, dass dir etwas zustoßen sollte?« Sarah bekam trotz der schwülen Hitze eine Gänsehaut. Die Richtung, in die das Gespräch sich entwickelte, gefiel ihr nicht.

»Erinnerst du dich an jenen Abend in meiner Kammer?«, fragte du Gard. »Als ich den Drachen befragte und die Vision vom vierten Mordopfer hatte?«

»Natürlich.«

»An jenem Abend«, fuhr der Franzose mit leiser, fast flüsternder Stimme fort, »ging meine Vision noch weiter.«

»Ich weiß.« Sarah nickte. »Du hast etwas gesehen, nicht wahr? Aber du wolltest bislang nicht darüber sprechen.«

»Ich hatte meine Gründe, *chérie*, denn es ist nicht gut, wenn ein Mensch zu viel über die Zukunft weiß. Hätte ich dir gesagt, was ich gesehen habe, so hättest du um jeden Preis versucht, es zu verhindern, und mich an dieser Expedition nicht teilnehmen lassen. Aber es ist wichtig, dass ich hier bin, genau jetzt, in diesem Augenblick. Alles, was geschieht, Sarah, selbst das Gespräch, das wir augenblicklich führen, gehört zum großen Plan.«

»Zum großen Plan?« Sarah hob die Brauen. Schon den ganzen Abend über hatte du Gard sich reichlich seltsam benommen, aber nun ... »Was genau hast du gesehen, Maurice?«, wollte sie wissen.

»Etwas Schreckliches«, antwortete er ausweichend.

»Was genau war es?«

Er sah ihr direkt in die Augen. »Ich habe«, sagte er leise, »ich habe mein eigenes Ende gesehen, *chérie*.«

Sarah war wie vom Donner gerührt. Nach all den Anspielungen, die du Gard hatte fallen lassen, hatte sie geahnt, dass er etwas Derartiges sagen würde. Aber der rationale Teil ihres Bewusstseins wehrte sich mit aller Macht dagegen.

»Humbug«, widersprach sie barsch. »Das bildest du dir nur ein, Maurice. Die Zukunft ist noch nicht geschrieben. Es liegt in unserer Hand, sie zu beeinflussen und zu verändern.«

»Nicht diesen Teil unserer Zukunft«, erwiderte du Gard mit wehmütigem Lächeln. »Verstehst du nicht, Sarah? Alles hängt zusammen: die Morde in London, unsere Reise hierher, der Tod deines Vaters, der Verräter in unseren Reihen – selbst jener Teil deiner Kindheit, an den du dich nicht zu erinnern vermagst ...«

»Die Dunkelzeit?« Sarah horchte auf. »Was hat sie damit zu tun?«

»Du wirst es herausfinden«, meinte du Gard überzeugt. »Nach und nach wird sich dir dein Schicksal offenbaren, Sarah – aber hüte dich vor deinen Feinden.«

»Was soll das heißen?« Sarah spürte ohnmächtige Wut in sich aufsteigen. »Verdammt, du Gard, werde gefälligst deutlicher. Was weißt du über meinen Vater? Und über die Zeit, an die ich mich nicht erinnere?«

»Hab Geduld, Sarah. Die Zeit wird es ans Licht bringen.«

»Aber ich will nicht warten«, protestierte sie. »Sag mir jetzt, was du weißt.«

»Das darf ich nicht. Wahrscheinlich habe ich ohnehin schon zu viel gesagt.«

»Was meinst du damit?«

»Hab keine Angst, Sarah. Vertraue auf das Licht. Es wird dich ans Ziel führen.« Du Gard leerte sein Weinglas in einem Zug und stellte es zurück auf den Tisch.

Für den Franzosen schien damit alles gesagt zu sein – aber nicht für Sarah. Zahllose Fragen drängten sich ihr auf, die alle zugleich über ihre Lippen wollten.

»Aber wer ...? Wie ...?«, stammelte sie hilflos – als eine schwere Erschütterung das Schiff durchlief. Gleichzeitig erfolgte ein ohrenbetäubender Knall, und über dem Vorderdeck, jenseits des hohen Schlotes der *Egypt Star*, flammte ein orangeroter Feuerball auf, der lodernd in den dunklen Nachthimmel stieg, um sich schließlich in einer dunklen Rauchwolke zu verlieren.

Alarmiert sprang Sarah auf, anders als du Gard, der gelassen sitzen blieb, als hätte er genau gewusst, was geschehen würde. Während vom Vordeck lautes Geschrei erklang, stürzte Sarah zur Reling und blickte noch vorn zum Bug. Was sie sah, ließ ihr das Blut in den Adern gefrieren. Loderndes Feuer spiegelte sich im Wasser des Nils. Die vorderen Deckaufbauten standen in Flammen, und den gellenden Schreien nach zu urteilen, gab es viele Verwundete …

Das spontane Bedürfnis zu helfen erfüllte Sarah, und sie stürmte die Stufen zum Promenadendeck hinab, wo helle Aufregung herrschte. Passagiere, die sich bereits schlafen gelegt hatten, drängten aufgeregt aus ihren Kabinen, während Stewards und Matrosen in heilloser Panik umherliefen. Chaos war ausgebrochen. Weder gab es koordinierte Rettungsarbeiten, noch versuchte jemand, das Feuer zu löschen.

»Du da!« Sarah griff sich kurzerhand einen jungen Bediensteten, der sich an ihr vorbeidrücken wollte. »Wir brauchen Eimer! Eine Löschkette! Schnell, verstehst du …?«

Der Junge sandte ihr einen gehetzten Blick, nickte und verschwand in der wimmelnden Menge. Gegen den Strom der Passagiere, die panisch nach achtern flüchteten, kämpfte sich Sarah bugwärts. Schon stieg ihr der bittere Qualm in die Nase, schlug ihr sengende Hitze entgegen – als sie plötzlich gegen ein rot uniformiertes Hindernis prallte. Stuart Hayden …

»Wo wollen Sie hin?«, erkundigte sich der Offizier unverhohlen vorwurfsvoll.

»Lassen Sie mich«, protestierte Sarah und versuchte, an ihm vorbeizukommen. »Ich möchte helfen …«

»Da gibt es nichts mehr zu helfen«, konstatierte Hayden. »Für die armen Teufel, die es bei der Explosion erwischt hat, kommt jede Hilfe zu spät.«

»Dann müssen wir versuchen, den Brand zu löschen . . .«

»Das werden wir«, versicherte der Offizier. »Aber Sie werden sich jetzt in Sicherheit begeben und uns die Arbeit überlassen.«

»Verdammt, Hayden«, platzte es aus Sarah heraus. »Wofür halten Sie sich? Für mein Kindermädchen?«

»Ich bin für Ihre Sicherheit auf dieser Reise verantwortlich, und ich werde nicht zulassen, dass . . .«

Hayden unterbrach sich plötzlich und starrte hinauf zum Bootsdeck. Als Sarah sich umwandte, sah sie, was ihn so überrascht hatte: eine vermummte Gestalt, die dort oben stand. In ihrer schwarzen Kluft und dem Burnus, den sie sich vors Gesicht geschlagen hatte, war sie kaum auszumachen, nur der Widerschein der Flammen riss sie aus der Dunkelheit.

»Ein Ablenkungsmanöver«, dämmerte es Sarah jäh. »Die Explosion ist nur ein Ablenkungsmanöver. Unsere Feinde sind hier, hier an Bord!«

»Bewahren Sie Ruhe«, meinte Hayden beschwichtigend, »wir können nicht . . .«

Im nächsten Moment war der Vermummte auf dem Bootsdeck verschwunden. Sarah riss sich von Hayden los und nahm die Verfolgung auf. Hals über Kopf rannte sie zur Treppe und enterte zum nächsten Bootsdeck auf, gefolgt von Hayden, der ihr fluchend auf den Fersen blieb und seinen Armeerevolver aus dem Holster riss.

Sarah rannte, so schnell ihre Beine sie trugen und der Rock ihres Kleides es zuließ. Die Aussicht, einen der vermummten Attentäter lebend zu fassen und ihn einer Befragung zu unterziehen, beflügelte ihre Schritte. Da die meisten Passagiere die oberen Decks verlassen hatten, lag der Korridor mit den Kabinentüren menschenleer vor ihr. Sarah durchmaß ihn mit raschen Schritten und gelangte auf einen Quergang. Beide Seiten führten nach draußen; flackernder Feuerschein drang herein, und man konnte die Schreie der aufgebrachten Passagiere hören. Nur von dem Vermummten fehlte jede Spur ...

Plötzlich waren Schüsse zu hören. Scharf und klar war ihr peitschender Knall über das Geschrei der Passagiere und das Tosen der Flammen hinweg zu hören ...

»Das kam von achtern«, stellte Sarah fest – und entsetzt wurde ihr klar, dass du Gard sich dort aufhielt.

Sie wollte weiter, als Hayden sie einholte. »Warten Sie«, raunte er ihr atemlos zu. »Können Sie damit umgehen?« Er hielt ihr den Revolver hin.

Sie nickte und nahm die Waffe entgegen. Dann wandte sie sich um und setzte den Gang hinab in Richtung Sonnendeck, gefolgt von dem Offizier, der seinen Säbel blankzog.

Gemeinsam erreichten sie das Ende des Korridors, stürzten hinaus auf die Balustrade und legten die letzten Yards zum Sonnendeck im Laufschritt zurück. Während sich unter ihnen die aufgebrachten Passagiere auf dem Achterdeck drängten und die ersten Rettungsboote zu Wasser gelassen wurden, erreichten Sarah und Hayden die von Sonnensegeln überspannte Aussichtslounge.

Du Gard saß noch immer dort, wo Sarah ihn zuletzt gesehen hatte, in seinem Stuhl an der runden Tafel. Sein Kopf war jedoch zur Seite gefallen, und sein mit Rüschen besetztes Hemd hatte sich blutrot verfärbt.

»Nein!«, brüllte Sarah entsetzt – als erneut Schüsse fielen. Es krachte entsetzlich. Tödliches Blei prasselte und bohrte sich unmittelbar neben Sarah ins Holz der Planken.

Einem jähen Instinkt gehorchend, riss sie einen der kleinen Serviertische um und warf sich dahinter in Deckung. Die Attentäter hielten sich noch auf dem Sonnendeck auf. Sie waren gerade dabei gewesen, das Schiff zu verlassen, als Sarah und Hayden dazugekommen waren. Unbändige Wut auf die vermummten Mörder überkam Sarah. Den Armeerevolver in der Faust, tauchte sie aus der Deckung, zielte und schoss – und traf einen der Kerle, der sich soeben über die Reling hatte schwingen wollen.

Der Mann gab einen erstickten Schrei von sich, breitete die Arme aus, kippte über die planenbespannte Reling und verschwand in der Tiefe. Seine beiden verbliebenen Kumpane gaben wüste arabische Verwünschungen von sich und feuerten erneut. Wie Mortimer Laydons Entführer waren sie mit kurzläufigen Flinten bewaffnet, die eine verheerende Streuung besaßen.

Zwei Schüsse donnerten, und Sarah spürte, wie ihre Deckung unter dem einprasselnden Blei erbebte. An einigen Stellen gab die Tischplatte nach und splitterte, worauf Sarah ihr Versteck aufgab und über die Planken davonkroch. Dass sie dabei ihr Kleid ruinierte, war ihr reichlich egal. Bäuchlings auf dem Boden liegend, erwiderte sie das Feuer und traf einen weiteren Attentäter an der Schulter. Der Mann ließ seine Waffe fallen und brach zusammen, während sein Kumpan Fersengeld gab und hastig über Bord sprang.

»Sie verstehen in der Tat, mit einem Revolver umzugehen«, meinte Hayden anerkennend, der sich ebenfalls hinter einen umgestürzten Tisch geflüchtet hatte. »Wer hätte gedacht, dass eine Lady ...«

»Captain! Vorsicht!«, schrie Sarah, als sich ein bedrohlicher Schatten aus der Dunkelheit löste und auf den Offizier stürzte: ein weiterer Vermummter, der sich von hinten an Hayden herangeschlichen hatte.

Sarah riss ihre Waffe in den Anschlag, aber sie konnte nicht auf den Angreifer feuern, ohne Hayden dabei zu gefährden. Einen Augenblick lang rangen der mit einem Krummdolch bewehrte Angreifer und der Offizier miteinander. Dann gelang es Hayden, den Vermummten von sich zu stoßen. Sofort ging der Attentäter zum Gegenangriff über, holte zum tödlichen Streich mit dem Türkendolch aus. Hayden jedoch war schneller. In einer geschmeidigen Bewegung führte der Offizier seinen Säbel und brachte dem Angreifer damit eine klaffende Wunde bei, die quer über seine Brust verlief. Mit einem heiseren Schrei wankte der Vermummte zurück, und Hayden versetzte ihm den Todesstoß.

Sofort sprang Sarah auf und wollte zu du Gard. Er saß nach wie vor leblos auf seinem Stuhl, um den sich eine schimmernde Blutlache gebildet hatte. Sie hatte ihn noch nicht erreicht, als sie einen hasserfüllten Schrei vernahm. Abrupt blieb sie stehen und fuhr herum, sah, wie der Vermummte, den sie nur angeschossen hatte, sich an der Reling emporzog und auf die Beine raffte. Der Attentäter hatte seine Schrotflinte erneut geladen und auf Hayden angelegt, der schutzlos und ohne Deckung stand. Schon krümmte sich der Finger des Vermummten am Abzug – als Sarah schoss.

Der Martini-Henry, dessen Griff sie mit beiden Händen umklammert hielt, zuckte und schickte das Blei auf Reisen. Es ereilte den Vermummten, noch ehe dieser schießen konnte. Die Kugel fuhr in die Brust des Mannes und streckte ihn nieder – und diesmal kam er nicht wieder hoch. Sarah ließ den noch rauchenden Revolver fallen und rannte endlich zu du Gard. Der Franzose lebte noch, aber sein Puls war schwach und sein Atem ging flach und rasselnd. Eine aus unmittelbarer Nähe abgegebene Schrotsalve hatte seine Brust zerfetzt. Überall war Blut ...

»Maurice!«, hauchte Sarah verzweifelt. »Verzeih mir, Maurice! Ich wollte nicht, dass es so weit kommt ...«

»Du kannst nichts dafür, Sarah ...« Du Gards Antwort war kaum zu verstehen, Blut rann ihm dabei aus den Mundwinkeln. »Du hast nur getan, was du tun musst, was deine Bestimmung ist ...«

»Nicht sprechen«, wies sie ihn an. »Du musst deine Kräfte schonen, hörst du?«

»Wofür?« Er lachte heiser, worauf ein ganzer Schwall Blut über seine Lippen kam. »Meine Reise ist zu Ende ...«

»Nein, Maurice, bitte nicht. Ich brauche dich ...«

»*Non*, Sarah ... Du brauchst mich nicht ... Hast mich nie gebraucht, nicht einmal damals ...« Er würgte am Blut und wurde von einem Hustenkrampf geschüttelt, der ihm die letzte Kraft zu rauben schien. »Sarah ...«

»Ja, Maurice?«

»Muss dir ... noch etwas sagen ...«, presste er mühsam und mit ermattender Kraft hervor.

»Ja?«

»Was deine Vergangenheit betrifft, die Dunkelzeit ...«

»Was ist mir ihr?«

»Du bist nicht ...«, begann du Gard – aber seine Worte gingen in ein Stöhnen über, als der Schmerz ihn übermannte.

»Was ist mir meiner Vergangenheit, Maurice?«, drängte Sarah. »Was weißt du darüber?«

Du Gard wollte antworten, aber er konnte nicht. Der Schmerz wurde zu stark. Ein Stöhnen entrang sich der Kehle des Franzosen, sein Blick wurde milchig und trüb.

»Sarah ...«, flüsterte er, und seine zitternde, blutige Hand suchte die ihre.

»Ja?« Sie ergriff seine Rechte und drückte sie an sich.

»*J ... je t'aime*«, hauchte du Gard mit dem letzten Atemzug. »Ich habe dich immer geliebt ...«

Noch einmal bäumte sich sein gepeinigter Körper auf, dann sank sein Kopf nach unten, auf die blutige Brust. Die schlanke Gestalt des Franzosen entkrampfte sich, ebenso wie die Hand, die Sarah umklammerte.

Es war vorbei.

Lange Zeit war Sarah Kincaid nicht zu einer Regung fähig. Über Maurice du Gards leblosen Körper gebeugt, kauerte sie in einem Strom aus Blut, der nach allen Seiten über die Planken kroch. Wie aus weiter Ferne drangen das Tosen der Feuersbrunst und die Schreie von Matrosen und Passagieren an ihr Ohr.

Dann kam die Trauer.

Und der Schmerz.

5

Persönliches Tagebuch

Die Vergangenheit …

Nachdem ich ihr über Monate hinweg zu entkommen suchte, hat sie mich nun eingeholt – schneller und grausamer, als ich es mir je hätte träumen lassen.

Mir ist, als wäre mit Maurice du Gard auch ein Teil von mir gestorben. Obschon ich keine Leidenschaft mehr für ihn empfand, wird mir erst jetzt, da ich ihn verloren habe, bewusst, was für ein loyaler Freund er mir gewesen ist. Und zu meiner Trauer gesellt sich die Gewissheit, dass ich meinen letzten treuen Verbündeten auf dieser Reise verloren habe.

Was bleibt, sind viele Fragen.

Weshalb wurde die Egypt Star *angegriffen? Und warum gerade in dieser Nacht? Ich kann nur vermuten, dass ein diabolisch arbeitender Verstand hinter alldem steckt, der Maurice du Gard als Risiko betrachtet hat und ihn deshalb aus dem Weg räumen ließ. Vielleicht ist Maurice mit dem, was er sah, der Wahrheit zu nahe gekommen. Aber welcher Wahrheit? Worum geht es bei dieser Jagd auf ein altes Artefakt in Wirklichkeit? Je mehr ich darüber nachdenke, desto mehr habe ich das Gefühl, dass mir die Antwort entgleitet.*

Gibt es überhaupt einen höheren Sinn, der all dies erklärt? Ist tatsächlich alles Schicksal, wie der weise Ammon meinte? Oder sind wir alle längst zu Spielbällen eines grausamen Zufalls geworden?

Und was ist von Maurices letzten Worten zu halten? Was wusste er über meine Vergangenheit, das er mir noch offenbaren wollte? Ich werde es wohl nie erfahren, denn Maurice du Gard, der sein eigenes Ende voraussah, hat sein letztes Geheimnis mit ins Grab genommen.

Verzweiflung erfüllt mich wie damals in Alexandrien, und ich frage mich, ob ich alldem noch gewachsen bin. Sollte ich nicht aufgeben und dorthin zurückkehren, wo ich ...

Sarah unterbrach den Eintrag in ihr Tagebuch, als jemand leise an die Kabinentür klopfte.

»Ja?«, fragte sie vorsichtig.

»Ich bin es. Hayden.«

Sarah legte die Feder beiseite und erhob sich, trat an die Kabinentür, entriegelte und öffnete sie.

Stuart Hayden hatte fraglos schon besser ausgesehen. Seine Gesichtszüge waren rußgeschwärzt, sein roter Uniformrock grau gefleckt und unansehnlich. Sein Haar war angesengt, der bittere Geruch von kaltem Rauch folgte ihm wie ein Schatten.

»Darf ich eintreten?«

»Nur zu«, forderte Sarah ihn auf. »Aber ich sollte Sie warnen, Captain: Ich bin zu müde, um mich mit Ihnen zu streiten.«

»Das hatte ich offen gestanden auch nicht vor.« Er lächelte matt. »Ich wollte Ihnen nur mitteilen, dass es uns gelungen ist, den Brand auf dem Vordeck zu löschen. Die meisten Passagiere haben das Schiff bereits verlassen, aber man hat uns freigestellt, bis Tagesanbruch zu bleiben.«

»Sehr gut.« Sarah gab sich Mühe, Haltung zu bewahren. »Wie geht es den anderen?«

»Sir Jeffrey und Fox sind wohlauf, ebenso Ihr Freund Kamal. Allerdings haben vier Seeleute und zwei Passagiere bei der Explosion den Tod gefunden. Und natürlich du Gard ...«

Sarah nickte stumm. Ihre Augen schimmerten feucht.

»Lady Kincaid, wenn ich etwas für Sie tun kann ...«

»Danke, Captain. Ich habe, was ich brauche.«

Der Offizier nickte und wollte gehen, besann sich dann aber anders. »Wenn es Ihnen ein Trost ist – ich bedaure sehr, was geschehen ist«, sagte er leise. »Und es tut mir leid, dass ich du Gard verdächtigt habe, ein Spion zu sein.«

»Schon gut, Captain.« Sarah schüttelte traurig den Kopf. »Es spielt keine Rolle mehr. Wussten Sie übrigens, dass du Gard Sie sehr geschätzt hat?«

»Tatsächlich?«

»Allerdings.« Sarah rang sich ein Lächeln ab. »Wenn auch auf eine etwas seltsame Weise, wie Sie sich denken können. Er sagte mir, ich sollte nicht so hart mit Ihnen ins Gericht gehen.«

»Ist das wahr?« Hayden schürzte die Lippen. »Sieh an – da hatte ich einen Verbündeten und wusste es noch nicht einmal.«

»Es gab vieles an Maurice du Gard, wovon niemand wusste.«

»Ist er tatsächlich ein Hellseher gewesen?«, wollte der Offizier wissen. »Hatte er wirklich die Gabe, in die Zukunft zu sehen?«

»Ich denke schon.«

»Warum hat er sein Ende dann nicht vorausgesehen?«

»Er hat es vorausgesehen, Captain«, versicherte Sarah mit Bitterkeit in der Stimme. »Kurz bevor er starb, hat er es mir gesagt. Er sah sein Ende als so unausweichlich an, dass er noch nicht einmal zusammenzuckte, als sich die Explosion ereignete. Der letzte Blick, mit dem er mich bedachte, war auf eine sehr befremdliche Art und Weise ... wissend. So, als hätte du Gard alles, was geschehen würde, in seinen Visionen bereits erlebt.«

Sie konnte die Tränen nicht länger zurückhalten. Ungehemmt rannen sie ihr über die blassen Wangen, und Hayden, der sehen konnte, wie nahe ihr die Unterhaltung ging, wechselte rasch das Thema.

»Sie haben sich überaus wacker geschlagen«, erkannte er an. »Wo haben Sie gelernt, so zu schießen?«

»Archäologie war nicht das Einzige, was mein Vater mir beigebracht hat«, erklärte Sarah, während sie energisch die Tränen beiseitewischte. »Den Rest lernt man, wenn man am Leben bleiben will. Aber was nützt es? Es hat mir weder geholfen, meinen Vater zu retten noch den armen Maurice, ebenso wenig wie ich Mortimer Laydons Entführung verhindern konnte.«

»Sie dürfen sich keine Vorwürfe machen. Was geschehen ist, ist geschehen. Wenn jemand Verantwortung für du Gards Tod übernehmen muss, dann bin ich es. Meine Aufgabe war es, für die Sicherheit der Expedition zu sorgen, und ich habe versagt. Wenn Sie wollen, dass ich meinen Posten räume ...«

»Nein, Captain.« Sarah schüttelte entschieden den Kopf. »Das kommt nicht in Frage. Maurice du Gard hat an Sie geglaubt, und ich glaube ebenfalls an Sie. Wenn ich diese Expedition fortsetze, dann nur mit Ihnen zusammen.«

»*Wenn* Sie die Expedition fortsetzen? Demnach haben Sie Zweifel?«

»Ja«, gestand Sarah. »Ich weiß, dass Sie der Letzte sind, dem ich es eingestehen sollte, aber ich bin mir nicht sicher, ob ich meiner Aufgabe noch weiter gewachsen bin. Was, wenn noch mehr Unschuldige sterben? Wenn all das hier« – sie machte eine ausholende Geste – »nur ein schrecklicher Irrtum ist?«

»Das ist nicht die Lady Kincaid, die ich kenne«, stellte Hayden fest. »Wo ist Ihre Entschlossenheit geblieben? Wo Ihr Glaube?«

»Vielleicht habe ich ihn ja verloren, Captain.«

»Weshalb? Wegen du Gard? Glauben Sie, er würde wollen, dass Sie seinetwegen aufgeben?«

»Nein, ich ...« Sarah unterbrach sich. Die Trauer schnürte ihr die Kehle zu, und sie merkte, dass sie die Fassung vollkommen zu verlieren drohte. »Gehen Sie, Captain«, forderte sie Hayden deshalb auf. »Lassen Sie mich jetzt allein, bitte.«

»Wie Sie wünschen.« Der Offizier nickte. »Aber mit Ihrer Erlaubnis werde ich zwei Wachen vor Ihrer Kabinentür postieren.«

Zu müde und zu verwirrt, um zu widersprechen, gab Sarah ihre Zustimmung, und Hayden ging. Zurück blieb eine junge Frau, die erneut einen Verlust erlitten hatte und sich einmal mehr die Schuld dafür gab.

»Warum nur, Vater?«, flüsterte sie und blickte auf die Photographie, die sie auf den kleinen Nachttisch gestellt hatte und die ein Porträt Gardiner Kincaids zeigte. »Warum nur hast du mir nie gesagt, dass es so schwer werden würde ...?«

Niedergeschlagen sank sie auf die Kante der Koje und ließ ihren Tränen freien Lauf. Nur ein einziges Mal in ihrem Leben hatte Sarah Kincaid sich so allein und verzweifelt gefühlt wie in diesem Augenblick, und das war damals in Alexandrien gewesen. Ihr einziger Freund war tot, ein brutaler Feind bedrohte sie, und ein Verräter war in ihrer Nähe – denkbar schlechte Voraussetzungen, um eines der letzten großen Rätsel der Archäologie zu lösen.

Die Frage, ob sie überhaupt eine Chance hatte, das Buch von Thot zu finden, noch dazu vor der Gegenseite, nagte an Sarah, und Furcht erfüllte sie, Furcht vor dem, was sie bisher gesehen und erfahren hatte. Einmal mehr wünschte sie sich ins ferne Yorkshire zurück, weit weg von Hitze und Staub, aber natürlich wusste sie, dass dies unmöglich war.

»Warum nur, Vater?«, schluchzte sie erneut. »Warum hast du mir nie die Wahrheit gesagt ...?«

Wie lange sie so saß, wusste sie später nicht mehr zu sagen. Vielleicht hätte sie noch bis Tagesanbruch auf der Kante ihrer Koje gekauert, hätte sie nicht vor der Kabinentür Stimmen vernommen.

»... keinen Zutritt! Pack dich, Kerl, oder müssen wir dir erst Beine machen?«

»Aber ich muss mit Lady Kincaid sprechen. Es ist sehr wichtig.«

»Eine Lady empfängt keine hergelaufenen Araber, und schon gar nicht, wenn sie so schmutzig und zerlumpt daherkommen wie du! Was bildest du dir eigentlich ein, du ...?«

»Was gibt es, Corporal?«

Sarah war an die Tür getreten und hatte sie einen Spalt weit geöffnet. Auf dem Korridor stand Kamal, einen verzweifelten

Ausdruck im Gesicht, während die beiden Posten, die Hayden zu Sarahs Sicherheit aufgestellt hatte, ihm ihre Bajonette unter die Nase hielten.

»Allah, ich danke dir!«, rief Kamal aus. »Jetzt wird alles gut werden. Bitte, Lady Kincaid, sagen Sie diesen Männern, dass ich kein Feind bin, sonst werden sie mich noch aufspießen wie einen Hammel.«

»Keine Sorge, Gentlemen«, versicherte Sarah den beiden Wachen bereitwillig, die erst in Minieh an Bord gekommen waren und Kamal deshalb nicht kannten. »Dieser Mann ist unser Führer und genießt mein volles Vertrauen.«

»Sehr wohl, Lady Kincaid.« Der Corporal und sein Untergebener senkten die Waffen und nahmen Haltung an. Kamal entblößte daraufhin seine blitzenden Zähne zu einem Grinsen, und Sarah ließ ihn eintreten. Zu Hause in England wäre es ein Fauxpas allererster Güte gewesen, einen Mann – noch dazu einen Muselmanen – die Kammer einer Dame betreten zu lassen. Hier jedoch, fernab von der britischen Heimat, galten andere Regeln. Und obwohl sie eigentlich hatte allein sein wollen, spürte Sarah plötzlich, dass Kamals Besuch ihr gar nicht ungelegen kam ...

»Was gibt es?«, erkundigte sie sich. »Möchtest du den Dienst quittieren, nach allem, was geschehen ist? Ich könnte es gut verstehen ...«

»Durchaus nicht, Lady Kincaid«, verneinte Kamal in seinem wortgewandten Englisch. »Ich bin auch weiterhin bereit, an der Reise ins Ungewisse teilzunehmen – wenn Sie es sind.«

»Was willst du damit sagen?«

»Damit will ich sagen, dass ich weiß, was in Ihnen vorgeht. Auch Kamal hat schon Freunde verloren, Menschen, die ihm viel bedeutet haben. Und auch er war nahe daran, alles aufzugeben.«

»Wer sagt, dass ich aufgeben will?«

»Ihre Augen«, erwiderte Kamal mit fast beleidigender Beiläufigkeit. »Sie sagen alles.«

»Wirklich?« Entkräftet ließ Sarah sich erneut auf der Bettkante nieder. »Ist es denn so offensichtlich?«

»Ich fürchte schon.« Kamal nickte. »Deshalb bin ich gekommen, um Sie auf andere Gedanken zu bringen. Darf ich Ihnen eine Geschichte erzählen?«

»Tut mir leid, Kamal – mir ist nicht nach Geschichten zumute.«

»Diese wird Sie aber doch interessieren«, meinte er voller Überzeugung. »Es ist eine Geschichte der Tuareg, die seit vielen Generationen an den Lagerfeuern erzählt wird. Sie handelt von Nefar, einem Kameltreiber, der einst auszog, um eine Oase zu finden, die grüner und blühender sein sollte als jede andere in der Wüste. Also folgte er den Hinweisen, die man ihm gab – aber so sehr er auch danach suchte, er fand die Oase nicht. Tausend Tage und tausend Nächte lang irrte er durch das Meer aus Sand, wie die Beduinen die Wüste nennen. Anfangs war das Wasser ausreichend für ihn und seine Kamele, aber als der Vorrat knapp wurde, da reichte es nur noch für ihn allein, und ein Kamel nach dem anderen blieb in der Wüste zurück. Schließlich war Nefar ganz allein; er hatte alles verloren, was er je besessen hatte, und nachdem er den letzten Tropfen Wasser getrunken hatte, blickte er dem sicheren Tod ins Auge.«

»Was ist passiert?«, wollte Sarah wissen, der Kamals Geschichte tatsächlich ein wenig Ablenkung verschaffte.

»Als Nefar schon fast verdurstet und nur noch wenig Leben in ihm war, fand ihn ein Kundschafter der Tuareg. Er nahm ihn mit in sein Zelt, gab ihm zu essen und zu trinken, und so wurde Nefar gesund und kam wieder zu Kräften. Eines Nachts hörte er, wie sich im Lager ein paar alte Tuareg miteinander unterhielten – über eine Oase, grüner und blühender als jede andere in der Wüste und nur einen Tagesritt entfernt. Was glauben Sie, Mylady, hat Nefar getan?«

»Nun – er hat die Alten nach dem Weg gefragt, ist den Hinweisen gefolgt und hat die Oase gefunden.«

»Falsch.« Kamal schüttelte den Kopf, sein Blick hatte etwas Beschwörendes. »Nefar hat nicht weiter nach der Oase gesucht, die ihn fast das Leben gekostet hätte. Er ist nach Hause in sein Dorf zurückgekehrt, gründete dort eine Familie und wurde ein alter, sehr alter Mann. Nur ein Narr sucht, was er nicht finden kann, Lady Kincaid. Der Weise gehorcht dem Schicksal.«

»Willst du behaupten, ich wäre eine Närrin?«

»Das habe ich nicht gesagt. Aber Allah hat Ihnen ein Zeichen gesandt, Mylady. Einer Ihrer Gefährten ist tot, und man braucht kein Gelehrter zu sein, um dieses Zeichen zu deuten. Warten Sie nicht, bis Sie Ihre gesamte Herde an die Wüste verloren haben, wie Nefar es tat. Kehren Sie um, solange noch Zeit dazu ist.«

Sarah antwortete nicht sofort. Einerseits sträubte sich alles in ihr gegen Kamals Worte, andererseits hatte der junge Ägypter, dessen Weisheit weit jenseits seiner Jahre zu liegen schien, genau das ausgesprochen, was sie insgeheim dachte. Ein Teil von ihr war tatsächlich bereit aufzugeben, wollte nach Hause zurückkehren und alles hinter sich lassen, sich der Trauer und der Verzweiflung ergeben.

Aber Sarah wusste aus Erfahrung, dass dieser Weg ins Nirgendwo führte; es war eine Reise ins Land der Selbstvergessenheit, wo nichts mehr zählte als der eigene Schmerz. Sie hatte dieses Tal schon einmal durchschritten und wollte es nicht wieder tun. Ihr Vater hätte das nicht gewollt, und du Gard ganz sicher auch nicht ...

»Du hast Recht, Kamal«, erwiderte Sarah schließlich. »Bisweilen ist es tatsächlich besser umzukehren, und ich gebe zu, dass ich mich mit dem Gedanken getragen habe. Aber es gibt einen Unterschied zwischen deiner Geschichte und unserer Situation.«

»Nämlich?«

»Es ist nicht die Gewalt der Natur, die Kesh und Maurice du Gard das Leben gekostet hat, sondern die der Menschen. Nicht die Wüste hat sie getötet, sondern vermummte Mörder, die nicht einmal Manns genug waren, ihre Gesichter zu zeigen. Es war kein Schicksalsschlag, der meine Freunde getroffen hat, Kamal. Sie wurden das Opfer menschlicher Gier – und dieser Gier gilt es Einhalt zu gebieten, ehe sie noch mehr Menschenleben kostet.«

Kamals Blick war unmöglich zu deuten. »Das ist eben der Unterschied zwischen euch und uns«, sagte er leise.

»Was meinst du?«

»Die Kluft, die das Morgenland und das Abendland trennt, Lady Kincaid, besteht weder in unterschiedlichen Hautfarben noch in verschiedenen Religionen. Es ist die Art, wie wir leben, die uns unterscheidet. Im Orient pflegen wir auf das Schicksal zu hören und uns ihm gegebenenfalls zu fügen – im Okzident hingegen pflegt man so zu tun, als gäbe es das Schicksal nicht und alles wäre eine Frage des menschlichen Willens. Fügen Sie sich dem Schicksal, Lady Kincaid, ich beschwöre Sie, oder alles wird nur noch schlimmer werden.«

»Ich kann nicht, Kamal«, antwortete Sarah, die die Verzweiflung in den Augen des Ägypters sehen konnte. »Ich muss zu Ende bringen, was ich begonnen habe, schon um meines Onkels willen, der von unseren Feinden entführt wurde und den ich zu befreien hoffe. Aber es steht dir frei, die Expedition zu verlassen. Niemand wird dich deswegen ...«

»Kamal wird bleiben«, stellte der Ägypter klar. »Er wird dabei sein, wenn noch mehr Blut und Verderben über Sarah Kincaid und die Ihren kommen. Gute Nacht, Mylady.«

Damit machte er auf dem Absatz kehrt und verließ die Kabine. Der Zorn in seinen Worten war unüberhörbar gewesen, und tief in ihrem Inneren hatte Sarah das Gefühl, einen Fehler zu begehen. Dennoch – sie konnte nicht mehr zurück. Schon so viele Opfer waren gebracht worden, sollten sie alle vergeblich gewesen sein?

»Nein«, sagte sie leise und trat vor den großen ledernen Koffer, der ihre Reiseutensilien enthielt. Sie öffnete ihn, griff hinein und beförderte ein ledernes Holster zutage. Bedächtig zog sie den schweren Revolver hervor, der darin steckte und einst ihrem Vater gehört hatte: ein Colt des Typs 1878 Frontier, dessen geschwungener Perlmuttgriff perfekt in ihre Hand zu passen schien. Mit geübtem Griff klappte Sarah die Trommel aus und begann, sie mit Patronen zu laden.

Bislang hatten sie der Gegenseite die Initiative überlassen, hatten stets nur reagiert und sich die Regeln des Spiels diktieren lassen. Nun war es Zeit, die Spielregeln zu ändern.

Sarah Kincaid war dazu bereit.

6

Expeditionsbericht
25. Dezember 1883

Kurz nach Sonnenaufgang haben wir die Egypt Star *verlassen. Unter dem Schutz von Captain Haydens Eskorte, die in Minieh auf uns gewartet hat, sind wir nach Tehna el-Gebel aufgebrochen, einer kleinen Stadt, die an der Grenze zur Wüste liegt und die in der Antike als Dehenet bekannt war. In der örtlichen Karawanserei sollen die Kamele und Träger bereitstehen, die wir bestellt haben, dazu einige erfahrene Gräber, die schon früher für Projekte der Ägyptischen Liga gearbeitet haben.*

Die Stimmung ist gedrückt; Captain Hayden versteckt sich hinter seinen Pflichten als Offizier, Sir Jeffrey und Milton Fox haben den Morgen über kaum ein Wort verloren. Niemand kann sich vorstellen, dass zu Hause im fernen England Weihnachten gefeiert wird, während wir den Verlust eines Gefährten und Freundes zu betrauern haben.

Noch am Morgen haben wir du Gard beigesetzt. Seinen sterblichen Leib in fremder Erde zurückzulassen, hat mich Überwindung gekostet. Aber natürlich weiß ich, dass wir keine andere Wahl hatten. Mehr denn je bin ich entschlossen, das Geheimnis, das sich um das Buch des Thot rankt, zu enträtseln. Nun erst recht – auch wenn Kamal, unser einheimischer Führer, anderer Ansicht ist und lieber umkehren würde.

War es Schicksal oder eigener Wille, der uns hierhergeführt hat? Ich weiß es nicht mehr. Die Dinge scheinen mir unklar und verschwommen, auf eine Weise miteinander verflochten, die ich nicht zu entwirren vermag. Aber ich weiß, dass ich meine Pflicht tun muss und dass es kein Zurück mehr gibt auf dem Weg, den wir eingeschlagen haben.

Zu groß waren die Opfer, die bereits gebracht wurden …

Karawanserei, Tehna el-Gebel
25. Dezember 1883

»Was bei Saint Edwards Gebeinen ...?«

Jeffrey Hull blieb vor Verblüffung der Mund offen stehen, und auch Stuart Hayden und Milton Fox staunten nicht schlecht, als Sarah Kincaid den Innenhof der Karawanserei betrat, denn die junge Frau, die ihnen entgegenkam, schien eine andere zu sein als jene, die sie auf ihrer bisherigen Reise begleitet hatte.

Ihr Kleid hatte Sarah gegen eng anliegende, sandfarbene Reithosen getauscht, ihr Schuhwerk gegen lederne Stiefel, die ihr bis knapp unter die Knie reichten. Eine weiße Bluse mit weiten Ärmeln und eine Weste aus geschmeidigem Ziegenleder vervollständigten ihre Kleidung, und statt Schal und Hut hatte sie sich ein weißes Tuch um den Hals geschlungen, nicht unähnlich denen, mit denen die Beduinen sich vor Sonne und Sand zu schützen pflegten. Eine Brille mit runden, getönten Gläsern, die Schutz vor dem grellen Sonnenlicht bieten sollten, saß keck auf ihrer Nase. Ihr langes Haar trug Sarah hochgesteckt. Am meisten jedoch schien ihre männlichen Begleiter wohl die Tatsache zu irritieren, dass sie, eine englische Lady, bewaffnet war.

An dem breiten ledernen Sam-Browne-Gürtel, der aus britischen Armeebeständen stammte, war ein Holster angebracht, aus dem der Griff eines Revolvers amerikanischer Fertigung ragte. Mit fachmännischem Blick erkannte Hayden das Modell Colt Frontier, eine zuverlässige Waffe, deren Handhabung allerdings einen geübten Schützen erforderte. An Sarahs linker Hüfte hing dazu ein Jagdmesser, das mit klobigem Griff und fransenverzierter Scheide ebenfalls ein Souvenir aus der Neuen Welt zu sein schien. Alles in allem war dies ein Erscheinungsbild, wie es einer Dame nicht zukam. Entsprechend verstört war der Ausdruck in den Gesichtern der drei Männer.

»Sie sollten die Münder wieder schließen, Gentlemen«, empfahl Sarah ihnen lächelnd. »Hat man Ihnen noch nie gesagt, dass Sie das wenig intelligent aussehen lässt?«

»V-verzeihen Sie«, stammelte Sir Jeffrey errötend, der seinen Blick nicht von Sarahs Beinkleidern wenden konnte. »Aber eine Lady in Hosen ...?«

»Haben Sie jemals versucht, in einem Rock ein Kamel zu besteigen, Sir Jeffrey?«, erkundigte sich Sarah spitz.

»Nun – natürlich nicht.«

»Das dachte ich mir«, entgegnete Sarah nur – und damit war das Thema ihrer Meinung nach ausreichend behandelt. Sie wandte sich ab und ging zu den Kamelen, die bereits gesattelt waren und zum Abmarsch bereitstanden. Die gutwilligen und ausdauernden Tiere scharrten mit den Hufen, als könnten sie es kaum erwarten, sich auf die beschwerliche Reise zu begeben.

Kamal hielt Sarahs Tier am Zügel: eine Stute, die etwas kleiner war als die übrigen Tiere, aber einen gesunden und zähen Eindruck machte. Sarah fiel auf, dass ihr Reittier gegenüber den anderen mit zwei zusätzlichen Wasserschläuchen beladen war, was sie wohl Kamals gut gemeinter Fürsorge zu verdanken hatte.

»Sind Sie sicher, dass Sie das wirklich tun wollen, Mylady?«, erkundigte sich der Führer besorgt.

»Ich kann nicht anders«, erwiderte sie.

»Ich verstehe.« Kamal nickte und hielt ihr die Gerte hin.

Sarah nahm sie entgegen und brachte das Tier dazu, sich auf die Vorderläufe niederzulassen. Geschickt schwang sich Sarah in den Sattel. Das Kamel baute sich zu seiner vollen Größe auf und ließ dabei ein geräuschvolles Schnauben vernehmen.

»Du meine Güte«, entfuhr es Milton Fox. »Müssen wir unbedingt auf diesen Biestern reiten? Diese Kamele stinken zehn Meilen gegen den Wind. Würden es nicht auch gewöhnliche Pferde tun?«

»Nur zu, Inspector«, forderte Sarah ihn auf. »Nehmen Sie ein Pferd, wenn Ihnen das lieber ist, Aber dieses Kamel wird mich noch tragen, wenn von Ihrem Reittier nur noch ein bleiches Gerippe übrig ist, das muss Ihnen klar sein.«

Fox machte ein verdrießliches Gesicht und ließ sich von Kamal dabei helfen, sein eigenes Tier zu besteigen. Dabei wirkte er wie ein Betrunkener, der versuchte, auf einem rollenden Weinfass zu balancieren. Die Miene, die er dabei zog, war entsprechend unglücklich.

Auch Sir Jeffrey schien nicht sehr begeistert darüber zu sein, die weitere Reise auf einem Wüstenschiff zuzubringen, aber da er nicht zum ersten Mal auf dem Rücken eines Kamels saß, stellte er sich ungleich geschickter an als der Inspektor von Scotland Yard. Hayden und seine Leute – allesamt handverlesene und beherzte Veteranen des Ägypten-Feldzugs – hatten ihre Kamele bereits bestiegen. Die meisten der fast dreißig Gräber, die die Expedition begleiteten, gingen zu Fuß, dazu kamen die Kameltreiber mit den Lasttieren, die den Proviant und das Wasser trugen, aber auch die Zelte, die Grabwerkzeuge und den Rest der Ausrüstung, die teils aus Armeebeständen stammte, teils von Sarah in Kairo gekauft und mit dem Schiff transportiert worden war.

Captain Hayden bestand darauf, drei seiner Leute als Vorhut vorauszuschicken; es folgten Kamal und Sarah sowie Jeffrey Hull und Milton Fox, der in dem hohen Sattel den Eindruck machte, als wollte er sich jeden Augenblick übergeben; danach kam die Lastkarawane mit den Kameltreibern und Gräbern, den Schluss des Zuges bildeten Hayden und der Rest seiner Truppe. Die Soldaten waren ausgerüstet, wie es für Region und Klima üblich war: mit den roten Uniformröcken, die unter dem Einfluss von Schweiß und Staub so rasch unansehnlich wurden, den hohen, mit Stoff bezogenen Tropenhelmen sowie mit Staubbrille und Moskitonetz. Ihre Staubmäntel trugen sie als Schärpe schräg über der Brust. Bewaffnet war jeder der Husaren mit einem Säbel und dem obligatorischen Martini-Henry-Gewehr, das sie sich über den Rücken gehängt hatten. Ihre Munitionstaschen hatten sie prall gefüllt, um gerüstet zu sein, falls der gesichtslose Feind erneut einen Übergriff versuchte.

Von ihrem Sattel aus überblickte Sarah den Zug, der sich im Hof der Karawanserei formiert hatte, und als sie das Gemurmel der Männer vernahm und das unruhige Schnauben der Tiere, als heißer Wüstenwind ihr übers Gesicht strich und ihr der herbe Geruch der Kamele in die Nase stieg, da konnte sie nicht anders, als dem Lockruf des Abenteuers zu folgen.

»Nach Hermopolis!«, rief sie laut und trieb ihr Kamel an, und der Zug setzte sich in Bewegung.

Durch das Haupttor ging es hinaus auf die Hauptstraße der Stadt, an deren südlichem Ende sich die Karawanserei befand. Nach Hermopolis, das zwischen dem Fluss und Tehna el-Gebel lag, waren es nur wenige Meilen. Dorthin zu gelangen, war nur der erste Schritt einer langen, vielleicht sehr langen Reise. Es musste gelingen, den Hinweis zu finden, von dem der alte Sterndeuter gesprochen hatte, andernfalls würde die Suche nach dem Buch von Thot für Sarah und ihre Gefährten ebenso ergebnislos enden wie für all die anderen in den letzten dreitausend Jahren.

Die Wüste zur Rechten und das fruchtbare Niltal zur Linken, hielt die Karawane auf die Ruinen zu, die sich in der Ebene erhoben und die längst nicht alle altägyptischen Ursprungs waren. Einige korinthische Säulen schienen vielmehr aus frühchristlicher Zeit zu datieren, und auch Reste eines Tempels aus der Ptolemäerzeit waren noch vorhanden. Vom antiken Unu, wie Hermopolis einst genannt worden war, hatten die Zeit und der erbarmungslose Sand freilich nicht viel übrig gelassen; lediglich einzelne Pylonen zeugten davon, wie groß und weitläufig die Hauptstadt des Hasengaus einst gewesen sein musste, die unter dem besonderen Schutz des Gottes Thot gestanden hatte. Der große Tempel, in dem die Priester dem Mondgott einst gehuldigt hatten, war längst zerfallen und in den sandigen Fluten versunken. Nur einzelne Statuen, Säulen und Fundamente waren geblieben – und dorthin wollte Sarah.

»Du meine Güte«, kommentierte Milton Fox geringschätzig, als die Karawane ihr Ziel erreichte. »Das soll einst eine Stadt gewesen sein? Hier sieht es aus wie in einem verdammten Steinbruch ...«

»Ein wenig mehr Respekt vor den Leistungen alter Kulturen würde Ihnen gut zu Gesicht stehen, Inspector«, tadelte Sarah. »Die Ursprünge dieses Steinbruchs, wie Sie ihn nennen, reichen sechstausend Jahre in die Vergangenheit. Zu dieser Zeit saßen unsere Vorfahren noch unter Bäumen und haben einander mit Dreck beworfen.«

»Schon gut – aber wie wollen Sie inmitten all dieser Trümmer den Eingang zu dem Stollen finden, von dem Sie uns erzählt haben? Wollen Sie einfach aufs Geratewohl im Sand graben?«

»Ohne körperliche Arbeit und ein wenig Schweiß wird es wohl nicht abgehen, Inspector«, bestätigte Sarah mit freudlosem Lächeln. »Aber ich habe keineswegs vor, blind draufloszubuddeln. Moderne Vermessungstechnik wird uns helfen, die Stelle zu finden, wo die deutschen Archäologen auf die Skelette der Franzosen gestoßen sind.«

Geschickt dirigierte sie ihr Kamel, sodass es sich auf die Vorderläufe niederließ und sie bequem absteigen konnte. Sarahs Füße versanken halb im heißen Sand, während sie auf die Überreste der Standbilder und des Tores zutrat, die auch im halb verfallenen Zustand noch einen eindrucksvollen Anblick boten.

Sie nickte Kamal zu, worauf dieser eine längliche Kiste ablud, die quer über den Rücken seines Kamels gepackt war. Er öffnete die Kiste, und zum Vorschein kamen mehrere Vermessungswerkzeuge: ein auf ein Stativ montierter Theodolit sowie zahlreiche Messlatten, mit deren Hilfe sich Sarah auf die Suche nach der Stelle machte, die Dümichen in seinem Buch beschrieb. Zwar wusste sie nicht, wo die Deutschen genau gegraben hatten, aber sie hatte sich Notizen darüber gemacht, aus welchen Perspektiven damals photographiert worden war. Wenn Sarah diese Angaben kombinierte, hoffte sie, dadurch den Eingang zu dem verschütteten Stollen zu finden.

Während sie Messungen vornahm und Kamal das Dreibein mit dem Theodoliten bald hierhin, bald dorthin stellen musste, schlug die restliche Karawane ihr Lager auf. Zelte wurden errichtet, unter deren schützenden Dächern Sarah und ihre Gefährten die Nacht verbringen würden. Auch die Soldaten von Haydens Regiment schlugen ein großes Mannschaftszelt auf, in dem sie vor Skorpionen und Schlangen geschützt waren, während die einheimischen Arbeiter die Nacht unter freiem Himmel verbringen würden. Unter einem Sonnensegel, das die Bediensteten in aller Eile spannten, fanden Sir Jeffrey und Milton Fox vor der siedend heißen Sonne Zuflucht. Von hier aus schauten sie zu, wie Sarah das Areal vor der Tempelruine vermaß.

»Darf ich Sie etwas fragen, Sir Jeffrey?«, erkundigte sich Fox bei dem königlichen Berater.

»Natürlich, Inspektor. Fragen Sie.«

»Was tun wir hier eigentlich, Sir? Ich meine, ergibt diese ganze Jagd nach einem verlorenen Artefakt, das es möglicherweise gar nicht gibt, überhaupt einen Sinn?«

Jeffrey Hull zögerte einen Augenblick mit der Antwort. »Um die Wahrheit zu sagen, weiß ich nicht, was ich denken soll«, gestand er schließlich. »Aber unabhängig von dem, was wir glauben oder nicht – unsere Gegenspieler glauben in jedem Fall an die Existenz des Buches, und sie sind bereit, dafür kaltblütig zu morden. Möglicherweise nehmen wir all dies auch nur auf uns, um ihnen das Handwerk zu legen.«

»Und wenn nicht?«, fragte Milton Fox. »Sir, ist Ihnen je in den Sinn gekommen, dass man diese Dinge vielleicht unangetastet lassen sollte? Vielleicht sind all diese Toten ja auch eine Warnung ...«

»Eine Warnung?« In Hulls Augenwinkeln bildeten sich Falten der Heiterkeit. »Ist das Ihr Ernst? Ich bitte Sie, Inspektor! Wo ist Ihr Verstand geblieben? Wo Ihre Rationalität? Es gibt keine Warnungen und auch keine alten Flüche. Aber wenn sich dort unter dem Sand tatsächlich etwas verbirgt, das den Fortbestand des Empires gefährden könnte, so muss es gefunden werden, und zwar um jeden Preis. Verstehen Sie das?«

Fox zuckte zusammen. In solch wütender Entschlossenheit hatte er den königlichen Berater, den er stets für einen weisen und besonnenen Mann gehalten hatte, noch nie zuvor sprechen hören.

»Vollkommen, Sir«, versicherte er und wandte seine Aufmerksamkeit wieder Sarah Kincaid zu, die das in Frage kommende Areal inzwischen enger eingegrenzt hatte. Sie winkte die Gräber heran, die damit begannen, das Gelände vor den uralten Fundamenten mit ihren Schaufeln zu bearbeiten.

»Grabt«, wies Sarah die Arbeiter an. »Grabt und meldet mir, wenn ihr auf irgendetwas Ungewöhnliches stoßt. Jeder Hinweis kann wichtig sein ...«

»Das pflege ich den Zeugen eines Mordfalls auch stets zu sagen«, warf Fox ein, der nun doch neugierig nähergetreten war »aber es nützt in den wenigsten Fällen.«

»Warten wir es ab, Inspector«, entgegnete Sarah und verhüllte Kopf und Gesicht mit ihrem Halstuch, um sich gegen den einsetzenden Abendwind zu schützen, der Staub und Sand aufwirbelte. »Warten wir es ab ...«

7

PERSÖNLICHES TAGEBUCH
NACHTRAG

Einen Tag und eine Nacht dauert die Grabung nun schon an. Schaufel für Schaufel, Stück für Stück tragen die Gräber die Dünen ab, die sich vor den Ruinen aufgetürmt hatten, ohne dabei fündig zu werden. Dennoch bin ich nicht bereit, schon aufzugeben.

Bei Einbruch der Dunkelheit habe ich Fackeln entzünden und die Arbeiter in Schichten einteilen lassen. Auf diese Weise kann die Grabung auch die Nacht hindurch weitergehen. Rings um das Lager und das Ausgrabungsgelände hat Captain Hayden Posten aufgestellt, die für unsere Sicherheit sorgen sollen. Obwohl ich in vielen Dingen nicht mit Hayden übereinstimme, muss ich zugeben, dass er ein tüchtiger Offizier ist, der mich nach Kräften unterstützt – vielleicht sogar ein wenig zu sehr. Während Jeffrey Hull und Milton Fox sich darauf beschränken, unter dem Sonnensegel zu sitzen und in der trockenen Hitze zu brüten, interessiert sich Hayden in zunehmendem Maß für die Ausgrabung selbst, und ich frage mich, was der Grund dafür sein mag. Hatte Maurice du Gard Recht, als er sagte, ich könnte mich auf Hayden verlassen? Oder verbirgt sich hinter der Fassaden des aufrechten Offiziers jener Verräter, vor dem Ammon mich gewarnt hat?

Ich beginne meine Umwelt mit zunehmendem Misstrauen zu beäugen, und je länger die Ausgrabung andauert, ohne dass wir etwas finden, desto größer wird meine Unruhe.

Kamal, der sich als Lagerkoch betätigt, bietet mir immer wieder zu essen an, aber ich habe keinen Appetit. Seit Beginn dieses Abenteuers habe ich zum erstem Mal das Gefühl, dass die Initiative in unseren Händen liegt; bislang haben wir nur reagieren können, während unser unbekannter Gegner uns stets einen Schritt voraus zu sein schien. Nun jedoch bietet sich erstmals eine Chance, dies zu ändern.

Wenn es stimmt, was el-Hakim mir verraten hat – und der Weise hat mir noch niemals Anlass gegeben, an seinen Worten zu zweifeln –, so verbirgt sich unter dem Sand von Hermopolis ein Hinweis darauf, wohin die Anhänger des Thot-Kultes das Buch der Geheimnisse gebracht haben, als Scheschonks Horden in das Land einfielen und die Priesterschaft in die Wüste floh. Diesen Hinweis muss ich finden – denn wenn es mir nicht gelingt, sind der gute Kesh und Maurice du Gard einen sinnlosen Tod gestorben, und diesen Gedanken ertrage ich nicht...

RUINEN VON HERMOPOLIS
26. DEZEMBER 1883

Es war am späten Nachmittag des zweiten Ausgrabungstages – die Dämmerung hatte bereits eingesetzt und Fackeln wurden gerade entzündet –, als der heisere Schrei eines Gräbers Sarah Kincaid aufhorchen ließ.

Um sich einen Schluck Wasser und etwas Ruhe zu gönnen, hatte sie sich unter das Sonnensegel zurückgezogen. Als Sarah jedoch hörte, dass die Arbeiter auf etwas gestoßen waren, sprang sie von ihrem Klappstuhl auf und eilte umgehend zur Grube.

»Was gibt es?«, rief sie Kamal schon von weitem zu.

»Die Gräber haben etwas gefunden, Mylady! Es scheint ein Eingang zu sein ...«

Sarah beschleunigte den Schritt, und sie merkte, wie ihr Herz schneller schlug. Jene Aufregung, die sie schon als Jugendliche verspürt hatte, wenn ihr Vater versteckten Artefakten und verlorenen Geheimnissen nachgespürt hatte, ergriff erneut von ihr Besitz, und für einen Augenblick war sie wieder jenes Mädchen, das das Abenteuer liebte und das fasziniert war von den Rätseln der Vergangenheit.

Helfende Hände streckten sich ihr entgegen, und sie stieg in die Grube hinab, die die Arbeiter während der letzten sechsunddreißig Stunden ausgehoben und mit Brettern abgestützt hatten, damit nachrieselnder Sand nicht wieder alles verschüttete. Auf dem Grund der Grube, die stattliche zwei Yards tief war, schienen die Männer tatsächlich auf etwas gestoßen zu sein: Eine steinerne, etwa einen Fuß hohe Kante lugte unter dem Sand hervor, den die Arbeiter zunächst mit den Schaufeln, dann mit bloßen Händen beiseitegeschafft hatten.

Die Männer machten respektvoll Platz, und Sarah ließ sich nieder, um die Kante näher in Augenschein zu nehmen, die tatsächlich wie ein schmaler Türsturz aussah. Mit einem Pinsel, den sie eingesteckt hatte, befreite sie das Gestein vollständig von Sand – und ballte triumphierend die Faust, als eine Inschrift zum Vorschein kam.

Es waren Hieroglyphen, die horizontal angeordnet waren, und das erste Zeichen, das Sarah ins Auge stach, war der stilisierte Ibis: das Emblem von Thot, das der Mörder im Londoner East End als blutiges Andenken hinterlassen hatte.

»Gläubiger«, übersetzte sie die Inschrift, indem sie die fremdartigen Zeichen entzifferte, »betrete das Reich des Mondgottes mit Ehrfurcht, denn er ist der Herrscher der Zeit.«

»Was bedeutet das?«, fragte Stuart Hayden, der ebenfalls dazugekommen war.

»Das bedeutet, dass wir fündig geworden sind, Captain«, entgegnete Sarah erleichtert. »Dies muss einst der Zugang zu einem Prozessionsgang gewesen sein.«

»Zu einem Prozessionsgang?«

»Die altägyptischen Baumeister pflegten großen Tempelanlagen Eingangshallen voranzustellen, die mit dem eigentlichen Tempel durch mehr oder weniger lange Gänge verbunden waren. Durch diese Gänge schritten die Priester, wenn es galt, der Gottheit zu huldigen oder ihr Opfergaben darzubringen – und ich wette, dass die Deutschen damals auf genau diesen Gang gestoßen sind.«

»Ich verstehe. Aber warum ist er nun verschüttet?«

»Die Deutschen sind vor fünfzehn Jahren hier gewesen, Captain«, erklärte Sarah. »Genug Zeit für die Wüste, um den Eingang unter dicken Schichten Sand zu begraben.«

»Nein«, mischte Kamal sich in das Gespräch ein. »Das ist nicht der Grund dafür. Ein günstiges Schicksal hat dies bewirkt, Lady Kincaid, um zu verhindern, dass das Buch des Thot gefunden wird.«

»Unsinn«, schnarrte Hayden. »Behalte deinen Aberglauben für dich, Boy.«

»Das ist kein Aberglaube. Warum hören Sie nicht auf das, was das Schicksal sagt?«

»Weil es *meine* Bestimmung ist, diesen Eingang zu öffnen und das Geheimnis des Thot zu erforschen«, erklärte Sarah entschieden. »Es tut mir leid, Kamal.«

»Ja«, erwiderte der Führer düster. »Mir tut es auch leid, Lady Kincaid ...«

Er wandte sich ab und wies die Arbeiter an, weiterzugraben und auch den Rest des Fundes freizulegen. Wie Sarah vermutet hatte, kamen zu beiden Seiten des Türsturzes Säulen zum Vorschein, und je tiefer es hinabging, desto deutlicher wurde, dass sie tatsächlich auf den gesuchten Eingang gestoßen waren. Sandstürme, die im Verlauf der letzten anderthalb Jahrzehnte gewütet hatten, hatten ihn verschüttet und den Gang, der sich an die Pforte anschloss, zur Hälfte mit Sand gefüllt. Als die Kräfte der Arbeiter nachließen und die Grabungen sich verlangsamten, wies Hayden einige seiner Leute an, sich Schaufeln zu nehmen und zu helfen; und am Ende legte der Offizier zu Sarahs größter Verwunderung sogar selbst mit Hand an.

Im flackernden Schein der Fackeln, die die Grube rings umgaben, gingen die Grabungen weiter – bis der Eingang des Stollens schließlich offen vor ihnen lag und ihnen wie ein dunkler, drohender Rachen entgegenstarrte.

»Fackeln«, verlangte Sarah. »Wir brauchen mehr Fackeln.«

»Tun Sie es nicht, Lady Kincaid«, sprach Kamal beschwörend auf sie ein. »Noch ist es nicht zu spät.«

»Keine Sorge«, beschwichtigte Sarah den Führer, der in der Tat beunruhigt schien. »Es wird nichts geschehen.«

»*Inschallah*«, erwiderte Kamal leise. »Wenn Gott es will.«

»Also?«, fragte Sarah und griff nach der Fackel, die ein Gräber ihr reichte. »Wer kommt mit mir?«

»Ich, keine Frage«, erklärte Hayden sofort. Denham, Lester – Sie werden mich begleiten.«

»Verstanden, Sir.«

»Lieutenant Farnsworth?«

»Ja, Sir?«

»Sie haben in meiner Abwesenheit das Kommando. Halten Sie die Augen offen, verstanden?«

»Jawohl, Sir.«

»Ich werde ebenfalls mitkommen«, erklärte Kamal entgegen seiner offensichtlichen Bedenken.

»Du musst das nicht tun, Kamal.«

»Ich weiß, Mylady. Aber ich möchte es.«

»Und wir würden uns der Partie auch gerne anschließen, wenn es erlaubt ist.« Es war Sir Jeffrey, der gesprochen hatte. Vom aufgeregten Geschrei der Arbeiter angelockt, hatten Milton Fox und er ihren schützenden Platz unter dem Sonnensegel verlassen.

»Sind Sie sicher, Sir?«, fragte Sarah ein wenig skeptisch.

»Allerdings – dazu sind wir schließlich hier, oder nicht? Also, worauf warten wir?«

Die Arbeiter waren dem königlichen Berater und dem Inspector von Scotland Yard dabei behilflich, sich zu den anderen in die Grube zu gesellen. Sarah blickte in die Gesichter ihrer Gefährten, konnte die Ungeduld und die Spannung darin sehen. Und sie ertappte sich dabei, dass sie den Nervenkitzel, den sie dabei empfand, ein wenig genoss.

»Gehen wir«, sagte sie schlicht – und zusammen mit Kamal trat sie durch die Öffnung in die gähnende Dunkelheit.

»Faszinierend. Absolut faszinierend.«

Jeffrey Hulls Stimme klang von der gewölbten Tunneldecke wider, die vor Tausenden von Jahren mit einem künstlichen Sternenhimmel bemalt worden war. Dass die Farben nicht verblasst waren und die aufgemalten Gestirne im Licht der Fackeln noch immer funkelten, war der Tatsache zu verdanken, dass der Gang die meiste Zeit über unter Sand begraben und somit verschlossen gewesen war. Schädliche Einflüsse wie Wind und Wetter waren auf diese Weise abgehalten worden, und auch Grabräuber schienen hier noch nicht ihr Unwesen getrieben zu haben. Auch die Wände des Korridors waren bemalt, zumeist mit Darstellungen von Pflanzen und Tieren. Sarah erkannte Dattelpalmen und Papyrusbüsche, dazu Bilder von Nilpferden, Krokodilen und Flamingos.

Ehrfürchtig durchwanderten die Teilnehmer der Expedition den Tunnel, dessen Ende im Lichtschein der Fackeln nicht auszumachen war. Stück für Stück arbeiteten sie sich voran, und Sarah merkte, wie Kamals Anspannung mit jedem Schritt noch größer wurde.

»Alles in Ordnung?«, raunte sie ihm zu.

»Nein«, erwiderte er düster. »Nichts ist in Ordnung . . .«

Das Ende des Stollens kam unvermittelt in Sicht. Nach etwa fünfzig Yards mündete der Gang in einen Raum, dessen Decke niedrig war und von Säulen getragen wurde. In den Nischen zwischen den Säulen standen die steinernen Abbilder verschiedener Gottheiten des altägyptischen Pantheon.

»Die Esplanade«, erklärte Sarah knapp.

»Die was?«, erkundigte sich Milton Fox, dem in der drückenden, dunklen Enge sichtlich unwohl war.

»Die Säulenhalle des Tempels«, erklärte Sarah. »Die Priester des Kultes pflegten hier ihre Zeremonien vorzubereiten, ehe sie feierlich in den Hauptbezirk des Tempels einzogen.«

»Verstehe – und wer sind all diese Kerle?« Fox deutete auf die Standbilder.

»Diese Kerle, wie Sie sie bezeichnen, wurden im alten Ägypten als Götter verehrt, Inspector. Jener dort mit dem Kopf eines Schakals ist der Totengott Anubis. Daneben sehen Sie Apophis, den Erzfeind des Re, der stets als Schlange erscheint. Und jener dort ist Suchos, den die Ägypter in Gestalt eines Krokodils verehrten.«

»Und wo ist Thot?«, erkundigte sich Sir Jeffrey. »Sagten Sie nicht, dieser Tempel wäre ihm geweiht?«

»Der Götterglaube im alten Ägypten war vielfältig«, erläuterte Sarah. »Eine Einheitsreligion nach unseren Begriffen gab es nicht. Oft wurden lokale Gottheiten verehrt, und selbst unter der Priesterschaft gab es viele Abspaltungen und separate Kulte. Einer dieser Kulte begriff die Gottheiten Apophis, Suchos und Anubis als Verbündete Thots in seiner Rivalität zum Sonnengott Re – das erklärt, weshalb wir sie hier in der Eingangshalle vorfinden.«

»Einverstanden – aber es erklärt noch nicht, wo Thot abgeblieben ist«, wandte Sir Jeffrey ein.

»Das werden wir herausfinden«, versicherte Sarah und wollte weiter die Säulenhalle hinab – schon nach wenigen Yards war ihr Weg jedoch zu Ende. Denn der Stollen, der auf der gegenüberliegenden Seite einst von der Esplanade in den Hauptbezirk des Tempels geführt hatte, war verschüttet. Gesteinsbrocken und Sand verstopften den Stollen, der im Lauf der Jahrtausende wohl irgendwann eingebrochen war.

»Endstation«, bemerkte Milton Fox überflüssigerweise. »Jetzt wissen wir wenigstens, warum die Deutschen nicht weitergekommen sind.«

»Sie nicht«, räumte Sarah ein, »wohl aber die Franzosen, die rund siebzig Jahre früher hier gewesen sind.«

»Wie kommen Sie darauf?«

»Die Deutschen haben hier unten die Skelette französischer Soldaten vorgefunden«, erwiderte Sarah, »und selbst Sie werden mir zustimmen, Inspector, dass irgendetwas diese Soldaten getötet haben muss.«

»Vielleicht sind sie von einem Sandsturm überrascht worden«, überlegte Sir Jeffrey. »Möglicherweise wurde der Stollenausgang verschüttet, während die Soldaten sich noch darin befanden.«

»Kaum, denn dann wären ihre Leichen infolge des Lufteinschlusses mit großer Wahrscheinlichkeit in mumifiziertem Zustand gewesen«, brachte Fox sein kriminalistisches Wissen zur Geltung, »und das hätten die Deutschen in ihrem Bericht sicher erwähnt.«

»Danke, Inspector.« Sarah nickte. »Gehen wir also davon aus, dass diese Männer sich irgendwo Verletzungen zugezogen haben und sich hierher retten konnten, wo sie dann den Folgen ihrer Verletzungen erlegen sind.«

»Einverstanden«, meinte Hayden. »Und *von wo* sollen sie sich hierher gerettet haben?«

»Das, werter Captain, werden wir herausfinden müssen«, erwiderte Sarah und begann, im Licht der Fackeln die Wände abzusuchen.

»Was tun Sie da?«, fragte Fox.

»Ich suche nach einem Hinweis, Inspector. Nach einer Fuge im Gestein, nach einem Luftzug ... nach irgendetwas, das uns verrät, wo sich der Ausgang aus der Esplanade befindet.«

»Ein Ausgang? Aber der Ausgang ist verschüttet ...«

»*Dieser* Ausgang, ja«, bestätigte Sarah. »Aber die Baumeister des alten Ägypten waren wahre Meister, wenn es darum ging, verborgene Kammern und Stollen anzulegen und deren Eingänge zu tarnen. Und ich würde jede Wette eingehen, dass es auch aus dieser Halle noch einen zweiten Ausgang gibt.«

»Einmal ganz abgesehen davon, dass es sich für eine Lady nicht schickt zu wetten«, wandte Sir Jeffrey ein, »weshalb, in aller Welt, sind Sie sich Ihrer Sache so sicher?«

»Nennen Sie es Instinkt, Sir«, erwiderte Sarah. »Napoleons Leute waren hier, und ich denke, sie haben diesen versteckten Durchgang gefunden. Nur wurde ihnen dann irgendetwas zum Verhängnis.«

»Oder irgendjemand«, fügte Kamal düster hinzu.

»Junger Freund«, wandte sich Sir Jeffrey an den Ägypter, »gibt es vielleicht irgendetwas, das Sie uns sagen möchten? Dann nur immer frei heraus damit! Ihre finsteren Andeutungen beginnen mich in zunehmendem Maße zu enervieren.«

»Wir sollten nicht hier sein«, antwortete Kamal bereitwillig. »Dieser Tempel ist verflucht, und sein Fluch trifft jeden, der sich unerlaubt Zutritt verschafft.«

»Aberglaube, nichts weiter«, meinte Stuart Hayden und wischte damit alle Einwände beiseite.

Im flackernden Schein der Fackeln suchten sie die Wände der Säulenhalle ab, und auch Milton Fox und Sir Jeffrey schlossen sich der Suche an. Nur Kamal beteiligte sich nicht, sondern beschränkte sich darauf, mit verschränkten Armen in der Mitte der Esplanade zu stehen und seinen Auftraggebern mit düsteren Blicken zuzusehen.

Inch für Inch wurden die Wände abgesucht. Sarah benutzte ihr Messer, klopfte mit dem Knauf das Gestein nach Hohlräumen ab und stocherte mit der Klinge in den Fugen – ohne Ergebnis. Auch ihre Gefährten blieben bei der Suche erfolglos, was Sarah sehr eigenartig fand.

»Seltsam«, sagte sie grübelnd, »ich war mir ganz sicher, dass ...«

»Habe ich es nicht gesagt?«, schnappte Fox rechthaberisch. »Habe ich nicht von Anfang an gesagt, dass diese ganze Expedition ein sinnloses Unterfangen ist? Wir hätten zu Hause in England bleiben sollen, anstatt Staub zu schlucken und uns in dieser Hitze bei lebendigem Leibe rösten zu lassen ...«

Der Inspector lamentierte weiter, aber Sarah hörte ihm nicht mehr zu. Fieberhaft ließ sie ihren Blick in der Halle umherschweifen und fragte sich, was sie übersehen haben mochte. Wo konnte es noch einen Ausgang geben? Wo mochte der Architekt dieses Tempels die Geheimtür angebracht haben …?

Die Lösung dämmerte ihr, als sie Kamal erblickte, der in der Mitte des Raumes stand, auf einer Steinplatte, die mit dem Ibis-Symbol versehen war – dem Zeichen des Thot.

»Ich kenne die Lösung«, verkündete sie und ging auf Kamal zu, forderte ihn auf, zurückzutreten. Vorsichtig ließ sie sich auf die Knie nieder und klopfte auf die Platte. Ein satter, dunkler Ton erklang, der auf einen Hohlraum schließen ließ.

»Schnell, Kamal«, ordnete Sarah an. »Wir brauchen Laternen und Öl, außerdem Seile und ein paar kräftige Männer mit Werkzeug. Rasch!«

Der Ägypter erwiderte etwas Unverständliches und verschwand, um kurz darauf wieder zurückzukehren, eine Hand voll Arbeiter im Schlepptau, die Stemmeisen mit sich trugen. Sarah und Hayden hatten unterdessen die Ränder der Steinplatte freigelegt, und nach Sarahs Anweisungen gingen die Gräber daran, die Eisen anzulegen und die Steinplatte, die etwa einen Yard im Quadrat maß, auszuhebeln.

Schon hob sich die Platte, und mit vereinter Kraft – auch Hayden und seine Leute und sogar Milton Fox legten mit Hand an – gelang es, sie beiseitezuschieben. Darunter kam ein Schacht zum Vorschein, der senkrecht in die Tiefe fiel und aus dem kühle Luft drang.

»Donnerwetter, Lady Kincaid, das macht Ihnen so leicht keiner nach«, erkannte Sir Jeffrey an. »Ich muss zugeben, dass ich Ihre Theorie anfangs für äußerst gewagt hielt und mir nicht vorstellen konnte, dass tatsächlich etwas dahintersteckt. Aber allmählich bleibt mir wohl nichts anderes übrig, als Ihnen Glauben zu schenken.«

»Haben Sie vielen Dank, Sir«, erwiderte Sarah leicht gekränkt. »Besser spät als nie, nicht wahr?«

Erneut ließ sie sich auf die Knie nieder, beugte sich vor und warf einen Blick in den Schacht. Da sie außer abgrundtiefer Schwärze nichts sehen konnte, nahm sie kurzerhand ihre Fackel und warf sie hinab.

»*La**!«, rief Kamal – aber es war zu spät.

Die Fackel fiel in die bodenlose Leere, die tiefer war, als Sarah angenommen hatte. Endlose Augenblicke stürzte die Flamme in die Tiefe – um schließlich abrupt zu verlöschen.

»Was war das?«, fragte Sir Jeffrey verblüfft.

»Die Dunkelheit hat die Flamme gefressen«, gab Kamal düster zur Antwort. Aber Sarah ließ sich nicht beirren. Sie befahl eine Laterne zu entzünden und den Henkel an ein Seil binden. Dann manövrierte sie die Laterne langsam in den Schacht hinab.

Man konnte jetzt sehen, dass nur die obere Hälfte des Schachts gemauert war. Weiter unten war er durch nackten Fels getrieben worden. Der Länge des Seils nach zu urteilen, an dem die Laterne in die Tiefe glitt, maß der Schacht an die dreißig Yards. Die größte Überraschung jedoch wartete auf seinem Grund.

»Was ist denn das?«, fragte Milton Fox verblüfft, als sich die Laterne plötzlich zu verdoppeln schien. Sarah hielt das Seil fest, sodass die Laterne baumelnd hängen blieb – und indem auch die andere Laterne hin und her zu schaukeln begann, wurde klar, dass es sich um ein Spiegelbild handeln musste. Zudem gab es rings um sie herum ein leichtes, mattes Glitzern wie von ...

»Wasser«, sprach Stuart Hayden das Unglaubliche aus. »Dort unten ist Wasser. Mitten in der Wüste ...«

»Möglicherweise eine Zisterne«, vermutete Sarah. »Vielleicht auch ein unterirdischer See, der vom Nil gespeist wird. Jemand muss hinunter und sich das ansehen.«

---

* arab. »Nein«

»Ich werde das übernehmen«, erklärte Hayden ohne Zögern.

»Vielen Dank für das Angebot, Captain«, erwiderte Sarah, während sie ihren Revolver aus dem Holster zog und ihn Hayden zur Aufbewahrung reichte. »Aber ich werde das selbst übernehmen, wenn Sie gestatten.«

»Ich gestatte es nicht«, protestierte Hayden energisch. »Ich werde nicht zulassen, dass Sie Ihr Leben ...«

»Muss ich Sie daran erinnern, Captain, dass nicht Sie die Leitung dieser Expedition innehaben, sondern ich?«

Hayden holte tief Luft. »Nein«, antwortete er zähneknirschend, »das brauchen Sie nicht.«

»Gut. Ich muss hinunter, Captain. Ich muss sehen, was sich dort unten verbirgt. Wahrscheinlich kann nur ich es richtig deuten.« Sarah nickte entschlossen, zog die Laterne aus dem Schacht und knotete sie los. Das Ende des Seils knüpfte sie mit geübtem Griff zu einer Schlinge, die sie als Tritt für ihren rechten Fuß benutzte. »Dann lassen Sie mich jetzt hinunter, in Ordnung?«

»Einverstanden«, erklärte sich Hayden widerstrebend bereit. »Denham, Lester – lassen Sie Lady Kincaid am Seil hinab. Aber ganz vorsichtig, verstanden?«

»Jawohl, Sir.«

Die Soldaten nahmen das Tau über beide Schultern, sodass es ihnen nicht entgleiten konnte. Dann ließen sie Sarah, die sich bereits auf den Rand der Schachtöffnung gesetzt hatte und die Beine in die gähnende Leere baumeln ließ, langsam hinab.

»Bitte nicht, Mylady«, flehte Kamal.

»Die Entscheidung ist bereits gefallen«, entgegnete Sarah nur. Ihre Stimme klang hohl und dumpf aus dem Schacht.

Mit einer Hand klammerte Sarah sich an das Seil, das unter der Spannung leise knarrte, mit der anderen hielt sie die Laterne, deren Schein die Wände des Schachts beleuchtete. Tatsächlich hörte das Mauerwerk bereits nach wenigen Yards auf und ging in Felsgestein über, in das der Schacht in schweißtreibender Arbeit gehauen worden war. Beklommen fragte sich Sarah, wie viele Sklaven beim Bau dieser Anlage wohl ihr Leben hatten lassen müssen.

Ihre Neugier auf das, was sie am Grund des Schachts erwartete, wuchs mit jedem Augenblick. Was immer es war – Sarah war froh, sich Hayden gegenüber durchgesetzt zu haben. Für ihren Geschmack hatte die Suche nach dem Buch des Thot schon viel zu viele Menschenleben gekostet, und sie wollte nicht dabei zusehen, wie noch mehr von ihren Leuten zu Schaden kamen. Auch aus diesem Grund hatte sie darauf bestanden, den Schacht selbst zu erkunden ...

Ein gutes Stück unter sich nahm sie ein Glitzern wahr. Noch einige Yards ging es hinab, dann endete der Schacht, und Sarah fand sich inmitten eines großen unterirdischen Gewölbes wieder, von dessen Decke sie baumelte.

»Halt!«, rief sie den Schacht hinauf, und erschrak über den Hall ihrer eigenen Stimme, der darauf schließen ließ, dass das Gewölbe von beträchtlichen Dimensionen war. Wie groß, ließ sich in der Dunkelheit, die sich jenseits des Laternenscheins erstreckte, allerdings nicht feststellen.

Sofort arretierten die Soldaten das Seil, und Sarah baumelte nur rund einen Fuß über der glitzernden Wasserfläche.

»Alles in Ordnung?«, drang Haydens besorgte Stimme zu ihr herab.

»Bestens«, rief Sarah zurück. Das Wasser war einigermaßen klar. Im Licht der Laterne konnte Sarah den Grund des unterirdischen Sees erkennen und schätzte, dass er nicht tiefer als vier Fuß sein mochte. Kurz entschlossen schlüpfte sie aus dem Seil, sprang hinab und tauchte mit einem platschenden Geräusch in das kühle Nass.

»Lady Kincaid!« Diesmal war es Sir Jeffrey, der sich Sorgen machte. »Ist wirklich alles in Ordnung bei Ihnen?«

»Durchaus«, erwiderte Sarah, während sie durch das hüfthohe

Wasser watete. »Ich habe mich entschlossen, nach all der Hitze und dem Staub ein kühles Bad zu nehmen ...«

»Was sehen Sie da unten?«, wollte Hayden wissen.

»Nicht sehr viel«, antwortete Sarah, während sie sich im Licht der Laterne weiter umblickte. »Ich nehme an, dass es eine unterirdische Verbindung zwischen dem Nil und diesem See gibt. Möglicherweise haben die Erbauer des Tempels ihn als eine Art natürliche Zisterne benutzt.«

»Was bringt Sie darauf?«

»Nun – zum einen wäre ein solches Vorgehen nicht außergewöhnlich, zum anderen deutet der Schacht darauf hin, dass – *was zum ...?*«

Sarah unterbrach sich, als sie über sich plötzlich eine Bewegung wahrnahm. Instinktiv glitt ihr Griff zu dem Messer an ihrem Gürtel – ehe sie erkannte, dass nur ein Paar wohlbekannter zappelnder Beine aus der Deckenöffnung ragten.

Die Beine gehörten Hayden, der es sich nicht hatte nehmen lassen, Sarah zu folgen. Seinen Helm, seinen roten Rock und seine Schusswaffe hatte der Offizier oben zurückgelassen.

»Was denn, Captain? Schätzen Sie meine Gesellschaft so sehr, dass Sie keine fünf Minuten auf sie verzichten möchten?«

»Sie haben es erfasst«, erwiderte der Offizier in einem seltenen Anflug von Humor und sprang ebenfalls ins Wasser. Sofort glitt das Seil wieder nach oben. Kurz darauf kamen die Corporals Denham und Lester den Schacht herab. Und schließlich – Sarah traute ihren Augen nicht – gesellte sich auch noch Kamal zu ihnen.

»Nanu?«, fragte sie. »Bist du sicher, dass du das wirklich tun willst, Kamal?«

»Wie ich schon sagte, Mylady: Ich weiß, wo mein Platz ist. Was nicht heißt, dass ich gerne hier bin.«

»Ich verstehe.«

»Also«, fragte Hayden, »was sollen wir tun?«

»Ich schlage vor, wir schwärmen sternförmig aus«, schlug Sarah vor. »Auf diese Weise bekommen wir Aufschluss über die Größe dieser Höhle. Wer als Erster etwas findet, der ruft die anderen.«

Hayden hatte keine Einwände, und so verteilten sie sich und wateten in unterschiedlichen Richtungen durch das dunkle Wasser, wobei Denham und Lester ihre Gewehre hoch über dem Kopf trugen, damit sie nicht nass wurden. Vorsichtig setzte Sarah einen Fuß vor den anderen. Schon nach wenigen Schritten begann sie zu frösteln – nicht etwa, weil das Wasser so kalt gewesen wäre, sondern weil ihr Körper an die Gluthitze der Wüste gewöhnt war.

»Verdammt«, hörte sie Lester plötzlich rufen, »was riecht hier eigentlich so seltsam?«

»Es hat Sie niemand um Ihre Meinung gebeten, Corporal«, entgegnete Hayden scharf.

»Jawohl, Sir.«

»Sie halten die Augen offen und machen nur dann den Mund auf, wenn Sie etwas zu melden haben, verstanden?«

»Verstanden, Sir ...«

Sarah konnte nicht anders, als zu lächeln. Stuart Hayden mochte ein schrecklich eitler Zeitgenosse und ein sturer Kerl dazu sein, aber er war auch mit Ernst und Einsatz bei der Sache. Vielleicht hatte Maurice Recht gehabt, als er Hayden als ihren treuesten Verbündeten bezeichnete.

Für einen kurzen Augenblick dachte Sarah an du Gard, während sie durch das Halbdunkel watete. Trauer wollte sie überkommen, doch sie ermahnte sich selbst, dass dies weder der richtige Zeitpunkt noch der rechte Ort dafür waren. Ihre Mission hatte Priorität, bis dahin würde sie ihre Trauer und ihren Schmerz tief in sich vergraben ...

Ein Plätschern im Wasser erregte ihre Aufmerksamkeit. Sarah blickte in die Richtung, aus der das Geräusch gekommen war und sah in einiger Entfernung Corporal Lester im Lichtschein seiner Laterne durch das Wasser waten. Wahrscheinlich war er der Urheber des Plätscherns gewesen.

Sarah setzte ihren Weg fort – und konnte plötzlich etwas in der Dunkelheit vor sich erkennen. Nicht weit entfernt schälte sich die Höhlenwand aus dem Dunkel. Je näher Sarah ihr kam, desto deutlicher war zu sehen, dass der Fels nicht in seinem Urzustand belassen, sondern behauen worden war: Darstellungen ägyptischer Gottheiten waren in den Stein gemeißelt.

Die Farbe, mit der die antiken Künstler ihre Werke zu bemalen pflegten, war aufgrund der Luftfeuchtigkeit verblasst, die Bilder selbst jedoch noch gut zu erkennen. Unterhalb der Wand gab es einen etwa zwei Fuß breiten Vorsprung, der ebenfalls künstlichen Ursprungs war und den gesamten Rand des Beckens zu umlaufen schien.

»Ich habe hier etwas«, rief Sarah laut. Der nahe Fels sorgte für ein unheimliches Echo. »Hier ist eine Wand.«

»Bleiben Sie dort«, wies Hayden sie an. »Wir kommen zu Ihnen und werden die Wand gemeinsam abschreiten.«

»Einverstanden.«

Während die vier Lichter der Gefährten ihre Richtung änderten und auf sie zukamen, nahm Sarah die Wandbilder genauer in Augenschein. Dass die Höhlenwände künstlerisch gestaltet worden waren, war in Sarahs Augen ein Beleg dafür, dass es sich tatsächlich um eine Zisterne handelte, möglicherweise sogar mit kultischer Bedeutung. Unter den vielen Bildnissen an der Wand, die Ereignisse aus der ägyptischen Mythologie darstellten, erkannte sie erneut Suchos, und fast im selben Moment, in dem sie das Antlitz des Krokodilsgesichtigen gewahrte, stieß ihr Fuß gegen etwas, das auf dem Grund des steinernen Beckens lag.

Sarah senkte die Lampe, um zu sehen, was es war. Sie musste einen Augenblick warten, bis der Sand, den sie mit ihren Schritten aufgewirbelt hatte, sich wieder legte.

Langsam wurden die Umrisse des Gegenstands deutlicher …

Und Sarah erschrak. Denn das Hindernis, gegen das sie mit dem Fuß gestoßen war, war der Schädel eines Menschen!

Sarah prallte zurück, nur um entsetzt zu erkennen, dass noch mehr Knochen den Rand des Beckens säumten. Nicht nur menschliche Gebeine waren darunter, sondern auch solche von Tieren, aber es war unleugbar, dass Menschen in dieser Höhle zu Tode gekommen waren. Sarah spürte das Blut in ihren Adern pulsieren, als ihr die schreckliche Wahrheit dämmerte.

»Halt!«, rief sie ihren Gefährten mit lauter Stimme zu. »Keinen Schritt weiter!«

»Wieso? Was ist los?«, wollte Hayden wissen.

»Das ist keine Zisterne«, stellte Sarah mit bebender Stimme fest.

»Nein? Was ist es dann?«

Sarah wollte antworten – als Corporal Denham einen entsetzten Schrei ausstieß. Sarah und die anderen fuhren herum, aber alles, was sie sahen, war eine gischtende Fontäne, in deren Mitte der arme Denham verschwand. Die Laterne des Soldaten verlosch augenblicklich, und jener Teil der Höhle, in den er vorgedrungen war, versank schlagartig in Dunkelheit.

»Denham?«, rief Hayden verblüfft. »Denham, verdammt, was ist mit Ihnen?«

Es kam keine Antwort. Für einen kurzen Moment war es völlig still in der Höhle. Nur irgendwo in der Ferne war ein leises Plätschern zu hören, und Sarah begriff, dass dieses Plätschern ihrer aller Untergang bedeuten konnte.

»Raus hier!«, schrie sie aus Leibeskräften – als plötzlich unmittelbar neben ihr etwas aus dem Wasser brach. Etwas, das nur aus Zähnen und Maul zu bestehen schien.

Ein weit aufgerissener Rachen, so groß, dass ein Kind darin aufrecht hätte stehen können, schoss ihr entgegen. Starr vor Schreck und Entsetzen, tat Sarah das Einzige, was ihr einfiel: Sie schleuderte die Lampe in den offenen Schlund.

Die mörderischen Kiefer schnappten zu und zerbissen das Glas. Das darin enthaltene Öl fing Feuer, und eine Stichflamme schoss aus dem Rachen der Kreatur, beleuchtete sie für einen

Augenblick und ließ sie wie ein Ungetüm aus alten Sagen wirken. Rasend vor Zorn und Schmerz, warf das Tier sich im Wasser herum und war im nächsten Moment wieder verschwunden. Sarah wusste, dass sie um ihr Leben laufen musste. Sie warf sich nach vorn, paddelte zusätzlich mit den Armen, den anderen entgegen.

»Verdammt, was war das?«, rief Hayden ihr zu.

»Dies ist keine Zisterne, Captain«, rief Sarah ihm zu, »sondern ein Krokodilsnest ...«

Wie um ihre Worte zu bestätigen, waren im Lichtschein der verbliebenen Laternen plötzlich Wellen zu sehen, die sich auf die drei Männer zubewegten.

»Lester – schießen Sie!«, wies Hayden seinen Untergebenen an, der prompt den Karabiner in Anschlag riss und feuerte, als das Wasser sich vor ihm teilte und zwei archaisch wirkende Kreaturen die Oberfläche durchstießen, mit mörderischen Zähnen, knorriger Echsenhaut und weit aufgerissenen Schlünden.

Mündungsfeuer flammte auf. Der peitschende Lärm des Schusses wurde von der Höhlendecke zurückgeworfen, und eine der beiden Echsen bäumte sich im Wasser auf und verfiel in wildes Gebrüll. Das gut vier Yards lange Tier blieb zurück, anders als sein Artgenosse, der weiter auf die Gefährten zuhielt und sie im nächsten Augenblick erreichte.

Kamal, der blitzschnell seinen Dolch gezückt hatte, ließ einen gellenden Kampfschrei vernehmen und stieß zu, aber gegen die gepanzerte Haut der Echse konnte sein flüchtig beigebrachter Stich nichts ausrichten. Als wollte es Rache für den Tod seines Artgenossen nehmen, stürzte sich das Krokodil mit weit aufgerissenem Schlund auf Corporal Lester.

Der Soldat feuerte erneut, aber der Schuss war zu hastig abgegeben und verfehlte sein Ziel. Im nächsten Moment hatte das Reptil sein Opfer erreicht, und so plötzlich, wie es aus dem Wasser hervorgebrochen war, tauchte es wieder unter. Lester wurde an den Beinen gepackt und mit Urgewalt fortgerissen. Gewehr und

Lampe flogen in hohem Bogen davon, während der Unteroffizier selbst auf einer schäumenden Fontäne zu reiten schien, die sich blutrot färbte. Seine gellenden Schreie hallten von der Höhlendecke wider, bis die Dunkelheit ihn verschlang – und seine Schreie jäh endeten.

»Mein Gott«, sagte Sarah in die entstandene Stille.

»*Inschallah*«, murmelte Kamal.

»Zum Schacht«, zischte Hayden, der seinen Säbel gezückt hatte, auch wenn er wusste, dass er damit nichts gegen die Krokodile ausrichten würde.

»Nein«, widersprach Sarah. »Die Biester werden uns gefressen haben, ehe auch nur einer von uns die Höhle verlassen hat. Dort drüben an der Wand gibt es einen Vorsprung, auf den wir uns retten können. Zu Fuß werden wir sehr viel schneller sein als im Wasser.«

Dem war nicht zu widersprechen, und so änderten alle drei die Richtung, wateten, rannten und schwammen so schnell sie konnten in Richtung der Höhlenwand. Dabei galt es, darauf zu achten, dass das Spritzwasser nicht die Laternen löschte. Ohne Licht waren Sarah und ihre Gefährten zum sicheren Tod verurteilt.

»Dort!«, rief Kamal plötzlich und deutete nach rechts. »Da sind noch mehr von ihnen …!«

Wieder rollten die unheilverheißenden Wellen heran. Mit wuchtigen Schwanzschlägen peitschten die Tiere sich durch das dunkle Wasser, ihren fast wehrlosen Opfern entgegen.

»Schneller«, ermahnte Sarah ihre Begleiter. »Es ist nicht mehr weit …«

Erneut tauchte die Höhlenwand mit ihren verblassten Bildern aus der Dunkelheit auf, und erneut erkannte Sarah die Züge von Suchos, der hohnlachend auf sie herabzublicken schien.

»*Yalla! Yalla!*«, rief Kamal entsetzt, hinter dem sich gischtend eine Welle auftürmte – um im nächsten Moment ein zähnefletschendes Monstrum zu gebären.

Der ägyptische Führer ließ einen gellenden Schrei vernehmen, als das Untier den Rachen aufriss und ihn packen wollte. Dass es nicht dazu kam, war dem Offizierssäbel zu verdanken, der durch die Luft flirrte und dem Krokodil einen schweren Hieb versetzte. Die Wunde, die die Waffe schlug, war nicht tief, aber sie genügte, um dem Tier ein wenig Respekt einzuflößen. Es fiel zurück, und das verschaffte den Gefährten die Sekunden, die sie brauchten, um sich aufs Trockene zu retten.

Sarah war die Erste, die den Vorsprung erreichte. Mit ermattenden Kräften zog sie sich daran empor und wälzte sich auf den Fels. Noch bäuchlings am Boden liegend, streckte sie Kamal die Hand entgegen, um ihm zu helfen, während Hayden im Wasser zurückblieb und mit blankem Säbel ihren Rückzug deckte.

Das zweite Krokodil schoss dicht unter der Wasseroberfläche heran, würde den Offizier jeden Augenblick erreichen.

»Hayden! Kommen Sie!«, rief Sarah, und Hayden fuhr herum und rannte und watete, so schnell er konnte.

Entsetzt sah Sarah, wie die Kreatur unter Wasser auf den Offizier zuschoss, ihn jeden Augenblick erreichen würde – als Hayden am Rand des Beckens anlangte. Beherzt packte Sarah zu, und gemeinsam mit Kamal riss sie den Offizier aus dem Wasser, gerade als die mörderischen Kiefer nach seinen Beinen schnappten. Im letzten Augenblick entschlüpfte Hayden der tödlichen Gefahr, die Zähne des Krokodils bissen ins Leere. Enttäuscht wandte sich das Tier ab und schwamm davon. Ihnen allen jedoch war klar, dass es seine Beute nicht wirklich aufgegeben hatte.

»Danke«, stieß Hayden keuchend hervor. »Das war knapp.«

»Gleichfalls«, erwiderte Kamal. Für einen Moment waren alle Rivalitäten und Unterschiede vergessen, und die beiden tauschten ein verwegenes Grinsen.

»Männer«, knurrte Sarah kopfschüttelnd.

Dann rafften sie sich alle auf die Beine und eilten den schmalen Vorsprung hinab, zu ihrer Rechten das spiegelnde Wasser, das den vorbeihuschenden Schein der Laternen reflektierte. Atemlos und fröstelnd rannten sie so schnell sie konnten, in der Hoffnung, dass der Felsvorsprung sie an einen sicheren Ort führen würde. Schon nach wenigen Schritten kam ihnen die Attacke durch die Krokodile seltsam unwirklich vor – bis das Grauen erneut aus der Dunkelheit hervorbrach.

Es war ein schlanker, flüchtiger Schatten, den Sarah aus dem Augenwinkel wahrnahm und der sie dazu brachte, einen gellenden Schrei auszustoßen. Einen Lidschlag später schoss ein mit grässlichen Zähnen bewehrter, weit aufgerissener Rachen aus der Tiefe und schnappte nach den Flüchtenden. Geistesgegenwärtig hieb Hayden mit dem Säbel nach der Kreatur, und es gelang ihm, sie erneut zu vertreiben. Aber schon im nächsten Augenblick war das Untier zurück, und diesmal war es nicht allein gekommen.

Gleich mehrere gefräßige Mäuler tauchten entlang des Vorsprungs aus dem Wasser auf und stießen und schnappten nach Sarah und ihren Begleitern. Mehr noch, in ihrer Gier nach Blut und Beute versuchten die Krokodile, sich an Land zu wälzen, wodurch ihre ungeheuren, gepanzerten Körper sichtbar wurden – und Sarah erkannte, dass es keine gewöhnlichen Krokodile waren.

Ihre Haut war nicht wie üblich grün oder gelblich braun, sondern von bleicher, weißlicher Farbe, was darauf schließen ließ, dass diese Tiere den größten Teil ihres Lebens in der Dunkelheit der Höhle verbracht hatten. Sarah kannte Inschriften, die von weißen Krokodilen berichteten, die in Ägypten als heilige Tiere verehrt worden waren, weil man glaubte, dass sie von Suchos in besonderer Weise gezeichnet waren. Sie hatte dies stets für einen Mythos gehalten – nun war sie eines Besseren belehrt worden …

Unmittelbar vor ihr versuchte eines der Tiere, den Vorsprung zu erklimmen. Mit einem Fußtritt beförderte Sarah es zurück ins Wasser und lief weiter. Es glich einem Spießrutenlauf, eng an die Wand gepresst den Vorsprung entlangzuhuschen, und sich dabei nicht nur vor den schnappenden Mäulern in Acht zu nehmen, sondern auch davor, auf dem feuchten Gestein nicht auszugleiten und zu stürzen.

»Diese elenden Biester«, rief Hayden, »es werden immer mehr!«

Der Offizier übertrieb keineswegs.

Sieben, acht Krokodile, von denen jedes über drei Yards lang war, tummelten sich im Wasser, das unter den Schlägen ihrer Schwänze zu brodeln schien. Wohin man auch blickte, blitzten mörderische Zähne aus dem Halbdunkel. Das Knurren und Zischen der blutrünstigen Kreaturen erfüllte die Luft.

Plötzlich gab Kamal, der den Trupp anführte, einen erstickten Schrei von sich. Unmittelbar vor ihm war der Vorsprung eingebrochen, und der Ägypter, der dies zu spät erkannte, trat ins Leere.

Sarah, die ihm auf dem Fuß folgte, sah ihn nach vorn kippen und wollte ihn festhalten, aber sie bekam ihn nicht mehr zu fassen. Verzweifelt mit den Armen rudernd, stürzte Kamal bäuchlings ins Wasser.

»Kamal! Nein!«

Sarahs Schrei gellte durch die Höhle, und ohne Zögern riss sie die Jagdklinge aus dem Gürtel. Ein Bowiemesser mochte nicht dazu gefertigt worden sein, es mit Krokodilen aufzunehmen, aber die Klinge war spitz und scharf, und das würden die Bestien zu spüren bekommen.

»Ziehen Sie ihn raus, Captain!«, rief Sarah noch – dann sprang sie Kamal hinterher, ehe Hayden dazu kam, etwas zu unternehmen oder auch nur ein Wort zu erwidern.

Erneut bis zu den Hüften im Wasser stehend, sah Sarah einen der walzenförmigen Körper unter Wasser heranschießen. Sie beging nicht den Fehler zu warten, bis das Krokodil auftauchte und sich mit aufgerissenem Rachen auf sie stürzte, sondern tauchte unter, um der Bestie zuvorzukommen. Im spärlichen Licht, das unter Wasser herrschte, konnte sie kaum etwas sehen. Grünlich schimmernde Dunkelheit umgab sie, aus der sich ein totenbleicher Schatten auf sie zuwälzte.

Sarah fasste das Messer fester, tauchte zum Grund des Beckens und warf sich herum – und als das Krokodil, dessen Sinne ganz auf Kamal gelenkt waren, an ihr vorbeischoss, stieß sie mit aller Kraft zu.

Sie erwischte das Tier knapp unterhalb des klobigen Schädels, trieb die Klinge tief in seinen Hals. In einem Reflex klappte das Maul des Reptils auf. Das Krokodil schüttelte sich und peitschte mit dem ungeheuren Schwanz. Sarah kam noch dazu, ihr Messer herauszureißen, und sah dann, wie dunkles Blut aus der Wunde wölkte – ehe sie von etwas hart am Kopf getroffen und zur Seite gedrückt wurde.

Für einen Moment trieb sie benommen im Wasser, ehe ihre brennenden Lungen sie wieder zu Bewusstsein brachten. Sarah begriff, dass sie hinauf musste, um Luft zu holen. Mit aller Kraft stieß sie sich vom Boden ab, paddelte mit Armen und Beinen, und durchstieß im nächsten Moment die Oberfläche.

Gierig saugte sie die Luft in ihre Lungen, dankbar, noch am Leben zu sein. Als sie jedoch die Augen öffnete, blickte sie in einen gähnenden Schlund, der sich auf sie stürzte. Ihr Messer hatte sie verloren, es lag irgendwo auf dem Grund des Beckens, und sie war zu geschwächt, um zu fliehen. In diesem Moment wurde Sarah Kincaid klar, dass die Suche nach dem Buch des Thot für sie zu Ende war.

Gefasst blickte sie dem Grauen entgegen, das unendlicher langsam auf sie zuzukommen schien, obgleich es in Wahrheit nur Sekundenbruchteile waren; wartete darauf, dass die scheußlichen Kiefer der Kreatur sie packen und unter Wasser zerren würden.

Dass es nicht dazu kam, war den kräftigen Händen zu verdanken, die Sarah unvermittelt packten und aus dem Wasser zerrten, nur einen Augenblick, bevor die Bestie ganz heran war. Wie ein Blitz aus heiterem Himmel stieß ein Husarensäbel herab und fuhr in den weit geöffneten Schlund der Kreatur, die in gurgelndes Gebrüll verfiel.

Sarah landete auf hartem Fels und blickte in das verwegen grinsende Gesicht Kamals. Dann wurde sie auch schon auf die Beine gerissen, und obwohl ihre Knie weich und ihre Kräfte fast erschöpft waren, stolperte und rannte sie zusammen mit ihren beiden Rettern den Vorsprung hinab, der sich auf der anderen Seite der Einbruchstelle fortsetzte. Die Krokodile fielen hinter ihnen zurück, wohl weil die gefräßigen Tiere sich zunächst an ihren tödlich verwundeten Artgenossen gütlich tun wollten – ihre menschliche Beute konnte ihnen ja nicht entkommen.

Erleichtert registrierte Sarah, deren Lungen wie Feuer brannten und deren Beine wie Espenlaub zitterten, dass der Vorsprung sich vor ihnen verbreiterte. Endlich erreichten sie die Stirnseite der Höhle, wo sich eine steinerne Plattform mit einem großen Opferstein darauf erhob. Unmittelbar dahinter ragten, drohend und finster, die Formen einer riesigen Statue empor.

Der Sockel war mit Hieroglyphen versehen, die auch nach all der Zeit noch gut lesbar waren; die Figur selbst jedoch hatte unter der hohen Luftfeuchtigkeit arg gelitten. Ihr Haupt saß nicht mehr auf den Schultern, aber an den Trümmern, die auf der Plattform verteilt lagen, erkannte Sarah, dass es der lange, gewundene Hals eines Ibisses gewesen sein musste. Kein Zweifel: diese Statue hatte einst Thot dargestellt, den Gott des Mondes und Herrn dieses Tempels!

Hayden und Kamal ließen sie los, und sie fiel erschöpft nieder. Auch ihre männlichen Begleiter sanken zu Boden und rangen nach Atem. Ihnen allen war klar, wie knapp sie dem Tod entronnen waren.

»Danke, Gentlemen«, stieß Sarah hervor. »Das war Rettung in allerhöchster Not.«

»Nein, Lady Kincaid, ich habe zu danken«, widersprach Kamal keuchend. »*Mutaschakkir-ktir**. Ihr Wagemut ist erstaunlich. Sie

---

* arab. »herzlichen Dank«

haben Ihr Leben riskiert, um das eines nichtswürdigen Dieners zu retten.«

»Du bist ein Freund, Kamal. Außerdem«, fügte sie mit mattem Grinsen hinzu, »hast du kurz darauf mir das Leben gerettet. Du siehst also, meine Tat war nicht so selbstlos, wie es den Anschein hat.«

»Selbstlos?«, fauchte Hayden, der ziemlich mitgenommen aussah: Seine Uniform war durchnässt und zerschlissen, sein Haar stand wirr nach allen Seiten. »Was Sie getan haben, war nackter Wahnsinn und völlig unverantwortlich. Und was, in aller Welt, sind das für hässliche Biester?«

»Weiße Krokodile«, erwiderte Sarah. »Die Ägypter haben sie als heilig verehrt.«

»Was Sie nicht sagen. Ihre heiligen Krokodile haben gerade zwei von meinen Leuten gefressen.«

»Das ist mir nicht entgangen.«

»Und was jetzt?«

»Die Krokodile werden wieder angreifen, das steht fest«, meinte Sarah überzeugt. »Zu diesem Zweck sind sie hier: Sie sind die Bewacher des Tempels. Wahrscheinlich nisten sie seit dreitausend Jahren hier.«

»Großartig«, schnaubte Hayden. »Dann dürfte damit auch zweifelsfrei geklärt sein, was damals den Franzosen zugestoßen ist.«

»Allerdings«, stimmte Sarah zu. »Die Frage ist also, wie man an den Biestern vorbeikommt, ohne von ihnen gefressen zu werden.«

»Wie bitte?« Hayden starrte sie aus großen Augen an. »Ich höre wohl nicht richtig! Wir werden den Teufel tun, uns noch einmal mit diesen Biestern einzulassen. Stattdessen werden wir hier die Stellung halten und warten, bis meine Leute kommen und uns rausholen.«

»Damit sie ebenfalls in den Mägen dieser Bestien landen?«, fragte Sarah. »Denken Sie nach, Captain. Wenn diese Krokodile hier einst ausgesetzt wurden, um den Tempel zu bewachen, dann muss es auch einen Mechanismus geben, der es ermöglicht, sie zu umgehen.«

»Warum?«

»Weil dies das Prinzip eines Schutzmechanismus ist. Geheimfallen sind dazu da, unbefugte Besucher abzuwehren. Für Eingeweihte hingegen gibt es immer einen Weg, sie zu umgehen.«

»So? Und wie soll solch ein Weg in diesem Fall aussehen?«

»Das weiß ich nicht.« Sarah überlegte und blickte an der großen Statue empor, die sich einst bis knapp unter die Höhlendecke erhoben hatte. »Dies ist ein Bildnis Thots, was bedeutet, dass wir auf der richtigen Spur sind. Vielleicht ergibt sich aus der Inschrift ein Hinweis ...«

Obwohl ihre Glieder schmerzten und sie schwach und erschöpft war, raffte Sarah sich auf die Beine, griff nach einer der beiden verbliebenen Laternen und begann, den Sockel der Statue näher in Augenschein zu nehmen. Mit dem Finger fuhr sie über die vor langer Zeit in den Stein gehauenen Zeichen und begann zu übersetzen.

»Dies hier ist das Zeichen für ›Verbündete‹«, sagte sie mehr zu sich selbst als zu ihren beiden Begleitern, um dann zu übersetzen: »Verbündete sind die Götter des Mondes und der Fruchtbarkeit von alters her, der Träger des Ibisses und der Herrscher von ... von *sobek*.«

»*Sobek*?« Hayden hob die Brauen. »Was bedeutet das?«

»Es ist das altägyptische Wort für ›Krokodil‹, Captain.«

»Nicht schon wieder Krokodile ...«

»Die heiligen Krokodile«, heißt es hier weiter, »haben die Farbe des Mondes, weshalb ihr Herrscher Suchos sie Thot überlassen hat, damit sie ...« Sarah brach in ihrer Übersetzung ab.

»Damit sie was?«, wollte Hayden wissen.

»Damit sie helfen, Thots Geheimnis zu bewachen«, erwiderte Sarah leise. »Verstehen Sie, was das bedeutet, Captain? Es bedeutet, dass wir auf der richtigen Spur sind. Irgendwo hier befindet sich ein Hinweis darauf, wohin das Buch des Thot damals gebracht wurde. Wir müssen ihn nur finden.«

»Ach ja? Und wo, bitte sehr, sollen wir danach suchen?«

»Davon steht hier nichts.«

»Sind Sie sicher?«

»Hören Sie, Captain, ich würde vorschlagen, dass Sie Ihre Arbeit machen und mich die meine tun lassen«, erwiderte Sarah ein wenig indigniert. »Wann habe ich Ihnen je dreingeredet?«

»Seit unserer ersten Begegnung tun Sie nichts anderes«, schnaubte Hayden ein wenig hilflos – und dieses Mal widersprach Sarah nicht.

»Helfen Sie mir beim Suchen, Gentlemen«, forderte sie stattdessen ihre Begleiter auf. »Irgendwo muss es einen verborgenen Mechanismus geben, einen Hebel oder etwas Ähnliches, mit dem sich die Falle außer Kraft setzen lässt.«

»Wenn Sie es sagen ...«

Hayden, der jeden Widerstand aufgegeben zu haben schien, begann tatsächlich, die umliegenden Felswände und den Sockel der Statue abzusuchen. Auch Kamal beteiligte sich, während er immer wieder argwöhnische Blicke zum Wasser warf, das sich jenseits der Plattform erstreckte. Was hinter seinen sonnengebräunten Zügen und den dunklen Augen vor sich ging, war unmöglich festzustellen. Bereute er, sich der Expedition angeschlossen zu haben? War er Sarah tatsächlich dankbar für seine Rettung? Oder verfluchte er sie insgeheim dafür, dass sie im Begriff war, einem Geheimnis auf die Spur zu kommen, das seit Jahrtausenden wohlgehütet gewesen war?

Plötzlich war ein Schnauben in der Dunkelheit zu hören, das unmöglich aus einer menschlichen Kehle stammen konnte.

»Die Wächter«, sagte Kamal düster. »Sie kommen zurück ...«

Tatsächlich war bereits im nächsten Augenblick ein Gurgeln und Plätschern zu vernehmen, das sich rasch näherte. Sarah unterbrach ihre Suche, um einen Blick in die schattenhafte

Schwärze zu werfen, die jenseits des Laternenscheins herrschte. Sie konnte sehen, dass sich das Wasser bewegte. Aus dem Dunkel der Höhle schossen gleich mehrere Krokodile heran. Ihre bleichen Körper schimmerten im flackernden Licht, das sie magisch anzulocken schien. Jeden Augenblick würden sie die Plattform erreichen.

»Diese elenden Biester«, wetterte Hayden grimmig. »Ohne Schusswaffen werden wir sie uns nicht lange vom Hals halten können.«

»Wenn ich den Mechanismus finde, brauchen wir das vielleicht gar nicht«, entgegnete Sarah, während sie weiter fieberhaft nach Hohlräumen und verborgenen Nischen suchte.

»Also schön«, knurrte Hayden grimmig. »Ich werde Ihnen so viel Zeit verschaffen, wie ich kann. Nutzen Sie sie, wenn Sie können.«

Dann wandte er sich um, griff nach dem Säbel, eilte den Krokodilen entgegen, die das Ufer erreicht hatten und bereits dabei waren, sich an Land zu wälzen. Kamal sandte Sarah einen undeutbaren Blick, dann setzte er Hayden hinterher, den Krummdolch zum Stoß erhoben.

Die ersten Krokodile konnten die beiden Männer noch mit beherzten Hieben und Stichen ins Wasser zurücktreiben. Dann jedoch drängten immer mehr der gefräßigen Reptilien ans Ufer, sodass die Aussichtslosigkeit des ganzen Unterfangens rasch deutlich wurde.

»Sarah!«, rief Hayden in unschicklicher Vetraulichkeit, aber die Situation war nicht dazu angetan, auf Förmlichkeiten zu achten.

»Einen Moment noch«, bat Sarah, die Haydens Stimme sehr wohl anhörte, wie dringlich es war. Aber so sorgfältig sie den Sockel der Statue und die angrenzende Felswand auch absuchte – sie fand nichts ...

An fünf Stellen gleichzeitig waren Krokodile dabei, die Plattform zu erklimmen. Indem sie zuerst ihre länglichen Schädel und danach ihre vorderen Gliedmaßen an Land schoben, eroberten sie das Trockene. Wie ein Derwisch sprang Hayden zwischen ihnen hin und her, brachte hier und dort Hiebe an, ohne dass es ihm gelungen wäre, sie zu vertreiben. Im Gegenteil: Je mehr Krokodile das Ufer erreichten, desto zuversichtlicher schienen sie zu werden, dass ihre Beute ihnen nicht mehr entkommen konnte.

Was die Gefährten brauchten, war eine Art Zaun. Eine Barriere, die die Krokodile davon abhalten würde, in Rudeln an Land zu kommen und über sie herzufallen – und es war Kamal, der den rettenden Einfall hatte. Während Stuart Hayden noch mit blanker Klinge gegen die Reptilien focht und sich dabei vorkommen musste wie St. George persönlich, griff der Ägypter nach der verbliebenen Laterne, zerschlug kurzerhand das Glas, goss das Petroleum aus und entzündete es. Auf diese Weise zog er am Ufer eine lodernde Grenze entlang, die nicht ohne Wirkung blieb. Geblendet vom Schein der Flammen ließen die Krokodile sich ins Wasser zurückfallen.

»Gut gemacht, B ... Kamal!«, rief Hayden ihm zu, auch wenn beiden klar war, dass die Wirkung des Feuerzaubers nicht lange anhalten würde. Sobald das Öl verbrannt und die Flammen erloschen waren, würden die Krokodile erneut aus dem Wasser kriechen und nach Beute trachten. Und in der Finsternis, die dann herrschte, würde es keine Gegenwehr mehr geben.

Stuart Haydens Gedanken waren schon bei den rasiermesserscharfen Zähnen, die erbarmungslos nach ihm schnappen würden, als Sarah einen schrillen Triumphschrei ausstieß.

Am unteren Rand des Sockels hatte sie zwei Hieroglyphen entdeckt: die eine war das Zeichen für ›Wasser‹, die andere das für ›Krokodil‹. In Ermangelung eines geeigneten Werkzeugs griff Sarah kurzerhand nach einem Stein und hieb ihn auf die Zeichen, worauf das Gestein mit hellem Knacken nachgab und zerbrach.

Unterhalb der dünnen Deckplatte, die wie ein Baustein in den Sockel eingefügt und damit perfekt getarnt gewesen war, kam ein ebenfalls aus Stein gehauener, an die zwei Fuß langer Hebel zum Vorschein, den Sarah kurz entschlossen packte und zog. Als er sich trotz großer Kraftanstrengung nur ein winziges Stück bewegte, rief sie Hayden und Kamal zur Hilfe, und mit vereinter Kraft gelang es, den Hebel umzulegen.

Einen Augenblick lang geschah nichts. Dann erklang ein rieselndes Geräusch, das sich zunächst nur wie ein fernes Flüstern anhörte, sich jedoch innerhalb von Sekunden zu einem brausenden Rauschen steigerte.

»Was ist das?«, rief Hayden, bemüht, gegen den Lärm anzukämpfen.

»Sand«, antwortete Sarah. »Die ägyptischen Baumeister pflegten ihn dazu zu benutzen, schwere Steinquader und andere Lasten zu bewegen ...«

Wie zum Beweis war plötzlich auch ein dumpfer Donner zu vernehmen, dazu das schabende Geräusch von Stein auf Stein und im nächsten Moment das Plätschern von Wasser. Auch dieses klang zunächst unscheinbar und fern, um sich dann zu einem Tosen zu steigern, das einem Wasserfall zur Ehre gereicht hätte – und das am Rand der Libyschen Wüste!

»Eine Schleuse«, rief Sarah über das infernalische Rauschen hinweg. »Ich glaube, wir haben eine Schleuse geöffnet ...«

Tatsächlich kam Bewegung in das eben noch stehende Gewässer des Bassins. Eine Strömung bildete sich in der Mitte, gegen die die Krokodile sich anfangs noch erfolgreich zur Wehr setzten. Schon Augenblicke später jedoch verwandelte sich das Wasser im Becken zu einem reißenden Fluss, und eines der gefräßigen Reptilien nach dem anderen wurde davongespült und verschwand in der Dunkelheit. Gleichzeitig senkte sich sprunghaft der Pegelstand des Wassers, was bedeuten musste, dass Sarah mit ihrer Theorie richtiglag.

Schon Augenblicke später war von den Krokodilen nichts mehr zu sehen. Der Schein der allmählich verlöschenden Flammen beleuchtete den von Schlammpfützen übersäten Grund des Beckens, der nicht etwa glatt, sondern mit eigenartigen Vertiefungen versehen war, die auf den ersten Blick keinem Muster zu folgen schienen.

»Haben Sie vielen Dank!« Hayden wollte gerade zu einer überschwänglichen Lobrede ansetzen, »ich hätte nicht gedacht, dass ...«

Doch Sarah hörte ihm nicht zu. Sie hatte etwas entdeckt. Kurzerhand sprang sie in das trockengelegte Becken hinab, ungeachtet des erbärmlichen Gestanks, der von den Pfützen aufstieg, und nahm den Boden näher in Augenschein.

»Was tun Sie da?«, fragte Hayden verblüfft.

»Erinnern Sie sich, was ich Ihnen vorhin sagte? Dass es in Hermopolis einen Hinweis darauf geben muss, wohin das Buch von Thot gebracht wurde?«

»Und?«

»Dies hier«, erwiderte Sarah triumphierend, während sie sich auf die Knie niederließ und mit bloßen Händen den Schlamm beiseitewischte, »ist ein solcher Hinweis, Captain! Erkennen Sie es nicht? Jede dieser Vertiefungen stellt einen Stern dar, und sie sind in Sternbildern angeordnet. Dies beispielsweise ist das ägyptische Sternbild des Hakens, das unserem Großen Bären entspricht. Und dies dort drüben« – sie eilte einige Schritte weiter, um sich dann erneut niederzulassen – »ist der Kleine Bär, dessen äußerstes Gestirn kein anderer als der Polarstern ist. Da er einen Fixpunkt am Himmel darstellt und stets den Weg nach Norden weist, wurden er und die ihn umgebenden Sterne im Altertum als die ›Unveränderlichen‹ bezeichnet ... Verstehen Sie denn nicht, Hayden? Dies ist eine Karte, die uns die Richtung zeigt!«

»Potztausend!«, entfuhr es dem Offizier, als es ihm wie Schuppen von den Augen fiel. »Sie haben Recht ...«

»Von einem Hohepriester des Thot-Kultes mit Namen Nechepso, der um das Jahr 300 vor Christi Geburt gelebt haben soll, wissen wir, dass er der Sternkunde mächtig war. Aber diese

Karte muss rund sieben Jahrhunderte früher entstanden sein. In all der Zeit, die vergangen ist, war sie hier verborgen.«

»*Naram**«, sagte Kamal, »und die Krokodile haben sie bewacht.«

»Genauso ist es«, bestätigte Sarah beflissen, von der das Jagdfieber Besitz ergriffen hatte. Vergessen waren die überstandenen Schrecknisse und die Menschenleben, die die Suche bislang gefordert hatte – zumindest für den Augenblick. Die Aussicht, ein Jahrtausende altes Geheimnis zu lüften, hatte Sarah in den Bann geschlagen. Und mit jeder Sekunde entdeckte sie mehr Details: nicht nur stilisierte Sterne, sondern auch Pfeile, die mit dem Polarstern als Fixpunkt eine Route festlegten ...

»Kamal«, diktierte Sarah, »ich brauche Arbeiter, die mir helfen, das ganze Bild freizulegen. Außerdem brauche ich Papier, Bleistift und eine Messlatte. Und wir benötigen hier unten Licht, und das möglichst rasch, ehe das Feuer verlischt.«

Kamal nickte. Er widersprach nicht, aber die Sorgenfalten auf seiner Stirn waren unübersehbar. Sarah Kincaid war es gelungen, das erste Rätsel zu lösen und den Hinweis zu finden, der Jahrtausende auf dem Grund des Beckens geruht hatte – aber was würde weiter geschehen?

Würde die englische Lady tatsächlich finden, was so lange Zeit aus gutem Grund verborgen gewesen war?

Kamal wollte vorbereitet sein ...

---

* arab. »Ja«

8

Expeditionsbericht
27. Dezember
Nachtrag

Der Richtungsangabe folgend, auf die wir tief unter dem Tempel von Hermopolis gestoßen sind, haben wir uns nach Westen gewandt. Zusammen mit den Angaben des alten Ammon el-Hakim besitzen wir nun eine sehr genaue Vorstellung davon, wo wir nach dem »Schatten des Thot« suchen müssen. Denn der Zahl Fünf zu Ehren, der im Kult des Thot eine besondere Rolle zukam, soll derjenige, der das Buch der Geheimnisse zu finden hofft, fünf Tage und fünf Nächte reiten, um zu jenem sagenumwobenen Ort zu gelangen, an dem der Priester Tezud und die Seinen einst die geheimen Schriftrollen versteckt haben.

Da es zu gefährlich wäre, bei Dunkelheit zu reisen, bin ich mit Captain Hayden übereingekommen, dass wir nur bei Tage reiten. Die Strecke, die vor uns liegt, hoffen wir in zwölf Etappen zu bewältigen – zwölf Etappen, die uns mitten in die Glut der Libyschen Wüste hineinführen werden und in ihre tödlichen Gefahren.

Unter den Kameltreibern und Gräbern herrscht Unruhe. Wie Kamal mir verraten hat, machen Gerüchte die Runde, dass die Expedition unter einem schlechten Stern stünde und von den alten Göttern verflucht worden sei, an deren Existenz hier draußen noch mancher glaubt …

31. Dezember

Die Wüste!

Wer dieses so unscheinbare Wort in der Geborgenheit seiner vier Wände liest, womöglich am heimischen Kaminfeuer, der hat keine rechte Vorstellung davon, was wir hier durchleben.

Mit den ersten Strahlen, die die Sonne über den Horizont schickt, weicht die blaue Dunkelheit und verwandelt das endlos scheinende Meer der Dünen wieder in jene Gluthölle, die uns nun seit Tagen in ihren Klauen hält.

Während unsere Kamele wie auch die Treiber die Hitze und die allgegenwärtige Ödnis mit Gleichmut hinnehmen, lastet sie schwer auf meinen Gefährten und mir. Da während des Ritts kaum gesprochen wird, ist jeder sich und seinen Gedanken überlassen, und ich beginne zu begreifen, was die Beduinen meinen, wenn sie sagen, dass in der Wüste ein jeder dem begegnet, was er einst zurückgelassen hat.

Vor der Allmacht der Wüste, in der ein Menschenleben nicht mehr bedeutet als ein winziges Sandkorn, verblasst aller Schein, und der Mensch wird reduziert auf das, was er ist: eine schwache, zerbrechliche Kreatur, die inmitten dieser lebensfeindlichen Umgebung keine drei Tage ohne Wasser überleben könnte. Ein Ort des Todes und der Gefahr – aber auch berückender Schönheit.

Sanfte, sichelförmige Dünen, deren Kämme im Licht der untergehenden Sonne wie Kaminglut leuchten, wechseln sich mit bizarren Formationen aus Fels und Kalk ab; Türmen und Monumenten, die nicht von Menschenhand, sondern allein durch den Wind geformt wurden.

Hin und wieder entdecken wir, halb bedeckt vom Sand der Wüste, die Überreste von Dörfern und Ruinen aus alter Zeit, stumme Zeugen, dass hier einst fruchtbares Land gewesen ist. Die Menschen mögen geflohen sein, aber Leben gibt es noch immer: Wüstenraben steigen am Morgen kreischend in den Himmel, Steinlerchen umflattern die Felsentürme, und im Sand finden wir die Fährte der Horn-

viper, deren Biss von Menschen wie Tieren gleichermaßen gefürchtet wird.

Obwohl ich die Wüste schon früher bereist habe, nehme ich sie dieses Mal mit größerer Klarheit wahr als je zuvor. Vielleicht muss man Verlust erfahren haben, um dieses karge, tote Land zu begreifen. Dennoch sehne ich mich nach Leben und danach, meine Hände in kühles Wasser zu tauchen – und ich wünsche den Augenblick herbei, in dem die Palmenhaine der Oase Baharia zwischen den Dünen auftauchen werden ...

Libysche Wüste
31. Dezember 1883

»Wissen Sie, was ich nicht begreife?«, fragte Milton Fox, der auf dem Rücken seines Kamels einen ziemlich elenden Anblick bot.

Der khakifarbene Anzug des Inspectors war von Schweiß durchsetzt, seine von der Sonne geröteten Züge staubbedeckt. Die Brille, die er die meiste Zeit über als Schutz vor Wind und Sand trug, hatte über seinen Augen zwei bleiche, rot geränderte Flecken entstehen lassen, die Fox seinem Namensvetter aus dem Tierreich noch ein ganzes Stück ähnlicher machten.

»Was begreifen Sie nicht, Inspector?«, hakte Sarah nach, der die Frage gegolten hatte. Auch ihre Kleidung war staubig und verschmutzt, aber das Tuch, das sie nach arabischer Art um Kopf und Hals geschlungen trug, hatte ihr Gesicht wirkungsvoll geschützt.

»Wir sind nun seit fünf Tagen unterwegs«, rechnete Fox vor. »aber ich wette, wir hätten bereits die doppelte Strecke geschafft, wenn wir nicht ständig Umwege in Kauf nehmen würden.«

»Umwege, Inspector?«

»In der Tat. Dieser Kamal, auf den Sie so große Stücke halten, scheint nicht recht zu wissen, wohin er will. Einmal schlägt er nördliche Richtung ein, dann wieder südliche, und das, obwohl wir eigentlich nach Westen wollen. Das ergibt keinen Sinn. Warum in aller Welt richten wir uns nicht einfach nach dem Kompass, wie man es in zivilisierten Ländern zu tun pflegt?«

»Weil, werter Inspector, es hier keine Straßen gibt, wie Sie vielleicht festgestellt haben werden. Haben Sie schon einmal versucht, auf geradem Weg durch die Wüste zu reiten?«

»Natürlich nicht«, schnaubte Fox. »Wie Sie wissen, bin ich niemals zuvor hier gewesen.«

»Glauben Sie mir«, versicherte Sarah, »die Freude daran würde Ihnen rasch vergehen. Sich über eine Sanddüne zu quälen, verlangt Tieren und Reitern enorme Strapazen ab. Schon nach wenigen Stunden wären beide erschöpft, und es wäre nichts gewonnen. Wer sich in der Wüste fortbewegen will, der lernt rasch, sich ihrem Fluss anzupassen und auf den Dünenkämmen zu reisen.«

»Das also ist der Grund.« Der Inspector zog aus dem Ärmel seiner verschmutzten Jacke ein Schweißtuch hervor, das vor langer Zeit einmal weiß gewesen sein mochte, nahm seinen Tropenhelm ab und tupfte sich die Stirn. »Ich verstehe. Fragt sich nur, weshalb die Muselmanen nicht einfach Straßen bauen ...«

Sarah kam nicht dazu zu antworten, denn in diesem Augenblick kehrten die beiden Späher zurück, die Captain Hayden vorausgeschickt hatte. Sarah setzte die Gerte ein und trieb ihr Kamel an die Spitze des Zuges, wo Hayden und Kamal ritten.

»Und?«, erkundigte sie sich. »Was gibt es?«

»Es ist nicht mehr weit bis Baharia«, gab Hayden bereitwillig Auskunft. »Meine Leute haben jenseits der Felsen dort das erste Dorf der Oase ausgemacht.«

»Bawiti«, sagte Kamal. »Die Menschen dort sind freundlich und würden uns zweifellos Gastfreundschaft gewähren. Aber es wäre sicherer, wenn wir uns bis ins Innere der Oase zurückziehen. Auch dort wird man uns gerne einen Lagerplatz und Wasser zugestehen. Das Gesetz der Wüste erfordert es.«

»Sehr schön«, erwiderte Sarah. »Das heißt, dass wir das alte Jahr im Kreis von Freunden beschließen werden – so wie es sein sollte.«

»*Inschallah*«, war wieder einmal alles, was Kamal erwiderte. Daraufhin trieb er sein Kamel an und ritt voraus, um ihre Ankunft in Baharia anzumelden. Mit einem Wink bedeutete Hayden seinen Spähern, ihn zu eskortieren.

»Wissen Sie, Lady Kincaid«, meinte der Captain darauf zögernd, »möglicherweise habe ich mich geirrt.«

»Inwiefern, Captain?«

»Nun – möglicherweise ist dieser Kamal nicht der Tunichtgut, für den ich ihn zunächst hielt. Immerhin hat er sich dort unten bei den Krokodilen als überaus tapfer erwiesen. Natürlich nur, soweit sich das von einem Muselmanen behaupten lässt.«

»Natürlich«, bestätigte Sarah und hatte Mühe, ernst zu bleiben.

»Allerdings«, fuhr Hayden fort, ihr Grinsen schlicht ignorierend, »gibt es auch einige Dinge an ihm, die mir ganz und gar nicht gefallen wollen.«

»Und das wäre?«

»Nun – ich frage mich, weshalb der gute Kamal sich nachts vom Lager entfernt und auch tagsüber immer wieder verschwindet, um dann überraschend wieder aufzutauchen.«

»Er wird das Gelände sondieren«, vermutete Sarah. »Das gehört zu seinen Aufgaben als unser Führer.«

»Tatsächlich? Und gehört es auch zu seinen Aufgaben, Sie die ganze Zeit über mit verstohlenen Blicken zu beäugen?«

»Wie bitte?«

»Wollen Sie mir weismachen, Sie hätten noch nicht bemerkt, dass Kamal Sie fortwährend beobachtet? Manchmal gar wie ein Raubtier, das seine Beute belauert?«

»Ihre Vergleiche hinken, Captain«, erklärte Sarah säuerlich.

»Vielleicht. Aber Kamal führt etwas im Schilde, das kann ich fühlen. Und glauben Sie mir, Lady Kincaid, ich habe eine gute

Nase, wenn es darum geht, einen Hinterhalt zu wittern. Andernfalls hätte ich vergangenes Jahr in Tel el-Kebir nicht überlebt.«

Sarah holte Luft und wollte Hayden schon sagen, dass Veteranengeschichten von blutigen Feldzügen auf sie keinen Eindruck machten, als sie sich an Maurice du Gards Worte erinnerte.

Du Gard hatte ihr eingeschärft, es sich mit Hayden nicht zu verscherzen, weil er in dem Offizier ihren loyalsten Verbündeten gesehen hatte – von Kamal hingegen hatte er nichts gesagt ...

»Und was, denken Sie, führt Kamal im Schilde?«, erkundigte sie sich deshalb vorsichtig und beinahe ohne Spott in der Stimme.

»Ich weiß es noch nicht, aber wir müssen auf der Hut sein«, antwortete Hayden. »In der Oase scheint man Kamal zu kennen, was bedeutet, dass er dort Verbündete hat. Ich habe kein Verlangen danach, mit durchschnittener Kehle zu enden.«

»Ich ebenfalls nicht«, stellte Sarah klar. »Aber warum sollte Kamal uns gerade jetzt verraten? Er hatte schon unzählige Gelegenheiten, uns zu töten, wenn es ihm darum gegangen wäre.«

»Möglich, aber bislang war er stets in der Minderheit. In der Oase hingegen wimmelt es von Einheimischen. Fulani, Hausa, Tuareg – sie alle treiben sich dort herum und werden englische Besucher nicht gerade gerne sehen. Wenn Kamal es darauf anlegen sollte, uns zu überwältigen und auszurauben, so wird er keine bessere Chance dazu bekommen.«

»Was wollen Sie tun, Captain? Die Oase meiden?«

»Wenn es sicherer ist, warum nicht?«

»Weil wir dringend Wasser benötigen und unsere Träger und Arbeiter Erholung brauchen. Wir werden die Zeit dort nutzen, um uns auf unser Missionsziel vorzubereiten. Denn von der Oase aus werden es nur noch fünf oder sechs Tagesritte sein, bis wir Thots Schatten erreichen.«

»Sie glauben also wirklich daran, nicht wahr?«, fragte Hayden. »Sie glauben tatsächlich, dass es dort draußen etwas zu finden gibt. Etwas, nach dem seit Tausenden von Jahren vergeblich gesucht wird ...«

»... und das die Welt, wie wir sie kennen, auf den Kopf stellen könnte«, brachte Sarah den Satz zu Ende. »Es gibt keine andere Möglichkeit, Captain. Wir brauchen diese Oase und wir brauchen das Wasser. Falls es Sie beruhigt: Auch ich habe den Verdacht, dass wir belauert werden und jemand nur darauf wartet, uns den Todesstoß zu versetzen. Aber solange sich dieser Jemand nicht zu erkennen gibt, können wir nichts weiter tun, als abwarten und vorsichtig sein. Und lassen Sie mich Ihnen versichern, Captain«, fügte sie ein wenig leiser hinzu, »dass ich froh bin, dass Sie und Ihre Männer diese Expedition begleiten.«

»Tatsächlich?«, fragte Hayden verblüfft. Er sandte Sarah einen prüfenden Blick zu, um zu sehen, ob sie es wirklich ernst meinte. Aber zum einen war infolge des Tuchs, das sie trug, von ihrem Gesicht nicht viel zu sehen, zum anderen hatte ihre Stimme keineswegs spöttisch geklungen.

»Tatsächlich«, bestätigte sie ohne Zögern. »Sie haben Recht, wenn Sie vermuten, dass wir von Feinden umgeben sind, und wir können es uns nicht leisten, uns weiter anzufeinden. In den nächsten Tagen müssen wir zusammenstehen, Captain, oder wir werden im Kampf gegen die andere Seite nicht den Hauch einer Chance haben.«

»Das sehe ich genauso.«

»Dann bitte ich Sie und Ihre Männer, die Augen offenzuhalten, Captain«, sagte Sarah. »Und ich versichere Ihnen, dass ich es ebenfalls so halten werde.«

»Ist das ein Friedensangebot?«, fragte der Offizier.

»Nennen Sie es einen Waffenstillstand ...«

Sarah Kincaid war sich sicher, dass der Augenblick, in dem die Karawane Baharia erreichte, ihr lange in Erinnerung bleiben würde.

Nach all dem Staub, den sie geschluckt, und der sandigen Ödnis, die sie durchquert hatten, kam ihnen allen die bloße Existenz der Oase wie ein Wunder vor. Grünende Flächen bildeten ihren Kern, um den sich im weiten Umkreis Palmenhaine und Gärten gruppierten. Dazwischen erstreckten sich verstreute, aus Hütten und Zelten bestehende Siedlungen sowie die Pferche der Kamele.

Baharia war nicht nur eine der größten Oasen der Gegend, sondern auch eine der am meisten frequentierten, weil sich hier wichtige Handelswege kreuzten. Aus dem Westen trafen wöchentlich Karawanen von der Oase Siwa ein; aus dem Süden, wo die Oasen von Kufra lagen, kamen Händler, die Waren aus dem schwärzesten Afrika brachten oder jenes Gebiet durchquert hatten, das die Tuareg schlicht als *ténéré* bezeichneten – als »Nichts«. Und irgendwo am Rand dieses riesigen Nichts verbarg sich ein Geheimnis, das Sarah entschlossen war zu ergründen.

Obgleich ihr Jagdfieber wieder erwacht war und sie dazu drängte, möglichst rasch weiterzuziehen, wusste Sarah, dass sowohl sie selbst als auch ihre Leute Ruhe brauchten. In Baharia fand die Expedition Unterschlupf. Gleichzeitig erschöpft und froh darüber, die erste Etappe auf ihrem Marsch durch die Wüste hinter sich zu haben, entluden die Treiber die Kamele und versorgten zuerst die Tiere mit Wasser und Futter, ehe sie sich selbst Ruhe gönnten.

Captain Hayden teilte seine Leute in zwei Wachschichten ein; da sein Trupp zwei Mann Verlust zu beklagen hatte, beschloss er, auch Lieutenant Farnsworth und sich selbst zum gemeinen Wachdienst heranzuziehen. Sir Jeffrey und Milton Fox bezogen einmal mehr unter ihrem Sonnensegel Posten, und irgendwie gelang es dem Inspector, eine Flasche Wein aufzutreiben. Obwohl er inzwischen wusste, wie es infolge der großen Hitze um die Wirkung des Alkohols bestellt war, entkorkte er die Flasche, um sie – wie er es nannte – atmen zu lassen. Zum Dinner wollte er sie eigentlich reichen, um das Jahresende wie ein halbwegs zivilisierter Mensch zu begehen, aber es kam anders. Fox konnte nicht widerstehen, den Tropfen vorab zu kosten, und noch ehe er recht begriff, wie ihm geschah, hatte er in einem Anfall von Heimweh die ganze Flasche geleert. Die Folgen waren unausweichlich, und so kam es, dass der Inspector von Scotland Yard die letzten Stunden des Jahres 1883 schlafend in seinem Zelt verbrachte.

Obwohl ihr klar gewesen war, wie die Sache enden würde, hatte Sarah ihn gewähren lassen. Fox hatte sich beim Ritt durch die Wüste als zäher erwiesen, als sie ihm zugetraut hatte, und obwohl sie anfangs erbitterte Gegner gewesen waren, hatten die Archäologin und der Ermittler von Scotland Yard in schweigendem Einvernehmen das Kriegsbeil begraben – was vielleicht auch damit zusammenhing, dass die Vorfälle in Kairo sowie die Ereignisse von Hermopolis Sarahs wagemutige Theorien bestätigt hatten.

Was blieb, war das Wissen, dass sich ein Verräter in den eigenen Reihen befand, und noch immer hatte Sarah keine Ahnung, wer es nun tatsächlich sein mochte. Den ganzen Abend über, während sie sich selbst und ihre Kleider einer gründlichen Reinigung unterzog, dachte Sarah darüber nach, suchte im Verhalten ihrer Begleiter nach einem Hinweis, der auf die Identität des Verräters schließen ließ. Aber wie schon so oft zuvor brachte das Nachdenken auch diesmal keine Lösung.

Als Sarah zum Lager zurückkehrte, wo Kamal ein Feuer entfacht hatte und in Streifen geschnittenes Hammelfleisch briet, fand sie dort nur Sir Jeffrey vor. Das Schnarchen, das aus Milton Fox' Zelt drang, ließ darauf schließen, dass der Inspektor noch immer seinen Rausch ausschlief, während Hayden bei seinen Leuten auf Wache war. Die Dämmerung hatte eingesetzt und tauchte den westlichen Horizont in leuchtendes Orange, gegen das sich die schlanken Silhouetten der Palmen scharf abzeichneten.

»Es ist schön hier«, stellte Sir Jeffrey fest, der auf einem Klappstuhl saß und sich die untergehende Sonne ins Gesicht scheinen ließ. »Fast könnte man vergessen, dass ringsum das Verderben lauert.«

»In der Tat.« Sarah, deren Haar in nassen Strähnen auf die Schultern fiel, setzte sich ebenfalls.

»Der gute Mortimer hat nicht übertrieben«, sagte Sir Jeffrey.

»Inwiefern?«

»Als er sagte, dass Sie die beste Hilfe wären, die wir bekommen könnten, meine Teure. Ich muss zugeben, dass ich zunächst skeptisch war, schließlich ...«

»... bin ich eine Frau«, brachte Sarah den Satz zu Ende, als der königliche Berater höflich ins Stocken geriet. »Sprechen Sie es getrost aus, Sir Jeffrey. Ich bin nun einmal, was ich bin.«

»Vielleicht, Lady Kincaid. Aber Sie sind anders als jede andere Frau, die ich bisher in meinem Leben kennen gelernt habe. Sie wissen genau, was Sie wollen, und Sie verfolgen dieses Ziel mit unnachgiebiger Härte. Sie werden zugeben, dass diese Eigenschaften gemeinhin eher Männern zugeschrieben werden.«

»Wohl wahr, Sir Jeffrey – aber es waren Männer, die derlei Maßstäbe angesetzt haben. Ich denke nicht, dass wir Frauen dabei je nach unserer Meinung gefragt wurden.«

»Möglicherweise haben Sie Recht.« Sir Jeffrey nickte. »Vermutlich bin ich zu alt dafür, aber ich nehme an, es werden Generationen kommen, die weniger borniert sind, als ich es gewesen bin. Ich gebe zu, Lady Kincaid, dass ich anfangs von Ihren Theorien nicht allzu viel gehalten und nur Ihrem Vater und Ihrem Patenonkel zuliebe an dieser Expedition teilgenommen habe. Aber trotz aller Entbehrungen, die hinter uns liegen, habe ich es nicht bereut. Und ich gebe gerne zu, dass ich im Unrecht gewesen bin und Sie im Recht. Können Sie einem törichten alten Mann verzeihen?« Der königliche Berater lächelte.

»Sir Jeffrey«, sagte Sarah mit gespielter Strenge. »Wüsste ich es nicht besser, würde ich sagen, Sie nutzen die Gunst des Augenblicks, um mir auf schamlose Weise Avancen zu machen.«

»Das macht die Hitze«, erwiderte Sir Jeffrey schulterzuckend, und beide lachten. Kamal brachte ihnen Fladenbrot und Fleisch, dazu aßen sie Käse und frische Datteln, und beide waren der Ansicht, dass es das beste Silvesterdinner war, das sie je zu sich genommen hatten. Gegen elf Uhr – in Baharia war es bereits still geworden – begab sich Sir Jeffrey zur Ruhe.

»Wollen Sie denn nicht bis Mitternacht bleiben und den Beginn des neuen Jahres abwarten?«, fragte Sarah.

»Nein, mein Kind.« Er schüttelte den Kopf. »Ich habe schon viele Jahresanfänge erlebt, und jedes Mal fühlte ich mich dabei ein wenig leerer und älter. Aber ich wünsche Ihnen dennoch ein glückliches neues Jahr, Sarah.«

»Danke, Sir Jeffrey. Das wünsche ich Ihnen auch.«

Der königliche Berater verabschiedete sich und zog sich in das Zelt zurück, das er sich mit Milton Fox teilte. Ein lautes Schnarchen war die Quittung, als er die Zeltplane zurückschlug, sodass Sarah unwillkürlich lachen musste. Kaum war Hull jedoch in seinem Zelt, verschwand die Heiterkeit von ihren Zügen.

Die Wirklichkeit holte Sarah ein, all die offenen Fragen, die sie beschäftigten. Die Melancholie des späten Jahres befiel sie, und sie musste an ihren Vater und sein letztes Abenteuer denken, an dem sie wider Willen teilgenommen hatte.

»Vater«, flüsterte sie leise, den Blick zum klaren Sternenhimmel gewandt. »Warum nur hast du mich alleingelassen? Ich könnte deinen Rat jetzt gut gebrauchen, weißt du? Und wenn du dort oben Maurice begegnest, dann sag ihm, dass ich ihn vermisse ...«

Die Stimme versagte ihr, und sie wischte die Tränen ab, die ihr unversehens in die Augen getreten waren.

Es war still geworden im Lager, nur von der Kamelkoppel drangen leise Stimmen herüber, wo die Treiber die wundgescheuerten Rücken ihrer Tiere mit glühenden Eisen bearbeiteten. Gedankenverloren starrte Sarah in die Flammen, als sie im Sand hinter sich leise Schritte vernahm. Aufgeschreckt fuhr sie herum und griff nach dem Waffengurt, den sie über die Lehne des Klappstuhls gehängt hatte. Aber es war nur Kamal, der in den Lichtkreis des Feuers trat.

»Alles in Ordnung, Mylady?«, erkundigte er sich.

»Ja, Kamal. Alles in Ordnung.«

»Sie sehen traurig aus«, beharrte der Ägypter. »Sie haben geweint, nicht wahr?«

»Nur ein wenig.«

»Die Söhne und Töchter der Wüste weinen selten. Sie betrachten es als Verschwendung, da Wasser zum Überleben so dringend benötigt wird. Wenn sie jedoch ihre Tränen vergießen, dann nur, weil etwas sie tiefer verletzt hat, als der mörderische Durst oder die Klinge eines Feindes es jemals tun könnten.«

»Die Söhne und Töchter der Wüste sind sehr klug«, erkannte Sarah an, und um das Thema zu wechseln, griff sie demonstrativ nach der ledernen Tasche, die ihre Notizen enthielt.

»Warum?«, fragte Kamal nur und setzte sich zu ihr, ohne dass Sarah ihn dazu aufgefordert hätte.

»Was meinst du?«

»Warum tun Sie das?«, wurde der Führer deutlicher. »Weshalb setzen Sie alles daran, ein Geheimnis zu lüften, das über so lange Zeit verborgen gewesen ist, und nehmen selbst den Tod unschuldiger Menschen dafür in Kauf?«

»Ich habe nicht damit angefangen«, erinnerte ihn Sarah. »Unsere Gegner haben das erste Blut vergossen. Sie unternehmen alles, um in den Besitz des Buches von Thot zu gelangen. Wir können nur versuchen, ihnen zuvorzukommen.«

»Und dann?«

»Dann werden wir tun, was getan werden muss.«

»Und das ist?«

Kamals Tonfall war fordernd geworden, sein Blick so finster und stechend, dass Sarah sich in ihrer Haut unwohl zu fühlen begann. »Ich denke nicht«, erklärte sie ein wenig brüsk, »dass ich dir darauf antworten muss, Kamal. Ich bin die Leiterin dieser Expedition und dir keine Rechenschaft schuldig.«

»Ich weiß, Mylady. Dennoch sollten Sie sich fragen, aus welchem Grund Sie das Buch des Thot zu finden hoffen.«

»Das wurde ich bereits einmal gefragt.«

»Und was haben Sie geantwortet?«

»Dass es mehrere Gründe dafür gibt. Dass ich das sinnlose Morden beenden will, das die Jagd nach dem Buch ausgelöst hat. Und dass ich alles daran setzen werde, meinen Onkel zu befreien, der von unseren Feinden entführt wurde.«

»Ich verstehe«, sagte Kamal leise. »Aber Sie tun es auch wegen Ihres Vaters, nicht wahr?«

»Was?«

»Ich habe gehört, wie Captain Hayden und Inspector Fox sich über Sie unterhalten haben. Sie waren beide der Ansicht, dass Ihr Vater der wahre Grund dafür wäre, dass Sie sich all das hier antun.«

»Ach ja?«

»Allerdings. Wie es heißt, geben Sie sich die Schuld am Tod Ihres Vaters und wollen Wiedergutmachung üben.«

»Sieh an.« Sarah schürzte die Lippen. »Wer hätte gedacht, dass Captain Hayden und der gute Inspector Fox sich so für meine Person interessieren?«

»Haben Sie denn Recht mit dem, was sie sagen?«

»Wer weiß? Durchaus möglich.« Einerseits ärgerte es Sarah, dass Hayden und Fox hinter ihrem Rücken über sie sprachen, andererseits machte es ihr seltsamerweise nichts aus, mit Kamal darüber zu reden.

»Dann ist es in Wahrheit nicht das Buch von Thot, nach dem Sie suchen«, stellte Kamal fest, und es klang fast erleichtert. »In Wahrheit suchen Sie das, was alle sterblichen Wesen suchen: Erlösung.«

Sarah dachte einen Augenblick nach. »Vielleicht«, stimmte sie dann zu.

»So hat die Gier nach Thots Geheimnis noch nicht von Ihnen

Besitz ergriffen, und es ist noch nicht zu spät, die Suche abzubrechen.«

»Ich werde die Suche nicht abbrechen, Kamal«, stellte Sarah klar. »Ich habe es einmal gesagt, und ich sage es wieder: Das Buch des Thot muss gefunden werden, ehe es der Gegenseite gelingt. Das ist unser Auftrag, und wir werden ihn erfüllen.«

»Aber begreifen Sie denn nicht, dass das zur Katastrophe führt? Dass diese Expedition zum Scheitern verurteilt ist?«

»Woher willst du das wissen?«, erkundigte sich Sarah misstrauisch. Versuchte Kamal, ihr zu drohen?

»Man braucht kein Hellseher zu sein wie *effendi* du Gard, um es zu erkennen«, antwortete Kamal. »Unter den Kameltreibern machen Gerüchte die Runde. Es heißt, Sie wären im Begriff, den Zorn der alten Gottheiten heraufzubeschwören. Andere behaupten, ein Fluch würde über der Unternehmung liegen und wir alle würden am Ende sterben.«

»Tatsächlich?«, fragte Sarah lauernd. »Und wer redet den Leuten so etwas ein?«

»Die Söhne der Wüste sind abergläubisch, Mylady«, erwiderte Kamal, den versteckten Vorwurf überhörend. »Es bedarf keiner fremden Stimme, um ihnen Furcht einzujagen, denn diese Furcht sichert seit Tausenden von Jahren ihr Überleben. Hören Sie auf die Männer und kehren Sie um, solange noch Zeit dazu ist.«

»Das kann ich nicht, Kamal.«

»Aber ...«

»Ende der Diskussion!«, befahl Sarah energisch, und der Führer versuchte nicht noch einmal, sie umzustimmen.

Eine Weile saßen sie schweigend nebeneinander und starrten in die Flammen des langsam verlöschenden Feuers. Noch eine halbe Stunde, dann würde auch in diesem Teil der Erde das neue Jahr beginnen ...

In einem jähen Entschluss stand Kamal auf und wollte sich ebenfalls schlafen legen, aber Sarah hielt ihn zurück.

»Nein«, sagte sie. »Bitte bleib.«

»Wozu, Mylady?«

»Um mir Gesellschaft zu leisten. Die Menschen in meiner Heimat pflegen den Ausklang des Jahres in der Gesellschaft von Vertrauten und Freunden zu verbringen – vielleicht nur deshalb, weil sie Angst davor haben, zu sehr über sich und das Leben ins Grübeln zu geraten.«

»Sind wir denn Freunde, Mylady?«

»Ich würde es mir jedenfalls wünschen«, erwiderte Sarah, und es klang so aufrichtig und ehrlich, dass Kamal sich wieder setzte. Gerade so, als könne er die Einsamkeit spüren, die Sarah in ihrem Innersten quälte.

»Wollen wir die Zeit zu einem Spiel nutzen, Mylady?«, fragte er förmlich.

»Was für ein Spiel?«

»Die Tuareg pflegen sich in den Oasen die Zeit damit zu vertreiben. Es nennt sich ›Flamme der Wahrheit‹.«

»Wie geht es?«

»Zwei Reisende, die sich am Lagerfeuer treffen, offenbaren einander ein Geheimnis«, erklärte Kamal. »Jeder von beiden gibt etwas von sich preis. Kurz darauf trennen sich ihre Wege. In den meisten Fällen sehen sie einander niemals wieder, aber jeder von ihnen bewahrt das Geheimnis des anderen in seinem Herzen. Und schon mancher, der einem Wüstenbruder ein Geheimnis anvertraute, soll in den darauf folgenden Nächten ruhiger geschlafen haben.«

»Ich verstehe.« Sarah lächelte verhalten. Sie war nicht sicher, ob sie dieses Spiel tatsächlich ausprobieren wollte. »Willst du mir ein Geheimnis anvertrauen, Kamal?«, hörte sie sich dennoch fragen.

»Nur wenn auch Sie mir ein Geheimnis anvertrauen wollen, Lady Kincaid«, erwiderte Kamal. »Sind Sie dazu bereit?«

»Ich denke, ja«, erwiderte Sarah vorsichtig in dem vollen Bewusstsein, dass sie sich auf ungewohntes Terrain begab. Sich einem Fremden anzuvertrauen war ganz und gar nicht britisch – und es war sicherlich nicht das, was auf Schulen für höhere Töchter gelehrt wurde …

»Dann will ich den Anfang machen«, erklärte Kamal. »Wussten Sie, dass meine Mutter Engländerin gewesen ist? Dass ich einen Teil meines Lebens dort verbracht habe?«

»Nein, das wusste ich nicht«, entgegnete Sarah, »aber es erklärt jedenfalls, weshalb du unsere Sprache so gut beherrschst. Warum hast du das nicht schon früher erzählt?«

»Hätte es denn etwas geändert?«, erwiderte Kamal. »Hätte Captain Hayden mich mit weniger Verachtung behandelt, wenn er gewusst hätte, dass mir bei meiner Erziehung die Segnungen des Empire zuteilgeworden sind?«

»Nun, ich …«

»Ich will offen mit Ihnen sein, Lady Kincaid. Es ist mir gleichgültig, was irgendein Hauptmann über mich denkt. Ich gebe zu, dass ich in England viel gelernt habe, aber nach meiner Rückkehr nach Afrika musste ich feststellen, dass sich darunter nur sehr wenig befand, das mir für das Überleben in der Wüste von Nutzen sein könnte. Hier draußen ist der Mensch auf sich allein gestellt, und die wirklich wichtigen Lektionen erteilt nur die Natur selbst.«

»Ich stimme dir zu«, bestätigte Sarah. »Ist dies das Geheimnis, das du mir anvertrauen wolltest?«

»Keineswegs. Ich habe Ihnen noch nicht erzählt, weshalb ich England wieder verlassen habe.«

»Nun?« Sarah lächelte. Kamal schien dieses Spiel sehr ernst zu nehmen, und sie wollte ihm den Spaß nicht verderben.

»Zu Hause in England, Lady Kincaid«, erwiderte er mit düsterer Stimme, »bin ich ein gesuchter Mörder.«

»Was?« Sarahs Lächeln verschwand schlagartig. Sie hatte sich nicht geirrt. Kamal nahm dieses Spiel *sehr* ernst!

»Mit dem Geld, das meine Mutter mir hinterlassen hat, hätte

ich in London ein gutes Leben führen können. Ich liebte eine junge Frau, die von gemischtem Blut war wie ich selbst, und sie erwartete ein Kind von mir. Wir wollten heiraten.«

»Was ist passiert?«, wollte Sarah wissen, die ahnte, dass die Geschichte kein gutes Ende nehmen würde.

»Sie war zur falschen Zeit am falschen Ort«, antwortete Kamal mit belegter Stimme. »Zwei britische Soldaten, die sturzbetrunken waren, zerrten sie in eine dunkle Gasse, wo sie wie Tiere über sie herfielen. Als sie sich zur Wehr setzte, prügelten sie so lange auf sie ein, bis sie sich nicht mehr rührte. Sie starb in einer dunklen, schmutzigen Gasse, Lady Kincaid, und das Kind mit ihr.«

»O Kamal. Das tut mir leid ...«

»Die Polizei wurde gerufen, und die beiden Täter wurden gefasst. Wissen Sie, was dann geschah?« Kamal lachte freudlos auf. »Man entließ die beiden wegen mangelnder Beweise – und das, obwohl sie in jener Nacht von einem halben Dutzend Zeugen gesehen worden waren. Das Grinsen des einen bei der Urteilsverkündung werde ich nie vergessen. An jenem Tag wurde mir klar, dass es in der Welt der Menschen keine Gerechtigkeit gibt – es sei denn, man verschafft ihr selbst Geltung.«

»Was hast du getan, Kamal?«, fragte Sarah leise, obwohl sie die Antwort bereits ahnte.

»Was die Aufgabe eines ordentlichen Gerichts gewesen wäre: Ich habe die Mörder meiner Frau zur Rechenschaft gezogen.«

»Du – hast sie getötet?«

»Einen von ihnen«, bestätigte Kamal verächtlich. »Der andere winselte so erbärmlich um Gnade, dass ich es nicht über mich brachte, ihm das Messer in die Brust zu stoßen. Also ließ ich ihn leben, aber ich sorgte dafür, dass er niemals wieder tun kann, was er meiner Frau angetan hat. Danach habe ich England den Rücken gekehrt und bin nach Afrika gegangen, um das Erbe meines Vaters anzutreten.«

Stille trat ein, in der nur noch das Knacken der Flammen zu

hören war. Sarah wusste nicht, was sie auf Kamals Geständnis erwidern sollte, und so herrschte eine Weile lang betretenes Schweigen.

»Sie sind der einzige Mensch, mit dem ich je darüber gesprochen habe, Lady Kincaid«, sagte Kamal schließlich. »Das Gesetz der Wüste verpflichtet Sie dazu, alles, was sie gehört haben, für sich zu behalten. Aber natürlich sind Sie als Christin und Engländerin nicht an dieses Gesetz gebunden. Ich bin sicher, es wäre der Karriere von Inspector Fox zuträglich, wenn er einen flüchtigen Mörder ...«

»Inspector Fox ist nicht hier«, sagte Sarah, während man es im Hintergrund heiser schnarchen hörte, »und allem Anschein nach wird er sich so schnell auch nicht wieder zu uns gesellen. Also wird er wohl kaum erfahren, was zwischen uns gesprochen wurde.«

»Ich verstehe.« Kamal nickte. »Und was ist mit Ihnen? Halten Sie mich für einen Mörder?«

»Ich kann nicht gutheißen, was du getan hast, aber möglicherweise würde ich ähnlich handeln, müsste ich über den Mörder eines mir lieben Menschen richten.«

»*Mutaschakkir-ktir*«, sagte Kamal und deutete eine Verbeugung an. »Nun kennen Sie mein Geheimnis. Verraten Sie mir jetzt das Ihre.«

Sarah holte tief Luft, sog den angenehm kühlen, klaren Odem der Oase in ihre Lungen. Was sie zunächst für einen harmlosen Zeitvertreib gehalten hatte, hatte sich als Lebensbeichte entpuppt.

Sollte sie Kamal tatsächlich ihr größtes Geheimnis anvertrauen? Sollte sie ihm, einem Fremden, verraten, was bislang nur drei Menschen gewusst hatten? Andererseits, zwei dieser Menschen waren tot, der dritte befand sich in der Gewalt des Feindes. Vielleicht, dachte Sarah, war es an der Zeit, den Kreis derer, denen sie vertraute, um eine Person zu erweitern?

»Mein Geheimnis«, eröffnete sie unvermittelt, »heißt *tempora atra*. Das ist Latein und bedeutet ...«

»... so viel wie dunkle oder auch verborgene Zeiten«, übersetzte Kamal mühelos. »Ich weiß.«

»Verzeih. Ich hatte vergessen, dass ...«

»Nicht weiter schlimm.« Er lächelte. »Was hat es auf sich mit diesen ›dunklen Zeiten‹?«

»Der Ausdruck stammt von meinem Vater«, fuhr Sarah zaghaft fort, »und er bezeichnet einen Teil meiner Kindheit, an den ich mich nicht erinnern kann.«

»Was bedeutet das?«

»Das bedeutet, dass ich mich meiner frühen Kindheit nicht entsinne. Alles, was vor meinem achten Geburtstag geschehen ist, ist wie ausgeblendet, liegt unter einem Schleier des Vergessens verborgen. Das Erste, woran ich mich erinnere, ist ein Gesicht, das auf mich blickt, das ich jedoch nicht erkennen kann, weil alles undeutlich und verschwommen ist. Wie man mir Jahre später erklärte, war es wohl das Gesicht meines Vaters, der sich sorgenvoll über mich beugte, weil er befürchtete, ich würde sterben. Ein rätselhaftes Fieber hatte mich befallen, und es war nur dem beherzten Einsatz eines Arztes namens Mortimer Laydon zu verdanken, dass ich überlebte.«

»Das ist der Mann, der entführt wurde, nicht wahr?«

»Mein Patenonkel.« Sarah nickte. »Als ich krank wurde, fürchtete mein Vater, mich zu verlieren, wie er einst meine Mutter verloren hatte, und so flehte er seinen Freund Laydon an, mich zu heilen. Dieser wandte jede nur denkbare Arznei an, um das Fieber zu senken, und irgendwann, eines Morgens, öffnete ich plötzlich die Augen. Das Fieber war verschwunden – und mit ihm alles, was ich bis zu diesem Zeitpunkt erlebt und gesehen hatte. Ich kann mich an nichts davon erinnern, Kamal. Nicht an meine Kindheit und auch nicht an meine Mutter. Es ist, als hätte sie nie existiert. Und seit dem Tod meines Vaters frage ich mich manchmal, ob überhaupt etwas von dem, was ich erlebt und gesehen habe, wirklich gewesen ist.«

»Es muss wirklich sein«, versicherte Kamal sanft, »sonst wären Sie nicht hier, Sarah.«

Sie störte sich nicht daran, dass er sie beim Vornamen nannte – angesichts dessen, was sie einander offenbarten, erschien es ihr auf seltsame Weise passend. Und sie gestand sich ein, dass es guttat auszusprechen, worüber sie in so vielen Nächten wach gelegen und gegrübelt hatte ...

»Haben Sie je versucht, Ihre Erinnerungen zurückzuerlangen?«, erkundigte sich Kamal.

»Natürlich. Zuerst hat Mortimer Laydon sein Glück versucht. Als er sich keinen Rat mehr wusste, haben wir andere Ärzte aufgesucht – nicht nur in London, sondern auch in anderen europäischen Städten, aber keiner von ihnen konnte mir helfen. Ein junger Arzt in Wien vertrat die Ansicht, ein Erlebnis in meiner Kindheit könnte der Auslöser für den Verlust meiner Erinnerungen gewesen sein, ein Erlebnis, das so schrecklich war, dass mein Bewusstsein sich bis heute weigert, sich daran zu erinnern. Und weißt du, was daran wirklich verrückt ist, Kamal?«

»Was, Sarah?«

»Obwohl diese Theorie von allen die bei weitem abenteuerlichste war, scheint sie mir der Wahrheit am nächsten zu kommen, denn seit dem Tod meines Vaters habe ich seltsame Träume. Es sind nur verschwommene Bilder, die ich sehe, aber mir ist, als wollten die Erinnerungen von einst zu mir zurückkehren. Sobald ich jedoch versuche, nach ihnen zu greifen, entwischen sie mir wie flüchtiger Rauch, und das treibt mich fast in den Wahnsinn.«

»Unter den Tuareg gibt es eine Weisheit«, erwiderte Kamal. »Nur ein Narr würde versuchen, den Sand zu greifen. Sie müssen Geduld haben, Sarah. Wenn es Ihnen bestimmt ist, so wird das Geheimnis sich eines Tages offenbaren. Sicher gibt es einen Grund dafür, weshalb Ihnen die Wahrheit verborgen wurde.«

»Da ist sie wieder, nicht wahr?« Sarah lächelte müde. »Die alte Frage von Schicksal und Bestimmung.«

»Nichts geschieht zufällig, Sarah«, meinte Kamal überzeugt. »Was Ihnen widerfahren ist, lässt darauf schließen, dass Allah Größeres mit Ihnen vorhat. Was Ihnen widerfahren ist, ist ein Zeichen, ein Wink des Schicksals. Was es bedeutet, vermag ich nicht zu sagen, aber es scheint mir offensichtlich, dass Sie auserwählt sind.«

»Auserwählt? Wozu?«

»Das weiß ich nicht. Aber es muss eine Bedeutung haben, dass Ihnen Ihre Vergangenheit vorenthalten wird. Sie sind etwas Besonderes, Sarah Kincaid, das wusste ich von dem Augenblick an, in dem wir uns zum ersten Mal begegneten.«

Kamal schaute sie unverwandt an, und für einen Moment begegneten sich ihre Blicke über den Flammen – ein Moment, der einen Lidschlag länger währte, als es noch schicklich gewesen wäre. Dabei hatte Sarah das Gefühl, in den dunklen Augen des Ägypters zu versinken.

»Ich werde Ihr Geheimnis in meinem Herzen verwahren und vor niemandem ein Wort darüber verlieren«, versprach er.

»So wie ich das deine«, erwiderte sie.

»Ich weiß.« Kamal nickte, dann erhob er sich. »Gute Nacht, Sarah.«

»Gute Nacht, Kamal.«

Er zögerte, schien noch etwas sagen zu wollen, entschied dann aber anders und wandte sich ab, um hinüber zum Pferch zu gehen, wo die Kameltreiber ihr Lager hatten und wo sich auch sein Schlafplatz befand.

»Kamal?«, rief Sarah ihm hinterher.

»Ja?« Er wandte sich noch einmal um.

»Es ist nach Mitternacht«, erklärte sie. »Ich wünsche dir ein gutes neues Jahr, Kamal.«

Der Ägypter lächelte rätselhaft.

»*Inschallah*«, sagte er nur.

9

Persönliches Tagebuch
Nachtrag

Der Schlaf in dieser Nacht währte nicht lange. Hätte ich geahnt, was mir bevorstand, hätte ich vermutlich kein Auge zugetan. So jedoch fand ich zumindest für einige Stunden Ruhe.

Ob es an meinem Gespräch mit Kamal lag oder nur an den Strapazen der vorangegangenen Tage, vermag ich nicht zu beurteilen – jedenfalls ereilten mich in dieser Nacht nicht die grausamen Bilder, die mich seit Vaters Tod immer wieder verfolgten.

Ist dies ein Zeichen des Schicksals?

Das Morgenland vertritt die Ansicht, dass alles im Leben vorherbestimmt ist, während wir Briten uns gerne mit der Auffassung trügen, wir wären unseres eigenen Glückes Schmied.

Die Wahrheit, so vermute ich, liegt irgendwo dazwischen ...

Oase Baharia
1. Januar 1884

Sarah schreckte aus dem Schlaf, als jemand sie an der Schulter berührte. Jäh schlug sie die Augen auf und gewahrte eine riesenhafte, dunkle Gestalt, die ungefragt in ihr Zelt gekommen war und auf sie herabblickte. Sarah reagierte, noch ehe sie ganz zu sich gekommen war, und griff mit einer fließenden Bewegung nach dem Revolver.

»Ich bin es nur, Hayden«, gab eine vertraute Stimme Entwarnung.

Eine Kerze wurde entzündet, in deren spärlichem Licht Sarah

tatsächlich die Züge des Offiziers erkennen konnte – und sofort sah sie die Sorge darin.

»Was ist geschehen?«, fragte sie, setzte sich auf und wischte mit einer energischen Bewegung den Schlaf aus den Augen. Es war früher Morgen; die Dämmerung hatte kaum eingesetzt, und ein mattblaues Leuchten fiel durch den offenen Eingang in das Zelt.

»Schlechte Neuigkeiten«, verkündete Hayden verdrießlich. »Die Arbeiter sind verschwunden.«

»Was?« Aufgebracht sprang Sarah von der Pritsche, worauf Hayden sich beschämt abwandte. Da Sarah jedoch lediglich ihre Stiefel abgelegt hatte, bestand dazu kein Grund. Mit ausgreifenden Schritten stürzte sie aus dem Zelt hinaus ins Freie – und fand die Worte des Offiziers bestätigt.

Das Lager war verlassen.

Wo die Träger und Gräber sich am Abend zuvor niedergelassen hatten, war nun weit und breit niemand zu sehen. In dunkler Nacht hatten sie ihre Sachen gepackt und sich davongestohlen …

Gehetzt blickte Sarah hinüber zum Kamelpferch. Bis auf die Kamele der Briten waren auch die Lasttiere und ihre Treiber verschwunden – und mit ihnen auch alles, was sie getragen hatten.

»Die Ausrüstung?«, fragte Sarah bange.

Hayden schüttelte den Kopf.

»Die Vermessungsgeräte? Das Grabwerkzeug?«

Erneut verneinte der Offizier.

»Wo ist Kamal?«, fragte Sarah fassungslos. »Er muss mir das hier erklären.«

»Kamal ist nicht hier«, erwiderte Hayden schlicht.

»Was heißt das?«

»Das heißt, dass er sich ebenfalls aus dem Staub gemacht hat«, erwiderte der Offizier, und Sarah konnte sich des Eindrucks nicht erwehren, dass er jedes einzelne Wort genoss.

»Das kann und will ich nicht glauben.«

»Es wird Ihnen nichts anderes übrig bleiben, Lady Kincaid. Meine Leute haben bereits versucht, Kamal ausfindig zu machen, aber er ist in ganz Baharia nicht aufzutreiben. Wenn Sie mich fragen, hat Ihr ägyptischer Freund uns alle schmählich verraten.«

»Das kann nicht sein.« Sarah schüttelte den Kopf, weigerte sich anzuerkennen, was Hayden ihr sagte. Wenn Kamal nichts weiter gewesen war als ein gewöhnlicher Wüstenräuber, weshalb hatte er ihr dann all diese Dinge über sich erzählt? Hatte er überhaupt die Wahrheit gesagt? Oder hatte er ihr nur etwas vorgelogen, um sie in trügerischer Sicherheit zu wiegen? Wenn ja, hatte er sein Ziel erreicht, denn Sarah hatte nicht den geringsten Argwohn gegen Kamal gehegt. Mehr noch, ein wenig hatte sie das Gefühl gehabt, dass ihre Herzen sogar im Gleichklang schlugen ...

»Es ist die Wahrheit«, beharrte Hayden unbarmherzig. »Wie es aussieht, hat der ehrenwerte Kamal Ihr Vertrauen wohl nicht verdient. Offenbar hatte er die ganze Zeit über nur das eine Ziel, uns zur Oase zu führen und auszurauben. War es nicht seine Idee, nach Baharia zu gehen?«

»Das ... ist wahr«, musste Sarah zustimmen. Entsetzen, Trauer, Wut und maßlose Enttäuschung lieferten sich einen heftigen Wettstreit in ihr, und sie erinnerte sich an die Worte des alten Ammon, der ihr eingeschärft hatte, keinem Menschen zu vertrauen.

Wie Recht er gehabt hatte ...

Milton Fox und Sir Jeffrey, die Hayden ebenfalls geweckt hatte, gesellten sich zu ihnen. Keiner von beiden sagte ein Wort, aber der Vorwurf in ihren Mienen war unübersehbar. Hayden selbst erlegte sich weniger Zurückhaltung auf. »Sie hätten diesem schmutzigen Araber niemals vertrauen dürfen«, belehrte er Sarah gönnerhaft. »Ich habe Ihnen gleich gesagt, dass mit diesem Gesindel nichts anzufangen ist. Nichts als Diebe und Räuber, einer wie der andere.«

»Keine Schuldzuweisungen, Captain, das bringt uns nicht weiter«, konterte Sarah, »denn ebenso gut könnte ich Sie fragen, wieso ihre Männer es nicht bemerken, wenn dreißig Arbeiter und zehn Kamele mitten in der Nacht verschwinden.«

»Sie haben es bemerkt«, erwiderte Hayden schon ein wenig leiser, »allerdings erst, als es zu spät war. Aber ich kann Ihnen versichern, dass ich Lieutenant Farnsworth dafür zur Rechenschaft ...«

»Wie ich schon sagte, Captain – Schuldzuweisungen nützen uns nicht. Was geschehen ist, ist geschehen. Nun müssen wir sehen, wie wir ohne unseren Führer und unsere Ausrüstung zurechtkommen.«

»W-wie wir ohne sie zurechtkommen?«, fragte Fox verblüfft. »Was wollen Sie damit sagen?«

»Was wohl – dass wir eine Schlacht verloren haben, aber nicht den Krieg«, entgegnete Sarah kaltschnäuzig. »Wir werden die Expedition auf eigene Faust fortsetzen.«

»Haben Sie den Verstand verloren?«, platzte es aus dem Inspector hervor. »Wir haben keinen Führer mehr und keine Träger, außerdem sind unsere Lastkamele mit der Ausrüstung und dem Proviant verschwunden. In diesem Fall gibt es nur eine Option: Wir brechen die Sache ab und kehren um. Wenn Sie mich fragen, ist diese ganze Expedition ohnehin der reinste Wahnwitz!«

»Das ist Ihre Meinung, Mister Fox, und ich habe sie zur Kenntnis genommen«, erwiderte Sarah kühl. »Natürlich steht Ihnen frei, die Expedition zu verlassen und hierzubleiben. Ich für meinen Teil jedoch werde die Suche fortsetzen.«

»Lady Kincaid ... Sarah«, beschwichtigte Sir Jeffrey, »ich kann verstehen, dass Sie aufgebracht sind. Wir alle sind es – aber ich denke, wir sollten Inspector Fox' Vorschlag durchaus in Erwägung ziehen. Unter diesen Umständen ...«

»Was haben Sie erwartet, Sir Jeffrey? Dass eine Expedition in die Wüste eine Vergnügungsreise werden würde? Dass uns das Buch des Thot einfach so in die Hände fallen würde, nachdem es drei Jahrtausende lang verschollen war?«

»Nun, ich ...«

»Ich habe Sie nicht gebeten, mich zu begleiten«, fuhr Sarah mit bebender Stimme fort. »Weder Sie, Sir Jeffrey, noch Sie, Inspector. Sie sind beide aus freien Stücken mitgekommen, was ich respektiere. Aber ich werde mir von Ihnen nicht vorschreiben lassen, wie und wann ich diese Expedition zu beenden habe.«

»Das lag auch nicht in unserer Absicht«, verteidigte sich der königliche Berater. »Doch vielleicht wäre es klüger, neue Ausrüstung anzufordern und neue Gräber anzuheuern, ehe wir ...«

»Das würde zu lange dauern«, lehnte Sarah ab. »Wenn wir das Buch finden und meinen Onkel befreien wollen, so dürfen wir nicht noch mehr Zeit verlieren. Außerdem würden wir keine neuen Gräber finden.«

»Was bringt Sie darauf?«

»Kamal sagte mir gestern, dass es unter den Einheimischen Gerüchte über einen Fluch gäbe, der auf dieser Expedition lastet. Dass die alten Götter Ägyptens unsere Suche zum Scheitern verurteilt hätten und dass jeder sterben würde, der sich daran beteiligt. Die Söhne der Wüste sind abergläubisch, Sir Jeffrey. Gerüchte wie diese pflegen sich in Windeseile zu verbreiten.«

»Potztausend!«, wetterte Fox. »Diesen Unsinn hat dieser Kamal doch selbst verbreitet, um uns daran zu hindern, ihm zu folgen.«

»Wahrscheinlich«, stimmte Sarah zu, »aber wenn er denkt, dass ich deshalb aufgeben werde, so hat er sich geschnitten. Unsere Proviantvorräte werden hier in Baharia ergänzt, so gut es geht. Wenn ich es recht sehe, hat man uns die Reittiere gelassen. Richtig, Captain?«

»Das stimmt«, bestätigte Hayden grimmig. »Unsere Kamele waren wohl zu gut bewacht für diese Strauchdiebe!«

»Gut. Dann werden wir umgehend unsere Vorräte auffüllen und das letzte Licht der Sterne dazu nutzen, unsere Marschroute neu zu bestimmen. Bei Sonnenaufgang brechen wir auf.«

»Erstaunlich«, kommentierte Sir Jeffrey. »Woher nimmt eine junge Frau wie Sie nur diese Entschlossenheit?«

»Sehr einfach, Sir Jeffrey – ich will nicht, dass die Morde von London ungesühnt bleiben. Ich will meinen Onkel lebend wiedersehen. Und ich will vor allem nicht, dass meine Freunde, die ihr Leben bei dieser Suche gelassen haben, vergeblich gestorben sind. Können Sie das verstehen?«

»Ich denke schon.«

»Wie steht es nun also, Gentlemen? Werden Sie Captain Hayden und mich auf der weiteren Suche begleiten? Oder ziehen Sie es vor, hier zu bleiben und auf unsere Rückkehr zu warten?«

Der königliche Berater und der Inspector von Scotland Yard tauschten einen ebenso langen wie intensiven Blick.

»Ich weiß nicht, wie es Ihnen geht, Sir«, meinte Fox schließlich, »aber nachdem wir schon so weit gekommen sind, wüsste ich auch gerne, wie das Abenteuer ausgeht.«

»Sie sprechen mir aus dem Herzen, werter Inspector«, stimmte Sir Jeffrey zu und zauberte damit ein mattes Lächeln auf Sarahs angespannte Züge. »Sie sprechen mir aus dem Herzen ...«

III. Buch

THOTS SCHATTEN

1

Persönliches Tagebuch
Nachtrag

Vor drei Tagen haben wir Baharia verlassen. Da wir einen Umweg in Kauf genommen hatten, um zur Oase zu gelangen, sind wir von unserem ursprünglichen Weg abgekommen und mussten zunächst einen Tag lang Richtung Süden reiten, um wieder auf die alte Route zu stoßen, die uns zu Thots Schatten führen soll.

Die Stimmung ist gedrückt.

Keiner meiner Begleiter spricht es aus, aber alle denken, dass ich Schuld an unserem Unglück trage. Hayden, der Kamal von Anfang an misstraut hat, sieht sich in seinen Vorurteilen bestätigt, und auch Sir Jeffrey und Milton Fox sind wohl der Ansicht, dass ich Kamals wahre Pläne hätte durchschauen müssen.

Und sie haben Recht damit.

Was bin ich für eine Närrin gewesen!

Ich habe mich von schönen Augen und sanften Worten verwirren lassen, während Kamal nur mein Vertrauen erschleichen und uns ausrauben wollte. Ich kann kaum glauben, dass ich ihm mein größtes Geheimnis anvertraut habe, und ich hoffe und bete, dass unsere Wege sich niemals wieder kreuzen.

Ist Kamal der Verräter, vor dem der alte Ammon mich warnte? Oder ist er nichts weiter als ein gewöhnlicher Räuber, von denen es in der Weite der Wüste so viele gibt?

Mein Verstand weiß, was geschehen ist, aber mein Herz will weder das eine noch das andere glauben. Nach der Silvesternacht hatte ich das Gefühl, mit Kamal auf gewisse Art verbunden zu sein. Mehr noch, er war mir auf eine Weise vertraut, wie es sonst nur bei Menschen der Fall ist, die man lange, sehr lange Zeit kennt. Ist all das eine

Illusion gewesen? Das Blendwerk eines Betrügers, der es darauf angelegt hat, sich an meiner Naivität zu bereichern?

Während ich noch nach Antworten suche, wird mir klar, dass meine Aufmerksamkeit allein unserer Mission und ihrem Ziel zu gelten hat. Mit oder ohne Kamals Hilfe . . .

LIBYSCHE WÜSTE
4. JANUAR 1884

Es war am späten Nachmittag, als die Späher zurückkehrten, die Hayden vorausgeschickt hatte. Seit den Mittagsstunden durchquerte die Expedition, die jetzt nur noch aus zwölf Reitern und vier Packtieren bestand, eine weite sandbedeckte Senke. Sengend heiß stach die Sonne herab, das Bild der fernen Berge, auf denen sich die verfallenen Ruinen einer alten Festung erhoben, verschwamm hinter flimmernden Schleiern.

Zur Feldflasche zu greifen und einen Schluck daraus zu nehmen war für Sarah Kincaid und ihre Begleiter zur Gewohnheit geworden. In der Hitze der Wüste verlor der menschliche Körper rund zwei Gallonen Wasser am Tag, schon nach dem Verlust der ersten Gallone traten Symptome der Austrocknung auf: Die Haut wurde spröde und rissig, Schwindelgefühle waren die Regel, Fieber keine Seltenheit. Wenn der Körper dann noch mehr Flüssigkeit verlor, waren die Folgen absehbar . . .

Als sich die Späher näherten, ließ Sarah ihr Kamel schneller traben und schloss zu Hayden auf. Was die beiden Kundschafter zu berichten hatten, gefiel ihr allerdings ganz und gar nicht . . .

». . . besteht kein Zweifel, Sir«, hörte sie den einen der beiden sagen. »Jene Berge dort dürften sich nicht nördlich von uns befinden, sondern müssten weiter südlich liegen. Wir müssen von unserer Route weit abgekommen sein.«

»Ausgeschlossen, Corporal«, fuhr Hayden seinen Untergebenen an. »In dieser verdammten Wüste sieht ein Berg aus wie der andere. Sicher haben Sie sich geirrt.«

»Nein, Sir«, beharrte der Unteroffizier und deutete auf die Karte, die er bei sich hatte. »Die Route, die Lady Kincaid berechnet hat, hätte uns eigentlich nördlich an diesen Bergen vorbeiführen müssen, aber nun befinden wir uns südlich von ihnen. Wie es aussieht, sind wir um mehr als vierzig Meilen vom Weg abgekommen.«

»Vierzig Meilen? Wie ist das möglich?« Hayden sandte Sarah einen fragenden Blick zu, die allerdings auch keine Antwort wusste.

Nach Sonnenuntergang hatten sie stets versucht, eventuelle Abweichungen vom Kurs anhand der Sternenkonstellation zu korrigieren. Da Sarah die Notizen, die sie im Tempel von Hermopolis gemacht hatte, stets bei sich trug, waren zumindest diese nicht gestohlen worden. Sich tagsüber zu orientieren, war schwerlich möglich, solange die Sonne hoch am Himmel stand. Den Expeditionsteilnehmern war also nichts anderes übrig geblieben, als sich auf den Kompass zu verlassen.

Sollte er sie getrogen haben ...?

Sarah und Hayden hatten beide denselben Gedanken. Hayden nahm das Instrument, das ihnen vier Tage lang den Weg durch die Wüste gewiesen hatte, aus der Satteltasche und unterzog es einer Untersuchung. Vorsichtig drehte er den Kompass in seiner behandschuhten Rechten und betrachtete ihn von allen Seiten, konnte jedoch nichts Auffälliges daran entdecken. Dann reichte er ihn an Sarah weiter, die das Gerät leicht schüttelte und die Nadel auf ihre Gängigkeit prüfte. Auf den ersten Blick schien mit dem Kompass alles in Ordnung zu sein.

Kurzerhand zückte Sarah den Dolch, den sie seit Verlust ihres Jagdmessers im Gürtel trug, und bewegte die Klinge über die Kompassnadel hinweg. Zu ihrem Entsetzen stellte Sarah fest, dass die magnetische Nadel auf das Metall nicht reagierte.

»Etwas ist faul an diesem Gerät«, stellte sie fest und benutzte die Waffe dazu, das hölzerne Gehäuse zu öffnen. Was darin zum Vorschein kam, erklärte nur zu schlüssig, weshalb die Expedition so weit von ihrer ursprünglichen Route abgekommen war. Jemand hatte den Kompass manipuliert, indem er ein winziges Stück Metall im Gehäuse platziert und so dafür gesorgt hatte, dass die Nadel nicht exakt nach Norden, sondern vielmehr nach Nord-Nordwest wies. Das erklärte die Abweichung, aber eine Frage blieb ...

»Wer?«, schnaubte Sarah. »Wer hat das getan?«

»Können Sie sich das nicht denken?«

»Doch«, gestand Sarah frustriert. »Kamal hatte von Beginn an ein massives Interesse daran, dass wir unser Ziel nicht erreichen. Außerdem wusste er, wo wir den Kompass aufbewahren. Es besteht kein Zweifel, dass er es gewesen ist.«

»Tja«, meinte Hayden genüsslich, »damit dürfte dann wohl auch endgültig geklärt sein, auf wessen Seite Ihr ach so loyaler Führer steht, oder?«

Sarah widersprach nicht, aber einmal mehr verwünschte sie sich für ihren Leichtsinn. Hatte du Gard ihr nicht gesagt, dass sie nicht so gutgläubig sein durfte? Dass sie lernen musste, mit den Augen des Feindes zu sehen und wie er zu denken?

Kamal hatte sich nicht nur Sarahs Vertrauen erschlichen, sondern ihr auch ihr größtes Geheimnis entlockt, nur um sie schändlich zu hintergehen und auszurauben. Vieles sprach dafür, dass er tatsächlich für die Gegenseite arbeitete. Hatte er nicht von Anfang an versucht, die Suche nach dem Buch von Thot zu unterbinden? Hatte er Sarah nicht mehrmals aufgefordert, die Expedition einzustellen? All dieses Gerede von Schicksal und Vorherbestimmung hatte in Wahrheit nur dem einen Zweck gedient, sie von seinen wahren Plänen abzulenken – um dann zuzuschlagen, wenn niemand es erwartete ...

»Warte, Bursche«, knurrte Sarah. »Du glaubst an das Schicksal? Dann wirst du erleben, wie es dich schon bald einholen wird. Denn niemand führt mich an der Nase herum und kommt ungeschoren davon.«

»Was wollen Sie jetzt tun?«, fragte Sir Jeffrey besorgt, der zusammen mit Milton Fox ebenfalls aufgeschlossen und erfahren hatte, was geschehen war.

»Wir werden den Einbruch der Dunkelheit abwarten und unsere Position anhand der Sterne neu bestimmen«, antwortete Sarah mit grimmiger Entschlossenheit. »Und im Morgengrauen werden wir auf unseren alten Weg zurückkehren und diese Mission zu Ende bringen.«

»Sie wollen zurück?«, fragte Fox verblüfft. »Aber das bedeutet zusätzliche vier, fünf Tage unter stechender Sonne.«

»Den direkten Weg zu nehmen würde bedeuten, die Berge zu überqueren, und das ist mit den Kamelen und dem Gepäck nicht zu machen«, erwiderte Sarah. »Den Zeitverlust werden wir also in Kauf nehmen müssen. Aber ich habe nicht vor, mich von Kamal einschüchtern zu lassen. Wenn er will, dass wir unsere Suche beenden, so wird er stärkere Geschütze auffahren müssen als diese.«

»Soll er«, meinte Hayden gelassen. »Meine Männer und ich werden gerüstet sein. Möglicherweise kommt es ja zum Kampf und wir erhalten die Gelegenheit, ein paar von diesen räudigen ...« Er stockte, und sein Mund blieb vor Staunen offen, während er fassungslos an Sarah vorbei in die Ferne starrte.

Sarah fuhr herum und sah, was den Offizier so in Schrecken versetzt hatte.

Es war eine Wand.

Eine Mauer, die sich, so hatte es den Anschein, auf riesigen Rädern bewegte und mit beängstigender Geschwindigkeit näher kam. Eine Wand, aufgetürmt von peitschenden Winden. Ein gigantisches Bollwerk, bestehend aus nichts als Sand und Staub ...

»Ein Sandsturm«, entfuhr es Sarah ungläubig, denn seit ihren Kindertagen war sie nicht mehr dabei gewesen, wenn die Wüste ihre Massen zu einem solchen Schauspiel auftürmte – das allerdings ebenso atemberaubend wie tödlich war.

Schon war das Donnergrollen zu hören, mit dem sich die Sandwalze auf die Expedition zubewegte; hatte sie erst die Senke erreicht, wo es weit und breit kein Hindernis gab, würde der Sturm noch an Massivität gewinnen. Wen immer er dann erfasste, der würde fortgerissen werden und im Mahlstrom von Staub und Sand ein grausames Ende finden.

»Beim heiligen George!«, rief Sir Jeffrey aus, und trotz der Sonnenröte in seinem Gesicht wurde Milton Fox' Miene kreidebleich. Die Kamele wurden unruhig und scharrten mit den Hufen, während sich die Mauer aus Wind und Sand immer höher und drohender am Horizont aufbaute.

»Der Sturm zieht in unsere Richtung«, stellte Sarah fest, »und er bewegt sich sehr schnell. Schon in Kürze wird er uns erreicht haben.«

»Kein Zweifel«, stimmte Hayden grimmig zu. »Aber er wird uns vorbereitet finden. Männer – absitzen und eingraben!«

Die königlichen Husaren reagierten augenblicklich auf den Befehl. Rasch stiegen sie von ihren Kamelen und zogen kurze Spaten aus ihrem Sattelgepäck. Während die einen Soldaten in aller Eile zu graben begannen, luden die anderen das Gepäck ab und entrollten die Plane des großen Mannschaftszeltes.

»Was haben Sie vor?«, fragte Sarah verblüfft.

»Was wohl? Wir werden uns eingraben und unter der Zeltplane Zuflucht suchen, wie die Dienstvorschrift es vorsieht.«

»Haben Sie den Verstand verloren, Hayden? Das ist nicht nur ein kleiner Sturm. Was sich dort nähert, ist ein ausgemachtes Inferno! Und Sie wollen sich davon überrollen lassen?«

»Haben Sie einen besseren Vorschlag?«

»Allerdings! Wenn wir die Kamele zur Eile antreiben, können wir die Berge erreichen. In den Ruinen der alten Festung finden wir eine sichere Zuflucht.«

Hayden blickte auf, versuchte die Entfernung zu den Bergen zu schätzen, was jedoch infolge der flimmernden Luft fast unmöglich war. »Nein«, entschied er kurzerhand. »Das Risiko ist zu groß. Wenn wir es nicht rechtzeitig schaffen, wird der Sturm uns schutzlos vorfinden, und wir werden alle sterben.«

»Das ist kein Risiko, Captain, sondern unsere einzige Chance. Wenn Sie hier bleiben und sich auf einen Kampf mit dem Sand einlassen, werden Sie diesen verlieren.«

Haydens Züge verhärteten sich. »Ich bin bereit, es darauf ankommen zu lassen«, erklärte er steif, während die Sturmfront hinter ihm zu immer riesenhafterer Größe anwuchs. Jetzt konnte man erkennen, dass die riesige Wand in Wahrheit eine ungeheure Walze war, die mit atemberaubender Geschwindigkeit über die Wüste rollte und die Senke schon bald erreichen würde.

Sarah kniff die Lippen zusammen. Natürlich bestand die Möglichkeit, sich im Wüstensand einzugraben und darauf zu hoffen, dass die Gewalt des Sturmes sie verschonte; auch die Beduinen pflegten so zu verfahren, allerdings nur dann, wenn sie keine andere Möglichkeit hatten und der Sturm nicht zu stark war. Angesichts jenes Ungeheuers aus Sand und Staub, das sich ihnen näherte, gab Sarah dieser Möglichkeit allerdings keine Aussicht auf Erfolg.

»Das ist Wahnsinn, Captain«, versuchte sie Hayden noch einmal zu überzeugen. »Selbst wenn sie es schaffen, unter der Plane zu bleiben, wird der Sand sie begraben und sie werden elend ersticken.«

»I-im Ernst?«, fragte Fox, dessen Züge so bleich geworden waren, dass sie die Farbe des Sandes angenommen hatten.

»Das Risiko besteht«, räumte Hayden ein, »aber ich schätze es geringer ein als das, auf der Flucht von dem Sturm ereilt zu werden.«

»Und ich behaupte das Gegenteil«, beharrte Sarah. »Muss ich Sie daran erinnern, Captain, dass ich die Leitung . . .«

»Jetzt nicht mehr«, fiel der Offizier ihr ins Wort. »Ich habe mich Ihren Anordnungen gefügt, solange es um die Expedition selbst gegangen ist. Wenn es jedoch um das Überleben meiner Männer geht, treffe ich die Entscheidungen.«

»So war das nicht vereinbart«, protestierte Sarah.

»Ich weiß – tut mir leid, Lady Kincaid. Diesmal werden Sie sich meiner Entscheidung fügen müssen.«

»Aber es ist die falsche Entscheidung, verdammt«, ereiferte sich Sarah. »Sir Jeffrey, sagen Sie diesem sturen Angeber, dass ...«

»Es tut mir leid, Sarah.« Der königliche Berater machte ein verdrießliches Gesicht. »Ich fürchte, wenn es um Fragen des Überlebens geht, vertraue ich Captain Hayden mehr als ...«

»... als meinen weiblichen Instinkten, richtig?« Sarah lachte freudlos.

»Es ist nichts Persönliches«, beeilte Sir Jeffrey sich zu versichern, »bitte verstehen Sie mich nicht falsch ...«

»Keine Sorge«, beschwichtigte Sarah. »Aber es tut mir leid, ihnen mitteilen zu müssen, dass sich unsere Wege hier trennen, Gentlemen.«

»S-sie wollen uns verlassen?«

»Vor allen Dingen will ich diesen Sturm überleben«, stellte Sarah klar. Rasch setzte sie ihre Staubbrille auf und schlug das Ende des Kopftuchs vor Mund und Nase. Und noch ehe Hayden oder irgendjemand sonst etwas dagegen unternehmen konnte, ließ sie die Gerte schnellen, woraufhin ihr Kamel, das ohnehin kaum noch zu halten gewesen war, lospreschte und in gestreckten Galopp verfiel.

Sarah hörte noch, wie Hull ihr etwas hinterherrief, aber sie wandte sich nicht mehr um. Wasser trat ihr in die Augen, und sie wusste selbst nicht zu sagen, ob es die Frustration über die Dummheit ihrer männlichen Begleiter oder der feine Staub war, den der herannahende Sturm bereits aufzuwirbeln begann und den auch die Brille nicht abzuhalten vermochte.

Das Kamel rannte, so schnell seine schlanken Beine es trugen, in jenem wankenden, wiegenden Schritt, der den Höckertieren zu eigen ist. Dem Sturm zu entfliehen entsprach dem Instinkt des Tieres, und so brauchte Sarah es nicht erst zur Eile anzutreiben. Als sie über die Schulter zurückblickte, sah sie, dass die Sturmwalze die Senke erreicht hatte. Nun würde es rasch gehen. Sir Jeffrey und die anderen waren bereits zu kleinen Punkten geschrumpft. Sarah konnte nur hoffen, dass sie die Sturheit Haydens nicht mit dem Leben bezahlten.

Der rotbraune, von den Resten uralter Türme und Mauern durchsetzte Fels der Berge rückte näher, aber er war noch immer ein gutes Stück entfernt. Der hässliche Gedanke, dass Hayden vielleicht Recht gehabt hatte und die Ruinen zu weit entfernt waren, um sie rechtzeitig zu erreichen, schoss Sarah durch den Kopf. Ihr Versuch, den Offizier zur Flucht zu überreden, hatte sie wertvolle Zeit gekostet – Zeit, die sie nun nicht mehr hatte, aber bitter benötigte.

Das Kamel begann zu keuchen, Schaum stand ihm vor dem Mund. Trotz des Windes, der schlagartig aufkam, war die Luft noch immer heiß und trocken. Ungeachtet des schützenden Tuchs, spürte Sarah knirschenden Sand zwischen den Zähnen.

»*Yalla! Yalla!*«, rief sie dem Tier zu und begann nun doch, es anzutreiben. Ein Brausen erhob sich, das wie das Fauchen eines Untiers klang, und als Sarah diesmal über die Schulter blickte, sah sie die Walze durch die Senke rollen. Sand, der eben noch in flachen Wellen gelegen hatte, schoss plötzlich senkrecht empor, davongerissen von der Urwucht des Sturmes. Die Wand war jetzt so hoch, dass sie die Sonne mit gelben Schleiern verfinsterte, und Sarah merkte bereits, wie der herannahende Wind an ihr zerrte.

»Schneller, verdammt noch mal! Schneller . . .!«

In diesem Moment erreichte die Walze die Stelle, wo Hayden und die anderen sich mitsamt ihren Kamelen eingegraben hatten. Ein Vorhang aus Sand und Staub fiel über sie, und Sarah schickte ein Stoßgebet zum Himmel – für ihre Gefährten und auch für sich selbst.

Die Entfernung zur Ruine mochte noch an die achtzig Yards betragen – möglicherweise zu viel.

Mit grässlichem Fauchen rollte der Sturm heran. Verzweifelt suchte Sarah ihm zu entkommen: eine winzig kleine Gestalt im Vergleich zu dem tosenden Inferno, das ihr auf den Fersen war. Der erste Vorbote der Sturmfront erreichte Sarah, und trotz der Brille konnte sie schlagartig kaum noch etwas sehen.

Ein Windstoß erfasste sie und wollte sie aus dem Sattel heben. Tausende Sandkörner prasselten wie Nadelstiche in ihr Gesicht. Mit Mühe konnte sie eine Ruine ausmachen, die vor ihr aus dem tödlichen Schleier wuchs und einst ein Wachturm gewesen sein mochte. Die Krone war längst verfallen, die Mauer teilweise eingestürzt, aber es war die einzige Zuflucht, die Sarah noch erreichen konnte.

Noch dreißig Yards.

Der Sturm nahm an Intensität zu. Von einem Augenblick zum anderen wurde es völlig dunkel, und alles, was Sarah noch wahrnahm, war das Brausen des Windes in ihren Ohren und der nadelnde Sand in ihrem Gesicht. Ein lauter, verzweifelter Schrei entrang sich ihrer Kehle. Es war, als versuchte sie, ihre Stimme gegen die Allgewalt der Natur zu erheben.

Zwanzig Yards.

Ein Pfeifen, schriller und durchdringender als alles, was Sarah je gehört hatte, lag ihr in den Ohren. Sie schluckte Sand und musste husten, hatte Mühe, sich noch im Sattel zu halten. Aber mit eisernem Willen trieb sie das Kamel weiter auf den rettenden Turm zu.

Zehn Yards …

Die Umrisse der Ruinen wirkten in der künstlichen Nacht wie ein rettender Hafen. Abrupt brachte Sarah das Kamel zum Stehen, das prompt unter ihr zusammenbrach. Sarah stürzte aus dem Sattel und landete im weichen Sand. Sofort raffte sie sich wieder auf die Beine, wollte nach dem Zügel des Kamels greifen, um es mit in den Schutz der Ruine zu zerren, aber ihre Hand griff ins Leere.

Das Kamel war verschwunden.

Sarah blieb keine Zeit, darüber nachzusinnen, ob das Tier die Flucht ergriffen hatte oder von einer Sturmböe erfasst und fortgerissen worden war. Sie wandte sich um und legte die letzten Schritte zur Ruine zurück, stemmte sich mit dem ganzen Gewicht ihres Körpers gegen die Wucht des Sturmes. Erschöpft und am ganzen Leib zitternd, fiel sie durch den schmalen Eingang – just in dem Moment, als die vernichtende Walze den Fuß der Berge erreichte.

Das Pfeifen schwoll zu einem unerträglichen Tosen an. Auf allen vieren kroch Sarah in den hintersten Winkel der kreisrunden Ruine, die noch über ein brüchiges Dach verfügte. Dort blieb sie eng an die Wand gekauert sitzen und schlug das Tuch vor ihr Gesicht. Sie hörte das scheußliche Gebrüll des Sturmes, spürte, wie er an der Ruine zerrte, deren verwitterte Quader unter der rohen Gewalt erbebten, und hoffte nur, dass das uralte Gemäuer standhalten würde. Am ganzen Leib zitternd, konnte Sarah Kincaid nichts anders tun, als zum Herrn zu beten und zu warten.

Entweder auf ihr eigenes Ende.

Oder auf das des tosenden Infernos …

2

Expeditionsbericht
5. Januar
Nachtrag

Irgendwann war der Sturm zu Ende.

Wie lange er gewütet und ich in der Dunkelheit der Höhle gesessen hatte, mit angezogenen Beinen und zitternd vor Angst, weiß ich nicht mehr. Ich erinnere mich nur, dass die Dunkelheit sich irgendwann lichtete und ein einzelner Sonnenstrahl in die Ruine fiel.

Ich erhob mich und schüttelte den Sand ab, der sich an meiner Kleidung und in meinem Haar festgesetzt hatte. Ich blickte hinaus ins Freie – und hatte das Gefühl, an einen anderen, weit entfernten Ort versetzt worden zu sein.

Die Landschaft war eine andere als vor dem Sturm. Die Dünen hatten sich verändert; einige von ihnen hatten sich zu steilen Sandgebirgen aufgetürmt, andere waren von der Gewalt des Windes abgetragen worden. Ruhig und friedlich lag die Wüste da, nichts zeugte mehr von dem Sturm, der mit furchtbarer Macht gewütet hatte.

Und weit und breit entdeckte ich keine Spur von meinen Gefährten ...

»Hayden?«, schrie Sarah, als sie aus dem halb verschütteten Höhlenausgang ins Freie trat. »Hayden, können Sie mich hören?«

Ihre Stimme hallte in der heißen Luft von den Felsentürmen wider.

»Captain Hayden!«, rief Sarah noch einmal. »Sir Jeffrey! Inspector Fox! Lieutenant Farnsworth ...!«

Nacheinander rief sie die Namen ihrer Gefährten, aber weder

erhielt sie Antwort, noch konnte sie die anderen irgendwo entdecken. Sarah fühlte Panik in sich emporsteigen. Rasch erklomm sie einen nahen Felsen, versuchte von dort aus zu rekonstruieren, wo sie sich von den anderen getrennt hatte. Da die Dünen sich jedoch verändert hatten und es keine Markierung gab, anhand derer Sarah sich orientieren konnte, war es ein aussichtsloses Unterfangen. Soweit ihr Auge reichte, konnte sie weder Spuren im Sand noch sonstige Hinweise auf ihre Gefährten entdecken, gerade so, als hätte der Sturm die zehn Männer und ihre Kamele allesamt verschlungen, und nach einer Weile begann sich eine schreckliche Erkenntnis in Sarah Kincaid breitzumachen.

Sie hatte den Sandsturm als Einzige überlebt ...

Ihre Knie wurden weich, und sie sank auf den Felsen nieder, zwang sich, tief und ruhig zu atmen. Nur die Tatsache, dass sie schon früher in ihrem Leben Situationen wie diese erlebt hatte, bewahrte sie vor dem Zusammenbruch. In solcher Lage dachte man nicht an die Gefährten, die man verloren hatte, sondern einzig und allein an das eigene Überleben – und das war gefährdet genug.

Sarahs Kamel war verschwunden, und mit ihm die Vorräte, die es getragen hatte, der Proviant und das Wasser. Abgesehen von der nur noch halb gefüllten Feldflasche an ihrem Gürtel, war Sarah damit den Gewalten der Wüste völlig schutzlos ausgeliefert, sodass es im Grunde nur eine Frage der Zeit war, bis sie ihren Gefährten in den Tod folgen würde. Auch die Tasche mit ihren Aufzeichnungen, die sie noch immer bei sich trug, würde daran nichts ändern.

Sollte die Suche nach dem Buch des Thot auf diese Weise enden? Vielleicht, sagte sich Sarah, würde das Rätsel irgendwann tatsächlich entschlüsselt werden – und vielleicht dienten dann ihre ausgebleichten Knochen als Wegweiser ...

Trotz der drückenden Hitze, die jetzt wieder über der Wüste lag, durchfuhr sie ein eisiger Schauder. Mit aller Kraft, die ihr erschöpfter Geist noch aufzubringen in der Lage war, wehrte sie sich gegen die Resignation und die Trauer, die sie überkommen wollten. Noch war sie nicht tot! Und es galt, das Beste daraus zu machen.

Sie würde den Einbruch der Dunkelheit abwarten und sich erneut an den Sternen orientieren. Bei Nacht würde sie ihren Marsch fortsetzen, bei Tag Zuflucht in Höhlen und unter Felsen suchen und auf diese Weise versuchen, das Ziel zu erreichen.

Den Schatten von Thot ...

Den Rest des Tages verbrachte Sarah in der Enge der Turmruine; einerseits spendete das alte Gemäuer Schatten, andererseits wurde das Gestein von den Sonnenstrahlen so aufgeheizt, dass es zum Glutofen wurde. In fast unerträglicher Hitze harrte Sarah bis zum Einbruch der Dunkelheit aus, trank nur ab und zu einen Schluck Wasser. Irgendwann zeigte das sich verfärbende Licht an, dass sich der Tag dem Ende neigte, und Sarah wagte sich aus ihrem Versteck.

Gleißend versank die Sonne zwischen den westlichen Dünen; kein Lufthauch regte sich, die Wüste lag so still und unbewegt, als hätte es nie einen Sturm gegeben. Von Sarahs Gefährten war noch immer nichts zu sehen, was sie in ihrem bitteren Entschluss nur noch bestärkte. Sie wusste, wie die Chancen standen, zu Fuß und mit einer nur halb gefüllten Feldflasche die Wüste zu durchqueren, aber sie hatte keine andere Wahl. Entweder sie versuchte, ihr Schicksal zu finden, oder aber ihr Schicksal fand sie ...

Je weiter die Sonne dem Horizont entgegensank und in der flimmernden Ferne verschwand, desto deutlicher traten die Sterne hervor. Es gibt keinen Ort auf der Welt, an dem sich das Firmament in größerer Pracht und Klarheit zeigt, als in der Wüste; so, als wollten die Sterne einen Ausgleich für die Ödnis schaffen, die auf Erden herrscht.

Der Blick zu den funkelnden Gestirnen schenkte Sarah ein wenig Trost, und sie versuchte sich vorzustellen, dass sie nicht allein war inmitten der endlosen Leere, dass ihr Vater von irgendwo dort auf sie herabblickte und sie begleitete.

Anhand der Notizen aus Hermopolis gelang es ihr, sich einmal mehr am Polarstern zu orientieren und die Marschrichtung festzulegen. Zurückzugehen, wie Haydens Späher es gefordert hatte, kam nicht in Frage – wenn Sarah noch eine letzte Chance haben wollte, Thots Schatten zu finden, würde sie den direkten Weg über die Berge nehmen müssen, was bei Dunkelheit ein höchst gefährliches Unterfangen war. Lockeres Geröll und Felsspalten würde sie vielleicht viel zu spät bemerken, von Schlangen und Skorpionen ganz zu schweigen.

Der Gedanke, sich nach Süden zu wenden und zu versuchen, eine der dort gelegenen Oasen zu erreichen, kam Sarah flüchtig in den Sinn. Aber ohne Kompass und entsprechendes Kartenmaterial waren ihre Chancen, Farafrah oder Nesla zu finden, entmutigend gering.

»Nein«, sagte sie, um sich mit ihrer eigenen Stimme Mut zu machen (tatsächlich erschrak sie über deren heiseren, krächzenden Klang), »ich bin nicht hierher gekommen, um auf der Suche nach Wasser zu verdursten. Ich will die Wahrheit über Thoths Geheimnis erfahren, und wenn es das Letzte in meinem Leben ist.«

Sie griff nach dem Revolver, der noch in ihrem Holster steckte und den sie während des langen Tages von Staub und Sand gereinigt hatte. Im Kampf gegen die Wüste war die Waffe freilich nutzlos, doch wenn es darum ging, einer Verdurstenden die letzten Qualen zu ersparen, so würde sie von großem Vorteil sein …

Sarah prüfte die Verschnürung ihrer Stiefel und den Sitz ihres Waffengurts, gönnte sich einen stärkenden Schluck Wasser. Dann, als das letzte Stück gleißender Sonne am Horizont verschwand, trat sie den Marsch über die Berge an.

Zum Licht der Sterne gesellte sich der fahle Schein des sichelförmigen Mondes, der hoch über den Dünen stand und sie mit blauem Licht bestrich. Leichter Wind kam auf, der nach der Hitze des Tages willkommene Abwechslung bedeutete.

Nach einem ersten steilen Aufstieg, der über vom Sand glatt geriebenes Gestein und zwischen den verfallenen Mauern der alten Festung hindurchführte, verflachte das Gelände ein wenig. Einen Pfad gab es nicht; Sarah musste ihren eigenen Weg suchen, und je weiter sie den Berg hinaufstieg, der sich wie der Rücken eines riesigen, steinernen Krokodils aus den Dünen erhob, desto bizarrer wurden die Formationen, die der Wind aus dem Gestein gemeißelt hatte.

Felsnadeln reckten sich wie abgestorbene Bäume in den Nachthimmel. Mehrmals zuckte Sarah zusammen, wenn sie eine schwarz vermummte Gestalt zu erkennen glaubte – um jedes Mal erleichtert zur Kenntnis zu nehmen, dass es nur toter Fels war, der sie genarrt hatte. Dennoch fühlte sie sich innerlich unruhig und beobachtet, und während ihr Verstand den Grund dafür in ihrer Erschöpfung suchte, wurde sie dennoch das Gefühl nicht los, dass jemand ihr durch die nächtliche Wüste folgte.

Jemand – oder etwas ...

Sarah schüttelte den Gedanken ab und konzentrierte sich auf den Marsch. Ihr Weg führte über loses Geröll steil nach oben, und sie musste auf der Hut sein, um nicht auszugleiten. Krampfhaft suchten ihre Hände Halt am Gestein und wären schon bald blutig und zerschunden gewesen, hätte Sarah nicht ihre ledernen Reithandschuhe getragen. Hin und wieder, wenn der Anstieg besonders steil wurde, bewegte sie sich auf allen vieren fort. Bis sie schließlich eine Felswand erreichte, die steil vor ihr aufragte und den Mond verfinsterte.

Keuchend und nach Atem ringend, gönnte sich Sarah eine kurze Pause. Erneut ließ sie sich auf einem Felsen nieder und nahm einen Schluck Wasser. Sie genoss das lauwarme Nass und verspürte den jähen Drang, auch noch den Rest hinunterzustürzen. Aber obwohl ihre Kehle wie ausgedörrt war und ihr Rachen brannte, beherrschte sie sich. Dieses Wasser war vorerst alles, was sie vor dem sicheren Tod bewahrte – auch wenn es viel zu wenig war.

Erneut überkam Sarah das eigenartige Gefühl, beobachtet zu werden, und plötzlich hörte sie ein verdächtiges Geräusch: loses Gestein, das sich löste. Steine klickerten irgendwo den Hang hinab, es folgte ein leises Rieseln. Dann kehrte wieder Stille ein.

Gespenstische Stille!

In früheren Tagen hatte Sarah die Ruhe über der Wüste als Wohltat empfunden. In der Wüste, pflegten die Beduinen zu sagen, hatte sich das Schweigen des Anbeginns der Zeit bis in die Gegenwart erhalten. Nirgendwo sonst, so hieß es, war man dem Göttlichen so nah. Früher hatte Sarah ebenso empfunden. In dieser Nacht jedoch lastete die Stille schwer und drückend auf ihr, und sie spürte ihre Einsamkeit.

Was hätte sie jetzt um menschliche Gesellschaft gegeben! Selbst Milton Fox oder Stuart Hayden wären ihr willkommene Gäste gewesen – aber keinen von beiden würde sie jemals wiedersehen. Sie waren tot, dahingerafft vom Zorn der Wüste, der über sie hereingebrochen war. Vielleicht, dachte Sarah betrübt, lastete tatsächlich ein Fluch auf Thots Geheimnis, der sie nun ereilt hatte ...

Erschöpft und kraftlos, wie sie war, zwang sie sich dazu, wieder aufzustehen und die Felswand zu erklimmen, deren Höhe an die fünfzehn Fuß betragen mochte. Darüber schien es ein Plateau zu geben, wo Sarah sich erneut am Stand der Sterne orientieren wollte.

Die schmalen Spalten und Risse im Fels als Griffe und Tritte nutzend, zog sich Sarah am roten Fels empor, der noch immer von der Hitze des Tages warm war. Sarah, die seit Stunden nichts gegessen und kaum etwas getrunken hatte, spürte ihre Kräfte schwinden, aber sie gab nicht auf. Mit eisernem Willen arbeitete sie sich Stück für Stück nach oben. Einmal rutschte sie ab und musste rasch nachgreifen, um nicht abzustürzen; dann ging es wieder weiter, Stück für Stück. Endlich erreichte sie die Abbruchkante – nur um festzustellen, dass sie nicht allein war auf dem Plateau.

Eine Wüstenagame kauerte genau dort, wo Sarah über die Kante spähte. Einen Augenblick lang blickten die Echse und Sarah einander in die Augen – dann ging alles blitzschnell.

Noch ehe das knapp einen Fuß lange Reptil die Flucht ergreifen konnte, schnellte Sarahs Rechte empor und packte es. Die Echse verfiel in heiseres Zischen, ihr schuppiger Körper wand und wehrte sich, aber Sarah ließ nicht los.

Das Tier mit einer Hand umklammernd, zog sie sich mit der anderen nach oben und wälzte sich schwerfällig und mit letzter Kraft über die Kante. Dann griff sie kurzerhand nach dem Messer an ihrem Gürtel, und noch ehe sie dazu kam, Ekel oder Skrupel zu empfinden, trennte sie dem Tier auch schon den Kopf vom Rumpf und trank das Blut, das aus dem Stumpf des Halses troff. Anschließend legte sie den Torso vor sich auf einen flachen Stein, schlitzte ihn bäuchlings auf und aß das rohe Fleisch. Es war lauwarm und besaß einen widerwärtigen Geschmack, aber Sarah wusste, dass sie nicht wählerisch sein durfte. Eine Agame war ein Festmahl, das sie sich nicht entgehen lassen durfte, vor allem, wenn es sich ihr so bereitwillig anbot. Das Tier bedeutete einen weiteren Tag Überleben. Mindestens ...

Erst nachdem sie ihr ungewöhnliches Nachtmahl beendet hatte, erhob sich Sarah und hatte Augen für ihre Umgebung. Ihre Bluse und ihr Kopftuch waren blutbesudelt, ebenso wie Mund und Kinn. Hätte sie sich in diesem Zustand auf den Straßen Londons gezeigt, wäre sie vermutlich verhaftet und nach Bedlam gebracht worden – ein Gedanke, der ein dünnes Lächeln auf ihre Züge brachte.

Von dem schmalen Plateau aus, das sich in östlicher Richtung erstreckte und von einzelnen Felsnadeln gekrönt wurde, bot sich ein weiter Ausblick auf das Umland, das der Mondschein in kaltes Licht tauchte. Wie ein Meer, dessen Wellen durch unerklärlichen Zauber erstarrt waren, breitete sich die Wüste vor ihr aus. Weit und breit erblickte Sarah keine Spur von Zivilisation. Kein Lager, keine Behausung, kein Rauch und kein Feuer. Nur der blaue Sand und die funkelnde Unendlichkeit der Sterne, die sich darüber erstreckte.

Vom Anblick überwältigt, sank Sarah nieder, und für einen kurzen Moment hatte sie das Gefühl, eins zu werden mit der Wüste. Sie begriff sich als Teil der Schöpfung, und es erschien ihr unerheblich, ob sie lebte oder starb. Für die Schöpfung war es ohne Belang, so wie es für die Wüste bedeutungslos war, ob man ihr ein Sandkorn entnahm oder eines hinzufügte.

Aber schon im nächsten Moment brach sich Sarahs eiserner Überlebenswille wieder Bahn. Wenn es ihr bestimmt war, hier zu sterben, so mochte es geschehen – aber nicht, ehe sie nicht alles versucht hatte, um am Leben zu bleiben und das Geheimnis zu ergründen, dessentwegen sie hierher gekommen war. Es gab Menschen, denen sie es schuldig war, weiterzugehen und alles daran zu setzen, ihr Ziel zu erreichen.

Am allermeisten jedoch – und das wurde Sarah im Angesicht der Wüste deutlich, während das Licht der Sterne ihre kleine, verlorene Existenz beleuchtete – schuldete sie es sich selbst.

Sie biss die Zähne zusammen, zwischen denen noch immer Sand knirschte, und raffte sich auf die Beine, deren Muskulatur vom anstrengenden Aufstieg schmerzte. In etwa drei Stunden würde der Morgen dämmern, und bis dahin wollte Sarah den Berg hinter sich gelassen und an seinem Fuß in einer Höhle Zuflucht gefunden haben, sofern es eine gab.

Entschlossen trat sie vor und begann, zwischen den Felsnadeln auf der anderen Seite des Plateaus hindurch in die Tiefe zu klettern. Der Abstieg war steil, aber es gab viele Tritte, und das blasse Licht des Mondes wies Sarah Kincaid den Weg.

Unterhalb der Felsnadeln gab es ein Labyrinth aus tiefen Spalten, dem Sarah weiter nach unten folgte. Und in der Enge der glatten Felswände hatte sie erneut das Gefühl, verfolgt zu werden …

3

Expeditionsbericht
6. Januar

Zwei Nächte ist es her, dass ich den Bergkamm hinter mir gelassen und nordwestliche Richtung eingeschlagen habe, in der Hoffnung, mich auf diese Weise der ursprünglichen Route zu nähern.

Mein Wasservorrat ist inzwischen aufgebraucht, und ich hatte nicht noch einmal das Glück, auf eine Echse zu treffen. Nachdem ich eine Nacht lang ohne Wasser durch den Sand marschiert bin, stelle ich deutliche Anzeichen von Austrocknung fest. Meine Haut ist rissig und spröde geworden, meine Zunge ist angeschwollen, meine Körpertemperatur erhöht. Noch weitaus schlimmer jedoch ist, dass im Osten der neue Tag heraufzieht – und dass es weit und breit nichts gibt, das mir vor der erbarmungslosen Sonne Schutz bieten könnte.

Ringsum sehe ich nichts als endlose Dünen, deren Kuppen im ersten Licht des neuen Tages leuchten. Ich weiß, dass dieser Tag mein letzter sein wird. Ohne Wasser und Schatten bin ich der Glut der Sonne schutzlos ausgeliefert und zum Sterben verurteilt.

Nur ein Wunder kann mich jetzt noch retten …

Sarah Kincaid hatte sich ihr Ende oft vorzustellen versucht – aber nie wäre sie darauf gekommen, dass es ihr Schicksal war, allein und verlassen in einer fernen Wüste zu verdursten.

Schritt für Schritt schleppte sie sich vorwärts. Bis über die Knöchel versanken ihre Füße im Sand, was kraftraubend war und das Fortkommen zur Qual machte. Dennoch zwang sie sich, immer weiterzugehen, denn sie wusste, dass der Augenblick, in dem sie aufgab und sich niedersinken ließ, ihr Schicksal besiegeln würde.

Die Sonne stand hoch am Himmel. Ihre Strahlen ließen den Sand gleißend leuchten, und die vereinzelten Felsen, die eine Laune der Natur über das öde Land gestreut hatte, schienen sich in der flimmernden Luft zu bewegen. Immer wieder glaubte Sarah, darin Menschen zu erkennen, aber längst griff sie nicht mehr nach ihrer Waffe. Es war ihr gleichgültig, wer sie fand, ob Freund oder Feind, wenn die Qual nur bald ein Ende nahm.

Sarah war dem Zusammenbruch nahe. Ihre Beine trugen sie kaum noch, ihre Zunge war zu einem dicken Kloß geschwollen. Der Drang, sich in den Sand zu legen und das Unausweichliche geschehen zu lassen, einfach darauf zu warten, dass die Organe infolge des Fiebers versagten und dem aussichtslosen Kampf ein Ende setzten, wurde immer stärker. Sarah ging bereits gebückt, konnte sich nicht mehr aufrecht halten – aber noch stand sie auf beiden Beinen.

Noch …

Als sich zu ihrer Linken erneut etwas regte, wollte sie nicht mehr nachsehen. Sie nahm die Bewegung aus dem Augenwinkel wahr und hielt sie erneut für eine Sinnestäuschung, verursacht von der flimmernden Luft. Dann sah sie jedoch, dass es tatsächlich ein Lebewesen war, das dort lauerte und zu ihr herüber starrte. Allerdings kein Mensch, sondern ein Tier, das ihr baldiges Ende verhieß.

Die Augen des Schakals leuchteten blutdürstig, doch das Tier schien keinen Grund zur Eile zu spüren. Es brauchte seine Beute nur anzusehen, um zu erkennen, dass es bloß abzuwarten brauchte, bis diese zusammenbrach. Warum vorher noch kämpfen? …

»Elendes Mistvieh«, knurrte Sarah. Infolge ihrer geschwollenen Zunge hatte sie Schwierigkeiten zu sprechen, der Klang ihrer Stimme war fürchterlich. »Anubis hat dich wohl geschickt, was?« Sie lachte bitter. »Sollst mich wohl in sein dunkles Reich holen …«

Sie verfiel in irrsinniges Kichern, als ihr klar wurde, dass es der Schakal gewesen war, der sie die ganze Zeit über verfolgt hatte. Seit Verlassen der Höhle war ihr der Tod auf den Fersen gewesen, während sie noch geglaubt hatte, den Kampf gegen die Wüste gewinnen zu können. Eine Närrin war sie gewesen! Nun hatte Anubis, der Herrscher der Unterwelt, ihr sein Antlitz gezeigt.

Sarah wusste, dass dies das Ende war.

Noch einen Schritt tat sie – und noch einen, bei dem sie bereits das Gleichgewicht verlor. Dann brach sie zusammen.

Bäuchlings fiel sie zu Boden. Den Mund vor Erschöpfung und Durst weit aufgerissen, biss sie in den Sand, würgte und hustete. In einem letzten, verzweifelten Aufbäumen von Kraft versuchte sie, sich wieder zu erheben, aber es gelang ihr nicht mehr. Die Wüste hatte den Kampf gewonnen, und durch flimmernde Schleier beobachtete Sarah, wie der Schakal sich ihr langsam näherte.

»D-das Ende ...«

Mit zitternden Händen tastete sie an sich herab, griff nach dem Revolver und zog ihn aus dem Holster. Als sie jedoch auf das Tier anlegen wollte, war es verschwunden.

Statt seiner stand dort ein Mensch in der flimmernden Luft, und Sarahs Erleichterung war grenzenlos, als sie die vertrauten, milden Züge von Gardiner Kincaid erblickte.

Ihr Vater stand dort, wie sie ihn in Erinnerung hatte, in seinem alten Rock, den er auf so vielen Reisen getragen hatte, den Tropenhelm auf dem Kopf. Und der Blick, mit dem er sie bedachte, verriet unendliches Bedauern.

»Vater ... du lebst?«

»Nein«, sagte Gardiner Kincaid mit leiser Stimme, die direkt in Sarahs Kopf zu klingen schien. »Ich bin den Weg gegangen, den auch du nun gehen wirst, Sarah. Hab keine Angst ...«

»Bin froh, dich zu sehen ...«

»Ich ebenso, meine Tochter. Aber ehe du die Grenze zur

Unendlichkeit überschreitest, möchte ich, dass du mir verzeihst.«

»I-ich soll dir verzeihen? Was, Vater ...?«

»Was ich dir angetan habe. Was ich dir verschwiegen habe.«

»Du hast mir ... etwas verschwiegen? Was ...?«

»Du weißt es bereits«, erwiderte der alte Gardiner. »Tief in deinem Inneren kennst du die Antwort, Sarah, und ich bitte dich, mir zu vergeben, dass ich sie dir vorenthalten habe.«

»Was auch immer«, flüsterte Sarah mit kaum noch vernehmbarer Stimme, »ich verzeihe dir, Vater ...«

»So will auch ich dir verzeihen«, sagte eine andere Stimme. Die Gestalt Gardiner Kincaids war verblasst. Statt seiner stand der arme Kesh vor Sarah, die Züge kalkig weiß und die Kleider blutbesudelt, so, wie sie ihn in Kairo am Fuß der Treppe zur alten Sternwarte aufgefunden hatte.

»Kesh ...«

»Ich bin froh, dass du mich erkennst«, sagte der Diener des Weisen zu Sarahs Verblüffung.

»Du ... du kannst sprechen ...?«

»Frei bin ich von irdischen Banden – dank deiner Hilfe«, spottete Kesh, und seine großen Augen rollten feindselig in ihren Höhlen. »Nachdem du all die Jahre verschwunden warst, kehrst du ungefragt zurück und erteilst mir einen Auftrag, der mich das Leben kostet.«

»D-das wollte ich nicht, Kesh«, erwiderte Sarah flüsternd. »Du musst mir glauben ... dass ich ... nicht wollte ... verzeih mir ... bitte dich ... verzeih mir ...«

Kesh erwiderte nichts darauf. Die Gestalt des unheimlichen Besuchers veränderte sich abermals – um die nicht weniger vertrauten Züge von Maurice du Gard anzunehmen.

»*Chérie*«, sagte er nur, und es klang bedauernd und vorwurfsvoll zugleich. »Was tust du da?«

»Was ich ... hier tue?« Sarah kicherte irrsinnig, würgte am

Sand, den sie geschluckt hatte. »Ich sterbe, du französischer Kretin …«

»*Non*«, widersprach du Gard entschieden, »das wirst du nicht. Du wirst leben, Sarah Kincaid, hörst du?«

»Nein, Maurice … ist vorbei …«

»Erinnerst du dich an meine Worte?«, fragte du Gard. »Weißt du noch, was ich dir an jenem Abend auf dem Schiff über das Licht sagte?«

»Ja«, hauchte Sarah tonlos, während ihre Hand sich in den heißen Sand krallte. »Du sagtest … solle dem Licht vertrauen … würde mich ans Ziel führen …«

»*C'est ca*«, erwiderte der Franzose, während seine schlanke Gestalt sich in der flirrenden Hitze aufzulösen begann.

»Maurice«, rief Sarah verzweifelt, »lass mich nicht allein …«

Aber du Gard verschwand – und an der Stelle, wo er eben noch gewesen war, flammte ein greller Lichtschein auf, gegen den selbst das gleißende Licht der Sonne zu verblassen schien.

Es war, als würde sich eine Pforte öffnen, die in ferne Unendlichkeit führte, und mit einem Mal wurde Sarah innerlich ruhig und gelassen. Dem Licht vertrauen, hatte du Gard gesagt. Sich von ihm ans Ziel führen lassen …

Auf allen vieren durch den Sand kriechend, schleppte sich Sarah der leuchtenden Pforte entgegen, jedoch ohne sie zu erreichen. Je näher sie zu kommen glaubte, desto weiter wich das Licht zurück, und Sarah wurde klar, dass sie das Tor auf andere Weise durchschreiten musste. Sie erinnerte sich an den Revolver in ihrer Hand …

Mit buchstäblich letzter Kraft gelang es ihr, die Waffe zu heben und auf sich zu richten. Den Daumen vor dem Abzug, wollte Sarah ihrer Existenz ein Ende setzen, um die Pforte zu durchqueren und zu ihrem Vater, zu du Gard und all den anderen zu gelangen, die ihr auf dem Weg alles Sterblichen vorangegangen waren.

Ein lautloser Schatten glitt an ihr vorüber – es war der Schakal, der sie noch immer lauernd umkreiste. Gleich, dachte Sarah, würde er bekommen, worauf er so geduldig gewartet hatte.

Ein lauter Knall, der von den Felsen zurückgeworfen wurde und in der Gluthitze verhallte – und Sarah fiel in dunkle Schwärze.

4

Als Sarah Kincaid die Augen aufschlug, war sie der festen Überzeugung, tot zu sein.

Alles um sie herum – ihre von blassem Licht beleuchtete Umgebung, die Gerüche in ihrer Nase, die Geräusche, die von fern an ihr Ohr drangen – war so fremdartig, dass sie einige Augenblicke brauchte, um zu begreifen, dass sie sich nicht etwa im Jenseits befand, sondern noch immer höchst lebendig war. Ihre Verblüffung darüber war noch größer als über die exotische Umgebung, in der sie sich wiederfand.

Das Letzte, woran sich Sarah erinnerte, waren Schmerz und Verzweiflung, Schmerz, der jeden Inch ihres Körpers ausgefüllt hatte, und Verzweiflung, die so groß gewesen war, dass sie den Tod herbeigesehnt hatte. An das, was dann geschehen war, konnte sie sich nur sehr verschwommen erinnern; ihr war, als wären ihr ihr Vater und du Gard begegnet. Sie war dem Wahnsinn nahe gewesen, hatte fast den Verstand verloren angesichts der erbarmungslosen Hitze – und nun fand sie sich an diesem fremden und unwirklichen Ort wieder.

Sie befand sich in einem Zelt, durch dessen Dach und Wände spärliches Tageslicht sickerte und das nicht nach Beduinenart errichtet war. Es gab keine Stangen, die das Dach stützten, im Gegenteil: Ein hölzernes Gerüst wölbte sich über Sarah, das als Grundkonstruktion der Behausung diente. Darüber waren dicht gewebte, farbig gestreifte Decken gebreitet, die nur wenig Sonnenlicht durchließen. Die Wände des Zeltes bestanden aus Matten, die aus Palmbast geflochten waren. Durchlässig, wie sie waren, sorgten sie dafür, dass sich die Luft im Zelt nicht staute und es angenehm temperiert war, obwohl draußen wahrscheinlich sengende Hitze herrschte. Auch der Boden war beschlagen, nicht mit Teppichen, wie es bei den Beduinen Brauch war, sondern gleichfalls mit gestreiften Decken. Dies und die eigenartige Bauweise des Zeltes ließen Sarah erahnen, wo sie sich befand. Gewissheit stellte sich jedoch erst ein, als sie bemerkte, dass sie nicht allein im Zelt war.

Hinter ihr stand ein groß gewachsener Mann, der einen *tagelmust* trug, einen Turban, dessen Enden so um sein Gesicht geschlungen waren, dass nur noch die Augen des Mannes zu sehen waren. Sein Kaftan war von dunkler, indigoblauer Farbe, die Sarah erkennen ließ, in wessen Gewahrsam sie sich befand.

Dieser Mann war ein Tuareg.

Sarah zuckte innerlich zusammen. Sie hatte schon viel von den geheimnisvollen, kriegerischen Bewohnern der Wüste gehört, war ihnen jedoch noch nie begegnet. Die Sahara war ihre Heimat, aber bislang hatte Sarah stets geglaubt, dass die Tuareg, die als Nomaden umherzogen, ihre Gebiete weiter westlich hatten, zwischen den Schluchten von Tibesti und den Kämmen des Aïr. Wie es aussah, hatte sie sich wohl geirrt, denn ihr Bewacher, in dessen Schärpe ein blitzendes Schwert steckte, gehörte ohne jeden Zweifel zu ihnen ...

Dunkle Augen taxierten Sarah aus einem dunklen Gesicht, ohne dass auch nur zu erahnen war, was der Vermummte dachte.

»*Aslama*«, grüßte Sarah auf Arabisch.

»Du wach«, erwiderte er lediglich, sich dabei ebenfalls des Arabischen bedienend, das er allerdings nur leidlich beherrschte. Die Tuareg pflegten ihren eigenen Dialekt zu sprechen.

»Ja«, sagte Sarah nur. Noch immer klang ihre Stimme heiser und krächzend, aber wenigstens bereitete ihr das Sprechen keine Schmerzen mehr.

Der Krieger nickte und verließ das Zelt. Kaum war er verschwunden, erhielt Sarah erneut Gesellschaft, diesmal von einer Gruppe Tuareg-Frauen, die schweigend in das Zelt drängten. Auch sie trugen Kopftücher und indigoblaue Kleider, aber anders als bei dem Mann waren ihre Gesichter unverhüllt. Die Schönheit der Tuareg-Frauen besaß unter den Wüstenvölkern einen geradezu legendären Ruf, und Sarah konnte dem nur beipflichten. Rätselhaft schwarze Augen blickten sie aus sonnengebräunten, formvollendeten Gesichtern an, die von rabenschwarzem Haar umrahmt wurden und aus denen strahlend weiße Zähne blitzten.

Die Frauen kümmerten sich um Sarah, die erst jetzt erkannte, dass sie an den Fußgelenken gefesselt war. Auf dem Boden des Zeltes hatte man ihr ein Lager bereitet, das allerdings sehr bequem war. Als die Tuareg-Frauen die Decke entfernten, erkannte Sarah, dass sie darunter nackt war. Die Frauen kicherten, als sie Sarahs bleiche Haut erblickten. Dann gingen sie daran, sie mit duftenden Ölen zu balsamieren, wie die Töchter der Wüste es zu tun pflegten.

Anfangs wehrte Sarah sich gegen die Berührung, aber dann wurde ihr klar, dass es diese Hände waren, die sie gesundgepflegt und dabei wahre Wunder bewirkt haben mussten. Ihr Gesicht schmerzte nicht länger, ihre Zunge und ihre Kehle waren nicht mehr geschwollen, und sie konnte sich auch wieder bewegen. Welchem günstigen Schicksal sie es zu verdanken hatte, dass diese Leute sich ihrer angenommen hatten, wusste Sarah nicht. Nur eines war ihr klar: Wenn die Tuareg ihr schaden wollten, hätten sie sie auch in der Wüste liegen lassen können.

»*Mutaschakkir-ktir*«, bedankte sich Sarah, während die Frauen daran gingen, sie einzukleiden – nicht etwa in eine indigoblaue Robe, sondern in Saras eigene Sachen, die gereinigt und ausgebessert worden waren. Hierzu löste man die Fesseln um ihre Füße und half ihr dabei aufzustehen. Sarah wurde es schwindelig, und sie wankte. Sofort reckten sich ihr helfende Hände entgegen, und jemand reichte ihr einen tönernen Becher mit Wasser. Sobald

Sarah einige Schlucke getrunken hatte, fühlte sie sich besser. Sie nickte dankbar, gab den Becher zurück und zog dann ihre Stiefel an. Ihre Waffen hatte man ihr abgenommen, und sie fragte auch nicht danach. Wie allen Völkern der Wüste war auch den Tuareg das Gastrecht heilig. Misstrauen zu äußern, wäre nicht nur unhöflich, sondern auch gefährlich gewesen.

Kaum hatten sie ihre Arbeit beendet, entfernten sich die Frauen wieder, wobei sie sich höflich verbeugten. Sarah erwiderte die Geste, und als sie sich wieder aufrichtete, stand erneut der vermummte Krieger vor ihr, der ihr bedeutete, ihr zu folgen.

»Du kannst gehen«, sagte er nur, und es war keine Frage, sondern eine Feststellung.

Sarah nickte und folgte ihm aus dem Zelt ins Freie. Das gleißende Licht der Sonne blendete sie, dabei war es bereits später Nachmittag. Wo sie sich befand oder wie lange sie schon in der Obhut der Tuareg sein mochte, vermochte Sarah nicht zu beurteilen. Sie wusste ja noch nicht einmal, wohin der unheimliche Krieger sie führte.

Das Dorf der Tuareg bestand aus etwa einem Dutzend kuppelförmiger Zelte, die rings von Sanddünen umgeben waren. Die Mitte des Lagers nahm ein weiteres Zelt ein, das größer war als die anderen und nicht nur aus einer, sondern aus mehreren kuppelförmigen Erhebungen bestand, die mit Bahnen aus indigofarbenem Tuch bedeckt waren. Die Bastmatten an den Seiten waren hochgeschlagen. Vor dem Portal des Zeltes hielten zwei weitere Tuareg-Krieger Wache, die mit Lanzen und länglichen Schilden bewaffnet waren, auf denen Sarah ein nur zu bekanntes Zeichen gewahrte.

Es war das Ibis-Symbol.

Die Hieroglyphe von Thot ...

Sie folgerte, dass sie sich in der Hand des Feindes befand, und ein innerer Drang riet ihr, sich zur Flucht zu wenden. Aber wohin sollte sie gehen? Ringsum schien das Lager von nichts als Wüste umgeben zu sein, und wie es sich anfühlte, in der Hitze elend und langsam zugrunde zu gehen, davon hatte Sarah inzwischen eine sehr präzise Vorstellung. Sie hatte keine andere Wahl, als zu bleiben. Vielleicht würde sie dafür endlich erfahren, was es mit ihren geheimnisvollen Gegenspielern auf sich hatte …

Ihr Bewacher schlug die Decke am Eingang beiseite und bedeutete ihr einzutreten. Sarah nickte und tat, wie ihr geheißen.

Im Inneren des Zeltes empfing sie angenehmes Dunkel. Auch hier war der Boden mit Decken ausgelegt. Vom Gerippe der Zeltkonstruktion hingen Öllampen und einige Gegenstände von offenbar kultischer Bedeutung: kleine Talismane aus Ton oder Elfenbein, die aus den tiefen Regionen Afrikas stammen mochten und daran erinnerten, dass die Tuareg nicht ausschließlich Muslime waren, sondern dass sich in ihrem Glauben auch noch andere Religionen mischten. Das Tragen des Gesichtstuchs war ein Beleg dafür: Es sollte die Männer vor bösen Geistern bewahren. Und möglicherweise hatte sich bei den Wüstenkriegern auch der Glaube an eine uralte, an anderen Orten längst vergessene Gottheit erhalten …

»Wie geht es dir?«, fragte jemand auf Englisch.

Sarah fuhr herum.

Durch einen Vorhang, der den Hauptraum des Zeltes von einer der kleineren Nebenkuppeln trennte, trat ein Mann, der weiße Pluderhosen trug, dazu eine dunkelblaue Robe und den ebenso blauen *tagelmust*. Das Gesichtstuch dämpfte den Klang seiner Stimme, dennoch hatte Sarah das Gefühl, sie zu kennen.

»Danke«, erwiderte sie zögernd. »Es geht mir gut – und das verdanke ich Ihnen, wie ich vermute.«

»Du bist weit gekommen«, erwiderte der Tuareg, während Sarah seine Identität anhand seiner Augen zu entschlüsseln versuchte. »Wer hätte das gedacht?«

»Wer sind Sie?«, wollte Sarah wissen, aber der Vermummte ging nicht darauf ein.

»Mein Volk«, fuhr er unbeeindruckt fort, »bezeichnet dieses Land als *ténéré*, was schlicht ›Nichts‹ bedeutet. Und nichts gibt es zu finden in dieser großen Leere außer den Tod – und er hätte dich beinahe ereilt. Schon hatte der Schakal deine Spur aufgenommen und wollte sich auf dich stürzen, als das Leben schon fast aus dir gewichen war. Aber es war sein Leben, das genommen wurde – durch meine Hand.«

In Sarahs Bewusstsein stieg eine matte Erinnerung auf. »Der Schuss«, flüsterte sie. »Das sind Sie gewesen ...«

»Als wir dich fanden, hatte die Wüste dich fast besiegt. Es war kaum noch Leben in dir. Nicht viel hätte gefehlt, und nicht das Leben, sondern der Tod hätte triumphiert. Aber in dir wohnt ein starker Wille, der dir die Kraft gegeben hat zu überleben. Zehn Tage und zehn Nächte lagst du im Fieber, aber schließlich ...«

»Zehn Tage und zehn Nächte?«, fragte Sarah ungläubig. »So lange bin ich bereits hier?«

»Allerdings. Aber am Ende hast du das Fieber bezwungen. Das Schicksal meint es gut mit dir, Sarah Kincaid.«

»Sie ... Sie kennen meinen Namen?«

»Nicht nur das. Ich habe auch in dein Herz geblickt und weiß, dass du nichts Böses im Schilde führst. Andernfalls hätte ich dich nicht hierhergebracht, sondern dich in der Wüste sterben lassen.«

»Wer sind Sie?«, fragte Sarah noch einmal, während ihr ein leiser Verdacht zu dämmern begann. Konnte es tatsächlich sein, dass ...

Der Tuareg nickte bereitwillig und entfernte den Gesichtsschleier. Darunter kamen – Sarah traute ihren Augen nicht – die vertrauten Züge von Kamal zum Vorschein. Aber wie sie sich verändert hatten!

Jede Unterwürfigkeit und Beflissenheit war daraus gewichen. Der Mann, der Sarah gegenüberstand, war kein Bediensteter, der seine weißen Herren durch die Wüste führen sollte. Im Gegenteil. Kamals Haltung, sein Blick und seine unbewegte Miene hatten etwas Würdevolles, Ehrfurchtgebietendes, das Sarah tief beeindruckte.

»Kamal«, entfuhr es ihr staunend. »Du ...?«

»Deiner Überraschung entnehme ich, dass du nicht damit gerechnet hattest, mich noch einmal zu sehen«, stellte er fest. »Wie fühlte es sich an, aufzuwachen und festzustellen, dass alle dich verlassen haben?«

»Es war erniedrigend«, gab Sarah zu. »Aber dieser Zustand währte nicht lange. Ich beschloss, die Expedition auf eigene Faust fortzusetzen ...«

»... und diese Entscheidung hätte beinahe sowohl dich als auch deine Gefährten das Leben gekostet.«

»Meine Gefährten?«, erkundigte sich Sarah. »Soll das heißen ...?«

»Es geht ihnen gut«, versicherte Kamal. »Sie sind wohlauf und am Leben und genießen unsere Gastfreundschaft genau wie du.«

Sarah atmete sichtlich auf. Irgendwie hatten Hayden und die anderen es also geschafft, den Sturm zu überleben, wenn auch wohl nur mit Hilfe der Tuareg. Das Gefühl, nicht ganz allein im Lager der Wüstenkrieger zu sein, gab ihr ein wenig Mut.

»Gastfreundschaft?«, fragte sie. »Als ich erwachte, war ich gefesselt.«

»Nur zu deinem eigenen Schutz«, versicherte Kamal.

»Zum Schutz wovor?«

»Vor dir selbst und vor dem, was du dir im Fieberwahn antun könntest. Du bist keine Gefangene, ebenso wenig wie deine Gefährten. Willst du zu ihnen?«

»Später«, erwiderte Sarah, sich zur Ruhe zwingend. »Zunächst möchte ich wissen, was es mit alldem hier auf sich hat. Weshalb bist du wie ein Tuareg gekleidet?«

»Weil ich ein Tuareg bin.«

»Ich dachte, du wärst in England aufgewachsen und erzogen worden ...«

»Das bin ich auch. Aber ich habe dir auch berichtet, dass ich nach Afrika zurückgekehrt bin, um das Erbe meines Vaters anzutreten. Dies ist sein Erbe, Sarah – mein Vater war der Anführer dieses Stammes, der sein Gebiet weit im Osten hat, in der Nähe der alten Kultstätten. Und er war es auch, der mich mit der Mission betraute.«

»Mit welcher Mission, Kamal?«, fragte Sarah, die aus dem Staunen nicht herauskam. Wie nur hatte sie sich so in ihrem Führer täuschen können? Hatte sie die Wahrheit nicht sehen wollen, oder war Kamal lediglich ein solch begabter Schauspieler?

»Mit der Mission, alles zu unternehmen, damit das Geheimnis des Thot zu meinen Lebzeiten weder gefunden noch entschlüsselt wird.«

»Ich verstehe.« Sarah nickte. »Deshalb also hast du mir die Sache immer wieder auszureden versucht. Deshalb hast du in Hermopolis versucht, den Zugang zur Zisterne zu verbergen. Und deshalb hast du auch die Träger und Kameltreiber dazu überredet, uns einfach im Stich zu lassen.«

Kamal nickte. »Ich wollte nicht, dass das Geheimnis enträtselt wird, also tat ich alles, um deine Gefährten und dich daran zu hindern.«

»Und hättest uns dabei um ein Haar dem Tod überantwortet.«

»Das lag nie in meiner Absicht. Hätte ich es darauf angelegt, so hätte ein einziger Befehl genügt, und meine Wüstenkrieger hätten euch getötet.«

»*Deine* Wüstenkrieger? Wer, verdammt noch mal, bist du?«

Kamals Gestalt straffte sich. »Mein Name«, stellte er sich schließlich vor, »ist Kamal Ben Nara, und wie mein Vater vor mir bin ich der Anführer dieses Stammes, dessen Aufgabe seit Jahrtausenden unverändert ist: die Grenzlande zu patrouillieren und jeden Unbefugten daran zu hindern, in Thots Schatten einzudringen.«

»Du weißt von Thots Schatten?«

»Natürlich.«

»Dann sag mir, was es damit auf sich hat. Wieso darf ich nicht dorthin?«

»Weil es zu nichts Gutem führt, Thots Geheimnisse zu ergründen. Die es versuchten, sind elend zugrunde gegangen. Nur ein Wahnsinniger würde sich dennoch auf die Suche machen.«

»Oder eine Frau«, fügte Sarah säuerlich hinzu.

»Du solltest damit keine Späße treiben«, tadelte Kamal, »denn ohne es zu wissen, bewegst du dich in dunkler Tradition. Du hast Mut und Tapferkeit bewiesen, andernfalls wärst du nicht hier. Aber nun ist es an der Zeit, die Suche aufzugeben – genau wie Nefar der Kameltreiber. Erinnerst du dich an die Geschichte?.«

»Ich erinnere mich«, versicherte Sarah, der jetzt aufging, weshalb Kamal ihr davon erzählt hatte. »Aber ich habe den Sinn der Geschichte nicht verstanden, damals nicht und heute nicht. Weshalb muss die Suche enden? Und warum hast du dich als unser Führer ausgegeben und die Suche nach dem Buch des Thot zunächst unterstützt?«

»Um euch auszuspionieren«, gestand Kamal frei heraus. »Die Bewohner des Abendlandes pflegen ihr wahres Gesicht in Gegenwart derer zu zeigen, die sie verachten.«

»Ich habe dich nicht verachtet«, widersprach Sarah.

»Das ist wahr.«

»Ich bin stets ehrlich mit dir gewesen, Kamal, und diese Ehrlichkeit erwarte ich nun ebenfalls von dir. Weshalb also bist du hier? Welchem Zweck dient all das hier?«

»Nur dem einen Zweck, das Geheimnis von Thot zu wahren«, erklärte Kamal knapp. »Hast du den Namen Tezud schon einmal gehört?«

»Allerdings – er war der Hohepriester, der das Buch des Thot einst vor den Schergen Scheschonks verbarg und damit in die Wüste floh.«

Kamal nickte. »Dann weißt du auch, dass jener Hohepriester damals einen feierlichen Eid geleistet hat, das Buch mit allen zur

Verfügung stehenden Mitteln vor Entdeckung zu bewahren, weil er nicht wollte, dass das zerstörerische Wissen darin Scheschonk und seiner Armee von Schlächtern in die Hände fällt.«

»Und?«

»Wisse weiter, Sarah, dass jener Tezud mein Urahn gewesen ist.«

»Du – bist ein Nachkomme Tezuds?«

»Die Blutlinie meines Hauses lässt sich auf ihn zurückverfolgen, über dreitausend Jahre hinweg«, bestätigte Kamal. »In all dieser Zeit wurde der Schwur, das Geheimnis zu hüten, von jeder Generation erneuert, und als sich unser Blut mit dem der Tuareg mischte, bildete sich ein eigener Stamm, der sich der Wahrung der Geheimnisse von Thot verschrieben hat.«

»Ich verstehe«, sagte Sarah, die Mühe hatte, mit all den neuen Erkenntnissen Schritt zu halten.

»Davon hat el-Hakim dir nichts gesagt, oder?«

»Du kennst den alten Ammon?«

Erneut nickte Kamal. »Der Weise von Mokattam kennt viele Geheimnisse der alten Zeit, aber längst nicht alle. Hat er dir von Meheret berichtet?«

»Ja«, bestätigte Sarah und versuchte sich zu erinnern. »Er sagte, dass sie eine Kriegerin von unbekannter Herkunft gewesen sei, die im Auftrag Scheschonks nach dem Buch des Thot gesucht habe. Angeblich ist es ihr gelungen, Thots Schatten zu finden, und es soll zu einer Schlacht zwischen ihren Kriegern und den Anhängern Tezuds gekommen sein. Die Schlacht ging verloren, weil das Feuer des Re entfesselt wurde und Meherets Heer vernichtete. Ihre Erben jedoch sollen noch heute auf der Suche nach Thots Geheimnis sein.«

»Das ist wahr.« Kamal nickte. »Deine Gegenspieler auf der Jagd nach dem Buch des Thot berufen sich auf sie, obwohl sie in Wahrheit ihre eigenen Ziele verfolgen.«

»Wer sind sie?«, wollte Sarah wissen. »Mit wem haben wir es hier zu tun?«

»Mit Menschen, die die Geheimnisse der alten Zeit dazu missbrauchen wollen, sich Ruhm und Macht zu erwerben. Männer aus dem gemeinen Volk sind ihre willigen Handlanger – die wahren Täter jedoch verbergen sich in deiner Heimat, Sarah.«

»Also doch.« Sarah nickte. »Ich wusste es . . .«

»Weißt du auch, was mit Meheret damals weiter geschehen ist?«, fragte Kamal.

»Nun, der alte Ammon sagte, dass ihr Schreckliches widerfahren wäre . . .«

»Und er hat Recht damit. Sie wurde als Einzige von Res Feuer verschont und überlebte die Schlacht. Die Priesterschaft verlangte ihren Tod, aber Tezud widersetzte sich ihrem Willen, denn er hatte sich heimlich in Meheret verliebt, die von atemberaubender Schönheit war. Die Kriegerin jedoch dankte ihm seine Nachsicht schlecht, denn sie flüchtete und versuchte, das Buch des Thot zu stehlen. Dabei wurde sie jedoch gefasst, und obwohl er Meheret mehr liebte als sein eigenes Leben, konnte Tezud sich nicht länger dem Willen seiner Anhänger verweigern. Meheret wurde zum Tod verurteilt, auf die denkbar schrecklichste Weise. Ihr Körper wurde verbrannt, aber erst, nachdem ihr bei lebendigem Leib die Organe entnommen worden waren.«

»Bei – lebendigem Leib?« Sarah schauderte.

»Ihre Organe«, fuhr Kamal fort, »wurden einbalsamiert und in Kanopen gegeben, ihr Körper dem Feuer überantwortet. Die Kanopen jedoch wurden von Tezud aufbewahrt, der den Tod seiner Geliebten niemals überwand. Wie es heißt, soll er ihre sterblichen Überreste zum Andenken an ihre Schönheit zum Schlüssel gemacht haben.«

»Zum Schlüssel?«, fragte Sarah, der die Geschichte näher ging, als sie zuzugeben bereit war – wohl eine Folge ihres noch immer geschwächten Zustands. »Zum Schlüssel wofür?«

»Um die Ewige Pforte zu öffnen, die Thots Schatten bedeckt«, erwiderte Kamal rätselhaft, »und die seit dreitausend Jahren nicht geöffnet wurde. Aber du solltest aufhören, diese Fragen zu stellen, Sarah Kincaid, denn du wirst die Kammer der Geheimnisse niemals betreten.«

»Wer sagt das?«

»Ich«, erwiderte Kamal schlicht, »und mein Wort ist in dieser Wüste Gesetz. Ich habe viel auf mich genommen, um dein Herz zu erforschen, Sarah Kincaid, und ich habe darin kein Arg entdecken können. Aus diesem Grund habe ich dein Leben und das deiner Gefährten bislang geschont. Solltest du jedoch noch immer nicht von deinem Begehren ablassen, so werde ich gezwungen sein, dich zu töten. Die Menschheit ist noch nicht reif für Thots Geheimnis. Sie würde es nur zum Bösen benutzen, zu Krieg und Zerstörung.«

»So schätzt du mich ein?«, fragte Sarah. »Glaubst du denn, ich würde das Geheimnis rauben und es meistbietend verschachern?«

»Deine Absichten sind lauter, aber die Menschen, die dich geschickt haben, sind es nicht. Es gibt mächtige Parteien, die nur darauf warten, dass du den Tempel der Schatten betrittst und ans Licht bringst, was Jahrtausende verborgen war. Mache dich nicht zu ihrem Werkzeug, Sarah!«

»Ich bin niemands Werkzeug, sondern meine eigene Herrin«, stellte Sarah klar. »Und ich hatte auch nicht vor, Thots Geheimnis zu stehlen oder es auch nur zu entfernen. El-Hakim, den auch du zu kennen scheinst, nahm mir das Versprechen ab, das Buch des Thot und alle Geheimnisse, die damit verbunden sind, vor Ort zu zerstören, um ein für alle Mal zu verhindern, dass die Welt davon Kenntnis bekommt.«

»Dies zu verhindern, ist die Aufgabe meiner Krieger«, erwiderte Kamal. »Du siehst also, deine Hilfe ist nicht erforderlich.«

»Aber ich will das Geheimnis ergründen! Ich muss das Buch des Thot mit eigenen Augen sehen!«

»Wozu?«

»Um Gewissheit zu haben«, erklärte Sarah. »Um der historischen Wahrheit willen. Und um meinen Onkel zu befreien, der von der Gegenseite gefangen gehalten wird.«

»Und du glaubst, sie werden ihn dir einfach geben?«

»Wenn sie der Ansicht sind, dadurch in den Besitz des Buches zu gelangen, dann vielleicht. Anschließend werde ich mein Versprechen halten und das Buch vernichten.«

»Und wenn dein Plan fehlschlägt?« Kamal schüttelte den Kopf. »Nein, Sarah, das Risiko ist zu groß. Kein Mensch hat seit dreitausend Jahren die Kammer der Geheimnisse betreten, und so soll es auch die nächsten dreitausend Jahre bleiben. Erst wenn die Menschheit reif dafür ist, wird sich ihr Thots Geheimnis offenbaren.«

»Aber Kamal, ich ...«

»Das ist mein letztes Wort«, stellte der Häuptling der Tuareg klar, mit einer Stimme, die keinen Widerspruch duldete. Einmal mehr hatte Sarah das Gefühl, dass jener Mann, mit dem sie noch vor wenigen Tagen am Lagerfeuer gesessen und Gedanken ausgetauscht hatte, nicht derselbe war wie der, der nun vor ihr stand. Eine erstaunliche Verwandlung war mit Kamal vor sich gegangen. Nach dem Kodex der Wüste war er ein Fürst von vornehmem Geblüt und damit nicht länger ein Untergebener. Und mit einiger Verwirrung erkannte Sarah, dass sie sich zu ihm hingezogen fühlte, obgleich er ihr Gegner war.

Kamal schien es nicht anders zu gehen. Behutsam trat er auf sie zu, das Gesicht noch immer unverhüllt, während lauer Wind durch das Zelt strich. Sarah wich nicht zurück und hielt seinem prüfenden Blick stand. Dicht vor ihr blieb Kamal endlich stehen, und für einen Augenblick, der beiden wie eine Ewigkeit erschien, schwebten ihre Gesichter voreinander – die dunklen Gesichtszüge des Wüstensohnes und die vergleichsweise bleiche Miene der englischen Lady.

Und ohne, dass sie es eigentlich wollten oder es hätten verhindern können, bewegten sich ihre halb geöffneten Münder aufeinander zu. Sarah schloss die Augen, kämpfte die widersprüchlichen Gefühle nieder, die in ihr aufkeimen wollten, und wartete darauf, dass Kamals Lippen die ihren berührten.

Aber es kam nicht dazu.

Ein peitschender Knall zerriss die Stille über der Wüste, gefolgt von dumpfem Hufschlag, der den Sand erbeben ließ.

Das Lager wurde angegriffen ...

Kamal stand unbewegt, ein dunkler Schatten legte sich über seine Züge. »Zu spät«, flüsterte er. »Sie sind bereits hier.«

»Wer?«, fragte Sarah, während das Donnern der Hufe anschwoll und weitere Schüsse fielen. Dazu erklang draußen heiseres Geschrei.

»Unsere Feinde«, erklärte Kamal knapp. »Jene, die seit Jahrtausenden danach trachten, das Buch des Thot in ihren Besitz zu bringen und dafür vor keiner Untat zurückschrecken – die Erben Meherets.«

»Die Erben Meherets? Du meinst ...?«

Sie kam nicht dazu, die Frage zu stellen, denn plötzlich war das laute Wiehern von Pferden zu hören. Durch die Bastmatten der Zeltwand waren schemenhaft die Gestalten heranstürmender Reiter zu erkennen, die schwarze Kaftane und Gesichtstücher trugen und in denen Sarah sofort den gesichtslosen Feind erkannte, auf den sie wiederholt getroffen war. Ihr Verdacht war damit bestätigt: Die Erben Meherets und die Verschwörer gegen das Empire waren dieselben ...

Die Vermummten lenkten ihre Tiere geradewegs auf das Zelt zu. Das hölzerne Gerippe zerbarst unter den Tritten der Vorderhufe, Bast und Stoff gaben nach – und im nächsten Moment brachen die Reiter in Kamals Zelt, bis an die Zähne bewaffnet mit Lanzen, Schwertern und kurzläufigen Flinten.

Mit einem Aufschrei wich Sarah zurück, anders als Kamal, der entschlossen handelte. Aus einer weiten Falte seines Mantels hatte der Tuareg einen Revolver amerikanischer Fertigung hervorgeholt, in dem Sarah ihren eigenen erkannte. Kamal feuerte aus der Hüfte – und der vorderste der Angreifer kippte mit einem Aufschrei aus dem Sattel.

Der zweite Reiter gab einen wütenden Schrei von sich, hasserfüllte Blicke stachen aus dem Sehschlitz. Kurzerhand legte der Vermummte seine Flinte auf Kamal an und wollte feuern. Der Revolver bellte ein zweites Mal. Zwar ging die Kugel fehl, aber das erschrockene Pferd bäumte sich wiehernd auf und warf seinen Reiter ab, geradewegs in die geborstenen Stangen der Zeltkonstruktion, die ihn pfählten.

»Sarah!«, rief Kamal und warf ihr den Colt zu, während er selbst sein Schwert aus der Scheide riss. Sarah fing die Waffe aus der Luft auf und wandte sich den Angreifern zu – gerade, als der nächste von ihnen durch die Bresche kam, diesmal zu Fuß.

Aus nächster Nähe feuerte Sarah die Waffe ab. Der Angreifer, der sich mit blutiger Klinge auf sie hatte stürzen wollen, brach zusammen. Auch Kamal sah sich mit einem neuen Gegner konfrontiert, einem wahren Hünen, über dessen breiter Brust der schwarze Kaftan spannte.

Unter wüsten Verwünschungen hieb der Mann mit einer wuchtigen Türkenklinge auf Kamal ein, der reaktionsschnell auswich, dabei jedoch das Gleichgewicht verlor. Er wankte und stürzte, fiel rücklings zu Boden. Sofort war der Hüne über ihm und holte aus, um ihm den Rest zu geben. Die Türkenklinge fiel herab wie das Beil des Henkers – erst im letzten Augenblick riss Kamal seine eigene Waffe empor, um den mörderischen Hieb zu parieren. Funken stoben, als das gekrümmte Metall aufeinandertraf, und mit einem hellen Klirren zerbrach Kamals Klinge. Ein grausames Lachen drang unter dem Gesichtstuch des Vermummten hervor; mit beiden Händen hob er sein Schwert, um seinen Gegner zu enthaupten.

Sarah versuchte gar nicht erst zu schießen. Die Gefahr, Kamal zu treffen, war zu groß. Stattdessen griff sie nach der im Dan steckenden Lanze, die einem der Reiter gehört hatte, und stürmte damit auf den Hünen zu. Mit weit aufgerissenen Augen sah der Vermummte sie heranstürmen und war gezwungen, die Richtung seines Schwerthiebs zu ändern, um Sarahs Angriff abzuwehren.

Mühelos wischte die Klinge durch die Luft und durchtrennte den hölzernen Schaft der Lanze. Der nächste Hieb hätte Sarah gelten sollen, aber es kam nicht dazu. Denn beherzt rammte der noch immer am Boden kauernde Kamal die geborstene Klinge seines Schwertes in den Leib seines Gegners. Der Hüne ließ ein heiseres Ächzen vernehmen, seine Augen schienen aus ihren Höhlen zu treten. Ungläubig starrte er an sich herab, während er auf die Knie niedersank – und leblos vornüberfiel.

»Danke«, erwiderte Sarah atemlos, den geborstenen Schaft noch in der Hand. »Das war knapp.«

»Gleichfalls«, erwiderte Kamal, sich rasch auf die Beine raffend. Gemeinsam stürmten sie hinaus, wo Schüsse, Schreie und donnernder Hufschlag von einem erbitterten Gefecht kündeten.

Das Lager war kaum wiederzuerkennen. Von den meisten Zelten standen nur noch einzelne Holzpfeiler, die sich wie bleiche Totengerippe aus dem Sand reckten, zwei weitere Behausungen standen in Flammen. Da die Dämmerung eingesetzt hatte, beleuchtete das Feuer die von Staub und Pulverdampf vernebelte Szenerie mit flackerndem Schein. Zwischen den Ruinen der Zelte tobte ein heftiger Kampf. Die schwarz vermummten Angreifer – Sarah zählte wenigstens drei Dutzend von ihnen – jagten auf ebenso schwarzen Pferden durch das Lager, dabei wild um sich schießend, während sich die Tuareg, unter ihnen auch Frauen und Kinder, in den Überresten ihrer Unterkünfte verschanzten und sich nach allen Seiten zur Wehr zu setzen versuchten. Ihre Bewaffnung bestand dabei aus altertümlichen Vorderlader-Gewehren mit rostigen Bajonetten sowie aus Pfeil und Bogen, mit dem die Wüstenkrieger allerdings hervorragend umzugehen verstanden. Sarah sah, wie ein vorbeistürmender Angreifer in vollem Galopp vom gefiederten Tod ereilt und aus dem Sattel gerissen wurde.

Dennoch waren die Vermummten mit ihren Flinten, Lanzen und Revolvern ungleich besser bewaffnet, und ihre Attacken forderten unter den Verteidigern blutigen Tribut. Die wilden Kriegsschreie der Angreifer erfüllten die Luft, durchbrochen vom Krachen der Schüsse und den Schreien der Getroffenen – und es zeichnete sich ab, dass die Tuareg in diesem Kampf unterliegen würden ...

»Sarah! Hierher!«

Inmitten des Getümmels und der schrecklichen Geräusche hörte Sarah, wie ihr Name gerufen wurde. Sie blickte sich um und sah zu ihrer Erleichterung, dass Kamals Tuareg diesen Kampf nicht alleine ausfochten. In einer der Zeltruinen entdeckte Sarah ein halbes Dutzend roter Uniformen: Stuart Hayden und seine königlichen Husaren, die dem Diktat des Überlebens gehorcht und sich kurzerhand auf die Seite der Wüstenkrieger geschlagen hatten. Aus ihren Martini-Henry-Gewehren schickten sie den Angreifern Tod und Verderben entgegen, aber auch ihre Reihen dünnten sich zusehends unter den wilden Angriffen der Vermummten aus.

Während Kamal zu seinen eigenen Leuten lief, um ihnen im Kampf beizustehen, eilte Sarah zu den Soldaten. Dabei zog sie den Kopf tief zwischen die Schultern und rannte so schnell sie nur konnte, in der Hoffnung, dass sie keine Kugel ereilte. Plötzlich gewahrte sie unmittelbar vor sich einen dunklen Schatten. Abrupt blieb sie stehen und blickte auf – um an einem riesigen, sich aufbäumenden Hengst emporzublicken, der sie mit ihren Hufen zu erschlagen drohte.

Sarah duckte sich und entging den Tritten des Tieres nur um Haaresbreite. Dafür stach die Pranke des Reiters wie das Maul eines gefräßigen Krokodils herab und packte sie an den Haaren. Einen Augenblick lang spürte Sarah nichts als stechenden Schmerz, während sie zurückgerissen und von dem Reiter mitgeschleift wurde. Dunkel erinnerte sie sich an den Revolver in ihrer Hand – aber noch ehe sie abdrücken konnte, ließ die Pranke ihr Haar plötzlich los. Sarah fiel in den Sand und auf die Knie, dicht gefolgt vom leblosen Körper ihres Peinigers, den der gezielte Schuss eines britischen Armeerevolvers aus dem Sattel geholt hatte.

»Kommen Sie!«, rief Hayden und zog Sarah auf die Beine, schleppte sie die letzten Yards zur Zeltruine, während Lieutenant Farnsworth und seine übrigen Männer ihm Feuerschutz gaben. Auch Sir Jeffrey und Milton Fox entdeckte Sarah unter den Verteidigern. Sie war erleichtert, beide wohlbehalten und am Leben zu finden – auch wenn äußerst fraglich war, wie lange dieser Zustand noch anhalten würde ...

»Guten Abend, Lady Kincaid«, grüßte Sir Jeffrey mit vor Sarkasmus triefender Stimme. »Wer hätte gedacht, dass wir uns unter solch dramatischen Umständen wieder begegnen würden?«

»In der Tat, Sir Jeffrey«, bestätigte Sarah grimmig, während sie einen vorbeigaloppierenden Vermummten anvisierte.

»Schockierend, nicht? Wer hätte gedacht, dass unser guter Kamal in Wirklichkeit Häuptling eines Tuareg-Stammes ist?«

»Schockierend, in der Tat.« Sarah drückte ab. Der Revolver zuckte in ihrer Hand, der Reiter griff sich getroffen an die Schulter und fiel hintenüber aus dem Sattel.

Auch Hayden und seine Leute feuerten unablässig, verteidigten sich nach allen Seiten, aber die wilden Angriffe der schwarz gekleideten Krieger forderten hohen Blutzoll. Unter Todesverachtung sprengte einer von ihnen auf seinem Hengst heran, fanatischen Glanz in den Augen und seine Lanze eingelegt wie ein mittelalterlicher Recke beim Turnier. Der Soldat, der neben Sarah kauerte, gab Feuer, aber der Schuss war zu hastig abgegeben und zu ungenau gezielt, als dass er getroffen hätte. Einen Herzschlag später war der Reiter heran – und die Spitze seiner Lanze durchbohrte den Soldaten. Mit triumphierendem Gebrüll quittierte der Vermummte sein Mordwerk, ehe Sarahs Kugel ihn aus dem Sattel holte – für den Soldaten allerdings kam jede Hilfe zu spät.

Es blieb keine Zeit für Mitleid oder Trauer. Der Angriff und das sinnlose Morden dauerten an, und alles, was Sarah und ihren Gefährten blieb, war, ihre Haut so teuer wie möglich zu verkaufen. Unablässig krachten die Gewehre; Blei sengte durch die Luft, und Querschläger pfiffen. Beißender Pulverdampf lag über dem Dorf, und dann platzte Lieutenant Farnsworth mit einer wenig erbaulichen Nachricht in den Schusslärm und die Schreie der Kämpfenden:

»Sir, unsere Munition geht zur Neige. Nicht mehr lange, und unsere Bajonette werden alles sein, was zwischen uns und diesen Wilden steht.«

»Dann müssen wir uns Munition und Waffen von unseren Feinden beschaffen«, entschied Hayden. »Ich brauche einen Freiwilligen.«

»Ich werde selbst gehen, Sir«, entschied Farnsworth kurzerhand – und schon huschte der ehrgeizige junge Offizier, der darauf erpicht schien, sich im Kampf zu bewähren, aus der Deckung.

»Feuerschutz!«, wies Hayden seine Leute an, und sowohl die Husaren als auch Sarah und Fox bemühten sich, Farnsworth mit ihren Kugeln Deckung zu geben. In gebückter Haltung eilte der Lieutenant zu einem leblos im Sand liegenden Vermummten und nahm ihm Revolver und Patronengurt ab. Er brauchte nicht lange zu suchen, um den nächsten Leichnam zu finden, der in grotesker Verrenkung im Sand lag, und erneut raffte der Offizier Waffen und Munition an sich.

Unterdessen ging der Kampf um das Dorf der Tuareg weiter. Immer wieder stürmten die Horden der Angreifer zwischen den Zelten hindurch und schossen dabei um sich, während die zahlenmäßig unterlegenen Verteidiger nach Kräften dagegenhielten. Kamal und seine Krieger kämpften mit verzweifeltem Mut, denn für viele von ihnen ging es nicht nur um das eigene Überleben, sondern auch um das ihrer Familien.

Pfeile flogen lautlos durch die Luft und streckten Rosse und Reiter nieder. Hier und dort kam es zu blutigen Scharmützeln, wenn sich die vermummten Angreifer todesmutig aus ihren Sätteln fallen ließen und mit blanken Säbeln angriffen. Eine der Inseln, zu denen sich die Verteidiger zusammengerottet hatten, fiel einem solchen Angriff zum Opfer – die vier Krieger und die beiden Frauen, die sich in den Trümmern des Zeltes verschanzt hatten, wurden von den Vermummten erbarmungslos niedergemacht, was den Überlebenden unstrittig klarmachte, dass es bei diesem Kampf um alles ging ...

Farnsworth hatte unterdessen mehr Waffen und Munition eingesammelt, als er tragen konnte. Schwer beladen wollte er sich auf den Rückweg zur Stellung machen, als aus dem Hintergrund zwei feindliche Reiter auftauchten, die genau auf ihn zuhielten.

»Farnsworth!«, schrie Sarah, die die beiden kommen sah, und riss ihren Colt in den Anschlag. Beidhändig umklammerte sie den Griff der Waffe, zielte und schoss – aber der zuschnappende Spannhahn rief nichts als ein hohles metallisches Klicken hervor.

Die Trommel war leergefeuert.

Die Munition war zu Ende.

Farnsworth, der die Gefahr inzwischen erkannt hatte, lief um sein Leben, die erbeuteten Waffengurte um die Brust. Gehetzt blickte er über die Schulter, sah die schwarzen Reiter heranfegen, und rannte, so schnell er konnte.

Hayden feuerte, aber sein Schuss ging fehl – und im nächsten Augenblick hatten die Vermummten Farnsworth erreicht. Ihre rabenschwarzen Pferde stoben auseinander, sodass sie den Offizier in ihre Mitte nahmen, und noch ehe Farnsworth begriff, wie ihm geschah, wurde er gepackt und hinfortgerissen. Auf donnernden Hufen jagten die Reiter vorbei, den armen Lieutenant im Schlepp. Man hörte Farnsworth erbärmlich schreien, aber niemand wagte zu schießen, aus Furcht, ihn zu treffen. Im nächsten Moment waren sowohl der Offizier als auch seine Entführer in einer dunklen Staubwolke verschwunden.

Einem jähen Drang gehorchend, wollte Sarah hinterher, aber Hayden hielt sie mit eisernem Griff zurück.

»Halt«, sagte er nur.

»Was soll das? Wollen Sie Farnsworth nicht helfen?«

»Da gibt es nichts mehr zu helfen.«

»Verdammt, wie können Sie das sagen? Er ist Ihr Untergebener! Sie sind für ihn verantwortlich!«

»Genau wie für all die anderen Männer hier«, konterte Hayden hart, »und auch für Sie trage ich Verantwortung, Lady Kincaid. Und deshalb befehle ich Ihnen, in Deckung zu bleiben und ...«

Er brach mitten im Satz ab, als etwas an seinem rechten Arm riss. Verblüfft blickte er an sich herab und sah, wie sich der Ärmel seiner Uniform dunkel färbte. Erst dann fühlte er den Schmerz.

»Verdammt«, stieß Hayden zwischen zusammengebissenen Zähnen hervor, während ihn schlagartig Übelkeit befiel. Die Knie wurden ihm weich, und er sank zu Boden. »Ich bin getroffen ...«

Sarah fing ihn auf und bettete ihn auf den Sand. »Sir Jeffrey, rasch!«, rief sie den königlichen Berater heran. »Kümmern sie sich um ihn ...«

Während der Kampf ringsum weitertobte, kroch Jeffrey Hull auf Knien und Ellbogen heran, um sich des verwundeten Offiziers anzunehmen. Sarah hingegen nahm sich kurzerhand Haydens Revolver und griff wieder selbst in das Kampfgeschehen ein. Einen vermummten Reiter, der johlend vorüberfegte und seine Flinte abfeuerte, holte sie aus dem Sattel, zwei weitere Schüsse gingen fehl. Dann ließ auch der Martini-Henry jenes hässliche Klicken vernehmen, das Sarah schon einmal vernommen hatte – und sie war damit nicht allein.

»Ich habe keine Munition mehr!«, meldete ein Corporal von der anderen Seite der Stellung.

»Ich ebenfalls nicht«, bestätigte einer seiner Kameraden, und auch Milton Fox' betrübter Gesichtsausdruck ließ darauf schließen, dass er die letzte Kugel abgegeben hatte.

»Na schön«, knurrte Sarah bitter, »bereitmachen zum Nahkampf! Pflanzt die Bajonette auf!«

Die wenigen Soldaten, die noch in der Lage waren zu kämpfen, blickten einander fragend an, unschlüssig, ob sie dem Befehl einer Zivilperson Folge leisten sollten. Vor allem, wenn es sich dabei auch noch um eine Frau handelte ...

»Na los, worauf warten Sie?«, herrschte der verwundete Hayden seine Leute an. »Lady Kincaid hat das Kommando ...«

Die Worte des Offiziers gingen in ein heiseres Stöhnen über. Hayden verdrehte die Augen und gab eine zähneknirschende Verwünschung von sich – dann verlor er das Bewusstsein. Die Soldaten jedoch, sichtlich froh darüber, dass jemand ihnen sagte, was zu tun war, folgten Sarahs Befehl. In aller Hast steckten sie die Bajonette auf die Läufe ihrer Gewehre und warteten mit grimmigen Mienen, was weiter geschehen würde. Sarah griff kurzerhand nach Haydens Säbel und zog ihn blank. Sie war nicht gewohnt, damit zu kämpfen, aber sie war entschlossen, ihre Haut so teuer wie möglich zu verkaufen.

Mit zu schmalen Schlitzen verengten Augen starrte Sarah in die Dunkelheit, die sich inzwischen herabgesenkt hatte und nur vom Flackern der Feuer durchbrochen wurde; wartete darauf, dass die Vermummten erneut auftauchen und angreifen würden, dass der Kampf ein blutiges Ende nahm.

Aber die Vermummten kehrten nicht zurück.

Die Nacht hatte sie mitsamt ihrer schwarzen Rösser verschluckt und schien sie nicht wieder ausspucken zu wollen. Jedenfalls war das Sarahs Eindruck, als sie ihren Blick über das zerstörte, von irrlichternden Flammen beleuchtete Lager schweifen ließ.

»Was ist los?«, fragte Sir Jeffrey verwundert. »Wo sind sie geblieben?«

»Fort«, antwortete Sarah nur. »Sie haben sich zurückgezogen.«

»Dann haben wir den Kampf gewonnen«, folgerte Fox hoffnungsvoll. »Wir haben den Feind in die Flucht geschlagen ...«

»Kaum«, widersprach Sarah und blickte hinüber zu Kamal, dessen Stellung an die zwanzig Yards entfernt lag. An den Zügen des Tuareg konnte sie ablesen, was sie bereits vermutet hatte. Dass sich die Vermummten nur aus einem einzigen Grund zurückgezogen hatten – um zu vorgerückter Stunde im Schutz der Nacht noch einmal anzugreifen ...

Die Zeit verstrich quälend langsam.

Seit dem überraschenden Rückzug der Vermummten waren erst zwei Stunden vergangen. Seither hatten sich die Angreifer nicht mehr blicken lassen, und natürlich stellten Sarah und ihre Gefährten sich die Frage, was der Feind damit bezweckte.

Wollte man ihnen Furcht einjagen? Rechnete man damit, dass sie die Waffen streckten, wenn sie nur lange genug über ihre Zukunft im Ungewissen gelassen wurden? Dass sie versuchen würden, die Flucht zu ergreifen und so zu leichter Beute wurden?

Nicht, dass es einen Unterschied bedeutet hätte; wenn es erneut zum Kampf kam, würde es nicht mehr um das Überleben gehen, sondern nur noch darum, den Preis des eigenen Todes möglichst hoch anzusetzen. Zu diesem Zweck hatten Haydens Husaren und Kamals Tuareg sich zusammengeschlossen; im Kampf gegen einen gemeinsamen Gegner waren aus Rivalen Verbündete geworden.

In der Mitte des Lagers, dort, wo sich einst Kamals Zelt befunden hatte, hatten sich die Überlebenden zusammengerottet und eine große Stellung gebildet. Von den Husaren waren noch sechs Mann am Leben, davon zwei so schwer verletzt, dass sie kein

Gewehr mehr halten konnten. Hayden hatte das Bewusstsein noch nicht wiedererlangt, aber es war Sir Jeffrey gelungen, die Blutung an seinem Arm zumindest vorläufig zu stoppen. Der königliche Berater selbst war weitgehend unverletzt geblieben, ebenso wie Milton Fox, den nur ein Querschläger gestreift hatte. Acht Tuareg hatten den Kampf gegen die vermummten Räuber mit dem Leben bezahlt. Sieben Wüstenkrieger waren noch am Leben, dazu acht Frauen und zehn Kinder. Ihre Lage war verzweifelt, zumal der Gegner gezeigt hatte, dass er keine Gnade kannte. Es war überaus wahrscheinlich, dass keiner von ihnen den Morgen erlebte; noch vor Anbruch des neuen Tages würde der gesichtslose Feind erneut angreifen, und die Nacht würde in einem Blutbad enden …

»Vorschläge, Gentlemen?«, wandte sich Sarah an Kamal, Sir Jeffrey und Milton Fox, die zu einer kurzen Besprechung zusammengekommen waren. »Besonders dankbar wäre ich für eine Idee, die uns den Hals rettet. Ich bezweifle allerdings, dass es sie gibt.«

»Ich denke aber doch, dass es noch eine bessere Möglichkeit gibt, als uns von diesen Vermummten abschlachten zu lassen«, wandte Milton Fox ein.

»Tatsächlich?« Sarah schaute ihn fragend an. »Ich höre, Inspector.«

»Nun, ich stimme dafür, unseren Gegnern ein Verhandlungsangebot zu unterbreiten. Wenn wir kapitulieren und es uns gelingt, Bedingungen für einen Waffenstillstand auszuhandeln …«

»Bedingungen?« Kamal lachte freudlos auf. »Wissen Sie, wie die Bedingungen einer Kapitulation in der Wüste aussehen?«

»Nun, äh, nein.«

»Dann will ich es Ihnen sagen: Die am meisten Glück haben werden erschossen. Und auch jene, die man ohne einen Schluck Wasser in die Wüste jagt, wo sie elend zugrunde gehen, können noch von Glück reden.«

»Und die, die weniger glücklich dran sind?«, erkundigte sich

Sir Jeffrey zögernd. »Ich habe beinahe Angst, danach zu fragen ...«

»Sie werden an eine der Sklavenkarawanen verkauft und meistbietend verschachert. Die Männer erwartet Arbeit in den Minen, die sie keine zwei Monate überleben. Die Kinder und die Frauen hingegen ...«

»So genau wollte ich es gar nicht wissen«, fiel Sarah ihm ins Wort. »Denken Sie immer noch, dass wir verhandeln sollten, Mr. Fox?«

»Nun«, gestand der Inspector von Scotland Yard errötend ein, »in diesem besonderen Fall ... Was ist das?«

Der Warnruf eines der Posten, die Sarah und Kamal rings um die Stellung verteilt hatten, ließ Fox aufhorchen. Der Mann – es war einer der Husaren – deutete aufgeregt hinaus in die Dunkelheit. Da die Feuer im Lager heruntergebrannt waren und nur noch hier und dort schwache Glut schwelte, herrschte ringsum tiefe Schwärze. Und aus dieser Schwärze löste sich im nächsten Moment ein Reiter.

Es war ein einzelner Mann, der sich zu Pferd der Stellung näherte. Haydens Säbel in der Hand, blickte Sarah dem Reiter gefasst entgegen, und atmete innerlich auf, als sie sah, dass der Mann den roten Rock der königlichen Husaren trug.

»Farnsworth, es ist Farnsworth«, rief Milton Fox aufgeregt – aber etwas schien mit Pferd und Reiter nicht zu stimmen.

Nur ganz langsam näherte sich das Tier. Immer wieder blieb es stehen und scharrte mit den Hufen, während sich seine Formen stückweise aus der Dunkelheit schälten. Sarahs anfängliche Erleichterung schlug in blankes Entsetzen um, als sie sah, dass der Körper, der auf dem Rücken des Pferdes saß, keinen Kopf mehr besaß.

»Farnsworth«, entfuhr es Sir Jeffrey. »Wie grässlich ...«

In etwa zehn Yards Entfernung blieb das Pferd stehen, die grausige Staffage auf dem Rücken. Mit Hilfe von Stricken und zwei gekreuzten Lanzen war der kopflose Torso auf den Sattel gebunden worden: eine Botschaft der Vermummten, deren Bedeutung nur zu klar war …

Entsetzt wandte Sarah ihren Blick ab und schaute in die von Grauen gezeichneten Gesichter ihrer Gefährten. Sir Jeffrey bekreuzigte sich und sprach leise Gebete, Milton Fox war kreidebleich geworden.

»Das Böse«, flüsterte Kamal tonlos. »Nach all den Jahrtausenden ist es noch immer am Wirken …«

Sarah war fassungslos. Ihr Innerstes empörte sich gegen solche Barbarei, und zu ihrem Entsetzen über die grausame Bluttat gesellte sich unbändige Wut auf den unbekannten Feind. Angewidert rammte sie Haydens Säbel in den Sand und erhob sich; dass sie dadurch ohne Deckung und den Kugeln des Feindes schutzlos ausgeliefert war, ignorierte sie in ihrem Zorn.

»Verdammt!«, schrie sie hinaus in die Nacht. »Was soll das? Wo steckt ihr? Zeigt euch, ihr elenden Feiglinge, oder seid ihr nicht einmal Manns genug, einer wehrlosen Frau gegenüberzutreten?«

Zunächst sah es aus, als würde keine Reaktion erfolgen. Sarah starrte hinaus in die Nacht, wissend, dass sich der grausame Feind irgendwo in der Dunkelheit verbarg – als sich plötzlich erneut ein Schatten aus der Finsternis löste.

Wieder war es ein Reiter, der allerdings sein Haupt noch auf den Schultern und die schwarze Robe der Angreifer trug. Sein Gesicht war bis auf einen schmalen Schlitz verhüllt, seine Augen blitzten im spärlichen Fackelschein.

»Sieh an«, rief Sarah ihm wütend entgegen. »Zeigen die Wüstenratten nun endlich ihr Gesicht?«

Der fremde Reiter ging nicht darauf ein. Bis auf zwanzig Yards kam er heran, er schien sich sehr sicher zu sein, dass man nicht auf ihn schoss. Dann zügelte er sein Pferd und taxierte Sarah mit einem Blick, der ihr das Blut in den Adern gerinnen ließ.

»Ihr seid besiegt«, gab er bekannt. Sein arabischer Akzent war ausgeprägt, sein Englisch dennoch gut verständlich. »Entweder, ihr geht auf unsere Bedingungen ein, oder ihr werdet den Morgen nicht erleben.«

»Ihr stellt uns Bedingungen?«, fragte Sarah forsch. »Nachdem wir so viele von euch getötet haben?«

»Auf beiden Seiten sind Krieger gefallen«, kam es zurück, »aber eure Zahl ist gering, und ihr habt kaum noch Munition. Unseren nächsten Angriff werdet ihr nicht überleben. Deshalb rate ich euch, unsere Bedingungen anzunehmen, oder ihr alle werdet enden wie der Rotrock.«

»Und wie sehen diese Bedingungen aus?«, wollte Sarah wissen. Es widerstrebte ihr, es sich einzugestehen, aber der Anführer der Vermummten hatte Recht, mit jedem einzelnen Wort. »Wollt ihr uns versklaven und an nubische Händler verschachern?«

»Nein«, eröffnete der Reiter kurzerhand. »Wir verlangen nur die Herausgabe einer einzigen Person – Sarah Kincaid.«

Ihren eigenen Namen in diesem Zusammenhang zu hören, verursachte Sarah Übelkeit. Dennoch bewahrte sie Haltung. Ein anderer war es, der die Fassung verlor.

»*La*«, lehnte Kamal kategorisch ab. »Das kommt nicht in Frage!«

»Er hat Recht«, stimmte Sir Jeffrey zu.

»Dann werden Sie alle sterben, Gentlemen«, kündigte Sarah an.

»Sterben werden wir sowieso.« Kamal schüttelte den Kopf. »Ich sagte es dir schon, Sarah: Diese Leute sind auf Vernichtung aus, Tod und Zerstörung sind ihre Begleiter. Was auch immer sie dir versprechen, sie werden uns in jedem Fall töten.«

Sarah biss sich auf die Lippen. Ihr entging nicht, wie Frauen und Kinder sie anschauten; obwohl sie der englischen Sprache nicht mächtig waren, schienen sie mitbekommen zu haben, was der Reiter forderte, und ihre Blicke enthielten vage Hoffnung. Hoffnung, die Sarah am Leben halten oder zerstören konnte . . .

»Was geschieht mit meinen Gefährten, wenn ich mich ergebe?«, rief sie dem Vermummten zu.

»Ihnen wird freies Geleit gewährt.«

»Wer garantiert mir, dass ihr euer Wort haltet?«, fragte Sarah und hätte schwören können, dass das Gesicht des Reiters unter dem Tuch boshaft grinste.

»Niemand«, gab er zu. »Du wirst uns vertrauen müssen.«

Sarah atmete tief durch. Um zu ergründen, wie weit ihr Vertrauen zu diesen Leuten ging, brauchte sie nur an das zu denken, was dem armen Farnsworth widerfahren war. Wiederholt hatten die Vermummten gezeigt, dass sie vor keiner Untat zurückschreckten – und nun sollte Sarah sich freiwillig in ihre Gewalt begeben?

»Tu es nicht, Sarah«, redete Kamal beschwörend auf sie ein, der ihre Gedanken zu erraten schien. »Das ist es nicht wert ...«

»Das soll es nicht wert sein?« Sarah schüttelte den Kopf. »Wir haben hier unschuldige Frauen und Kinder ...«

»Diese Frauen und diese Kinder sind Tuareg«, erklärte Kamal stolz. »Der Kampf ist ihr Leben, und sie werden das Rechte tun, wenn es darauf ankommt.«

»Das heißt, sie werden sterben, wenn ich mich nicht ausliefere.«

»Dieses Schicksal droht ihnen ohnehin. Meherets Erben pflegen ihr Wort niemals zu halten. Der Verrat folgt ihnen wie ein Schatten, verstehst du?«

Sarah nickte. Sie erinnerte sich gut an die Worte des alten Ammon, und natürlich ahnte ein Teil von ihr, dass Kamal Recht hatte. Dennoch – durfte sie aufgrund einer bloßen Vermutung all diese Frauen und Kinder zum sicheren Tod verurteilen?

Natürlich hatte Sarah Angst, natürlich fürchtete sie sich davor, sich in die Gewalt des Feindes zu begeben und seiner Willkür auszusetzen – aber solange auch nur die kleinste Chance bestand, dass die Vermummten dieses eine Mal ihr Wort hielten und Unschuldige gerettet wurden, gab es keine andere Möglichkeit.

»Ich habe keine andere Wahl«, stellte Sarah deshalb fest. »Wenn ich mich weigere, sind wir in jedem Fall verloren. So bleibt zumindest die Chance, dass ihr überleben werdet.«

»Diese Chance trügt«, beharrte Kamal.

»Wie können wir da so sicher sein?«, sprang Milton Fox Sarah bei. »Sollten wir nicht zumindest die Möglichkeit in Betracht ziehen, dass der Vermummte die Wahrheit sagt? Dass er und seine Leute diesmal ihr Wort halten werden? Das scheint mir die vernünftigere Haltung zu sein, als sich allen Verhandlungen zu verschließen und auf das sichere Ende zu warten.«

»Mit Verlaub, Inspector«, sagte Sir Jeffrey, noch ehe irgendjemand sonst etwas erwidern konnte, »Sie sind ein elender Feigling. Um Ihre eigene Haut zu retten, schrecken Sie nicht einmal davor zurück, diesen Barbaren eine schutzbefohlene Lady auszuliefern.«

»Schutzbefohlen?« Fox hob die dünnen Brauen. »Weder bin ich Lady Kincaids Leibwächter noch ihre persönliche Begleitung, von daher verstehe ich Ihren Einwand nicht, Sir Jeffrey.«

»Nein?« Der königliche Berater sandte ihm einen tadelnden Blick zu. »Vielleicht verstehen Sie es ja tatsächlich nicht. Allerdings frage ich mich, wie Sie jemals wieder in einen Spiegel blicken wollen, ohne dabei vor Scham in Tränen auszubrechen. Lady Kincaid«, wandte er sich darauf an Sarah, »ich bewundere Ihren Mut und Ihre Haltung, aber ich werde nicht zulassen, dass Sie sich allein dem Feind überantworten. Sollten Sie sich entschließen zu gehen, so werde ich Sie begleiten.«

»Das ist sehr ritterlich von Ihnen, Sir Jeffrey«, entgegnete Sarah, »aber man hat nur meine Herausgabe verlangt, und ich werde nicht zulassen, dass Sie . . .«

»Auch ich werde mit dir kommen«, erklärte Kamal und erhob sich. Den *tagelmust* legte er dabei ab.

»Nein, Kamal, das will ich nicht. Du hast schon zu viel getan, das . . .«

»Es ist meine Bestimmung«, stellte er klar. »*Inschallah*.«

Der Klang seiner Stimme hatte etwas so Endgültiges, dass Sarah einsah, dass jeder Widerspruch sinnlos gewesen wäre; darüber hinaus rührte die Treue ihrer beiden Gefährten so an ihr Herz, dass ihr für einen Moment die Stimme versagte. Welch weiten Weg sie alle seit ihrer Abreise aus Kairo zurückgelegt hatten – in jeder Hinsicht ...

Sarah blickte von einem zum anderen, erntete jeweils ein entschlossenes Nicken. Sie atmete tief ein, sog die von bitterem Rauch durchsetzte Nachtluft in ihre Lungen, und wandte sich schließlich wieder dem vermummten Reiter zu.

»Ich bin einverstanden«, erklärte sie mit fester Stimme. »Ich werde mich freiwillig stellen, wenn meinen Gefährten dafür freies Geleit gewährt wird.«

»Natürlich«, sagte der Reiter nur.

»Außerdem werden mich diese beiden Gentlemen begleiten.«

Der Vermummte lachte auf. »Wenn es ihnen Freude macht. Es soll niemand behaupten, wir wären nicht gerecht zu unseren Feinden.«

»In der Tat«, erwiderte Sarah bitter, mit einem Seitenblick auf den Torso Lieutenant Farnsworths. »Allerdings will ich einen Vertrauensbeweis. Ich verlange, dass unsere Leute sofort abziehen dürfen. Sie sollen ausreichend Wasser und acht Kamele für den Transport der Kinder und der Verwundeten bekommen.«

»Was verlangst du noch alles, Weib?«

»Wenn es euer Auftrag ist, mich lebend zu fangen, so werdet ihr alle meine Forderungen erfüllen«, entgegnete Sarah ruhig und mit herausforderndem Blick.

Der Vermummte auf dem Pferd ließ sich mit der Antwort Zeit, aber schließlich nickte er.

»*Madbut.*«

Kamal sandte Sarah ein dankbares Lächeln, dann wandte er sich den verbliebenen Tuareg zu und wechselte einige Worte mit ihnen. Da sie sich in ihrer Sprache unterhielten, konnte Sarah nicht verstehen, worum es ging, aber sie hörte Kamal mit Nachdruck sprechen und sah ihn dabei heftig gestikulieren.

Die Krieger nickten und gingen daran, sich zum Abmarsch bereitzumachen. Da die Tuareg Nomaden und daran gewohnt waren, von Lagerplatz zu Lagerplatz zu ziehen, dauerte es nicht lange, bis sie das Wenige zusammengerafft hatten, das ihnen verblieben war – in den meisten Fällen Wasser und ein wenig Proviant. Die Schusswaffen waren ohne Munition nutzlos geworden, und dennoch wurden sie mitgenommen. Acht der Kamele, die herrenlos inmitten der qualmenden Überreste des Zeltdorfes standen, wurden eingefangen und mit dem Notdürftigsten beladen. Die Verwundeten – unter ihnen der noch immer bewusstlose Stuart Hayden – wurden auf eilends aus Zeltstangen gefertigte Bahren gelegt.

Kamal übertrug das Kommando an einen seiner Tuareg, während Sarah Milton Fox den Oberbefehl über die Husaren erteilte. Allerdings schärfte sie dem Inspector ein, dass er sich im Notfall nach den Anweisungen des Tuareg richten sollte, der über ungleich größere Erfahrung verfügte, was das Überleben in der Wüste betraf. Unter den Augen des Vermummten, der reglos auf seinem Pferd saß und den Vorbereitungen beigewohnt hatte, verließ die kleine Karawane das Lager und war schon kurz darauf hinter dem nächsten Dünenkamm verschwunden; nur Sarah, Sir Jeffrey und Kamal blieben zurück.

Lange blieben sie nicht allein – denn plötzlich schien die Nacht um sie herum lebendig zu werden.

Schwarz vermummte Krieger, die sich im Schutz der Dunkelheit bis dicht ans Lager herangeschlichen hatten, tauchten unvermittelt auf, und Sarah wusste, dass sie richtig gehandelt hatte. Denn hätte sie sich geweigert, wären sowohl ihre Gefährten als auch die Frauen und Kinder der Tuareg jetzt schon nicht mehr am Leben …

Die Vermummten nahmen Sarah und ihre Begleiter gefangen;

nahmen ihnen die Waffen ab, fesselten sie an den Händen und legten ihnen Augenbinden an, damit sie nicht sehen konnten, wohin die Reise ging.

Mit vorgehaltenen Waffen wurden sie abgeführt, einer ungewissen Zukunft entgegen.

5

Expeditionsbericht
Nachtrag

Zusammen mit meinen Gefährten wurde ich an einen unbekannten Ort gebracht. Da ich jedes Gefühl für Zeit verloren habe, bin ich nicht in der Lage zu schätzen, wie lange unsere Reise gedauert hat, die wir zunächst zu Fuß, dann auf dem Rücken eines Pferdes absolviert haben.

Längst ist es Tag geworden; wie groß die Entfernung ist, die wir zurückgelegt haben, vermag ich nicht zu beurteilen, und es entzieht sich auch meiner Kenntnis, was aus unseren Gefährten geworden ist, denen freies Geleit zugesichert wurde. Was Sir Jeffrey, Kamal und mich erwartet, darüber kann ich nur rätseln. So dankbar ich den beiden für den Beistand bin, den sie mir erweisen, so töricht war ihre Entscheidung. Denn es scheint mir offensichtlich, dass keiner von uns das Lager der Verschwörer lebend verlassen wird …

Der Moment, in dem Sarah Kincaid die Augenbinde abgenommen wurde, war gleichzeitig erfüllt von Sorge und Freude. Sorge empfand sie über ihre Lage und die ihrer Gefährten; aber diese Sorge verblasste, als Sarah sah, in wessen Gesellschaft sie sich befand.

Ihre Häscher hatten Sir Jeffrey, Kamal und sie in eine Hütte gesperrt, die aus Natursteinen errichtet worden war. Durch die Ritzen zwischen den Steinen fiel grelles Sonnenlicht, das sich in Form leuchtender Schäfte durch die staubige Luft zu bohren schien. Und jenseits dieser Gitterstäbe aus Licht, im hintersten Winkel der primitiven Behausung, kauerte ein Mann, den Sarah nur zu gut kannte.

Seine Haut war von der Sonne verbrannt, sein Haar und sein Bart verwahrlost und seine Kleidung zerschlissen. Aber der Mann, der dort an die Wand gelehnt saß und zu schlafen schien, war ohne Zweifel Mortimer Laydon. Trotz der dramatischen Bedingungen ihres Wiedersehens konnte Sarah ihr Glück kaum fassen.

»Onkel Mortimer?«, fragte sie sanft.

Laydon reagierte nicht. Der königliche Leibarzt hatte Gewicht verloren. Seine Wangen wirkten ausgemergelt und hohl. Sein Brustkorb hob und senkte sich unter pfeifenden Atemzügen.

»Onkel«, sprach Sarah ihn noch einmal an, lauter diesmal – und in Mortimer Laydon kam Leben. Er blinzelte und schlug die Augen auf, blickte sich verwirrt um, als hätte er vergessen, an welch tristem Ort er sich befand. Die Ketten, mit denen seine Handgelenke gefesselt waren, klirrten leise, als er sich aufrichtete. Im nächsten Moment erkannte er Sarah.

»Guten Tag, Onkel Mortimer«, flüsterte sie.

»Sarah?« Er starrte sie ungläubig an. »Das ist nicht möglich! Das kann nur ein Traum sein, den meine gepeinigten Sinne mir vorspielen – oder ...?«

»Es ist kein Traum, alter Freund, das kann ich Ihnen versichern«, gab Sir Jeffrey zur Antwort. »Ihre Nichte ist so real, wie ich es bin – und leider auch diese Wände, die uns gefangen halten.«

»Jeffrey, mein alter Freund ... Sarah ...« Tränen der Dankbarkeit traten in Laydons Augen. »Wie ist das möglich? Bin ich schon gestorben, und dies ist der Himmel?«

»Nein, Onkel.« Sarah musste lächeln. »Du bist noch höchst lebendig, und wie Sir Jeffrey schon sagte, ist dies keineswegs ein Traum, sondern die Wirklichkeit. Wir sind gekommen, um nach dir zu suchen und dich zu befreien ...«

»Der Herr vergelte es euch tausendfach.« Laydon streifte Kamal, der neben Sarah und Hull am Boden kauerte und wie sie gefesselt war, mit einem kurzen Blick. »Und was ist mit ihm?«

»Dies ist Kamal, Onkel Mortimer«, erklärte Sarah, »ein guter Freund, der uns sehr geholfen hat.«

»Ich verstehe ... Aber wie habt ihr mich gefunden? Und wie seid ihr hierher gekommen? Ihr seid Gefangene wie ich ...«

»Eine lange Geschichte, Onkel Mortimer«, sagte Sarah und bemühte sich, in aller Kürze zu berichten, was sich seit Laydons Entführung zugetragen hatte. Manches ließ sie dabei aus, anderes raffte sie, um einen möglichst knappen Abriss der Ereignisse zu geben.

»Bei allem, was mir heilig ist«, flüsterte Laydon, nachdem sie ihren Bericht beendet hatte, »ihr hättet nicht kommen sollen. Ihr hättet diese unselige Suche nach mir niemals beginnen dürfen. Der Feind, mit dem wir es hier zu tun haben, ist gefährlich. Es sind Fanatiker, wahre Teufel in Menschengestalt ...«

»Wer sind sie?«, erkundigte sich Sir Jeffrey. »Haben Sie etwas über diese Leute herausfinden können?«

»Nicht viel.« Laydon schüttelte den Kopf. »Nur dass sie sich die Erben Meherets nennen – was immer das bedeuten mag – und dass sie hinter etwas her sind, das sie als den ›Schatten‹ bezeichnen. Sie kleiden sich in schwarze Gewänder und verhüllen ihre Gesichter, und die meisten von ihnen sind Araber.«

»Die meisten?«, hakte Sarah nach. »Demnach nicht alle?«

»Nein, es befindet sich ein Weißer unter ihnen – und ich fürchte, es ist ein Landsmann von uns.«

»Ein Engländer soll unter diesen Barbaren sein?« Jeffrey Hull verzog das Gesicht. »Das kann ich kaum glauben.«

»Nicht nur das, Sir Jeffrey.« Sarah lächelte freudlos. »Der Engländer ist auch der Kopf der Bande.«

»Das stimmt«, pflichtete ihr Onkel ihr bei. »Ich habe mehrfach mitbekommen, wie er den anderen Anweisungen erteilte. Woher weißt du das, mein Kind?«

»Ich war von Anfang an der Ansicht, dass die Informationen, die diese Leute über das britische Königshaus besitzen, zu intim sind, als dass eine Hand voll ägyptischer Aufständischer sie sich beschafft haben könnte. Wir haben es hier mit einer ausgewachsenen Verschwörung zu tun, und ich habe allen Grund zu der Annahme, dass die Ägyptische Liga darin verwickelt ist.«

»Die Ägyptische Liga?« Laydon starrte sie fassungslos an. »Weißt du auch, was du da sagst, mein Kind?«

»Ich denke doch, Onkel.«

»Aber«, stammelte Sir Jeffrey fassungslos, »weshalb haben Sie mir die ganze Zeit über nichts davon gesagt?«

»Weil es zum einen nichts an unserer Mission geändert hätte«, entgegnete Sarah, »und weil ich zum anderen nicht sicher sein konnte ...«

»... ob ich nicht auf der Seite des Feindes stehe«, vervollständigte Sir Jeffrey den Satz mit regloser Miene. »Ich verstehe.«

»Verzeihen Sie mein Misstrauen, aber du Gard und ich waren der Ansicht, dass es die einzige Möglichkeit wäre, herauszufinden, ob sich ein Verräter in unseren Reihen befindet. Nun jedoch ist du Gard tot, und ich sehe nicht, weshalb ...«

»Du Gard ist tot?«, fragte Laydon entsetzt. Der Tod des Franzosen war einer jener Punkte, die Sarah verschwiegen hatte, weil es ihr noch immer schwerfiel, darüber zu sprechen.

»Ja«, bestätigte sie auch jetzt nur lakonisch.

»Sarah.« Mortimer Laydon biss sich auf die Lippen. »Das tut mir leid. Der Gedanke, dass ein dir vertrauter Freund auf der Suche nach mir das Leben verlor, ist mir unerträglich ...«

»Ich weiß, Onkel Mortimer«, beschwichtigte Sarah. »Mach dir keine Gedanken darüber. Wenn jemand Verantwortung für das trägt, was geschehen ist, so bin ich das. Vielleicht hattest du Recht, Kamal. Wir haben an etwas gerührt, das besser verborgen geblieben wäre, und nun bezahlen wir den Preis dafür.«

»Das dürfen Sie nicht sagen«, wandte Sir Jeffrey ein, noch ehe der Tuareg antworten konnte. »Sie vergessen, dass diese Suche nicht allein Ihrem Onkel galt, sondern dass es auch darum ging, der Vergangenheit ein großes, vielleicht das letzte bedeutende Geheimnis zu entreißen. Und auf diesem Weg sind Sie weit gekommen, Lady Kincaid! Sie haben die Archäologie einen bedeutenden Schritt vorangebracht, und ich bin sicher, dass Ihr Vater sehr stolz auf Sie wäre.«

»Kaum, Sir Jeffrey.« Sarah schüttelte den Kopf. »Mein Vater hatte sich mit Leib und Seele der Archäologie verschrieben, in der Vergangenheit fand er Ziel und Bestimmung. Aber er hätte es niemals gutgeheißen, dass wissenschaftliche Erleuchtung mit dem Blut unschuldiger Menschen erkauft wird.«

»Unsinn«, schnaubte Sir Jeffrey. »Was geschehen ist, ist geschehen, Sie hätten es nicht verhindern können. Niemand konnte mit dem Angriff dieser Wilden rechnen. Und große Entdeckungen haben zu jeder Zeit auch Opfer erfordert.«

»Große Entdeckungen?« Mortimer Laydon schaute Sarah fragend an. »Demnach hast du gefunden, wonach diese Sektierer suchen?«

»Das nicht«, verneinte Sarah, »aber ich weiß, wo sich jener Ort befindet, den sie ›Thots Schatten‹ nennen. Dort liegt verborgen, wonach seit dreitausend Jahren immer wieder vergeblich gesucht wurde: das Buch von Thot mit all den Geheimnissen, die es birgt. Ich wusste, dass die Suche danach mich früher oder später zu dir führen würde, Onkel Mortimer.«

»D-das ist unglaublich«, hauchte der Arzt. »Und wie ...?«

»Still«, zischte Kamal, der bislang beharrlich geschwiegen hatte. »Ich höre Schritte. Es kommt jemand.«

Tatsächlich waren im nächsten Augenblick knirschende Schritte im Sand zu hören, die sich rasch näherten. Die Schäfte von Sonnenlicht, die das Innere der Hütte erhellten, flackerten, und die aus schäbigem Holz gezimmerte Tür wurde geöffnet. Ein großer, von Kopf bis Fuß schwarz gekleideter Mann trat ein, in dem Sarah sofort den Hauptmann der Krieger erkannte, mit dem sie in der Nacht verhandelt hatte.

»Gut«, sagte er in seinem akzentbeladenen, aber flüssigen Englisch. »Ich sehe, Sie haben Gesellschaft gefunden, Doktor. Sind Sie nun zufrieden?«

»Keineswegs.« Laydon schüttelte den Kopf. »Zufrieden werde ich erst sein, wenn wir alle wieder frei sind und eure elenden Hälse in der Henkerschlinge stecken.«

Der Vermummte lachte rau. »Dazu wird es nicht kommen, Doktor.«

»Seien Sie sich nicht so sicher«, empfahl Sarah. »Warum halten Sie uns hier fest? Was haben Sie mit uns vor? Was bezwecken Sie mit alldem hier?«

»Du weißt genau, wonach wir suchen, Weib.«

»Allerdings – aber Sie werden es nicht bekommen.«

»Sei dir da nicht so sicher. Wir wissen aus zuverlässiger Quelle, dass du die Stelle kennst, wo das Geheimnis verborgen liegt.«

»Und wenn?«, fragte Sarah keck. »Glauben Sie wirklich, ich würde es Ihnen und Ihrer Bande ruchloser Mörder verraten?«

»Wahrscheinlich nicht.« Der Hauptmann schüttelte den Kopf. »Es sei denn, ich finde einen Weg, dich zu überzeugen.«

Sarah lachte spöttisch auf. »Wie wollen Sie das anstellen?«

»Vielleicht so«, erwiderte der Araber beiläufig, zog unter seinem Kaftan einen schussbereiten Revolver hervor – und feuerte damit ohne Warnung auf Sir Jeffrey.

»Nein!«, schrie Sarah entsetzt, doch es war bereits zu spät.

Jeffrey Hull saß wie vom Donner gerührt da und starrte auf sein rechtes Bein, in dessen Oberschenkel plötzlich eine fingergroße Öffnung klaffte. Blut quoll daraus hervor, tränkte die Beinkleider und den Boden. Der königliche Berater wurde kreidebleich und war der Ohnmacht nahe.

»Elendes Schwein!«, rief Sarah und zerrte an ihren Fesseln. Der vermummte Krieger gab sich unbeeindruckt.

»Was ist?«, fragte er, die Waffe jetzt auf Mortimer Laydon richtend. »Soll ich weitermachen? Wenn du erst mit ansiehst, wie sich deine Gefährten in ihre Bestandteile auflösen, wirst du deine Meinung bestimmt ändern. Du kannst ihnen das allerdings auch ersparen ...«

Sarah hatte das Gefühl, in einen bodenlosen Abgrund zu stürzen, und sie kam zu der Erkenntnis, dass sie keine Chance gegen solch skrupellose Gewalt hatte; dass der Vermummte ihre empfindlichste Stelle gefunden hatte; dass sie nicht die Kraft haben würde, tatenlos zuzusehen, wie ihre Gefährten vor ihren Augen dahingemetzelt wurden.

Ihre Brust hob und senkte sich unter schweren Atemzügen, ihre Fäuste ballten sich in hilflosem Zorn. Dennoch war ihr klar, dass sie tun musste, was man von ihr verlangte, oder die anderen würden einen grausamen Tod sterben ...

»Sag ihnen nichts, Sarah«, schärfte Kamal ihr ein. »Sie werden uns ohnehin töten.«

»Schweig, du Hund!«, fuhr der Vermummte ihn an. »Als Sohn der Wüste solltest du wissen, dass es viele Wege gibt zu sterben – und längst nicht alle sind schnell und leicht.« Er warf den Kopf in den Nacken und lachte höhnisch, und zum ersten Mal in ihrem Leben empfand Sarah Kincaid wirklichen Hass. Namenlose Wut auf den Peiniger, der ihr dies zufügte. Sollte er seinen Willen bekommen, sagte sie sich. Aber er und seine Mitverschwörer würden dennoch nicht triumphieren ...

»Also schön«, rief sie laut und scheinbar resignierend. »Sie haben gewonnen. Ich werde den Schatten von Thot aufsuchen und das Geheimnis für euch ergründen – wenn Kamal mich begleiten darf.«

»Dieser nichtswürdige Hund?« Der Hauptmann blickte geringschätzig auf den Tuareg.

»Er war mein Führer auf der Expedition, ich brauche ihn«, erklärte Sarah kategorisch. »Und ich verlange, dass Dr. Laydon die Schusswunde meines anderen Begleiters versorgen darf. Er ist Arzt und wird ihm helfen können.«

Die aus dem Sehschlitz starrenden Augen blickten von einem Gefangenen zum anderen. »Einverstanden«, erklärte der Vermummte darauf. »Wann wirst du aufbrechen?«

»Bei Einbruch der Dunkelheit«, erwiderte Sarah. »Ich muss mich am Stand der Sterne orientieren können.«

»*Madbut*«, erklärte der Vermummte. »Ich bin einverstanden.«

»Ich brauche Grabwerkzeug und Seile, außerdem Waffen.«

»Wozu?«

»Um uns verteidigen zu können, wozu wohl sonst?«

»Werkzeug werdet ihr bekommen, aber keine Waffen. Du solltest nicht den Fehler machen, mich für dumm zu halten, Weib. Wir werden euch genau beobachten. Und wenn ihr Anstalten macht, die Flucht zu ergreifen oder uns zu hintergehen, so werden eure Gefährten hier einen grausamen Tod sterben, das versichere ich dir.«

»Was ist mit eurem Anführer?«, verlangte Sarah zu wissen.

»Was soll mit ihm sein?«

»Ich wünsche ihn zu sprechen, bevor wir aufbrechen.«

Der Hauptmann lachte nur. »Du forderst zu viel, Weib«, sagte er, ehe er sich abwandte und die Hütte verließ. Im Gehen erteilte er einem seiner Schergen die Anweisung, Mortimer Laydon loszuketten, damit er sich um Sir Jeffreys Verwundung kümmern konnte. »*Naharak sarid.*«

»Guten Tag«, erwiderte Sarah auf Englisch.

Dann waren die Gefangenen wieder allein.

»Glück im Unglück«, stellte Laydon fest, als er das Bein des königlichen Beraters untersuchte, der vor Schmerzen stöhnte. »Es ist nur eine Fleischwunde. Ich werde die Kugel herausholen und die Wunde ausbrennen. Aber was hast du getan, Sarah?«

»Was ich tun musste«, erwiderte sie gepresst.

»Du hast eine edle Wahl getroffen, für das Leben deiner Freunde«, erkannte Kamal an. »Aber es war die falsche Entscheidung. Weißt du nicht mehr, was el-Hakim dir sagte? Dass das Geheimnis von Thot um jeden Preis gewahrt werden muss?«

»Ich habe die Worte des Weisen nicht vergessen«, versicherte Sarah, »aber ich erinnere mich auch an das Versprechen, das ich ihm gegeben habe.«

»Darum geht es dir? Dein Versprechen zu halten?« Kamals Blick verriet Skepsis.

»Ich gebe zu, dass es eine Zeit gab, wo ich mir nicht sicher war«, gestand Sarah ein. »Ich hoffte, dass es nicht zum Äußersten kommen und ich nicht gezwungen sein würde, mein Versprechen einzulösen. Aber nun sehe ich, dass ich keine andere Wahl habe.«

»Keine andere Wahl?«, fragte Mortimer Laydon, während er sich einen Ärmel seines zerschlissenen Hemdes abriss, um damit die Blutung zu stillen. »Was bedeutet das? Wovon sprecht ihr beiden da?«

»Wir sprechen davon, dass das Geheimnis von Thot niemals in die Hände dieser Sektierer gelangen darf«, verriet Sarah flüsternd. »Ehe Ammon el-Hakim mir einen entscheidenden Hinweis gab, nahm er mir das Versprechen ab, alles daran zu setzen, dass der Feind niemals Macht über das Feuer des Re erlangt, das in seiner Hand zur furchtbaren Geißel werden könnte. Ich gebe zu, dass mich auch Neugier treibt und dass ich erfahren will, ob diese sagenumwobene Waffe aus vorgeschichtlicher Zeit tatsächlich existiert – und wenn sie es tut, so werde ich alles Menschenmögliche unternehmen, um sie zu vernichten.«

»Wie?«, fragte Kamal gepresst.

»Das werden wir sehen, wenn es so weit ist.«

»Wäre es nicht klüger gewesen, einfach zu warten? Die Erben Meherets wissen offenbar nicht, wo sich Thots Schatten befindet ...«

»Aber sie würden es früher oder später herausfinden«, meinte Sarah überzeugt. »Heute jedoch sind wir hier, Kamal, und wir kennen die Bedrohung, die von Thots Geheimnis ausgeht. Also liegt es an uns, sie ein für alle Mal zu beseitigen. *Das* ist unser Schicksal.«

»*Inschallah*«, flüsterte Kamal.

»*Inschallah*«, erwiderte Sarah.

Stuart Hayden hatte das Bewusstsein zurückerlangt – und einen hohen Preis dafür bezahlt. Der Schmerz, der in seinem verwundeten Arm wütete, war so heftig, dass der Offizier das Gefühl hatte, seine rechte Körperhälfte würde bersten. Mit Mühe zwang er sich dazu, aufrecht im Sattel zu sitzen. Mit ihm saß ein Tuareg-Junge zwischen den Höckern des Kamels, der sich schutzsuchend an Haydens roten Uniformrock klammerte. Seinen Vater hatte der Junge beim Kampf gegen die vermummten Krieger verloren.

Hayden fühlte sich elend und geschlagen, und das nicht nur, weil Wundschmerz ihn plagte und ihn Fieber quälte, sondern auch seines schlechten Gewissens wegen. Der Gedanke, dass Sarah Kincaid sich freiwillig geopfert hatte, um das Leben der verwundeten Soldaten sowie der Tuareg-Familien zu retten, war ihm unerträglich. Nicht, dass er ihre Entscheidung für falsch erachtet hätte – in Anbetracht der Lage hatten sich keine Alternativen geboten. Aber als Mann von Ehre wäre es Haydens Pflicht gewesen, sie ins Lager des Feindes zu begleiten, so wie Sir Jeffrey und selbst Kamal es getan hatten.

Dass er verwundet und zum Zeitpunkt der Verhandlungen nicht einmal bei Bewusstsein gewesen war, tröstete Hayden nicht; und dass sich ausgerechnet der zu Beginn von ihm so verachtete Kamal nicht nur als Stammesfürst, sondern auch als wahrer Ehrenmann erwiesen hatte, war etwas, an dem der königliche Offizier zusätzlich zu beißen hatte.

Es behagte ihm nicht, dass andere ein heldenhaftes Opfer brachten, während er zur Untätigkeit verdammt war, und alles in ihm drängte danach, einfach umzukehren – hätte er nicht gewusst, dass dies reiner Selbstmord gewesen wäre und niemandem etwas genutzt hätte.

»Wie fühlen Sie sich, Captain?«

Milton Fox hatte sein Reittier neben das Haydens gelenkt und bedachte den Offizier mit einem fragenden Blick. Die ganze Nacht hindurch waren sie geritten, um nur möglichst rasch Distanz zwischen sich und die vermummten Krieger zu bringen und dafür zu sorgen, dass den Frauen und Kindern des Tuareg-Stammes keine Gefahr mehr drohte. Im Augenblick durchquerte die Karawane der Geschlagenen ein vor Urzeiten ausgetrocknetes Flussbett, das zu beiden Seiten von schroffen Felswänden gesäumt wurde.

»Wie soll ich mich wohl fühlen?«, entgegnete Hayden so wortkarg wie verdrießlich. »Wie sich ein Mann eben fühlt, der verwundet, besiegt und gedemütigt wurde.«

»Ich weiß, was Sie meinen.« Der Inspektor nickte. »Anfangs hielt ich es für eine gute Idee, das Leben von Lady Kincaid gegen das unsere einzutauschen, aber je länger ich darüber nachdenke ...«

»Was denn?« Hayden sandte ihm einen fiebrigen Blick zu. »Haben Sie ein schlechtes Gewissen, Inspektor?«

»Unsinn.« In Fox' filigranen Zügen zuckte es unruhig. »Wir hatten keine Munition mehr und waren faktisch besiegt. Wir hatten keine andere Wahl, als uns zu ergeben.«

Hayden lachte rasselnd. »Man hat immer eine andere Wahl, Inspector.«

»Ersparen Sie mir Ihre Parolen von Ehre und Anstand, Captain. Große Reden bringen uns nicht weiter – auch Sie hätten Lady Kincaids Leben nicht retten können. Was geschehen ist, ist geschehen.«

»Tatsächlich?« Haydens Blick wurde ebenso stechend wie die Sonnenstrahlen, die über die Abbruchkante fielen und die Felswand auf der einen Seite der Schlucht glutrot leuchten ließen. »Warum erzählen Sie mir das alles dann überhaupt?«

»Vielleicht deshalb, weil ich mir von Ihnen ein wenig Verständnis versprochen hatte.«

»Verständnis?« Hayden schüttelte den Kopf. »Sie wollen von mir kein Verständnis, Inspektor. Sie wollen eine Absolution, die ich Ihnen jedoch nicht erteilen kann. Was Sie getan haben, haben Sie allein zu verantworten, so wie ich verantworten muss, was ich getan habe. Meine Aufgabe war es, Lady Kincaid und die Expedition zu beschützen, und ich habe versagt. Ebenso wie Sie, Inspector ...«

»Verdammt, was hätte ich tun sollen?«, brach es aus Fox hervor. »Mich opfern, wie Hull und Kamal es getan haben? Was wäre damit gewonnen gewesen? Glauben Sie mir, Hayden, wenn ich die Möglichkeit gehabt hätte, im Kampf gegen diese Vermummten zu bestehen, hätte ich keinen Augenblick gezögert und meinen letzten Blutstropfen gegeben, um ...«

»Seien Sie vorsichtig bei dem, was Sie sich wünschen, Inspector«, sagte Hayden düster.

»Weshalb? Was ist los?«

Hayden antwortete nicht. Stattdessen deutete er mit dem Kinn die östliche Seite der Schlucht empor – und Fox zuckte zusammen, als er ihm mit dem Blick folgte. Denn die Abbruchkante wurde von Silhouetten gesäumt, die sich scharf und bedrohlich gegen das Licht der Morgensonne abhoben.

Es waren Reiter, die zur Unkenntlichkeit vermummt und mit Lanzen bewaffnet waren.

»Mein Gott«, flüsterte Milton Fox, als er begriff, dass die Vergangenheit sie eingeholt hatte.

6

Expeditionsbericht Nachtrag

Bei Einbruch der Dunkelheit haben Kamal und ich das Lager verlassen. Mortimer Laydon und Sir Jeffrey, der bewusstlos ist, seit mein Patenonkel die Kugel aus der Wunde entfernt hat, sind in Gefangenschaft zurückgeblieben; den geheimnisvollen weißen Anführer der Verschwörer haben wir nicht zu Gesicht bekommen, und noch immer wissen wir nicht, wer der eigentliche Drahtzieher der Verschwörung ist.

Im Augenblick bleibt uns auch keine Zeit, darüber zu rätseln. Unsere ganze Aufmerksamkeit hat jetzt der Suche nach dem Geheimnis von Thot zu gelten, das über all die Jahrtausende streng gehütet wurde und nun vor seiner Entdeckung steht. Wir müssen mit allen Kräften dafür sorgen, dass es nicht in die falschen Hände gerät. Wo genau wir danach suchen sollen, wissen wir noch nicht; aber erneut haben wir die Spur aufgenommen, die die Sterne uns weisen und die zu einem Ort führt, der in alter Zeit als »Thots Schatten«, bekannt war…

Träge setzte das Kamel einen Fuß vor den anderen. Das Tier war altersschwach und litt außerdem großen Durst; Schaum hatte sich vor seinem Maul gebildet, sein Atem ging keuchend und in Stößen.

Natürlich hatte man ihnen nicht von ungefähr ein so schwaches Tier gegeben. Auf diese Weise wollten die Erben Meherets verhindern, dass Sarah und Kamal die Flucht ergriffen, gerade so, als ob die Tatsache, dass ihre Gefährten noch in Gefangenschaft weilten, sie nicht in ausreichendem Maße daran hindern würde. Waffen hatte man ihnen aus dem selben Grund verweigert, und ihre Vorräte an Wasser und Proviant waren knapp bemessen. Aufgrund der Sternenkonstellation hatte Sarah berechnet, dass sie Thots Schatten in rund zwölf Stunden erreichen würden. Entsprechend gering war die Verpflegung, die man ihnen mitgegeben hatte. Hatte Sarah sich verrechnet oder hatte die Sternenkarte im Tempel von Hermopolis gelogen, so waren sie und Kamal in der Wüste zum Untergang verurteilt.

Kamal machte noch immer keinen Hehl daraus, dass ihm die Sache nicht gefiel. In den Augen des Tuareg, dessen Stamm über Generationen hinweg das Geheimnis von Thot gehütet hatte, war es Verrat, mit dem Feind zu kooperieren, während Sarah davon ausging, dass die Flucht nach vorn im Augenblick den einzigen Ausweg bot.

Anfangs hatte Sarah noch gezweifelt, ob es jene geheimnisvolle Waffe tatsächlich gab, hatte sie für einen jener Mythen gehalten, von denen es in der Geschichte so viele gab; aber im Lauf ihrer langen und gefährlichen Suche war ihr klar geworden, dass ein bloßer Mythos nicht Jahrtausende überdauern würde. Thots Geheimnis war kein bloßer Spuk, es war bittere Wirklichkeit.

Der Ritt dauerte die ganze Nacht hindurch.

Kamal saß vorn im Sattel und dirigierte das Kamel mit der kurzen Gerte, während Sarah ihre Notizen in Händen hielt und die Richtung, in der sie sich bewegten, immer wieder am Stand der Sterne überprüfte. Einmal passierten sie ein Wasserloch und stiegen ab, um das Kamel saufen zu lassen und ihre Vorräte aufzufüllen, aber das Wasser war verseucht und schlecht, als würde selbst die Wüste mit den Nachfolgern Meherets im Bunde stehen.

Immer weiter ritten sie nach Nordwesten, durchquerten eine karge, von Gesteinsbrocken übersäte Senke und stießen schließlich wieder auf Dünen, über die der laue Nachtwind strich. In der Art der Tuareg lenkte Kamal das Kamel über die sichelförmigen

Kämme, und Sarah hatte Mühe, die Marschrichtung beizubehalten. Mehrmals glaubte sie, die Orientierung verloren zu haben, aber Kamal beruhigte sie und trieb das Tier unbeirrt weiter an. Als im Osten der Morgen heraufdämmerte und das dunkle Blau über der Wüste vertrieb, verblasste der kalte Glanz der Sterne und mit ihm jede Möglichkeit, sich zu orientieren.

Sarah wollte schon vorschlagen, ein Lager aufzuschlagen und bis zum Einbruch der Dunkelheit zu warten (auch wenn es fraglich war, ob sie ihn je erlebten) – als Kamal einen überraschten Laut ausstieß. Sarah blickte auf, und in der Ferne, im violetten Licht der Morgenröte, gewahrte sie einige kantige Formen, die aus dem sanften Meer der Dünen ragten.

»Das ist es«, flüsterte Kamal leise, andächtig und bestürzt zugleich. »Thots Schatten.«

»Wir haben es also gefunden«, erwiderte Sarah mit bebender Stimme.

»Nein, Sarah. Du ganz allein hast es gefunden und niemand sonst.«

Kamal schaute über die Schulter zurück, und ihre Blicke begegneten sich für einen langen Moment. Dann ließ er die Zügel schnalzen.

»*Yalla! Yalla!*«, befahl er dem Kamel, und das erschöpfte Tier gab alles. Über den schmalen Kamm einer Düne hielt es auf die kantigen Formen zu, die sich schon kurz darauf als die Ruinen jahrtausendealter, aus Lehm errichteter Gebäude herausstellten.

Unzähligen Augen gleich, starrten dunkle Öffnungen aus den zerfallenen Mauern, die sich auf einem flachen Felsrücken erstreckten und aus deren Mitte ein einsamer Turm ragte. Einst mochte dieses Land eine grünende Oase gewesen sein, ein Flecken fruchtbaren, von Palmenhainen umgebenen Landes inmitten der Leblosigkeit der Wüste. Nun jedoch gab es hier nur noch Sand, der bis an den Fuß des Berges reichte und die untersten Ruinen verschüttet hatte. Aus der einstmals stolzen Siedlung war eine

Geisterstadt geworden, deren zinnenförmige Umrisse im Licht der aufgehenden Sonne in Lilatönen schimmerten.

Der Anblick war von atemberaubender Schönheit und bedrückend zugleich. Sarah versuchte sich vorzustellen, dass an diesem Ort einst eine blutige Schlacht stattgefunden hatte, als die Krieger Meherets auf die Anhänger Tezuds getroffen waren, die das Geheimnis des Thot unter Einsatz ihres Lebens verteidigten.

Hier war es gewesen, wo das Feuer des Re der Überlieferung nach erstmals seine vernichtende Wirkung unter Beweis gestellt hatte, und Sarah wurde den Eindruck nicht los, dass noch immer Unheil über diesen Ruinen lag. Über Jahrtausende hinweg hatten Menschen vergeblich versucht, diesen legendären Ort zu finden und ihm sein Geheimnis zu entreißen – und Sarah hatte kein gutes Gefühl dabei, sich in ihre Tradition einzureihen …

»Spürst du es ebenfalls?«, fragte Kamal ehrfurchtsvoll.

»Was meinst du?«

»Das Böse«, erwiderte der Tuareg düster. »Selbst nach all der Zeit, die vergangen ist, ist es immer noch wirksam.«

»Nein«, entgegnete Sarah schnell. »Ich fühle nichts dergleichen. Du musst dich irren, Kamal.«

»Wenn du meinst …«

Er ließ das Reittier weitertraben. Je näher sie den Ruinen kamen, desto deutlicher hatte Sarah das Gefühl, dass tatsächlich etwas in der morgendlichen Wüstenluft lag; etwas, das sich weder mit Worten benennen noch beschreiben ließ, aber das zur Vorsicht mahnte. Warum sie es Kamal gegenüber geleugnet hatte, wusste sie selbst nicht zu sagen. Vielleicht, weil sie fürchtete, dass der Tuareg sie zur Umkehr bewegen könnte, und ein Teil von ihr aber unbedingt wissen wollte, was sich hinter jenen Mauern verbarg …

Inzwischen hatten sie die Geisterstadt fast erreicht, deren Überreste sich trotz fortgeschrittenen Verfalls noch immer eindrucksvoll vor ihnen erhoben. Für eine antike Siedlung war Thots Schatten von bedeutender Größe, was darauf schließen ließ, dass Tezuds Gefolge bei der Flucht mehrere Tausend Mann umfasst haben musste, darunter nicht nur Priester, sondern auch Soldaten, Handwerker und Sklaven. Es war schwer vorstellbar, dass während der vergangenen drei Jahrtausende niemand diesen Ort entdeckt oder betreten haben sollte.

Wahrscheinlicher war, dass niemand je zurückgekehrt war, um von dort zu berichten – und das bedeutete, dass Sarah und Kamal sehr vorsichtig sein mussten ...

»Ist dir aufgefallen, dass es keine Mauer gibt?«, erkundigte sich Kamal. Tatsächlich gab es weder eine Umgrenzung noch sonst eine Verteidigungsanlage, die die Stadt umlief; nicht einmal Überreste davon waren zu erkennen.

»Das ist nicht weiter ungewöhnlich«, entgegnete Sarah. »Im Lauf der Menschheitsgeschichte hat es immer wieder Kulturen und Stämme gegeben, die auf den Bau von Verteidigungsanlagen bewusst verzichtet haben. Das bekannteste Beispiel ist das griechische Sparta, wo man der Ansicht war, dass die spartanischen Krieger selbst die Mauer bilden sollten, an der ein feindlicher Angriff scheiterte. Womöglich haben die Priester des Thot eine ähnliche Auffassung vertreten.«

»Womöglich«, stimmte Kamal zu. »Oder sie haben darauf vertraut, dass der Mondgott über sie wachen würde – mit dem Feuer, das er von Re gestohlen hatte.«

Sarahs Nackenhaare sträubten sich, als ihr klar wurde, dass Kamal nur allzu Recht hatte. Dass die Stadt keine Mauern besaß, obwohl die Zeiten damals unsicher und kriegerisch gewesen waren, war ein erstes objektives Indiz dafür, dass es die Wunderwaffe tatsächlich gab: Im Vertrauen auf das Feuer des Re hatten die Erbauer von Thots Schatten auf die Errichtung einer Mauer verzichtet, und im Kampf gegen die Krieger Meherets hatte sich diese Strategie offenbar bewährt.

Am liebsten wäre Sarah aus dem Sattel gesprungen und hätte

augenblicklich mit Ausgrabungen begonnen, sie wollte überprüfen, ob sich im Sand tatsächlich Spuren einer Schlacht erhalten hatten. Ob es nun Knochenfunde waren, Pfeilspitzen oder die Überreste von Helmen und anderen Rüstungsteilen: Kampfhandlungen gehörten üblicherweise zu jenen geschichtlichen Ereignissen, die sich mittels archäologischer Methoden am besten rekonstruieren ließen. Aber es blieb keine Zeit für wissenschaftliche Untersuchungen. Sarah und Kamal waren gekommen, um dem großen Geheimnis selbst auf den Grund zu gehen ...

Endlich langten sie bei den äußersten Gebäuden an: Häusern aus grauem Lehm, deren palmgedeckte Dächer längst verschwunden waren, mit kreisrunden Öffnungen als Fenster. Die unterste Etage war von Sand verschüttet, zwischen den Ruinen wand sich eine schmale Gasse den flach ansteigenden Berg hinauf.

Da es mit dem Kamel kein Weiterkommen gab, stiegen Kamal und Sarah ab und ließen das Tier zurück. Der Tuareg gab ihm von seinem eigenen Wasser zu saufen, und sie luden das wenige Gepäck ab, das sie dabeihatten. Kamal schlang sich das Seil quer über die Brust und nahm außerdem Schaufel und Spitzhacke mit, während Sarah den ledernen Beutel mit den Fackeln trug; dazu kam für jeden ein nur noch halb gefüllter Wasserschlauch. Dergestalt ausgerüstet, begannen die beiden ihren Marsch durch die schmalen, von grauen Wänden gesäumten Gassen. Zur Mittagszeit, wenn die hoch stehende Sonne die Lehmmauern erhitzte, mochte es hier vor Hitze kaum auszuhalten sein; jetzt, am frühen Morgen, war der Marsch durch die engen Gassen noch vergleichsweise unbeschwerlich. Das Ziel war der flache Grat des Berges, wo sich der höchste Punkt der Stadt befand und der geheimnisvolle Turm erhob, der schon aus weiter Ferne zu sehen gewesen war. Sarah war sicher, dass sich dort das Zentrum der Geisterstadt befand.

Vorbei an eingebrochenen Mauern und vom Wind glatt geschmirgelten Wänden ging es immer weiter hinauf. Sarah und

Kamal sprachen kaum ein Wort, während sie marschierten, bald durch schmale Gassen, dann wieder über die Trümmer eingestürzter Häuser hinweg. Dabei beschlich Sarah erneut jenes bohrende Gefühl – und diesmal leugnete sie es nicht.

»Ich fühle etwas«, raunte sie Kamal zu, »aber ich weiß nicht, was es ist.«

»Wir werden beobachtet«, erwiderte der Tuareg düster. »In dieser Stadt der Toten haben selbst die Wände Augen ...«

Beklommen blickte Sarah sich um. Dabei hatte sie das Gefühl, dass aus den runden Fensteröffnungen tatsächlich unsichtbare Augen starrten, Augen, die jeden ihrer Schritte beobachteten. Sarah schauderte, und es fiel ihr schwer, sich vorzustellen, dass diese Gassen einst mit Leben gefüllt gewesen waren. Eher war man geneigt zu glauben, dass in alter Zeit ein Fluch über diesen Ort verhängt worden war, der die Menschen vertrieben und Thots Schatten in eine Geisterstadt verwandelt hatte. Sarah schüttelte den Gedanken ab und ermahnte sich dazu, ihren Verstand zu gebrauchen. Sie war Wissenschaftlerin und der Rationalität verpflichtet.

Vor ihnen verbreiterte sich die Gasse, und die zurückspringenden Ruinen gewährten einen Blick hinauf zum Turm, der allen Sandstürmen und dem Zahn der Zeit erfolgreich getrotzt hatte. Jetzt war deutlich zu erkennen, dass der Turm einen fünfeckigen Grundriss besaß. Das Licht der aufgehenden Sonne hatte seine Krone erreicht und ließ sie wie ein Fanal in der Finsternis leuchten.

»Dorthin müssen wir«, meinte Sarah überzeugt.

Kamal widersprach nicht, und zwischen grauen, brüchigen Mauern hindurch suchten sie sich einen Weg hinauf zum Gipfel. Je weiter sie vordrangen, desto weniger Sand bedeckte den Boden, und man konnte die Stufen erkennen, die einst in den Fels des Bergrückens gehauen worden waren. An einer der Stufen blieb Sarah unvermittelt stehen, bückte sich und wischte mit der

Handfläche den Staub beiseite. Darunter kam eine Hieroglyphe zum Vorschein, die in den Sandstein gemeißelt war.

Das Symbol eines Ibisses.

Das Zeichen von Thot.

»Ich denke, wir sind auf der richtigen Spur«, stellte Sarah fest, und trotz ihrer Anspannung schwang Triumph in ihrer Stimme mit. Auch wenn sie nur gekommen waren, um das Geheimnis, das diesen Ort umgab, zu vernichten, wurde Sarah nichtsdestotrotz von Neugier getrieben. Denn bevor sie das Buch von Thot vernichtete, würde sie wissenschaftliche Erkenntnis erlangen ...

Die Stufen wurden steiler, und je weiter es hinaufging, desto mehr wuchs das bedrückende Gefühl, das Sarah begleitete. Erneut blickte sie sich um, konnte jedoch niemanden erkennen, und es fiel ihr auf, dass es völlig still war. Kein Lufthauch regte sich, es gab keine Vögel, die in den Gemäuern nisteten. Nicht einmal Echsen oder Skorpione, die in der Wüste sonst überall anzutreffen waren, schienen hier zu hausen. Als würden die Tiere das drohende Verderben spüren und hätten diesen Ort deshalb über die Jahrtausende gemieden.

Sarah und Kamal durchschritten einen alten Torbogen, der sich zwischen zwei Ruinen spannte und den eine Laune der Natur bis in die Gegenwart erhalten hatte; und nachdem sie über steile Stufen dem gleißenden Sonnenlicht entgegengestiegen waren, standen sie unvermittelt vor dem Turm.

Der Basis des brüchigen, aber noch intakten Bauwerks waren mehrere Gebäude angegliedert, die zum Teil eingestürzt waren, obwohl sie dem Ansturm von Sand und Wind viel weniger ausgesetzt gewesen waren als der Turm selbst. Das eindrucksvolle Bauwerk, das die Geisterstadt weit überragte, war nicht wie die Häuser aus Lehmziegeln, sondern aus Stein errichtet worden, was bedeuten musste, dass ihm einst eine besondere Bedeutung zugekommen war.

Der unheilvolle Blick Kamals bestätigte Sarah in ihrer Vermutung, und sie näherten sich dem Torhaus, durch das man ins Innere des Turmes gelangte, mit äußerster Vorsicht. Die hölzernen Torflügel existierten längst nicht mehr; der Eingang war halb von Sand verschüttet, dahinter lauerte undurchdringliche Dunkelheit.

»Nun?«, fragte Kamal nur.

»Worauf warten wir?«, entgegnete Sarah entschlossen, lud ihren Beutel ab und entnahm ihm zwei Fackeln, die sie mit Hilfe der Zunderbüchse entfachte. Eine davon reichte sie Kamal, die andere behielt sie selbst. Dann überschritten sie die Schwelle, über die seit langer Zeit kein Mensch mehr den Fuß gesetzt hatte, in gespannter Erwartung dessen, was sie im Inneren vorfinden mochten.

Auf den ersten Schritten durch die Finsternis, die dem Licht der Fackeln nur widerwillig zu weichen schien, hatte Sarah das Gefühl, als würde ihr die Luft zum Atmen genommen. Es war stickig innerhalb der alten Mauern, und Sarah fühlte ihr Herz bis zum Hals schlagen. Sie bemühte sich, tief und gleichmäßig zu atmen, und nach wenigen Augenblicken legte sich das bedrückende Gefühl – bis Sarah im flackernden Schein die scheußliche Kreatur gewahrte, die sich auf ihren Begleiter stürzen wollte.

»Kamal!«

Ihr heiserer Ruf ließ den Tuareg herumfahren und nach dem Messer greifen, der einzigen Waffe, die man ihnen zugestanden hatte. Aber was dort über ihm auf einem Steinsockel kauerte und aussah, als wollte es sich jeden Augenblick mit gefletschten Zähnen auf ihn stürzen, war kein Wesen aus Fleisch und Blut; es war die in Stein gehauene Figur eines Pavians, jenes anderen Tieres, mit dem die alten Ägypter den Mondgott Thot in Verbindung gebracht hatten.

Allerdings wies der Pavian nicht jenen Grad an Stilisierung auf, den Sarah von Darstellungen ägyptischer Bildhauerkunst gewohnt war. Das überlebensgroße Standbild des Affen war verblüffend realistisch gehalten, mit weit aufgerissenem Maul und ausgestreckten Klauen, als wollte er jeden Eindringling zerfetzen. Zorn und maßloser Hass schienen aus den in Stein gemeißelten Zügen zu sprechen.

»Ein ewiger Wächter«, stellte Kamal fest. »Seit Jahrtausenden steht er hier auf seinem Posten und hat wohl schon manchen Ahnungslosen in die Flucht geschlagen.«

»Schmierentheater«, kommentierte Sarah abfällig, verärgert darüber, dass eine Statue ihr solch einen Schrecken eingejagt hatte. »Wer mich aufhalten will, sollte sich etwas Besseres einfallen lassen.«

»Sei vorsichtig, was du sagst, Sarah. Du solltest den Mondgott nicht herausfordern. Außerhalb dieser Mauern mag eine neue Zeit angebrochen sein, aber dies hier ist seine Welt und seine Zeit, und wir sind die Fremden, die in sein Reich eindringen, das solltest du nicht vergessen.«

Sarah wollte mit bitterem Spott antworten, aber als sie Kamals ernste Züge sah, ließ sie es bleiben; nicht zuletzt, weil der Tuareg nicht ganz Unrecht hatte. Andernorts mochte man das Jahr 1884 schreiben und die Pforte zu einem neuen, von Maschinenkraft und Technik beherrschten Zeitalter aufgestoßen haben – an diesem dunklen Ort jedoch war all dies nicht von Bedeutung, waren sie den Launen des Mondgottes ebenso ausgeliefert wie jeder andere, der in den letzten dreitausend Jahren versucht hatte, dessen Geheimnis zu erforschen.

Das Standbild des Pavians wies darauf hin, dass sie sich noch immer auf dem richtigen Weg befanden, und so fassten Sarah und Kamal sich ein Herz und drangen weiter in das flackernde Halbdunkel vor. Nach einer Weile stießen sie auf eine kreisförmige Öffnung im Boden, von der aus sich Stufen in die Tiefe wanden, geradewegs ins Innere des Berges. Die Schwärze, die dort unten herrschte, schien noch vollkommener zu sein.

»Wir können von Glück sagen, dass die Treppe noch erhalten ist«, stellte Sarah fest.

»Glück«, echote Kamal nickend. »Oder Schicksal.«

Im Licht der Fackeln, das unstete Schatten auf ihre Gesichter warf, sandte Sarah ihrem Begleiter einen Blick zu. »Du glaubst nicht, dass wir aus Zufall hier sind, oder?«

»Nichts geschieht aus Zufall, Sarah, das sagte ich dir bereits«, erwiderte Kamal flüsternd. »Alles ist vorherbestimmt. Unser Zusammentreffen in Kairo, die Vorfälle in Unu, der Überfall auf das Schiff – selbst der Tod deines Freundes du Gard. Wie sonst hätte er ihn selbst voraussehen können?«

Darauf wusste Sarah nichts zu erwidern, und im Angesicht der Vergangenheit, die ihr aus dem dunklen Schlund entgegenzustarren schien, gestand sie sich ein, dass Kamal vielleicht Recht hatte.

Möglicherweise war es tatsächlich nicht ihr eigener Wille gewesen, der sie hierher geführt hatte; vielleicht war sie, ohne es zu ahnen, zum Werkzeug einer höheren Macht geworden, in deren Auftrag sie das Geheimnis, das so lange verborgen gewesen war, entschlüsseln sollte ... Sarah ertappte sich dabei, dass ihr dieser Gedanke gefiel. Denn wenn diese Macht wirklich ihr Schicksal bestimmte, so würde Sarah in den Tiefen des Berges vielleicht das finden, was ihr draußen, in der von Maschinen und Vernunft beherrschten Welt, abhandengekommen war.

Sinn ...

Die Antwort nach dem Grund aller Mühen ...

»Ich verstehe, was du meinst«, entgegnete sie leise und versuchte ein Lächeln, das Kamal erwiderte.

Sie nickten einander zu, und gemeinsam betraten sie die Stufen, die nicht nur hinab in die drohende Schwärze führten, sondern auch dreitausend Jahre in die Vergangenheit.

Der Marsch in die Tiefe dauerte länger, als Sarah vermutet hatte. Immer wieder wurde die Treppe von kurzen Stollengängen unterbrochen, sodass Sarah mehrmals glaubte, ihr Ende erreicht zu haben. Aber immer ging es noch weiter hinab, vorbei an mit Hieroglyphen beschriebenen Felswänden. Einige der Zeichen konnte Sarah entziffern – sie berichteten von den Taten des Gottes Thot am Anbeginn der Schöpfung –, andere hingegen schienen in einem geheimen Code gehalten zu sein, der nur Eingeweihten bekannt gewesen war.

Vor einigen der unbekannten Zeichen blieb Kamal stehen und betrachtete sie im Schein seiner Fackel. »Wir sind auf dem richtigen Weg«, sagte er nur.

»Du kannst diese Zeichen lesen?« Sarah war erstaunt.

»Einige davon. Tezud erfand sie einst, um das geheime Wissen vor Unbefugten zu schützen. Seinen Nachkommen hat er die Kenntnis der geheimen Zeichen übertragen, aber viele davon sind im Lauf der Zeit verloren gegangen.«

Steil abfallende Stufen führten noch weiter hinab, und zu der Kälte, die in der Tiefe des Berges herrschte und die Sarah frösteln ließ, gesellte sich ein strenger Geruch, der mit jedem Schritt zunahm.

»Riechst du das auch, Kamal?«, fragte Sarah leise. Die Felswände warfen ihre Worte wispernd zurück.

»*Naram*«, bestätigte Kamal grimmig. »Dies ist der Atem des Todes, Sarah ...«

Abrupt endeten die Stufen, und der Stollen ging in einen Schacht über, der schräg in die Tiefe führte und nur rund fünf Fuß hoch war. Außerdem gab es keine Stufen mehr, sondern nur noch in den Stein gemeißelte Rillen, wie sie auch in den Pyramiden zu finden waren. Sarah bückte sich und beschritt den Schacht, dicht gefolgt von Kamal. Die Fackeln waren in der Enge hinderlich, und der Rauch biss in den Augen. Immer steiler führte der Schacht hinab, sodass Sarah und Kamal immer kleinere Schritte machen mussten, um nicht auszugleiten.

Schließlich war ein Weiterkommen kaum noch möglich. Sarah erwog, das Seil einzusetzen, und suchte gerade nach einer Möglichkeit, es festzumachen, als sie merkte, wie die glatten Sohlen ihrer Stiefel den Halt verloren. Ein spitzer Schrei entrang sich ihrer Kehle, als sie das Gefühl hatte, der Boden würde ihr unter den Füßen weggezogen. Vergeblich suchte sie nach Halt – im nächsten Moment hatte die dunkle Tiefe Sarah Kincaid verschlungen.

Die Fackel noch in der Hand, rutschte Sarah rücklings den Schacht hinab. Mit atemberaubendem Tempo ging es in die Dunkelheit, aus der Sarah beißender Gestank entgegendrang. Bange fragte sie sich, was sie am Ende des Schachts erwarten mochte – als die halsbrecherische Rutschpartie auch schon endete.

Der Schacht spuckte sie aus, und Sarah landete mit den Füßen voraus auf hartem Boden. Sie versuchte, den Aufprall in den Knien abzufangen, verlor dabei jedoch das Gleichgewicht und schlug der Länge nach hin. Die Fackel entwand sich ihrem Griff. Einen Augenblick lang blieb Sarah benommen liegen, unmittelbar neben der Fackel, die weiterbrannte und das Gewölbe flackernd beleuchtete. Stöhnend wollte sich Sarah auf die Beine raffen, um zu sehen, wo sie gelandet war, als der Schacht eine zweite Person ausspie. Es war Kamal, der Sarah todesmutig in die Tiefe gefolgt war.

Auch er landete unsanft auf kaltem Stein, und Sarah half ihm auf die Beine. Gemeinsam blickten sie sich in der Kammer um, die tief im Inneren des Berges lag – und erschraken. Denn aus zahllosen in den Fels gehauenen Nischen starrten ihnen grässliche Fratzen entgegen.

Die entstellten Gesichter gehörten zu bizarren Gestalten, die entlang der Wände aufgestellt waren und so fremdartig aussahen, dass Sarah einen Moment brauchte, um zu begreifen, dass dies einst Menschen gewesen waren.

Als makabre Dekoration standen sie in den Nischen: knochige, ausgemergelte Körper, die von pergamentartiger Haut überzogen waren. Von den knochigen Schädeln hing ausgebleichtes Haar, die Münder waren zu lautlosen Schreien geöffnet. Sarah hatte derart zugerichtete Leichen schon früher gesehen – mumifizierte Körper, denen jede Flüssigkeit entzogen worden war und die so die Jahrtausende überdauert hatten. Aber noch nie zuvor hatte sie solches Entsetzen in den knochigen Mienen gesehen. Etwas Schreckliches musste ihnen widerfahren sein ...

»Die Meharai«, flüsterte Kamal voll Ehrfurcht und Abscheu zugleich.

»Wer?« Sarah runzelte die Stirn.

»Meherets Leibwächter. Der Überlieferung nach haben sie Tezud und seinen Anhängern bis zuletzt Widerstand geleistet, bis das Feuer des Re sie erfasste und bei lebendigem Leibe in das verwandelte, was du hier vor dir siehst. Die Priester des Thot haben sie hier ausgestellt, als Abschreckung und zur Warnung zugleich.«

»Ich verstehe«, erwiderte Sarah tonlos. Der Gedanke, dass die geschrumpften Augäpfel in den Schädelhöhlen der Mumien die antike Wunderwaffe gesehen hatten, ließ sie schaudern. Mehr noch ängstigte sie allerdings der Gedanke, dass das Feuer des Re zugleich auch das *Letzte* gewesen war, das diese Augen erblickt hatten!

An den Mumien vorbei, deren vorwurfsvolle Blicke ihnen zu folgen schienen, drangen Sarah und Kamal zum anderen Ende der Kammer vor, wo es einen Durchgang gab. Es war eine schmale steinerne Pforte, zu deren beiden Seiten mit Hieroglyphen versehene Kartuschen angebracht waren. Da die Inschriften erneut in den Geheimzeichen der Priesterschaft gehalten waren, lag es wiederum an Kamal, sie zu entziffern.

»Es ist eine Art Gebrauchsanweisung«, stellte der Tuareg fest. »Eine Erklärung, wie man an Thots Geheimnis kommt.«

»Ach ja? Und was genau steht dort?«

»Auf dieser Seite der Pforte heißt es: ›Den Pfad der Nacht

beschreite, wer des Mondes Geheimnis sucht‹. Und auf der anderen Seite steht: ›Doch hüte sich, der nach Wissen trachtet...‹

»›...vor dem, was in Dunkelheit lauert‹«, ergänzte Sarah tonlos.

»Du kennst den Wortlaut?« Kamal war verblüfft.

Sarah nickte. »El-Hakim nannte mir die Worte, als ich ihn in Kairo besuchte, aber er wusste damit nichts anzufangen. Er sagte mir, wenn es soweit wäre, würde ich ihre Bedeutung erkennen.«

»Nun«, meinte Kamal, »offenbar ist es nun soweit.«

»Das sehe ich auch so.«

Sarah fasste ihre Fackel fester und wollte kurz entschlossen durch die schmale Pforte treten. Kamal jedoch hielt sie zurück und bedachte sie mit einem warnenden Blick.

»Ich weiß«, versicherte Sarah leise. Dann streifte sie seine Hand sanft, aber energisch ab, und gemeinsam drangen sie in das ungewisse Dunkel, das das Licht der Fackeln zu schlucken schien.

Nur wenige Yards weit reichte der flackernde Schein; zu wenig, als dass Sarah und Kamal ihre Umgebung hätten erkennen können, aber genug, um den Pfad vor ihren Füßen zu sehen. Aus dem kühlen Luftzug, der ihnen entgegendrang, folgerten sie, dass das Gewölbe größer sein musste als alle, die sie zuvor passiert hatten; der Klang ihrer Schritte verursachte ein unheimliches, hallendes Geräusch.

Es war gut, dass Sarah und Kamal ihre Blicke auf den vor ihnen liegenden Pfad geheftet hatten. Denn schon nach wenigen Yards endete der Weg an einer Abbruchkante, die in finstere, ungeahnte Tiefen führte. Aus dieser Tiefe erhoben sich steinerne Säulen, die kein Gewölbe trugen, sondern oben abgeflacht waren und in Höhe des Weges endeten: Sie besaßen nur rund eineinhalb Fuß Durchmesser und waren so angeordnet, dass man mit etwas Geschick von einer Säule zur nächsten springen konnte. Auf diese Weise führte der Weg weiter in das ungewisse Dunkel, und es war weder zu erahnen noch festzustellen, wie tief der Abgrund war, aus dem sich die Pfeiler erhoben.

Sarah und Kamal tauschten einen Blick. »Wenn ich die Worte am Eingang richtig deute«, sagte sie, »dann ist dies der ›Pfad der Nacht‹.«

»Gut möglich.« Kamal nickte. »Aber weißt du auch noch, wovon in der zweiten Inschrift die Rede war? Von etwas, das in der Dunkelheit auf uns lauert.«

»Ich habe es nicht vergessen. Aber wir haben keine andere Wahl, oder?«

»*La*.« Kamal schüttelte den Kopf. »Wahrscheinlich nicht.«

Er wartete nicht, bis Sarah den Anfang machte, sondern tat selbst den ersten Schritt. Das Seil über der Schulter und die Fackel in der rechten Hand, machte Kamal einen Satz, der ihn von der Abbruchkante zum ersten Pfeiler trug. Sand und Staub bedeckte die Fläche, sodass Kamal um ein Haar ausgeglitten wäre und das Gleichgewicht verloren hätte. Mit den Armen rudernd, wobei die Fackel fauchte und fast erlosch, gelang es ihm, sich auszubalancieren.

»Du musst vorsichtig sein«, raunte er Sarah zu.

»Darauf wäre ich nie gekommen«, erwiderte sie trocken.

Während Kamal schon zur nächsten Säule übersetzte, wagte sie den ersten Schritt. Geschmeidig balancierend, landete sie auf einem Bein und zog das andere nach, ohne auch nur zu wanken, absolvierte die gefährliche Übung mit ungleich mehr Geschick als ihr männlicher Begleiter. Kamal konnte nicht anders, als stehen zu bleiben und ihr bewundernd dabei zuzusehen, wie sie katzenhaft von einem Pfeiler zum nächsten sprang und dabei nicht die geringste Mühe zu haben schien.

»Nicht schlecht«, staunte er. »Wo hast du das gelernt?«

»Auf Kingsleys Schule für höhere Töchter«, entgegnete Sarah mit hintergründigem Lächeln. »Allerdings glaube ich nicht, dass die gute Missis Kingsley dabei an *solch* eine Anwendung gedacht ...«

Ein Geräusch aus der Tiefe des Gewölbes unterbrach sie.

»Was war das?«

»Ich weiß es nicht.« Kamal schüttelte den Kopf.

Das Geräusch wiederholte sich: ein unheimliches Rauschen in der abgründigen Schwärze.

»Nun?« Sarah schaute Kamal fragend an, aber der Tuareg antwortete nicht, schien sie nicht einmal mehr wahrzunehmen. Sein Blick ging an ihr vorbei in das undurchdringliche Dunkel, das sie umgab.

»Kamal, was hast du? Was ist los mit dir?«

»Die Inschrift«, stieß er endlich hervor. »Der nach Wissen trachtet, soll sich hüten vor dem, was in der Dunkelheit lauert.«

»Und?«

»Wir sind nicht allein, Sarah«, flüsterte Kamal so leise, dass sie ihn kaum verstehen konnte. »Was in der Dunkelheit lauert, sind die Geschöpfe Thots, die Kreaturen der Nacht ...«

Sarah, die aus Kamals Worten nicht klug wurde, wollte ihn fragen, was genau er damit meinte, als sich das Rauschen schlagartig verstärkte. Plötzlich hörte es sich an wie eine gewaltige Welle, die aus der Dunkelheit heranbrandete, um die beiden Eindringlinge zu erfassen und in die Tiefe zu reißen.

»Was ...?«, wollte Sarah fragen.

»Lauf, Sarah!«, schrie Kamal so laut, dass es von der Gewölbedecke widerhallte. »Lauf um dein Leben ...!«

Der Tuareg fuhr herum und setzte über die schmalen Pfeiler davon, ungeachtet des tödlichen Abgrunds, der zu allen Seiten gähnte. Sarah hielt sich nicht länger mit Fragen auf, sondern vertraute dem Instinkt ihres Gefährten. Auch sie wandte sich zur Flucht, eilte Kamal hinterher – als die Welle aus der Finsternis sie erreichte.

Es war keine Woge aus Wasser und Salz, die über sie hereinbrach, sondern aus gelb leuchtenden Augen, kreischenden Mäulern, messerscharfen Krallen und flatternden Flügeln.

Fledermäuse!

Myriaden davon.

Es war, als wäre die Dunkelheit lebendig geworden. Die Luft rings um Sarah Kincaid schien unter tausendfachen Flügelschlägen zu bersten. Im Lichtschein der Fackel flatterten unzählige ledrige Körper an ihr vorbei, berührten ihre Haut und verfingen sich in ihrem Haar. Sarah schrie instinktiv und hieb mit der Fackel um sich, im verzweifelten Bemühen, die Tiere von sich fernzuhalten. Aber immer mehr der kleinen Kreaturen drängten in heller Panik aus der Dunkelheit, und Sarah bekam ihre Krallen zu spüren.

Längst war Kamal hinter einem flatternden Vorhang verschwunden und seine Fackel erloschen. Auf der schmalen Plattform der Säule stehend, führte Sarah einen verzweifelten Kampf gegen die heranbrandende Masse – und musste sich letztlich geschlagen geben.

Erneut wollte sie die Fackel schwenken, als sie das Gleichgewicht verlor. Der brennende Scheit entglitt ihrem Griff und fiel in die Tiefe. Noch einen Augenblick lang gelang es Sarah, mit den Armen rudernd ein labiles Gleichgewicht zu halten – beim nächsten Pulk von Fledermäusen jedoch, der auf sie einstürmte, verlor sie die Balance vollends und kippte rücklings ins Leere.

Sie konnte hören, wie ihr eigener Schrei in der Tiefe widerhallte. Die abgründige Schwärze verschluckte sie, und noch im Fallen schloss Sarah Kincaid mit ihrem Leben ab, ahnend, dass auf dem Grund der Höhle das Verderben lauerte.

Sie sollte Recht behalten – wenn auch anders als erwartet. Denn der Aufprall war keineswegs so hart und schmerzhaft, wie Sarah befürchtet hatte. Weicher Sand fing ihren Sturz ab und sorgte dafür, dass sie sich nicht sämtliche Knochen brach.

Sarah konnte ihr Glück darüber kaum fassen. Im Sand liegend, hörte sie, wie über ihr das Rauschen verebbte, wollte sich eben wieder aufrichten – als ihr klar wurde, dass sie vom Regen in die Traufe geraten war. Denn der Sand unter ihren Knien gab nach, und klamme Feuchtigkeit kroch an ihren Beinkleidern empor ...

Treibsand!

Die schreckliche Erkenntnis packte Sarah, und jäh begriff sie, weshalb niemals jemand von Thots Schatten hatte berichten können: Die Fledermäuse und der Sand waren ein tödliches Bündnis eingegangen ...

Sie kam nicht mehr dazu, eine Antwort auf die Frage zu finden, wie es den Baumeistern der alten Zeit gelungen sein mochte, ein Becken mit Treibsand anzulegen. War es ein künstliches Konstrukt, oder hatten sie das Treibsandbecken in der Höhle vorgefunden und es in ihrem Sinne genutzt? Es spielte keine Rolle mehr, denn im nächsten Moment war Sarah bereits bis zu den Hüften versunken und hatte das Gefühl, dass der gierige feuchte Sand sie aufzusaugen schien.

Panisch suchte sie nach Halt, aber sie fand keinen. Ringsum war nichts als zähflüssiger Sand, der umso schneller nachrann, je verzweifelter sie versuchte, ihm zu entkommen. Wie eine Ertrinkende sank sie unaufhaltsam tiefer und tiefer ...

»Kamal!«, rief sie. »Kamal, hilf mir ...!«

Sie erhielt keine Antwort.

Hilflos blickte Sarah an den steinernen Säulen empor, die sich aus der Mitte des Treibsandbeckens erhoben. Wenn es ihr wenigstens gelungen wäre, eine der Säulen, die nur drei oder vier Yards entfernt waren, zu erreichen und sich daran zu klammern – aber unnachgiebig hielt der Sand sie fest, zog sie bei jeder Bewegung immer noch weiter nach unten.

»Kamal, wo bist du?« Sarahs Stimme überschlug sich. Als erneut keine Antwort erfolgte, dämmerte ihr die schreckliche Einsicht, dass der Freund nicht mehr am Leben war.

Sie erinnerte sich, dass seine Fackel bei der ersten Welle der Fledermäuse erloschen war. Kamal musste das Gleichgewicht verloren haben und genau wie sie in die Tiefe gestürzt sein. Da er schwerer war als Sarah, hatte der Treibsand ihn vermutlich bereits verschlungen …

Sie fragte sich, wie viele unglückliche Seelen bereits vor ihr diesen grausigen Weg in die Ewigkeit angetreten haben mochten, und halb erwartete sie, dass erneut du Gard oder ihr Vater auftauchen würden, um sie ins Jenseits zu geleiten.

Aber nichts dergleichen geschah. Stattdessen baumelte plötzlich eine Seilschlinge vor Sarahs tränenden Augen.

»Was …?«

»Rasch, Sarah! Zieh die Schlinge über!«

Weder du Gard noch Gardiner Kincaid riefen diese Worte von oben zu ihr herab. Es war Kamal. Sarah zögerte keinen Augenblick, fasste nach der Schlinge und schlüpfte mit Kopf und Armen hindurch.

»Bereit!«, rief sie laut. Sofort straffte sich das Seil und bewahrte sie davor, im Treibsand zu versinken. Kamals Muskelkraft leistete dem Sog der Tiefe tapferen Widerstand, aber sie reichte nicht aus, um Sarah vollends daraus zu befreien. Also fasste sie selbst das Seil und zog sich nach oben, und indem sie alle Kraft aufbot, über die sie noch verfügte, gelang es ihr, sich dem feuchten Sand zu entwinden.

Sie bekam eine der Säulen zu fassen und erklomm deren Sockel, ruhte sich dort einen Augenblick aus, ehe eine waghalsige Kletterpartie begann. Indem sie Kamal nach Kräften unterstützte und jede Fuge der Säule nutzte, um sich daran festzuklammern, gelangte Sarah Stück für Stück nach oben und erreichte schließlich das Kapitell. Kamals Hand reckte sich ihr entgegen, und sie ergriff sie dankbar, erklomm die winzige, aber rettende Plattform.

»Du hast mir das Leben gerettet«, hauchte sie dabei.

»Wie du mir das meine«, erwiderte Kamal nur, und sie umarmten einander im Überschwang der Erleichterung.

Dann erst wurde Sarah bewusst, dass sie das Lächeln in Kamals

Gesicht gar nicht hätte sehen dürfen. Ihrer beider Fackeln waren erloschen, also hätte es eigentlich stockfinster sein müssen ...

»Verblüffend, nicht wahr?«, fragte Kamal, der ihren Gedanken einmal mehr erriet. »Als die Fledermäuse kamen, erlosch meine Fackel, das Licht jedoch blieb.«

»Woher kommt es?«, wunderte sich Sarah.

»Von dort«, erwiderte Kamal. Indem er auf die nächste Säule wechselte, gab er den Blick auf den Höhlenausgang frei, von dem sie nur noch wenige Yards trennten. Jenseits des Durchgangs schien es eine Kammer zu geben, die von einem fahlem Schein erhellt wurde.

»Also los«, forderte Sarah ihren Gefährten auf. Ungeachtet des überstandenen Schreckens, wollte sie der Wahrheit endlich auf den Grund gehen, und selbst Kamal schien nach all den Fährnissen nun Gewissheit haben zu wollen.

Über die letzten Pfeiler erreichten sie den Ausgang der Fledermaushöhle und gelangten in einen nach allen Richtungen etwa zehn Yards messenden Raum, dessen Wände mit Darstellungen der ägyptischen Götterwelt versehen waren. Die Stirnseite der Kammer nahm eine Pforte ein, die von einem massiven Tor aus Sandstein verschlossen wurde. Darin eingearbeitet waren vier Nischen, jede davon rund einen Fuß hoch und ebenso tief. Oberhalb davon prangte das Ibis-Zeichen, das Sarah in letzter Zeit so häufig gesehen hatte und das so schändlich missbraucht worden war: das Symbol des Gottes Thot.

Die Lichtquelle, die die Kammer mit fahlem Schein erfüllte und Sarah und Kamal den Weg gewiesen hatte, befand sich unmittelbar über der Pforte. Es war eine schmale Öffnung in Form eines Auges, durch die ein mattweißer Lichtschaft fiel. Staub, den Sarah und Kamal mit ihren Schritten aufgewirbelt hatten, flirrte darin.

»Unglaublich«, meinte Kamal und ließ seine Hand durch den Lichtstrahl gleiten. »Das ist Sonnenlicht, und das so tief unter der Erde! Die reinste Zauberei ...«

»Kaum.« Sarah schüttelte den Kopf. »Schon eher die Wirkung eines Umlenkspiegels, der das Sonnenlicht an der Oberfläche einfängt und bis hierher reflektiert. Die Erbauer der Pyramiden pflegten auf diese Weise die tief gelegenen Grabkammern zu beleuchten.«

In der spärlichen Beleuchtung betrachtete sie die Wandbilder. Als Spezialistin für alte Geschichte erkannte Sarah auf einen Blick, dass Szenen aus dem Zyklus des Thot dargestellt waren, die den Herrn des Mondauges bei Weltschöpfung und Weltengericht zeigten. Und noch eine Darstellung war auf dem Fries zu sehen, eine Darstellung, in der der ibisköpfige Thot einem Mann – wohl einem Untergebenen, da er kleiner und nach unten versetzt dargestellt war – etwas in den offenen Mund zu legen schien.

»Eine Mundöffnung«, stellte Sarah fest.

»Was bedeutet das?«, fragte Kamal.

»Im Ritual der Mundöffnung wurde einem Verstorbenen über den Tod hinaus ewiges Leben verliehen«, erklärte Sarah. »Der Kleidung nach zu urteilen, handelt es sich bei dem Mann, dem die Unsterblichkeit zuteil wird, um einen Priester. Vielleicht sogar um Tezud selbst.«

»Tatsächlich?« Kamal nahm die geheimen Zeichen in Augenschein, mit denen die Darstellung untertitelt war.

»Kannst du es übersetzen?«, erkundigte sich Sarah.

»Ich denke ja . . . Hier steht:

Ich öffne deinen Mund, damit du sprichst.
Ich öffne deine Augen, damit du den Mond erblickst.
Ich öffne deine Ohren, damit du meine Lobreden hörst.
Auf dass du Beine hast, um dem Feind entgegenzutreten,
und starke Arme, um ihn abzuwehren auf ewig.«

»Ein Mundöffnungszauber.« Sarah schürzte die Lippen. »Man wollte wohl, dass Tezud über seinen Tod hinaus das Geheimnis dieses Ortes beschützt.«

»Was er in gewisser Hinsicht ja auch getan hat«, brachte Kamal in Erinnerung und verwies damit auf die Tatsache, dass seine Familie ihre Herkunft auf den Hohepriester des Tempels zurückführte.

»Ich frage mich, wozu die Nischen dienen mögen.« Sarah wandte ihre Aufmerksamkeit der steinernen Pforte zu. »Entweder haben sich einst kleine Statuen darin befunden, die irgendwann von Grabräubern geraubt wurden, oder ...«

»Oder?«, hakte Kamal nach.

»Oder es sind Platzhalter, die für etwas Bestimmtes vorgesehen sind – beispielsweise für einen Schlüssel, der die Pforte öffnen soll. Fragt sich nur, woraus dieser Schlüssel bestand.«

»In der Tat«, drang plötzlich eine Stimme vom Eingang her. »Vielleicht können wir es ja gemeinsam herausfinden.«

Alarmiert fuhr Sarah herum.

Vor ihr stand, zu ihrer maßlosen Verblüffung, Mortimer Laydon.

Ihr Patenonkel, den sie zuletzt in der schäbigen Hütte in Ketten gesehen hatte, war plötzlich auf freiem Fuß; seine zerschlissenen Kleider hatte er gegen einen makellosen Tropenanzug und den dazugehörigen Helm getauscht, sein Haar war geschnitten und sein Bart frisch rasiert. Noch immer wirkten seine Gesichtszüge eingefallen, aber sie besaßen nicht mehr jenen Ausdruck stiller Verzweiflung, den Sarah zuvor darin gesehen hatte.

»Onkel Mortimer!«, entfuhr es ihr voller Freude, und ungeachtet aller offenen Fragen, wie Laydon hierher gelangt war und sie gefunden hatte, stürzte sie auf ihn zu und wollte ihn umarmen.

Als sie jedoch merkte, dass Laydon weder ihr Lächeln noch ihre Begrüßung zu erwidern gedachte, verlangsamte sie ihren Schritt.

»Onkel ...?«

»Ich gratuliere, Sarah«, sagte Laydon ruhig. »Du hast mich nicht enttäuscht. Du hast gefunden, was seit Jahrtausenden verborgen war. Du bist in der Tat Gardiners gelehrigste Schülerin.«

»Ich ... Aber ... Was bedeutet das, Onkel?«, fragte Sarah verblüfft.

Laydon gab keine Antwort, sondern ging nur einen Schritt zur Seite. Durch den schmalen Durchgang trat ein Dutzend schwarz gewandeter, bis auf schmale Sehschlitze vermummter Krieger, die mit Flinten und Säbeln bewaffnet waren und entlang der Wände Aufstellung nahmen.

Und in diesem Moment dämmerte Sarah die schreckliche Erkenntnis.

7

»Nein«, flüsterte Sarah leise und verzweifelnd. »Bitte nicht. Sag, dass es nicht wahr ist, Onkel ...«

Mortimer Laydon lächelte dünn. »Es tut mir leid, mein Kind, aber ich fürchte, auch in diesem Fall hat dich dein Scharfsinn nicht getrogen. Wenngleich ich verwundert feststelle, dass du der Wahrheit erst sehr spät auf die Spur gekommen bist. Aber das scheint in der Familie zu liegen, nicht wahr?«

Sarah überhörte die Bemerkung. Sie hatte noch immer Mühe zu begreifen, was vor sich ging. Mortimer Laydon arbeitete mit dem Feind zusammen! Schlimmer noch, er *war* der Feind! Kein anderer als Sarahs väterlicher Freund und Pate war der Verräter in den eigenen Reihen, vor dem der alte Ammon sie gewarnt hatte! Diese Möglichkeit hatte nicht einmal Maurice du Gard in Betracht gezogen ...

»Du wirkst überrascht«, stellte Laydon mitleidlos fest. »Demnach habe ich meine Rolle wohl sehr überzeugend gespielt.«

»Allerdings«, bestätigte Sarah tonlos. »Niemals hätte ich gedacht, dass du ein elender Verräter sein könntest ...«

»Dein Vertrauen in mich ehrt mich, mein Kind. Allerdings entnehme ich deiner Wortwahl, dass du das wahre Ausmaß der Dinge noch immer nicht begriffen hast.«

»Du hast uns alle belogen ...«

»Mitnichten.« Laydon schüttelte den Kopf. »Aus meiner Zugehörigkeit zur *Egyptian League* habe ich nie einen Hehl gemacht, und auch meine Verbindungen zum Duke of Clarence habe ich keineswegs geleugnet.«

»Der Duke?«, fragte Sarah erschrocken. »Gehört er ebenfalls dazu?«

»Aber nicht doch. Er ist nur ein willenloses Werkzeug, dessen wir uns bedient haben. Seine offensichtlichen Schwächen haben ihn zu einem ... nennen wir es: ›bereitwilligen Verbündeten‹ gemacht.«

»Ich kann es nicht glauben.« Sarah schüttelte beharrlich den Kopf. »Ich *will* es einfach nicht glauben ...«

»Es wird dir nichts anderes übrig bleiben, mein Kind, denn es ist die Wahrheit«, konterte Laydon. »Und wenn du nicht ebenso naiv und leichtgläubig wärst wie dein Vater, wärst du schon viel früher darauf gekommen.«

»Lass Vater aus dem Spiel!«, warnte Sarah.

»Willst du mir drohen? Im Angesicht geladener Waffen?« Laydon lachte laut auf. »Die Unbeugsamkeit hast du ebenfalls vom alten Gardiner geerbt, zusammen mit dem Gespür für verborgene Geheimnisse – eine bisweilen ziemlich anstrengende Kombination, wie ich feststellen musste, denn es war keineswegs immer einfach, dich das tun zu lassen, was ich wollte.«

»Soll das heißen ...?«

»Dass ich dich manipuliert habe, von Anfang an.« Laydon nickte. »Von dem Augenblick an, da ich Kincaid Manor betrat, gab es für mich nur ein Ziel, Sarah: dich auf diese Expedition zu schicken.«

»Warum, Onkel?«

»Weil ich genau wusste, dass du die Einzige bist, die imstande ist, das Buch des Thot zu finden und das Rätsel zu lösen.«

»Das meinte ich nicht«, wehrte Sarah ab, die sich hintergangen und unendlich dumm vorkam. »Warum das alles?«, rief sie so laut, dass es von der Decke der Kammer widerhallte. »Wozu das ganze Theater? Du hättest mich auch um meine Hilfe bitten können ...«

»Nach allem, was gewesen ist?« Laydon schüttelte den Kopf. »Nein, Sarah. Ich kenne dich lange und gut genug, um zu wissen, dass es eines besonderen Köders bedurfte, um die trauernde Sarah Kincaid aus ihrem Bau zu locken. Und ich habe mich nicht geirrt. Eine Mordserie an unschuldigen Frauen erschien mir geeignet, um dein Mitgefühl zu wecken und dich aus deinem selbstgewählten Exil zu befreien. Dazu ein paar symbolträchtige Hinweise wie am Tatort zurückgelassene Hieroglyphen oder ein simples Buchstabenrätsel – und mir war klar, dass früher oder später dein alter Jagdinstinkt erwachen würde. Ich wusste, dass ich dich nur zu dieser Expedition würde bewegen können, wenn du dich selbst dazu entschiedst, also mussten die Informationen, die ich dir zukommen ließ, dich über kurz oder lang auf die Spur des Thot-Kultes führen, geradewegs nach Ägypten.«

»Ich verstehe«, sagte Sarah ernüchtert. »Und die Entführung?«

»Bedanke dich bei Scotland Yard dafür. Meine eigene Entführung zu fingieren, war ganz sicher nicht Teil meines ursprünglichen Plans. Aber nachdem diese bornierten Idioten sich weigerten, deine Theorien anzuerkennen, mussten wir mehr Druck ausüben. Mir war klar, dass die Entführung eines königlichen Leibarztes den Yard unter Zugzwang setzen und dass er unter diesen Voraussetzungen bereit sein würde, einer Expedition zuzustimmen.«

»Es war also alles geplant: deine Entführung, die Expedition, die Suche nach dem Buch des Thot ...«

»Gewiss.«

»Und dafür hast du sogar Morde begangen?«

»Natürlich«, erklärte der Doktor in unverhohlenem Stolz. »Zum einen dienten die Morde im East End als Ablenkungsmanöver, mit dem Ziel, die königliche Familie in Misskredit zu bringen. Zum anderen sollten sie deine Aufmerksamkeit und dein Interesse wecken – beides ist uns gelungen. Darüber hinaus gab es aber auch noch einen dritten Grund, wie du schon bald erfahren wirst ...«

»Wer hat es getan?«, fragte Sarah mit bebender Stimme, während ihr die schreckliche Wahrheit bereits zu dämmern begann. »Wer ist der Mörder dieser Frauen, Onkel Mortimer?«

»Nun …« Laydon lächelte, was seinen ausgemergelten Zügen das Aussehen eines Totenschädels gab, »… wie die Beamten des Scotland Yard trotz ihrer offensichtlichen Defizite feststellten, war der Täter ein Mann mit herausragenden anatomischen Kenntnissen. Ein Mediziner, um genau zu sein …«

»Bitte«, stöhnte Sarah, während ihr Tränen der Enttäuschung und des blanken Entsetzens in die Augen traten, »sprich nicht weiter.«

»… und da ich in der Tat über solche Kenntnisse verfüge und ich mir die Chance, anatomische Studien gewissermaßen am lebenden Objekt zu betreiben, nicht entgehen lassen wollte, habe ich die Gelegenheit am Schopf ergriffen«, fuhr Laydon erbarmungslos fort. »Am blutigen Schopf, um genau zu sein«, fügte er in einem Anflug rabenschwarzen Humors hinzu.

Sarah konnte nicht darüber lachen. Mit Blicken, die unmöglich zu deuten waren, musterte sie den Mann, den sie einst geliebt hatte wie einen zweiten Vater, und konnte beinahe spüren, wie sich ihre Zuneigung in blanken Hass verwandelte.

»Du Scheusal«, flüsterte sie. »Du unbegreifliches, elendes Scheusal! Wie konnte ich mich nur so in dir irren?«

»Ehrlich gesagt, meine Teure, weiß ich das auch nicht.« Laydon grinste erneut.

»Was hast du vor?«, fragte Sarah lauernd. »Was, in aller Welt, soll die schrecklichen Bluttaten rechtfertigen, die du begangen hast?«

»Bluttaten für die einen, Bauernopfer für die anderen«, gab Laydon achselzuckend zur Antwort. Die Güte und Weisheit, die Sarah früher in den Zügen ihres Patenonkels gesehen hatte, waren eisiger Kälte gewichen. »Ich erwarte nicht, dass du gutheißt, was ich getan habe, oder dass du es auch nur im Ansatz verstehst – aber du solltest mich gut genug kennen, Sarah, um zu wissen, dass ich kein Narr bin. Ich habe nicht um des puren Vergnügens willen gemordet, sondern für ein höheres Ziel. Und das Geheimnis von Thot ist der Schlüssel dazu.«

»Er will das Feuer des Re«, stieß Kamal hervor, der bislang betroffen geschwiegen hatte. »Mit den Mächten des Bösen hat er sich verbündet, auf den Spuren Meherets wandelt er!«

»Ach ja, unseren staubigen Freund hätte ich fast vergessen«, meinte Laydon leichthin. »Ich muss zugeben, dass er als Einziger nicht auf meiner Rechnung gestanden hat. Anfangs empfand ich seine Versuche, die Expedition zu sabotieren, als störend, aber dann wurde mir klar, dass er die Geschichte erst wirklich plausibel machte. Solange ihr ihn im Verdacht hattet, brauchte ich keine Entdeckung zu fürchten. Und was die Spuren Meherets angeht – unsere Ziele gehen weit über das hinaus, was die unglückliche Meheret einst wollte.«

»Wer seid ihr?«, wollte Sarah wissen. »Und was führt ihr tatsächlich im Schilde?«

»Schon die Tatsache, dass du fragst, zeigt mir, dass du nichts verstanden hast, mein Kind, und das ist sehr schade. Selten habe ich solch große Begabung und solche Naivität in einem Menschen vereint gefunden. Vielleicht einmal abgesehen von deinem Vater ...«

»Ich habe dir bereits gesagt, dass du Vater aus dem Spiel lassen sollst«, knurrte Sarah. »Und nun will ich eine Antwort. Was bezweckt ihr mit dem Feuer des Re?«

»Was könnte man wohl mit einer Waffe von unvorstellbarer Zerstörungskraft anfangen?« Laydon lächelte versonnen. »Eine solche Waffe bedeutet Macht, mein Kind. Grenzenlose Macht, mehr, als du dir vorstellen kannst. Macht, die selbst die des Empire übertrifft. Macht, die die ganze Welt umfasst ...«

»Weltherrschaftspläne.« Sarah lachte verächtlich auf. Der wahnsinnige Glanz in den Augen ihres Onkels war ihr nicht entgangen. »Dem Letzten, der sich mit derlei Plänen trug, sind sie schlecht bekommen – er starb einsam und verlassen im Exil.«

»Weil er vergeblich nach dem gesucht hat, was wir gefunden haben«, meinte Laydon überzeugt. »Hinter dieser Pforte, Sarah, befindet sich das, was Napoleon fehlte, um seinen Machtanspruch durchzusetzen. Wäre seine Expedition nach Ägypten von Erfolg gekrönt gewesen, würden wir wohl nicht hier stehen. Möglicherweise würde England nicht einmal mehr existieren, solch große Macht hätte das Feuer des Re Bonaparte in die Hände gegeben. Ich jedoch stehe kurz davor, diese Macht in meinen Besitz zu bringen. Und ich gedenke, sie zu benutzen.«

»Du bist wahnsinnig«, stellte Sarah fest.

»Ich erwarte nicht, dass du mich verstehst. Viele Visionäre wurden von ihren Zeitgenossen für verrückt gehalten. Erst im Nachhinein hat man die Größe ihrer Taten erkannt. Das Empire ist alt und träge geworden, Sarah. Der Thronfolger ist ein Schwächling, das Parlament von Verrätern unterminiert, das Reich von Feinden umgeben.«

»Ausgerechnet du sprichst von Feinden und Verrätern, Onkel?«, fragte Sarah spitz. »Wie interessant ...«

»Allerdings. In einer Situation wie dieser kann ein Mann von Ehre nicht schweigen, sondern muss handeln.«

»Ach ja? Und was heißt das?«

»Das heißt, dass wir die Macht übernehmen werden«, erklärte Laydon kurzerhand. »Das Feuer des Re wird uns dazu verhelfen – denn wer sich unserem Willen nicht beugt, der wird vernichtet.«

»Das ist Hochverrat, Onkel!«

»Hochverrat«, echote Laydon spöttisch. »Sind das die Grenzen deiner Vorstellungskraft? Ein neues Zeitalter zieht herauf, Sarah. Ein Zeitalter der Technik, in dem es Kriege und Auseinandersetzungen geben wird, die an Grausamkeit und Radikalität alles übertreffen werden, was wir kennen. Ist dir nicht auch daran gelegen, dass England in diesen Konflikten die Oberhand behält? Mit dem Feuer des Re halten wir die absolute Macht in Händen, eine Waffe, gegen die es keine Verteidigung gibt. Ein Empire, das über solche Macht verfügt, kann den Völkern dieser Welt die Bedingungen für den Frieden diktieren und sie sich untertan machen, eines nach dem anderen. Kriege werden damit der Vergangenheit angehören. Ist das nicht eine Vision, für die es sich zu töten lohnt?«

»Eine Vision? Du nennst blutige Unterdrückung eine Vision?« Sarah schüttelte den Kopf. »Du hast den Verstand verloren, Onkel, und du widerst mich an. Du hast all diese Menschen getötet, nur um deine Gier nach Macht zu befriedigen. Diese Frauen in London ...«

»Huren, weiter nichts.«

»Der arme Kesh ...«

»Ein einfältiger Krüppel.«

»Und auch du Gard.«

»Der Franzose trägt selbst die Schuld an dem, was ihm widerfahren ist. Er war zu neugierig und hat seine Nase in Dinge gesteckt, die ihn nichts angingen. Unseren Versuchen, ihn aus dem Weg zu räumen, hat er sich allerdings beharrlich entzogen. In London hätte die Klinge des Attentäters ihn und nicht diesen Ignoranten Quayle treffen sollen, und auch in Kairo ging die Kugel fehl. Erst auf dem Schiff waren unsere Bemühungen schließlich von Erfolg gekrönt.«

»Und wie sie das waren«, bestätigte Sarah in bitterer Erinnerung an du Gards blutüberströmten Körper. »Ich hoffe, du bist stolz auf das, was du getan hast.«

»Noch nicht.« Laydon schüttelte den Kopf. »Stolz wird mich erst erfüllen, wenn sich das Geheimnis des Mondgottes in unserer Hand befindet und die Welt sich vor uns beugt.«

»Uns?«, fragte Sarah. »Du sprichst von der Ägyptischen Liga?«

»Die Liga.« Der Doktor lachte spöttisch. »Sie ist nur Tarnung und nichts weiter; die wahre Vereinigung, in deren Diensten ich stehe und die sich der Vergangenheit bedient, um die Zukunft zu beherrschen, ist ungleich älter und mächtiger, und sie hatte schon viele Mitglieder im Lauf ihrer langen Geschichte. Alexander der Große soll ihr einst angehört haben, ebenso wie Cäsar und Napoleon – und auch dein Vater hat einst zu ihr gehört.«

»Du lügst«, widersprach Sarah mit Nachdruck.

»Glaubst du? Dabei sage ich dieses Mal die Wahrheit, mein Kind. Gardiner Kincaid war einst einer von uns, aber irgendwann fiel er vom reinen Glauben ab. Der alte Narr folgte seinen kindischen Prinzipien und sagte sich von uns los. Damit besiegelte er sein eigenes Ende. Bis zum Schluss hat Gardiner geglaubt, dass ich auf seiner Seite wäre – bis es zu spät gewesen ist.«

»Bis es zu spät gewesen ist?« Sarah traute ihren Ohren nicht. »Soll das heißen, dass du …«

Wieder huschte ein kaltes Lächeln über Laydons Gesichtszüge. »Alexandrien war wichtig für die Organisation. Wir hofften dort Hinweise auf das Geheimnis von Thot zu finden. Dein Vater jedoch war uns im Weg. Also tat ich, was getan werden musste …«

»Du Mörder! Du elender Bastard!«, brach es aus Sarah hervor. Von Zorn und Hass überwältigt, wollte sie sich mit bloßen Fäusten auf den Verräter stürzen. Dass sie nicht dazu kam, lag an Laydons bewaffneten Schergen, die dazwischengingen und sie ergriffen. Kamal zückte sein Messer und wollte in den Kampf eingreifen, aber der als Keule geführte Kolben einer Flinte traf ihn und schmetterte ihn zu Boden. Auch Sarah wurde mit brutaler Gewalt niedergeworfen und schlug sich den Unterkiefer blutig. Rote Rinnsale sickerten aus ihren Mundwinkeln, während sie sich am Boden wand.

»Du Bastard! Dafür wirst du büßen, das schwöre ich!«

Laydon setzte eine mitleidige Miene auf. »Auch den Hang zur Theatralik hast du, fürchte ich, von deinem Vater geerbt. Wer, mein Kind, sollte mir den Sieg denn jetzt noch nehmen? Auf deine Freunde dort draußen in der Wüste brauchst du keine Hoffnung mehr zu setzen – sie sind längst tot.«

»Was?«

Laydon schürzte die Lippen. »Hast du ernstlich angenommen, dass ich sie am Leben lassen würde? Eine Schwadron meiner ergebenen Diener hat sich ihrer angenommen, nicht lange, nachdem sie das Lager verlassen hatten.«

»Bastard«, stieß sie noch einmal hervor, an ihrem eigenen Blut würgend. »Unbegreiflicher Bastard ...«

»Du solltest dich sehen«, meinte Laydon, die Beleidigung überhörend. »Ich wollte nicht, dass es so kommt, Sarah, das musst du mir glauben.«

»Tatsächlich nicht? Hast du meinen Vater deshalb ermordet? Und all meine Freunde?«

»Das waren keine Freunde von dir, sondern Parasiten, die nichts weiter im Sinn hatten, als von deinen Kenntnissen und Fähigkeiten zu profitieren. Und was Gardiner betrifft – er war zu alt und zu störrisch, um zu begreifen, worum es in Wahrheit geht.«

»Tatsächlich?« Sarah richtete sich halb auf. »Und worum geht es, Onkel?« Das letzte Wort spie sie heraus wie eine verdorbene Speise.

»Um ungleich mehr, mein Kind. Gardiner hat nie verstanden, welche Chancen sich uns bieten; dass wir uns an der Schwelle eines neuen Zeitalters befinden. Du hingegen bist jung und intelligent genug, um die Wahrheit zu erkennen. Also biete ich dir an, den Platz deines Vaters in unserem Kreis einzunehmen. Du wärst die erste Frau in unserer Mitte.«

»Welche Ehre«, sagte Sarah mit vor Sarkasmus triefender Stimme. »Die Antwort lautet: Nein. Glaubst du, ich würde mit den Mördern meines Vaters gemeinsame Sache machen?«

»Bedenke, was du sagst. Sarah. Wir können dir Möglichkeiten bieten, von denen du bislang nur träumen konntest. Die Geheimnisse der Vergangenheit breiten sich vor dir aus und warten nur darauf, von dir entdeckt zu werden. Es steckt großes Potenzial in dir, Sarah, mehr, als du ahnst. Dein Platz ist in unserer Mitte, auch dein Vater wusste das. Es ist dein Schicksal gewesen, von Anfang an.«

»Sprich nicht vom Schicksal, wenn du dich selbst damit meinst«, entgegnete Sarah angewidert. »Du hast mich manipuliert und hintergangen, hast mein Vertrauen missbraucht. Du musst verrückt sein, wenn du glaubst, dass ich dir folgen würde.«

»So ähnlich hat sich auch dein Vater geäußert«, stellte Laydon mit geheucheltem Bedauern fest. »Aber noch ist deine Rolle in diesem Spiel nicht beendet, Sarah. Du wirst mir dabei helfen, diese Pforte dort zu öffnen und das Feuer des Re in Besitz zu nehmen.«

»Eher sterbe ich«, erklärte Sarah kategorisch.

»Der Starrsinn deines Vaters spricht aus dir. Aber der alte Gardiner hat dir auch seine größte Schwäche vermacht – nämlich sein Mitgefühl.«

»Wie kann Mitgefühl eine Schwäche sein?«, fragte Sarah, sich trotzig das Blut aus dem Gesicht wischend.

Laydon antwortete nicht, stattdessen befahl er einigen seiner Schergen, den benommen am Boden liegenden Kamal zu ergreifen und auf die Beine zu zerren. Ein weiterer Vermummter stopfte ihm kurzerhand den Lauf seiner Schrotflinte in den Mund.

»Willst du zusehen, wie dein Freund sich vor deinen Augen auflöst?«, fragte Laydon spöttisch. »Nur ein Wink von mir, und sein Gehirn verunstaltet die Wände. Also überlege dir gut, was du tust ...«

Sarahs Atem ging stoßweise. Vor hilfloser Wut war sie kaum noch in der Lage, einen klaren Gedanken zu fassen. Kamal so zu sehen, tat ihr in der Seele weh. Sie hatte du Gard verloren und ihren Vater – einen weiteren Verlust würde sie nicht ertragen ...

»Es ist gut«, rief sie laut. »Sie sollen ihn loslassen.«

»Wirst du kooperieren?«

»Habe ich denn eine Wahl?«

»Wahrscheinlich nicht.« Laydon schüttelte den Kopf und bedeutete seinem Handlanger, die Flinte wegzunehmen. Mit einem brutalen Schlag beförderten die Vermummten den Tuareg zurück auf den Boden. Sarah eilte zu ihm, wischte das Blut aus seinem Gesicht.

»Sarah«, hauchte er.

»Ja?«

»Tu es nicht. Du darfst ihnen nicht dabei helfen, hörst du? Du darfst es nicht tun ...«

»Sei unbesorgt«, flüsterte sie und küsste ihn auf die Stirn. Dann erhob sie sich und wandte sich Laydon zu. »Was soll ich tun?«

»Geduld«, erwiderte ihr Onkel mit überlegenem Grinsen. Erneut nickte er einem seiner Schergen zu, der daraufhin durch den schmalen Eingang verschwand. Als er zurückkehrte, trieb er Jeffrey Hull vor sich her.

Das verletzte Bein des königlichen Beraters war verbunden worden, aber der Verband war mit Blut durchtränkt. Entsprechend humpelnd und unsicher war Sir Jeffreys Gang; sein Gesicht war eine aschfahle Maske, sein Blick fiebrig und starr. In den Händen trug er einen hölzernen Kasten, der ringsum mit ägyptischen Symbolen versehen war. Auf dem aufklappbaren Deckel prangte das Symbol des Ibisses.

»Eine Kanopentruhe«, stellte Sarah verwundert fest.

»Genauso ist es.« Laydon nickte. Mit vorgehaltener Waffe wurde Sir Jeffrey gezwungen, den Kasten bis zur verschlossenen Pforte zu tragen und davor abzustellen. Der Blick, den der königliche Berater dabei Mortimer Laydon zuwarf, war vernichtend.

»Mein alter Freund«, spottete dieser, »sollte Ihnen die Rolle nicht behagen, die ich Ihnen in diesem Spiel zugedacht habe? Dabei erschien sie mir durchaus passend. Ihr ganzes Leben lang haben sie für andere den Diener gemacht, zunächst für das Militär, dann für den Temple Bar und schließlich für den königlichen Hof.«

»Was ich getan habe«, entgegnete Sir Jeffrey keuchend und unter Schmerzen, »habe ich aus Loyalität und Liebe zu meinem Vaterland getan. Sie hingegen sind nichts als ein heimatloser Verräter, Laydon – und das nach allem, was wir in Indien zusammen durchgemacht haben.«

»Mein lieber Jeffrey – ich tue all das gerade *wegen* alldem, was wir in Indien durchgemacht haben. Das Empire hat Risse bekommen. Können oder wollen Sie das nicht sehen? Es ist an der Zeit, dass eine starke Macht zu Ende führt, wozu Königshaus und Regierung nicht willens oder nicht in der Lage sind.«

»Verräter«, sagte Jeffrey Hull noch einmal.

Laydon lachte nur.

Sarah hatte inzwischen ihre Aufmerksamkeit dem Kanopenkasten zugewandt und ihn geöffnet. Nebeneinander aufgereiht standen vier flaschenartige Gefäße darin, jedes davon etwa acht Inches hoch und aus Ton gearbeitet. Die Kappen der Behältnisse waren ebenfalls aus Ton modelliert und den Häuptern altägyptischer Gottheiten nachempfunden: Suchos, dem reptilienhaften Gott der Fruchtbarkeit; Anubis, dem Totengott mit dem Antlitz eines Schakals; dem Schlangendämon Apophis und schließlich dem ibisköpfigen Thot – genau jene Götter also, die sich dem Kult von Unu zufolge miteinander verbündet und gegen den Sonnengott verschworen hatten. Die tönernen Gefäße selbst waren Kanopen, jene Gefäße, in denen zurzeit der Pharaonen die Eingeweide derer aufbewahrt wurden, die durch den Prozess der Mumifizierung Unsterblichkeit erlangen sollten.

»Was befindet sich in den Kanopen?«, wollte Sarah wissen – und fürchtete sich fast vor der Antwort.

»Nun«, gab Laydon bereitwillig Auskunft, »vielleicht hast du von der Geschichte Tezuds gehört, des Hohepriesters von Thot, der der Begründer dieser Stadt war und in leidenschaftlicher Liebe zu Meheret entbrannte, jener geheimnisvollen Kriegerin aus dem Osten, die danach trachtete, Thots geheimes Wissen in ihren Besitz zu bringen.«

»Ich kenne die Geschichte«, versicherte Sarah. »Meheret missbrauchte Tezuds Vertrauen und hinterging ihn, daraufhin wurde sie zum Tod verurteilt. Angeblich wurden ihr bei lebendigem Leib die Organe entnommen, ihr Körper wurde verbrannt.«

»Das stimmt«, bestätigte Laydon, »aber die Geschichte ist damit noch nicht zu Ende. Denn wie es heißt, kam Tezud über den Verrat seiner Geliebten nie hinweg. Um das Andenken an ihre

Schönheit zu ehren, ließ er ihre Organe einbalsamieren und in vier Kanopen geben, die den Gottheiten Thot, Anubis, Suchos und Apophis geweiht waren. Und diese Kanopen machte er zum Schlüssel von Thots Geheimnis.«

»Die Ewige Pforte«, flüsterte Sarah in Erinnerung an das, was Kamal ihr berichtet hatte. Schlagartig wurde ihr klar, dass damit jenes steinerne Tor gemeint war. Und plötzlich wusste sie auch, wofür die vier Nischen darin vorgesehen waren.

»Ganz recht«, stimmte Laydon zu, der Sarahs Blick zur Pforte richtig deutete. »Die Kanopen sind der Schlüssel, um das Tor zu öffnen, das seit dreitausend Jahren verschlossen ist.«

»Und es befinden sich die sterblichen Überreste Meherets darin?«, fragte Sarah ungläubig. Die Gefäße waren nach alten Mustern gefertigt, aber ohne Zweifel jüngeren Ursprungs.

»Bedauerlicherweise«, räumte Laydon ein, »mussten wir an dieser Stelle improvisieren, denn die Kanopen Meherets gingen verloren, und niemand weiß, wo sie geblieben sind. Aber sicher kannst du dir inzwischen denken, wessen Innereien sich in diesen Behältern befinden – die Leber, die Lunge, der Magen und die Organe des Unterleibs ...«

»Allerdings«, erwiderte Sarah, der in diesem Moment die ganze Abscheulichkeit von Laydons Plänen aufging. Und sie verstand jetzt auch, weshalb der alte Ammon aufgehorcht hatte, als sie ihm von den Morden in London und den Organdiebstählen berichtete. Der Weise von Mokattam hatte die schreckliche Wahrheit wohl bereits geahnt ...

»Es sind die Organe, die den Mordopfern von Whitechapel entnommen wurden, nicht wahr?«, vermutete sie.

»In der Tat. Und spätestens jetzt wirst du auch verstehen, weshalb wir diese Arbeit nicht einem hergelaufenen Schlachtburschen überlassen konnten. Es war wichtig, dass die Organe unversehrt blieben, sodass die filigrane Kunst eines Chirurgen gefragt war.«

»Warum dann vier Mordopfer?«, fragte Sarah. »Hätte nicht auch ein einziges genügt?«

»Zum einen, um auch dem Rest des Plans zu genügen, den ich dir vorhin auseinandergesetzt habe«, antwortete Laydon. »Zum anderen aus mathematischen Gründen.«

»Was soll das heißen?«

»Sehr einfach – da weder schriftliche noch bildliche Aufzeichnungen über Meheret existieren, wissen wir nicht, was für eine Frau sie gewesen ist. War sie von großer Statur oder eher klein? War sie von schlankem Wuchs oder stark? Schließlich war sie eine Kriegerin ...«

»Worauf willst du hinaus?«, drängte Sarah.

»Ich will damit sagen, dass die Kanopen, die du vor dir siehst, eine Art Durchschnittswert darstellen. Vier unversehrte Organe, entnommen aus den Körpern von vier verschiedenen Frauen. Ihre Beschaffenheit sowie der rechnerische Querschnitt ihres Gewichts sollte unseren Ersatzschlüssel halbwegs funktionsfähig machen.«

»Ich verstehe«, sagte Sarah nur. Ihr Onkel schien tatsächlich an alles gedacht zu haben – oder?

»Täuscht euch nicht«, rief Kamal verzweifelt. »Thot lässt sich nicht betrügen, und seine Rache an dem, der die Kammer widerrechtlich betritt, wird fürchterlich sein!«

»Mir kommen die Tränen«, versicherte Laydon unbeeindruckt und wandte sich wieder an Sarah. »Worauf wartest du? Öffne, was seit Jahrtausenden verschlossen ist – oder dein edler Wüstenprinz wird sterben.«

Sarah ertappte sich dabei, dass erneut ihre Neugier erwachte. Obwohl alles in ihr sich dagegen sträubte, mit dem Feind zu kollaborieren, wurde das Verlangen, zu erfahren, was sich jenseits der steinernen Pforte befand, immer stärker. Bislang hatte sie keinen Gedanken daran verschwendet, aber nun fühlte sie, dass sie dicht vor dem Ziel war.

»Sarah, nein!«, stöhnte der Tuareg, als sie sich bückte und die erste Kanope aus dem Kasten nahm, jene, die den schlangenköpfigen Dämon Apophis darstellte.

Sarah sandte Kamal einen Blick zu, der bedauernd war und ihm zugleich Trost spenden sollte. Dann stellte sie die Kanope in die linke Nische. Sie war noch nicht zurückgetreten, als ein verborgener Mechanismus erwachte und der Behälter mit der Leber eines der Mordopfer knirschend im Inneren der Pforte versank.

»Sehr gut«, lobte Laydon. »Weiter!«

Sarah griff nach dem nächsten Gefäß, das den schakalköpfigen Anubis darstellte und – dessen von Vergänglichkeit und Zerfall geprägtem Wesen gemäß – den Magen eines weiteren Mordopfers enthielt. Unter markigem Knirschen verschwand auch diese Kanope in der Pforte. Als nächstes platzierte Sarah den krokodilsgesichtigen Suchos in der Nische, dem als Gottheit der Fruchtbarkeit die Unterleibsorgane eines der Mordopfer zugeteilt worden waren.

Nachdem auch dieses Behältnis versunken war, stellte Sarah die letzte Kanope in die noch verbliebene Nische. Mit ihrem Ibiskopf aus Ton war sie Thot gewidmet, dem Herrscher des Mondauges, der der Überlieferung nach der Gott der Weisheit und der magischen Begabung gewesen war, die er den Sterblichen einzuhauchen vermochte – die Lunge war daher ihm vorbehalten.

Laydon und seine vermummten Schergen schauten Sarah gebannt zu, wie sie auch das letzte Behältnis in die Nische stellte. Diesmal jedoch geschah nichts. Unbewegt blieb die Kanope stehen, sodass Sarah schon fürchtete – oder vielmehr hoffte –, dass Laydons Ersatzschlüssel seinen Zweck nicht erfüllt hatte. Aber einmal mehr wurde sie enttäuscht, denn plötzlich erhob sich ein Rattern und Knirschen, das noch viel lauter war als zuvor. Und diesmal war es nicht nur die Kanope, die sich senkte, sondern die gesamte steinerne Pforte.

»Nein!«, rief Kamal entsetzt.

Es gab ein leises Zischen, das darauf schließen ließ, dass die Kammer luftdicht versiegelt gewesen war, und geräuschvoll versank der glatt gehauene Steinblock im Boden. Die Vermummten tuschelten aufgeregt miteinander und hantierten nervös mit den Waffen, wohl weil sie nicht wussten, was sie auf der anderen Seite erwartete.

Sarah hingegen blieb ruhig stehen, bis der Block aus massivem Fels so weit im Boden verschwunden war, dass sie mühelos darübersteigen konnte. Kurzerhand griff sie nach einer Fackel und wollte schon in das geheimnisvolle Dunkel eindringen – als sie die Hieroglyphen erblickte, die in die Schwelle eingemeißelt waren. Keine gewöhnlichen Schriftzeichen, sondern erneut die geheimen Zeichen von Tezuds Kult.

»Was heißt das?«, wandte sich Laydon an Sarah.

»Ich weiß es nicht«, erwiderte sie wahrheitsgemäß.

»Was meinst du damit?«

»Das heißt, dass ich nicht in der Lage bin, diese Zeichen zu übersetzen«, führte sie aus. »Sie enthalten geheime Symbole, die nur ein Eingeweihter zu entschlüsseln vermag.«

»Tatsächlich?« Laydon rollte gefährlich mit den Augen. »Nun, wer könnte eingeweihter sein als der Anführer eines Tuareg-Stammes, der es sich zur Aufgabe gemacht hat, das Geheimnis von Thot zu wahren? Weißt du, was diese Zeichen bedeuten, Kamal?«

Es kam keine Antwort.

»Ob du weißt, was sie bedeuten, will ich von dir wissen.«

»Ich weiß es«, entgegnete Kamal leise. »Aber ich werde es Ihnen nicht verraten, und wenn Sie mich mit glühenden Eisen foltern.«

»Keine schlechte Idee.« Laydon grinste freudlos. »Allerdings weiß ich eine sehr viel bessere und einfachere Methode, um dich zum Sprechen zu bringen.« Und damit zog er einen kurzläufigen Revolver unter seinem Tropenanzug hervor, den er Sarah an die Schläfe presste. »Nun, wie steht es?«

Sarah wagte nicht, sich zu bewegen. Mortimer Laydon hatte

ihren Vater getötet, er würde auch vor Gardiner Kincaids Tochter nicht haltmachen. Der fanatische Glanz seiner Augen verriet, dass er derlei Skrupel längst hinter sich gelassen hatte …

Kamal zögerte.

Einen Augenblick lang schien er schweigen und lieber dabei zusehen zu wollen, wie Sarah Kincaid vor seinen Augen ermordet wurde, als Laydon das Geheimnis zu verraten. Aber dann traf sein Blick den von Sarah, und seine Vorsätze lösten sich in nichts auf – nicht zuletzt deshalb, weil er in diesem Moment begriff, dass er sie liebte.

»*Madbut*«, sagte er leise. »Jene Zeichen dort brauche ich nicht zu übersetzen, denn ich kenne ihre Bedeutung auswendig. Seit Generationen werden sie in Ben Naras Stamm weitergegeben.«

»Und?«, wollte Laydon ungeduldig wissen. »Was bedeuten sie?«

»Dass Tod und Verderben auf denjenigen lauern, der die Kammer betritt«, erwiderte Kamal genüsslich. »Nur in einem einzigen Monat des Jahres kann Thots Geheimnis gefahrlos erkundet werden.«

»An solchen Unsinn glaube ich nicht.«

»Das ist keine Frage des Glaubens. Ein uralter Mechanismus, konstruiert von den Priestern Tezuds, bewacht die Kammer nach den Zyklen des Kalenders. Nur in einem einzigen Monat des Jahres gewährt er freien Zugang. Zur restlichen Zeit wird die Selbstzerstörung in Gang gesetzt, sobald jemand die Kammer betritt. Dann geht das Geheimnis des Thot für alle Zeit verloren – und mit ihm das Feuer des Re.«

Es war Laydon anzusehen, dass Kamals Worte nicht ohne Eindruck auf ihn blieben. Die Furcht, so kurz vor dem Ziel alles zu verlieren, ließ ihn vorsichtig werden.

»Und welcher Monat ist das?«, fragte er.

»Der erste Monat des Jahres, der Monat des Thot«, antwortete Sarah, noch ehe Kamal etwas erwidern konnte – und der Tuareg ließ resignierend den Kopf sinken.

»Der Januar also!« Laydon lachte triumphierend auf. »Offenbar ist mir das Schicksal gewogen, denn wie es der Zufall will, hat gerade ein neues Jahr begonnen. Allerdings frage ich mich, ob du mir die Wahrheit sagst. Vielleicht versuchst du ja auch, mich in die Irre zu führen ...?«

»Es ist die Wahrheit«, versicherte Kamal traurig – und endlich nahm Laydon die Waffe von Sarahs Schläfe.

»Also gut«, erklärte er sich einverstanden, »so will ich dir also glauben. Aber ihr beide werdet die Schwelle zuerst überschreiten. Und vergesst nicht, dass ich meine Waffe auf euch gerichtet habe. Wenn ihr auch nur den Versuch unternehmt, etwas von dem, was wir in der Kammer vorfinden, zu manipulieren oder zu zerstören, so werde ich euch ohne Zögern erschießen. Habt ihr mich verstanden?«

»Durchaus.«

»Dann los.«

Zwei von Laydons vermummten Schergen traten vor. Mit vorgehaltenen Waffen bedeuteten sie Sarah und Kamal, die offene Pforte zu durchschreiten. Erneut trafen sich die Blicke der Lady und des Tuareg, und diesmal lag unendliches Bedauern darin – denn beide wussten, dass es kein Zurück mehr gab. Sie reichten einander die Hände, was Laydon mit zynischem Gelächter quittierte.

Dann betraten sie die Kammer, in die seit dreitausend Jahren niemand seinen Fuß gesetzt hatte ...

8

Sarah hielt den Atem an, als sie die Schwelle überquerte.

In der festen Überzeugung, von einer verborgenen Falle ereilt zu werden und jeden Augenblick einen jähen und grausamen Tod zu sterben, setzte sie beherzt ihren Fuß in die Kammer. Sie tröstete sich mit dem Gedanken, dass dadurch der Selbstzerstörungsmechanismus in Gang gesetzt und sie ihr Versprechen dem alten Ammon gegenüber einlösen würde – aber nichts dergleichen geschah. Weder tat sich ein tiefer Abgrund auf, der Sarah und Kamal verschlang, noch wurden sie von herabstürzenden Gesteinsbrocken zermalmt oder von Pfählen aufgespießt.

Alles blieb ruhig, und Sarah fragte sich bange, ob der Mechanismus überhaupt noch intakt war. Zögernd gingen sie weiter, atmeten die Jahrtausende alte Luft, die geruchlos und trocken war.

»Vorwärts«, drängte sie Laydon. »Worauf wartet ihr?«

»Geduld, Onkel Mortimer«, entgegnete Sarah kühl. »Thots Geheimnis harrt seit dreitausend Jahren seiner Entdeckung – auf ein paar Augenblicke mehr oder weniger kommt es jetzt nicht mehr an, oder?«

Im Licht der Fackeln, die Laydons Handlanger trugen, gingen sie weiter. Ein kurzer Verbindungsgang führte in eine Kammer, die der Fünfheit der Gottheit zu Ehren die Form eines Pentagons besaß und deren Durchmesser an die zwölf Yards betragen mochte. Die Wände waren mit faustgroßen Löchern versehen, in denen lederne, mit Wachs versiegelte Köcher steckten, die systematisch nummeriert zu sein schienen.

»Eine Bibliothek«, flüsterte Sarah. »Die Schriftrollen mit dem geheimen Wissen des Thot. So manches Rätsel der Antike hat hier seinen Ursprung ...«

»Das interessiert mich nicht«, erklärte Laydon, der schnaubend neben sie trat. »Alles, was ich will, ist das verdammte Feuer.«

»Geduld, Onkel. Geduld ...«

Auf der gegenüberliegenden Seite der Kammer, in einer der Ecken des Pentagons, erhob sich eine große Statue, die den auf seinem Thron sitzenden Mondgott porträtierte. Anders als das Standbild in der Zisterne von Hermopolis war dieses durch den Lufteinschluss vollständig erhalten, gerade so, als hätte der Steinmetz eben erst letzte Hand an sein Werk gelegt. Und so blickte das langhalsige Haupt des Ibis im Schein der Fackeln auf die Eindringlinge herab, und für einen kurzen, unmerklichen Augenblick hatte Sarah den Eindruck, als sähe sie ein feindseliges Funkeln in den Augen der Gottheit.

Zu Füßen der Statue, deren Höhe an die drei Mannslängen betragen mochte, befand sich ein ebenfalls aus Stein gehauener Opfertisch, auf dem eine aufgeschlagene Schriftrolle lag.

Das Buch von Thot!

Neugierig traten Sarah und ihre Begleiter darauf zu – um verblüfft festzustellen, dass der Papyrus unbeschrieben war.

»W-was hat das zu bedeuten?«, fragte Laydon verblüfft.

»Ich weiß es nicht«, gab Sarah zu.

»Soll dies das Buch sein, von dem in den Inschriften die Rede ist? Das Buch der Geheimnisse?«

»Ich nehme es an.«

»Warum steht dann nichts darin geschrieben?«

»Wie ich schon sagte: Ich weiß es nicht.«

»Und wo ist das Feuer des Re?« Der Doktor stieß eine Reihe unsittlicher Verwünschungen aus. »Verdammt!«, schrie er, dass es dutzendfach von den Wänden widerhallte. »Habe ich all diese Strapazen auf mich genommen nur wegen eines leeren Fetzens Papier? Soll das der Dank für all meine Mühen sein?« Seine Stimme überschlug sich, und ein irrsinniges Lachen entrang sich seiner Kehle, während er sich gehetzt in der Kammer umblickte.

»Durchaus nicht«, sagte Sarah ruhig, der in diesem Moment klar wurde, dass die Kammer in Wirklichkeit sehr viel größer war, als der erste Eindruck vermittelte. Das Echo, das Laydons Tiraden gefolgt war, ließ sie nach oben blicken.

Es war überwältigend.

Die Kammer besaß keine Decke; vielmehr setzten sich die Wände des fünfeckigen Raumes nach oben fort und bildeten einen Schacht, von dem der Raum mit den Schriftrollen und der Statue lediglich den Boden darstellte. Wie hoch es hinaufging, vermochte Sarah nicht zu beurteilen, denn das Licht der Fackeln reichte nicht bis zur Decke; aber es war deutlich zu erkennen, dass die Wände des Schachts mit etwas beschlagen waren – nämlich mit runden Schilden aus poliertem Metall, die leicht konkav geformt waren. Sarah nahm an, dass es Umlenkspiegel waren, von der Art, wie sie in alter Zeit benutzt worden waren, um unterirdische Räume zu beleuchten. Allerdings hatte Sarah noch niemals zuvor so viele und so große Spiegel gesehen. Jeder von ihnen maß gut und gerne fünf Fuß im Radius.

»Teufel«, stieß Laydon hervor, als auch er nach oben blickte. »Was ist das?«

»Ich weiß es nicht«, flüsterte Sarah, die der Faszination des Augenblicks erlag. »Etwas Vergleichbares habe ich noch nie gesehen.«

»Könnte es sich dabei um das Feuer des Re handeln?«

»Es wäre möglich«, räumte Sarah ein. »Wir sollten uns einige der Schriftrollen ansehen, vielleicht finden wir dort Hinweise über ...«

Sie wollte einen Schritt in Richtung der löchrigen Wände tun, aber sofort richteten Laydon und seine Schergen ihre Waffen auf sie.

»Halt!«, fuhr der Doktor sie an. »Das könnte dir so passen, was? Glaubst du, ich wüsste nicht, was du vorhast?«

»Wovon sprichst du?«

»Ich habe nicht vergessen, was du in der Hütte gesagt hast, Sarah. Dass du versprochen hättest, das Feuer des Re zu vernichten, und dass du alles daran setzen würdest, dass es nicht in falsche Hände gerät. Glaubst du im Ernst, ich würde dir gestatten, dich hier frei zu bewegen?«

»Aber ich möchte nur ...«

Weiter kam Sarah nicht, denn in diesem Moment war ein markiges Knirschen zu vernehmen, das von den Schachtwänden widerhallte und aus der tiefsten Dunkelheit zu kommen schien – einer Dunkelheit, die plötzlich blendender Helligkeit wich.

Unvermittelt bildete sich hoch über ihren Köpfen ein gleißender Spalt, der sich verbreiterte und helles Licht einließ – und Sarah begriff, dass der Deckel des Schachtes die Plattform des Turmes war, der die Geisterstadt weithin sichtbar überragte und genau wie die Kammer fünfeckige Form besaß ...

Kaum hatte sich das obere Ende des Schachtes geteilt, stach das grelle Licht der Sonne herab, die unmittelbar über dem Turm zu stehen schien. Mehr noch, der Eintrittswinkel der Sonnenstrahlen war so beschaffen, dass er von den Spiegeln an den Schachtwänden eingefangen und reflektiert wurde. Innerhalb von Sekundenbruchteilen wurde es auf dem Grund des Schachts nicht nur gleißend hell, sondern auch glühend heiß. Es war, als stürzte sich die Hitze der Wüste wie ein ausgehungertes Raubtier auf Sarah und ihre Begleiter. Laydon und seine Vermummten schrien entsetzt und schirmten die Augen ab. Die Gelegenheit, ihre Häscher zu überwältigen, wäre günstig gewesen, aber auch Sarah und Kamal waren geblendet von Licht und Hitze – bis Sarah nach ihrer Staubbrille griff und sie sich überzog.

Im getönten Glas der Brille sah sie, dass das Sonnenlicht keineswegs unkontrolliert ins Innere des Turmes flutete, sondern gelenkt und gebündelt wurde. Die Spiegel waren so befestigt, dass sie das eintreffende Licht einfingen, bündelten und wieder reflektierten, weiter zum nächsten Spiegel. Auf diese Weise hatte sich ein Geflecht blendend greller Strahlen im Schacht gebildet, die umso intensiver und stärker gebündelt wurden, je tiefer sie kamen. Zahllose Spiegel waren es, in denen sich das eintreffende Sonnenlicht konzentrierte – und vom untersten Reflektor aus stach ein gebündelter, gelblich weißer Lichtstrahl in die Statue von Thot.

»Das Feuer des Re! Das Feuer des Re!«, rief Mortimer Laydon mit weit aufgerissenen, von der Helligkeit tränenden Augen.

Im nächsten Moment brach tödliches Verderben aus dem Ibishaupt hervor.

Denn die Augen der Statue, in denen Sarah vorhin noch ein feindseliges Funkeln erkannt zu haben glaubte, schienen plötzlich zum Leben zu erwachen; wie Rubine leuchteten sie, und einen Lidschlag später stachen zwei in tiefem Rot leuchtende Strahlen aus Thots Augen.

Die Schäfte aus gebündeltem Licht zuckten zu Boden und ereilten die Schergen Laydons, durchbohrten die Vermummten, als stellten Fleisch und Knochen für sie kein Hindernis dar.

Die Männer brüllten vor Furcht und Schmerz. Zischender Dampf stieg auf, und der ekelerregende Geruch von verbranntem Fleisch erfüllte die Kammer. Die Kleider der Männer gingen in Flammen auf, und einen bizarren Tanz vollführend, mutierten die Vermummten innerhalb von Sekunden zu grotesken Zerrbildern des Lebens, den Mumien ähnlich, auf die Sarah und Kamal gestoßen waren.

Während Sarah von Entsetzen geschüttelt wurde, verfiel Mortimer Laydon in hysterisches Gelächter. »Das Feuer des Re! Das Feuer des Re«, rief er immerzu. »Es ist entfesselt . . .!«

Entfesselt waren die Todesstrahlen aus den Augen der Statue in der Tat, denn von einem unbekannten Mechanismus bewegt, wanderten sie nach verrichtetem Mordwerk an den Wänden entlang, setzten die Köcher mit den Schriftrollen in Brand und hinterließen dabei Furchen geschmolzenen Gesteins. Ein Donnern und Rumoren erfüllte die heiße Luft, das nicht nur aus dem Inneren des Berges, sondern aus den Tiefen der Erde zu kommen schien. Die Hitze in der Kammer war inzwischen fast unerträglich geworden. Die Spiegel an den Schachtwänden drohten sich unter den Erdstößen zu lösen. Risse waren vom Boden der Kammer an den Wänden emporgeklettert und reichten hinauf bis zur Öffnung.

Nun schien auch Laydon zu dämmern, welche Höllenmaschinerie er in Gang gesetzt hatte.

»Abstellen, sofort!«, brüllte er aus Leibeskräften. »Los, ihr Idioten! Helft mir ...!«

Der Zuruf hatte seinen Untergebenen gegolten, die in der Vorkammer warteten. Einige von ihnen eilten herbei, um dem Willen ihres Anführers nachzukommen – aber kaum hatten sie die Turmkammer betreten, widerfuhr ihnen dasselbe grässliche Schicksal wie ihren Kumpanen.

Sarah, die noch immer reglos vor Entsetzen dastand, wäre um ein Haar von einer der Todesstrahlen erfasst worden. Während Lydons Schergen im gleißenden Licht der Vernichtung vergingen, wurde ihr klar, dass Kamal und sie in Bewegung bleiben mussten, wenn sie nicht ebenfalls als Mumien enden wollten.

Während Laydon unter bitteren Verwünschungen wahllos Schriftrollen aus den Wänden riss, als fände er dort eine Antwort, wie das Inferno beendet werden könnte, flüchteten sich Sarah und Kamal an den Fuß der Statue, wohin die Strahlen als Einziges nicht zu dringen schienen. Dabei fiel ihnen auf, dass auf dem vorhin noch unbeschriebenen Papyrus jetzt deutliche Schriftzeichen prangten. Das gleißende Licht und die Hitze hatten sie zum Vorschein gebracht.

Da die Hieroglyphen dieses Mal keine Geheimzeichen enthielten, konnte Sarah sie problemlos entziffern:

Zur Unzeit wurde betreten die Kammer der Geheimnisse,
noch sind die Menschen nicht reif für unser Wissen.
Drum vernichtet der Sonne rote Glut,
was Thots Schatten hat verborgen.

In diesem Moment durchlief eine Erschütterung den Grund des Schachtes, die den Berg in seinen Grundfesten erbeben ließ. Risse bildeten sich im Boden und in den Wänden, während die tödlichen Strahlen nach wie vor wild um sich schnitten und sich dabei noch zu intensivieren schienen.

»Die Selbstzerstörung!«, rief Kamal, erleichtert und bestürzt zugleich. »Sie wurde in Gang gesetzt!«

»Nein! Nein!«, schrie Laydon, während er wie besessen die Siegel der ledernen Köcher entfernte und die darin enthaltenen Schriftrollen herausriss – aber da er nicht in der Lage war, die Hieroglyphen zu entziffern, nutzten sie ihm nichts. Wütend warf er sie zu Boden, wo sie Feuer fingen und verbrannten.

Einem inneren Impuls gehorchend, wollte Sarah danach greifen, aber Kamal hielt sie mit eiserner Hand zurück. Nichts von dem, was in der Kammer der Geheimnisse aufbewahrt worden war, sollte nach außen dringen ...

»Ihr tragt Schuld!«, brüllte Laydon. Die von der blendenden Helligkeit entzündeten Augen des Verräters waren weit aufgerissen und blutunterlaufen, seine Waffe auf Sarah und Kamal gerichtet. Ungeachtet des tobenden Infernos, kannte der Wahnsinnige nur noch ein Ziel: diejenigen zu töten, die seinen Traum vernichtet hatten. »Ihr habt mich belogen, dafür werdet ihr bezahlen ...«

»Kamals Rat war richtig, Onkel«, widersprach Sarah trotzig, »aber deine Kenntnisse in Ägyptologie lassen sehr zu wünschen übrig ...«

Skrupellos wollte Laydon abdrücken – als es eine erneute Erschütterung gab. Risse überzogen den Boden nun wie Spinnennetze, durch die pfeilgerade die Schlackespuren der Todesstrahlen sengten. Laydon geriet ins Wanken, und Kamal sprang todesmutig nach vorn, stürzte sich auf den verräterischen Doktor.

Um den Besitz der Waffe ringend, wankten die beiden Männer quer durch die Kammer und vollführten dabei einen bizarren Tanz, während die tödlichen Strahlen die Luft um sie zersägten.

Sarah sprang auf, um Kamal zur Hilfe zu eilen – als plötzlich ein Schuss fiel. Für eine kurze Zeit war unmöglich zu erkennen, ob die Kugel Kamal oder Laydon getroffen hatte. Dann nahm Sarah erleichtert zur Kenntnis, dass es ihr verräterischer Pate war, der verwundet niedersank. Im gleichen Augenblick durchfuhr sie ein brennender Schmerz im linken Arm.

Nur ihrer blitzschnellen Reaktion hatte Sarah es zu verdanken, dass sie dem Todesstrahl entging, der unmittelbar neben ihr vorbeisengte. Sie ließ sich zu Boden fallen und rollte sich ab, gelangte so zu Laydon und Kamal. Im Zuge des Kampfes hatte sich ein Schuss aus dem Revolver gelöst und Laydon an der Schulter gestreift. Blutend und heulend vor Schmerz sank der Mörder nieder. Von ihm ging keine Bedrohung mehr aus.

»Lass uns verschwinden«, raunte Sarah Kamal zu, und obwohl es in ihr eine Stimme gab, die sie dazu drängte, Mortimer Laydon seinem Schicksal zu überlassen, packte sie ihn am Kragen seines Tropenanzugs, zerrte ihn auf die Beine und wandte sich mit ihm und Kamal zur Flucht.

Im diesem Moment löste sich oben im Schacht der erste Schild von der Wand. Unter donnerndem Getöse ging das wuchtige Stück Metall nieder und schlug auf dem Boden auf. Splitter von zertrümmertem Gestein fegten nach allen Seiten. Ein letztes Mal sengten die Todesstrahlen heran, und Sarah und die beiden Männer entgingen ihnen nur mit knapper Not.

»Kommen Sie! Schnell! Der Turm wird jeden Augenblick einstürzen!« Am Ausgang stand Sir Jeffrey, der ihnen aufgeregt zuwinkte. Anders als Laydons restliche Schergen, die längst getürmt waren, hatte der königliche Berater die Stellung gehalten, sei es aus Loyalität zu seinen Gefährten oder weil er sich mit dem verletzten Bein nicht allein fortbewegen konnte.

Noch einmal blickte Sarah über die Schulter zurück, sah die Kammer der Geheimnisse in Trümmern und Glut versinken – ein Anblick, der sich für immer in ihre Erinnerung brannte.

Dann trat sie zusammen mit ihrem Gefangenen und ihren Begleitern die Flucht an, durch die verlassene Vorkammer und die Höhle, in deren dunklen Tiefen der Treibsand lauerte. Über die Säulen zu balancieren, die infolge der Erschütterungen ins Wanken geraten waren, stellte ein ohnehin schon halsbrecherisches Unterfangen dar, das mit dem verletzten Sir Jeffrey und dem Gefangenen im Schlepp nicht gerade leichter wurde. Kamal ging voraus und sondierte den Weg, ihm folgte der leise Gebete sprechende königliche Berater, danach kam Sarah mit Laydon. Es gab ein helles Knacken wie von berstendem Holz, als einige der Säulen, über die sie gerade hinweg waren, auseinander brachen. Lautlos verschwanden die Trümmer in der gierigen Tiefe, die sie in sich aufnahm und nie wieder freigeben würde.

Mit Glück erreichten Sarah und ihre Gefährten die andere Seite. Durch die Kammer der Mumien gelangten sie zu dem steilen Schacht, den hinaufzusteigen sich infolge der in den Stein gearbeiteten Rillen als einfacher erwies als befürchtet. Nur der verletzte Sir Jeffrey hatte seine Mühe damit, und Kamal half ihm nach Kräften.

Durch zahllose Stollen und über ungezählte Stufen ging es wieder hinauf zur Oberfläche. Auch hier erzitterten Boden und Wände unter den Erschütterungen, die inzwischen die Stärke eines Erdbebens erreicht hatten. Gesteinsbrocken lösten sich von den Decken und prasselten auf die Flüchtenden herab, die von einer Seite des Korridors zur anderen wankten. Mit Bedauern sah Sarah, wie uralte Wandbilder und Friese vor ihren Augen zerfielen, aber der Drang zu überleben war größer als das Interesse an der Wissenschaft.

Endlich schienen die Erschütterungen nachzulassen, das Tosen und Donnern blieb in den Tiefen des Berges zurück. Und endlich konnten Sarah und ihre Gefährten, die sich mit dem Mut der Verzweiflung immer weitergeschleppt hatten, Licht am oberen Ende der Stufen erkennen.

Der Ausgang – sie hatten ihn erreicht …

Atemlos eilte Sarah die letzten Stufen hinauf, den gefangenen Laydon mitreißend. Sie durchquerten das Torhaus, stürzten nach draußen und atmeten erleichtert die freie, heiße Luft der Wüste.

Aber noch waren sie nicht in Sicherheit.

Das Grollen aus den Tiefen und der Staub, der aus dem Torhaus quoll, zeigten an, dass die Flucht noch nicht vorüber war. So rasch sie es vermochten, hasteten Sarah und ihre Begleiter die schmalen, von Sand und Staub bedeckten Gassen hinab. Im Gewirr der Ruinen orientierten sie sich, indem sie stets hangabwärts strebten, während es hinter ihnen weiter grollte und Erschütterungen den Berg erzittern ließen. Lehmziegel brachen aus den Ruinen und prasselten auf die Flüchtenden nieder, die ihre Köpfe mit den Armen abschirmen mussten, bis sie endlich den Fuß des Berges erreichten.

Schnurgerade streckte sich vor ihnen die Gasse, an deren Ende die Weite der Wüste Sicherheit versprach, und Sarah und ihre Gefährten rannten und stolperten sie hinab, während hoch über ihnen der fünfeckige Turm der Gewalt der Erschütterungen endgültig nachgab und unter ohrenbetäubendem Lärm in sich zusammenfiel. Eine dichte Staubwolke stieg auf, als das Jahrtausende alte Bauwerk einstürzte und das Geheimnis, das es so lange Zeit bewacht hatte, tief unter sich begrub.

Der Gedanke, dass niemand je erfahren würde, welche Geheimnisse Thots Kammer noch geborgen haben mochte, enttäuschte Sarah ein wenig. Gleichzeitig verspürte sie aber auch Erleichterung darüber, dass das Feuer des Re, das sich tatsächlich als mächtige und furchtbare Waffe erwiesen hatte, auf immer verloren war.

Die Erleichterung währte allerdings nur einen Augenblick – bis Sarah aus dem Augenwinkel heraus die dunklen Schatten wahrnahm.

Kamal, der sie ebenfalls gewahrte, stieß einen Warnruf aus,

aber es war zu spät. Als Sarah sich umwandte, sahen sie und ihre Begleiter sich bereits von einem Dutzend schwarz gewandeter und vermummter Krieger umzingelt: Laydons Schergen, die rechtzeitig aus der Kammer geflüchtet waren. Rasiermesserscharfe Lanzenspitzen ragten den drei Gefährten entgegen, dazu die schussbereiten Läufe mehrerer Flinten.

»So etwas nennt man wohl vom Regen in die Traufe kommen«, kommentierte Sarah trocken, die nach den überstandenen Schrecken kaum noch etwas erschüttern konnte.

»In der Tat«, stimmte Laydon zu, der plötzlich wieder Morgenluft witterte, die Augen glänzend vor Wahnsinn. Energisch riss er sich von Sarah los und gesellte sich seinen gesichtslosen Schergen zu.

»Tötet sie!«, gellte seine kreischende Stimme. »Sie tragen Schuld an dem, was geschehen ist! Ihnen allein ist es zuzuschreiben, dass das Feuer des Re auf immer verloren ist ...«

Blutdurst sprach aus den Augen der Krieger, und Sarah zweifelte nicht daran, dass sie den Befehl ausführen würden. An Gegenwehr war infolge der erdrückenden Übermacht nicht zu denken. Schon legte einer von ihnen die Flinte an und wollte Kamal aus nächster Nähe niederschießen – als er plötzlich erstarrte.

Zur Verwunderung seiner Kameraden drang ein gellender Schrei unter dem Gesichtstuch ihres Kumpanen hervor. Die Waffe entfiel seinem Griff, und der Mann kippte vornüber in den Sand. Zwischen seinen Schulterblättern steckte der gefiederte Schaft eines Pfeils.

»Meine Tuareg«, flüsterte Kamal in jäher Hoffnung. »Sie sind gekommen ...«

Die Ereignisse überstürzten sich.

Unter wildem Geschrei sprengten berittene Kämpfer über die nahen Dünen: Es waren tatsächlich Tuareg-Krieger in indigoblauen Umhängen, aber auch rotberockte Husaren der britischen Krone. Ihre Säbel und Schwerter schwingend, preschten sie auf ihren Dromedaren heran.

An ihrer Spitze – Sarah traute ihren Augen nicht – ritten Milton Fox und Stuart Hayden.

Der königliche Offizier trug seinen rechten Arm in einer Schlinge, was ihn jedoch nicht daran hinderte, damit die Zügel zu führen. In der linken Hand hielt er seinen Säbel, dessen Klinge im nächsten Moment unter die entsetzten Schergen Mortimer Laydons fuhr.

Blut tränkte den Sand, als Wüstenkrieger und Husaren mit vereinter Kraft über die schwarz Vermummten herfielen. Das Gefecht, das folgte, war ebenso kurz wie heftig. Laydons Kämpfer, die mit dem Angriff nicht gerechnet hatten und zahlenmäßig unterlegen waren, setzten sich halbherzig zur Wehr, indem sie ihre Flinten abfeuerten und sich dann zur Flucht wenden wollten. Die Reiter kamen ihnen jedoch zuvor und schnitten ihnen den Weg ab, und wer sich nicht augenblicklich ergab, der wurde von Pfeilen durchbohrt.

Kurzerhand griff Kamal nach einer herrenlos im Sand liegenden Klinge und drang damit auf einen der Vermummten ein. Auch Sarah wollte sich eine Waffe suchen, als sie plötzlich von hinten gepackt und emporgeschleudert wurde. Ein erbostes Grunzen erklang, und Sarah starrte in die dunklen Augen des Hauptmanns der Vermummten, mit dem sie im Lager der Tuareg verhandelt hatte.

»Weib«, knurrte er nur, während er sie wie eine Puppe hochhob, um sie anschließend in den Sand zu schmettern.

Sarah hörte ihre Knochen knacken und blieb benommen liegen. Sand brannte ihr in den Augen, und sie konnte für einen Augenblick nichts sehen. Dann wurde sie erneut gepackt und emporgerissen und starrte in das vermummte Gesicht des Hauptmanns.

»Du wirst sterben«, orakelte er, und seine Hände schlossen sich um ihren Hals und drückten ihr die Kehle zu.

Sarah schnappte nach Luft. Mit der Kraft eines Schraubstocks versuchte der Vermummte, das Leben aus ihr herauszupressen, und er schien Übung darin zu haben. Sarah registrierte, wie ihre Kräfte nachließen. Das Geschrei der Kämpfenden, das Peitschen der Schüsse und das Klirren der Schwerter verwoben sich zu einem Teppich aus dumpfem Lärm, der nur noch wie von fern an ihr Ohr drang. Dafür hörte sie das Rauschen ihres eigenen Blutes umso deutlicher.

Vergeblich versuchte sie, sich aus dem Todesgriff ihres Gegners zu befreien, doch den stahlharten Muskeln, die unter dem schwarzen Kaftan arbeiteten, hatte sie nichts entgegenzusetzen. Schon begannen ihr die Sinne zu schwinden, sah sie dunkle Flecken vor Augen.

Ihr Mund formte Hilfeschreie, aber nicht ein einziger Laut kam ihr über die Lippen. Hilflos wie ein Fisch auf dem Trockenen, schnappte sie nach Luft, hatte das Gefühl, ihr Innerstes wollte bersten. Ihre Kräfte ermatteten, schlaff hing sie im Griff des Feindes. Aus dem Augenwinkel registrierte sie einen Dolch, der im Gürtel eines Gefallenen steckte – aber die Waffe war zu weit weg, um sie zu erreichen.

Es sei denn ...

Unter Aufbietung aller verbliebener Kräfte gelang es Sarah, ihrem Peiniger das Tuch vom Gesicht zu reißen. Darunter kam das kahlköpfige Haupt eines Arabers zum Vorschein. Verdutzt lockerte der Mann für einen Augenblick seinen Griff – den Sarah nutzte, um sich mit letzter Kraft von ihm loszureißen. Sie fiel rücklings zu Boden, unweit des Toten, in dessen Gürtel der Dolch steckte.

Bäuchlings durch den Sand kriechend, erreichte sie den Leichnam, tastete nach dem Griff des Dolchs. Über sich hörte sie das wütende Grunzen ihres Gegners, spürte seinen heißen Atem im Nacken. Schon schnellte die Pranke des Mannes herab und packte Sarah – als diese den Dolch zu fassen bekam. Sie warf sich herum, die Klinge in weitem Bogen führend – und brachte ihrem Gegner eine tiefe Schnittwunde am rechten Oberarm bei.

Ein wütender Aufschrei war die Folge. Die Züge ihres Gegners verzerrten sich noch mehr vor Hass und Rachsucht. Erneut beugte er sich über sie, wollte ihr Gesicht in den Sand pressen, um sie so zu ersticken, als Sarah die Klinge in einer steilen Aufwärtsbewegung nach oben führte und sie ins Zentrum seiner Männlichkeit rammte.

Der Hauptmann bekam einen glasigen Blick, dann verdrehte er die Augen und sank winselnd zu Boden. Sarah drehte sich weg, um nicht unter ihm begraben zu werden. Sie wollte sich schwerfällig auf die Beine raffen – als sie in den Lauf eines Revolvers blickte.

»Sieh an, mein Kind«, sagte Mortimer Laydon, der die Waffe im Anschlag hielt, »so läuft es am Ende also doch wieder auf uns beide hinaus. Bestell deinem Vater schöne Gr ...«

Weiter kam er nicht, denn in einer blitzschnellen Bewegung schleuderte Sarah ihm eine Hand voll Sand ins Gesicht. Laydon schrie vor Wut, und sie sprang auf und fiel wie ein Raubtier über ihn her. Die Wucht ihres Angriffs riss ihn von den Beinen. Im nächsten Augenblick presste sie ihm die noch blutige Klinge des Dolchs an die Kehle.

»Du hast meinen Vater getötet!«, herrschte Sarah ihn an und war in diesem Moment bereit zuzustoßen. »Du hast du Gard auf dem Gewissen, und auch Kamal und mich wolltest du töten! Ich sollte dir die Kehle durchschneiden, so wie du es bei diesen armen Frauen getan hast!«

»Nein, bitte«, flehte Mortimer Laydon, der mehrfache Mörder, im Angesicht des eigenen Todes. »Lass Gnade walten ...«

»Du selbst hast keine Gnade gekannt«, konterte sie. »Du hast Vater kaltblütig umgebracht. Ich werde dich aufschlitzen wie ...«

»Nein, Sarah!« Kamal war plötzlich neben ihr und sprach beschwörend auf sie ein. »Tu es nicht. Aus Rache zum Mörder zu werden wird dir nicht den Frieden geben, den du dir erhoffst. Ich weiß, wovon ich spreche ...«

Einen Augenblick lang zögerte Sarah Kincaid, während ein Teil von ihr sie weiter dazu drängte, zuzustoßen und ihrem verräterischen Paten ein blutiges Ende zu bereiten.

Aber sie tat es nicht.

Mit einer Verwünschung auf den Lippen ließ sie die Waffe sinken und warf sie angewidert von sich. Gardiner Kincaid war ein Mann des Friedens gewesen. Er hätte nicht gewollt, dass sie Rache übte. Mortimer Laydon sollte sich vor einem ordentlichen Gericht für seine Bluttaten verantworten müssen.

Schwer atmend kauerte Sarah auf dem Boden. Erst jetzt ging ihr auf, dass der Kampflärm sich gelegt hatte. Die Tuareg und Haydens Husaren hatten das Gefecht für sich entschieden. Laydons Schergen lagen tot oder verwundet im Sand der Wüste, ihr Anführer war bewusstlos und würde keinen Schaden mehr anrichten. Eine dunkle Rauchsäule erhob sich dort, wo zuvor der fünfeckige Turm gestanden hatte.

Sarah und Kamal umarmten einander, erschöpft und erleichtert zugleich, und spendeten sich gegenseitig Trost und Nähe.

Der Kampf war zu Ende.

Thots Schatten war für immer verblasst.

9

Expeditionsbericht
21. Januar 1884

Dass wir in letzter Sekunde dem Tod entronnen sind und dazu noch verhindern konnten, dass Thots Geheimnis in die Hände skrupelloser Verräter fällt, kann ich noch selbst kaum glauben.

Nachdem es bereits so ausgesehen hatte, als hätte das Schicksal, von dem Kamal sprach, uns treulos im Stich gelassen, hat es sich am Ende doch noch auf unsere Seite gestellt, und wir wurden Zeugen eines unglaublichen Schauspiels. Was auch immer im Lauf von drei Jahrtausenden über das Feuer des Re geschrieben und behauptet worden sein mag – es entsprach der Wahrheit. Die Vernichtungskraft, die das Jahrtausende alte Artefakt entfesselte, übertrifft in der Tat alles, was ich je gesehen habe, und ich hoffe und bete, dass es künftigen Generationen erspart bleiben wird, solches zu erblicken.

Ein Mechanismus unbekannter Art bündelte das einfallende Sonnenlicht und formte es zu tödlichen Strahlen. Wie dies bewerkstelligt worden sein mag oder woher das Wissen zum Bau einer solchen Maschine rührte, wird wohl niemals abschließend geklärt werden. Denn nun ruht das Geheimnis des Thot tief begraben unter Massen von Fels, und obwohl ich gerne erfahren hätte, was es mit dem Feuer des Re tatsächlich auf sich hatte, weiß ich, dass es so besser ist.

Indem wir alles wagten, gelang es, Mortimer Laydons Pläne zu vereiteln und das Versprechen einzulösen, das ich dem alten Ammon el-Hakim gegeben hatte, damals, in jener Nacht am Mokattam.

Und sollten Sie, geneigter Leser, noch nicht verstanden haben, wie es gelingen konnte, Mortimer Laydon zu überlisten und mit jener Waffe zu schlagen, die er in seinen Besitz zu bringen trachtete, so lassen Sie mich Ihnen versichern, dass Sie damit nicht alleine sind …

Zeltdorf der Tuareg, Libysche Wüste
21. Januar 1884

»Der Kalender war entscheidend? Wieso das?«

Milton Fox' von der Sonne gerötete Züge verrieten wachsende Frustration. Zum wiederholten Mal hatten Sir Jeffrey und Captain Hayden ihm zu erklären versucht, wie Lady Kincaid Mortimer Laydon und seine Schergen ausgetrickst hatte – in buchstäblich letzter Instanz, wie der ehemalige Anwalt nicht müde wurde zu betonen. Aber dem Inspektor von Scotland Yard wollte die Sache nicht recht einleuchten. Entsprechend froh waren Sir Jeffrey und der Offizier, als Sarah und Kamal das Zelt betraten.

»Endlich«, stöhnte der königliche Berater mit unverhohlener Resignation. »Lady Kincaid, könnten Sie bitte so freundlich sein und dem Inspektor erklären, wie Mortimer Laydon überlistet wurde?«

»Aber gern«, erklärte sich Sarah bereit. »Kamal hatte Laydon verraten, dass die Kammer der Geheimnisse nur in einem einzigen Monat betreten werden dürfe. Zu allen anderen Zeiten des Jahres würde die Selbstzerstörung der Kammer ausgelöst werden. Und ich fügte hinzu, dass es der Monat des Thot sei, der erste Monat des Jahres.«

»Ich verstehe«, meinte Fox. »Und das war eine Lüge, richtig?«

»Keineswegs.« Sarah schüttelte den Kopf.

»Wie bitte? Aber wie kann es dann sein, dass ... Ich meine, die Kammer der Geheimnisse wurde vernichtet, oder?«

»In der Tat«, versicherte Sarah. »Hier rächte es sich, dass Laydon sich nur sehr oberflächlich mit der Ägyptologie auseinandergesetzt hat. Hätte er sich intensiver damit befasst und wäre nicht nur darauf aus gewesen, die Geheimnisse der Geschichte auszubeuten, so hätte er gewusst, dass nur der erste Monat des *ägyptischen* Kalenders gemeint sein konnte.«

»Ach so? Dieser ist wohl nicht mit dem Januar identisch?«

»Schwerlich«, erwiderte Sarah achselzuckend. »Die alten Ägypter lebten mit den Jahreszeiten, die der Nil ihnen vorgab, und begannen ihr Jahr traditionell mit der Überschwemmungszeit.«

»Ich verstehe. Und die ist ...«

»... mitten im Sommer«, ergänzte Sarah – und nachdem Fox einen Augenblick lang verdutzt dreingeblickt hatte, brachen alle fünf in Gelächter aus, in dem sich die Erleichterung darüber Bahn brach, dass das Abenteuer überstanden und die Gefahr gebannt war. Mit Hilfe seiner vermummten Schergen hatte Mortimer Laydon einen teuflischen Plan ausgeheckt, der wie bei einem Schachspiel jeden Schritt der Gegenseite schon im Voraus zu berücksichtigen schien. Am Ende jedoch war ihm ein winziges Detail zum Verhängnis geworden ...

»Was wird mit Laydon geschehen?«, erkundigte sich Kamal.

»Er wird nach England gebracht und vor Gericht gestellt«, kündigte Sir Jeffrey an.

»Und das bedeutet?«, hakte der Tuareg nach, der schlechte Erfahrungen mit der britischen Gerichtsbarkeit hatte.

»Dass ihm der Prozess gemacht und er zu lebenslanger Haft verurteilt wird, wenn nicht gar zum Tode. Da Laydon jedoch offensichtlich den Verstand verloren hat, halte ich eine Einweisung ins Hospital St. Mary of Bethlehem für wahrscheinlicher. Die Wahrheit über die Whitechapel Morde und die Umtriebe der Verschwörer darf niemals bekannt werden, also wird man daran interessiert sein, die Affäre möglichst rasch beizulegen. Mortimer Laydon jedoch, das darf ich Ihnen versichern, wird niemals wieder auf freien Fuß gesetzt werden.«

»Ob er tatsächlich der Kopf der Verschwörer war?«, rätselte Sarah. »Immerhin sprach er von sich in der Mehrzahl ...«

»Das pflegen Größenwahnsinnige stets zu tun«, brachte Milton Fox in Erinnerung, »von Cäsar bis Napoleon. Dennoch werde ich von Kairo aus nach London telegraphieren, dass die Räumlichkeiten der *Egyptian League* durchsucht und ihre Mitglieder vorläufig festgenommen werden sollen. Und natürlich werden wir Laydon einer eingehenden Befragung unterziehen.«

»Tun Sie das«, stimmte Sarah zu, »aber ich fürchte, er wird Ihnen nichts verraten. Die Ägyptische Liga schien nur ein Köder zu sein, Tarnung für eine größere und noch sehr viel gefährlichere Organisation, deren Mitglieder nach der Weltherrschaft streben.«

»Verrückte«, konstatierte Hayden geringschätzig. »Nichts weiter.«

»Durchaus, Captain«, pflichtete Sarah ihm bei. »Aber überaus gefährliche Verrückte, wie sich gezeigt hat. Wir werden auf der Hut sein müssen.«

»Sollen sich andere den Kopf darüber zerbrechen, Lady Kincaid«, sagte Sir Jeffrey. »Sie haben Ihren Teil zur Rettung des Vaterlandes beigetragen – und weit mehr als das. Was Sie für die Königin und das Empire getan haben, lässt sich schwer in Worte fassen, und ich bin sicher, dass man Ihnen dafür jede nur erdenkliche Ehre erweisen wird. Die Sicherheit des Empire jedoch können wir künftig wieder getrost in die Hände von Scotland Yard und unserer tapferen Streitkräfte legen, davon bin ich überzeugt.«

»Vielleicht haben Sie Recht, Sir Jeffrey.« Sarah nickte. »Das erinnert mich daran, dass ich mich bei Ihnen noch nicht für die unverhoffte Rettung bedankt habe, Captain Hayden.«

»Ich habe nur meine Pflicht getan.« Der Offizier, der seine zerschlissene Uniform notgedrungen gegen Kaftan und Burnus getauscht hatte und damit fast wie ein Beduine aussah, schüttelte den Kopf. »Ohne die Unterstützung der Tuareg wäre es ohnehin ein aussichtsloses Unterfangen gewesen.«

»Allerdings«, pflichtete Milton Fox bei. »Als wir in jener Schlucht plötzlich von vermummten Kriegern umzingelt waren, dachte ich, es wäre vorbei. Stellen Sie sich unsere Erleichterung vor, als wir feststellten, dass es nicht Laydons Schergen waren, sondern Tuareg von Kamals Stamm.«

»Es waren Krieger einer Patrouille, die ich vor zehn Tagen entsandt hatte«, erklärte Kamal. »Sie waren den noch frischen Spuren gefolgt, die vom zerstörten Lager aus in die Wüste führten, und trafen auf Laydons Krieger, die ausgesandt worden waren, um die Überlebenden aus dem Lager zu töten. Es kam zum Gefecht, das meine Krieger für sich entschieden. Anschließend begaben sie sich auf die Suche nach Flüchtlingen – die sie schließlich auch fanden.«

»So war es.« Hayden nickte. »Danach teilten wir uns. Einige Ihrer Krieger begleiteten die Flüchtlinge zur nächstgelegenen Oase, der Rest schloss sich mir an, um Lady Kincaid zu befreien. Ich muss zugeben, dass ich selten zuvor Männer mit mehr Mut und größerer Entschlossenheit habe kämpfen sehen.«

»*Schukran*, Captain.« Kamal lächelte. »Aus Ihrem Mund bedeutet mir dieses Lob sehr viel. Wollen wir unseren unseligen Streit nicht beilegen, nachdem wir für dieselbe Sache gekämpft und zusammen gewonnen haben?«

Hayden zögerte nur einen unmerklichen Augenblick, dann ergriff er die Hand, die Kamal ihm reichte, und drückte sie herzlich.

»Sieh an, die Streithähne von einst vertragen sich«, stellte Sarah anerkennend fest. »Das gibt Anlass zur Hoffnung, Captain.«

»Das sehe ich ebenso.« Hayden lächelte. »Ich schätze, ich habe einiges auf dieser Reise gelernt.«

»So wie wir alle«, sagte Sarah versöhnlich. »Nur eines ist mir noch nicht klar, Captain – woher wussten Sie, wo Sie uns finden würden? Sie konnten unmöglich wissen, wo sich Thots Schatten befindet ...«

»Das konnte ich sehr wohl«, widersprach Hayden ein wenig verlegen, »schließlich hatte ich mir Abschriften von Ihren Notizen gemacht.«

»Sie hatten ... *was*?« Sarah staunte nicht schlecht.

»Mein Befehl lautete, die Expedition zu beschützen und sicherzustellen, dass sie ihr Ziel erreicht und ihre Mission erfüllt«, erklärte Hayden. »Also habe ich getan, was ich tun musste.«

»Was soll das heißen?« Sarah schnaubte. »Sie haben mich bestohlen wie ein gemeiner Dieb.«

»Ich habe mir Ihre Aufzeichnungen lediglich ausgeborgt«, verbesserte der Offizier. »Und hätte ich es nicht getan, so würden Sie jetzt nicht hier stehen und sich schon wieder einen neuen Disput mit mir liefern ...«

Das war nun allerdings unbestreitbar wahr, und so beschloss Sarah, die Sache auf sich beruhen zu lassen. Mehr noch, ein Lächeln glitt über ihre von der Sonne gebräunten Züge, das Hayden, Sir Jeffrey und Milton Fox entgegen der Zurückhaltung, die einem Gentleman von Welt zukam, mit lautem Gelächter quittierten.

»Und nun entschuldigen Sie mich bitte«, meinte Captain Hayden, nachdem sich alle wieder ein wenig beruhigt hatten, »ich habe noch letzte Vorbereitungen für die Abreise zu treffen.«

»Warum bleiben Sie nicht noch ein paar Tage?«, fragte Kamal. »Die Zelte der Tuareg stehen Ihnen offen.«

»Das ist sehr großzügig von Ihnen, aber mein Befehl lautet, nach Erfüllung der Mission unverzüglich zurückzukehren und meinen Vorgesetzten Bericht zu erstatten.«

»Dem kann ich mich nur anschließen«, pflichtete Milton Fox bei, und nachdem beide sich von Kamal verabschiedet hatten, verließen sie das kuppelförmige Zelt.

»Und was ist mit Ihnen, Sir Jeffrey?«, fragte Kamal den königlichen Berater, der sich dank der ausgezeichneten Pflege, die ihm im Dorf der Tuareg widerfahren war, von seiner Verletzung fast vollständig erholt hatte.

»Nun, trotz aller Gastfreundschaft, die wir in den letzten Tagen bei Ihnen erfahren durften, werter Kamal, habe ich doch Sehnsucht nach der Kälte und dem Nebel von London«, erwiderte Sir Jeffrey schmunzelnd. »Und ich freue mich bereits jetzt darauf, am

Kaminfeuer zu sitzen und meinen Enkeln von fernen Abenteuern zu berichten.«

»Das kann ich verstehen.«

»Leben Sie wohl, Kamal, und haben Sie Dank für alles, was Sie für uns getan haben.«

»Ich habe zu danken, Sir Jeffrey«, erwiderte Kamal und verbeugte sich nach orientalischer Sitte. *»Salam al-Eikum.«*

»El-aleikum salam«, erwiderte der königliche Berater den traditionellen Gruß und verließ ebenfalls das Zelt, sodass Sarah und Kamal allein zurückblieben.

»Dann heißt es also Abschied nehmen«, sagte Sarah, und es war ihr anzuhören, dass ihr der Gedanke nicht gefiel.

»So wird es sein.« Kamal nickte.

»Und du bist sicher, dass du nicht nach London mitkommen willst? Nach allem, was du für uns getan hast, hättest du von der Justiz nichts mehr zu befürchten.«

»Vielleicht.« Kamal nickte. »Dennoch kann ich nicht zurück, Sarah, nicht mehr. Meine Welt ist hier, so wie deine im fernen England ist. Sie verbinden zu wollen, hieße Wasser in die Wüste zu tragen – es würde im Sand versickern. Aber ich verspreche dir, dass ich dich niemals, niemals vergessen werde.«

»Niemals?« Sarah hörte den brüchigen Klang ihrer Stimme. Ihr wurde bewusst, dass dieser Abschied endgültig sein würde, und mit einem Mal tat es ihr weh. »Ich will kein Versprechen«, flüsterte sie, »ich will dich« – und noch ehe er etwas erwidern konnte, presste sie ihre Lippen auf seine, und ihre Münder begegneten einander in einem innigen Kuss, der zärtlich und zugleich voller Leidenschaft war.

Sarah spürte Kamals Nähe, fühlte sein Herz an ihrer Brust schlagen, und für einen Augenblick durchflutete sie eine Woge reinen Glücks. Dann jedoch war dieser Augenblick zu Ende, und die Wirklichkeit des bevorstehenden Abschieds holte sie wieder ein.

»Ich will nicht, dass es endet«, hauchte sie, die Augen glänzend.

»Ich ebenfalls nicht. Aber du und ich, Sarah, wir stammen aus verschiedenen Welten. Zu unterschiedlich ist das, was wir wollen.«

»Zu unterschiedlich? Ich will nur deine Liebe, Kamal ...«

»So wie ich die deine. Dennoch ist es nicht unsere Bestimmung, zueinander zu finden. Vielleicht an einem anderen Ort, zu einer anderen Zeit, aber nicht hier und nicht jetzt. Zu viel ist geschehen. Zu viel, über das ich nachdenken muss.«

»Ich weiß, was du meinst.« Sarah nickte. »Auch für mich hat sich viel verändert. Als ich nach Afrika kam, war ich voller Trauer und Zorn. Ich gab mir die Schuld am Tod meines Vaters und an vielen anderen Dingen ...«

»Und jetzt?«

»Weiß ich, dass mich keine Schuld trifft«, entgegnete sie traurig, aber überzeugt. »Ein Verräter befand sich unter uns, dessen Identität keiner erahnen konnte. Und ich weiß, dass mein Vater mir vergeben hat.«

»Was wirst du tun, wenn du wieder in England bist?«

»Ich weiß noch nicht. Ich schätze, ich werde nach Kincaid Manor zurückkehren und die Studien fortsetzen, die ich unterbrochen habe. Vielleicht bleibe ich vorerst auch noch eine Weile in London. Die Zeit wird es lehren.«

»Und deine Träume?«, fragte Kamal.

»Auch das wird die Zeit lehren«, entgegnete Sarah lächelnd, und ihre Blicke begegneten sich in einem letzten magischen Moment, der ihnen gegenseitig ihre Seelen zu offenbaren schien. Noch einmal umarmten sie einander, dann wandte sich Sarah zum Gehen.

»Werden wir uns jemals wiedersehen?«, fragte Kamal.

Sie wandte sich noch einmal um.

»*Inschallah*«, entgegnete sie.

Dann verließ sie das Zelt.

Draußen standen die Kamele bereit, die die Wüstenkrieger ihnen zur Verfügung gestellt hatten und die schwer mit Wasser und Vorräten für den weiten Weg zurück beladen waren. Über

Minieh würde die Reise erneut nach Norden führen, den Nil hinauf bis nach Alexandrien, wo Sarah und ihre Gefährten das nächste Schiff Richtung England besteigen würden.

Ein wenig betrübte es Sarah, dass sie die Rückreise mit leeren Händen antraten. Es gab nichts, das sie vorzuweisen hatten, keine alten Schriftrollen, die sich studieren ließen, und kein Artefakt, das sich ausstellen ließ. Der Plan der Verschwörer jedoch war vereitelt, und darauf kam es an! Die Gefahr war gebannt, und auch im Londoner East End würde wieder Ruhe einkehren. Die Dinge würden ihren gewohnten Gang nehmen, ohne dass die Welt Notiz von den dramatischen Ereignissen nahm, die sich im heißen Wüstensand abgespielt hatten – und wenn Sarah es recht bedachte, dann war es auch besser so.

Die Tuareg hatten sich versammelt, um den Besuchern die Ehre des Abschieds zu erweisen. Sir Jeffrey, Milton Fox sowie Captain Hayden und seine Soldaten – die wenigen, die ihm geblieben waren – waren bereits aufgesessen. Auch Sarah bestieg das ihr zugedachte Dromedar, dann setzte sich die kleine Karawane in Bewegung, geradewegs in Richtung der aufgehenden Sonne.

Sarah Kincaid wandte sich nicht noch einmal um. Dass Kamal aus dem Zelt trat und ihr nachwinkte, bis die Reiter am Horizont zu winzigen Punkten geschrumpft waren, bemerkte sie nicht mehr.

EPILOG

Crystal Palace, London
8 Wochen später

»... festzustellen, dass wir am Beginn eines neuen Zeitalters stehen. Eines Zeitalters, in dem nicht länger rohe Kraft den Fortschritt der Menschheit bestimmt, sondern in dem wir in der Lage sind, völlig neue Quellen der Energie zu erschließen. Mit der Eröffnung des neuen Elektrizitätswerks, die vorzunehmen mir im vergangenen Jahr eine besondere Ehre gewesen ist, hat die bedeutendste Metropole der Welt einen Schritt getan, der wohl nur mit der Entdeckung der Dampfkraft vergleichbar ist. Und ähnlich wie die Dampfkraft dem Empire neue Möglichkeiten des Fortschritts und des Wohlstands erschlossen hat, wird auch die Elektrizität dafür sorgen, dass London in Zukunft das bleibt, was es ist – die Hauptstadt eines Weltreichs.«

Mit diesen Worten legte der Mann auf dem Podest einen Schalter um, und im nächsten Moment wich das geheimnisvolle Halbdunkel, das soeben noch im Kristallpalast geherrscht hatte, strahlendem Licht. Licht, das von unzähligen Glühbirnen produziert wurde, die unterhalb des gewölbten Glasdachs angebracht worden waren, und das nicht flackerte, weil es weder von Wachs noch von Petroleum oder Gas genährt wurde. Die Methode war eine völlig andere, die jener auf den ersten Blick so unscheinbare Mann entwickelt hatte, der dort am Rednerpult stand und jetzt den rauschenden Beifall der Menge entgegennahm, die sich zur feierlichen Illuminierung des Crystal Palace eingefunden hatte.

Wieder wurde ein neues Kapitel in der Geschichte Londons aufgeschlagen, wieder ein glorreicher Schritt in eine von Technik beherrschte Zukunft getan – und Sarah Kincaid fragte sich, was dies bedeuten mochte. Würde die Elektrizität die Welt tatsächlich revolutionieren? Der erfindungsreiche Mann am Rednerpult, der sich jetzt ausgiebig feiern ließ, schien davon überzeugt zu sein.

Vielleicht, rätselte Sarah, die wie viele andere Einwohner Londons gekommen war, um dem Schauspiel beizuwohnen, hatte er Recht damit. Unwillkürlich fühlte sie sich an die dramatischen Ereignisse erinnert, die hinter ihr lagen. Obwohl inzwischen fast zwei Monate verstrichen waren, war Sarah alles noch sehr gegenwärtig – und sie fragte sich, ob die Menschheit auf dem Weg war, das Geheimnis des Thot auf eigene Faust zu enträtseln.

Möglicherweise war die Erfindung Thomas Alva Edisons – so hieß der Mann am Rednerpult – der erste Schritt zu jener unheimlichen Kraft, deren Zeugen Sarah und ihre Gefährten in der Kammer der Geheimnisse geworden waren, und die Worte des alten Ammon kamen ihr in den Sinn:

Das Wissen, das im Buch von Thot niedergeschrieben ist, stammt aus einer anderen Zeit und Welt. Es ist das Wissen der Götter und nicht für Menschen bestimmt. Noch nicht. Vielleicht wird die Zeit das eine oder andere Geheimnis von sich aus offenbaren, wenn die Menschheit alt und reif genug dafür ist...

Der Gedanke beunruhigte Sarah, und sie fühlte sich plötzlich unwohl inmitten der Traube der Schaulustigen: Ladys und Gentlemen der besseren Londoner Gesellschaft, die die Gelegenheit zu einem abendlichen Spaziergang genutzt hatten. Sarah sah sich von schwarzen Zylindern und ausladenden Hüten umringt, von Röcken mit Pelzbesatz und rauschenden Kleidern. Sich ohne männliche Begleitung in die Öffentlichkeit zu begeben, noch dazu zu dieser späten Stunde, galt als äußerst unschicklich, und nicht selten wurde Sarah dafür mit abschätzigen Blicken bestraft. Sarah konnte darüber nur lächeln.

Noch eine Weile lang flanierte sie durch die strahlend hell erleuchteten Flügel des aus Gusseisen und Glas errichteten Gebäudes, das vor über dreißig Jahren anlässlich der Weltausstellung errichtet worden war und nichts von seiner Faszination eingebüßt hatte. Noch immer galt der Kristallpalast den Londonern als Symbol des Fortschritts und der Überlegenheit britischer Technik und Ingenieurskunst. Möglicherweise befand sich die Welt ja tatsächlich am Vorabend eines neuen, von Maschinen dominierten Zeitalters, ganz wie Mortimer Laydon es vorausgesehen hatte.

Es verging kein Tag, an dem Sarah nicht an ihren Onkel denken musste. Unmittelbar nach ihrer Rückkehr war Laydon vor Gericht gestellt und zu lebenslanger Haft verurteilt worden, die er, wie Sir Jeffrey vermutet hatte, in St. Marys of Bethlehem zu verbüßen hatte, jener Anstalt, der die Londoner den ebenso berühmten wie berüchtigten Namen »Bedlam« verliehen hatten.

Was das Königshaus betraf, so hatten sowohl der Duke of Clarence als auch seine Großmutter, die Königin von England, den glücklichen Ausgang des Abenteuers wohlwollend zur Kenntnis genommen, sich jedoch nicht gesondert dazu geäußert. Weder hatte es eine Ehrung gegeben noch offiziellen Dank – schließlich hatten die Ereignisse, die Maurice du Gard und so viele andere das Leben gekostet hatten, nach offizieller Version niemals stattgefunden.

Sarah Kincaids Bericht war in den Archiven von Scotland Yard verschwunden und unterlag der höchsten Geheimhaltungsstufe, die Geschichtsschreibung würde niemals Kenntnis von Mortimer Laydons Verschwörung und seinen beunruhigenden Zielen erhalten. Die *Egyptian League* war aufgelöst worden, aber wie Sarah vermutet hatte, war die Durchsuchung der Räumlichkeiten an der Pall Mall erfolglos geblieben. Hatte Mortimer Laydon tatsächlich Komplizen gehabt, die einer noch größeren und gefährlicheren Organisation angehörten, so hatten diese es verstanden, unterzutauchen und alle Spuren zu verwischen.

Vielleicht existierte eine solche Organisation auch gar nicht, wie Scotland Yard behauptete, und war nur die Ausgeburt eines dem Größenwahn verfallenen Geistes. Vielleicht jedoch, dachte Sarah, versammelten ihre Mitglieder sich gerade jetzt, in diesem Augenblick, an einem geheimen Ort und schmiedeten einen neuen diabolischen Plan ...

Der Gedanke ließ sie frösteln, und sie beschloss, die Veranstaltung zu verlassen. Sie schlug den Weg zur Hauptpforte ein, wo ihre Kutsche wartete – und glaubte plötzlich, in der Menge der Besucher ein bekanntes Gesicht zu erkennen. Schon im nächsten Moment war es jedoch wieder verschwunden, und Sarah schalt sich eine elende Närrin, die einem Wachtraum erlegen war, einer Täuschung, die ihren Ursprung in ihrem Herzen hatte.

Wie lange, fragte sie sich, würde es wohl dauern, bis sie *ihn* vergessen konnte und das, was hätte werden können ...?

»Suchst du jemanden?«

Sarah fuhr herum – und ihr Herz wollte vor Freude zerspringen, als sie sah, dass sie sich nicht geirrt hatte. Vor ihr stand kein anderer als Kamal, freilich nicht mehr im staubigen Kaftan und mit verhüllten Gesichtszügen, sondern mit Zylinder und schwarzem Gehrock wie ein vollendeter Gentleman gekleidet.

»Du – bist hier?«, fragte Sarah stockend.

»Wie du siehst.«

»Aber sagtest du nicht, dass deine Heimat die Wüste wäre? Das wir verschiedenen Welten angehörten? Dass wir zu unterschiedlich wären, um zueinander zu finden?«

»Das sagte ich.« Kamal nickte. »Aber ich sagte auch, dass wir an einem anderen Ort und zu einer anderen Zeit vielleicht eine Chance hätten.«

»Und dieser Ort und diese Zeit – ist hier?«

»Wer weiß?« Er lächelte.

»Wer weiß«, erwiderte Sarah und lächelte ebenfalls.

Wieder begegneten sich ihre Blicke für eine endlos scheinende Weile. Dann bot Kamal ihr wie ein Gentleman bester Schule seinen Arm, und gemeinsam verließen sie den Kristallpalast.

Am 8. Mai 1885 enthielt die Morgenausgabe der *Times* eine knappe Notiz, die von den meisten Lesern kaum oder überhaupt nicht zur Kenntnis genommen wurde – nur Eingeweihte wussten sie zu deuten:

London. Wie die Metropolitan Police meldet, ist einem inhaftierten Schwerverbrecher am frühen Sonntagmorgen der Ausbruch aus der geschlossenen Anstalt von Bedlam gelungen. Wie verlautet, soll sich der geisteskranke Insasse, der früher Mediziner gewesen ist, als Doktor ausgegeben und seine Wärter auf diese Weise überlistet haben...

Die Polizei, namentlich vertreten durch Chief Inspector Milton Fox, maß dem Vorfall keine Bedeutung bei. Drei Jahre später, im Herbst 1888, ereignete sich eine neue, blutige Mordserie in den Londoner Bezirken Whitechapel und Spitalfields. Weder wurde der Mörder je gefasst noch wurde seine Identität geklärt.

Doch für jene, die um die schaurigen Ereignisse wussten, die sich im Winter des Jahres 1883 zugetragen hatten, konnte kein Zweifel daran bestehen, wer es war, der im Londoner East End Angst und Schrecken verbreitete und als *Jack the Ripper* in die Annalen der Kriminalgeschichte einging.

DANKSAGUNG

Jedes große Abenteuer besteht aus vielen kleinen Schritten – insofern hat mein Dank all jenen zu gelten, die in direkter oder indirekter Form dazu beigetragen haben, Sarah Kincaid zu ihrer gefahrvollen Reise aufbrechen zu lassen.

Zuallererst danke ich daher meinen treuen Lesern, die durch den Erfolg von *Die Bruderschaft der Runen* und *Die Erben der schwarzen Flagge* diesen Roman erst möglich gemacht haben; meinem Lektor Stefan Bauer für die so angenehme und freundschaftliche Zusammenarbeit, meinem Agenten Peter Molden für sein unermüdliches Engagement sowie Zeichner Daniel Ernle für die wie immer gelungenen Illustrationen. Ich danke Simone Brack dafür, dass sie bei den französischen Passagen ausgeholfen und du Gard ein wenig plastischer gemacht hat. Außerdem danke ich meinen Freunden: Rainer Leising, Uwe Raum-Deinzer und Andreas Leising für ihren Zuspruch und ihr nie versiegendes Interesse; Christian Brack und Stephan Böhmig für ihr Verständnis für meinen etwas anderen Job. Vor allem aber danke ich meiner Familie, meiner Frau Christine und meiner kleinen Tochter Holly dafür, dass sie all dies überhaupt erst möglich machen.

Einen Roman zu verfassen, ist immer ein Abenteuer, und ähnlich wie der Held eines solchen weiß auch der Autor nicht immer, wohin der Weg ihn führen wird. In diesem Fall hoffe ich, dass er mich bald zurückführt in die viktorianische Zeit und zu jenen Figuren, die mir im Lauf der Arbeit so ans Herz gewachsen sind – denn die Geschichte von Sarah Kincaid und ihrem dunklen Erbe, vom Kampf gegen finstere Verschwörungen und die Macht der Vergangenheit ist noch längst nicht zu Ende erzählt ...

Michael Peinkofer

Eine mysteriöse schottische Sekte, ein berühmter Schriftsteller – und ein jahrhundertealtes Geheimnis

Michael Peinkofer
DIE BRUDERSCHAFT
DER RUNEN
Historischer Roman
672 Seiten
ISBN 3-404-15249-2

Als ein Mitarbeiter des Schriftstellers Sir Walter Scott unter mysteriösen Umständen stirbt, ist dies der Auftakt zu einer höchst beunruhigenden Reihe von Ereignissen. Sir Walter stellt Nachforschungen an und stößt auf eine Mauer des Schweigens. Was verheimlicht der königliche Inspector, der eigens aus London geschickt wurde? Was für ein jahrhundertealtes Ge-heimnis hüten die Mönche von Kelso? Und was hat es mit der ominösen Schwertrune auf sich, auf die Sir Walter und sein Neffe Quentin bei ihren Ermittlungen stoßen? Ein Schicksal, dessen Ursprung Jahrhunderte zurückreicht, nimmt seinen Lauf …

Bastei Lübbe Taschenbuch

Ein barbarischer König, eine Welt am Rande des Untergangs und ein Mädchen, das mit den Pferden spricht.

Tilman Röhrig
DIE BURGUNDERIN
Historischer Roman
701 Seiten
ISBN 978-3-404-15654-2

Europa im fünften Jahrhundert. Die junge Burgunderin Goldrun wird als Geisel ins Land der Hunnen verschleppt. Ihr besonderes Gespür für Pferde lässt sie am hunnischen Hof von der Sklavin bis zur Stallmeisterin aufsteigen. Dabei lernt sie den jungen Prinzen Ernak kennen und lieben. Doch ihre Liebe steht unter einem unheilvollen Stern, denn Ernaks Vater ist der Hochkönig Attila, den man die Geißel Gottes nennt …

Bastei Lübbe Taschenbuch